UNA DE ESAS CHICAS

UNA DE ESAS CHICAS

SARA ZARR

Traducción de Victoria Simó

ALFAGUARA

DISCARD

Título original: *Story of a Girl*
Primera edición: abril de 2017

© 2007, Sara Zarr
Todos los derechos reservados
© 2017, Penguin Random House Grupo Editorial, S. A. U.
Travessera de Gràcia, 47-49. 08021 Barcelona
© 2017, Victoria Simó Perales, por la traducción

Printed in Spain – Impreso en España

ISBN: 978-84-204-8618-5
Depósito legal: B-4.941-2017

Compuesto por Negra

Impreso en Romanyà Valls, Capellades (Barcelona)

AL 8 6 1 8 5

Penguin
Random House
Grupo Editorial

Para todos aquellos que forman parte de mi familia

Primera lección

Échate hacia atrás, hija, apoya la cabeza
en la palma de mi mano.
Despacio, que yo te sostendré.
Abre los brazos de par en par, déjate llevar por la corriente
y mira las gaviotas allá en lo alto. Los muertos
flotan siempre boca abajo. Dentro de nada
te tocará nadar y bucear estas mareas
que llevan al mar. Hazme caso, hija,
cuando te canses de tanto bregar
por alcanzar tu isla, tiéndete mirando al cielo. Y sobrevive.
Igual que flotas ahora, mientras yo te sostengo
y te suelto, recuerda mis palabras
cuando el miedo te estruje el corazón:
échate hacia atrás, despacio, y abraza
esas estrellas que brillan a años luz de distancia;
déjate llevar, que el mar te sostendrá.

PHILIP BOOTH

Tenía trece años cuando mi padre me pilló con Tommy Webber. Eran las once de un martes por la noche, y estábamos en el asiento trasero del Buick de Tommy, que habíamos aparcado junto al viejo restaurante Chart House de Montara. Tommy tenía diecisiete años y, en teoría, era amigo de mi hermano, Darren.

Yo no estaba enamorada de él.

Ni siquiera creo que me gustara.

Hacía frío en el interior del coche y Tommy estaba colocado. Habíamos hecho más o menos lo mismo unas cuantas veces anteriormente. Yo notaba el aroma a salitre de la playa y escribía mentalmente la historia de una chica que salía a surfear en un mar gélido y verdoso. Cierto día empezaba a remar hacia alta mar, sin darse cuenta de lo mucho que se estaba alejando de la orilla hasta que miraba atrás y descubría que ya no la veía.

Escribía el relato mentalmente mientras Tommy iba a lo suyo con los dedos enredados en mi coleta.

Yo era la chica —la surfista— que veía en mi imaginación cuando Tommy soltó una maldición y salió de dentro de mí. Mi padre lo sacó a rastras del coche y a continuación hizo lo propio conmigo. Tiró a Tommy al suelo, y a mí me empujó al interior de nuestro viejo Tercel.

Instantes antes de que abandonáramos el aparcamiento, miré de reojo a mi padre. Puede que viera lágrimas corriendo por sus mejillas o tal vez fuera una ilusión óptica, el reflejo de la luz de los faros proyectada en la niebla nocturna.

Empecé a decir algo, no recuerdo qué.

—No —me cortó él.

Sucedió hace casi tres años.

Mi padre lleva todo ese tiempo sin mirarme a los ojos y prácticamente sin dirigirme la palabra.

1

El último día de clase nos obligaron a hacer limpieza de las taquillas. Yo arranqué el horario de clases que a principios de semestre había pegado a la cara interior de la puerta y lo tiré al montón de papel para reciclar, que ya incluía el noventa y cinco por ciento de las chorradas en las que me había dejado la piel a lo largo del curso. ¿Qué sentido tiene llenarse la boca hablando de «educación» si al final todo va a parar a la basura? Únicamente guardé los trabajos de Lengua y Literatura Avanzadas. Si alguien me pregunta lo negaré, pero pensé que a lo mejor algún día me pudiese apetecer releer mis redacciones. Por ejemplo, el comentario de texto que escribí cuando leímos *El señor de las moscas*. Todo ese asunto de la vuelta a los orígenes y la supervivencia del más apto me pareció interesantísimo. Hubo gente de la clase que no entendió nada de nada. Jeremy Walker preguntó:

—¿Y por qué los niños de la isla no podían llevarse bien y punto?

Y a continuación, Caitlin Spinelli se puso en plan:

—Sí. ¿No se daban cuenta de que tenían muchas más probabilidades de sobrevivir si cooperaban y tal?

Por favor… Cualquiera diría que no has pasado ni tres segundos en el instituto, Spinelli: SOMOS una panda de salvajes. Nadie va a convocar una asamblea para discutir la mejor solución a un problema. Nadie va a compartir las ventajas de la popularidad con los marginados. Nadie va a cargar con el patoso de turno para que todos lleguen juntos a la meta. Como mínimo, nadie lo va a hacer por mí. Puede que Caitlin Spinelli lo vea de otro modo porque ella anda sobrada de todo eso que le garantice una plaza en la tribu de los supervivientes.

Sea como sea, el señor North comentó mi redacción con tinta morada. Usaba boli rojo para corregir las faltas de ortografía, los errores gramaticales y cosas por el estilo, pero siempre usaba tinta morada para felicitarte.

Deanna —escribió—, *es evidente que tienes un punto de vista interesante.*

Un punto de vista interesante.

—¡Eh, Lambert!

Hablando de salvajes, Bruce Cowell y su escolta de aspirantes a tíos cachas, que habían sido expulsados de todos y cada uno de los equipos del instituto por problemas de actitud y/o abuso de sustancias ilegales, llegaban puntuales a su alarde semanal de idiotez supina.

Bruce se recostó contra las taquillas.

—Hoy estás más buena que nunca, Lambert.

—Sí. —Tucker Bradford, fofo y eternamente ruborizado, se arrimó a mí para soltarme—: Me da a mí que en este curso te han crecido las tetas.

Yo seguí revisando el contenido de mi taquilla. Arranqué de una carpeta un resto de bastón de caramelo que llevaba allí desde Navidades. Me recordé a mí misma que las clases casi habían terminado y, además, esos chicos eran alumnos del último curso. Si sobrevivía a los próximos cinco minutos, nunca volvería a verlos.

Sin embargo, cinco minutos pueden ser muy largos, y a veces me cuesta cerrar esta bocaza mía.

—Puede —repliqué, y señalé el pecho de Tucker—, pero todavía no son tan grandes como las tuyas.

Bruce y el resto de sus compinches, que nos observaban una pizca retirados, se partieron de risa. Tucker enrojeció aún más si cabe. Se inclinó hacia delante y, echándome su apestoso aliento con olor a Gatorade, me soltó:

—No te hagas la estrecha, Lambert.

He ahí el problema: Pacifica es un pueblo de mala muerte que cuenta únicamente con un instituto de verdad, en el que todo el mundo está al corriente de los asuntos de los demás, y los rumores duran y duran hasta que aparece alguien tan tonto como para proporcionar un cotilleo aún más jugoso. Pero mi cotilleo, el que yo protagonizaba, llevaba dos años seguidos copando el primer puesto. O sea, un alumno de bachillerato pillado en plena faena con una chica de 2º de ESO, y por el PADRE de la chica, nada menos («¡No me digas! ¿Su PADRE? ¡Yo me habría muerto allí mismo!»), era una historia difícil de superar. El incidente no había dejado de circular por pasillos, vestuarios, fiestas y últimas filas de las aulas desde que Tommy pisara el instituto al día siguiente del suceso. Momento en el cual se lo explicó a sus amigos con pelos y señales, aun sabiendo que mi hermano, Darren, lo iba a poner a caldo (lo hizo). Para cuando yo aterricé en el Terra Nova para comenzar secundaria, el instituto al completo creía conocer la vida y milagros de Deanna Lambert. Cada vez que un alumno me miraba, sabía que estaba pensando en ello. Yo lo sabía porque, cada vez que me miraba al espejo, también yo pensaba en ello.

De modo que cuando Tucker me echó su apestoso aliento y dijo lo que dijo, supe que no se trataba del típico insulto que lanzas a una chica cualquiera. Estaba reduciendo la historia de mi vida a un ataque de seis palabras. Y por ello debía enviarlo a paseo con estilo. Comencé por hacerle la peineta (los clásicos nunca fallan). A continuación le solté unas cuantas palabras bien escogidas acerca de su madre. Y terminé dando a entender que tal vez no le gustasen las chicas.

Más o menos en ese momento me pregunté si habría profesores cerca, o alguna otra figura de autoridad, por si acaso Tucker, Bruce y sus amigos decidían pasar de las palabras a la acción. Debería haberlo pensado antes.

Bruce metió baza.

—¿Por qué te pones a la defensiva, Lambert? ¿Por qué finges no ser una zorra si sabes muy bien que lo eres? —Se señaló con un gesto que abarcaba a los otros chicos—. SABEMOS que lo eres. Y TÚ lo sabes. Y tu, ejem, PADRE lo sabe, así que…

Una voz gritó desde la otra punta del pasillo:

—Eh, chicos, ¿no tenéis ningún gatito al que torturar?

La voz de Jason me sonó a música celestial.

—Tú no te metas en esto, punki —gritó Tucker por encima del hombro.

Jason siguió avanzando hacia nosotros con sus andares lánguidos de costumbre, arrastrando las botas negras por el suelo como si le costara demasiado esfuerzo levantar los pies. Mi héroe. Mi mejor amigo.

—Pensaba que ya os habíais graduado —les espetó a los chicos—. ¿No es patético que sigáis todavía por aquí?

Bruce agarró a Jason por la cazadora vaquera y lo empujó contra las taquillas. ¿Dónde demonios estaban los adultos encargados de la vigilancia? ¿Se habían largado todos los profesores a las Bahamas nada más sonar el último timbre?

—Suéltalo —le advertí.

Uno de los amigos de Tucker intervino:

—Venga, tío, no perdamos más tiempo. Le prometimos a Max que llegaríamos con las cervezas a las cuatro.

—Sí —añadió Tucker—. El turno de mi hermano en Fast Mart termina en cosa de diez minutos. Si vamos más tarde, nos pedirán el carné.

Bruce soltó a Jason y me lanzó una última mirada, directamente a los ojos.

—¿Lo ves, Lambert? No eres nada más que una pérdida de tiempo.

Observamos cómo se alejaban por el pasillo y desaparecían por un recodo. Propiné un puntapié al montón de papel y unas cuantas hojas salieron volando.

—¿Todo bien? —me preguntó Jason.

Asentí. Siempre iba todo bien.

—Tengo que tirar el libro de Francés. Después podremos dar el curso por terminado.

—Por fin. ¿Y ahora qué?

—¿Denny's?

—Vamos.

* * * * *

Después de tomar algo en Denny's pasamos por la tienda de música para burlarnos de las canciones que sonaban en los puntos de escucha. A continuación Jason me acompañó a recoger solicitudes de empleo por todas las tiendas y cafeterías del Beach Front, un decrépito centro comercial en el que nadie compraba nada desde que se inauguró el segundo Target de Colma. Apenas hablamos. Yo no dejaba de recordar el aliento de Tucker en mi cara mientras me decía lo que seguramente pensaba todo el instituto.

A Jason y a mí no nos incomoda el silencio. Es la prueba de fuego para saber si la amistad de dos personas es auténtica, creo; cuando no tienes que hablar todo el tiempo con el fin de demostrar que tienes cosas interesantes que decir. Podría pasar todo el día a su lado sin pronunciar ni una palabra. Podría mirarle a los ojos todo el día también. Su madre es japonesa y su padre, que murió poco después de que naciera Jason, era blanco. Jason tiene un pelo alucinante, completamente negro, las pestañas largas y los ojos azules de su padre. (¿Por qué los hombres siempre tienen la clase de pestañas por las que una chica mataría?) Nunca he entendido por qué las chicas de por aquí no se arrojan a sus brazos. Quizás porque es más bien callado, y bajito, como su madre. A mí no me importa, ya que medimos prácticamente lo mismo y haríamos una pareja perfecta si alguna vez se diera la circunstancia de que saliéramos juntos.

Es tranquilo. Es de fiar. Está en la onda. De hecho, el único defecto de Jason por aquel entonces era que salía con mi otra mejor amiga, Lee.

A diferencia de Jason, que me conoce desde siempre, hacía poco tiempo que Lee formaba parte de mi círculo más íntimo. Para entrar en él, le bastó con mudarse de San Francisco y ser la tía más guay del mundo. No lo digo en el sentido de llevar ropa chula, entender de música y todo eso, sino guay en el sentido de que es auténtica, una de esas personas que no se las dan de nada.

La conocí en clase de Educación Física. Cayó de panza saltando el potro durante una horrible sesión de gimnasia. La señora Winch no paraba de decir:

—Camina hasta que te hayas recuperado, Lee, y luego repite el salto.

Yo me quedé en plan *perdona, pero esa pobre chica no puede ni respirar, y si piensas que yo también me voy a romper la crisma con ese trasto, lo tienes claro.* Las dos acabamos sacando un cero en el ejercicio y aguantando un sermón de la señora Winch sobre nuestra falta de «agallas».

Tras eso, la estuve observando. Le falta muy poco para ser la típica pardilla. Lleva el pelo corto, con un peinado que nunca termina de quedarle bien, y el estilo de ropa de los que se esfuerzan por encajar sin conseguirlo. Supuse que la pandilla de «nos falta muy poco para ser los típicos pardillos» se apresuraría a adoptarla —ya sabéis, los frikis del grupo de teatro y los que viven pendientes de conseguir plaza en una buena universidad—, pero me estuve fijando un tiempo y seguía sola. Y eso significaba que no había conectado con nadie lo suficiente como para conocer mi historia. Así que empecé a hablar con ella y tuve un buen presentimiento, algo así como que era distinta de la mayoría de las chicas, que solo se preocupaban de su aspecto y que siempre estaban despotricando de sus supuestas amigas íntimas.

Cuando empezamos a conocernos mejor, me confesó que su verdadero padre era un borracho y que no sabía dónde estaba, y yo le dije que no pasaba nada, que mi padre me odiaba. Cuando me preguntó por qué, le conté lo de Tommy. Me sentó bien dar mi versión por una vez, en lugar de apechugar con la de Tommy, que era la que conocía todo el colegio. Después de hacerlo, temí que cambiara de idea respecto a mí, o que empezara a sentirse incómoda en mi presencia, pero se limitó a decirme:

—Bueno, todo el mundo ha hecho cosas que cambiaría si pudiera, ¿no?

Así que, yo tuve la culpa de que empezara a salir con Jason, supongo. No paraba de decirle que si Lee esto y Lee lo otro, y «Jay, tendrías que conocerla, seguro que te caería bien». Y así fue.

No me importó, de verdad. Todo el mundo sabe que, si haces el tonto con tus amigos, ya te puedes despedir de tu preciosa amistad. Intenté convencerme de que yo me había quedado con lo mejor, que si ellos dos rompían no querrían verse más, mientras que yo seguiría siendo amiga de Jason.

De vez en cuando, sin embargo, algún detalle sin importancia me pillaba por sorpresa, como verlos por los pasillos del instituto cogidos de la mano sin que ellos me vieran a mí, y al principio pensaba: «Ay, Dios, qué monos». Pero luego tuve la sensación de estar contemplando algo superíntimo, algo que compartían únicamente ellos dos. Siempre había creído conocer a Jason mejor que nadie, pero cuando empezaron a salir me embargó la sensación de que Lee tenía acceso a una parte de él que a mí me estaba vetada.

En ciertos momentos, como el último día de clase, todavía contaba con Jason para mí sola, y por más que fuera un gesto un tanto desleal por mi parte, en instantes como ese yo fingía que Lee no existía. Hasta que él empezaba a hablar de ella.

—He recibido un mensaje de Lee a cuarta hora —me estaba diciendo. El autobús descendía por Crespi Drive hacia la parte baja, donde vivíamos los dos—. Han estado en la playa de San Luis Obispo.

Lee y su familia se habían marchado esa misma mañana a Santa Bárbara, para recoger a su hermano en la universidad.

—¿Cuándo vuelve?

—Pasado mañana. Su padrastro tiene que trabajar.

—Ya.

El autobús se detuvo en mi parada, la misma parada en la que me había apeado toda la vida, delante de una casa de color gris moho que se encontraba a pocas puertas de la mía, y en cuyo césped había cinco coches aparcados, cinco vehículos que llevaban allí desde la noche de los tiempos, como poco.

—Llámame mañana —me pidió Jason.

—Claro.

Esa era la peor parte del día, cuando el autobús llegaba a mi parada y yo tenía que separarme de Jason, él todavía en ruta, de camino a su destino, mientras yo me disponía a entrar en ese callejón sin salida en el que desembocaba a diario, conocido como mi hogar.

* * * * *

Me quedé parada delante de la puerta para contar hasta diez antes de cruzarla, igual que hacía cada día. Uno, dos… no te fijes en la desvencijada puerta del garaje… tres, cuatro, cinco… no pienses en esas macetas rotas que llevan amontonadas en el jardín desde el verano pasado… seis, siete… no pasa nada, todo el mundo deja colgadas las luces de Navidad durante todo el año... ocho... el porche delantero es tan buen sitio como cualquier otro para abandonar un montón de cajas de cartón mojadas... nueve... va, olvídalo ya, gira la manija y entra de una vez.

El diez precede a todo lo demás: ese tufo a humedad que lo impregna todo, los cinco pasos sobre felpa verde que me llevan de la sala a la cocina, las paredes rosa chicle de la cocina y, por fin, mis padres.

—Llegas tarde. —Mi padre, distante y encerrado en sí mismo, una isla en una silla de la cocina, no despegó la vista del plato de la cena—. Ponte a hacer los deberes.

—Hoy era el último día de clase, papá.

Su tenedor se detuvo medio segundo de camino a su boca, luego siguió comiendo.

—Ya lo sé. Te lo digo porque espero que no te metas en líos este verano. —Como si me hubiera metido en un montón de líos últimamente. De hecho, no me había metido en ninguno desde hacía mucho tiempo—. ¿Oyes lo que te digo?

—Sí.

Mi madre intervino con el tono de voz cantarín que suele adoptar cuando juzga oportuno cambiar de tema.

—¿Por qué no te sientas y cenas con nosotros?

—Ya he cenado.

—Bueno, pues toma algo de postre —dijo al
tiempo que le servía más comida a mi padre.
Unas greñas teñidas y castigadas le cayeron sobre la cara—. ¿Te apetece un poco de helado?

Las frases favoritas de mi madre son:

1. Tu padre no es demasiado expresivo
   (que a veces sustituye por: El hecho de
   que no lo diga no significa que no te
   quiera).
2. Antes o después lo superará; tú sé buena y todo irá bien.
3. ¿Te apetece un poco de helado?

—¿Darren ha llegado ya de trabajar? —pregunté.

—Stacy acaba de marcharse a trabajar y a
dejar el coche —respondió mi madre—. O a re-
cogerlo. Nunca me acuerdo de cómo funciona.

Darren todavía vivía en casa, cosa que en
teoría no entraba en sus planes: ni en los suyos,
ni en los de mis padres. Cuando su novia, Stacy,
se quedó embarazada y decidió tener a su hijo,

no tuvieron más remedio que mudarse al sótano de mi hogar y renunciar a cualquier cosa semejante a un plan.

Stacy y él estaban empleados en el supermercado Safeway, Darren en el turno de día y Stacy en el de noche. De ese modo, el que no trabajaba podía quedarse al cuidado de la niña, April. Era un buen sistema, supongo, salvo porque nunca se veían, como no fuera para pasarse las llaves de su único coche.

—Stacy ha salido tarde, como de costumbre —señaló mi padre—. Tiene suerte de que no la hayan despedido ya.

—Le han nombrado empleada del mes en dos ocasiones —le recordé al mismo tiempo que mi madre me tendía una ración de helado de brownie con chocolate caliente que yo no había pedido.

Mi padre sacudió la servilleta.

—Eso no es excusa.

A Stacy le tenía casi tanto cariño como a mí.

—Bueno, no sé —intervino mi madre—. Seguro que le dan un poco de cancha, teniendo en cuenta que es madre primeriza y eso…

Abandoné el helado en la mesa y los dejé discutiendo la situación laboral de Stacy para ir a buscar a la única persona de la casa con la que de verdad me apetecía hablar.

Estaba en la sillita del coche, sobre la cama de mis padres, dulce y blandita después de una buena siesta.

—Hola, April —le dije, y la tomé en brazos. La besuqueé un rato y me la llevé a mi habitación: MI territorio libre de dos metros por dos y medio. Allí estaba MI ropa tirada por el suelo, MIS CD y MI pavo de acción de gracias dibujado con macarrones, el mismo que confeccioné en tercero de primaria y que seguía expuesto sobre mi cama. Extendí una manta sobre la alfombra, coloqué a April boca abajo y me senté a su lado.

Yo estaba presente cuando nació. No fue por decisión propia. Después de lo que nos habían mostrado en Educación para la salud y de lo que había visto en la tele y en la serie *Urgencias,* de todos esos gritos, pujos, sangre, porquería y sudor, prefería ver al recién nacido cuando estuviera limpio, seco, alimentado y, lo que es más importante, dormido. Fue Darren quien quiso que entrara en la sala de partos. Me lo pidió, según dijo, porque Stacy se había disgustado enormemente al saber que su madre se nega-

SARA ZARR

ba a acudir y quería que la acompañara una chica. Pero yo sabía que Darren estaba nervioso; no deseaba quedarse solo por si algo salía mal.

Todo salió bien. Al final no presencié el nacimiento propiamente dicho, gracias a Dios. Me quedé junto a la cabecera de la cama, me concentré en Stacy e intenté no prestar atención a los ruidos y a los olores. Cuando Darren dijo: «Ay, la hostia, ya está aquí», alcé la vista y vi a April entre sus manos, agitándose y berreando como si estuviera enfadadísima. Fue alucinante, en serio.

Tardé un tiempo en acostumbrarme a ella. Se limitaba a llorar, hacer caca y dormir y, para ser sincera, era tirando a feúcha. Además, las reglas para cogerla en brazos y darle el biberón se me antojaban tan complicadas que me estresaba demasiado como para disfrutarlo. Al poco dejó de ser tan feúcha, empezó a soltar ruiditos más interesantes y ya no era tan frágil. Y TODO cambió cuando empezó a reconocer mi voz. Había algo en la manera en la que se quedaba callada y giraba la cabeza hacia mí, que me hacía sentir que, después de todo, yo no era tan horrible.

Cuando estaba con mi hermano y sus dos chicas, nos visualizaba a los tres viviendo juntos para siempre. Imaginaba que llegaba del colegio a una casa cualquiera —no la de mis padres, desde luego—, y April se despertaba de la siesta, quizás, y Stacy decía: *Eh, Deanna, menos mal que estás en casa. Necesito un descanso, y April se porta tan bien contigo... ¿Te importaría cuidarla mientras voy a buscar a Darren al trabajo?* Y yo decía: *Claro, encantada, no tengas prisa.* Y jugaba un ratito con April, tal vez, en plan, a algún juego educativo para que fuera muy lista al hacerse mayor, y cuando Darren y Stacy regresaban cenábamos los tres y yo hacía los deberes mientras mirábamos juntos la televisión. O sea, ya sabía que la situación no sería tan ideal todo el tiempo, pero tendría un hogar.

Mi plan era el siguiente:

Buscaría un empleo, vale, y me dejaría la piel trabajando durante el verano. Entonces Darren, Stacy y yo juntaríamos nuestro dinero y buscaríamos una casa. Aún no se lo había contado a nadie; no quería precipitarme. Prefería esperar a tener una buena suma ahorrada. Ya sabía cómo lo plantearía: sacaría todo mi dinero del banco —en billetes de diez y de veinte, para que abultara más— y bajaría al sótano con el fin de mostrárselo a Darren y a Stacy. Esperaría a una noche en que mi padre estuviera especialmente imposible, uno de esos días en los que nos saca de quicio a todos, y dejaría caer los billetes encima de la cama sin pronunciar una palabra.

Stacy alucinaría y Darren se limitaría a contarlo. Luego me miraría en plan: *Hala, esta es mi hermanita.*

Y no tendrían más remedio que aceptarlo. Se darían cuenta de lo mucho que les facilitaría la vida el hecho de tenerme cerca.

1 A

LAS VERSIONES MÁS CONOCIDAS DEL RELATO

«Deanna Lambert es una ninfómana como la copa de un pino. Tommy acudía a su casa a menudo para pasar el rato con Darren y tal. En cuanto Darren abandonaba la habitación, Deanna aparecía y le soltaba a Tommy todas las porquerías que le gustaría hacer con él. ¿Qué pasó el día en cuestión? Le dijo a Tommy que sabía dónde escondía Darren sus revistas porno y le preguntó si quería mirarlas con ella. Y hacer todas esas... cosas. Tommy reaccionó en plan: *Ni hablar, eres demasiado joven, sería un delito,* pero ella le suplicó y le suplicó hasta que Tommy accedió por fin y la llevó al coche. Me han contado que Deanna tardó siglos en salir del vehículo cuando su padre los pilló porque estaba medio atada. ¡Qué puta!»

«**Deanna Lambert es una psicópata total.** Al principio, a Tommy le gustaba porque la encontraba dulce y mona. Empezaron a salir y resultó que ella se autolesionaba, o estaba enganchada a las drogas, o albergaba planes secretos de hacer estallar el colegio o algo por el estilo. Cuando intentó romper con ella, Deanna reaccionó en plan: *¡Si me dejas, me mataré, Tommy!* ¡Qué horror!»

«**Deanna Lambert no podría ser más patética.** Tommy empezó a hablar con ella porque un día, estando en casa de Darren, se la encontró llorando en el jardín. Ella le dijo que nadie la quería y que todo el mundo pasaba de ella y, al cabo de nada, se había colgado de Tommy de los pies a la cabeza, como si creyera que él lo fuese a arreglar todo. Sí, Tommy Webber. Ya lo sé. Bueno, pues Tommy se compadeció de ella. Un día que Darren había salido, la llevó a tomar un helado, para animarla, pero ella se lo tomó como si le hubiera declarado su amor o algo parecido. No paraba de llamarlo, hasta que Tommy acabó por soltarle: *Vale, saldré contigo, pero recuerda* *que tengo diecisiete años y, si quieres ser mi novia, tendrás que hacer ciertas cosas.* Y ella dijo: *Lo que sea. Haré lo que tú quieras.* Menuda fracasada. O sea, ¿acaso no tiene amor propio?»

2

No escribí ni una línea de la chica entre las olas, el relato que empecé aquella noche con Tommy, hasta que tuve al señor North como profe de Lengua y Literatura. Un día, en clase, nos propuso que escribiéramos un diario y yo pensé: *no, gracias, todo ese rollo de «querido diario» es propio de un niño de primaria.* Pero entonces nos explicó que un diario puede ser cualquier cosa, también dibujos, poemas o listas, da igual, lo que sea que quieras expresar acerca de cualquier tema, y que nadie lo vería nunca. Jeremy Walker preguntó:

—¿Y entonces para qué sirve? ¿Está diciendo que no nos va a poner nota?

—Sirve —explicó el señor North a la vez que se apartaba un mechón lacio y canoso de la frente— para que expreséis vuestros sentimientos. Tienes sentimientos, ¿no, Jeremy?

La clase se rio con ganas, ja, ja, ja, y el señor North casi no volvió a mencionar el asunto de los diarios, pero yo compré una libreta de dos dólares en Walgreens y empecé a escribir acerca de la chica, ideas sueltas. La chica en la tabla de surf, con su familia, en la playa, cosas así.

Un día leí mis textos y pensé: *por Dios, qué porquería.* Arranqué las páginas y las tiré a la basura. O sea, el señor North había sugerido que expresáramos nuestros sentimientos, no que redactáramos un montón de chorradas aburridas sobre una persona inventada a la que nunca le sucedía nada.

Y fue muy raro porque, después de romper esas páginas, la eché de menos. Añoraba a la chica inventada. Así que empecé otra vez, ahora prescindiendo del rollo «érase una vez» y ciñéndome al tema de los sentimientos.

Todo aquello que no deseaba sentir se lo endilgaba a ella.

Por ejemplo, si mi padre no me hacía ni caso y yo empezaba a recordar hasta qué punto lo idolatraba en la niñez, escribía:

La chica se acordó de haber echado
a correr por el camino de entrada hacia

él, la sensación del cemento frío bajo sus
minúsculos pies.

Lleva una eternidad esperando su re-
greso a casa. Es el mejor momento del
día.

Al día siguiente, estaba escribiendo acerca
de la chica cuando Lee me llamó para decirme
que acababa de llegar de Santa Bárbara.

—Es bonito —opinó—, pero no me gustaría
vivir allí. Son todos altos y rubios, y tienen unas
dentaduras despampanantes. Me siento un trol
cada vez que voy de visita. Uf, mira esa chica
bajita y morena. ¿Quién la ha dejado entrar?

Miré la página de mi libreta.

~~La chica pensó en el mar, ondulado,~~
~~denso y peligroso.~~
La chica pensó en el mar, plano y me-
tálico. Muerto.

—Eso es lo bueno de Pacifica —alegué al
mismo tiempo que cerraba la libreta y la tiraba
al suelo—. Puedes ser del montón y sin embargo sentirte más guapa que la mitad de la población.

—Rescátame de mi familia, Deanna. Esta mañana mi madre se ha puesto en plan: «vamos a limpiar la casa mientras cantamos temas de Simon y Garfunkel».

El comentario jocoso de Lee me arrancó una sonrisa. Me parto de risa con esa chica.

—Pensaba bajar al centro comercial Beach Front para dejar mi currículum por ahí. ¿Te apetece acompañarme?

—Quedamos en la tienda de dónuts —respondió—. Tengo mono de dónuts. Me parece que están prohibidos en Santa Bárbara.

Me vestí y bajé al sótano a saludar a Stacy y a April.

Darren se había marchado a trabajar antes de que yo me levantara; Stacy estaba en la cama con April, mirando la tele. La habitación del sótano era pequeña y apenas se puede decir que estuviera decorada. Había dos ventanas que daban a la acera de la casa —dos ventanas con persianas pero sin cortinas— y un par de muebles baratos que habían comprado en Target, y la tele. Aparte de eso, la decoración se limitaba a unas cuentas fotografías de los tres pegadas a la pared, además de los faros marineros de Stacy, cómo no. Estaba semiobsesionada con ellos. El día de su cumpleaños, justo después de descubrir que estaba embarazada, Darren la invitó a una comida campestre en un faro de las inmediaciones, y durante, no sé, las dos semanas siguientes Stacy no podía parar de sonreír. Coleccionaba fotos de toda clase de faros que arrancaba de revistas o imprimía de internet, y había un gran póster de una de esas torres prendido a la pared sobre la cuna de April.

—¿Qué tal ha dormido? —le pregunté.

—De maravilla. Solo se ha despertado una vez. —Stacy rebuscó por el revoltijo de ropa limpia que se amontonaba a su lado—. Jo. No encuentro la cosita morada. La camiseta, o body, o ranita, o cómo se llame.

Hurgué entre la ropa y encontré la prenda que Stacy estaba buscando adherida a una manta de bebé.

—Toma. Se llama body, creo.

La habitación era un desastre. Stacy y mi padre siempre estaban discutiendo por eso. En realidad no se le puede llamar discutir, supongo, porque mi padre es de esas personas que se enfadan en silencio y no de las que gritan, pero siempre está soltando indirectas sobre los hábitos domésticos de Stacy, y también sobre sus hábitos laborales y parentales, por no hablar de su forma de vestir. Stacy solía ir, bueno, hecha unos zorros.

Me quedé mirando cómo vestía a April y recordé el miedo que me inspiraba antes de que Darren y ella empezaran a salir. Corvette Kim y Stacy controlaban el instituto en aquella época, cuando ellas eran alumnas del último curso y yo estaba empezando la secundaria. No el instituto en sí, o sea, no la cafetería, el gimnasio ni los pasillos. Esos territorios pertenecían a los cachas, a las animadoras y a las aspirantes. Stacy, Kim y sus amigos habían creado una especie de mafia que siempre merodeaba por el aparcamiento, el campo de fútbol de arriba y la zona de Terra Nova Boulevard que queda entre el asta de la bandera y las pistas de tenis. No digo que se metieran contigo si te topabas con ellas, normalmente no. Pero si hubieras podido elegir, habrías preferido que no te mirasen siquiera. Durante mucho tiempo yo quise ser como Stacy: una tía dura, guay y adulta. Habría dado cualquier cosa por ostentar esa clase de poder en el instituto.

Stacy, la «madre adolescente», me pasó a su hija y se levantó.

—Debería hacer la cama como mínimo, ¿no? Oye, ¿puedes cuidar de April un par de horas esta mañana?

—He quedado con Lee en el Beach Front para dejar unas solicitudes de empleo por ahí —me disculpé. April me agarró un mechón de pelo y empezó a estirar.

—Ríñela —me aconsejó con su antiguo tono de tía dura, un ramalazo que nunca había perdido del todo—. Le estoy enseñando a no hacer eso.

—Puedo cuidar de ella a la vuelta, si quieres —respondí, al mismo tiempo que arrancaba mi pelo con suavidad del puñito de April.

Stacy negó con la cabeza.

—Esta tarde le toca revisión.

—Vaya. Lo siento.

—Tranquila. Quería pasar por la ciudad a comprarme algo de ropa en las tiendas de segunda mano. La vieja ya no me cabe. Estoy como una vaca.

April me agarró el pelo otra vez.

—He leído en un libro que dar el pecho ayuda a perder los kilos de más.

—Yo también lo he leído —replicó Stacy—, pero es evidente que no funciona. Y me duelen las tetas. —Extrajo un pantalón de chándal de la ropa que se amontonaba en el suelo y se cepilló la decolorada melena con tanta fuerza que oí cómo las cerdas le arrancaban los folículos—. ¿Y dónde vas a dejar las solicitudes? Deberías esperar a que haya alguna vacante en el Safeway. Seguro que te podríamos enchufar, quizás el próximo mes.

—Puede. A lo mejor encuentro algo antes.

Descubrió una mancha en sus pantalones y, soltando una maldición, se despojó de la prenda y buscó alguna otra cosa. April empezó a lloriquear y alargó los bracitos hacia Stacy.

—No me lo puedo creer. No me queda ni un solo pantalón limpio que me quepa. —Volvió a enfundarse los manchados y se miró en el espejo: perfilador de ojos negro, sí; máscara de pestañas negra, sí. Igual que hacía siempre en el baño de las chicas del Terra Nova. Pero ahora una mancha húmeda se extendía por la pechera de su camiseta—. Maldita sea. Me ha subido la leche. OTRA VEZ. —Se cambió la prenda y me miró—. Espero que seas consciente de la suerte que tienes de que Tommy no te dejara preñada.

Era consciente. Rara vez usábamos nada. Después de que mi padre me pillara, mi madre

me llevó al médico a rastras para que me receta-
ra la píldora. Luego acudimos directamente a la
farmacia, donde me compró una caja de condones. Me plantó la bolsa en las manos sin pronunciar una palabra. No sé por qué se preocupaba
tanto. No pensaba tener relaciones en una buena temporada y todavía conservaba la caja de
condones en un cajón de la cómoda, cerrada.

—Puedo hacer la colada mientras vas al médico —me ofrecí. El lloriqueo de April había
mudado en llanto. Ahora se retorcía en mis
brazos.

Le tendí la niña a Stacy, que se sentó para
darle el pecho.

—Ni siquiera sé por qué me molesto en ves-
tirme. Siempre tengo una pinta horrible de todas formas. —Hizo una mueca y miró a April, ya
agarrada a su pecho—. Por Dios, nena. No hace
falta que chupes tan fuerte.

Lo que llama la atención de los bebés es que
parecen inofensivos e inocentes, pero a veces
tienes la sensación de que te complican la vida
adrede. Así era April: cuando quería se portaba
de maravilla, pero en otras ocasiones empezaba
a retorcerse y a gritar, y entonces te entraban ganas de preguntarle por qué lo hacía y ordenarle

que se callara. Si YO experimentaba esa sensación de vez en cuando, seguro que para Stacy debía de resultar cien veces más duro. O puede que no. Puede que las madres lo lleven mejor. Sin embargo, en ocasiones miraba a Stacy, me percataba de lo cansada que estaba y me preguntaba si lo resistiría. Y esa era otra de las razones que había inspirado mi plan de rescatarlos y mudarme con ellos a nuestra propia casa. Stacy, Darren y April me necesitaban. Yo sería el brazo derecho de Stacy, la tía Deanna, siempre dispuesta a echar una mano cuando el día a día pasara factura incluso a una tía tan dura como ella.

Pero para eso necesitaba dinero.

—Estaré por aquí más tarde si necesitas ayuda —dije, y estreché la gordezuela pierna de April antes de marcharme.

* * * * *

Lee me esperaba sentada en un banco de madera, junto a la tienda de dónuts, enfundada en una sudadera negra de Jason, la de Metallica, con la barbilla apoyada en las manos con ese gesto tan suyo. Volvió a invadirme una sensación rara, la misma que experimentaba cuando los veía juntos por los pasillos del instituto. La sudadera implicaba intimidad: Lee y Jason a solas, la sudadera cambiando de manos. ¿Se la había regalado Jason? ¿Se la había pedido ella? ¿Había fingido Lee tener frío y se había rodeado el cuerpo con los brazos para que él se la ofreciera?

Se levantó, me abrazó y yo me sentí fatal por haber pensado esas cosas, por haber sentido algo que no fuera alegría ante la felicidad de mis amigos. Lee es de esas personas que te abrazan constantemente, y una no puede seguir enfadada mucho tiempo con alguien así. Yo nunca había tenido un amigo tan efusivo. Jason no suele abrazar a nadie que no sea su pareja, ni tampoco Darren. Mi madre casi nunca está en casa porque trabaja muchísimo, y no creo que mi padre me haya tocado desde la pubertad, desde antes incluso del asunto de Tommy. La madre de Lee, a la que veo algo así como un par de veces al mes, me abraza más a menudo que ningún miembro de mi familia.

Me ceñí la chaqueta.

—En Santa Bárbara, como mínimo, verías el sol —me lamenté—. Aquí debemos de estar a diez bajo cero.

—Ya, el verano en «Patética».

UNA DE ESAS CHICAS

Cualquiera pensaría que el hecho de que Pacifica se encuentre a unos veinte kilómetros de San Francisco la convierte en una población guay, o cuando menos interesante, pero es un neblinoso pueblo de mala muerte con diez años de retraso respecto a la ciudad en lo referente a música y moda. Si no te largabas al terminar los estudios en el Terra Nova, tenías muchas probabilidades de quedarte aquí colgado toda la vida, poniendo gasolina, trabajando en una tienda de vídeos o de cajera en Safeway, hasta acabar olvidando que hay todo un mundo a tan solo quince minutos de distancia.

Entramos en el local y nos inundó esa cálida mezcla de aromas a pastas, azúcar y vainilla que resulta deliciosa durante unos veinte segundos, hasta que empieza a provocarte náuseas. La tienda estaba vacía salvo por una mesa central rodeada de ancianos ataviados con gorros de lona y chaquetas de color pastel, que se quejaban de todo, y me refiero a TODO, desde los políticos, incapaces de resolver nada sin declarar una guerra, hasta las mujeres, que ya no se comportaban como mujeres, pasando por los dónuts, que ya no sabían a nada. Por lo visto, el mundo era perfecto en 1958.

Dimos cuenta de los dulces en el banco del exterior para que los viejos no escucharan hasta la última palabra de nuestra conversación y empezaran a quejarse de que la juventud actual ya no sabe expresarse correctamente.

—En mis tiempos, este dónut no costaba más de dos céntimos —me burlé, imitando la voz cascada de un anciano.

—Yo me quedo con mi dónut del siglo XXI —replicó Lee.

Caitlin Spinelli entró en el aparcamiento del centro comercial presumiendo de su nuevo Jetta. Pasó ante nosotras con las ventanillas bajadas.

—Qué suerte —comenté mientras la veía agitar la cabeza al ritmo del rap que sonaba a todo volumen en su equipo—. Sabe que es blanca, ¿no?

—Jettas y música rap —observó Lee—. La clásica expresión del oxímoron suburbano. Mi primer coche será el Camino de mi padrastro, eso seguro. Ese coche sí que se presta a rapear.

Me terminé mi anticuado dónut de chocolate y le enseñé los dientes a Lee.

—¿Tengo restos de chocolate?

—No. Cero glaseado. Estás guapa —me aseguró, y se puso de pie—. Tienes pinta de responsable candidata.

—Qué bien. Porque me siento una fracasada.

Me había vestido como la típica universitaria conservadora, con pantalones negros y una blusa de verdad en lugar de los clásicos vaqueros y camiseta. De sopetón me habían entrado los nervios. No sabía cómo funcionaba el rollo ese de pedir trabajo. O sea, ¿cómo convences a alguien de que no le robarás la pasta ni ahuyentarás a los clientes? Tenía que salirme bien; no tenía tiempo que perder.

Pasamos por Walgreens en primer lugar y le tendí mi formulario al chico escuálido que atendía la caja registradora.

—Te llamarán y te darán cita para una entrevista —me dijo al tiempo que echaba un vistazo a la solicitud. Hizo ademán de regresar a la caja—. Un momento. Deanna Lambert… Conozco el nombre.

Muy bien, pensé. ¿Qué versión de Deanna Lambert crees conocer?

—¿Cuándo me llamarán?

Escrutó mi rostro y yo noté el dónut atascado en el estómago, igual que si me hubiera tragado una piedra. No creía haberlo visto por el instituto, pero puede que fuera un pardillo cualquiera del curso de Tommy.

—Recibimos muchas solicitudes —me informó—. Es posible que tarden una semana. ¿Vas al Terra Nova?

—Sí —respondió Lee, y su voz me sobresaltó—. Eh, creo que ibas a mi clase de teatro el curso pasado, ¿verdad?

Lee ni siquiera estudiaba en el Terra Nova el año anterior.

—Nunca he estudiado teatro —replicó él sin despegar los ojos de mi cara.

Lee se reclinó sobre el mostrador y alzó la voz.

—¿Estabas en el equipo de natación?

—¿Puedes dejarlo ahí para que me llamen lo antes posible? —agarré a Lee del brazo—. Vamos.

Cuando salimos, me preguntó:

—Vale, ¿y ahora?

—Ha oído hablar de mí. Lo he notado.

—Estás paranoica. —Me arrastró junto a una papelería clausurada y una zapatería que estaba de liquidación por cierre desde sexto. Lee bajó la voz para decir—: Un día de estos deberías mirarlos a los ojos y soltarles: «Sí, soy yo, ¿y qué?». En mi colegio de San Francisco, nadie le habría concedido la menor importancia a esa historia.

—Ya, pero estamos en Pacifica. Aquí solo hay un instituto con su propia radio macuto y su noticia bomba: yo.

—¿Y qué me dices de la carta de amor que Dax Leonard le escribió a Madame Rodríguez, la profe de Francés?

Negué con la cabeza.

—No es lo mismo. No pasó nada. Además, él es un chico y ella es una profe guapa. Si hubiera pasado algo entre ellos dos, lo considerarían un héroe. No una puta.

—Vale. Pues tengo otra. Cuando el entrenador Waters pilló a Julie Archer y a Tucker Bradford en el vestuario de las chicas. Y en el Día de la Abstinencia. Sucedió en octubre y la gente aún lo comenta.

—No lo entiendes —objeté—. Julie está, o sea, orgullosa de esa historia. La cuenta tanto o más que Tucker.

—Ya lo sé. Perdona. Sé que no te gusta hablar de ello.

Yo ya no prestaba atención a la conversación. Mentalmente veía a la chica meciéndose con las olas, pensando mis pensamientos, experimentando mis sentimientos, nadando lejos.

En el Subway, una mujer aceptó mi solicitud y me preguntó si tenía alguna experiencia, como si preparar bocadillos fuera Física Cuántica o algo así. Y después de pasar un minuto en Wendy's viendo cómo el encargado le gritaba a un empleado por haber limpiado mal los baños, decidí no pedir trabajo allí.

—Esto es un asco —concluí—. Me apetece otro dónut.

—No hemos pasado por el Picasso —señaló Lee a la vez que me alisaba el cabello—. Luego podrás comerte otro dónut.

Nos encaminamos al Picasso's Pizza, ese basurero que lleva en Beach Front más que ningún otro negocio. Se trata de la última pizzería del pueblo que no pertenece a una cadena, ni realiza entregas a domicilio, y que básicamente constituye el centro de reunión de un montón de tíos de veinticinco años cuyo principal medio de transporte es una bicicleta BMX.

Miré a través del entelado escaparate.

—No quiero trabajar en este antro.

—Pregunta por el encargado —insistió Lee—. Si te preguntan por tu experiencia como cajera, diles que sacas buenas notas en mates y que aprendes rápido.

—¿De repente dominas el arte de pedir trabajo? Si tu única experiencia es haber hecho de canguro de vez en cuando.

—Te estoy diciendo lo que YO haría en tu lugar.

Darren siempre me estaba repitiendo que debería escuchar a Lee. Es una buena chica, insistía.

Entramos. El local se hallaba al borde de la oscuridad absoluta. No sé si lo hacían con intención de crear «ambiente» o porque no pagaban las facturas de la luz. En cualquier caso, trastabillamos a ciegas durante diez segundos antes de que nuestros ojos se acostumbraran. Por lo que pude ver, únicamente había una persona allí dentro, una mujer con una permanente horrible que rellenaba el bufé de ensaladas con pringosas judías blancas.

—Hola —dije, tratando de adoptar un tono de voz animado y nada propio de Deanna—. ¿Está el encargado?

—Espera.

Entró en el almacén y salió acompañada de un hombre. Era un tipo de unos cuarenta años, calvo, delgado y con bigote. Me estrechó la mano con energía, pero sin machacarme los huesos, como hacen algunas personas cuando intentan demostrar seguridad en sí mismas.

—Hola —me saludó con una voz tan profunda que por poco se me escapa la risa—. Soy Michael.

—Hola. Quería dejar una solicitud de empleo…

—Genial. Acompáñame.

Me volví hacia Lee.

—Vuelvo enseguida.

Michael me llevó a un reservado del salón. Las suelas de mis zapatos rechinaban según rodeábamos el bufé de ensaladas por un suelo que pedía un mocho a gritos. Mientras Michael extraía unas gafas del bolsillo de su camisa, eché mano de una servilleta a toda prisa y la pasé por el vinilo naranja del asiento, por si las moscas.

—Debo advertirte —empezó Michael— de que el negocio ha flojeado mucho últimamente. Desde el 11 S, Enron, Irak y toda la mierda, con perdón, que ha atravesado este país en los últimos tiempos, parece ser que la pizza ha dejado de ocupar un lugar prioritario en el presupuesto familiar.

Quise decirle que seguramente el bajón se debía más bien a la porquería de pizza que servían y a la política de no hacer entregas a domicilio, pero, puesto que el Picasso's Pizza constituía mi último recurso, cerré el pico.

Me hizo un montón de preguntas y luego dijo:

—Aquí suelen trabajar dos o tres personas, incluido yo. La cosa se anima un poco en verano y me gusta contratar a alguien más por si hay demasiado ajetreo.

Se interrumpió como si esperara alguna reacción por mi parte.

—Ajá.

—Bueno, no ha venido nadie más a pedir trabajo. Así pues… —Abrió las manos y se encogió de hombros.

—¿Cuánto cobraría?

—Todo el mundo empieza cobrando el salario mínimo, pero si sigues por aquí pasadas dos semanas, te subiría cincuenta centavos la hora. También podrás llevarte una pizza gratis por cada turno que trabajes.

El salario mínimo. Eso y nada era lo mismo. El fajo de billetes que tenía pensado arrojar a la cama de Darren y Stacy encogió drásticamente en mi pensamiento.

—¿Cuántas horas a la semana podría hacer?

—Ahora mismo te puedo ofrecer veinticinco horas. Puede que más si alguien se pone enfermo o hay mucho movimiento.

No era el trabajo de mis sueños que digamos, pero Michael parecía enrollado, un tío normal que no te vende la moto.

—Vale —dije.

—¿Vale? ¿Quieres el empleo?

Asentí.

—Claro.

Michael sonrió. Tenía los dientes amarillentos, como si fumara tres paquetes al día o bebiera litros de café.

—Fantástico. —Se levantó y volvió a estrecharme la mano—. Pásate mañana a las seis y te lo enseñaremos todo. Te daré una camiseta con el logo del Picasso. ¿Qué talla usas? ¿Pequeña?

—Mediana.

—Puedes llevar vaqueros. Pero recógete el pelo.

—Gracias —dije. Michael desapareció en el almacén y yo regresé con Lee—. Ya tengo trabajo.

—¡Yupi! —La miré con cara de circunstancias y cambió el tono de voz—. O sea, ¿yupi?

—En realidad, no. Pero así es la vida.

—¿Te darán pizza gratis?

—Sí.

—¡Chachi!

* * * * *

Cuando llegué a casa, Stacy y mi padre estaban discutiendo. Se encontraban en el tenebroso recibidor, mi padre empapado y envuelto en un albornoz, Stacy con los mismos pantalones de chándal sucios y acunando a April. No dieron muestras de reparar en mi llegada.

—Sería agradable poder disfrutar de una ducha caliente en mi propia casa de vez en cuando —protestaba mi padre.

—Al menos TÚ tienes TIEMPO para ducharte.

—Que yo sepa, los días para ti tienen veinticuatro horas, igual que para todo el mundo.

Entró en el baño y cerró de un portazo antes de que Stacy pudiera replicar. Ella permaneció en el mismo sitio, mirando el espacio que había ocupado mi padre hacía un momento. Yo conocía esa sensación.

—Hola —dije con voz queda.

Ella se volvió a mirarme, sobresaltada.

—Deanna, hola.

Y entonces hizo su aspaviento.

Stacy cuenta con un movimiento particular, un gesto propio. Sea cual sea la situación, recupera la compostura agitando la melena y llevándose la mano derecha a la cadera con dignidad, y tú te quedas en plan, hala, será mejor no meterse con esa tía. Esa es la chica que merodeaba por el Terra Nova desafiando a cualquiera a mirarla dos veces. La vi hacer ese gesto después de que la ex de Darren, Becky, la empujara por un par de escaleras en el Taco Bell de la playa. Lo hizo el día que se mudó a nuestra casa, cuando su madre la echó y le soltó: «Sabía que acabarías exactamente así».

Yo necesitaba un aspaviento como el suyo.

April empezó a lloriquear. Stacy la meció con suavidad según entraba en la cocina.

—He cometido el pecado mortal de poner la lavadora. Supongo que se ha quedado sin agua caliente. ¡Jo! —Me tendió a April y sacó un refresco *light* de la nevera—. Tengo que marcharme AHORA mismo si quiero coger el autobús para llegar a la cita del médico.

—¿Darren se ha llevado el coche?

—Sí.

—¿Y por qué no lo has acompañado al trabajo esta mañana para poder quedártelo?

—Pues verás, Deanna, porque soy una mala madre, idiota, irresponsable y cabeza hueca, supongo. —April berreaba ahora a todo pulmón. Stacy cerró los ojos—. ¡Por Dios! ¿Por qué no puede pasar ni UN día entero sin llorar?

Acuné a la niña en mis brazos.

—Mmm, ¿porque es un bebé?

—¿Sabes una cosa, Deanna? Me encanta cuando te haces la listilla.

—Perdona —me disculpé. Una imagen acudió a mi mente: Stacy en una sala distinta, sobre una moqueta más bonita, de algún color que no fuera el verde, y un cuadro de un faro, uno de verdad, sobre la repisa de la chimenea—. No viviremos aquí para siempre, Stacy.

Me miró.

Me corregí.

—O sea, no viviréis aquí para siempre. Darren, April y tú. Y yo tampoco. —Era demasiado pronto, un mal momento—. Quiero decir que… algún día, todos nos marcharemos.

—Eso espero. —Me arrancó a su hija de los brazos y se encaminó a la puerta—. Ni siquiera sé si sobreviviré al día de hoy.

* * * * *

Por la noche, Jason y Lee me invitaron a salir con ellos. Y fue todo un gesto por su parte, de verdad, porque los padres de Lee únicamente la dejan salir dos noches a la semana. Debería haber rehusado, haberlos dejado solos porque llevaban unos días sin verse, pero, como es natural, no dudé en aprovechar la ocasión de largarme de mi casa.

La madre de Lee nos llevó a la ciudad, a Stonestown, un centro comercial semiexclusivo que hay cerca de la universidad pública de San Francisco en el que, por lo general, puedes pasear sin miedo a que una banda de aspirantes a delincuente te atraque. Lee se sentó delante con su madre. Jason y yo ocupamos el asiento trasero del turismo familiar, lo que resultó un poco raro. Al menos para mí.

Aparcamos en Nordstrom y la madre de Lee nos dijo que acudiría a buscarnos a las nueve. Las nueve. No la dejan llegar más tarde. Ni siquiera en verano. Asintió sin rechistar.

Cuando el coche de su madre se alejó, Lee preguntó:

—Vale, ¿quién tiene dinero?

—Yo no —respondí.

Jason rebuscó en su bolsillo.

—Yo tengo cinco pavos.

—Yo tengo cuatro —declaró Lee a la vez que los sacaba de su bolso—. Nueve en total, así que… tres para cada uno. ¡Yuju! —Entramos en Nordstrom, ella agitando los billetes y gritando—: ¡Apártense todos, tenemos compras que hacer!

—No parece que los vendedores se mueran por atendernos —me susurró Jason. Su brazo rozó el mío según Lee se adelantaba riendo.

Resoplé.

—Más bien parecen a punto de llamar a seguridad.

Lee se volvió hacia nosotros, los ojos brillantes, la risa todavía borboteando en su voz.

—Venga, chicos, no os quedéis atrás. Tan solo tenemos dos horas para gastar nuestra fortuna.

Alargó la mano y Jason trotó unos pasos para alcanzarla. Yo me rezagué un poco más, fingiendo examinar un expositor de vaqueros mientras ellos se achuchaban.

* * * * *

Después de pasar cuarenta y cinco minutos mirando escaparates, estábamos hartos de patearnos esos suelos de mármol falso y de ver a parejas de *yuppies* comprando cosas que nosotros nunca nos podríamos permitir, y yo pensé, sin poder evitarlo, que debería haberme quedado en casa. Veía a Lee y a Jason andar por ahí con las manos metidas en el bolsillo trasero del otro, como si pasear en pareja fuera lo más natural del mundo, o enviarse pequeños mensajes con los ojos: *Qué mona eres* o *Me haces sonreír* o *Me gusta cómo haces tal cosa*. O quizá se estuvieran diciendo: *Lástima que no estemos solos.*

—Algún día podré comprarme medio pendiente —se lamentó Lee a la par que miraba el centésimo expositor de joyería de la noche—. Si está rebajado.

—Tío —protestó Jason, y le echó un brazo por los hombros—. ¿Podemos sentarnos ya?

—Jo. Me encanta que me llames «tío». Es tan romántico, ¿verdad, Deanna?

—Sí —respondí yo, tratando de adoptar un tono tan desenfadado como el suyo—. Qué tierno…

—Tengo que mear —informó Jason—. ¿Quedamos en McDonald's?

Lee suspiró.

—Para ti, Jay, todos los caminos llevan a McDonald's. —Dicho eso lo besó, pasándole el pulgar por la mandíbula según demoraba el contacto de los labios—. Nos vemos allí.

¿Qué se debe de sentir, me pregunté, cuando te besan en público? No hablo de un apasionado beso de tornillo, sino de uno que viene a decir: *Nos pertenecemos mutuamente.* A mí nunca me habían besado así, ni Tommy ni nadie. Nadie me había declarado suya, al menos no delante de todo el mundo.

Lee y yo compramos comida por valor de nueve dólares y esperamos a Jason sentadas en un reservado de plástico duro, delante de una mesa pegajosa. Miré a los chicos que tomaban órdenes, entregaban el cambio, introducían hamburguesas en bolsas y se movían de acá para allá tras el mostrador, todo un enjambre de polos rojos.

—Igual que yo dentro de veinticuatro horas —observé.

—Pero sin clientes —replicó Lee mientras hundía un bocadito de pollo en salsa barbacoa—. Nadie COME en el Picasso.

—Es un trabajo. Me conformo con que me paguen.

—Cuando acabe el verano, iremos de compras por todo lo alto. Ropa nueva, todo nuevo.

Negué con la cabeza.

—No pienso gastarme la pasta en eso.

—¿Y en qué te vas a gastar la pasta?

Jason llegó en ese momento y se deslizó en el asiento para acomodarse junto a Lee. Alargó la mano para alcanzar las patatas fritas que compartíamos.

—Te he traído una cosa —anunció con la boca llena.

—¿Ah, sí? ¿Así que has estado ocultando fondos?

—Para una buena causa. —Se llevó la mano al bolsillo de la chaqueta y extrajo una bolsita de papel encerado de Mrs. Fields—. Una *cookie* no sé cuántos con chocolate blanco. Ya sabes, la que te gusta.

El rostro de Lee irradiaba tanta alegría, parecía tan feliz por una galleta de nada, que tuve que apartar la vista. Clavé los ojos en las patatas fritas mientras se besaban.

—Tomad —ofreció Lee—. Un tercio para cada uno. —Me acercó un trozo de galleta y empujó otro hacia Jason—. A partes iguales. Bueno, casi iguales.

—Gracias, nena —dijo Jason, que se zampó su trozo de un bocado.

—Sí —añadí yo—. Gracias.

Qué fácil lo tenía. Qué fácil ser la novia de Jason, ser mi amiga, ser una «buena chica», como decía Darren.

—Y volviendo al tema del dinero —prosiguió Lee—, ¿en qué planeas gastar tus colosales ganancias estivales?

—¿Te vas a comprar un coche? —me preguntó Jason—. No lo hagas sin consultarme.

Negué con la cabeza. No sabía si contárselo. Me parecía un tema demasiado personal, pero ahí estaba yo, con las manos vacías, sin contribuir a la noche con nada salvo con mis sarcásticos comentarios y mis celos privados. Exclusivamente Deanna, la niña problemática, sin dinero ni novio ni planes de futuro.

—Me marcho de casa.

Lee se llevó una mano a la boca.

—¿Cómo que te marchas de casa? —quiso saber Jason.

—Me marcho. Darren, Stacy y yo. —Rompí una esquina de mi tercio de galleta—. Después del verano, nos llevaremos a April y alquilaremos una casa.

—¿Va en serio? —preguntó Lee—. ¿DE VERDAD? ¿Lo saben tus padres?

Noté los ojos de Jason clavados en mí. Su detector de trolas se había disparado.

—Bueno, no es, o sea, un plan en firme ni nada. —Ya me estaba arrepintiendo de haberlo soltado. Cuanto más hablaba, más parecía que me lo estuviera inventando. Incluso yo me daba cuenta—. Quiero esperar a ver qué tal me desenvuelvo en el trabajo —proseguí como si quisiera quitarle importancia—. O sea, si me gusta y si me puedo ganar la vida.

—Hala —exclamó Lee—. Qué fuerte.

—Solo es una idea. —Arrugué los restos de la comida y los amontoné en la bandeja—. Puede que al final quede en nada.

—Tendrás que seguir trabajando durante el curso, ¿no? ¿Para pagar tu parte del alquiler y eso?

—No sé —respondí, y miré mi reloj—. No digáis nada. Darren y Stacy no quieren que mis padres se enteren.

—Vale —accedió Jason, asintiendo despacio. No me atrevía a mirarlo.

Me levanté.

—Vamos —le dije a Lee—. Tu madre nos estará esperando.

* * * * *

Esa misma noche, más tarde, a solas en mi habitación, estuve escribiendo en mi diario. Era el único sistema que tenía para dejar de pensar en Jason y en Lee, para dejar de preguntarme por qué demonios había abierto mi estúpida bocaza.

La chica de mi relato seguía en el mar, meciéndose con las olas sobre su tabla de surf, recordando:

> ... haber compartido una tableta de palomitas rosa con su padre en el lago Stowe. Él partía los pedazos con las manos; a ella le gustaba morderla directamente, notar los trocitos de caramelo pegados a los labios.

El recuerdo me pertenecía, creo. Me acuerdo de haber ido al lago. Me acuerdo de la tableta de palomitas rosa. No sé si las dos cosas sucedieron al mismo tiempo, ni si de verdad mi padre estaba allí.

… el aroma de las hojas de eucalipto machacadas entre sus dedos.

Un día distinto, en el parque; eso sí sucedió, seguro. Todavía tengo cápsulas de eucalipto en el cajón de los calcetines.

… un papel especial satinado que él se llevó del trabajo para que su hija pudiera dibujar con sus rotuladores. Ella llenó la brillante superficie de rayas y garabatos.

La pequeña declaración de amor que suponía contar con un excedente de National Paper, un papel que había viajado de la oficina de mi padre a nuestra casa y a mi habitación, de sus manos a las mías: *nos pertenecemos mutuamente.*

Oí a Darren entrar en casa. Cerré el portátil. Para cuando llamó a mi puerta, yo ya estaba tumbada en la cama leyendo una revista mientras la chica de las olas se perdía en el horizonte.

—Pasa.

Se desplomó en el suelo, se tendió de bruces y lanzó uno de esos suspiros postjornada laboral que expresan cuánto te alegras de que el día haya llegado a su fin.

—¿Tienes algo para comer?

—Sí —respondí sin moverme—. Ahora te traigo el menú. ¿Qué tal el trabajo?

—Uf, ya sabes —dijo sin alzar la vista—. La misma mierda, un día distinto.

Darren es casi idéntico a mi padre. El mismo pelo rubio ceniza, el mismo cuerpo compacto y musculoso, la misma voz; aunque Darren únicamente se enfada si tiene motivos, creo, como cuando le cambian el turno sin avisar o se topa con un mal conductor. Es un buen hermano. También un buen padre, de momento.

Dejé la revista a un lado.

—He encontrado trabajo.

—¿Sí? —Se puso de espaldas y se frotó la barriga—. Bien por ti. Así podrás empezar a ahorrar para la universidad.

Siempre me estaba repitiendo que tenía que ir a la universidad. A mí no me parecía una postura realista, pero le seguí la corriente.

—Aún me quedan dos veranos.

—Deanna, lo digo en serio. No quiero que termines dando tumbos por Pacifica y metiéndote en líos cuando acabes los estudios.

—Hablas igual que papá.

—No es verdad.

—Sí es verdad.

—Vale. Pero ¿me has oído?

—Sí —me impacienté—. No quieres que me quede embarazada y renuncie a la universidad y viva en el sótano de papá y mamá trabajando en el Safeway toda mi vida. Igual que Stacy y tú. Solo me lo dices cincuenta veces al día.

Se pasó las manos por la cara.

—Perdona. Es que para ti aún no es demasiado tarde, ¿sabes? Todavía puedes librarte de esto.

Una de las cosas que Darren y yo tenemos en común es que los dos hemos decepcionado a mis padres. Él por haber tenido una hija tan joven, por no hablar de cuando lo arrestaron por fumar marihuana a los dieciséis y tuvo que ir a juicio. Y yo porque, bueno, a nadie le gusta tener a la fulana del colegio por hija. Hablando con propiedad no soy una fulana, porque solo he estado con Tommy, pero es difícil defenderse alegando un error técnico en un caso como el mío. O sea, no puedo usar la megafonía del instituto para refutar la acusación.

Sonó el móvil de Darren.

—Eh, nena —respondió—. Sí. Ahora mismo voy. —Se levantó—. Tengo que irme. Baja luego a ver *El show de David Letterman* con nosotros.

—Tendré que consultar mi agenda. A ver —dije, cerrando los ojos—, sí, estoy libre.

3

El sábado desperté temprano, nerviosa ante la idea de empezar a trabajar. Seguía en la cama, entrando y saliendo del sueño, cuando mi madre abrió la puerta sin llamar.

—Estaba pensando en hacer tostadas francesas —anunció—. ¿Te apetecen?

La miré sin abrir los ojos del todo. Llevaba puesto el albornoz de rizo rosa, el que tiene una mancha de café en la pechera.

—¿No trabajas hoy?

—Han pedido voluntarios para librar unos cuantos días. —Empezó a ordenar mi habitación, recogiendo ropa sucia y amontonando fundas de CD—. Nunca seas vendedora.

Una afirmación curiosa, teniendo en cuenta que todos los miembros de mi familia son vendedores: mi padre en el almacén de una tienda de repuestos automovilísticos, mi madre en Mervyns y Darren y Stacy en Safeway. Si bien mi padre todavía consideraba su trabajo en la tienda algo temporal. Antes de eso, estuvo trabajando en National Paper, su primer y único empleo hasta que lo despidieron.

—¿Y si me hiciera *pizzera*? —pregunté.

—¿Y eso?

—He encontrado trabajo. En el Picasso's Pizza.

—¿Limpio o sucio? —me preguntó al mismo tiempo que me mostraba una sudadera. Aún no había procesado lo que acababa de oír—. ¿Trabajo? No sabía que buscaras trabajo.

—Sucio —respondí. Tiró la sudadera al cesto de la ropa—. Mamá, no hace falta que ordenes mi habitación.

—¿Y cuándo decidiste buscar trabajo?

—Es lo que hace todo el mundo cuando cumple los dieciséis, ¿no? Trabajar. Quiero tener dinero para mis gastos.

Me senté en la cama y la miré. Ahora estaba arrodillada junto al equipo de música, buscando los CD de los estuches vacíos que acababa de recoger. Unos cuatro centímetros de raíces grises asomaban bajo el tinte caoba que siempre usaba.

—Ojalá me lo hubieras dicho. Habría preguntado en Mervyns.

—Mamá, ¿te importaría dejar de tocar mis cosas?

Me levanté y le arrebaté los estuches de los CD. Mi habitación, que la noche anterior me había parecido lo bastante amplia para Darren y para mí, se me antojaba ahora excesivamente pequeña para que la ocupáramos mi madre y yo.

Se miró las manos vacías.

—¿Lo sabe tu padre?

Introduje un CD en su estuche.

—No sabía que tuviera que pedir permiso.

—Bueno. —Se acercó al espejo del armario y, frunciendo el ceño, se toqueteó el pelo y se recogió el flequillo con un clip de mi tocador—. A tu edad es lógico preguntar, ¿no? Pero Darren y tú… —Dejó la frase en suspenso y se quitó el clip—. Siempre hacéis lo que os da la gana.

—Mamá, es un trabajillo, nada más. No es lo mismo que hacerse un tatuaje o comprarse un coche.

—No, si tienes razón. Solo es un trabajo. —Se dio media vuelta y me dedicó una sonrisa cansada—. ¿Qué, tostadas francesas? Hace muchísimo que no os preparo un buen desayuno dominical.

Mi madre se revolvería en la tumba si supiera que trabajo los domingos mientras todos os quedáis en casa comiendo pastas, y que nadie va a la iglesia.

Mi madre se crio en una familia católica, fue a un colegio de monjas en Daly City y todo eso. Ahora no practicamos, igual que toda la gente que conozco. Excepto Lee. La familia de Lee es practicante. En plan, van a la iglesia todos los domingos. A ver, no es como esos chicos que se preguntan *¿Qué haría Jesús en mi lugar?* antes de decidir a quién invitarán al baile de graduación, pero Lee de verdad cree en esas cosas. Sencillamente no habla de ello todo el tiempo.

En ocasiones me gustaría que lo hiciera, porque siento curiosidad. O sea, ¿qué dice cuando reza? ¿Alguna vez se enfada con Dios? Pero se me antoja raro preguntar ese tipo de cosas; me parece demasiado personal.

Cuando despidieron a mi padre y Darren se metió en líos, mi madre consideró que tal vez deberíamos ir a misa y hacer las paces con Dios. Por nada del mundo pisaría una iglesia católica, pero ese mismo domingo acudimos a la presbiteriana que hay en la otra punta del pueblo y tomamos asiento en las últimas filas. Al principio fue alucinante: la música de órgano, la luz de la mañana filtrándose por las vidrieras y los viejos bancos de madera con sus mullidos cojines de terciopelo rojo.

Y entonces un tío vestido de traje se plantó ante los fieles para anunciar las novedades de la parroquia y darles la bienvenida, y preguntó si había alguna persona nueva entre los asistentes. Supe por su manera de mirar al suelo que mis padres no pensaban darse a conocer, pero la anciana que teníamos detrás levantó la mano y nos señaló. Mi padre nos pidió que nos pusiéramos de pie y soltó: «Solo estamos de visita. Somos forasteros». Pero delante de nosotros, a dos filas de distancia, había una niña de mi clase. Me lanzó una mirada rara y le susurró algo a su madre, y supe que nunca volveríamos. Llevábamos diez minutos en la iglesia y ya habíamos mentido delante de doscientas personas, por no mencionar a Dios.

En cuanto la misa terminó, mi madre nos empujó hacia la puerta lateral antes de que nadie acudiera a saludarnos. En el coche, Darren me propinó un codazo y me mostró el bolsillo abierto de su chaqueta. Había birlado un montón de galletas al salir. Así que, en realidad, si algo recuerdo de la iglesia es que mentimos, robamos y nunca regresamos. No era nuestro sitio, en cualquier caso. Está bien para la gente como Lee, personas buenas que acuden cada semana, creen en Dios y rezan sin preguntarse si habrá alguien escuchando.

El caso es que, si no íbamos a acudir a la iglesia los domingos, al menos podíamos desayunar tostadas francesas.

Seguí a mi madre a la cocina. Sentado a la mesa, Darren le daba el biberón a April. La niña agitó las piernas cuando me vio, un gesto que siempre me hacía sonreír, y luego volvió a concentrarse en la comida.

—¿Dónde está Stacy? —pregunté.

—Durmiendo.

Mi padre se plantó en el umbral vestido con una camiseta color verde oliva remetida por dentro de los vaqueros. Exhalaba un aroma a jabón que se apreciaba desde la otra punta de la cocina. Se le veía joven y guapo, como si fuera el hermano mayor de Darren y no su padre. Me pilló por sorpresa y, por un instante, me sentí igual que cuando tenía siete u ocho años, cuando me abrazaba y me contaba su chiste favorito.

Eh, nena, escucha. ¿Te he contado ya el de los dos caracoles que cruzan la carretera?

Yo me partía de risa. *Unas diez mil veces, papá.*

A uno lo atropella una tortuga y, cuando la policía le pregunta al otro qué ha pasado exactamente...

Yo terminaba el chiste: *No sé, agente, todo sucedió tan deprisa...*

Viéndolo ahí, en la puerta de la cocina, no me costaba imaginar que nada había cambiado, que volvía a ser aquel padre, el de las palomitas rosa y los eucaliptos. Nuestras miradas se encontraron y él desvió la vista.

—Son más de las diez —anunció—. Stacy ya debería estar levantada.

—Se ha quedado despierta hasta las cinco con el bebé, papá —la disculpó Darren—. Merece un rato de descanso.

Mi padre buscó su taza de National Paper, se sirvió un café y se apoyó contra la encimera.

—¿Qué intentas decir? ¿Que merece una recompensa por ser una madre decente? Tendría que haber pensado las consecuencias cuando decidió quedarse embarazada.

Claro, como si Stacy se hubiera levantado una mañana y hubiera dicho: *Vaya, me apetece quedarme embarazada. Será divertido y, por si fuera poco, haré rabiar al padre de Darren.*

—Vale —intervino mi madre—, ¿quién quiere beicon con las tostadas francesas?

—Yo —dije.

—Yo también —secundó Darren.

Mi madre se volvió a mirar a su marido con el paquete de beicon en alto.

—¿Ray?

—Espero que no te molestes en prepararle nada a Stacy —le soltó él—. Esta casa no es un hotel; no tenemos servicio de habitaciones.

Yo dudaba mucho de que ningún hotel pintara la cocina de rosa.

Darren extrajo el biberón de la boca de April y se puso de pie.

—Da igual. Saldremos a desayunar.

—Ah, no, no lo haréis. Tu madre ya te ha preparado el desayuno.

—No pasa nada, Ray. Ni siquiera he empezado.

—No, sí que pasa.

Yo cerré el pico. Me mantenía al margen de sus peleas. Implicarse no servía de nada y, de todos modos, si hubiese tomado partido mi padre habría empezado a decir que todo el mundo estaba en su contra, algo que solo servía para empeorar las cosas.

Darren, en cambio, no tiene ningún problema en tomar partido. Se levantó y se plantó junto a mi madre.

—No la tomes con mamá solo porque odias a Stacy.

—Discúlpame —replicó mi padre— por querer para ti algo mejor que... esto. —Al pronunciar esa última palabra, desplazó la mano con un gesto que quería abarcar toda la cocina, incluyéndonos así a nosotros en lo que obviamente consideraba un inmenso fracaso.

Mi madre miraba el paquete de beicon que todavía llevaba en la mano como si se estuviera preguntando cuántas lonchas asar. En ese momento, Stacy entró en la cocina enfundada en el pantalón corto y el top de tirantes con los que había dormido, se encaminó directamente a la cafetera y se sirvió una taza de café antes de percatarse de que nadie, exceptuando a April, se había movido desde que había entrado.

—¿Qué me he perdido?

Mi madre se las ingenió para dedicarle una sonrisa.

—¿Te apetece beicon?

—No te preocupes, mamá —respondió Darren. Se encaminó hacia su esposa—. Saldremos a desayunar.

—¿Ah, sí?

—Vamos, Deanna.

Los seguí al exterior, evitando los ojos de mi madre, porque aquel era el único fallo de mi magnífico plan: dejaríamos a mi madre en casa. Lo veía todo igual que una película proyectada en una pantalla: a mi madre a solas con mi padre durante el resto de sus vidas, la casa idéntica año tras año (hasta el último detalle), vieja y destartalada; las manchas, los agujeros y las goteras a la vista, la raída moqueta verde en el suelo para siempre. Puede que mi madre fuera un testigo inocente, como esas personas que aparecen en las noticias. Están ahí pendientes de sus asuntos cuando una bala perdida les atraviesa el corazón. O tal vez no fuera tan inocente. Daba igual. Al final, sería ella la que cruzaría esa puerta a diario preguntándose qué demonios había salido mal.

* * * * *

Michael me esperaba a la puerta del Picasso.

—¿Llego tarde? —le pregunté.

—No. Justo a tiempo —dijo, y de nuevo me pilló por sorpresa esa voz de luchador profesional en un cuerpo tan escuálido. Entramos en las tinieblas del comedor principal—. No hay nadie ahora mismo, así que he salido a esperarte. No tenía nada mejor que hacer.

—¿Viene gente alguna vez?

—Sí, claro. Hay clientes fijos. Sígueme; tenemos pendiente el papeleo y te daré la camiseta. —Me llevó detrás del mostrador, donde apenas distinguí la silueta de un tipo alto enfundado en una camiseta del Picasso's Pizza, inclinado sobre la caja registradora. Su porte, lánguido y desgarbado, me resultó familiar. Mis ojos empezaban a acostumbrarse a la oscuridad—. Ah —prosiguió Michael—, este es Tommy, tu compañero de crimen.

—Hola, Dee Dee.

Era Tommy. Mi Tommy. Tommy Webber. Todavía llevaba las mismas greñas oscuras y tenía el mismo cuerpo largo y fibroso. Michael nos miró sorprendido.

—¿Os conocéis?

Tommy esbozó una sonrisilla irónica como solo él sabe hacerlo.

—En el sentido bíblico.

Y únicamente Tommy sería capaz de soltarle a su jefe una respuesta como esa. Se me revolvieron las tripas; Michael enarcó las cejas.

—Ejem. Vale, muy bien. Por aquí, Deanna. —Me indicó el camino hacia un reservado situado al fondo del restaurante. Había unas cuantas carpetas sobre la mesa, una taza de café que nadie había lavado desde hacía siglos y un cenicero. Tomó la taza—. Pasa a mi despacho. ¿Café? ¿Un refresco?

—Tomaré una zarzaparrilla —acepté, haciendo esfuerzos para que no me temblara la voz. La cabeza me daba vueltas cuando tomé asiento en el reservado. Michael regresó con mi refresco y otra taza de café para él. Sacó un paquete de cigarrillos del bolsillo de su camisa, extrajo uno mediante unos golpecitos y lo prendió. Me quedé mirándolo mientras daba una larga calada e imaginé hasta qué punto debía de resultar agradable notar el humo bajando por la garganta y entrando en los pulmones. Michael exhaló el humo con un suspiro.

—Dios mío, cuánto lo necesitaba.

—Yo lo dejé en enero —le solté—. Empecé a los doce años.

—Bien por ti. Por haberlo dejado, me refiero. Lo tengo en mi lista de cosas pendientes.

Justo antes de que naciera April, Darren y yo dejamos de fumar a la vez. Él compró una caja de parches de nicotina para los dos, que yo llevaba en el trasero para que nadie lo viera. Sin embargo, en este momento me apetecía muchísimo fumar, y ver a Michael disfrutando de su cigarrillo me estaba poniendo nerviosa.

—¿No es ilegal? —señalé—. ¿Fumar en un restaurante?

—Bueno, sí.

Clavé la vista en mi zarzaparrilla y miré cómo las burbujitas ascendían a la superficie.

—No creo que pueda trabajar aquí —confesé en el tono más quedo posible, para que Tommy no me oyera.

—¿Qué? ¡No digas eso! —Apagó el cigarrillo—. Mira, ya está. No fumaré en tu presencia.

—No es por eso.

—Ah.

Miró el cigarrillo casi intacto que acababa de echar a perder.

—¿Tommy trabaja aquí cada noche?

—Bueno, o él o Brenda. Pero Brenda suele hacer el turno de día. —Michael suspiró y encendió otro pitillo—. ¿De verdad supone un problema? ¿Hace poco que rompisteis? —Se echó adelante y bajó la voz, más como un adolescente chismoso que como un jefe de mediana edad—. Eres demasiado joven para tener un pasado.

Si él supiera.

—Fue hace cosa de tres años.

—¿Tres años? Entonces tenías... —Abrió una carpeta y miró mi solicitud—. ¿Saliste con Tommy a los TRECE? ¿No se ha ido ya del instituto? —La sorpresa de su expresión mudó en preocupación—. ¿Eso no se considera... un delito?

—Sí —respondí, sin especificar a cuál de sus preguntas estaba respondiendo. Y yo no lo llamaría salir. Tommy iba a buscarme al colegio de vez en cuando en su Buick —un Riviera del 77 al que trataba mejor que a cualquiera de sus amigos— y me llevaba a Half Moon Bay. Nos emborrachábamos en la playa y pasábamos un rato juntos. Nunca me llamó ni me llevó a ninguna otra parte. En cuanto al tema del delito, mi padre era consciente de que podía denunciar a Tommy, pero quedó claro desde el principio que no lo haría, porque en ese caso tendría que airear el asunto. Y se sentía incapaz de hablar del tema.

Michael dio otra calada y miró a Tommy por encima de mi hombro.

—Llega siempre puntual. Nunca falta dinero en la caja registradora. Gasta la mitad del sueldo en la máquina del Guerrero Ninja y en pizza. Prácticamente GANO dinero a su costa.

Tomé un sorbo de zarzaparrilla y miré el cenicero.

—No sé.

—Deanna —me suplicó—. Te necesito. Necesito a alguien que no se ponga ciego a cerveza ni llame a Europa desde mi teléfono. Tú pareces normal.

—¿De verdad?

¿Qué otro trabajo iba a encontrar en Pacifica? Habría dado cualquier cosa por tener coche, o carné, como mínimo. Debía de haber tropecientos mil trabajos en la ciudad, en los que no coincidiría con Tommy. Y todo eso estaba muy bien, pero no tenía todo el tiempo del mundo. Si no contaba con un buen fajo de billetes que mostrarles a Darren y a Stacy al final del verano, no tendría nada que ofrecerles. Un peso muerto era lo último que les hacía falta. No me necesitarían, no me querrían con ellos, no me llevarían consigo, y yo me quedaría atrapada en esa casa, sola, como un pez fuera del agua.

Miré a Michael, que me observaba con atención. Si él andaba por allí buena parte del tiempo, todo iría bien. Me inspiraba confianza. Fumó otra calada y comprendí —por su manera de sacudir la ceniza o de bajar la voz para hablar conmigo, en el tono que adoptaría una amiga— que Michael era gay. No sé por qué, pero eso me hizo sentir mejor, me llevó a pensar que se pondría de mi parte.

—Ni siquiera tienes que ser amable con Tommy —me prometió—. Yo suelo estar por aquí de todos modos. No tengo vida. Me encargaré de vigilarlo.

—No te preocupes —respondí—. Sabré manejarlo.

No sabía si era verdad. Solo sabía que necesitaba el dinero.

—¿Te quedas? Uf, gracias a Dios. —Sacó unos cuantos papeles de la carpeta—. Vamos a rellenar el formulario de Hacienda y el de emergencias, y te enseñaré cómo funciona todo, ¿vale?

—Vale.

* * * * *

Me las arreglé para evitar a Tommy buena parte de la noche mediante el sencillo método de pegarme a Michael, que me enseñó a preparar pizza (más difícil de lo que parece), a poner el lavavajillas (que no es neurocirugía precisamente), cómo estaba organizada la cámara frigorífica (es decir, un caos), cómo rellenar el bufé de ensaladas (dejando debajo la parte rancia) y cómo usar el rebanador (SIN cortarte la mano). Cuando sonó el teléfono y desapareció en el almacén para contestar, yo me dediqué a limpiar el bufé de ensaladas y todas las mesas.

Tommy se reclinó sobre la caja registradora y me observó.

—¿No vas a saludarme siquiera, Dee Dee?

Su voz me provocó un estremecimiento. Es sorprendente cómo reacciona tu cuerpo aunque tú no lo quieras: el corazón se dispara, notas como un dolor en los dedos. Siempre me había gustado su voz, grave y relajada, uno de esos timbres que te obligan a escuchar, una voz que todavía me aturdía cuando le oía pronunciar mi antiguo apodo.

—Ya nadie me llama así —le informé.

—Yo sí.

Su manera de declararme suya.

—Bueno, pues no lo hagas.

—Vale, Dee Dee.

Me encaminé al almacén y entré en la cámara frigorífica, donde me senté sobre un cubo de rodajas de tomate. Hacía frío allí dentro, claro que sí, pero reinaba la calma. Podía pensar. No digo que llevara sin cruzarme con Tommy desde la noche que mi padre nos pilló; lo había visto pasar en coche un par de veces, y una noche coincidimos en una fiesta. Pero en esas ocasiones me había sentido como si contemplara una visión o algo salido de un sueño. Ahora lo tenía delante, vivito y coleando, hablando conmigo como hacía antes, llamándome Dee Dee.

Venga, Dee Dee. Venga. Recordaba perfectamente las sensaciones que me embargaban cuando enredaba la mano en mi coleta, cómo me la estiraba hasta que yo captaba su insinuación de que agachara la cabeza. Él decía que hacer eso no era sexo en realidad, que seguiría siendo virgen. Y luego, al cabo de un tiempo, la cuestión de la virginidad dejó de importar.

Ahora mismo llevaba coleta porque Michael me había pedido que me recogiera el pelo. Me la enrollé en un moño y acudí al penumbroso salón.

—Ah, estás aquí —dijo Michael—. Tenemos clientes. Ve y ayuda a Tommy con las pizzas.

Agarré una masa de pizza y me reuní con Tommy en el mostrador. Él me echó una ojeada y sonrió.

—¿Qué le ha pasado a tu coleta, Dee Dee?

Me recorrió una oleada de tensión nuevamente, y debería haberle dicho que se fuera al infierno, pero no quería darle ninguna satisfacción, ni la más mínima insinuación de que todavía me provocaba alguna clase de sentimiento, aunque fuera odio.

* * * * *

Michael se quedó esperando conmigo en el exterior después de que Tommy se marchara. En teoría, Darren debía acudir a recogerme a las once y media; a las doce menos diez todavía no había aparecido. Quedaban unos ocho vehículos en el aparcamiento del Beach Front y la bruma reptaba por el asfalto.

—Estoy a punto de convertirme en calabaza —observó Michael a la par que echaba un vistazo a su reloj—. ¿Quieres que te lleve?

—Vendrá. No hace falta que esperes.

Michael inhaló su cigarrillo. Ese hombre era un fan de la nicotina.

—¿Y qué? ¿Ha sido muy horrible? ¿Vas a volver?

—Necesito el dinero.

Él asintió.

—¿Y por qué iba nadie a querer trabajar aquí, si no? Ya sé que es un antro, pero es mi antro.

El Nova de Darren entró en el aparcamiento.

—Ahí está.

Michael me propinó unas palmaditas en el hombro.

—Vale, nos vemos mañana.

Monté en el coche. Tan pronto como cerré la portezuela, Darren me preguntó:

—¿Quién es ese tío?

—Es Michael, mi jefe.

—¿Ya te está tirando los tejos?

—Por Dios, Darren.

Desde el asunto de Tommy, mi hermano se había tornado un tanto sobreprotector. Siempre andaba pendiente de si algún chico me echaba el ojo, y más de una vez había amenazado con romperle la cara a cualquiera que me mirase demasiado rato.

—¿Qué? O sea, si eso va a ser así, deberías despedirte ahora mismo.

—Es gay.

—Ah. —Darren echó un vistazo al espejo retrovisor para observar cómo Michael montaba en su Toyota—. ¿Y entonces por qué te toca?

—Porque es majo. Se llama «afecto». ¿Te suena de algo? Y por cierto, si hubieras llegado a la hora, no habría tenido que quedarse esperando conmigo.

Me hacía gracia que Darren desconfiase tanto de Michael. De haber sabido que Tommy trabajaba allí, le habría dado un ataque.

—Ya lo sé, listilla —replicó—. Stacy pasará a buscarte a partir de ahora al salir de trabajar. ¿Y qué tal? ¿Dónde está mi pizza de regalo?

—Me la he comido durante el descanso. El trabajo no ha estado mal.

—Apestas a cebolla.

—Ya lo sé. Es asqueroso. —Llevaba salsa de tomate debajo de las uñas, una capa de grasa me recubría entera y desprendía el mismo tufo que un horno de pizza—. ¿Y vosotros qué habéis hecho hoy?

—Hemos ido a la ciudad a comprar ropa para Stacy y hemos dado una vuelta por la playa. Hemos estado mirando casas de alquiler.

El olor de la pizza que llevaba impregnado, el sonido de la voz de Tommy en mi cabeza y ahora las palabras de Darren me desbordaron súbitamente y tuve ganas de vomitar. Bajé la ventanilla; el aire fresco me azotó la cara.

—Pensaba que necesitabais ahorrar, no sé, un par de miles de dólares —comenté—. Para la entrada, el depósito y todo eso.

—Sí, más o menos. Hemos pensado pedirle ayuda a la madre de Stacy.

No.

No, no, no.

Si la madre de Stacy los ayudaba, ya no me necesitarían.

Empecé a parlotear muy deprisa, igual que hacía mi madre cuando estaba nerviosa.

—No os ayudará. Stacy y ella apenas se hablan desde que nació April. Yo ni me molestaría en pedirle nada. Estaréis en deuda con ella, en plan, TODA LA VIDA.

Prácticamente me había puesto a gritar. Inspiré hondo unas cuantas veces y miré por la ventanilla. La bruma me refrescó la cara y depositó gotitas de agua salada en mi piel. Noté que Darren me miraba.

—Tranquila —dijo—. No creo que le pidamos nada. Lo hemos comentado, nada más.

Aparcamos delante de nuestra casa y Darren se bajó del coche. Yo me quedé sentada un rato, mirando la calle. Los cubos de la basura ya estaban fuera para la recogida matutina y los gatos del vecindario merodeaban por aquí y por allá. Saltaban de los jardines delanteros a la acera, se agazapaban debajo de los coches, cruzaban la calle con parsimonia.

Hice un cálculo mental. ¿Cuántas pagas, cuántas semanas rascando queso del mostrador, cuántos días soportando los ojos de Tommy clavados en mí me costaría el billete de salida?

Darren asomó la cabeza por la ventanilla del copiloto. Di un respingo.

—¿Entras o qué?

Me bajé del coche y lo seguí a nuestra casa: un edificio en el que vivía, nada más, mientras esperaba a que sucediera algo real.

* * * * *

Odiaba los lunes. Mi madre estaba trabajando, Darren también y Stacy se había marchado a hacer unos recados, así que me encontraba a solas en casa con mi padre, que tenía el día libre. La situación ya resultaba bastante horrible durante el curso escolar, cuando tenía un par de horas que matar en su compañía, entre el final de las clases y la cena; en verano se me antojaba insoportable. Necesitaba escapar.

Telefoneé a Jason. Tenía que contarle a alguien que Tommy había reaparecido en mi vida. Podría haber llamado a Lee, pero no estaba de humor para el tipo de charla motivadora que sin duda me dedicaría. Y, vale, sabía que los lunes por la mañana Lee estaba ocupada. Su madre y ella se habían apuntado a un curso de cerámica que duraría varias semanas, de modo que quería aprovechar la ocasión de tener a Jason para mí sola. Visualicé a Lee acercándome un tercio exacto de la galleta especial que su novio le había regalado y me sentí un tanto culpable.

—Eh —lo saludé por teléfono.

—¿Qué pasa?

—Necesito salir.

—Vale. Pero no tengo dinero. ¿Y tú?

—¿Tú qué crees?

—Ven a casa —dijo. El sonido de su voz bastó para tranquilizarme—. Mi madre trabaja hoy desde aquí, pero no nos molestará. Está viendo una maratón de Clint Eastwood en la tele.

—¿Y eso es trabajar desde casa?

—No preguntes.

—Llegaré en diez minutos.

Eché mano de mi chaqueta e intenté salir a hurtadillas, pero mi padre estaba fuera arreglando algo en el motor del coche. Alzó la vista.

—¿A dónde vas?

—A casa de Jason.

—¿Con Lee?

—No. Solo con Jason.

Podría haberle mentido y haberme ahorrado lo que vendría a continuación, pero no tenía nada que ocultar.

Mi padre se limpió las manos en un trapo sucio de grasa y se acercó.

—¿Por qué?

—Porque Lee no puede venir.

—¿Por qué no?

—Porque está ocupada.

—¿No te puedes quedar en casa por una vez?

¿Y hacer qué? ¿Sentarme en mi cuarto soñando con estar en cualquier otra parte?

—La madre de Jason estará allí.

Mi padre regresó al automóvil y hundió la cabeza debajo del capó.

—¿A Lee no le importa que estés a solas con Jason?

Me puse colorada como un tomate. Mi padre no solía soltarme comentarios como ese, preguntas que revelaban con diáfana claridad lo que pensaba de mí. Por lo general, eran las cosas que no decía las que me dolían. Me alejé sin responder, por la entrada de los coches y luego por la calle, hacia el domicilio de Jason. Cuanta más distancia ponía con mi hogar, mejor me sentía.

Su madre abrió la puerta.

—Hola, Deanna, ahora no puedo charlar. Clint está a punto de resolver el caso… Encontrarás a Jason en su habitación —me saludó, y salió corriendo hacia la tele otra vez.

Me encaminé al cuarto de mi amigo por el pasillo, sobre la moqueta de color melocotón, un camino que llevaba recorriendo casi toda la vida, desde que la compraron hasta ahora. Una alfombra tapaba una mancha allí donde Jason había derramado pintura de modelismo en quinto. El olor de su habitación tampoco había cambiado en todo ese tiempo. Un tufillo a sudor de chico, cítrico. No era desagradable ni nada, solo intenso y como profundo, igual que las mondaduras de naranja cuando las dejas al sol.

Jason estaba en la cama. Me senté en el suelo. Imaginé a mi padre observándonos por una cámara de vigilancia, contemplando sorprendido cómo mirábamos la tele con la mayor inocencia en lugar de enrollarnos, esnifar coca, perforarnos mutuamente los pezones o lo que sea que mi padre imaginase que hacía en mi tiempo libre.

Durante los anuncios le conté lo del trabajo, pensando que en cualquier momento llegaría a la parte que hacía referencia a Tommy. No sucedió. Quizás porque no me sentía preparada para hablarle de ello, o tal vez porque el mero hecho de estar con Jason bastaba para que me sintiese mejor.

—Yo también debería buscarme un trabajillo —rumió—. Por otro lado, a lo mejor debería pasarme todo el verano durmiendo y mirando la tele. Sí, eso suena bien.

Saqueamos la nevera y comimos restos de espaguetis y triángulos de maíz sentados a la mesa de la cocina.

—No quiero volver a casa —dije.

—Pues no vuelvas —replicó Jason—. Quédate a dormir.

Lo hacía constantemente cuando éramos niños: pasar la noche en casa de Jason como un par de amigas, cada cual en su saco de dormir, tendidos juntos en el suelo del salón. Iluminábamos el techo con las linternas y llenábamos la alfombra de migas de galletas saladas.

—Mejor no.

—A mi madre no le importa.

—A mi padre sí.

Terminó sus espaguetis.

—Creo que hay pastel. ¿Quieres?

—A ver… Vale, sí.

Era justo lo que necesitaba. Nada de charlas motivadoras, ni de discursos sobre mi baja autoestima. Nada de pasar dos horas reviviendo la Era Tommy de principio a fin. Únicamente pastel y esa sensación tan familiar de pisar la moqueta de Jason, el olor de su cuarto, su rostro, la historia de nuestra amistad por donde posara los ojos.

4

La noche siguiente, Tommy me acorraló en la cámara frigorífica mientras yo rellenaba un bote de salsa de pizza. Se plantó muy cerca de mí, invadiendo por completo mi espacio personal. Mi cuerpo volvió a traicionarme, los nervios de punta, un cosquilleo no del todo agradable pero tampoco desagradable reptando por mi cuero cabelludo.

—Quédate después de cerrar —me propuso con un tono confiado, como si supiera que no rehusaría—. Tengo algo de «combustible».

La idea de pasar un rato en una pizzería vacía fumando hierba con él debería haberme puesto los pelos de punta. Tendría que haberme reído en su cara. Sin embargo, sucedió algo que no esperaba: al tener a Tommy tan cerca me sentí igual que a los trece años, cuando era una chica infantil e inexperta, en parte asustada y en parte emocionada. Particularmente allí, en la intimidad de la cámara, que se parecía demasiado al espacio en el que hablamos por primera vez.

Tommy estaba en mi casa pasando un rato con Darren. Yo me encontraba en el cuarto de baño jugando a probarme el maquillaje que me acababa de comprar. La puerta estaba entornada y Tommy entró sin más. Se apoyó en la jamba para que no pudiera salir a menos que lo empujara, cosa que no hice.

—¿Por qué te pones esa porquería en la cara? —me preguntó al mismo tiempo que señalaba mi montoncito de maquillaje: perfilador de ojos, máscara de pestañas y brillo labial de farmacia.

Tommy era mono. Más alto que ningún chico de mi colegio, sin duda, con una cicatriz debajo de la sien izquierda que le daba un aspecto duro y como peligroso, y que a mí me parecía guay. Lo que más me impactó, sin embargo, fue su manera de mirarme. Como si alguien me contemplara por primera vez en mi vida.

—Me hace parecer mayor —le expliqué, casi incapaz de pronunciar las palabras.

Tommy me observó a través del espejo.

—Te hace parecer vulgar.

Al oírle decir eso, me sentí una cría boba. Debería haberme marchado, pero en ese momento deseaba más que nada en el mundo que siguieran mirándome como lo hacía él. Me contemplé en el espejo, largo y tendido, y concluí que quizás no estaba tan guapa con el maquillaje puesto; no veía a una chica vulgar como decía él, pero sí a una que se esfuerza demasiado. Parecía una niña jugando a disfrazarse de mayor, que venía a ser lo que yo era. Así que me lavé la cara bajo los atentos ojos de Tommy.

—Pensáis que a los chicos nos gusta eso —prosiguió—, el maquillaje y toda esa basura. Pero lo que nos pone en realidad… —Presté la misma atención a Tommy que si acabara de encontrar una nueva emisora de radio en la que me iban a explicar todo cuanto siempre había querido saber acerca de mí misma. Él se arrimó por detrás y nos observamos en el espejo. El maquillaje había desaparecido, el cabello enmarcaba mi cara mojada—. Es una chica con la cara lavada, como recién salida de la ducha. Sí. Exactamente así.

Cuando dijo eso, posó las manos en la pila, a ambos lados de mi cuerpo, y se dejó caer contra mi espalda. Noté su calor, un calor que nunca antes había sentido. Y me estaba diciendo que poseía algo, yo misma, capaz de despertar deseo en otra persona.

—¿Lo ves? Ahora sí que estás guapa —declaró con ese tono de voz seguro y relajado que se gastaba—. Así, al natural.

Sucedió en ese instante; me miró y supe que acababa de encontrar lo que siempre había estado esperando sin saberlo. No digo que experimentara un flechazo ni me enamorara, ni ninguna cursilada por el estilo. Se parecía más a lo que sientes cuando te escogen la primera para un partido de voleibol o encuentras una de esas estúpidas tarjetas con golosinas en la taquilla. Lo que se siente al saber que alguien ha pensado en ti durante más de un segundo, que se ha acordado de ti mientras no estabas presente.

Nos observamos a través del espejo y algo chisporroteó entre los dos.

Entonces oímos a Darren acercarse por el pasillo. Agarré el maquillaje y empujé a Tommy para salir del baño y meterme en mi habitación. Recuerdo haberme tendido un buen rato tras el encuentro, pensando en Tommy, en lo que me había dicho, en el contorno de sus brazos musculosos apoyados en el lavamanos, una y otra y otra vez, hasta que me dormí con esa sensación cálida, turbadora y dolorosa en el cuerpo.

Y así me sentía ahora, allí, en la cámara frigorífica, cuando Tommy se pegó a mí, a pesar de todo lo sucedido y de tener muy claro quién era él.

—Venga, Dee Dee —dijo en voz baja—. Será divertido. Seguro que no tienes nada mejor que hacer, ¿verdad? Sé que no tienes novio.

—¿Cómo lo sabes?

Se encogió de hombros y sonrió.

—Solo es una intuición.

En ese momento, reaccioné. Tommy seguía siendo un idiota convencido de que aquellas pocas horas en su coche resumían toda mi vida.

—No me llames Dee Dee. Ya te lo he dicho. —Interpuse el bote de salsa entre los dos—. Stacy vendrá a buscarme cuando salga. Si te ve, se lo dirá a Darren y te pondrá a caldo.

—Qué miedo.

Michael se asomó por la puerta de la cámara frigorífica.

—¿Tommy? Tendrías que estar en la caja registradora. Es para hoy, espero. —Tommy salió con una sonrisa—. ¿Te ha molestado? —me preguntó Michael—. Si te molesta, dímelo.

—No —dije—. Él no es nadie.

* * * * *

Me senté en el suelo de mi habitación, de espaldas a la puerta para que nadie pudiese entrar. Tenía la libreta abierta en el regazo, el boli suspendido sobre el papel.

Tommy recostado sobre mí.

Tommy buscando mis ojos en el espejo, declarando lo que yo le inspiraba. Tommy en la cámara. Su voz, sus ojos, su cicatriz, sus brazos. Mi cuerpo, su cuerpo.

Es la última vez, pensó la chica, que recuerdo todo eso.

Si acaso los recuerdos flotaban de nuevo hasta ella, se alejaría remando.

Pertenecer a alguien, a algo.

La mirada de mi padre en el pasado, su mirada ahora.

Cuando hubiera terminado de recordar, podría empezar a olvidar.

5

Lee me llamó al día siguiente.

Lo consideré una señal, una oportunidad de contarle que Tommy había reaparecido en mi vida y lo que eso significaba, o podía significar. Pero Lee no me preguntó por el trabajo ni cómo estaba ni nada relacionado con mi vida.

Me soltó a bocajarro:

—Eh, tengo que pedirte consejo.

—Vale. ¿Acerca de qué?

—No puedo hablar ahora mismo; mi madre anda por aquí. ¿A qué hora entras a trabajar? ¿Podemos quedar?

Acordamos encontrarnos en el Picasso's Pizza una hora antes de que comenzara mi turno. Debería haberle dicho en ese momento que Tommy trabajaba allí, pero no me salió. ¿Y si al verlo en persona variaba su opinión acerca de lo sucedido? Tal vez se hubiera imaginado al típico guaperas malote y, al descubrir la escuálida y barriobajera realidad, cambiara de idea sobre la historia, cambiara de idea sobre mí.

Cuando corté la llamada, acudí a la cocina en busca de una zarzaparrilla. Mi madre acababa de llegar a casa del trabajo. Mi padre y ella se encontraban en el jardín trasero. Los veía y los oía a través de la ventana abierta.

—¿Y cuándo pensaba decírmelo? —preguntaba mi padre. Estaba limpiando las herramientas del coche—. ¿Cuándo se supone que debo enterarme de lo que pasa en esta casa?

—Es un empleo, Ray. Es algo BUENO.

—¿Pasar la noche revoloteando por un centro comercial? Un buen modo de meterse en líos, más bien.

Pues sí, se gastaba ese tono incluso cuando pensaba que no le oía. No lo reservaba para cuando yo andaba cerca con el fin de que me sintiera fatal, castigarme o lo que sea. Si acaso yo necesitaba pruebas de lo que pensaba de mí en realidad, ahí las tenía.

—Estoy segura de que tenía pensado mencionártelo.

—¿Mencionármelo? —Tiró una llave ingle-
sa a la hierba, donde chocó con otra herramienta—. ¿Igual que tú me MENCIONASTE que
Stacy estaba embarazada tres semanas después
de que Darren te lo dijera? ¿Acaso no tengo derecho a saber lo que pasa en mi casa?

No te preocupes, papá. Muy pronto saldremos de tu vida.

—A lo mejor deberías hacer más preguntas,
hablar más con ellos. Si lo hicieras, te contarían
sus cosas.

Mi madre hablaba deprisa, mordiéndose las
uñas. Yo quería abandonar la cocina, no deseaba
oír lo que sea que mi padre se disponía a decir sobre mí. Pero me quedé donde estaba, petrificada.

—Ya hago preguntas —alegó mi padre.

Mi madre suspiró.

—Les interrogas.

Él arrojó otra herramienta al montón.

—Tú también lo harías si hubieras visto lo
que yo vi.

—Ray, hace mucho tiempo de aquello.

—A mí no me lo parece.

Mi padre se encaminó a la casa. Yo me largué corriendo al salón para que no me viera.
Mientras cruzaba la puerta trasera, le oí decir:

—Para mí sucedió ayer mismo. Así es como me siento.

* * * * *

He aquí lo que experimentaba en ocasiones: Volvía a revivirlo todo y empezaba a pensar en términos de «y si». ¿Y si yo no hubiera conocido a Tommy, o hubiera sido lo bastante lista como para mandarlo a paseo, o mi padre no nos hubiera seguido a Montara aquella noche? ¿Y si, aunque nos hubiera seguido, hubiera sido de esos padres que te abrazan, te acarician el pelo y te preguntan si va todo bien?

Y cuando me ponía en ese plan podía pasarme horas y horas dando vueltas a todas esas posibilidades en mi cabeza hasta que se me saltaban las lágrimas y tenía que obligarme a parar.

Odio llorar. Una de las últimas veces que lloré fue cuando Tommy y yo lo hicimos por primera vez, meses antes de la noche que mi padre nos pilló. Me dolió muchísimo, Tommy estaba colocado y ni siquiera me prestaba atención cuando intentaba que bajara el ritmo, y en la radio sonaba un estúpido anuncio de pastillas para adelgazar. Notaba las lágrimas deslizarse por mis sienes y unas cuantas me entraron en los oídos. Pero lo peor fue cuando Tommy se percató de que estaba llorando y se puso en plan amable: *Eh, Dee Dee, no llores; enseguida te sentirás mejor, estás tan guapa... venga, Dee Dee, venga.* Tuve la sensación de haberme puesto en sus manos, de haberle mostrado sin querer un secreto que no debía ver.

Sea como sea, Tommy solo constituía una parte de los «y si».

¿Y si la fábrica National Paper no hubiera despedido a mi padre? ¿Le habría costado menos hacerlo bien?

¿Y si mi madre no tuviera que trabajar en unos grandes almacenes, atendiendo a gente que siempre encontraba defectos en sus compras o que dejaba montones de prendas en el suelo de los probadores para que ella las recogiera? ¿Tendría un aspecto tan gris y cansado? ¿Se habría dado cuenta de que ya no regresaba directamente a casa al salir de clase, sino que me montaba en el Buick de Tommy para perderme durante horas?

¿Y si Darren y Stacy se hubieran casado y hubieran celebrado una boda normal, en una iglesia quizás, antes de que April naciera?

¿Y si tuviera más de dos amigos?

¿Y si Jason me hubiera escogido a mí en lugar de a Lee?

¿Y si todo el mundo tuviera una segunda oportunidad después de cometer un gran error?

* * * * *

Lee me esperaba delante del Picasso tal y como habíamos acordado, enfundada en su jersey azul favorito en lugar de la sudadera de Metallica de Jason. Una parte de mí un tanto mezquina imaginó a Jason soltándole algo como: *Oye, ¿te importaría devolverme mi sudadera? Es que me gustaría ponérmela de vez en cuando.*

Entramos en el local rodeadas de la penumbra perpetua que caracterizaba al restaurante. Vi la figura de Tommy inclinada sobre la caja registradora, mordisqueando una pajita. Aparte de una familia sentada en un reservado de la zona delantera, no había ningún cliente.

—Dee Dee —dijo Tommy cuando nos acercamos—, ¿quién es tu amiga?

Yo le hice caso omiso, pero ella respondió: «Soy Lee», como si Tommy fuera un amigo de sus padres con el que debía mostrarse educada.

Me pregunté si podría librarme de confesar que se trataba de Tommy; el famoso Tommy. Me acerqué al dispensador de refrescos, vertí hielo en dos vasos y los llené de zarzaparrilla. Tommy me observaba.

—¿Por qué no nos preparas una pizza en lugar de quedarte ahí plantado con cara de idiota? —le espeté.

Michael salió del almacén cargado con una cubeta de lechuga para el bufé.

—Llegas temprano —me dijo—. Aún hay poca gente. No te puedo adelantar el turno.

—Ya lo sé. Hemos venido a tomar una pizza.

—Hala, un cliente de pago. ¿Dónde te has metido toda mi vida?

Volcó la lechuga en el cuenco grande del centro del bufé y mezcló las hojas con las viejas, de bordes marrones. Como si nadie lo fuera a notar.

—¿Tengo que pagar?

—Bueno, la mitad si no estás trabajando. Es mejor que nada. —Removió los otros cuencos para dar un aspecto más fresco a los demás ingredientes y se volvió hacia la barra—. ¿Tommy? Pizza a mitad de precio para las damas.

Tommy sonrió a Michael.

—Ah, ¿tú también vas a comer?

—Ja, ja, ja.

Pedí una especial hawaiana para las dos y ocupamos un reservado.

—Parece un lugar divertido para trabajar —observó Lee.

—La palabra clave es «parece».

Se dejó oír un estrépito procedente de la zona delantera; un niño rompió a llorar.

—Ya está —decretó la madre—. Se acabaron los refrescos.

—No lo he tirado adrede —gimió el niño—. ¡No quería tirarlo!

Señalé a la familia con un gesto vago.

—Aquí tienes un ejemplo. Ahora usarán unas ochocientas servilletas de papel para limpiar la mesa mientras el resto del líquido empapa el suelo. Dentro de un rato, yo pasaré un mocho sucio por encima, solo que no veré lo que estoy haciendo, claro, porque Michael no cree en las bombillas. Yupi.

—Aun así —señaló Lee—. Al menos tienes buen rollo con tus compañeros y tal.

—¿Llamas a esto «buen rollo»?

Me escrutó.

—¿Te pasa algo?

—No. —Aspiré el refresco con la pajita y luego dejé que volviera a bajar, como hacía de niña—. ¿Querías pedirme consejo?

—*Ssssí* —concedió despacio—, pero antes, ¿seguro que no te pasa nada? Te veo… un poco alterada. No pareces la de siempre. ¿Tiene que ver con tu idea de marcharte de casa? ¿Se lo has dicho a tus padres? ¿Se han enfadado?

—No. No saben nada. Como ya te dije, en realidad no es un plan. Solo una idea.

Debería haberle contado lo de Tommy en ese momento, pero él se acercó con una jarra de zarzaparrilla y la ocasión se esfumó.

—¿Más? —preguntó al tiempo que le guiñaba un ojo a Lee.

—Acabamos de sentarnos —le espeté, en lugar de: «Me pones mala», que era lo que deseaba decirle en realidad. Cuando se alejó, insistí—: No me pasa nada. Suelta. Soy toda oídos.

Tommy se acercó a la gramola e introdujo unas monedas. Tecleó unas cifras, y la primera de la que sin duda sería toda una serie de pésimos temas de rock de los ochenta empezó a sonar a todo volumen.

Lee se volvió a mirar y rio con ganas.

—¿Siempre hay tanto ruido?

—No te preocupes. Dentro de un momento, Michael saldrá y bajará la música. Es un ritual sagrado.

—Antes de que me olvide: mañana me marcho de acampada con mi familia. Burt se ha empeñado en instaurar una tradición. Yo creo que es un poco tarde para esos rollos, teniendo en cuenta que Peter ya va a la universidad, pero…

—¿Te marchas MAÑANA? —Su vida estaba plagada de esos «rollos»: el rollo de la iglesia, el rollo de la familia y el rollo de la pareja—. ¿Cuánto tiempo pasarás fuera?

—Diez días, creo. Si sobrevivo tanto tiempo.

Pinché el refresco con la pajita y jugueteé con el hielo.

—Parece un plan divertido.

Lee puso los ojos en blanco.

—Ya.

—No —insistí—. De verdad, parece un plan divertido. O sea, pasar unos días todos juntos en familia, sin trabajar. Es divertido.

—¿Quieres que les pregunte si nos puedes acompañar?

A continuación me lanzó una de esas «miradas especiales» de Lee, las mismas que me hacían sentir lo peor de lo peor por haberme imaginado a mí misma ocupando su lugar en relación a Jason. La mirada significaba que tenías su atención plena, que lo dejaría todo a un lado para escuchar lo que te preocupaba y luego haría lo posible por ayudarte. Si yo tenía un buen día, captaba esa mirada y empezaba a hablar. Si lo tenía malo, me limitaba a pensar que no la merecía.

—Es broma —dije, e imité lo mejor que pude el aspaviento de Stacy. El gesto de la cabeza, al menos—. ¡El consejo!

Tal y como había vaticinado, Michael salió del almacén y bajó el volumen de la música. En ese instante, Tommy nos trajo la pizza haciéndole ojitos a Lee.

—Dee Dee ya no me quiere —se quejó—, pero tú eres bastante mona. ¿Tienes novio?

—Cállate —le solté—. Es demasiado mayor para ti.

Cuando se alejó, Lee me susurró:

—¿Por qué lo tratas con tanto desprecio? No está mal.

Traté de verlo a través de sus ojos: alto y tirando a guapo, con el pelo desordenado y ese coqueteo tranquilo que se gastaba. El típico holgazán inofensivo de Pacifica que no sabe qué hacer con su vida.

—Es de buen rollo, como tú dices. Da igual, no lo conoces como yo. —Arranqué una porción de pizza, rompiendo las hebras de queso con un cuchillo de plástico—. Darren y él eran amigos.

Una pista, una pista.

No la captó, ocupada como estaba en extraer su propia porción.

—Jamón y piña. Una combinación genial. —Inspiró hondo—. Vale. Es acerca de Jay.

El queso caliente me quemó la lengua. Tomé un trago de zarzaparrilla, pero me supo pegajosa y dulzona. Adiviné por su semblante, por su forma de evitar mis ojos y su expresión, como si estuviera a punto de echarse a llorar o de estallar en risitas, la clase de consejo que iba a pedirme.

—Me vas a preguntar por el sexo, ¿no?

Asintió al tiempo que se tapaba la cara con las manos.

—No hace falta que grites tanto.

Miré a un lado y a otro. La familia se había marchado. Tommy tomaba órdenes por teléfono y Michael había regresado al almacén.

—Quiere hacerlo contigo y tú no, ¿verdad?

Asintió de nuevo, pero no se apartó las manos del rostro. Me estaba sacando de quicio; me entraron ganas de sacudirla y decirle que dejara de comportarse como una niña pequeña. En vez de eso, estiré un trozo de vinilo suelto de mi asiento.

—Si no quieres hacerlo, no lo hagas —opiné—. Jason no te va a forzar ni nada parecido.

—Ya lo sé. Por Dios, Deanna. —Dejó caer las manos sobre la mesa.

—Y entonces, ¿qué problema hay? —Intenté que mi voz no delatara mis sentimientos, traté de comportarme como una servicial amiga íntima—. O sea, estoy segura de que no amenazó con romper si no lo hacías. Jason no es de esos.

—No, no me amenazó. —Arrancó un trocito de corteza; Tommy se acercó—. Pero, no sé. Puede que a mí me apetezca.

—¿Te apetezca qué? —intervino Tommy al tiempo que hacía girar el trapo de la barra como si fuera un lazo—. ¿Salir conmigo?

—Lo tienes claro si crees que voy a dejar que arruine su vida.

—Estás celosa.

—¿Podrías dejarnos en paz de una vez?

—Eh, sé captar una indirecta. —Tommy se echó hacia delante para mirar a Lee a los ojos.

Yo arranqué el trocito del vinilo que estaba hurgando—. Ven a verme alguna vez.

Lee soltó una risita tonta. UNA RISITA TONTA. En cuanto Tommy no pudo oírnos, me incliné hacia ella y dije en voz baja pero muy clara, despacio:

—Si no ves venir a un tío como Tommy, no deberías ni plantearte la idea de acostarte con nadie.

Me miró, desconcertada.

—Estoy hablando de Jason, no de Tommy. —Agrandó los ojos, miró por encima del hombro y luego a mí otra vez—. ¿Ese es Tommy? O sea, ¿Tommy TOMMY?

—Sí.

—¿Y por qué no me habías dicho que trabajaba aquí?

—No sé —reconocí, y empujé a un lado el plato de la pizza porque el olor de la piña caliente me estaba poniendo mala—. Pero, como tú misma has dicho, no estamos hablando de Tommy. Estamos hablando de Jason.

Introduje el dedo en el orificio que acababa de abrir en el asiento y encontré la desmigajada espuma de debajo.

Volvió a mirar a Tommy. Él esbozó un saludo y sonrió desde detrás de la barra.

—Así pues, ¿ese es Tommy? —Asintió para sí—. Sí. Ya veo. ¿Y cómo puedes trabajar aquí? ¿No te sientes rara teniéndolo tan cerca? ¿Lo sabe Darren? ¡No me puedo creer que no me lo hayas dicho!

No sé. Sí. No.

—Iba a hacerlo.

—No me lo imaginaba así —confesó—, pero creo que lo entiendo. Proyecta una especie de, no sé, energía.

Yo no quería hablar de ello, no ahora, cuando me resultaba más fácil enfadarme con Lee que dejar que se preocupase por mí o, lo que es peor, comportarse como si entendiera lo que había visto en él. Arranqué un poco más de vinilo y el agujero creció.

—Volviendo a Jason —dije—, porque falta poco para que empiece mi turno. ¿Tu religión, o sea, no te prohíbe acostarte con un chico? Antes del matrimonio, quiero decir.

—Sí, bueno, más o menos. No sé —suspiró—. Es Jason.

Cuando la oí pronunciar el nombre en ese tono, decirlo con tanto afecto como si quizás estuviera enamorada de él, no sé por qué, pero me entraron ganas de volcar de un manotazo la pizza y la zarzaparrilla y salir corriendo del Picasso. No era justo. Lee estaba pensando en perder la virginidad con un buen chico como Jason, alguien que gastaba los dos pavos que le quedaban en su galleta favorita, alguien que no la colocaba para poder manosearla a su antojo, que no la llevaba a aparcamientos desiertos sin haberla invitado antes al cine. Alguien que demostraba interés en ella, y no solo cuando compartían el asiento trasero de un coche.

No quería que Lee disfrutara de algo así, no con Jason. Tenía ganas de empujarla al suelo y decirle: *yo lo conocí antes,* como una niña de tercero.

—Vale —empecé—. Es Jason. Pero eso no significa que te vayas a casar con él. O sea, al final las parejas rompen, se casan o se van a vivir juntos, o lo que sea. ¿Qué crees que acabará pasando entre Jason y tú, sinceramente?

Lee alzó la vista, colorada como un tomate.

—No hace falta que lo plantees así.

Le cayó una lágrima y a mí se me partió el corazón.

Quería retirarlo todo y empezar la conversación desde cero, pero era demasiado tarde. Si me hubiera hablado de cualquier otro, de cualquiera, no me habría puesto en ese plan, pero seguí hablando, arrancando trocitos de espuma del asiento y tirándolos al suelo.

—¿Quieres que te dé un consejo? Mi consejo es que no te pierdes nada y que dentro de un par de años irás a la universidad, y Jason y yo nos quedaremos en Patética trabajando en un antro de mierda y reuniéndonos en Denny's los fines de semana, así que ¿por qué perder el tiempo? Con Jason o conmigo.

Más lágrimas. Tuvo que sacar una servilleta del dispensador para llevársela a la cara. Yo debería haberme levantado, haberme sentado a su lado para rodearla con los brazos, haberla abrazado igual que hacía ella cada vez que me veía. Entonces le habría dicho que lo sentía, que solo estaba celosa y que olvidara mis palabras. Luego le pediría a Michael la noche libre. Volveríamos andando a casa en la brumosa noche estival y le hablaría de lo que supone acostarse con un chico. De las cosas buenas, como que a veces es dulce y excitante —te sientes en el séptimo cielo—, y de las cosas no tan buenas, como que hacerlo con un chico te obliga a confiar en él al mil por cien y, sin embargo pueden suceder muchas cosas. Alguien a quien creías conocer puede cambiar súbitamente y no querer saber nada de ti, decidir que eras más un rollo del que presumir con los amigos que una novia. O que a veces piensas que quieres hacerlo y, cuando estás en ello o después, te das cuenta de que no, de que solo deseabas la compañía en realidad; querías que alguien te escogiera, y la parte del sexo no era más que una moneda de cambio, algo que te sentías obligada a dar para conseguir la otra parte. Le diría todo eso y la ayudaría a tomar una decisión. Me comportaría como una amiga.

Sin embargo, no podía ser esa clase de amiga, por más que lo deseara. Esa chica estaba dentro de mí; la veía y la visualizaba, la oía. Pero ¿qué derecho tenía a SER ella? Yo era Deanna Lambert, la fulana de 2° de ESO, para siempre. El rollete de Tommy; la vergüenza de mi padre. Me levanté y dejé a Lee llorando en la mesa, diciendo:

—Que te diviertas en la acampada.

Me refugié en el almacén y me quedé allí hasta estar segura de que se había marchado.

* * * * *

Ignoré a Tommy el resto de la noche. No me costó nada porque apenas había clientes y él se quedó en el almacén, haciendo inventario con Michael.

Después de trabajar, esperé en la calle a que Stacy acudiera a recogerme. No respondí a Tommy cuando me dijo:

—Nos vemos, Dee Dee.

Michael aguardó conmigo otra vez, exhalando el humo de su cigarrillo hacia la noche.

—¿Y qué? ¿A tu amiga le ha gustado mi pizza?

Me encogí de hombros. Daba igual; de todas formas, Lee nunca volvería a hablarme.

—Uf, le ha encantado, ¿eh?

Un destartalado Mustang pasó rugiendo por delante de nosotros y se alejó por el aparcamiento, seguido de un Civic más nuevo con las ventanillas ahumadas. Observé cómo los faros de los coches barrían la esquina y desaparecían. Al otro lado, delante de la tienda de dónuts que ya estaba cerrada, un hombre y una mujer bebían cerveza de lata. Así me veré yo algún día, pensé, atrapada en un horrible centro comercial, muerta de frío en pleno verano y emborrachándome con un tío tan fracasado como Tommy que seguramente será mi único amigo.

Me volví a mirar a Michael.

—¿Te puedo hacer una pregunta?

—Adelante —respondió.

—Tú eres, o sea, un adulto con dinero y sin compromisos, ¿verdad?

—En teoría.

—¿Y por qué vives AQUÍ?

Soltó una carcajada.

—¿Hablas en serio? ¡Me encanta este pueblo!

—¿POR QUÉ?

—Lo tiene todo: la playa, la tienda de vídeos, el Safeway, un alquiler que casi me puedo permitir. Es tranquilo, pero puedo plantarme en San Francisco en media hora siempre que quiero. —Proyectó el brazo hacia la humedad gris que nos envolvía, la punta de su cigarrillo incandescente en la noche—. ¡Y la niebla! ¿No te encanta la niebla?

—Si por «encantar» te refieres a «odiar con toda tu alma», sí, me encanta la niebla.

—Ay, Deanna. Eres tan adorablemente cínica. —Se subió el cuello de la chaqueta y rio por lo bajo—. El clima es tirando a frío, supongo.

Stacy entró en el aparcamiento; me despedí de Michael y monté en el coche. Cuando salimos a la calle, paró el Nova y me miró.

—¿Por qué no nos vamos de fiesta? —propuso—. Una noche de chicas. ¿Qué te parece? Nunca lo hacemos. Copas, máquinas de discos y tonterías, ¿vale? Ya no eres una cría —prosiguió, cada vez más emocionada—. Te conseguiré un carné falso, está chupado. Podría llamar a Kyle Peterson…

La miré para saber si hablaba en serio. Todavía llevaba puesto el uniforme del Safeway y el pelo recogido, ni rastro de la Stacy salvaje que era cuando Darren la conoció.

—¿Cómo? —pregunté—. En plan, ¿dejar a Darren en casa con April y desparramar en un bar? ¿A él le parecerá bien?

—¿Que lo hagamos de vez en cuando? Claro. No digo que nos vayamos de fiesta cada semana. —Levantó las manos y las dejó caer con fuerza sobre el volante—. Olvídalo. Solo era una idea.

Seguimos paradas en el cruce hasta que llegó un coche por detrás e hizo sonar el claxon.

—Mierda —dijo—. Vamos a casa.

Dobló la esquina y pusimos rumbo al hogar.

Imaginé que un día no muy lejano ella y yo aparcaríamos delante de una vivienda distinta, ante una puerta diferente. Estaríamos deseando llegar. Nos invadiría una sensación de paz en cuanto nos sentáramos en el coche para poner rumbo a casa; no podríamos evitarlo. Y el día que viviera allí, superaría lo que sea que me impedía ser la clase de amiga que Lee necesitaba esa noche, o la clase de hija que quería mi padre. Alargaría el brazo para darle la mano a esa otra Deanna, y le diría: *entra, no pasa nada. Estás en casa.*

6

Al día siguiente me quedé en la cama, debajo del edredón, hasta que mis padres y Darren se marcharon a trabajar.

En el mar, la noche estaba a un mundo de distancia del día.
Oscuridad infinita, tan densa como para asustar al más valiente.

La chica empezó a preguntarse si acudiría alguien a rescatarla.

Releí cuanto había escrito hasta el momento. Apestaba. De principio a fin. No era un relato ni un diario ni un poema. No era nada. Taché las páginas con «X» gigantes, escondí la libreta debajo de la cama y bajé a ver la tele con

Stacy. Me sentía culpable por haber reventado su idea de salir en plan de amigas. Durante cosa de tres segundos me planteé si hablarle de Tommy, pero ella se lo contaría a Darren pensando que era su deber, y se armaría un jaleo de mil demonios.

Stacy se sentó en el suelo a hojear una revista aprovechando que April dormía. Yo me metí en la cama, que seguía calentita, y me arrimé a Stacy para mirar la revista por encima de su hombro al tiempo que veía a medias el culebrón *The Young and the Restless*.

—Jack Abbott lleva litros de laca esta noche —comenté.

—Ya te digo.

Seguimos un rato en ese plan, leyendo sobre moda y gente guapa y mirando la tele. Me fijé en las uñas de Stacy, cortas y estropeadas, con cuatro restos de esmalte rojo de una antigua manicura.

—¿Quieres que te haga las uñas?

—Pues sí, la verdad.

Me levanté y rebusqué en el estuche de maquillaje que guardaba debajo de la cama. En el fondo de la bolsa encontré una vieja caja de tinte para el pelo.

—¿Sabes que tienes aquí una caja intacta de *Ocaso Cobrizo*?

—¿Eh?

Le mostré el envase.

—Creía que siempre habías ido rubia!

—Sí. —Me arrebató la caja y la observó—. Me lo compré hace mucho tiempo. Pensé que necesitaba un cambio. Luego me quedé embarazada y el cambio ya fue más que suficiente.

—A lo mejor en la tienda te lo sustituyen por unos reflejos rubios o algo así.

Con los ojos clavados en el envase, Stacy guardó silencio.

—O Darren podría llegar a casa un día y tirarse a una pelirroja.

—Puaj.

—Por favor. ¿De dónde crees que ha salido April?

—Prefiero no visualizarlo, gracias.

Se levantó y echó un vistazo a su hija.

—Sigue durmiendo, lo creas o no. —Agitó la caja en mi dirección—. ¿Me vas a ayudar con esto o qué?

—¿En serio?

No tuvo que responder. La antigua Stacy había asomado a sus ojos. Antes de que April naciera, Stacy lo probaba todo por lo menos una vez, incluido correr en *topless* por el cementerio nacional Golden Gate en plena noche y hacerle la peineta al director el día de su graduación. Tal vez nuestras vidas fueran así el día que nos marcháramos de casa. Stacy y yo viviendo como hermanas que se arreglan mutuamente el pelo, se hacen la manicura y comparten secretos…

La acompañé al minúsculo baño del sótano, el mismo que exhibía un barato suelo de vinilo, que nunca estuvo bien alineado, y una vela navideña a medio quemar sobre el depósito del retrete. Stacy se despojó de la camiseta para no mancharse y yo mezclé el tinte. Ya le había aplicado la mitad del frasco cuando Stacy dijo:

—Darren se va a cabrear.

—Si quieres te lo enjuago —me ofrecí.

—No. Solo es un tinte. ¿Qué más da?

Había recubierto toda la melena de Stacy con el mejunje cuando April despertó. Acudimos al dormitorio y jugamos con la niña mientras esperábamos a que transcurrieran los veinticinco minutos.

—¿Y si no te gusta? —le pregunté.

Stacy se encogió de hombros. Estaba sentada en la cama con las piernas cruzadas, en vaqueros y sujetador, aplicándose quitaesmalte a las uñas.

—Toda mi vida es un asco. ¿Qué importa una cosa más?

—¡Tu vida no es un asco!

—Sí, casi toda. —Quise preguntarle qué me decía de Darren y April, de mí, pero algo me lo impidió. Quizás me asustase lo que pudiera oír—. Ya es la hora —dijo—. Voy a enjuagarme.

Tomé a April en brazos, miré a la niña a los ojos y vi a Darren y a Stacy, y partes de ella que le pertenecían exclusivamente. Me sonrió, me agarró el dedo y yo dejé de pensar en Stacy diciendo que toda su vida era un asco. Dejé de pensar en Tommy y en mi padre, en Lee, en Jason. Solo podía pensar en la pequeñez de April, en su piel tan suave y nueva. Como una magdalena rosa, perfecta, recién salida del horno.

—Ay, Dios mío. Ven —me llamó Stacy desde el baño. Dejé a April en la cuna. Cuando vi a Stacy, me tapé la boca. Llevaba el pelo mojado. Y rojo. Bueno, rojo no, sino color *Ocaso Cobrizo*. Parecía mayor y más seria; parecía más lista, como una universitaria, o la empleada de un banco.

—Uau. No te pareces en nada a ti misma.

Se miró en el espejo. No parecía insatisfecha con el resultado. Se limitó a decir:

—No. Podría ser cualquier chica.

* * * * *

Cuando Darren llegó a casa lo seguí al sótano para ver su reacción ante el cabello de Stacy. No sé por qué estaba tan emocionada, pero prácticamente bailoteaba por el pasillo a la par que lo empujaba y le decía que le esperaba una gran sorpresa.

—¿Qué te ha dado? —me preguntó entre risas—. ¿Te has tomado algo?

—¡Ya lo verás!

Stacy lo esperaba plantada en la habitación, vestida de negro de la cabeza a los pies, maquillada en tonos oscuros, estilo gótico, y con una sonrisa maléfica en los labios.

—Eh, guapo —saludó a Darren con un guiño—. ¿Cómo te llamas?

No me cabe en la cabeza que mi hermano se volviera tan bobo de sopetón, pero se limitó a despojarse de la chaqueta del Safeway y le soltó:

—¡Te queda genial, nena! Siempre he querido besar a una pelirroja cañón.

Intentó abrazarla en plan de broma, pero ella se zafó.

—No. Por Dios.

—¿Qué pasa?

—¿No vas a decir nada más? —Adoptó un tono de voz tontorrón y lo imitó—: *Siempre he querido besar a una pelirroja cañón.*

Darren retrocedió y levantó las manos con ademán de impotencia.

—¿Qué he hecho?

—Olvídalo. —Stacy ejecutó su aspaviento. April rompió a llorar. Yo no sabía qué hacer: ¿tomar a April en brazos? ¿Marcharme antes de que se acordaran de que estaba allí?—. Da igual —resopló Stacy según se acercaba a la niña—. Solo es un tinte.

Darren soltó una carcajada.

—A eso me refiero.

—Pues muy bien.

Stacy se sentó al borde de la cama con April en el regazo, como si diera la discusión por zanjada. Darren me miró y, encogiéndose de hombros, se encaminó al baño para ducharse.

En cuanto la puerta se hubo cerrado, Stacy musitó con voz muy queda:

—Que te den, Darren.

Yo no sabía qué decir. De todas las situaciones en las que nos había imaginado a los cuatro, Stacy, Darren, April y yo, como una familia, jamás se me había pasado por la cabeza una como esa.

* * * * *

Por la noche estuve a punto de faltar al trabajo. Aguantar a Tommy, ver el reservado en el que había enviado a paseo mi amistad con Lee y enfrentarme a los clientes se me antojaba excesivo después del mal ambiente que se había creado entre Darren y Stacy. Me apetecía pasar por casa de Jason, pero también me daba miedo. O sea, ¿y si Lee le había hablado de lo mal que la había tratado? Si se sentía obligado a escoger entre Lee y yo… Bueno, no me apetecía oír a cuál de las dos elegiría. Así que, cuando llegó la hora de marcharnos y Stacy llamó dos veces a mi puerta diciendo «vamos», salí sin rechistar.

No habló durante el trayecto. En vez de eso, se dedicó a hurgar entre los CD al mismo tiempo que intentaba conducir, y fue introduciendo uno tras otro en el reproductor para escuchar sus canciones favoritas a todo volumen. También me percaté de que se había enfundado sus vaqueros más estrechos y no se había retirado el maquillaje oscuro.

—¿Darren y tú habéis hablado y tal? —pregunté entre canción y canción.

—¿De qué?

Vale, pensé, si se va a poner en ese plan, mejor olvídalo. En cuestión de veinticuatro horas había pasado de invitarme a salir de fiesta a tratarme como una cría molesta. Cuando llegamos al Picasso, me bajé sin decir ni pío y cerré el coche de un portazo, intentando no pensar. ¿Y si esa era la vida que me esperaba cuando viviéramos juntos? No me lo podía creer. Tenía que salir bien; debían de ser las hormonas postparto las que inducían a Stacy a comportarse así.

Esa noche trabajamos sin descanso. Las ligas estivales de softball habían comenzado y un montón de tíos de mediana edad empeñados en revivir sus días de instituto se presentaron en el restaurante con las panzas embutidas en sucias camisetas de softball pidiendo jarras de cerveza y básicamente comportándose como gilipollas.

A la hora de la verdad, nos compenetramos bien. Tommy preparaba las masas y se ocupaba del horno, yo tomaba las órdenes y añadía los ingredientes, y Michael se encargaba de todo lo demás.

—Enchufadles el bufé de ensaladas —sugirió—. Nos estamos quedando sin pepperoni.

—Me parece que van a notar la diferencia —observó Tommy.

Yo iba de mesa en mesa. Repetí unas novecientas veces: «Una ensalada por solo 2,99. Bufé libre.»

Pese a todo, Michael tuvo que salir corriendo a las diez para comprar más pepperoni y carne picada. La gente del softball empezó a marcharse. Yo recogía las mesas mientras Tommy limpiaba el mostrador de las pizzas.

Fue entonces cuando un desfile de gente surgido de mis peores pesadillas cruzó la puerta: Jake Millard y Anthony Picollini, del último curso; Jolene Hancock, graduada; y su hermano, Mike, también del último curso. Todos asistían al Terra Nova en la época de Tommy. Todos formaban parte de su grupo de amigos.

Jolene fue la primera en avistarme y se echó a reír.

—¡No me lo puedo creer! ¿Deanna Lambert trabaja aquí? —A continuación le gritó a Tommy—: Qué oportuno, ¿no?

Como si yo no estuviera allí mismo; como si yo no fuera nadie.

—Eh, Lambert —se burló Mike—, ¿no puedes vivir sin Tommy? Debe de ser tan bueno como dice.

Tommy salió de detrás del mostrador exhibiendo una sonrisa.

—Siempre vuelven a pedir más.

Llevé las bandejas con los restos al almacén.

—Eh, no seas así, Deanna —me gritó Jake—. ¡Ya sabemos que Tommy es un capullo!

Se rieron con ganas. Yo apoyé la espalda contra el calor del lavaplatos y cerré los ojos.

Esta es mi vida, pensé. Esta. A los treinta y cinco, cuando vaya a comprar tampones y una barra de pan al supermercado y me encuentre con Jolene Hancock en la caja rápida, me mirará y, al llegar a casa, le dirá a su marido: «Hoy he visto a Deanna Lambert en la tienda. Es una chica que conozco de la época del instituto. Una guarrilla. A los trece se acostó con un tío asqueroso que le llevaba varios años.»

No sabía si me quedaba algún amigo. No sabía si Darren y Stacy resolverían sus diferencias. No sabía si mi padre sería capaz algún día de mirarme a la cara sin recordar la noche de Montara Beach.

—¿Te encuentras bien, Deanna? ¿Deanna? —Abrí los ojos. Era Michael, cargado con una bolsa gigante de pepperoni—. ¿Estás llorando?

—No —dije—. No sé. Perdona.

Dejó la bolsa en el suelo.

—¿Quieres hablar?

Michael era un tío majo. Majo de verdad; la persona más amable que había conocido en mucho tiempo. Me gustaba su rostro, abrupto e interesante, con arrugas profundas y la clase de piel que adquieres cuando llevas veinte años fumando. Estaba en la onda. Y no me juzgaba; al menos no creo que lo hiciera. Pero no podía hablar con él, ni con nadie. Carecía de las palabras necesarias.

—Me duele la cabeza, nada más —alegué, y fingí estar ocupada cargando el lavaplatos.

—Ha sido una noche larga. Los amigos de Tommy se acaban de marchar —me informó—. Por si te interesa.

Cerré el lavaplatos y lo puse el marcha. El sonido del agua golpeteando el metal me ahorró tener que responder.

* * * * *

Stacy no apareció cuando salí del trabajo. Michael esperó un rato conmigo y se fumó un cigarrillo, pero a las doce menos cuarto, dijo:

—Mira, tengo una cita interesante con mi dentista a primera hora de la mañana, pero me sabe mal dejarte aquí sola. ¿Te llevo a alguna parte?

—No te preocupes —respondí—. La novia de mi hermano trabaja en el Safeway. Habrá salido más tarde o algo.

—Venga. Te llevo al Safeway entonces.

—No, de verdad, iré andando. Está a menos de una manzana.

No me molesté en explicarle que tal vez Stacy seguía enfadada conmigo y por eso no había aparecido.

Michael tiró la colilla al suelo y la machacó con la bota.

—No, te vienes conmigo. Si no lo hago, a ver cómo les explico a tus padres que te dejé sola cuando encuentren tu cadáver en una cuneta.

Nos encaminamos a su vehículo y pusimos rumbo al Safeway.

—Ahí está su coche —dije al ver el Nova—. Gracias.

—Vale, nena. —Me miró como si quisiera decir algo más, algo importante, y yo solo podía pensar: *Por favor, no seas amable conmigo ahora mismo. No te muestres comprensivo, no te pongas trascendental.* Debió de leerme el pensamiento, porque cambió de expresión y se limitó a añadir—: Nos vemos mañana.

Entré en la tienda a buscar a Stacy y pregunté por ella a una de las chicas que atendían las cajas registradoras.

—Ah —respondió—. Ha salido temprano. No se encontraba bien.

—Pero su coche está en el aparcamiento.

—¿Sí? Qué raro. La he visto marcharse hacia las nueve y media.

Salí de la tienda y me senté en un banco de la zona iluminada. La única explicación plausible era que Stacy se hubiera encontrado tan mal que no pudiera conducir, y Darren hubiera acudido a buscarla con el coche de mi madre o algo así, y se hubieran olvidado de mí. Si estaba tan enferma, no era de extrañar que hubiera mostrado un humor tan raro. Me molestó que me hubieran dejado colgada en plena noche, sin acordarse de mí, pero no quería llamar al móvil de Darren y crear problemas. Y tampoco me apetecía llamar a mis padres, por razones obvias.

El estúpido autobús no circulaba de noche, de modo que eché a andar hacia mi casa, lamentando mientras tanto haber dejado de fumar. Un cigarrillo siempre te acompaña. Además, encendido, puedes usarlo como arma, supuse, si alguien intenta atacarte.

La niebla se adhería a mi cuerpo con esa humedad fría que te cala la ropa y la piel y se te mete en los huesos. Me escondí la melena debajo de la chaqueta y cambié mi forma de andar —con las manos en los bolsillos y los hombros encorvados—, como Darren me había enseñado para que me tomaran por un chico en la oscuridad. Llevaba andando cosa de diez minutos cuando un coche redujo la marcha a mi altura. Apuré el paso y busqué con la vista casas que tuvieran las luces encendidas, por si tenía que salir corriendo. El coche seguía circulando a mi lado. En ese momento oí una voz tranquila.

—Eh, Dee Dee.

No me detuve. El coche de Tommy avanzaba a mi paso mientras él me hablaba por la ventanilla abierta.

—Dee Dee, venga. ¿Quieres que te lleve? Eh, no me voy a tirar encima de ti ni nada. A menos que quieras que lo haga. No, en serio, sube al coche, ¿quieres?

Yo tenía frío, estaba cansada y me quedaban otros quince minutos de caminata hasta llegar a casa. Tommy tenía muchos defectos, pero estaba segura de que decía la verdad; no haría nada. Si lo hiciera, destrozaría su autoimagen de machote que ahuyenta a las chicas con espantamoscas, aunque yo personalmente nunca había presenciado nada parecido. Reduje el paso, abrí la portezuela y me subí al coche, que seguía avanzando despacio.

—Stacy no ha aparecido, ¿eh?

—Obviamente.

—Nunca ha sido de fiar. —Tommy no sabía cuándo cerrar el pico—. Eh, vamos a echar unas caladas ya que estamos—. Se extrajo un porro del bolsillo y lo encendió sujetando el volante con los codos. Yo negué con la cabeza cuando me lo tendió—. Ah, claro, ahora eres una buena chica. Se me había olvidado.

Viajar en el coche de Tommy envuelta en una nube de maría y surcando la húmeda noche me provocó una oleada de recuerdos, cosas en las que no había pensado desde hacía mucho tiempo. Me acordé de nuestra primera «cita», cosa de una semana después de aquel día en el cuarto de baño. Tommy se presentó en mi casa la tarde de un martes lluvioso y preguntó por Darren. Mi hermano llevaba casi un año trabajando los martes por la noche y Tommy lo sabía.

—No está —le dije aquel día. Recuerdo haberlo mirado, haber sabido que se encontraba allí por MÍ, no por Darren, que únicamente estábamos llevando a cabo una pequeña representación.

—Oh. —Me dedicó una leve sonrisa y su cicatriz se arrugó de un modo que me provocó mariposas en el estómago, en aquel entonces. Se apoyó en la jamba de la puerta, enfundado en su camiseta negra y su cazadora vaquera, como si la casa le perteneciera y todo cuanto contenía estuviera allí para su goce y disfrute—. Me apetecía salir a dar una vuelta, ¿sabes? Me gusta conducir bajo la lluvia. —Miró por encima de mi hombro—. ¿Tus padres están en casa?

Mi madre estaba trabajando y mi padre se había acostado temprano tras un largo turno en un empleo temporal. Sucedió después de que lo despidieran de National Paper, pero antes de la tienda de recambios, y yo tenía la sensación de que siempre estaba buscando trabajo, sustituyendo a alguien o durmiendo.

Tommy comentó en un tono superalegre:

—Eh, tengo una idea. ¿Por qué no das una vuelta conmigo? Pararíamos a comprar helado, ¿sabes? Me apetece helado de menta con pepitas de chocolate.

—No sé —respondí, aunque sí sabía—. Tengo deberes.

—Hazlos a la vuelta.

Eché mano de mi cazadora y mis llaves y me largué con él sin pensármelo dos veces, como si una parte de mí llevara esperando a que se presentara así, con una excusa cutre para salir, desde aquel día del baño.

Tomamos la carretera de la costa aquella noche y aparcamos en Montara Beach, donde Tommy encendió un porro.

—Es mejor que no lo pruebes —me espetó—. Eres demasiado joven e inocente.

—No tienes ni idea de las cosas que pasan en el colegio, ¿verdad? —repliqué a la vez que le arrebataba el porro. Seguíamos interpretando.

—Ya casi no me acuerdo.

Clavó los ojos en mí mientras yo daba una calada. Mi mejor amiga de aquella época, Melony Fletcher, era una fumeta de tomo y lomo y habíamos fumado juntas alguna que otra vez. La hierba no me volvía loca, pero deseaba demostrarle a Tommy que no era una cría.

—Tienes que prometerme que no se lo contarás a tu hermano —me exigió Tommy—. ¿Me lo prometes?

—No es asunto suyo. Mi vida es mía.

Fumamos, escuchamos la radio y entonces Tommy echó el respaldo hacia atrás, me pasó su largo brazo por los hombros y dijo:

—Ven aquí.

Tuve la impresión de verme a mí misma deslizarme hacia él, de contemplar desde fuera cómo Tommy me sentaba en su regazo mientras yo reía y reía, atontada por la hierba. No me pareció sumamente grave. Muchas compañeras del cole «salían» con chicos, aunque nunca iban a ninguna parte. Sus novios solo eran chavales con los que se enrollaban después de clase, mientras sus padres trabajaban. Algunas ya tenían relaciones sexuales —incluida Melony, con Mitch Benedict.

Tommy habló:

—Solo quiero mirar tu preciosa carita. De cerca. —Pegó el rostro al mío y yo dejé de reír—. Qué guapa eres. Eres más guapa que cualquier chica del instituto. Todas van tan maquilladas, y parecen tan falsas y usadas, no como tú.

No como yo. Las palabras retumbaron en mi cabeza, rebotaron de un lado a otro entre la marihuana y el mareo de estar a solas con Tommy, en su coche; con un chico —un HOMBRE— que veía algo especial en mí, algo que me diferenciaba de las otras chicas.

Acaricié su cicatriz, cosa que llevaba queriendo hacer desde la primera vez que lo vi. La noté suave, igual que el resto de la piel; un tacto distinto al que esperaba. Él me estrechó los dedos y me los besó.

—No está bien —señaló— besar a la hermana de tu mejor amigo, ¿sabes?

—No pasa nada —repliqué yo—. Como ya te he dicho, no es asunto suyo.

—Estoy de acuerdo.

Pero se resistía a besarme; se limitaba a mirarme, a estrujarme la cadera y a sonreír hasta que al final fui yo la que dio el primer paso. A lo largo de los meses siguientes le gustaba recordármelo cada vez que yo protestaba diciendo que deberíamos dejar de hacer esas cosas. «Eh —decía—. Tú empezaste, ¿te acuerdas?».

Así que nos enrollamos aquella noche y no llegamos a comprar helado, y yo procuraba seguirle el juego, porque era lo único de mi vida que me hacía sentir bien. Después de aquel día, Tommy me recogía delante del colegio de tanto en tanto y me llevaba a dar un paseo en su coche, o aparecía por casa las noches que Darren trabajaba, y seguimos así durante casi un año antes de que alguien lo averiguara.

Más tarde, cuando le contó a todo el mundo que mi padre nos había pescado, Tommy ya no me parecía tan guay, ni tan duro ni enrollado, sino tan solo un sórdido fracasado, y entendí por qué a las chicas del instituto no les caía bien. Incluso Melony, que llevaba un colgante al cuello que decía «99% virgen», pasó de mí cuando corrió la voz de lo mío con Tommy. Me costó un tiempo averiguar por qué, comprender por qué Melony, precisamente ella, sentía amenazada su reputación, hasta que descubrí lo que Tommy andaba explicando a todo el mundo. Convirtió lo nuestro en un chiste. Me convirtió a mí en un chiste.

Pese a todo, Lee estaba en lo cierto. Tommy tenía algo. Y aunque iba hecho un asco después de pasar toda la noche en la pizzería, y colocado, y me estaba llevando a casa porque Stacy no había aparecido, una parte de mí recordaba cómo me sentí cuando me escogió; la primera vez que me piropeó; la primera vez que lo besé. Recordaba también las sensaciones que experimenté cuando comprendí que lo nuestro no era un juego ni nada que estuviera viendo por la televisión. Se trataba de algo real entre dos personas de carne y hueso. Me sentía real, albergaba sentimientos reales, pronunciaba palabras de verdad.

—Tu casa no ha cambiado nada —comentó Tommy según aparcaba junto al bordillo—. ¿Tu viejo aún está loco?

—No está loco.

—Vale, pues deprimido o reprimido o lo que sea. —Salí del coche y cerré la portezuela. Me gritó por la ventanilla—: ¿No me vas a dar las gracias por el viaje?

—Gracias por el viaje. Ahora vete.

—Vale, vale. Por Dios.

Se alejó y yo entré en casa. Las luces del sótano estaban encendidas y pensé que Darren y Stacy seguían despiertos. Había bajado medio tramo de escaleras cuando Darren se asomó desde abajo.

—Menos mal que habéis aparecido por fin —dijo con un susurro alto—. Estaba a punto de pedirle el coche a mamá para salir a buscaros.

—¿De qué hablas? Me he pasado cuarenta y cinco minutos esperando y no ha aparecido nadie.

Darren me pidió por gestos que me diera prisa y nos refugiamos en el pequeño cuarto de baño con la puerta cerrada para no despertar a April.

—¿Stacy no está contigo? —me preguntó.

—No —respondí, y sentí algo que me asustó—. ¿No ha llegado?

—Mierda —exclamó Darren al tiempo que se pasaba las manos por el cepillo de su pelo.

—El coche está en el aparcamiento del Safeway —apunté—. Dicen que se ha marchado temprano, a las nueve y media.

—Y entonces ¿dónde está? —se extrañó Darren—. ¿Dónde?

* * * * *

Rescaté la libreta, que guardaba debajo de la cama, y miré una página en blanco durante media hora.

Ya no me apetecía escribir sobre la chica de las olas.

Me daba miedo escribir sobre cualquier otra cosa.

7

A primera hora de la mañana siguiente, mi madre llevó a Darren al Safeway con la intención de recoger el Nova. Stacy había dejado una nota en el coche. «No te preocupes por mí. Lo siento.» Nada acerca de dónde estaba o por qué se había marchado, o si pensaba volver. Mi madre y Darren faltaron al trabajo arguyendo que se encontraban mal, pero mi padre alegó que no podía saltarse ni un día para ponerse a buscar a Stacy.

—Volverá —declaró—. Solo intenta llamar la atención.

Darren no contestó, pero vi que su mano apretaba con fuerza el biberón de April.

—¿Qué clase de madre abandona a su hija? —prosiguió mi padre, que miraba a su alrededor como buscando apoyo.

—No quiero oírlo, papá —le espetó Darren.

Por una vez, mi padre se calló lo que opinaba de Stacy y dejó a mi hermano en paz. No se ofreció precisamente a ayudarlo ni dijo nada para consolarlo, pero al menos cerró el pico y se marchó a trabajar.

Mi madre le sirvió una taza de café a Darren, que se sentó a la mesa con April en el regazo.

—Será mejor que nos quedemos cerca del teléfono —opinó mi madre—. Estoy segura de que llamará en cualquier momento. —Posó la mano un momento en la cabeza de Darren, un gesto que llevaba mucho tiempo sin hacer—. Yo creo que Stacy únicamente necesitaba huir un poco.

Como de costumbre, mi madre se negaba a aceptar la realidad. Prefería creer que todo se arreglaría por arte de magia.

—Mamá —protestó Darren con voz queda—, si necesitaba poner distancia, no tenía más que decírmelo. Lo sabe.

—Bueno. Nunca se sabe. Las hormonas pueden sacar de quicio a una madre primeriza…

Mi hermano se levantó y, llevándose a su hija consigo, abandonó la cocina. Yo lo seguí a mi habitación.

—¿Qué vas a hacer? —le pregunté. Él dejo a la niña en mi cama, boca abajo, y se hundió las manos en los bolsillos, los ojos clavados en el suelo.

—No sé.

Se le quebró la voz y los hombros le empezaron a temblar. Se quedó ahí, en mitad del cuarto, llorando, pero con sollozos contenidos para no hacer ruido, mi hermano mayor, el que podía con todo. April dejó de balbucear y levantó la cabeza tanto como pudo para mirar a Darren. Ni ella ni yo lo habíamos visto llorar anteriormente. Él se tapó la cara con las manos.

—Lo siento.

Si yo fuera otra clase de hermana, una mejor, lo habría abrazado y le habría asegurado que todo saldría bien. Quizá si no viviéramos en casa de mis padres, si tuviéramos nuestra propia casa, seríamos ese tipo de familia. Pero allí éramos los mismos Lambert de siempre. Además, por lo que yo sabía, nada volvería a ir bien jamás.

* * * * *

Darren estuvo llamando a la familia de Stacy, pero nadie tenía noticias suyas ni tampoco les importaba demasiado, cosa típica en ellos. La madre de Stacy no quería saber nada de April porque, para empezar, pensaba que la niña no debería haber nacido.

¿Sabéis? A veces me pregunto de qué van algunas familias. Como la mía y la de Stacy. Veo a personas como Lee, con su madre y su padrastro tan amables, y sé que todas las familias deberían ser como la suya, y entonces comprendo hasta qué punto es una mierda que tu padre no te hable, o pasar de tu propia nieta. Lo siento, pero es una mierda.

Antes, cuando me daba por pensar en esos términos, me decía: *vale, no pasa nada, todo cambiará cuando viva con Stacy y Darren*. Nos encargaríamos de que nuestras vidas fuesen distintas. Pero al marcharse Stacy del modo que lo hizo, empecé a pensar que, en realidad, no teníamos ni idea. No teníamos ni idea de cómo hacerlo mejor que mis padres.

Darren no quiso llamar a la policía; le preocupaba que acabaran por llevarse a April. Así que dejó a la niña conmigo y se marchó a dar una vuelta en coche por sus sitios favoritos, que Stacy y él solían frecuentar en la ciudad y por la zona de Pacifica.

Llamé a Jason pensando que, si tenía una buena razón para hablar con él, una noticia tan importante como la desaparición de Stacy, se sentiría más o menos obligado a escucharme aunque Lee lo hubiera puesto al corriente de la pelea.

—Por fin —respondió—. Pensaba que te habías muerto o algo así.

Sonreí aliviada. No me odiaba; aún no, por lo menos.

—Solo han pasado un par de días.

—Bueno, estoy aburrido. Hagamos algo.

Es curioso; bastaron un par de palabras de nada por parte de Jason para que me sintiera un millón de veces mejor. Tuve tentaciones de callarme lo de Stacy para no estropear la buena sensación, pero necesitaba que alguien ajeno a nuestra familia estuviera enterado de la situación para no tener que cargar con el peso yo sola.

—Hostia —exclamó al conocer la noticia—. Y parecía tan buena madre…

—Lo es.

—Volverá —afirmó—. Me juego algo a que regresa esta misma noche.

Se hizo un largo silencio. Me lo imaginé: respirando, las greñas oscuras sobre los ojos; seguramente hundido en el viejo sillón que en 2º de

ESO trasladó a su cuarto. Tal vez rascándose la barriga.

—¿Hola?

—Sí, estoy aquí. ¿Por qué no vamos a Serramonte o algo así? ¿Mañana?

Cuando quedamos, me sentí como si acabaran de hacerme un pequeño regalo; como mínimo tenía otra semana antes de que Jason escuchara la versión de Lee. Acababa de colgar cuando April empezó a protestar y yo di una vuelta por la casa con la niña en brazos, apoyada en el hombro, pero el paseo únicamente sirvió para que llorara aún más si cabe, y yo no sabía cómo tranquilizarla. Su llanto no parecía tanto de hambre o cansancio como de miedo. Lloraba como si supiera que Stacy se había marchado, y no solo a trabajar. Me encaminé a la cocina para prepararle un biberón de todos modos, sin saber qué más podía hacer.

Mi padre estaba sentado en la mesa de la cocina. Ahogué una sonora exclamación de sorpresa y April empezó a llorar con más fuerza. Mi padre también se sobresaltó. Cuando recuperé el aliento, le dije:

—Pensaba que te habías ido a trabajar.

Él no despegó los ojos de la taza de National Paper.

—He ido. Pero al llegar les he dicho que tenía una emergencia familiar y he regresado a casa.

—Ah. —Le di media vuelta a April e intenté preparar el biberón con una mano al tiempo que la sujetaba con la otra. La tetina cayó al suelo cuando traté de enroscarla y, según la recogía, tiré sin querer la botella y la leche en polvo—. Mierda.

Las buenas vibraciones que Jason había creado ya se habían esfumado a esas alturas, y ahora me sentía al borde de un ataque de nervios. ¿Y si Stacy no volvía? No nos imaginaba a Darren y a mí ocupándonos de April durante dos días enteros, por no hablar de toda una vida.

Mi padre recogió el biberón del suelo y lo dejó en la encimera. Esperaba que me echase un sermón sobre mi lenguaje, que me riñera por soltar tacos delante de April y arguyese que así iban a ser las cosas ahora que Stacy nos había abandonado, así que ya me podía ir acostumbrando a ello. En vez de eso, alargó los brazos hacia mí:

—Dame. Yo la sostendré mientras tú preparas el biberón.

April, sin dejar de llorar, volvió la cabeza al oír su voz. Que yo supiera, únicamente la había tomado en brazos en una ocasión, cuando la niña llegó del hospital. Por lo general, desaparecía en cuanto empezaba a llorar.

—No te preocupes —le dije—. Ya puedo.

—Ya sé que puedes. Pero sé coger a un niño en brazos. Tengo dos hijos.

El llanto de April había alcanzado la fase crítica, la misma en la que se ponía roja como un tomate y empezaba a bizquear, y ahora me tocaría esterilizar el biberón y empezar de cero. Así que le tendí la niña a mi padre.

Para tomar a su nieta en brazos mi padre tuvo que arrimarse más a mí de lo que se había acercado en mucho tiempo. Noté su calor y olí la loción para después del afeitado que usaba desde que yo era una niña, una colonia barata que venden en Safeway. Me embargó una intensa añoranza, igual que si echara de menos a un ser querido que ha muerto, alguien que constituye poco más que un recuerdo. Quise echarle los brazos al cuello y decirle «vale, lamento lo de Tommy, fue un estúpido error y sé que te hice daño y lo siento». Porque lo quería. Lo quería mucho.

Sin embargo, recordé lo sucedido la noche en cuestión, su manera de mirarme como si no me conociera, mis lágrimas en el coche durante todo el trayecto de vuelta, y cómo le pedí perdón una y otra vez. Y volví a decir que lo sentía, unas cincuenta veces más a lo largo de los días siguientes, sin que él hiciera nada más que negar con la cabeza o abandonar la habitación.

Y me disculpé otra vez cuando consiguió el trabajo en el almacén de recambios y oí al encargado de veinte años contándole a un empleado de dieciséis una de las versiones que corrían por ahí, una adaptación del relato de la ninfómana: *Sí, es el padre de Deanna Lambert, ya sabes, el que se peleó con Tommy Webber porque lo pilló con su hija, ¿te acuerdas? Tommy y Deanna, esa guarrilla de 2º de ESO, estaban en plena faena, y ella se lo estaba pasando fenomenal, ¿sabes? Y entonces va y aparece su padre. Es ese, el que trabaja en la sección de recambios.*

Él, mi padre, nos repitió toda la historia a mi madre y a mí, a viva voz, en mitad de la cocina, y yo le pedí perdón nuevamente, y quise decirle que no había sucedido de ese modo, que yo no era así. Pero ¿por qué tenía que defenderme, convencer a mi propio padre, al hombre que me conocía de toda la vida, de que esa chica de la que hablaban no era yo? Un padre como Dios manda, cualquier padre, se habría encarado con esos tipos de la tienda de coches, unos chicos a los que les doblaba la edad, para salir en mi defensa: *Eh, que estáis hablando de mi hija. Mi hija.* Y al volver a casa no habría dicho una palabra, no me habría humillado por enésima vez.

Lo comprendí el día que me gritó. Supe que por más que le hubiera decepcionado, él también me había decepcionado a mí, y en teoría tenía más conocimiento que yo. Él era el padre. Mi padre. Tuve que enterrar en mi memoria su manera de tratarme antes del incidente en cuestión, la relación que nos unía, porque si seguía pensando en mi antiguo padre cada vez que lo miraba, el dolor nunca cesaría.

Y por eso no podía tocarle ahora ni pedirle perdón una vez más. No me quedaban fuerzas para soportar otro rechazo.

Mi padre llevaba a April en brazos, le propinaba palmaditas en la espalda al tiempo que la mecía arriba y abajo, con suavidad. Se encaminó a la puerta de la cocina y le espeté:

—¿A dónde vas?

—Al pasillo —respondió—. Si te parece bien.

Di media vuelta para abrir el grifo del agua caliente con el fin de esterilizar el biberón. Mi padre hablaba con April en el pasillo, no como si le hablara a un bebé, sino con su tono de voz normal.

—Deanna te va a preparar un biberón, ¿vale? En un momento lo tendrá listo.

Torcí la cabeza hacia el sonido de mi nombre igual que April se había vuelto hacia su voz un rato antes. Llevaba siglos sin pronunciarlo. Delante de mí, al menos. Yo era «tú» cuando se dirigía a mí, «ella» si conversaba con un tercero. Mi padre seguía hablando: Darren llegaría a casa dentro de nada y el coche de mi madre necesita un parabrisas nuevo. Al cabo de un rato, el llanto de April se transformó en pequeños sollozos y gemidos, y para cuando tuve el biberón preparado había dejado de llorar.

Mi padre se plantó en el umbral.

—Siempre lo hacía cuando tú eras pequeña —me contó—. Recorría el pasillo de lado a lado contándote lo que había hecho ese día y todo lo que se me pasaba por la cabeza.

En ese momento, en ese mismo instante, pensé que aún estábamos a tiempo. Los últimos tres años podían convertirse en un mal recuerdo. Le diría: *Papá, intentémoslo,* y él miraría a April antes de asentir en silencio, y todo sería distinto. Todavía era posible, ¿verdad?

El instante pasó sin que yo dijera nada y Darren entró preguntando:

—¿Qué pasa aquí?

Miró a April, que apoyaba la cabeza en el hombro de mi padre y le agarraba el cuello de la camisa con su puñito.

—Estaba a punto de darle un biberón —dije, muy concentrada en doblar y desdoblar el trapo de la cocina—. No ha parado de llorar desde que te has marchado.

—Me parece que tiene sueño —opinó mi padre. Le tendió la niña a Darren y se marchó con la espalda recta y andares rígidos. Observamos su partida sin pronunciar palabra. Dejé el trapo sobre la encimera y guardé el biberón en el frigorífico. No entendía ese repentino cambio de actitud hacia April. Se había mostrado tan amable, tan… paternal. Lo que implicaba tal vez que podía tratarme a mí igual de bien si lo intentaba, si lo deseaba. Salvo que no quería, supongo.

—¿A qué ha venido eso? —preguntó Darren.

Me encogí de hombros.

—La ha tomado en brazos y ha dejado de llorar.

Se recostó contra el mostrador, sosteniendo a April contra su pecho. Parecía cansado; ojeras, los labios apretados.

—¿Te acuerdas del verano pasado? ¿Cuando íbamos por ahí buscando un poco de juerga?

Cuando mi hermano regresaba del trabajo salíamos juntos a recoger a Stacy, a veces también a Jason, y cenábamos cualquier cosa en algún restaurante barato. Si teníamos dinero, íbamos al cine. En caso contrario, dábamos una vuelta por el valle o nos acercábamos a la ciudad en busca de alguna fiesta o de algún sitio animado por el que deambular un par de horas. Sucedió después del asunto de Tommy, cuando Darren prefería tenerme cerca para saber dónde estaba, y antes de que Stacy descubriera que estaba embarazada, antes de que yo conociera a Lee. Para ser sincera, no recuerdo haber pasado, en ninguna de aquellas fiestas ni en ningún sitio en particular de los que frecuentábamos en aquel entonces, lo que yo llamaría «un rato divertido».

—Sí —respondí—, pero lo hacíamos por salir de casa más que nada. O sea, ¿de verdad nos divertíamos?

—No sé. —Darren revolvió la pelusa de la cabeza de April y bostezó—. Pero no me importaría marcharme de juerga ahora mismo.

Guardamos silencio, ambos mirando el suelo de la cocina, el feo linóleo amarillo que llevaba allí desde que mis padres compraron la casa y que creaba un horrible contraste con las paredes de color rosa.

—¿Dónde crees que está? —le pregunté—. ¿A dónde puede haber ido sin el coche?

—Podría estar en cualquier parte. En casa de alguna amiga de Pacifica. Puede que haya hecho autoestop, que haya conocido a algún chico, yo qué sé.

Ya no hablaba en un tono de miedo, sino de rabia.

—¿Que haya conocido a algún CHICO? —me extrañé—. O sea, ¿cuándo? ¿Entre el cambio de pañales, la colada y el trabajo?

—Ya lo sé, ya lo sé. No es probable que haya conocido a nadie.

Medité muy bien lo que iba a decir a continuación. No quería echarle la culpa a Darren ni que se sintiera mal ni nada parecido, pero si estaba tan perdido como parecía, a lo mejor yo podía ayudarlo.

—Quería que te fijaras en ella, Darren. Que te percataras del aspecto tan alucinante, distinto y misterioso que tenía.

—¿De qué hablas?

—De su pelo. Ya sabes. Ayer se tiñó el pelo.

Mi miró de hito en hito.

—¿Está enfadada por un tinte?

—No, merluzo. —Debería haber cerrado el pico si no era capaz de explicarme—. Es que… tú reaccionaste como si estuviera mona sin más, como si el cambio no tuviera importancia.

Darren alzó la voz.

—Te lo vuelvo a preguntar: ¿está enfadada por un tinte?

—Olvídalo. Da igual. No está enfadada por un tinte.

—No, explícamelo. Salta a la vista que has formulado una compleja teoría sobre la situación.

April rompió a llorar otra vez.

—Es por algo que dijo al mirarse al espejo —le expliqué—. Que podría ser cualquier chica, ¿sabes?

—No, no sé.

Suspiré y extraje el biberón de la nevera, lo calenté en el microondas unos segundos y se lo tendí a Darren. Él se lo ofreció a April, no sin antes probarlo.

—En plan, ¿y si April no hubiera nacido? Estaría en la universidad, o recorriendo Europa con una mochila a la espalda, qué sé yo. Con la melena de ese color, parecía esa clase de chica.

Darren guardó silencio un ratito, según miraba a su hija sorber el biberón.

—¿Y por eso se ha marchado? ¿Porque no capté todas esas sutilidades a partir de un tinte? —Me miró—. ¿Y si no vuelve?

—Tiene que volver.

* * * * *

Más tarde bajé al sótano para averiguar si Darren sabía algo más. Sentado al borde de la cama cambiaba los canales del televisor mientras April dormía en la sillita del coche, en el suelo. No parecían una familia ideal, precisamente.

—¿Quieres que te traiga una pizza o algo? —le pregunté.

—Sí, vale. Gracias. —No despegó los ojos de la tele, aunque estaban echando anuncios. Me senté a su lado a hojear una de las revistas de Stacy. April despertó y se echó a llorar.

—Venga… —suspiró Darren a la vez que dejaba a un lado el mando a distancia—. La hora de la siesta no ha terminado. Seguro que puedes dormir un ratito más.

Mi hermano tomó en brazos a su hija y la trasladó a la cuna. Llevaba un par de minutos a su lado, hablándole con voz queda, sin tener ni idea de que estaba haciendo lo mismo que mi padre unas horas atrás, cuando la niña se tranquilizó.

De golpe y porrazo, Darren guardó silencio y se quedó paralizado con los ojos clavados en el cartel del faro que había encima de la cuna.

—Holaaa —dije.

Dio media vuelta y me miró con una expresión extraña.

—Ven aquí.

Lo hice.

—¿Sí?

—Mira. —Señaló la inscripción de la parte inferior, que rezaba—: *Faro de Pigeon Point, Parque Nacional.*

—¿Y?

—El año pasado la llevé allí por su cumpleaños. Está en Pescadero.

Por un momento me pregunté si Darren habría sufrido un colapso nervioso o estaba conmocionado o algo.

—Repito: ¿y?

—No sé. Ya sabes que está obsesionada con los faros. Y allí hay un albergue juvenil —explicó—. Es muy barato.

Me pareció una posibilidad muy remota, pero hablaba en un tono sumamente esperanzado y, de todos modos, él la conocía mejor que yo.

—¿Sabes el número de teléfono?

—No quiero llamar. Si está allí, es mejor que no sepa que voy de camino.

Tras la escena de mi padre en la cocina —su manera de acunar a April, el hecho de que prácticamente me había mirado a los ojos—, me sentía propensa a compartir las esperanzas de Darren.

—Podríamos salir mañana por la mañana —propuse—. ¿Por qué no haces el equipaje mientras estoy en la pizzería?

—Saldré esta noche —decidió Darren. Sacó una bolsa de deporte del armario y empezó a guardar cosas. Yo me limitaba a observar, consciente de lo que estaba a punto de suceder.

—Pero tengo que trabajar —objeté—. ¿No puedes esperar?

Me miró y negó con la cabeza.

—Llamaré al trabajo y les diré que me ha surgido una emergencia —insistí.

—No vas a acompañarme.

Yo no quería oír lo que me estaba diciendo. No podía permitir que pronunciara las palabras que me iba a soltar a continuación, o muy pronto, o en algún momento.

—Necesitas ayuda con April —alegué. Ya me temblaba la voz.

—En realidad, no.

Hay una foto de Darren y Stacy, un retrato que les saqué pocos días antes de que naciera su hija. Descansaba sobre la mesilla de noche, en un marco de plástico lila que compré en Walgreens. Me concentré en esa foto, sin hacer caso de lo que Darren acababa de decir.

—¿En serio pretendes conducir dos horas con April llorando a todo pulmón en el asiento trasero? ¿Y llevando casi un día sin dormir?

—No te pongas dramática —me espetó—. Ya me las arreglaré con la niña. Me las apaño muy bien todo el tiempo. Además, le gusta ir en coche.

Clavé los ojos en la instantánea: Stacy sentada en el regazo de Darren, rodeándole el cuello con un brazo, la mano de Darren en el abultado vientre de ella. Saltaba a la vista. Ya eran una familia. Darren, Stacy y April; no me necesitaban para completarla. Ellos: una familia. Yo: alguien que está de más, innecesaria, un miembro no reconocido, nadie.

Puede que siempre lo hubiera sabido; quizás por eso nunca llegué a comentarles mi plan de que viviéramos juntos.

—Muy bien —repliqué ofendida—. Ve sin mí.

—Venga, Deanna. No seas así.

—Ni siquiera sabes lo que le hace falta. April necesita algo así como el doble de pañales.

Dejó lo que estaba haciendo para aproximarse a mí.

—Deanna…

Lo dijo en tono fraternal, en plan: *Vale, será mejor que me muestre amable con mi hermanita o se echará a llorar y entonces me tocará consolarla.*

—No —retrocedí. La habitación se desdibujó—. Olvídalo, no pasa nada. Ve. Me da igual.

—No, no te da igual. Mira, ya sabes que Stacy y yo nos marcharemos de casa en cuanto podamos. Tú y yo no lo podemos hacer todo juntos. —Deseé que dejara de hablar. Deseé no haber bajado nunca al sótano—. Esto —continuó—, ESTO lo tengo que hacer solo.

—Ya lo sé.

Crucé la habitación y empecé a doblar el eterno revoltijo de ropa que se apilaba sobre la cama. No quería llorar. No lo haría.

—O sea, será mejor que nos vayamos acostumbrando, ¿no?

Lo intenté, de verdad que sí, hice esfuerzos por cerrar la boca, pero ya no podía más. Estaba harta de relacionarme con él como una niña pequeña, de no expresar mis pensamientos para no estropear las cosas.

—¿Por qué no? —le pregunté, y me volví a mirarlo.

—¿Por qué no qué?

—¿Por qué no puedo vivir con vosotros?

Ya está, pensé. Ya lo has dicho. No seguiría fingiendo que no era ese mi deseo, que me daba igual.

Se frotó la cara con las manos, con ademán desesperado.

—Mierda. Deanna, no me hagas esto ahora, ¿vale?

—Podría cuidar de April por las tardes —alegué en tono suplicante—. Y limpiar la casa y ayudaros a pagar el alquiler.

Se echó a reír. En serio, soltó una carcajada y negó con la cabeza.

—¡No lo digo en broma!

April lloriqueó.

Darren recuperó la seriedad.

—Ya lo sé, pero ¿me estás escuchando? Stacy y yo tenemos que arreglar lo nuestro, en plan, ahora mismo. O sea, ¡míranos! Tenemos una hija y puede que no sea lo más inteligente que hemos hecho en la vida, pero aquí está. Vivimos en el sótano de mis padres, que están pirados, por si no lo has notado. —Procedió a guardar cosas nuevamente—. No es un buen comienzo, Deanna, eso es lo que digo.

—¡Pero os las apañáis! —Mi voz se mezcló con las lágrimas que me había prometido no derramar—. Yo os podría AYUDAR. Podría. Podría ayudar.

—¿Nos las APAÑAMOS? ¡Stacy se ha marchado! ¿Acaso no lo entiendes?

—¡No me grites!

—No… —Bajó la voz—. No te grito. Deanna, Stacy y yo tenemos que hacer algo más que apañarnos. April merece algo mejor. —Cerró la cremallera de la bolsa y se enfundó la cazadora—. Y yo también.

—¿Y YO merezco quedarme aquí y seguir tragando mierda?

—No —respondió con un suspiro—. Pero tendrás que encontrar tu propia vía de escape.

Lancé a la cama la ropa que tenía entre las manos: una minúscula camiseta de April, unos calcetines de Stacy.

Di media vuelta.

Subí las escaleras.

No miré atrás.

7 A

Yo, Deanna Lambert, no pertenezco a nadie y nadie me pertenece.
No sé qué hacer.

7 B

Darren partió hacia las cuatro. Llamó a mi puerta y me preguntó, desde el otro lado, si me podía dejar en el trabajo de camino a la costa, pero yo fingí que no le oía. Cuando se marchó, bajé a la cocina y me preparé unos fideos chinos. Mi madre llegó de hacer unos recados mientras yo estaba comiendo. Se arrastró al interior de la cocina como si fuera mi abuela en lugar de mi madre, toda raíces grises y párpados caídos.

—Queda un poco de guiso —me informó a la vez que dejaba su enorme bolso sobre la mesa. Se encaminó directamente a la nevera y empezó a sacar cosas. El tufo frío de la comida rancia pero no del todo estropeada se propagó por la cocina—. O te puedo preparar un bocadillo. También hay espaguetis del miércoles.

—Me apetecen los fideos.

—¿Estás segura? ¿Y una lata de sopa? ¿Quieres que te caliente una lata de sopa?

—Esto es sopa. —Su cabeza seguía dentro de la nevera y me daba la espalda—. Por Dios, mamá, ¿no puedes parar ni un momento?

Ahora sí se volvió a mirarme, la cabeza gacha, como encogida. Puso los brazos en jarras como solía cuando Darren o yo nos portábamos mal y decía *Deanna Louise, te he dicho que no toques eso* o *Darren Christopher, deja a tu hermana en paz.* Esta vez, en cambio, dejó caer las manos sin regañarme y giró el cuerpo hacia la encimera.

—Bueno, yo me voy a comer un bocadillo de carne. Con mucha cebolla. Llevo todo el día pensando en eso.

Enjuagué el cuenco y clavé la vista en mi madre, que ahora se preparaba un sándwich.

—¿Seguimos sin saber nada de Stacy? —preguntó.

—No, pero... —Me costaba incluso pronunciar su nombre—. A Darren se le ha ocurrido dónde podría estar. Acaba de marcharse con April.

—Ah. —Mi madre sonrió—. Uf, qué buena noticia. Espero que esta noche la pase en casa.

Como si fuera tan fácil. Como si Stacy pudiera volver sin más y fingir que nada había cambiado, lo mismo que, según mi madre, deberíamos hacer mi padre y yo.

—Me voy a trabajar —dije.

Mi madre se detuvo en seco y me miró. Una nube de preocupación cruzó su ya empañado semblante.

—¿Cariño? ¿Has llorado?

Negué con la cabeza.

Ella se acercó, me posó una mano en la mejilla.

Yo me aparté.

Retiró la mano, que dejó colgando a un lado del cuerpo.

—Bueno. ¿Quieres que te lleve al trabajo?

Sacudí la cabeza de nuevo, recogí mis cosas y me marché.

8

En la pizzería, nada nuevo. Tommy se comportó como un idiota; los clientes miraron desconcertados el menú escrito a mano; el bufé de ensaladas emanó su pestazo habitual. Cosa de diez minutos antes del cierre llamaron a Michael. Su sobrina se había quedado atascada en la estación Colma de la Bahía y tenía que ir a buscarla para llevarla a casa.

—¿Podéis cerrar vosotros?

—Claro —asintió Tommy, a la vez que se llevaba un par de olivas a la boca—. No es Física Cuántica.

—Por suerte para ti —replicó Michael.

Antes de salir, me preguntó si me molestaba mucho quedarme a solas con Tommy.

—Te puedes marchar ya, si quieres —propuso. Era agradable, la verdad, que Michael se preocupara tanto por mí. Lástima no haberlo conocido a los trece años.

—No, me quedo —rehusé—. De todas formas, tampoco me espera nada ni nadie en casa. —Michael me escrutó con la mirada y yo me estremecí al reparar en la autocompasión que delataba mi voz. No quería convertirme en la típica pesada que va por ahí con aire de «pobrecita de mí, qué dura es mi vida»—. Ve —le dije, tratando de adoptar un tono alegre—. Está todo controlado.

En cuanto Michael cruzó la puerta, Tommy subió el volumen de la gramola y programó los temas del rock cutre de los ochenta que le gustaba. Yo desinfecté las tablas de cortar mientras él limpiaba los baños parando de vez en cuando para fingir que tocaba la guitarra con el mocho.

—Eh, Dee Dee —gritó desde el servicio de señoras—, dame el teléfono de tu amiga.

—Deja de llamarme así. Lo digo en serio. —Hundí los guantes en el cubo y noté el calor del agua a través del látex verde—. Y si te refieres a Lee, no está libre.

Tommy se plantó en el umbral de los baños con el mocho en las manos. Una sonrisa curvó la comisura de sus labios, la misma sonrisa que me sacaba de quicio y me aceleraba el corazón al mismo tiempo.

—Celosa, ¿eh? Si solo es un numerito de nada...

Yo me encaminé al almacén para vaciar el cubo. Me siguió.

—¿No podrías ser amable para variar? —le pregunté al tiempo que enjuagaba la pila de acero inoxidable—. Cuando quieres, eres muy simpático.

Era verdad. Hubo días en los que me escuchaba con atención mientras yo le contaba anécdotas del colegio. Intervenía de vez en cuando para decir que tal o cual profesor era un capullo, reía si le explicaba algún incidente divertido. Eso siempre me gustó, su manera de hablar conmigo de igual a igual, no como un hermano mayor o un padre, y tampoco como un novio posesivo empeñado en saber qué chicos me abordaban en el cole. Yo me limitaba a compartir con Tommy las historias del día mientras él conducía, y él sencillamente me escuchaba.

En momentos así, se comportaba como un amigo. Yo llevaba mucho tiempo sin emplear las palabras «Tommy» y «amigo» en la misma frase, o quizás nunca lo hubiera hecho. Me embargó

SARA ZARR

una nueva ola de dolor al recordar cómo me había tratado.

Se plantó a mi lado delante de la pila, apoyado en el mocho.

—Soy simpático. Puedo ser simpático. Por ejemplo, sé que tu amiga y tú os peleasteis la otra noche, ¿verdad? Cuéntame lo que pasó. Te escucharé. En plan simpático.

Negué con la cabeza.

—No es asunto tuyo.

—Vale, muy bien —dijo. Escurrió el mocho y lo colgó en la pared con la escoba, el recogedor y otros artilugios de limpieza—. Pues te propongo otra cosa: te llevaré a casa. Así de simpático soy.

—Prefiero ir andando.

Se rio con ganas.

—¿Lo ves? No quieres que sea simpático. —Se desató el delantal—. Solo soy el mismo cerdo de siempre, el que te arruinó la vida. Tú verás.

Terminamos de limpiar, sacamos la basura y cerramos la puerta. Tommy encendió un cigarrillo y la llama del encendedor iluminó su rostro. Una sombra bailoteó en la cicatriz de su carrillo izquierdo.

Recordé haber acariciado esa cicatriz la primera noche que estuvimos juntos.

Al menos, en aquel entonces pertenecía a alguien. Tommy me había escogido a mí y formábamos ALGO, fuera lo que fuese, algo que no existía sin el otro.

Hacía una noche fría y brumosa, y nadie acudiría a buscarme. Darren había escogido y su elección no me incluía. Jason tenía a Lee. Mi madre y mi padre... Bueno, la idea de tener unos padres se me antojaba historia antigua.

Tommy no me asustaba; sabía cómo se las gastaba.

—Sí, vale —acepté—. Llévame a casa.

Me miró de soslayo, como para comprobar si hablaba en serio. La niebla le arrancó un leve estremecimiento y por una vez no fue capaz de encontrar un comentario sarcástico.

—Vamos.

Nos encaminamos a su coche. Me abrió la portezuela del pasajero. Yo me senté en el banco y, según él cerraba mi puerta con un golpe seco, supe lo que iba a suceder a continuación.

Montó en el coche, arrancó el motor. Sacó el vehículo de la plaza, circuló despacio hacia la salida del aparcamiento y detuvo el coche. Si doblaba a la derecha me llevaría a mi casa, donde mis padres debían de estar durmiendo, Darren y April seguirían ausentes y yo yacería a solas en mi habitación, despierta en la oscuridad, preguntándome qué iba a ser de mí. Si giraba a la izquierda nos dirigiríamos a la autopista 1 y al viejo aparcamiento de Chart House, un coche cálido en una noche fría, yo consciente de lo que se avecinaba.

Tommy puso el intermitente izquierdo. Yo guardé silencio.

Nunca saldría con un chico como Jason. Lo sabía. Jamás sería esa persona, la chica de la que sus padres se sienten orgullosos y que está ahí cuando sus amigos de verdad la necesitan. Nunca formaría parte de la familia de Darren y Stacy, no del modo que yo había imaginado.

Tommy dobló a la izquierda y se adentró en la autopista.

Yo bajé la ventanilla una pizca. La bruma era tan densa que ni siquiera veía la carretera que discurría ante nosotros y mucho menos la oscuridad del mar. Me llegaba el aroma, notaba la humedad salitral del mar mientras Tommy conducía despacio. La luz de los faros rebotaba contra la muralla de niebla. Entró en el aparcamiento y, cuando apagó las luces, el escarchado y frondoso acantilado seguía ahí como había estado siempre, igual que la noche que mi padre nos siguió.

—¿Quieres encender uno? —preguntó Tommy al mismo tiempo que buscaba un porro en su bolsillo.

—No, gracias. —Al otro lado del repecho había más niebla, y debajo la playa, y luego el mar y después nada salvo horizonte, lo sabía—. Pero me fumaría un cigarrillo —sugerí.

Darren me mataría si lo supiera, después de lo mucho que se había esforzado en que lo dejara, pero fumar formaba parte del ritual que compartíamos Tommy y yo. Lo sabía igual que sabía que el mar estaba ahí aunque no lo viera. Me tendió el pitillo y el mechero. Yo me llevé el cilindro a los labios, froté el encendedor un par de veces antes de que prendiera e inhalé profundamente, como hacía antes. El humo me hizo toser; Tommy se echó a reír. Cuando pude hablar, solté: «Mierda», y apagué el cigarrillo no sin antes darle una breve calada más.

Tommy se guardó el mechero en el bolsillo y toqueteó la radio del coche un ratito —más ritual— antes de apagarla y decir:

—No quiero gastar la batería.

—Bien.

Ahora tocaba que alargase la mano y me frotase el hombro mientras yo hablaba y seguía fumando. Sin embargo, como había apagado el cigarrillo, carecíamos de guion. Podría haberle dicho que quería volver a casa; me habría llevado. Había otro coche en el aparcamiento, lejos, en el extremo sur. Me pregunté si sus ocupantes se parecerían a Tommy y a mí o más a Jason y a Lee. O quizás albergara a una persona nada más, sola, alguien que, como yo, no tenía ganas de volver a casa.

Tommy hizo tamborilear las manos en el volante.

—Bueeeeno…

Trató de esbozar su sonrisilla chulesca, pero únicamente parecía asustado. Me deslicé por el asiento del coche para arrimarme a él y me besó. Fue igual que un primer beso, tímido y breve, no el beso que esperas de un chico con el que te has enrollado cien veces.

Nos besamos un poco más. Al poco la timidez se había esfumado y muy pronto regresamos adonde lo habíamos dejado años atrás. Dejé que sus manos se movieran a su antojo. No recuerdo cómo me sentía. Quería sentirme bien. Quería sentir algo. Deseaba recordar cómo era yo a los trece años, averiguar por qué le había seguido la corriente a Tommy, por qué me tragaba cuanto hacía y decía. ¿Sucedió sencillamente porque apareció en el momento oportuno? ¿Pudo haber sido cualquiera? ¿O acaso él, Tommy Webber, tenía algo que me gustaba y me importaba? Allí, en el Buick, rodeados de niebla, traté de conectar con mi yo de trece años, recordar qué sentía, qué quería.

Nos lo montamos un rato más y Tommy me despojó de mi camiseta del Picasso. Emanábamos un fuerte tufo a pizza. Desplazó la mano hacia un lado del asiento y echó el respaldo hacia atrás. A continuación reapareció el antiguo gesto, la suave pero firme presión en mi hombro con una mano, el ligero tirón de cabello con la otra. La primera vez que lo hizo me sentí desconcertada. No estaba segura de lo que me pedía. Pero tampoco era tonta y Melony me había hablado de ello y, o sea, supongo que basta dejarse llevar por el instinto para averiguarlo. Recuerdo que aquella primera vez no quería hacerlo en realidad, deseaba seguir con los besos y todo lo demás. Pero estaba colocada y me pareció una alternativa sensata a llegar hasta el final. Además, me daba miedo que se enfadara conmigo. No quería que todo terminara.

—Venga, Dee Dee —me estaba diciendo ahora.

Le empujé la mano y me senté.

—¿Puedes no…? —No sabía lo que quería decir—. No me apetece ahora mismo.

—Sí te apetece. Venga, por favor. Te encantaba hacerlo.

¿Sabéis qué? Es triste y gracioso a un tiempo que dos personas recuerden lo mismo de manera tan dispar. Y ese era el problema en realidad, que fue cosa de los dos, pero Tommy lo vivió de una forma y yo de otra distinta, y cuando mi padre entró en escena se transformó en algo diferente a su vez. Tres personas en la escena del crimen, cada cual con su propia versión de los hechos. Súmale a eso un jurado conocido como el instituto Terra Nova y a saber qué sucedió en realidad.

Agarré la camiseta y salí del coche. Me quedé fuera, entre la niebla, en sujetador, dándole la vuelta a la camiseta. Bajaron la ventanilla del otro coche y una chica me gritó:

—¿Va todo bien?

—Sí, no pasa nada —vociferé a través del aparcamiento. Me enfundé la camiseta, Tommy salió y me miró desde el otro lado del reluciente capó.

—¿Qué te pasa?

—No me encantaba hacer eso —respondí.

—Vale. —Sonrió—. Pero a mí me encantaba que lo hicieras, y sé que tú también disfrutabas. Lo sé. Siempre te hacía disfrutar tanto como disfrutaba yo.

—Yo no he dicho que no disfrutara…

Nunca te explican esa parte en educación sexual, cómo hablar de lo que hiciste, por qué lo hiciste, qué pensabas de ello, antes, durante y después.

—¿Y entonces de qué hablas? —Cruzó los brazos sobre el capó y se recostó hacia delante—. ¿Qué problema hay?

—El problema —empecé a decir—. Es… todo…

Me eché a llorar y no podía parar. Dos veces en un solo día deshecha en llanto. La sonrisilla de Tommy se esfumó. Se acercó a mi lado del coche. En una situación como esa, un chico normal, un ex que se preocupara por ti, te abrazaría o algo así, ¿no? Tommy se limitó a mirarme como si deseara estar en cualquier otra parte.

—¿Qué te pasa? ¿Qué he hecho ahora?

—¡Por Dios, Tommy! ¡Tenía trece años! —Lloré un poco más y él se limitó a observarme—. ¡Di algo! —le pedí—. Ni siquiera había salido con ningún chico. Aún no he salido con nadie.

—¿Y yo tengo la culpa?

—Tú tenías diecisiete. En teoría, eras el mejor amigo de Darren. —Me enjugué las lágrimas con el brazo, tratando de tranquilizarme—. ¿Sabes que te podría haber denunciado? Lo que hiciste va contra la ley.

—Pero no lo hiciste.

—Ya lo sé. Esa no es… ¿Y si tuvieras una hermana pequeña —continué— y Darren le hubiera hecho las porquerías que tú me hiciste?

—¿Que yo te hice? ¿Qué significa eso? —Parecía sinceramente desconcertado—. ¿Estás insinuando que, o sea, te violé? Porque si estás insinuando eso…

—No. No, yo… Nunca me llevaste a ninguna parte. Ni siquiera fuimos juntos al cine. Nunca fuimos a casa del otro a mirar la tele. —*Nunca nos dimos la mano, no salimos a dar un paseo, ni a tomar algo.* Cuanto más se alargaba mi lista mental, más patética me sentía. Cuando más herida me sentía, más me enfadaba, más emociones convulsas me embargaban—. ¿Qué significaba yo para ti, Tommy? ¿Qué pensabas de mí?

—¿Qué pensaba de ti? Me gustabas, ¿no? Me parecías muy mona. Me ponías caliente.

—Me considerabas un objetivo fácil, eso pensabas. ¿Verdad?

—No, yo… —Se encogió de hombros—. ¿Qué quieres que te diga?

Se alzó una ráfaga de viento procedente del mar y todo se agitó, los árboles, los cables eléctricos y las dunas de arena. Un olor a algas y a sal nos inundó. Eso y el sonido de las olas allá en la playa y el rumor de un coche circulando por la autopista me llevaron de vuelta a aquel año en que pasaba con Tommy un par de tardes por semana y luego volvía a casa, mi madre trabajando, mi padre mirando la tele o buscando ofertas de empleo en el diario o hablando con el trabajador social en la oficina del paro, gritándole, diciéndole que había trabajado diecinueve años en National Paper y que se lo debían, maldita sea, le DEBÍAN algo. O se quedaba en la cama, dormido o sencillamente mirando el techo, y en la casa reinaba el silencio, silencio y rabia, y yo me encerraba en mi habitación, me decía que la situación era temporal y muy pronto mi padre encontraría trabajo, y mi madre estaría en casa más a menudo y alguien me preguntaría dónde había pasado la tarde.

Miré a Tommy, su cuerpo delgado, los músculos pequeños y rotundos de sus brazos, la cicatriz de la mejilla, y vale, sí que significó algo para mí. Cuando empezamos a ir juntos, el deseo que le inspiraba, su manera de escucharme, lo que le di, lo que nos dimos mutuamente, SIGNIFICÓ algo.

—¿Por qué tuviste que contárselo a todo el mundo, Tommy? Lo convertiste en una broma de mal gusto, en una puta historia de risa —lo acusé—. Como si nada de lo que pasó hubiera tenido la menor importancia.

Me dio la espalda para mirar hacia la playa.

Me enjugué la nariz otra vez.

Rodeó el coche y subió por su lado. Yo eché a andar por el aparcamiento para derramar las lágrimas que me quedaban, agotada y un tanto aliviada. Tenía la sensación de que llevaba toda la vida esperando para desahogarme con Tommy. Él arrancó el motor y retrocedió una pizca, como si se dispusiera a marcharse, pero se detuvo a mi altura.

—¿Subes?

El trayecto de vuelta transcurrió en un instante, igual que cuando se daba prisa para llevarme a casa, las ventanillas bajadas con el fin de disipar el tufo de la marihuana.

Cuando estábamos llegando a mi casa, un mapache pasó contoneándose por delante del coche. Ambos soltamos una palabrota y Tommy frenó en seco. El mapache nos miró por encima del hombro y se escondió a toda prisa en un jardín. Tommy redujo la marcha el resto del camino.

Y allí estaba mi hogar: la pintura pelada, la hierba sin segar, las macetas abandonadas. La jamba contra la que Tommy se había recostado aquel primer día en que me arrancó de mi antigua vida para empujarme a una nueva. Deslicé la mano sobre el picaporte de la puerta del coche. En realidad, nunca había dejado atrás esa vida; ahora lo comprendía. Me había limitado a poner la pausa. Esto, en cambio, era un final. Tommy no era la persona que yo estaba buscando. Vale, resultaba agradable que todavía me deseara, seguir ejerciendo el mismo efecto en él. Por otro lado, no era un tío quisquilloso, que digamos.

Abrí la portezuela del coche.

Tommy me retuvo, diciendo:

—¿Deanna? Si de verdad hice eso... o sea, sé que lo hice, pero si de verdad te sentiste así por lo que... y, ya sabes, por mi manera de contarlo, lo siento.

Miraba al frente, frotando el volante con las manos.

—Yo también.

9

Desperté en una casa vacía, algo que en otras circunstancias no me habría importado. Por lo general, me habría encantado comenzar así un día cualquiera.

Pero nada era normal.

> Tommy ha pasado a la historia.
> No me siento distinta.
> Porque ¿ahora qué?
> Mi vida es un interrogante.

Miré la página largo y tendido. Tal vez fuera preferible volver a escribir sobre la chica de las olas. Como mínimo, SU vida sí podía controlarla. Si hubiera podido respirar hondo, apartar el edredón y decir: «Hoy empiezo desde cero», puede que las cosas hubieran sido distintas.

Como en un musical: *la, la, la, nunca volveré a ser la misma,* yo qué sé. Pero cuando respiré hondo y aparté el edredón, seguía siendo yo.

El único aspecto positivo del día que tenía por delante era Jason. Habíamos quedado para ir al centro comercial como dos adolescentes normales y corrientes de vacaciones. Sabía comportarme como una adolescente normal: haces comentarios sarcásticos, te pones tonta y pesada. Compras cosas. Comes.

Sonó el teléfono. Lo dejé sonar unas cuantas veces más antes de caer en la cuenta de que tal vez fuera Darren. Me levanté y corrí a contestar. Se trataba de mi madre.

—He pensado que a lo mejor sabías algo —me dijo.

—No.

—¿Llegaste bien del trabajo?

—Sí.

Al principio pensé: *No gracias a ti,* pero luego recordé su mano en mi rostro el día anterior, en la cocina, la expresión de sus ojos. *¿Has llorado?* Se había preocupado por mí, como mínimo.

—Es posible que esta noche me quede trabajando un rato —me informó.

—¿No os habían recortado los turnos?

—Bueno, mucha gente se ha marchado y ahora están saturados. —Bajó la voz—. Típico caos corporativo, ¿verdad? Si quieres prepararle la cena a tu padre, creo que hay ingredientes para hacer un guiso de atún…

—Esta noche trabajo.

—¿Otra vez? Bueno, algún día nos veremos, ¿no?

Me llevé el auricular a la mejilla e imaginé su mano en mi cara otra vez.

—Sí, mamá. Claro.

Después de colgar, extraje mi zarzaparrilla matutina de la nevera y salí al jardín trasero. Ya apretaba el calor y no quedaba ni rastro de la niebla de la noche anterior. Debería haberme quedado fuera, dejando que los rayos de sol bañaran mi piel y mi mente, pero entré y me desplomé en el sofá con el mando de la tele. Salté de magazín en magazín matutino e imaginé a mi padre en la pantalla. *Tema del día: mi hija es una buscona.* Tommy estaría presente también y contaría la historia a una audiencia internacional. Luego se pelearían tal vez y un skinhead le partiría a Tommy una silla en la cabeza o le reventaría la nariz a mi padre.

No, me dije, *eso ha pasado a la historia.*

La puerta de la calle se abrió y yo me incorporé de un salto, tan asustada que por poco me largo por piernas. Una mujer pelirroja acababa de entrar en la salón. Cuando mi cerebro procesó la imagen, comprendí que se trataba de Stacy.

—Eh —me saludó con voz queda—. Suponía que todo el mundo estaría trabajando. Menos tú. Imaginaba que te encontraría en casa. —Permaneció en el sitio, delante de la puerta, vestida con la misma ropa que llevaba cuando se marchó—. ¿Puedo entrar?

—Sí. —La miré de hito en hito. Su cabello oscuro todavía me chocaba—. ¿Está Darren contigo?

Stacy frunció el ceño.

—No. ¿No ha ido a trabajar?

—Ayer se marchó a buscarte. A ese sitio de Pescadero, ya sabes, el albergue juvenil.

—¿Qué albergue juvenil?

—El del faro —aclaré, cada vez más impaciente—. ¿El albergue en el que os alojasteis una vez? ¿El cartel que hay sobre la cuna de April?

—Ah. —Entró en la sala despacio, todavía como una invitada o una extraña—. ¿Y por qué allí?

—Pensó que era… da igual. ¿Dónde ESTABAS?

Titubeó. Se cambió el bolso de hombro.

—En casa de Kim. ¿Te acuerdas de Corvette Kim?

—*Ssssí* —respondí con inseguridad—. No sabía que siguierais siendo amigas.

—Entró en el Safeway a comprar un cajón de cervezas. —Stacy se tocó el pelo, como si palpara el color—. Celebraba una fiesta. Me invitó. Y fui.

—¿Has estado en una fiesta?

—No es lo que parece.

—¿Dos días?

Bajó la vista al suelo.

—He vuelto, ¿vale?

—Al menos podrías haber llamado.

Recordé el aspecto que tenía la otra noche en el espejo del baño, el cabello húmedo y oscuro, sin maquillaje. Como si perteneciera a alguna otra parte, no al asqueroso sótano de esta familia pirada. Ahora estaba cansada y arrepentida, y yo sabía que Darren la iba a poner de vuelta y media, por no hablar de mi padre, así que la dejé en paz.

—April está con Darren —la informé.

Asintió.

—Voy abajo.

Cuando oí cerrarse la puerta del sótano, medité las opciones que tenía: llamar a Darren o no hacerlo. Llamarlo para decirle que Stacy había vuelto podría entenderse como, bueno, una ofrenda de paz. Una forma de decirle que no pasaba nada, que entendía por qué se había comportado como un idiota. No llamarlo implicaría lo contrario, quizás. El caso es que aún no sabía si estaba lista para escoger.

Me dispuse a abandonar el salón, dejando atrás el teléfono, pero entonces pensé en April. Volví sobre mis pasos y llamé a Darren.

—Está aquí —dije.

—¿Qué?

—Stacy está aquí. —Sabía que acabaría por enterarse, así que se lo solté—. Estaba en casa de Corvette Kim. —Oía el zumbido de los coches en la autopista—. ¿Quieres hablar con ella?

—No. Dile que se largue de mi casa.

—Darren.

—Díselo.

—No voy a decirle eso —repliqué—. Tú ven a casa. Y date prisa. No quiero que papá llegue antes que tú.

Colgué y al momento llamé a Jason con el fin de recordarle que habíamos quedado para ir a

Serramonte. Sabiendo lo que estaba a punto de pasar, me parecía una tontería rondar por mi casa más tiempo del necesario.

—Tío —dijo Jason cuando contestó—. Acabo de despertarme.

—Te espero en la parada del autobús dentro de media hora.

* * * * *

Jason llegó corriendo por la pendiente al mismo tiempo que el autobús. Sonrió según subíamos a bordo.

—He dormido dieciocho minutos más después de que llamaras —declaró.

—Estarás orgulloso.

Tan solo viajaban tres pasajeros más en el autobús, así que nos apoderamos del banco del fondo; yo me senté en una esquina y él en el centro. Pese al espacio que nos separaba, me llegó su aroma limpio, a recién duchado. El cabello mojado se le rizaba por la zona de la nuca con un gesto que te inducía a acariciarlo. Me dije que debía dejar de pensar esas cosas; de pensar que Lee estaba ausente y que yo conocía a Jason desde hacía más tiempo; de pensar que

Jason quería acostarse con Lee y ella segura-
mente no. Me recordé que ahora era la nueva
Deanna. Había puesto a Tommy en su sitio.
Todo había cambiado.

—Hace un calor horrible —comentó Jason.
Nada indicaba, nada en su voz ni en su manera
de mirarme, que Lee le hubiera hablado de
nuestra pelea.

—Ya lo sé —asentí—. Y por eso vamos a pasar el día en un centro comercial refrigerado. —El
autobús dejó Pacifica atrás y pasó junto a las
deslucidas casas de estuco color pastel de Daly
City—. Stacy acaba de aparecer —le informé.

—Ya te lo dije.

Negué con la cabeza.

—No sé. Darren se va a poner furioso. —Ya
estaba furioso, pensé, pero no quería que nuestra excursión al centro comercial fuera un tos-
tón, así que me atuve a lo esencial—. ¿A que no
adivinas dónde estaba? —Hice una pausa para
crear suspense—. En una fiesta con Corvette
Kim.

Echó la cabeza hacia atrás y lanzó una carcajada.

—¿Va en serio?

—Sí.

—Bueno, así es Stacy. Darren ya sabía que estaba medio loca cuando se lio con ella.

—Espero que no lo haya olvidado.

Entramos en Serramonte por New York & Company. Serramonte no tiene nada que ver con Stonestown. Aquí no hay suelos de mármol ni piano de cola ni barandilla reluciente. Únicamente una sucia fuente de cerámica con el fondo sembrado de monedas y tantos compradores hablando en tagalo que algunas personas se refieren a ese centro comercial como «la pequeña Manila».

Nos encaminamos directamente al cajero automático.

—¿Cuánto saco? —pregunté al tiempo que introducía mi contraseña—. ¿Sesenta pavos? ¿Ochenta?

—No sabía que hubiera quedado con Paris Hilton. ¿Por qué no cien redondos?

—Buena idea —dije, pero dudé antes de teclear la cantidad. ¿Y si Darren cambiaba de idea? A lo mejor todavía me necesitaba. Ni siquiera había cobrado aún mi primera paga. Me disponía a tocar mis ahorros de antiguos cumpleaños. Noté que Jason se asomaba por encima de mi hombro y decidí sacar ochenta.

—Pensaba que estabas ahorrando para marcharte de casa —señaló Jason, que me miró a los ojos cuando me di media vuelta. Un cosquilleo ascendió por mi rostro.

—Sabes que me lo inventé, ¿no? —Me guardé el dinero en la cartera—. O sea, mis padres nunca me darían permiso.

Se encogió de hombros.

—No sé. Todo es posible.

—Sí, bueno. No en mi caso. —Eché a andar: mi manera de decir que daba el tema por zanjado—. ¿A dónde vamos?

—A pillar algo de papeo.

—Antes quiero mirar la ropa. Es mejor probársela antes de comer.

—Si tú lo dices.

Lo arrastré a Express y descolgué un montón de prendas de los expositores. Cuando entré en el probador miré la ropa y me miré a mí misma. Buena parte de lo que había elegido era bonito y estiloso; prendas para la nueva Deanna. Me despojé de los vaqueros y la camiseta de tirantes y me probé unos pantalones pirata blancos y una camiseta negra ajustada. Me quedaba bien. Tenía aspecto de buena chica. A lo mejor si mi padre me veía de esa guisa cambiaría de idea acerca de mí. Puede que Jason pensara de otro modo también. Comprendería que podía ser su colega y una novia en potencia al mismo tiempo. Y cuando Lee regresara y le contara lo sucedido, Jason no se pondría de su parte. Abriría los ojos y se daría cuenta de que yo lo tenía todo. Me escogería.

Lo llamé a través de la puerta del probador.

—¿Sigues ahí?

—¿Y dónde quieres que esté?

Me alisé la melena, la recogí en un moño y salí del probador esbozando lo que esperaba que fuera una sonrisa dulce.

—Eh, a ver qué te parece.

Jason sonrió.

—Es mono.

—Lástima que no me lo pueda permitir, ¿eh? Solo los pantalones cuestan como setenta pavos.

Me estudió y se encogió de hombros.

—No sé. En realidad no te pega.

Me obligué a soltar una carcajada.

—Sí.

De vuelta en el probador, me solté el pelo, me cambié y dejé los pantalones y la camiseta tirados en el suelo. Seguía siendo yo, atrapada en mi propia piel y en la realidad de mi vida. Muy pronto lo poco que me quedaba desaparecería también: Darren y Stacy romperían o se mudarían sin mí, y Jason escogería a Lee cuando supiera lo mal que la había tratado. Ni siquiera sabía si podría seguir trabajando en el Picasso después de lo sucedido con Tommy. Y aunque me quedara, el hecho de que un empleo en una pizzería de mierda fuera lo mejor de mi vida resultaba un tanto triste.

Haciendo de tripas corazón, salí del probador.

—Vamos a comer algo.

* * * * *

—Ojalá hubiera una zona de restaurantes en mi casa —suspiró Jason al tiempo que sopesaba las distintas opciones.

—¿Qué te apetece?

—¿Sbarro?

—Por Dios, no, pizza no, por favor —supliqué—. Vamos a un chino.

Nos pusimos en la cola del Panda Express. Estábamos echando un vistazo al menú cuando una voz dijo a mi espalda:

—Eh, Lambert, ¿quieres salir conmigo? Tengo dos entradas para el aparcamiento trasero del Target.

Era Bruce Cowell, y llevaba a Tucker Bradford pegado a sus talones como el gilipollas segundón que era.

—Pensaba que tu novio y tú lo habíais reservado —le espetó Jason a la vez que señalaba a Tucker.

Este último dio un paso al frente.

—Será mejor que lo retires.

Una pareja que nos precedía en la cola dio media vuelta para mirarnos, paliduchos chupatintas cuyos almuerzos estaban a punto de arruinarse, o de animarse, según como lo mires.

Se me ocurrieron un montón de réplicas que soltarle a Bruce, pero estaba cansada, harta de defenderme y de hacerme la dura cuando lo único que quería era desaparecer. Clavé la vista en el menú, con los brazos cruzados, en tanto que Jason les daba la espalda a Tucker y a Bruce. Llegamos al mostrador. Yo pedí *chow mein;* Jason eligió un cuenco de arroz. Súbitamente, escuché la voz de Bruce en mi oído susurrando:

—Esto es un autoservicio, ¿no?

Dicho eso, introdujo la mano entre mis piernas, por detrás.

Di media vuelta de un salto y lo empujé con todas mis fuerzas a la par que le gritaba:

—¡Nunca vuelvas a tocarme, capullo!

Cayó al suelo y se quedó allí, riendo. Los oficinistas desviaron la vista. Ninguno dijo: *¡Eh, basta ya! ¿Cómo os llamáis? Voy a llamar a vuestros padres.* Les dábamos miedo, temían que sacáramos una pistola y nos liáramos a tiros en el centro comercial.

Bruce seguía riendo. Tucker bailoteó alrededor de Jason con los puños en ristre como un boxeador, sin dejar de repetir:

—¡Defiéndete, punki! ¡Defiéndete!

Un guardia de seguridad caminaba hacia nosotros a toda prisa. Yo agarré a Jason por la camiseta.

—Vamos.

Corrimos entre la gente que se disponía a almorzar y nos colamos en un ascensor justo antes de que se cerraran las puertas. Una madre con un cochecito de bebé nos sonrió, seguramente tomándonos por dos alocados adolescentes en plena aventura disparatada. Salimos del ascensor en el segundo piso y entramos en Macy's, mirando por encima del hombro para comprobar si el poli de pega nos seguía.

Yo mantuve la compostura, de verdad que sí, hasta que llegamos a la sección de ropa de fiesta, que estaba desierta y tranquila. En cuanto supe que estábamos solos, me derrumbé. Me senté en el pedestal de un maniquí vestido de esmoquin y rompí en llanto.

Jason tomó asiento a mi lado.

—Son unos gilipollas —me consoló—. No les hagas caso.

—Me ha metido mano —sollocé—. No soy propiedad pública.

—Ya te lo he dicho. Son unos gilipollas.

Yo no me podía creer que estuviera llorando otra vez. Había derramado más lágrimas en dos días que en los últimos dos años. Me tapé la cara con una mano.

—Ayer por la noche estuve con Tommy.

—¿Tommy Webber?

Asentí.

—Trabaja en el Picasso.

—¿Desde cuándo?

—Desde el principio. —Me aparté la mano de la cara y miré a Jason. No supe adivinar si estaba decepcionado, preocupado, celoso o qué—. Me llevó a casa —dije según las lágrimas amainaban a un goteo constante—. En realidad no pasó nada.

—Lo siento, pero tengo la impresión de que SÍ pasó algo. —Jason hablaba con voz grave—. De no ser así, no me lo estarías contando.

—Ya sabes cómo es Tommy —dije—. Ya sabes cómo soy yo.

—Tú no eres así, Deanna.

—Hablamos. Tommy y yo, hablamos de lo que pasó… en aquella época. Pensaba que me había sentado bien, pero ahora… —La mano de Bruce entre mis piernas, delante de un montón de extraños, y aún peor, delante de Jason. El gesto contenía una declaración sobre mí: Deanna Lambert, no eres más que una putilla barata. El llanto volvió a arreciar.

Jason se puso de pie. Pensé que iba a marcharse, lo que habría rematado aquel día para convertirlo en el peor de mi vida. En vez de eso, se portó de maravilla, igual que en una película: extrajo el pañuelo del bolsillo del maniquí y me lo tendió.

—Tú no eres como dice Tommy, ni Bruce ni Tucker. Ni siquiera como dice tu padre.

Oírle pronunciar las mismas palabras exactas que necesitaba escuchar en parte me dolió más que si se hubiera marchado. Me soné y me enjugué la cara.

—A veces creo que sí. Pero una parte de mí sabe que no es verdad.

Un vendedor se acercó y yo estrujé el pañuelo en el puño.

—¿Te puedo ayudar en algo? —me preguntó—. ¿Te encuentras bien?

—Sí, está bien —respondió Jason.

—Me alegro, pero esto no es un club nocturno, así que marchaos a otra parte, ¿vale?

Nos encaminamos a las escaleras mecánicas para descender a la planta baja. Fuimos a parar delante de una gigantesca muralla de toallas.

—¿Por qué no…? —me mordí la lengua.

—¿Por qué no qué?

—Nada.

—Jo, tío. ¿Qué?

Posé la mano entre dos toallas azul cielo.

—¿Por qué nunca me has pedido salir?

Creo que se encogió de hombros. No estoy segura, porque no lo miraba.

—Eres mi amiga. Nunca he pensado en ti en esos términos.

Lo dijo con tanta sencillez y sinceridad que no debería haberme sentado mal, pero lo hizo.

—¿Nunca?

—No.

—¿Ni una vez —insistí al tiempo que pasaba el dedo por los dibujos de las toallas— en todo el tiempo que hace que nos conocemos has fantaseado con la idea de besarme?

Alcé la vista. Su rostro adquirió un tono rojizo.

Se sentó a medias sobre una mesa de artículos de rebajas.

—Pues claro que me lo he imaginado. Los chicos fantasean con la idea de besar a todas las chicas. Incluidas sus profesoras.

—Puaj.

—Vale, no a todas las profesoras. Quiero decir que una cosa es la curiosidad y otra muy distinta planteárselo en serio.

—¿Y en mi caso tan solo era… una vaga curiosidad?

—Yo no he dicho «vaga».

—¿Pero nunca te lo has planteado en serio?

—Bueno, ahora no.

—¿Por qué no? —Me lanzó una mirada avergonzada y yo me enredé con las palabras—. Yo… bueno, claro, sales con Lee. O sea, ya lo sé. No decía que…

—Vamos a perder el autobús —me cortó. Salimos por Macy's y no pronunciamos palabra mientras esperábamos. Cuando llegó el autobús, iba más lleno que en el viaje de ida, así que compartimos un asiento doble. Yo no paraba de torturarme pensando que no debería haberlo puesto contra las cuerdas.

—Al final no hemos gastado nada —comenté, con la esperanza de haber empleado un tono de voz normal pese a lo mal que me sentía.

—Jo —respondió Jason. Noté que me seguía la corriente, que intentaba con demasiadas ganas comportarse como si no pasara nada.

La gente debía de tomarnos por una pareja de novios, me imaginé. De ser verdad, a lo mejor lo sucedido con Tommy se esfumaría; yo sería una adolescente normal y corriente que sale a divertirse con su novio.

—No me apetece volver a casa —comenté. Miré las construcciones de estuco, los coches que nos adelantaban por la carretera. La niebla densa y blanca de las montañas caía puntual sobre Pacifica, como si nuestro estúpido pueblo no tuviera derecho a disfrutar de ocho horas de sol seguidas.

—Ven a la mía, si quieres —me propuso Jason. Puede que titubease o tal vez yo estuviese paranoica—. Mi madre te puede llevar al trabajo si llega a tiempo.

Desde la parada del autobús, fuimos paseando. Al principio agradecí el frescor de la niebla, pero para cuando entramos en su casa tenía los brazos enrojecidos del frío. Jason se encaminó directamente a la cocina.

—Me muero de hambre.

No habíamos comido. Me miré los pies según recorría la moqueta color melocotón. El paso frecuente había desgastado el camino de la puerta principal a la cocina.

Jason extrajo del armario un paquete de macarrones con queso precocinados. Dimos cuenta de los platos delante de la tele, en su habitación, seguidos de unos brownies. Yo me sentía cómoda otra vez, como si la conversación que habíamos mantenido en Macy's nunca se hubiera producido.

Su sudadera negra, la que siempre llevaba Lee, colgaba del respaldo de una silla. La miré de reojo e imaginé su tacto cálido y suave, con los aromas de Jason y Lee entremezclados: el olor cítrico de mi amigo, el del champú de oferta de ella.

—¿Tienes frío? —le pregunté—. Yo tengo un poco de frío.

—Ah.

Rebuscó por su armario, sin apartar apenas los ojos de la tele, y me tendió una camisa de franela limpia que únicamente olía a detergente. Me la enfundé encima de la camiseta de tirantes.

Si tuviera dos dedos de frente, me habría relajado, segura por fin en la habitación de Jason, mi entorno favorito. Debería haberme conformado con lo que tenía: un amigo estupendo, una habitación agradable, una camisa calentita. Podría haberme acurrucado en esa sensación para siempre, o como mínimo una hora más, quizás haberme zampado algún otro brownie para salir flotando en una esponjosa nube hecha de azúcar, televisión y Jason. En vez de hacer eso, le pregunté:

—Si el asunto de Tommy nunca hubiera ocurrido, ¿me habrías pedido salir?

Sonrió a medias y me miró un ratito antes de responder:

—No hay un buen modo de responder a esa pregunta, ¿verdad?

Yo le devolví la mirada, nerviosa y emocionada, como si todo fuera posible ahora mismo.

—Verdad.

Seguimos mirándonos hasta que sonó su teléfono. Yo di un respingo; él respondió.

—¿Sí? ¡Eh! —Vi mudar la expresión de su rostro de lo que sea que estuviera pensando a una sonrisa dulce y feliz—. ¿Cómo has conseguido hacerte con un teléfono?

Comprendí que se trataba de Lee. Se me contrajo el estómago. Me levanté y me encaminé a la puerta.

—¿A dónde vas? —me preguntó Jason—. Deanna está aquí —dijo en dirección al móvil—. ¿Quieres hablar con ella?

Me tendió el aparato, sonriendo. Yo pegué la espalda contra la puerta y negué con la cabeza. Jason se quedó desconcertado. Salí de su cuarto respirando atropelladamente y preguntándome qué hacer a continuación, a dónde ir. Acudir al trabajo implicaba ver a Tommy. Ir a casa significaba tal vez descubrir que Darren y Stacy habían roto. Justo cuando mi mano se acercaba al pomo de la puerta principal, Jason entró en la sala.

—¿Qué está pasando? —me preguntó. No di media vuelta—. Se ha puesto muy rara cuando le he dicho que estabas aquí.

—Tengo que irme.

—Ni hablar. —Noté su mano en mi hombro y me volví a mirarlo. Su rostro seguía mostrando la misma expresión confusa, pero ahora, además, parecía enfadado—. ¿Me lo vas a contar o qué?

Estábamos muy cerca, allí, junto a la puerta, yo envuelta en su camisa; su mano, todavía caliente del teléfono, en mi hombro. Guardaba en el bolsillo el pañuelo del maniquí de Macy's. Me habría gustado abrazar a mi amigo igual que me abrazaba Lee, con un gesto espontáneo y seguro. Pero yo no sabía hacer nada de manera espontánea y segura.

—Podría ser tu novia —susurré—. Sería una novia genial.

Jason se miró los zapatos.

—Sí —reconoció—. Ya lo sé.

Y aun sabiendo que hacía mal, le besé. Le eché los brazos al cuello, descargué mi peso sobre Jason y le besé. Mi amigo titubeó, apenas un instante, antes de devolverme el beso. Fue tal y como lo había imaginado, mi vientre emanando calor según él me atraía hacia sí con las manos apoyadas en mis caderas.

Salvo que salía con mi mejor amiga. Lee en mi cabeza, su manera de mirarme la primera vez que le conté la historia de Tommy. Agradecí tanto la dulzura con que se encogió de hombros después de tres años oyendo mentiras sobre mí... *Bueno, supongo que todo el mundo ha hecho cosas que cambiaría si pudiera.*

Me aparté de Jason. Él miró al suelo y se hundió las manos en los bolsillos.

—¿Cómo —dije, deshecha OTRA VEZ— voy a salir de esto?

—¿Qué?

—¿Cómo voy a salir de esto —repetí según las lágrimas rodaban por mis mejillas— si cada vez que me doy media vuelta... sigo ahí?

—Será mejor que te marches.

Abrí la puerta y me quedé parada en el escalón de la entrada. La niebla se había apoderado del mundo, pesada y húmeda. Me ceñí la camisa de Jason al cuerpo, con fuerza.

9 A

Si alguna vez conozco a la chica de
las olas, le diré lo siguiente:

Olvidar no basta.

Puedes remar lejos de los recuerdos y
pensar que ya no están.

Pero retornarán flotando, una y otra y
otra vez.

Te rodearán como tiburones.

Y derramarás tu miedo en el mar,

Hasta que, a menos que

Algo

¿Alguien?

Haga por ti algo más que tapar la herida.

10

Tommy no se presentó en el restaurante. Brenda se había quedado para sustituirlo, enfadada como una mona por tener que hacer horas extra. O quizás fuera su horrible permanente la que le daba esa expresión de descontento. Encontré a Michael sentado en el reservado, trabajando con sus papeles en la penumbra.

—¿Se ha despedido o qué? —pregunté.

Michael alzó la vista y se deslizó las gafas a la punta de la nariz.

—¿Quién, Tommy? Espero que no. Ha dicho que estaba enfermo.

Brenda se acercó remetiéndose un trapo por la cintura del delantal.

—¿Le has dicho que no me puedo quedar a cerrar?

—Aún no —respondió Michael, y se volvió hacia mí—. Brenda no puede cerrar.

—La canguro tiene que estar en casa a las diez —explicó ella—. ¿Le has dicho que no toque la caja registradora? Llevo ocho años aquí y siempre la he cuadrado hasta el último centavo.

Michael le dedicó una sonrisa.

—¿Y si acabas de limpiar la rebanadora? —Brenda se alejó y él suspiró—. Esta noche mantente alejada de la caja registradora. Intenta batir un récord.

—¿Lleva ocho años trabajando aquí?

—Eso es.

—No te ofendas —dije—, pero si sigo trabajando aquí dentro de ocho años, clávame un puñal.

Se rio con ganas.

—Me parece un buen plan. Deberíamos hacer un pacto suicida.

Estar con Michael me relajaba, así que me quedé cerca de su reservado rellenando dispensadores de servilletas y botes de parmesano. El trabajo, como mínimo, me proporcionaba un medio para permanecer ocupada, un lugar donde estar, un ambiente en el que todavía no había metido la pata hasta el fondo.

Según Jason, Lee se había puesto muy rara al enterarse de que yo estaba allí; me pregunté si habría reaccionado así a causa de nuestra pelea o porque le preocupaba que Jason y yo nos liáramos. O ambas cosas.

¿De verdad le había besado?

¿O me había besado él a mí?

—¿Deanna? —Michael estaba plantado a mi lado, encendiendo un cigarrillo—. Llevas cinco minutos rellenando ese dispensador de servilletas. Me estás poniendo nervioso.

—Perdona. —Dejé el dispensador en su sitio y limpié la mesa.

—Ya has limpiado esa mesa. Dos veces. ¿Te encuentras bien?

Quise decirle que no fuera tan amable conmigo o me echaría a llorar otra vez.

—No.

Brenda nos gritó desde la caja registradora:

—Eh, alguien quiere una pizza.

—Qué raro —dijo Michael.

Hubo cierto ajetreo a la hora de la cena y luego nos quedamos solos otra vez. Mi madre llamó alrededor de las ocho. Me estaba buscando.

—No sabía dónde estabas. Por lo visto, no has aparecido en todo el día... —Parecía preocupada—. Stacy ha vuelto.

—Ya lo sé.

Brenda me miró mal, como si llevara horas hablando por teléfono.

—¿Ah, sí? Bueno, tu padre y tu hermano han discutido a gritos, luego tu hermano y Stacy, luego Stacy y tu padre... Da igual, Darren y Stacy han salido a dar un paseo y April está con nosotros. ¿Te las arreglarás para volver a casa?

Claro, mamá, puedo cuidar de mí misma. ¿No ves lo bien que lo he hecho hasta ahora?

—Sí.

—Vale. Bueno, luego nos vemos.

Estuvimos casi ocupados el resto de la noche; entró un grupo de softball y se quedó un par de horas bebiendo jarras de cerveza y poniendo música en la gramola. Un tío asqueroso con pelajos en el cuello no paraba de llamarme «nena» y soltarme comentarios del tipo: «Eh, nena, si te esfuerzas a tope a lo mejor te doy una buena propina». Brenda estaba cada vez más enfadada, como si YO tuviera la culpa de que un hombre de su edad me tirara los tejos.

Cuando el equipo se dispuso a marcharse, el tipo me escribió su teléfono en una servilleta y yo me aseguré de que todo el mundo viera cómo la introducía en el fondo de una jarra usada. Sus amigos se rieron, pero él se puso colorado como un tomate y se inclinó hacia mí.

—Zorra.

—¿Sabes qué? —le solté, a punto de echarlo a golpes de bandeja—. Estoy harta de que la gente diga porquerías sobre mí que no son ciertas. Hoy ya le he atizado a uno una patada en el culo.

Michael se acercó. Supuse que me arrastraría al almacén y me despediría. En vez de eso, le ordenó al tío que se largara.

—Y no vuelvas —le dijo—. No necesito tu dinero.

No era verdad. El otro le hizo la peineta a Michael y se largó con sus amigos. A mí me temblaban las manos. Sabía que debía darle las gracias a Michael, pero seguía recogiendo las mesas y retiré los platos sin pronunciar palabra.

A las nueve y media, cuando Brenda se marchó, Michael puso el cartel de «cerrado», aunque en la puerta se especificaba que abríamos hasta las once. Trabajamos deprisa, guardando

la comida en la cámara y fregando los mostrado-
res. Yo pasé el mocho, él limpió los baños y luego hicimos algunos preparativos para el día siguiente. Cuando terminamos, Michael me dijo:

—¿Y bien? ¿A qué ha venido eso?

—Ese tío era un capullo.

—Ajá —respondió, asintiendo—. Un capullo normal y corriente. No merecía tu tiempo ni
tu energía, de hecho.

Me recosté contra el fregadero.

—Debería irme a casa.

—Sí, se nota que lo estás deseando.

Me quedé un rato mirando al suelo. No me
apetecía hablar pero tampoco marcharme.

—¿Me he metido en un lío?

—¿Conmigo? No. —Se guardó las gafas en
el bolsillo de la camisa—. No tengo prisa, ¿sabes?

Supe, por su manera de decirlo, que podía
hablar con él. No era el típico aspirante a conse-
jero escolar que va por ahí soltando rollos del
tipo: *a veces hablar ayuda* o *¿y tú cómo te sientes?*

—Ayer por la noche —empecé, inspirando
hondo— hice una tontería como una casa. O
una tontería a secas.

—Ya.

—Y hoy… —No quería volver a llorar. Michael esperó—. Hoy he metido la pata otra vez.

—Mmm.

—Igual que hago constantemente.

—¿Constantemente?

—Sí.

—Bueno —observó Michael—. Dudo mucho que metas la pata CONSTANTEMENTE.

—Vale —reconocí—. A menudo. Debe de haber un límite. ¿Cuántas faltas puedes cometer antes de que te expulsen?

Se acarició el bigote. La cámara frigorífica zumbaba detrás de nosotros.

—Buena pregunta. Yo tengo… a ver… cuarenta y seis años. Te aseguro que he cometido más faltas que tú y aún sigo jugando.

Lo observé: solo era un tipo agradable de mediana edad que posee un negocio propio. Las cosas no le iban mal.

—¿Alguna vez le has gastado una mala pasada a un amigo? —pregunté.

—Sí.

—Me refiero a una GRAN putada.

—¿Lo pones en duda? Remitámonos a las pruebas: dejé la universidad de Stanford en segundo de carrera. Sin motivo, que conste. Estaba harto de estudiar. Imagínate cómo se pusieron mis padres. Luego me casé y me divorcié, dos veces, antes de descubrir que me gustan los hombres. —Adoptó un tono más quedo—. Quería a mis esposas. Con toda mi alma. Hablando de hacerle putadas a alguien.

—Pues sí —reconocí—. Menuda guarrada.

—Gracias. Pero basta de hablar de mí.

—Necesito salir de Pacifica.

Michael asintió.

—Y lo harás, antes o después. Pero no vayas a pensar que si te marchas dejarás de ser tú. Yo he cometido ese error en más de una ocasión. Una vez me preguntaste por qué vivía aquí. Puede que sea por eso —prosiguió—, ahora que lo pienso. Si tengo que aprender a convivir conmigo mismo, ¿por qué no hacerlo aquí? Es un sitio tan bueno como cualquier otro. —Sacó un cigarrillo y lo sujetó entre los labios—. En cuanto a ese amigo, merece la pena pedir perdón. Aunque no quiera oírlo.

—Esa amiga.

Se llevó la mano al bolsillo para buscar el mechero.

—¿Te llevo a casa?

—Sí. —Me enfundé la camisa de Jason sobre la camiseta del Picasso—. Gracias.

* * * * *

Vi el coche de Darren aparcado delante de nuestra casa. La luz de la sala se derramaba por el camino de entrada, junto con el parpadeo de unas cuantas lucecitas de Navidad. Me quedé plantada ante la puerta, preguntándome qué encontraría al entrar. Mi padre pasó por delante de la ventana y yo busqué refugio en las sombras para que no me viera. No soportaba la idea de entrar y tener que escuchar su versión de la deserción de Stacy.

Eché a andar alrededor de la casa. Me enredé los pies con una vieja manguera del jardín, pero, por lo demás, no hice el menor ruido. Siempre dejaba una rendija en la ventana de mi habitación para poder oler la bruma del salitre por las noches. La subí con tiento y, saltando al interior, aterricé en la cama. Me quedé allí tumbada un buen rato, con la luz apagada y la camiseta de Jason alrededor de mi cuerpo.

En momentos como este necesitas a un amigo, pensé, una persona a la que puedas llamar a cualquier hora del día o de la noche para contarle la historia, tu propia versión, sabiendo que se pondrá de tu lado. ¿Quién, me pregunté, se pondrá ahora de mi lado?

Siempre había contado con Darren, y sabía que, en último término, era la única persona del mundo que comprendía lo que implica ser un Lambert. No podía seguir enfadada con él. Tan solo intentaba hacer lo que consideraba mejor para su familia. Después de todo lo sucedido, necesitaba como mínimo ver el rostro de Darren antes de dormirme.

Abrí la puerta de mi cuarto una pizca y agucé los oídos. El televisor de la habitación de mis padres estaba encendido; en el resto de la casa reinaba la oscuridad. Salí al pasillo sin hacer ruido y pegué la oreja a la puerta del sótano antes de bajar las escaleras tan quedamente como pude. Avancé pegada a la pared, guiándome por la luz que entraba a través del ventanuco.

Darren dormía en su cama, tendido de bruces y roncando con suavidad.

Stacy no estaba, ni tampoco April.

Palpé la sabanita de Minnie Mouse de la cuna de April y luego me senté al borde del colchón de Darren. Él dio media vuelta en la cama, abrió los ojos y se incorporó sobresaltado.

—Por Dios —dijo. Se desplomó de nuevo al descubrir que era yo—. Me has dado un susto de muerte.

—¿Dónde están?

—Ya te lo contaré mañana. Ahora tengo que dormir.

—¿Van a volver?

—Deanna…

—Tú dímelo.

—Déjame dormir, ¿vale? Hablaremos mañana. —Rodó hacia el otro lado y se tapó hasta la barbilla, igual que hacía cuando éramos niños y acampábamos en la sala o en el jardín.

Mientras lo miraba, pronuncié varias frases mentalmente, las mismas que no podía decir en voz alta. Frases como:

Me alegro de que hayas vuelto, Darren.

Perdona por lo de ayer.

Darren, entiendo que hagas lo que vas a hacer.

Remetí una esquina del edredón debajo del colchón, con cuidado de no tocar a mi hermano, y volví a la cama.

* * * * *

Desperté temprano de una mala noche. Mamá estaba en la cocina rosa, envuelta en su albornoz de rizo fucsia, preparando café como lo preparaba siempre: sacando una cucharada de polvos, vertiendo agua y agitando la mezcla con unos cuantos movimientos.

—Te has levantado —me saludó—. No te oímos llegar anoche.

—Debíais de estar durmiendo.

—Es posible. El día de ayer fue interminable.

Se había quedado corta.

—¿Dónde están Stacy y April?

—Ay, cielo, es una historia muy larga. ¿Por qué no desayunas primero? ¿Te apetecen unas gachas? Hace el día perfecto para tomar gachas de avena.

Ya estaba sacando un sobre de gachas instantáneas y un tazón.

—Aún no tengo hambre. Solo quiero saber dónde están.

Abrió el sobre de todos modos y lo vertió en el tazón.

—Será mejor que le pidas a tu hermano que te lo cuente. Los padres jóvenes lo pasan mal, ¿sabes? Lo arreglarán. ¿Te parece bien de canela con pasas?

—Por Dios, mamá. No quiero gachas.

—Bueno, vale, no hace falta que me hables en ese tono.

Me acerqué a la nevera para echar mano de una zarzaparrilla. En ese momento entró mi padre, tomó su taza de National Paper del gancho de la pared y se sirvió un café.

—¿Dónde estuviste ayer por la noche? —me preguntó.

—Trabajando.

—No te oí llegar.

Mi madre intervino con tono agudo:

—Debíamos de estar durmiendo, cariño.

—¿Cómo llegaste a casa?

Abrí la lata de zarzaparrilla y tomé un sorbo. Sabía que la conversación no auguraba nada bueno, pero le seguí la corriente de todos modos.

—Me acercó mi jefe.

Mi madre me miró como si yo estuviera jugando con fuego, como regañándome por no haber mentido. A continuación trató de distraer a mi padre.

—Le estaba diciendo a Deanna que hace una mañana perfecta para tomar gachas. ¿Te apetece un tazón? Las tendré listas en cinco minutos.

Mi padre le hizo caso omiso.

—Y tu jefe se llama...

—Michael.

—Tenemos de canela con pasas, de canela con manzana... mmm, todas llevan canela...

Sostuvo la caja al mismo tiempo que pasaba la vista de mi padre a mí. Parecía dispuesta a bailar claqué y hacer malabarismos con los paquetes de avena con tal de evitar la discusión.

—¿Y cuántos años tiene ese tal Michael?

—Es mayor —respondí—. Cuarenta y seis.

La mandíbula de mi padre ya se estaba crispando. Dejó la taza sobre la mesa.

—¿Y por qué te lleva en coche?

—Porque es amable —alegué. Tomé un trago de zarzaparrilla y miré a mi padre a los ojos—. Y porque me lo he tirado.

Mi madre ahogó una exclamación.

—¡Deanna!

Él se puso rojo como un tomate. Me señaló con un dedo.

—Si te parece divertido...

Darren entró en la cocina en ese momento y se encaminó directo a la cafetera. Se sirvió un café y miró a mi madre, que seguía sosteniendo la caja de avena.

—Yo tomaré unas gachas.

—Ahora no, Darren —le advirtió ella.

—No me parece divertido —repliqué a mi padre—. Me parece un asco. Me parece un asco que pienses que me voy a acostar con mi jefe de cuarenta y seis años. ¡Me parece un asco que pienses eso de mí!

Había estallado en sollozos, claro que sí.

Darren me miró perplejo.

—¿Tu jefe no es gay?

Mi padre se volvió hacia Darren y luego otra vez hacia mí.

—¿Lo es?

—Eso creo —asentí.

Mi madre soltó una carcajada nerviosa.

—¿Y por qué no lo has dicho?

—¿Y si no lo fuera? —protesté—. Si no lo fuera, ¿qué pensaríais? ¿Qué le iba a dejar meterme mano a cambio de una pizza?

Mi padre bajó la voz, sosteniéndome la mirada, como si estuviéramos los dos solos en la cocina.

—Yo diría que tengo razones para sospecharlo.

Ahí estaba. Prácticamente lo noté, como un chasquido audible, la casa y sus habitantes por fin enganchados a una vía que nos llevaba a dondequiera que fuera nuestro destino. Este era el momento que tenía que llegar antes o después, el instante que llevábamos tres años tratando de eludir.

—¿Me vas a odiar toda la vida —le espeté, ahora sollozando con fuerza— por algo que hice a los trece años?

—¡Tu padre no te ODIA!—protestó mi madre al tiempo que estampaba la caja de avena contra la encimera, exhibiendo una fuerza de sentimientos que llevaba largo tiempo sin mostrar.

—¿Eso crees? —me preguntó mi padre, que también parecía a punto de echarse a llorar—. ¿Piensas que te odio?

—¿Y qué quieres que piense, papá? —terció Darren.

Todos lo miramos, y a mí se me encendió una bombilla, comprendí que este asunto no nos concernía tan solo a mi padre y a mí, o a Tommy y a mí. Mi madre, Darren e incluso Stacy, incluso April, Lee, Jason y ahora Michael... todos formábamos parte de esa historia que sucedió un día, dos personas en el asiento trasero de un Buick clásico, haciendo algo íntimo, pero que no fue íntimo, porque una multitud viajaba en ese tren que de hecho llevaba mucho tiempo en marcha.

—Ray —intervino mi madre, volviéndose hacia mi padre—. Di algo.

—¿Qué? ¿Qué quieres que diga?

Darren y yo miramos a mi madre. Yo todavía trataba de contener mis sollozos para convertirlos en algo que no sonase a un gruñido animal.

—Dile que la quieres —susurró ella—. Díselo.

—Yo… por supuesto. —Mi padre me miró. Mi papá. Quería decirlo, yo lo sabía—. Es que…

Dejó caer los brazos con ademán de impotencia y abandonó la cocina. Unos segundos más tarde oímos el trompazo de la puerta principal, el coche que arrancaba y se alejaba.

Yo me acerqué a la pila y luego arranqué dos servilletas del rollo de la cocina para sonarme y enjugarme los ojos. Mi madre se desplomó en una silla y suspiró.

—Bueno, no deberías haberle hablado a tu padre en ese tono, Deanna. No sé por qué has tenido que emplear ese lenguaje. —Pasó una mano por la superficie de formica de la mesa—. Es muy duro para él. Siempre lo ha sido.

Me llevé la lata de zarzaparrilla a la pulsátil sien.

—Ya lo sé.

Se levantó y se aproximó a mí como si quisiera abrazarme o, como mínimo, pasarme un brazo por los hombros. En vez de eso, se detuvo antes de llegar y negó con la cabeza. A continuación, con voz queda:

—Pero no hay excusa, ¿verdad? —prosiguió—. No hay excusa.

Se sirvió otra taza de café y miró por la ventana.

—Vamos —me dijo Darren, y me tomó del brazo.

Lo acompañé al sótano. Tenía la cabeza como un bombo de tanto llorar; me dolía la garganta y me veía forzada a respirar por la boca. Me senté en la cama de Darren pertrechada con una caja de pañuelos de papel.

—¿Te encuentras bien? —me preguntó.

—¿Ha sucedido de verdad?

Me sentía desorientada y no podía dejar de pensar en el estupor de mi padre ante mi salida de tono, en el hecho de que negar su odio hacia mí fuera lo mejor que me podía ofrecer, lo más parecido a una declaración de amor que era capaz de pronunciar.

—Eso creo —Se sentó a mi lado—. Jo, hostia, creo que sí.

Me soné unas cuantas veces más.

—Y bien —dije, decidida a pensar en alguna otra cosa, aunque solo fuera un momento—. ¿Dónde están?

—En casa de la madre de Stacy.

—Pensaba que se detestaban.

—Se detestan.

—¿Cuándo volverán?

—No lo sé. April regresará mañana para quedarse un par de días. Stacy también quiere volver. —Se pasó la mano por el pelo—. Le he dicho que lo pensaré.

—¿Cómo que lo pensarás?

No me podía creer que no se hubiera percatado de la sacudida que acababa de sufrir nuestro pequeño universo, de la profunda interconexión de todo, de la necesidad de permanecer unidos si queríamos sobrevivir a esto.

—¡Me abandonó! —exclamó—. Nos ABANDONÓ a April y a mí.

—Ha vuelto.

Darren negó con la cabeza.

—Ya no sé si es la madre que quiero para mi hija.

Solté una carcajada, a pesar de la migraña.

—Demasiado tarde, melón, ya es la madre de tu hija. ¿En qué estás pensando? ¿En ligarte a alguna otra chica para que cuide de April?

—Puede. No lo sé. —Se levantó y se despojó de la camiseta—. Necesito una ducha.

Yo me quedé en su habitación y me metí en la cama. Seguía calentita en la zona en la que mi hermano había dormido. Me dolía horrores la cabeza de tanto llorar y cuando pensé en Jason y en Lee y en lo que Darren acababa de decir me dolió aún más si cabe, pero sabía, SABÍA, aunque Darren no lo hubiera notado, que la situación había cambiado. Algo había sucedido.

Después de ducharse, salió del baño con una toalla envuelta a la cintura.

—Mmm, necesitaría un poco de intimidad.

—No voy a mirar. Por Dios. —Me giré para darle la espalda y miré a la pared—. Tienes que llamarla —afirmé—. Y decirle que vuelva.

—Bueno, no sé si quiero hacerlo.

—¿Y entonces qué?

Lo tenía tan claro, veía con tanta claridad cómo tenían que ser las cosas.

—No puedo dejarlo pasar sin más, Deanna.

—¿Por qué no? —objeté—. Llámala, pídele perdón y dile que quieres que vuelva.

—¿PEDIRLE perdón?

—Sí. —Recorrí con el dedo una grieta de la pared—. Por no haberte esforzado más en entender por qué se marchó, por haberla echado y todo eso.

—¿Y ella qué? Fue ella la que se marchó.

Di media vuelta en la cama y miré a mi hermano. Se había enfundado los pantalones y la camiseta.

—¿Te ha pedido perdón?

Él bajó la vista. Recogió la chaqueta del Safeway del suelo.

—Sí. Pero no sé si basta con eso.

—¿Y qué más quieres?

Yo estaba decidida a contarle a Lee lo que había hecho. Tendría que dar la cara y confesar.

—Bueno, quiero que me demuestre que será una buena madre y tal. Que no volverá a hacerlo.

Le tendí unos calcetines del montón.

—¿Igual que papá está empeñado en que le demuestre que no soy como cree que soy?

Tomó los calcetines y los sostuvo en las manos.

—Yo no soy como papá.

—Si tú lo dices…

11

Me duché, tomé una aspirina, comí un sándwich de jamón y queso caliente. Estaba agotada y me sentía sola. Llamé al móvil de Jason y saltó el contestador.

—Llámame —le dije.

El teléfono sonó cosa de unos veinte minutos más tarde. Respondí con la esperanza de hablar con mi amigo, pero sonó la voz de Michael. Me preguntó si podía acudir más temprano porque la canguro de Brenda estaba enferma. Esperé un rato por si llamaba Jason y luego tomé un autobús en dirección al Picasso.

Michael y yo pasamos buena parte de la tarde limpiando el horno de pizza y la cámara frigorífica.

—Una multa más del departamento de salud —dijo— y me cerrarán el negocio. Aunque tampoco sería una tragedia. —Me tendió un cuenco de rodajas de tomate prácticamente derretidas—. Toma, échalas a la cazuela de minestrone.

Lo que Michael llamaba «minestrone» era en realidad un mejunje hecho a base de salsa de pizza, agua y hortalizas del bufé de ensaladas que estaban a punto de caducar, todo mezclado con unos cuantos macarrones. Añadí los tomates.

—Voy a salir a fumar —me informó—. Vuelvo en cinco minutos.

—¿Ya no se puede fumar en el local?

—He decidido pasar página.

Tommy apareció mientras Michael estaba fuera. Se encaminó directamente al almacén para atarse el delantal y procedió a estirar masas de pizza. Recordé la expresión de su rostro cuando me había mirado desde el otro lado del capó en el viejo aparcamiento de Chart House, perpleja, incluso inocente en cierto sentido.

—¿No me vas a saludar? —le dije, imitando su forma de hablar.

—Hola. —Alzó la vista y esbozó una leve sonrisa antes de seguir estirando masas. Yo lo observé según trataba de encontrar en mí misma el lugar al que siempre acudía cuando miraba a

Tommy Webber. No estaba ahí; faltaba algo—. Hazme un foto —me soltó—. Así podrás mirarme más rato.

—No creo que necesitemos más masas —señalé.

Se apartó las greñas de la frente y siguió manejando el rodillo.

—No sabía que Michael te hubiera nombrado jefa.

—Ah, ¿ahora TÚ estás enfadado CONMIGO? Da igual.

Llamaron unos cuantos clientes encargando pizzas para llevar y entró una pareja mayor, así que pasamos un rato ocupados. Yo me encontraba en el almacén, enjuagando unos platos, cuando Michael entró para decirme que tenía visita.

Darren, Stacy y April estaban allí, aguardando delante del mostrador.

¿Queréis que os diga la verdad? Los esperaba. La visita estaba prácticamente cantada después de lo sucedido por la mañana en la cocina Lambert. Sin embargo, la imagen de Stacy sonriendo y sosteniendo a April fue digna de pasar a la historia, tanto que por poco olvidé los ojos de Darren clavados en Tommy, que les miraba plantado en su sitio como si no supiera si sonreír o salir por piernas.

Rodeé el mostrador y tiré del brazo de Darren.

—Sí, trabaja aquí, ¿vale? Vamos a sentarnos.

—¿De qué vas, Deanna? —murmuró Darren según tomábamos asiento en un reservado.

—Todo va bien —le aseguré—. Confía en mí.

Stacy me tendió a April. Le soplé a la niña una pedorreta en el cuello.

—¿Queréis pizza? —pregunté.

—No, gracias —respondió Stacy.

Se recostó contra Darren, observó a su hija y yo me sentí feliz, contenta de verdad, como si la conversación que había mantenido con Darren por la mañana hubiera sido una gran hazaña. Como si fuera lo mejor que había hecho en mi vida, quizás.

Darren me observaba con atención.

—¿Por qué no me habías dicho que trabaja aquí?

—Porque sabía que te pondrías de los nervios, supongo —replicó Stacy.

—Y tenía razón —dijo Darren—. Si te toca, Deanna, se va a enterar.

—Lo tendré en cuenta.

Darren nunca sabría que había salido con Tommy una última vez. Y no sé por qué, pero estaba segura de que Tommy no se iría de la lengua, esta vez no.

Guardé silencio un ratito, incómoda, pero entonces April soltó un gruñido y todos nos partimos de risa.

—Lo hizo ayer por primera vez —explicó Stacy.

Los bebés aprenden tan deprisa. Intenté no pensar en las cosas que me perdería cuando Darren y Stacy se marcharan.

—Será mejor que vayamos tirando —dijo Darren.

—¿Ya?

—Stacy tiene que ir a trabajar. Solo hemos pasado a saludar, ya sabes, para que nos vieras.

Stacy recuperó a su hija y me sonrió.

—Pasaré a buscarte cuando salga, ¿vale?

—Sí —respondí.

Mientras los veía alejarse, pensé que cualquier cosa era posible. Si hubiera podido llamar a Lee en ese mismo instante para confesárselo todo, lo habría hecho.

Tommy se acercó.

—¿Y qué? ¿Darren me va a romper la cara?

—No a menos que yo se lo pida —repliqué. Miré la sonrisilla de Tommy, su cicatriz, y me percaté del cambio que se había producido en mí.

—¿Qué? —me preguntó—. ¿Por qué me miras así?

—Acabo de descubrir algo.

—¿Qué?

—Ya no te odio —confesé—. Tienes algo que me irrita, pero ya no te odio.

Me resultaba raro, casi triste, como si hubiera perdido una parte de mí.

—Uau. Me siento muy especial.

—Cortad ya, chicos —estaba diciendo Michael—. Tenemos clientes.

* * * * *

Stacy llegó puntual, con el mismo aspecto de siempre tras el volante del Nova salvo por su melena roja. Dejamos atrás el aparcamiento y nos internamos en las oscuras calles. Yo apoyé la cabeza contra el fresco cristal de la ventanilla y cerré los ojos. El cansancio me había vencido de golpe.

—¿Te encuentras bien? —me preguntó Stacy.

—Sí. Ha sido un día muy largo.

—Me he enterado de lo sucedido con tu padre esta mañana.

—Qué locura.

—Ojalá hubiera estado allí.

Creo que me dormí durante un par de minutos, porque un momento después el coche se detuvo y habíamos llegado a casa. Stacy apagó el motor, pero no hizo ademán de salir del coche.

—Deanna —empezó—. Darren me ha contado lo que le has dicho. Acerca de… mí. De nosotros. Tiene muy en cuenta tu opinión, ¿sabes? Te respeta.

—¿Darren? ¿ME respeta?

—Él no lo expresaría así. Pero yo lo noto. —Se miró en el espejo retrovisor y se recogió un mechón detrás de la oreja—. Por eso se pone tan pesado con eso de la universidad. Sabe que, si quisieras, podrías hacerlo.

Consideré la idea: yo en la universidad, allí sentada tomando apuntes y comprando café para llevar entre clase y clase.

—Sea como sea —prosiguió Stacy—, gracias. He hecho una tontería. Ya lo sé.

—Bueno —respondí yo según trataba de recordar las palabras exactas que me había dicho Lee cuando nos conocimos—, todo el mundo ha hecho cosas que cambiaría si pudiera, ¿verdad?

Se rio con ganas.

—Ya lo creo que sí.

Nos quedamos sentadas en el coche un rato más y yo me concedí permiso para imaginar, una última vez, qué habría pasado si Stacy, Darren y yo hubiéramos iniciado una nueva vida, juntos. Yo me despertaría un domingo por la mañana y entraría en una soleada cocina, donde encontraría a Stacy dándole el pecho a April en una butaca. Darren, junto a la cafetera, se daría media vuelta al oírme entrar. *Hola, Deanna, ¿qué vas a hacer hoy?* Yo me serviría una taza de café y me recostaría contra la encimera. *Pensaba estudiar un rato,* diría. *Luego estaré libre hasta la noche. Hoy me toca trabajar.* Nos dividiríamos las tareas de la casa, quizás, haríamos recados juntos y compraríamos un burrito en la ciudad antes de separarnos.

Me concedí el lujo de imaginarlo todo.

Y después lo solté.

Y abrí la portezuela del coche, y Stacy y yo entramos en casa, en una casa real, donde en

cierto sentido formábamos parte de una pequeña familia, no de una inventada que únicamente existía en mi imaginación, sino una de verdad, en la que Darren, Stacy y yo, como mínimo,
habíamos creado algo. De algún modo habíamos encontrado nuestra pequeña isla de amor
mutuo.

12

Al día siguiente dormí hasta las once y media, y desperté con la sensación de que podría haber dormido mucho más. Pero tenía cosas que hacer.

En primer lugar: llamar a Jason.

—Creo que se lo voy a decir —le informé.

Guardó silencio un buen rato antes de responder:

—¿Por qué?

—Porque tengo que hacerlo.

—Tío. ¿Te refieres, o sea, a contárselo TODO?

—Sí.

Lo había meditado a fondo. Sacar a relucir la verdad era lo único que había funcionado con Tommy, lo que por fin había obligado a mi padre a afrontar las cosas como eran, lo que había reunido de nuevo a Stacy y a Darren. Tenía que funcionar también con Lee.

—Por favor —me pidió Jason—. Te lo suplico, omite el detalle que ya sabes.

—Confía en mí. Lee cree en la sinceridad. Es muy importante para ella.

—Y para mí es muy importante conservar a mi novia.

—Tú no has hecho nada malo.

Jason guardó silencio un instante.

—Sí, sí he hecho algo.

Pensé en su manera de abrazarme cuando lo besé, su forma de atraerme hacia sí, de besarme a su vez. Imaginarnos juntos en esa situación me hizo zozobrar, solo un poco, antes de recuperar la concentración.

—Bueno, únicamente hablaré por mí.

—Mierda, lo dices en serio.

—No te preocupes, ¿vale?

Suspiró y me pareció oírle abrir una puerta, como si estuviera en la cocina, quizás, buscando en un armario algo para picar.

—Fue todo muy raro —observó—. Como si no hubiera pasado.

—Pero pasó.

—Pero ¿por qué tienes que decírselo?

Suspiré.

—Ya sé que no parece buena idea.

No sabía cómo explicarle que, por mi parte, no tenía otra opción.

—Buena suerte.

En segundo lugar: ordenar mi habitación. Descolgué el pavo dibujado con macarrones. Recogí la ropa. Ordené los CD. Despejé el escritorio y saqué la libreta de debajo de la cama para dejarla junto a la lamparilla, donde me estaría esperando cuando la necesitara.

En tercer lugar: buscar a Stacy, que estaba en la cocina intentando prepararse un tazón de cereales al tiempo que sujetaba a April contra la cadera.

—¿Te ayudo?

Me tendió a la niña.

—Gracias. Quería comer algo antes de que le entre hambre otra vez. Debe de estar dando un estirón o algo.

Me senté con la pequeña en brazos y le di la vuelta para mirarla. Ella esbozó su sonrisa desdentada y yo le apreté los gordezuelos deditos. Inspiré hondo.

—He decidido… que os voy a dar el dinero que he ganado este verano. Para que os podáis marchar.

Stacy soltó la cuchara.

—Ni hablar, Deanna. Ese dinero es tuyo.

Hundí la cara en el cabello de April y aspiré su aroma a fruta, leche y polvo al mismo tiempo.

—Si os marcháis, yo también tendré una casa adonde ir. O sea, de vez en cuando. De visita. Así que, en cierto modo, lo estaré gastando en mí.

—Deanna, no podemos aceptarlo. De todos modos, Darren no te lo permitirá.

—El dinero es mío, no de Darren.

April me miró y agitó los brazos.

Stacy se llevó una cucharada de cereales a la boca al tiempo que negaba con la cabeza.

—Será mejor que no me metas en eso, porque seguramente te diría que sí.

* * * * *

Tenía la noche libre, y no sabía qué pasaría cuando mi padre y yo estuviéramos juntos en casa. Mi madre me había dejado una nota pidiendo que calentara un guiso en el horno, así que lo hice, y puse la mesa para cuatro. Stacy se marchó a trabajar y Darren regresó al finalizar su turno.

—¿Qué estás haciendo? —me preguntó según entraba en la cocina cargado con la sillita de April.

—Mmm, ¿preparar la cena?

Nos miramos y soltamos la misma risa nerviosa. Darren se pasó los dedos por el pelo.

—Qué diablos, ¿por qué no? Esta familia ha hecho locuras más grandes que sentarse a cenar. Me apunto.

El rostro de mi madre se animó cuando llegó a casa del trabajo y nos encontró allí.

—¿Os quedáis a cenar esta noche? Eso huele de maravilla, Deanna.

—Lo has preparado tú, mamá. Yo solo lo he metido en el horno.

—Ya termino yo —se ofreció a la vez que dejaba su bolso y se arremangaba.

—No te preocupes —dijo Darren—. Está todo controlado.

Mi madre sonrió.

—Vale. Pues levantaré los pies un rato.

Cuando el guiso estuvo a punto, Darren calentó unos panecillos congelados en el horno, de sobremesa. Quince minutos después de la hora a la que solía llegar, mi padre todavía no había aparecido.

—A lo mejor está haciendo horas extra —aventuró Darren.

—Nunca le dan horas extra —alegué yo al tiempo que desenvolvía una pastilla de mantequilla y la depositaba en la mantequera que no habíamos usado desde Acción de Gracias.

—Bueno, me muero de hambre, así que… vamos allá.

Colocó la sillita de April en alto para que nos hiciera compañía. Yo llevé las cosas a la mesa. Mi madre acudió y se sentó mirando el reloj.

En ese momento la puerta de la calle se abrió y se cerró. Mi padre entró.

April agitó los brazos.

Mi padre se quedó parado en la puerta y yo contemplé la escena a través de sus ojos: su familia sentada en una cocina rosa. Su agotada esposa, que nunca se quejaba por nada; su hijo, idéntico a él; su hija, que un día fuera la pequeña de la casa, su niña; y ahora April, su nieta, que tenía toda la vida por delante y nada aún que lamentar. ¿Sería capaz de mirarnos algún día, me pregunté, hoy mismo tal vez, sin sentirse decepcionado? ¿Sería capaz de vernos, y a sí mismo, tal como éramos en realidad?

Se sentó.

Mi madre sirvió el guiso.

Yo pasé la mantequilla.

April nos observaba con sus enormes ojazos.

Los Lambert, cenando en familia.

* * * * *

Antes de acostarme, deambulé hasta la sala, donde encontré a mi madre todavía levantada, mirando *Letterman.* Me sonrió y me tendió una bolsa de palomitas de microondas. Yo tomé asiento a su lado y agarré un gran puñado.

Tenía las piernas apoyadas en la mesita baja, cubiertas de pelajos cortos, como si llevara cosa de una semana sin depilarse.

—Me voy a quedar toda la noche mirando la tele y mañana llamaré al trabajo para decir que me encuentro mal —declaró.

—Me parece genial.

El programa hizo una pausa publicitaria y noté los ojos de mi madre puestos en mí.

—Ven aquí, cielo. Acurrúcate.

Alargó el brazo, sonriendo. Yo me sentí turbada; no me había acurrucado con mi madre desde la niñez, mucho antes de lo de Tommy. Pero el salón se encontraba a oscuras excepto por la luz que emitía el televisor, y estábamos las dos solas, así que me incliné hacia mi madre y ella me rodeó con el brazo. Olía a maíz y a la colonia floral que usaba siempre. Doblé las piernas en el sofá y apoyé la cabeza en su regazo.

Me acarició el cabello mientras veíamos el final de *Letterman* y comíamos palomitas. Entonces cerré los ojos y me concentré en la calidez de sus dedos contra mi cabello, la gastada felpilla de su vieja bata contra mi mejilla. Se me saltaron las lágrimas; me sorbí la nariz, rogando para mis adentros que mi madre no me preguntara nada ni dejara de acariciarme. No lo hizo.

Me quedé allí, en el regazo de mi madre, durante no sé cuánto tiempo, y antes de que me venciera el sueño recordé un comentario que me hizo Lee una vez acerca de la Iglesia, algo así como que a veces no hay razón para creer en Dios y que contemplas tu vida y sabes que es de locos sentirte en paz, pero te sientes así de todos modos, y que eso es la fe. Ya sé que tener fe en tu familia no es lo mismo que creer en Dios o en la religión o lo que sea, pero ahora entendía más o menos a qué se refería Lee cuando hablaba de creer en algo contra viento y marea.

13

Durante el resto de la semana, volvimos a instalarnos en nuestra rutina habitual. Darren regresaba a casa del trabajo y hacía un par de recados con Stacy. Mi madre llegaba y preparaba la cena. Más tarde Stacy y yo nos marchábamos juntas, saliendo más o menos a la misma hora a la que aparecía mi padre.

Pasaba mucho tiempo meditando lo que le iba a decir a Lee. Se me antojaba emocionante y aterrador, al mismo tiempo, ese gran paso que me proponía dar para hacer las cosas bien. Ensayaba la conversación en mi cabeza, las palabras que emplearía y las distintas respuestas que podría oír... Y lo que le diría si se negaba a escucharme.

Lo tenía todo controlado, pensaba.

En realidad, sucedió así:

Lee me llamó al día siguiente de volver de la acampada.

—Eh —me saludó en un tono de voz un tanto frío, cosa que no me extrañó si tenemos en cuenta nuestra última conversación.

Había supuesto que sería yo la que la llamaría cuando estuviera preparada; no se me había ocurrido que ella tomaría la iniciativa.

—Hola.

—Bueno, pues ya estoy de vuelta —dijo—. Obviamente.

Un silencio incómodo.

—¿Qué tal te ha ido?

—Bien. Si no te molestan los mosquitos y las arañas gigantes, o excavar un hoyo cada vez que tienes ganas de ir al baño.

Venga, Deanna, me animé a mí misma. *Lánzate.*

Pero Lee siguió hablando.

—Jay y yo vamos a ir al Taco Bell. Dentro de veinte minutos o así. ¿Nos vemos allí?

Dudé. Puede que no recordáramos la pelea del mismo modo. A lo mejor no me porté tan mal como yo pensaba.

—Mmm, vale. Allí estaré.

El corazón me latía desbocado mientras me preparaba para salir. En el autobús que lleva a la playa, repasé el guion mentalmente, haciendo hincapié en los aspectos más importantes, como:

1. Sentía mucho lo que le había dicho en la pizzería y lamentaba no haberme portado como una amiga cuando ella más me necesitaba.
2. Tuvimos la mala suerte de que yo estuviera atravesando la peor semana de mi vida cuando pasó lo que pasó.
3. Besar a Jason fue una solemne estupidez. No pretendía nada al hacerlo y no volvería a suceder. Sabía que Lee concedía mucha importancia a la sinceridad y únicamente pretendía evitar que hubiera secretos entre nosotras.

Por desgracia, el discurso se me antojaba hueco de principio a fin.

Me bajé del bus y crucé la autopista para encaminarme al Taco Bell de la playa, el Taco Bell más bonito de toda la historia de los restaurantes de tacos. Tenía chimenea, una terraza que daba al Pacífico y una ventana que permitía a los surfistas pedir la comida sin tener que despojarse de los chorreantes trajes de neopreno.

Los vi a través del escaparate, a Lee y a Jason. Estaban de pie, mirando la pizarra del menú. Abrí la puerta. Lee se acercó a mí, pero se detuvo antes de abrazarme. Parecía distinta: estaba bronceada y le había crecido el pelo.

—Hola —dijo.

—Hola.

Jason me saludó con un gesto de la cabeza.

—Eh.

Era la primera vez que lo veía desde aquel día en su casa. Yo todavía conservaba su camisa.

—Hola.

—Pidamos, en plan, un MONTÓN de cosas —propuso Lee al mismo tiempo que se volvía hacia el menú. A toda prisa, me pareció, o puede que lo imaginara—. La mitad de la comida se nos estropeó durante la acampada y mi padre no paraba de decir que teníamos que «racionarla». Pasé un hambre horrible.

Hicimos el pedido y nos sentamos en la terraza. Yo no dejaba de pensar en qué decir y cuándo decirlo, pero Lee hablaba sin parar de su viaje: que si habían nadado en el río Russian, que si una oveja aparecía en el campamento casi cada mañana, que si su colchón perdía aire.

—He propuesto instaurar una nueva tradición familiar que consista en quedarse en casa viendo la tele... —Empujó su quesadilla hacia mí—. Pruébala. Está muy rica.

—Gracias.

Jason apenas si despegaba los ojos del plato. O eso, o miraba a los surfistas, pero nunca a Lee, ni se inclinaba hacia ella, ni le robaba comida del plato como solía.

—¿Qué tal el trabajo? —me preguntó Lee—. Ya sabes, el rollo ese con Tommy y tal.

—Pues... bien. Lo hemos solucionado.

—¿Sí? Qué bien. —Engulló más comida sin dejar de hablar deprisa—. ¿Cuánto tienes ahorrado? ¿Cuándo te marchas de casa?

—Ah. No voy a marcharme. Este año, no.

No dio muestras de estar sorprendida.

—Vaya. ¿El verano que viene quizás?

—Puede.

Se levantó viento y nuestras patatas salieron volando para caer en el suelo de la terraza. Las gaviotas descendieron en picado y se enzarzaron en una pelea por la comida.

—¡Mierda! —exclamó Lee al mismo tiempo que se levantaba y atizaba un puntapié en dirección a las gaviotas—. ¡Largo de aquí, pajarracos del culo! ¡Os ODIO!

Busqué los ojos de Jason. Algo había pasado. No sabía qué, pero algo, porque Lee: a) casi nunca soltaba tacos; y b) no se enfadaba por cosas sin importancia, nunca. Jason desvió la vista y se alejó para dejar la bandeja en el contenedor.

Lee regresó y se sentó a la mesa. Tenía los ojos hinchados.

—Lee —empecé, sin saber cómo continuar.

—No —me susurró—. No digas nada. —Levantó la cabeza y me miró a los ojos—. No pasa nada —me aseguró con voz queda—. No pasa nada. —Se secó la cara con la manga—. Vamos a pedir unas pastitas de canela. Tengo más hambre.

* * * * *

Llevaba una hora en casa cuando Jason me llamó.

—Eh —dijo. Lo imaginé en su habitación, tendido en una cama atiborrada de ropa. En el suelo, unos cuantos tazones sucios, con restos de comida—. No te enfades —me pidió.

—¿Y por qué tendría que enfadarme?

—Ya sé que se lo querías decir tú, así que lo siento, pero tuve que hacerlo. Hasta que no se lo dije no se me quitaron las ganas de vomitar.

Me dio un vuelco el estómago y se me aceleró el corazón.

—Espera un momento. ¿Qué?

—Ya sé que al principio no se lo quería decir, pero tuve que hacerlo.

Cerré los ojos y me pegué el teléfono contra la oreja con tanta fuerza que me dolió.

—¿Cuándo? ¿Cuándo se lo has dicho?

—Ayer. Me llamó en cuanto llegó y se lo solté todo. —Suspiró—. Ya lo sé. Soy un idiota.

Lee lo sabía. Lo sabía en el instante en que me llamó, lo sabía en el Taco Bell, lo sabía en el momento en que me miró y dijo: *No pasa nada.*

—Yo… No entiendo nada.

—Ya. Bueno. Yo tampoco. Lee es así.

—Tengo que dejarte.

Colgué y me senté en la cama. ¿Cómo era posible? ¿Qué clase de persona se limita a decir: *Sí, vale, mi novio y tú os besasteis. Guay?* ¿Qué significaba eso? ¿Seguíamos siendo amigas? No era posible, pensé, ni en sueños. No ahora que sabía la verdad.

Me metí en la cama, me tapé con el edredón hasta la cabeza y rompí en llanto.

14

Por la noche, después de trabajar, mientras asea-
ba el local con Michael antes de cerrar, encontré
a Tommy en el servicio de caballeros.

—Eh —le dije—. ¿Puedo hablar contigo?

—Adelante.

—Vale. Mírame.

Alzó la vista y descargó el peso sobre el mocho.

—¿Sí?

—No pasa nada —dije—. O sea, te perdono
o lo que sea.

Se rio con ganas.

—¿Qué? ¿A qué viene esto?

—Te perdono —repetí—. Por todo lo que
pasó. No pasa nada. Dijiste que lo sentías y ahora yo te digo que… no pasa nada.

—*Vaaaale.*

Siguió pasando el mocho.

—¿Te sientes distinto?

—Sí. Estoy caliente.

—Habla en serio por un momento. ¿Te sientes distinto?

—Supongo —reconoció sin dejar de limpiar—. Sí, un poco.

—¿De verdad? —Parecía sincero, pero con Tommy nunca se sabía.

—Bueno, lo dices en serio, ¿no? ¿No te estás quedando conmigo?

Lo medité. Se había disculpado y yo pensaba que lo había hecho de corazón. Era capaz de mirarlo sin sentir odio. ¿Acaso no bastaba con eso?

—Lo digo en serio.

—Vale, pues sí. Me siento distinto.

—¿Distinto en qué sentido?

Estrelló el mocho contra el suelo y lo deslizó de un lado a otro.

—En el sentido de que ya no me siento una mierda cada vez que me miras.

—Bueno, algo es algo.

Quizás eso lo resolviese todo. Salvo que Tommy me había pedido perdón y yo no había llegado a disculparme con Lee. Todavía no.

* * * * *

Cada mañana me levantaba pensando que ese sería el día en que me disculparía con Lee. La llamaría y le diría lo que necesitaba expresar, y entonces las cosas volverían a ser como antes. Sin embargo, no la llamaba. Y tampoco a Jason, aunque sus mensajes se amontonaban en mi buzón. Y julio dio paso al mes de agosto, y cada día la sensación de que era demasiado tarde se tornaba más y más grande.

Una noche, Darren acudió a buscarme en lugar de Stacy.

—Tenemos que hablar —declaró.

Yo me dispuse a escuchar el «Gran Discurso», en el que me decía que Stacy y él estaban a punto de marcharse de casa, que me querían y todo lo demás, pero que por el bien de todos yo tendría que seguir viviendo con mis padres. No me importaba; estaba preparada.

—¿A qué se debe que ya no te hables con Lee? —quiso saber. Me pilló por sorpresa.

Podría haberle dado alguna excusa cutre, como que estaba muy liada últimamente, y él habría captado la indirecta.

—Jason y yo nos besamos mientras ella estaba de acampada.

—¿Os besasteis? —Darren se quedó de piedra, cosa que me hizo sentir casi bien, como si supiera que esa conducta no era propia de mí, de la persona que soy en realidad.

—Y Lee se enteró.

—¿Cómo?

—Jason se lo dijo.

—Genial. —Darren suspiró y puso rumbo a las montañas, dejando atrás nuestra casa—. Pues haced las paces.

Lo miré.

—¿Qué harías tú si tu mejor amigo y Stacy se enrollaran?

—Vale, mi mejor amigo y mi hermana pequeña se enrollaron —objetó—, pero eso es distinto. Tommy y yo nos colocábamos juntos. Lee, Jason y tú sois amigos de verdad.

—Bueno, la verdad es que Lee me perdonó, o lo que sea. —Me reventaba incluso pronunciar la palabra—. Pero se siente obligada. No creo que se le permita estar enfadada conmigo. Va contra su religión o algo así.

—¿Y tú vas a pasar de ella? —Soltó una carcajada al tiempo que sacudía la cabeza con aire de incredulidad—. Por Dios, ¿ya no te acuerdas de lo que me dijiste? ¿Cuando estaba decidido a mantener alejada a Stacy unas cuantas semanas para castigarla por haberse marchado? —Volvió la vista hacia mí—. Pensaba que tenías las cosas claras, Deanna. Por tu forma de hablar, creí que sabías lo que decías.

—Bueno, pues parece ser que no —repliqué—. Además, esto es distinto. Vosotros dos tenéis a April.

—Ah, en cambio TÚ te puedes comportar igual que papá.

Circulábamos por el tramo más alto de Crespi Drive. La noche estaba despejada y la extensión azul tinta del mar se dejaba ver bajo la luna.

—Yo solo digo que no hagas lo mismo que él, ¿vale? —prosiguió Darren—. Es incapaz de perdonarte, ni a mí ni a Stacy, ni siquiera a la empresa de papel, en el fondo no. Ni a sí mismo, ¿sabes? Es incapaz de pasar página y seguir con su vida. Ni siquiera puede cenar con su familia sin que parezca que le va a dar algo.

Me reí con ganas.

—Es verdad.

—Así que no te vayas a creer que tú eres distinta o especial, que saldrás ilesa si no haces nada por arreglar ese asunto con Lee.

—VALE, doctor Phil. Entendido. —Dimos media vuelta para bajar al valle nuevamente. Sabía que Darren tenía razón, pero una cosa es decirlo y otra hacerlo. Casi podía entender, solo un poco, la facilidad con que mi padre cortaba lazos y se encerraba en sí mismo en lugar de hacer lo necesario para arreglar las cosas.

Pese a todo, cada día se convertía en el siguiente sin el menor gesto por mi parte.

* * * * *

Darren acabó por soltarme el Gran Discurso. Me pidió que bajara al sótano a una hora en la que Stacy y él estaban en casa y me dijo que se estaban preparando para mudarse. Ya tenían unas cuantas cajas vacías del Safeway por el suelo. Aunque me lo esperaba y pensaba que estaba lista, igualmente me sentí como si cayera de un precipicio muy alto y no supiera dónde iba a aterrizar.

—Es un cuchitril —decía mi hermano—, pero lo vamos a alquilar.

—Tengo casi quinientos dólares ahorrados —le recordé—. Son para vosotros, ya te lo he dicho.

Darren negó con la cabeza.

—Y yo ya te he dicho que no.

—El dinero es mío.

—Sí —intervino Stacy—. El dinero es suyo.

April, sentada en su regazo, se chupaba el puñito mientras nos observaba con atención.

—Y lo seguirá siendo —replicó Darren—. Guárdalo para la universidad, ¿vale? O para lo que quieras. Yo qué sé, a lo mejor te apetece hacer un viaje cuando te gradúes o mudarte a Nueva York. Haz lo que quieras con él, pero quédatelo.

—Pero entonces no os podréis mudar —insistí mientras veía cómo los últimos retazos de mi fantasía se esfumaban en el aire. Debía soltarla, lo sabía.

—Sí, sí que podemos. Se llama «crédito», y hay un montón de bancos que se mueren por darme una tarjeta.

Stacy suspiró. Se había teñido de rubio otra vez, pero su cabello conservaba un tono anaranjado, recuerdo del *Ocaso Cobrizo*.

—Darren, ya hemos hablado de eso.

Él le pidió silencio con un gesto de la mano.

—Ya, ya lo sé. Pero lo pagaremos enseguida. Trabajaré más horas. —Darren me posó la mano en el hombro, que era lo más parecido a un abrazo que me había ofrecido nunca—. Mira, no tienes que pagarnos para que no te olvidemos.

Stacy me miró y dijo:

—Ven aquí.

Me levanté del suelo y me acomodé en el borde de la cama, con ella. Me pasó el brazo por los hombros, la dura de Stacy, el terror de los pasillos del Terra Nova.

—Tendrás un cepillo de dientes en nuestra casa, ¿vale?

Iba a suceder de verdad. Asentí e intenté no llorar.

—Sí —dijo Darren—. Piensa en todas las veces que tendrás que hacer gratis de canguro.

Sonreí a regañadientes.

—Ya veremos.

15

Una mañana de agosto, coincidí con mi padre en la cocina. Alzó la vista y al momento la devolvió a la cafetera. Llevábamos semanas así: evitándonos, caminando de puntillas por la casa, asomándonos por las esquinas para comprobar que el otro no anduviera cerca. Pasé por su lado y extraje una caja de cereales y un cuenco de los armarios. Vertí la leche y me di media vuelta. Mi padre estaba allí sosteniendo una cuchara. Me la tendió.

—Toma.

Yo la acepté y me senté. Él se quedó allí de pie, con su taza de National Paper, los ojos clavados en el suelo.

—Pronto empezarán las clases, ¿no? —me dijo.

—Sí. Dentro de dos semanas.

Lo miré. Llevaba una camiseta rota del almacén de repuestos y el pelo recién rapado; era igualito a Darren.

—Bueno. Este curso vas a tener asignaturas difíciles, ¿eh? Es posible que te cueste un poco más sacar buenas notas.

—Puede.

Vertió el resto del café en el fregadero y enjuagó la taza, que colgó del gancho con cuidado.

—Tu madre me ha dicho que has estado ahorrando las pagas. A lo mejor encontramos un coche de segunda mano que esté bien de precio.

Abandonó la cocina al instante, sin aguardar mi respuesta.

Yo sonreí.

Una cuchara tendida. Una pregunta sobre las clases. La posibilidad de tener un coche de segunda mano.

Al final es lo de menos, en realidad, la manera que escojas de decir lo siento, de decir no pasa nada, de decir te perdono. Las mínimas declaraciones de amor se acumulan, una encima de la otra, hasta construir algo sólido bajo tus pies. Y entonces… y entonces. ¿Quién sabe?

Tras apurar los cereales, tomé una hoja del papel reciclado que tenemos siempre junto al teléfono y le escribí una nota a Lee.

Espérame en el césped delantero del instituto el primer día de clase, por favor.
D.

Encontré un sobre en un cajón de la cocina y escribí su dirección. Aunque todavía iba en pijama, me puse las zapatillas de estar por casa y me encaminé al buzón del jardín. Hacía una mañana cálida y brillante, sin niebla. En el camino de vuelta me sentía tan ligera que me entraron ganas de correr, así que lo hice, cosa que no es fácil en zapatillas. Recorrí todo el trayecto a la carrera y, por una vez, no tuve miedo de cruzar la puerta principal.

15 A

Y si la chica de las olas llegara a co-
nocerme, me diría lo siguiente:
En ocasiones el rescate llega sin más.
No hace falta que hagas nada.
Puede que lo merezcas, puede que no,
pero llegará, y entonces, asegúrate
de saber si vas a tomar la mano tendida
y dejar que te arrastre a la orilla.

16

Convencí a Darren de que me acompañara en coche al instituto el primer día de clase. Necesitaba que alguien hiciera el trayecto conmigo, como mínimo, porque había muchas posibilidades de que una vez allí me quedara sola, puede que durante todo el curso.

Una parte de mí estaba preparada para afrontarlo.

Otra parte de mí tenía ganas de vomitar.

Pasamos junto a las mismas casas de Pacifica que llevábamos viendo años y años: algunas destartaladas, con sus coches aparcados en el patio delantero y sus paredes enmohecidas; otras bien cuidadas, con sus jardines podados y sus alegres duendes de jardín. Recordé lo que me había dicho Michael cuando me explicó por qué le gustaba vivir aquí. *A mí no,* pensé. Yo pienso marcharme. Algún día.

Darren aparcó junto al Terra Nova. Yo miré de reojo, un segundo, la zona del césped en la que solíamos reunirnos Lee y yo. No la vi. Todo mi ser se hundió en la miseria.

—Sigue —le pedí—. No te pares.

Darren no se movió.

—Deanna.

—A la mierda. Hago pellas.

—No vas a hacer pellas el primer día de clase —objetó—. Tengo que ir a trabajar.

—Pues déjame en la esquina o lo que sea, me da igual.

—Está ahí.

—No, no está.

—Sí —afirmó Darren—. Está.

Señaló y yo dirigí la mirada hacia el césped. A la sombra de un árbol, Lee estaba depositando la mochila sobre la hierba. Alzó la vista y nos vio. Cerré los ojos unos tres segundos para no tener que presenciar cómo se alejaba. Cuando los abrí, seguía allí. Y ahora Jason estaba a su lado.

—Es ella, ¿no? —preguntó Darren.

Asentí en silencio, incapaz de pronunciar palabra.

—Eh —dijo él.

Me volví a mirarlo. Vi a un hombre, fuerte, responsable y rebosante de lo que sea que lleva a una persona a tratar de hacer lo correcto en la vida. Luego volvió a ser mi hermano, que levantó las manos como si quisiera abrazarme o algo antes de dejarlas caer otra vez, al tiempo que decía:

—Tenías razón. No estamos condenados a ser como él.

Eché mano de mi mochila y bajé del coche. Me volví a mirarlo para demostrarle que, a pesar de todo, aún era capaz de sonreír. Arrancó para marcharse y yo me quedé allí plantada un ratito.

Lee me dedicó un pequeño saludo y yo eché a andar por el césped, el trayecto más largo de mi vida.

—Eh —dije cuando por fin la alcancé.

—Hola. —Lee no llegó a sonreír, pero tampoco me miró con odio.

Jason parecía básicamente incómodo. Estaba allí parado, con las manos en los bolsillos, como de costumbre. Me miró a los ojos y dijo:

—¿Lista para empezar el penúltimo curso?

Yo respiré a fondo por primera vez desde que me había bajado del coche y negué con la cabeza.

Lee recogió su mochila.

—Muy bien —dijo ella—. Vamos allá.

Agradecimientos

A mi madre, que me enseñó a amar los libros y los relatos, por habernos leído cada noche, e imitando las voces.

A mis colegas del grupo de escritura del Berkeley SLC, tan irremediablemente excéntrico como rebosante de talento, por ser los mejores profesores, y al Taller Glen por recordarme que no estoy sola. Un agradecimiento especial a Ray Garton y Louis Greenstein por empujarme a dejar el nido.

A la sección Kevin Avery por estar ahí desde la primera palabra, los sábados por la mañana en la biblioteca, y por los largos años de amistad.

Cuando estaba con el agua al cuello, al Consejo de Bellas Artes de Utah, por el premio y la beca, a FPC por el horario de trabajo flexible y a Lew Hancock.

A los profesionales, a mi editora, Jennifer Hunt, por su amabilidad y sabiduría, y a todo el equipo de Little, Brown por haberme facilitado tanto las cosas. A Michael Bourret, por ser el agente ideal y comprender a Deanna (y a mí) desde el principio.

Pero no menos importante: A mi marido, Gordon Hultberg, por no haber dudado nunca de mí, por haberme animado en todo momento y estar siempre a mi lado.

ESTE LIBRO SE TERMINÓ DE IMPRIMIR
EN EL MES DE ABRIL DE 2017

HERMAN WOUK

Don't Stop the Carnival

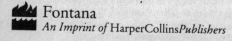
Fontana
An Imprint of HarperCollins*Publishers*

Fontana
An Imprint of HarperCollins*Publishers*
77–85 Fulham Palace Road,
Hammersmith, London W6 8JB

Published by Fontana 1966
Reprinted eighteen times
9 8 7 6 5 4 3 2

First published in Great Britain by
Collins 1965

ISBN 0 00 617009 9

Set in Plantin

Printed in Great Britain by
HarperCollinsManufacturing Glasgow

AUTHOR'S NOTE: *There is no island of Amerigo, or 'Kinja', in the
Caribbean Sea. In this tale of imaginary people on an imaginary
island, fictional freedoms are taken with calendar dates, political
and theatrical events, astronomical occurrences and the like.The
book contains no intended portraits of, or references to, actual
individuals living or dead; any such resemblance that may be
discerned is a coincidence, and without intent on the author's
part.Where celebrated public personages are mentioned or seen, no
historic accuracy concerning them is intended. Finally, regarding
the native dialects in this story: Calypso accents vary from island
to island, and even from one part of the island to another. The
intent here is only a general indication of the West Indian patois.*

CONTENTS

Part One   The Smartest Man in New York
1 Lester Atlas   *9*
2 Janet West   *45*
3 The Sending   *58*
4 The Deal   *76*

Part Two   Mine Host
5 The First Day   *112*
6 The Second Day   *153*
7 The Quake   *192*
8 Lionel   *202*
9 The Bayfins   *219*
10 Champagne, Si – Agua, No   *227*

Part Three   Carnival is Very Sweet
11 Hippolyte Lamartine   *245*
12 Dingley Dell   *268*
13 Return of Atlas   *288*
14 The Sending Goes Down   *306*
15 The Tilson Party   *327*
16 Return of Hippolyte   *346*
17 Carnival is Very Sweet   *363*

The Island of Amerigo
with an inset map
of Gull Reef Club

LITTLE DOG   BIG DOG

PITT BAY

Hastings Estate

SIGNAL HILL

Old Sugar Mill

Waterfront   Road

HOG POINT

Submarine Base

SHARK BAY

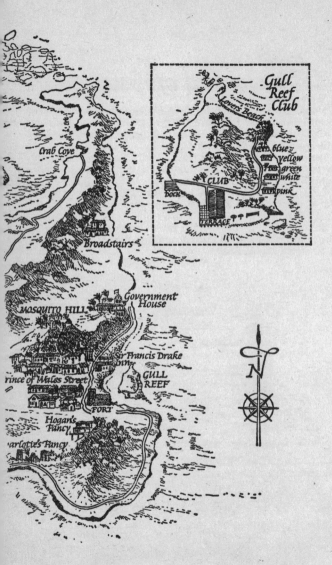

Gull
Reef
Club

Lovers' Beach

blue
yellow
green
white
pink

CLUB

DOCK

TERRACE

Crab Cove

Broadstairs

Government
House

MOSQUITO HILL

Sir Francis Drake
Inn

rince of Wales Street

GULL
REEF

FORT

Hogan's
Fancy

arlotte's Fancy

N

THE SMARTEST MAN IN NEW YORK

1—LESTER ATLAS

Kinja was the name of the island when it was British. Now the name on the maps and in the Caribbean guidebooks is Amerigo, but everybody who lives there still calls it Kinja.

The Union Jack flew over this enchanting green hump in the blue ocean for almost two hundred years. Before that the island was Danish; before that, French; before that, cannibal. Smoky gun battles between sailing ships and the old stone fort went with these flag changes; whizzing cannon balls, raiding parties, skirmishes, and an occasional death. But the fort guns have been silent for more than a century. The United States acquired the island peaceably in 1940, as part of the shuffling of old destroyers and Caribbean real estate that went on between Mr. Roosevelt and Mr. Churchill. The Americans ended up in this instance not only with the submarine base in Shark Bay—now gone back to tall guinea grass and catch-and-keep, the piers sagging and rotting, the rusty Quonset huts all askew—but with the whole island. The details of the transaction were and are vague to the inhabitants. They were not much interested.

Keen-ja was the short, musical native version of the actual British name, King George the Third Island. Obviously this was a bit awkward for an American possession, so somebody in the Department of the Interior thought of Amerigo. The new name is used mainly on official stationery and in the school classrooms. There the pupils docilely scrawl themes and recite facts about Amerigo, but in the streets and playgrounds they call the place Kinja, and themselves Kinjans. All through the Caribbean they still say of a native of this island, "He fum Kinja."

The West Indian is not exactly hostile to change, but he

is not much inclined to believe in it. This comes from a piece of wisdom that his climate of eternal summer teaches him. It is that, under all the parade of human effort and noise, to-day is like yesterday, and to-morrow will be like to-day; that existence is a wheel of recurring patterns from which no one escapes; that all anybody does in this life is live for a while and then die for good, without finding out much; and that therefore the idea is to take things easy and enjoy the passing time under the sun. The white people charging hopefully around the island these days in the noon glare, making deals, bulldozing airstrips, hammering up hotels, laying out marinas, opening new banks, night clubs, and gift shops, are to him merely a passing plague. They have come before and gone before.

Long ago they came in their white-winged ships, swarmed over the islands, slaughtered the innocent cannibals, chopped down magnificent groves of mahogany that had stood since the Flood, and planted sugar cane. Sugar was money then, and it grew only in warm places. They used the felled mahogany to boil molasses. Those were the days of the great stone plantation houses and sugar mills; of seasick slaves hauled in from Africa, the ancestors of the Kinjans; of wealthy landowners with pink cool wives back in England, and warm black concubines on the premises. Then the sugar beet, which can grow in the north, came in, and black slavery went out. Bankruptcy and insurrection exploded along the island chain. The boom collapsed. The planters left. The plantation houses fell in. To-day the natives put tin roofs over one nook or another in the massive broken walls and live there.

The West Indians do not know what will cause the frantic whites to leave next time. Perhaps a bad earthquake: the entire chain of drowned mountains rests on a shaky spot on the earth's crust. Or a tidal wave; or a very bad hurricane; or an outbreak of some dormant tropical disease; or the final accidental blow-up of the white man's grumbling cauldron in the north, which will send the Caribbean white remnant scurrying to—where next? Tasmania? Tierra del Fuego? Unlike the natives they cannot subsist, if the ships and planes stop coming, on crayfish, mangoes, coconuts, and iguana.

Meantime, in a fashion, Amerigo is getting Americanised. The natives like the new holidays—Thanksgiving, Fourth of July, Presidents' birthdays, and the rest—added to the old

British holidays and the numerous religious days, none of which they have abandoned. The work calendar has become a very light and unburdensome thing. The inflow of cash is making everyone more prosperous. Most Kinjans go along cheerily with this explosion of American energy in the Caribbean. To them it seems a new, harmless, and apparently endless carnival.

2

Two men came out of Prince of Wales Street into the white sunshine of the waterfront, on a November morning in 1959. One was a big oyster-pale fellow in a rumpled black silk suit, with a thick bald head like half a bread loaf rising out of fat shoulders. He was bawling, "Trade winds, hey? All right, here's the waterfront and where's your goddamn trade winds? That's what I want to know, Norman. This whole island is one goddamned furnace. This island is hell with palm trees. How the Christ can a white man breathe in this hole?" He was holding a can of beer in one hand and a cigar in the other, and he gestured with both, scattering ashes and splashing beer.

The other man, who kept making pleading, soothing noises, was smaller, slighter, and tanned. He had a well-brushed head of silvering hair, and a lean face of young middle age; he looked perhaps forty-five. He wore a navy linen blazer, grey slacks, an open turquoise shirt, and a grey-and-yellow scarf tied inside the shirt. The costume was faultless for a colour advertisement in *Holiday*. After a while one learns that in the Caribbean only tourists or homosexuals wear such clothes. The little man was a fastidious dresser, but new to the West Indies.

The big man yelled, "Okay, okay, I know I'm in a strange place. Strangest goddamn place I've ever been in. Now where the hell is this Gull Reef Club?"

"They said we could see it from the waterfront—ah, Lester, just *look* at all this, why don't you? Just look at where you are! It's like landing in another century. Look at that church! It must be two hundred years old. I bet those walls are seven feet thick. That must be for hurricanes."

"I wish one would start blowing," bellowed Lester. "Cool the place off. This beer! It's piss!" He hurled the can spraying and clattering across the cobbled plaza. "Don't they even have refrigerators here? I bet they don't, you know something? I bet they cool the beer with the goddamn trade winds."

The smaller man was looking around, with the air of a child just come to a birthday party—at the clumsy old island schooners tied up at the water's edge, with red sail furled; at the native women in bright dresses and the black ragged crewmen, bargaining loudly over bananas, coconuts, strange huge brown roots, bags of charcoal, and strings of rainbow-coloured fish; at the great square red fort, and at the antique cannons atop its slanted seaward wall, pointing impotently to sea; at the fenced statue of Amerigo Vespucci, almost hidden in purple, orange, and pink bougainvillea; at the houses of Queen's Row, their ancient arching plaster façades painted in vivid colours sun-bleached to pastels; at the old grey stone church, and the white-washed Georgian brick pile of the Sir Francis Drake Inn.

" It's beautiful," he said with sudden loud firmness. " It's the most beautiful place I've ever seen in my life. If you don't think so, you ought to get your head examined."

The patio of the Sir Francis Drake Inn, an old brick yard shaded by two gigantic mahogany trees, stretched to the edge of the water along one side of the square. The only people in the patio at the moment were the Tilsons. They had the neat, flushed, freckled, corded, dried-out look of long-time white dwellers in the tropics. The Tilsons usually sat immobile and silent as lizards over their first three white rum-and-tonics, scarcely blinking. But when Tom heard the little man talk, he turned his white-and-pink head heavily toward his wife. " New York," he said. " Both of them."

She nodded. " And in November. This island has had it."

The Tilsons did not speak another word, but they watched the two invaders with vague hostile interest. A tall coloured boy in old slacks and a ragged shirt approached the men, taking off a flat broad straw hat with dangling red and yellow ribbons. " Mistah Papuh?"

The little man smiled in relief. " Paperman. I'm Norman Paperman."

" I de Gull Reef boatman." He led them to an odd little vessel with a curving, comb-like prow, and the long rounded shallow black hull of a gondola, abruptly trailing off into a plain shabby rowboat, with a square stern and uncushioned thwarts.

The big man stared sceptically. " Is this thing safe?"

"It's safe." The boatman took the two suitcases from the boy who sauntered up.

"Where are we going?" said Paperman, stepping into the boat. "Where's the Club?"

The boatman flicked a thumb toward the harbour. "Dah."

Out in the harbour, beyond the red slanting mass of the fort and separated from it by a couple of hundred yards of green shallows, Paperman saw a small island feathered with palm trees; and through the trees, a rambling white terraced building. The man called Lester stepped into the sawed-off gondola. The boat sank a foot, rocking; Lester cursed and waved his arms, the boatman sprang to him and grabbed his elbow, and down on the seat beside Paperman he dropped with a splintering thud.

"Christ, this thing's worse than a canoe. Is that it, that white building?" The boatman nodded, and pushed off with an oar. "Well, if this isn't ridiculous. Why don't they build a bridge?"

"It's kind of charming," said Paperman. "The little boat ride."

"Charm, my ass." Lester mopped his fat face and his naked conical head. "It's a way to scare off customers."

The boatman rowed powerfully toward the cement pier of the little island. A woman emerged from among the palms and hibiscus of the island, a tall, broad-shouldered woman dressed in a yellow shirt and white shorts, with orange hair piled on her head. She came striding like a man across an emerald lawn and down a curved flowery path to the pier, where she stopped and waved. "Hello there! I'm Amy Ball," she called. "Welcome to the Reef."

"Hi. Can we land without passports?" Paperman shouted back.

Mrs. Ball's laugh was pleasant, if somewhat baritone. Paperman leaped from the boat to the pier, grasping the strong freckled hand the woman held out to him. The two of them, with the aid of the gondolier, got the fat man safely out of the boat.

"This is Lester Atlas. I wrote you about him," Paperman said.

"Ah, yes. How do you do?" She offered Atlas her hand.

Paperman was afraid that Lester would instantly compromise both of them with a horrible burst of coarseness. Mrs. Ball intimidated him by her negligent assured air, and her strangled British diction. Her lips scarcely writhed when she spoke. It suddenly struck Paperman that the Gull Reef Club was a place where a Jew had perhaps never before set foot.

Atlas took Mrs. Ball's hand and collected himself, feet together and back straightening. "Are we really welcome?"

"Of course. Why not?" Mrs. Ball said through her teeth.

"Well, I just don't know how anybody could actually want to sell such a beautiful place."

She opened her mouth to laugh, then shut it firmly. "I'm probably crazy. But that's an old story. What'll it be? A nap after the plane ride? Breakfast? A drink? A swim?"

"A swim sounds perfect," said Paperman. "To begin with."

"I want to get out of these clothes," said Atlas, "and then I'd like to talk. If," he added with a surprisingly pleasant smile at the woman, "you don't mind getting right down to business."

"Not at all. American style," she said.

The white stucco cottage to which she led them was on the other side of the lawn, clear across the narrow island. It was much cooler here; a light flower-scented breeze blew. Over the arching doorway of the cottage a faded scrollwork sign hung, with one word on it: *Desire*. "This is the White Cottage," Mrs. Ball said, producing a key and opening the door. "The boys who ran the Reef before me were a little mad, I'm afraid. Larry Thompson and Tony Withers, sweet lads but queer as coots. I'm always meaning to take those idiotic signs down." The gondolier arrived just as she was saying good-bye and closing the door. Setting the two suitcases inside, he left before they could tip him.

"So. This is the Gull Reef Club." Atlas's heavy bloodshot eyes swept the cottage interior, which smelled of mildew and insecticide. There were four large beds covered in red nubbly cotton. The rough white walls were splashed here and there with framed water colours of palms, flowers, and fish. "Sizeable cottages. They get two families in here easy, in season." He rattled the red plastic divider collapsed against a wall, then flung his jacket on a bed and took his suitcase into a bathroom. "Got to have a quick shower. I unquestionably stink."

Dazed by fatigue and excitement, Paperman opened his

valise and swigged scotch from a bottle. He did not enjoy doing this, it was not his way of drinking. But nothing eased off palpitations like a little alcohol.

He was in a shaky state after a bumpy all-night plane trip with Atlas, who had never stopped guzzling bourbon out of paper cups all the way to Amerigo, to calm his nerves; first on the big plane to San Juan, and then on the little island-hopper. From the start Paperman had endured acute spasms of embarrassment. Atlas had bullied the ticket clerks at Idlewild, yelled at the skycap porter to get the lead out of his ass (and calmed the man's rage with a five-dollar tip), and annoyed the stewardess with ribald remarks each time she walked past. He had also made persisting indecent gestures at the poor girl's swaying rear, winking the while at a horrified white-headed lady across the aisle, and shouting, " Con permisso! Haw haw!" Atlas had roamed up and down the aisle when the seat-belt sign was off, talking to the other passengers, offering them whisky, and every so often roaring out " Con permisso! Con permisso!" with hoarse howls of laughter. The aircraft, which was continuing on to Venezuela, carried many Latin Americans; and this repeated bawling of a Spanish phrase, with an added harsh " s " in *permiso*, was Atlas's idea of wit.

Paperman was a sensitive individual, who prided himself on dressing and acting with taste. He was self-made. He had run away at fifteen from middle-class parents who kept a furniture store in Hartford, Connecticut. He was a Broadway press agent, with some industrial clients; and the assorted vulgarians, tinhorns, and loudmouths of the show business were types he was at great pains not to resemble. Just as abhorrent to him were crude businessmen of the Atlas variety. *Square* was the deepest term of anathema in his circle. It was an excruciating discomfort for Norman Paperman to have to travel in public with such a boorish, booming, atrocious square as Lester Atlas.

Paperman's friends were writers, actors, newspapermen, television people, and the like. Many were real celebrities. In a company of these he spent most of his nights at one Broadway restaurant or another, drinking coffee, smoking cigarettes, and talking. Paperman's circle worked hard at dressing correctly and at reading the right books. Paperman and his friends, indeed, made a second career, beyond their professional work, of being up to the moment, and of never wearing, saying, or doing the wrong thing. This was not easy. In New York the right thing to wear or to read, to think or to say, to praise or to blame, can change fast. It can be damaging to miss a single issue of one or another clever magazine. Doctors complain of the flood of periodicals they must read to stay abreast of their profession; but their burden is almost light compared to that of being a New Yorker like Norman Paperman.

That was one reason Paperman was in the West Indies. He had broken down in the task.

3

About half an hour after he arrived Paperman almost drowned.

He was wearing rubber fins and a face mask for the first time in his life, and he was charmed by the underwater beauty of the reef: by the parrot fish browsing on dusty pink coral, the gently waving purple sea fans, the squid staring with tragic human eyes set in little jelly bodies, and jetting off backwards as he drew near; and by the glowing clean pink colour of his own magnificent hands and legs. He was pursuing a cloud of little violet fish past a towering brain coral, and having a wonderful time, when he turned his head under water, and the breathing pipe pulled out of its socket. The mask filled. Before he managed to yank it off he had inhaled and swallowed a lot of warm, very salty water. Coughing, gasping, he retrieved the sinking pipe, and tried to put it back in the mask, noting that he had wandered out too far from the beach. He was a good swimmer. The trouble was that since his coronary attack he got out of breath easily, and it was bad for him to exert himself in thrashing, flailing motions. He fixed the mask, clumsily pulled it on, and again was breathing warm water. Again he tore it off, snorting and choking, and now he was scared, because he seemed unable to catch enough breath, and his frantic treading was failing to keep his head above the surface. He went under; he clawed himself up, uttering a feeble " Help ! " With his eyes fastened on the beach, which now seemed five miles away, he kicked and splashed and groped in one spot. He thought, " This would be one hell of a stupid way to die," and he thought of his wife and daughter, and wondered what idiocy had brought him to this island three thousand miles from New York to sink and be lost in the sea like a punctured beer can. His heart thundered.

A strong hand grasped his elbow. " Okay, easy."

He saw a big red fish impaled bleeding on a spear, inches from his face. The person holding the spear gun had thick black hair, twisted in curls and streaming water. The face was a blank skin-diver face, all yellow mask and tube. " Lie on your back and float." The voice was boyish, quiet, good-humoured. Some of the knots went out of Paperman's muscles; he obeyed. The hand released his elbow and took a cupping hold on his chin. " Okay?" Paperman managed a nod against the hard hand.

The skin diver towed him to the beach. He let go while they were still in deep water, so that Paperman could turn over and swim the last dozen strokes. Anxiously glancing towards the hotel veranda, Paperman saw Atlas talking with Mrs. Ball and two Negroes. Nobody had noticed the panic or the rescue. The skin diver stood in the shallow water, pushing his mask up on his forehead. He had a narrow sunburned face, a big hooked nose, shrewd smiling brown eyes, and a masculine grin. He flourished his staring red fish at Paperman. " Think that'll serve two? It's my dinner."

" I'd say four."

" Nah. Take the head and tail off these brutes and there's not much left. But it's fresh. I guess it'll feed two."

The soft hot beach sand felt inexpressibly hospitable and good underfoot to Paperman. " You and who else?" he said, making talk to cover his embarrassment.

The man's grin became ribald. " Oh, you know. This babe." The intonations placed his origins unmistakably in New York or New Jersey.

" Well, look, thanks for pulling me out of there."

The skin diver slapped his ribs. He was a skinny sort, no taller than Paperman, and his bones showed in knobs under stringy muscles and coppery skin. " I got chilly out there. I'm going to have a dose of medicinal whisky. You too?" He signalled toward the veranda.

" Sure." Paperman was trembling in the aftermath of the scare.

They fell into wooden lounge chairs on the sand. The coarse red canvas cushions, burning hot in the sun, soothed Paperman like a heating pad. " I'm getting old and stupid," he said. " I was up all night in an airplane. I just got here. I've never snorkelled before. I'm in lousy shape. And there I was roaring out to sea, the boy frogman."

His rescuer hung the mask on the back of his chair. Black wet ringlets fell on his forehead. " That's me. I'm a frogman."

Paperman glanced at him uncertainly. He had the New Yorker's usual horror of having his leg pulled. " Is that so? What are you, in the navy or something?"

" UDT. Underwater Demolition Team, that is. We train here."

" Are you a naval officer?"

" Just a lowly enlisted man."

The swimmer lit a cigarette from a green shirt hanging on his chair, and told an odd tale of having volunteered in the Israeli navy in 1948 at the age of seventeen, to the dismay of his American parents, who had then been in Palestine for business reasons. He had forfeited his American citizenship. Then he had studied aeronautical engineering in England, with an idea of working for El Al. Now he was in the navy to get his citizenship back. " Israel's a great place. But I was just a kid," he said. " I'm an American. I want that green passport I lost. Luckily the navy needs lots of UDT nowadays."

The bartender came, a bronzed blond man, barefoot, with ice-blue eyes and huge shoulders. His right hand lacked two fingers. The frogman took the stubby glass full of dark whisky and ice, and pointed at the dead fish. " How about that, Thor? Can Sheila clean it now?"

" You be figure eat here to-night? You better ask Amy. The governor having a party, I tink ve full up."

" Okay. Chuck it on the ice, anyway."

The bartender nodded, twisted the fish neatly off the spear, and left.

Paperman sipped the whisky, feeling better with each passing moment. The main beach of Gull Reef was a curve of clean white sand, bordered with palms and the round-leaved gnarled trees called sea grapes. The sand was warm and silky, trickling in his relaxed hand. Never had Paperman seen such an ocean, so tranquil that it reflected the puffy white clouds. Off to the right rose the hump of Amerigo, the serried green ridge stretching north and south, with red-roofed white buildings of the town climbing from the harbour along three rounded hill-sides, and the bold carmine splash of the fort at the water's edge.

" This is not hard to take," he said, yawning and stretching.

" Amerigo? It's a dream. I've been in Italy, the south of France, Tangiers, and all that. I think this is maybe the most beautiful place in the world."

" But peculiar," said Paperman.

" How so?"

" Well, take that bartender. I never saw a bartender like that. He looks like the fourth or fifth Tarzan they had in the movies."

" Thor's not a bartender, really. He crossed the ocean by himself in a sailboat. He's one of those. A Swede."

" What's he doing tending bar?"

" Saving money for a new boat. He piled up his yawl on the reef out in Pitt Bay."

Paperman hesitated, then said, " I'm thinking of buying the Gull Reef Club."

The frogman cocked his head, crooked teeth flashing in his brown face. " Really? Is it for sale?"

" There was an ad in the *New Yorker* three weeks ago."

" Oh. The *New Yorker*."

" Don't you read it?"

" If I come across it. It takes six or seven weeks to get here."

This startled Paperman. He was in the habit of pouncing on the *New Yorker* each week within an hour after it was delivered to his favourite news-stand at the corner of Eighth Avenue and Fifty-seventh Street. In the same way he pounced on the New York *Times* each night as soon as it appeared on the streets, and he bought all the editions of all the evening and morning newspapers one after the other, though nothing changed but one headline, and though he knew well that these changes were mainly made to sell papers. He was an addict of ephemeral print. It had never occurred to him that the *New Yorker* was not instantly available all over the world—perhaps a day or so late at most, at the far end of the jet routes. He said, " You could have it sent airmail."

" At about a dollar a copy? Why?"

Paperman shrugged. Such a question merely betrayed the frogman's mentality: a square. " What do you think of the Club? I mean, as a business proposition?"

" I don't know anything about business. I'm sort of surprised she's selling it. She seems to go with the place." He sat up in a cross-legged slouch. " Is that what you do in the States? Hotel business?"

" No."

Paperman sketched his background, told about his heart attack, about his acute depression afterward and his disenchantment with Manhattan: the climbing prices, the increasing crowds and dirt, the gloomy weather, the slow bad transportation, the growing hoodlumism, the political corruption, the mushrooming of office buildings that were rectilinear atrocities of glass, the hideous jams in the few good restaurants, the collapse of decent service even in the luxury hotels, the extortionist prices of tickets to hit shows and the staleness of those hits, and the unutterably narrow weary repetitiousness of the New York life in general, and above all the life of a minor parasite like a press agent. He was quite as hard on himself as on the city. The long and the short of it was that his brush with death had taught him to make one last try to find a better way of life. Once he had seen the advertisement for the Gull Reef Club he had known no peace, he had been unable to sleep nights thinking of it, and now here he was. " And I'll tell you something," he said, " I didn't realise how disgusted with my life I actually was until I came here this morning. Coming to this island is like being born again. It's like getting a reprieve from a death sentence." He smiled with a tinge of embarrassment. " It's almost like finding out that there's a God."

The swimmer listened, with a twisted little grin, nodding now and then. " Well, I sure go along with you on New York. But this place is a real big change."

" That's the idea," Paperman said with vehemence. " A real big change. I guess you're like my wife. She thinks I've slipped my trolley."

Laughing, the frogman got off the chair. " Hell, no. To live here, to be the boss, to have *this* "—he swept his arm around the beach and the hotel—" three hundred and sixty-five days a year? It's heaven, if you can swing it. Our unit goes back up north in March. Right now, I know three guys that aren't going to make the plane." He picked up his mask and spear gun.

"Thanks for the drink," Paperman said. "Let me buy one for you to-night. And for this babe."

"Sure thing. My name's Bob Cohn."

"I'm Norman Paperman."

"Right. See you in the bar around seven. Look, don't swim alone in deep water, Norm. Water safety rule number one."

"You were out there alone."

Cohn was putting on the green shirt, which had a grey parachute emblem over the breast pocket. "Do as I say, not as I do. Navy leadership rule number one." He grinned amiably, and went trotting up the beach with his spear gun.

4

Paperman could hear Atlas as he walked up the red concrete steps to the bar.

"Just an old truth teller," Atlas was saying. "All I do is tell people the truth about their own business."

Paperman's spirit sank. Yes, there it was, the same old issue of *Time* with Eisenhower on the cover. Two Negroes in dark blue city suits were sitting forward in low wooden armchairs, glancing at the story. Lester sat sunk in another chair, a glass of beer in one fat paw, a torpedo-shaped cigar in the other, his hairy white legs spread apart, his paunch resting on his lap, pince-nez glasses perched on his heavy nose. His tropical costume was an orange shirt covered with scarlet-and-green watermelons, creamy linen shorts that were much too brief and looked like nothing but exposed underwear, brown city shoes, and drooping black cotton half socks.

"Hello there!" Mrs. Ball waved a beer glass from a square lounge chair for two, on which she was curled in a pose too kittenish for a big woman. "We're having our elevenses. Come join us."

"I'm all sand and salt. I'd better shower first."

"Nonsense. Give him a beer, Thor. How was your swim? Why didn't you tell us your partner's a celebrity?"

"Just an old truth teller," beamed Atlas.

Paperman suspected the woman was being sarcastic. The

Time article was an acid attack on corporation raiders. Lester came out almost worst of all the nine men whose brutal shifty faces bordered the story. But all Lester cared about was that his picture had appeared in a national magazine. He had a leather-bound copy of the issue in his office, another in his home, and a reserve pile of them which he was using up one by one in ignorant boasting.

"Do meet Walter Llewellyn, Mr. Paperman, he's the president of our bank," Mrs. Ball articulated through immobile jaws. "And my accountant, Neville Wills."

The two Negroes stood, arms at their sides. When Paperman put out his hand they took it, and he experienced the limp hesitant handshake of the West Indian. The banker was a round-faced slight man with grey hair. The accountant was tubby and young, with a couple of gold teeth showing in a shy smile. Both men were quite black; indeed the banker, perhaps because of the grey hair, looked purple-black.

"Norm, I was telling Amy here, and these gentlemen, that my only stock in trade is truth. Now, to give you an idea, Amy, let's say there's this Corporation X—" Paperman sank into a chair, resigned. Lester was not a man to be diverted.

On he went with it, the old tiresome fable. Corporation X had been making money on rubber belting and tyres, but losing its profits because of a subsidiary that manufactured buggy whips. Lester Atlas became a stockholder. He studied Corporation X, saw the truth, and told it to the board of directors. They could get rid of the buggy-whip plant for a big cash profit, because the building and land were valuable, and thereafter they could stick to making products that were in demand, and earn large dividends. But the directors, a decrepit old family group, ganged up against Atlas, because they were sentimentally attached to making buggy whips. They called him a wolf and a raider, and threw him out of their office. Then, and only then, did Atlas go to the other stockholders, and tell them the truth. The stockholders started a legal fight, threw out the directors, and elected a new board. The new board sold off the buggy-whip building, and turned the corporation into a big money-maker.

"Now sometimes it happens, Amy, that these people offer to elect me as a director, or even as chairman of the board. Just out of gratitude for telling them the truth. Well, if I can

accept, I do. But I'm a busy man. Usually my only reward is
the knowledge that once more I've told the truth and saved a
sick corporation. That's what I do. That's *all* I do. If that
makes me a raider, I'm proud of it."

The banker said, "Why, I feel you are perform*ing* a genu-
wine public sar-*viss*, Mr. Atlas." He had a gentle, musical
voice, and he hit the last syllable of every word, in the manner
that had so amused Paperman for years in records of Calypso
songs.

Paperman wondered how Lester had the gall to go on repeating this simple-minded story of his, when this very issue
of *Time* that he kept flaunting described how he actually
operated. Lester had recently bought into a Southern furniture
company, which—it was true—had been badly run for years.
He had gained control in a vicious stock fight, sold off all the
buildings and timberlands, and pulled out with better than a
million-dollar capital gain in cash. The family owners had also
made money, but the corporation was now a gutted shell. Some
four hundred people had lost their jobs. *Time* quoted Lester
as saying, "All I did was wind up the affairs of a company that
had to quit anyway. Instead of going bankrupt, those old fuds
who were running it retired rich to Palm Beach. I did them a
favour, didn't I?" To a question about the four hundred employees, Lester answered, "They were boondoggling. They
were making bad furniture on bad machines at a bad price.
When you get boondogglers off the government payroll you're
a hero. When you do it in industry, you're a raider."

Time's story of Lester's stock fight depicted an operator who
used any means short of crime to win votes: cash, cajolery,
girls, threats, financial squeezes, and if necessary, his fists; an
opposing lawyer at a rough meeting had called him a dirty
name and Lester had knocked him unconscious. There was
little trace of this violent brute in Lester now, as he sat beaming in his pince-nez glasses, watermelon shirt, and cream-
coloured drawers, describing his own modest altruism in the
mellifluous manner he could turn on when it suited him. This
honeyed craftiness, combined with his physique of a debauched
gorilla, gave Lester Atlas in these moments a peculiar crude
charm.

Mrs. Ball said, "Well, it's all utterly fascinating. Perhaps
you'll tell us the truth about the Reef, too."

Paperman cleared his throat. "Isn't the place a money-maker?"

"Oh yes." Mrs. Ball pointed a long finger with a long orange nail at ledgers and blue-bound balance sheets piled beside her. "But it should make ever so much more. I haven't the foggiest idea why it doesn't."

Atlas said, "I've looked at those figures. I'd like to ask some questions."

"By all means. That's why Neville and Walter are here." The woman signalled with her empty glass at the bartender. He brought her more beer, and went back to doze on a bar stool. He wore ragged khaki shorts and a blue frayed shirt laundered almost grey, and he had a gold ring in one ear.

Paperman decided that if he bought the hotel he would keep this eight-fingered bartender. He was changing his notion that the Gull Reef Club needed smartening up. It was seedy, but—as in some of the best hotels in England and Paris—the idea might be to keep it so. Dowdiness was sometimes chic. This piratical bartender, snoozing on a stool, added to the colour. The bar décor was fish nets, great sea fans painted white and gone a little grey, green glass-bubble net floats, dusty conch shells, and bleached coral. One solid wall was painted with amateurish pictures of fish. Nothing screened the corrugated iron roof but a few withered palm branches. A frangipani tree thrust limbs starred with pink flowers under the roof, and each gust of breeze stirred a wave of perfumed air. It was certainly primitive; yet, Norman thought, authentic and right.

Atlas was questioning Mrs. Ball and the two Negroes about payrolls, off-season and on-season prices, and taxes. "Amy, tell me one thing," he said abruptly, lighting a fresh cigar, "what are you selling here?"

The woman looked startled. "Why—we sell drinks, of course, and food—we did try coral jewellery, but——"

Atlas shook his head. "You're selling sleep."

"Slee-eep?" Mrs. Ball's voice slithered up two octaves.

"Sleep. How can you make money when you don't know what your merchandise is? People come here in the winter to be warm. At night they have to lie down. Your bar and your dining-room are frills. Your merchandise is beds. Sleep. That's your profit item. He stabbed two fat cigar-clutching fingers at the ledgers. "Those books say you're not selling enough sleep.

A dozen more beds, and you've probably got a business here." He set his glass down hard, and pushed himself out of the chair. " Let's go."

Lester had authority. Mrs. Ball and the Negroes stood, and so did Paperman. The bartender turned his head on his arms, and opened one cold blue eye.

Mrs. Ball said, " Oh, I've often talked about building more cottages. We have the space, but——"

" Build? Here?" Atlas squinted at the banker. " This kind of construction in the States now is nine bucks a square foot. What is it here? The contractors promise it to you for about fifteen, right? And they bring it in at twenty to seventy-five, depending on what kind of bums they are."

The Negroes exchanged an amazed glance. The accountant burst into a rich and wonderful laugh, throwing back his head, slapping his thighs, staggering here and there, and showing red gums and gold teeth. " Dat de troot. I do declare dat de troot. Dem de figures for true."

The banker held his dignity, but he too was laughing. " Mistuh Otlos, you have done business before in the Caribbe-*an*?"

Atlas thrust his cigar in his mouth and grunted. " I'm just an old truth teller. Let's see where we can put ten more beds."

As they crossed the lobby, Norman saw two girls batting a ping-pong ball back and forth in a gloomy room full of card tables. Tired as he was, Paperman felt a warm stir, for one girl wore a bikini that showed her whole naked back view, highlighted by a tiny shivering green triangle. It was a beautiful view. The Gull Reef Club was looking better and better! The ball flew into the lobby, and the girl turned to chase it. As she came wobbling nudely toward Paperman, the spell subsided. She had a big nose, a pear-shaped face, freckles, and pink crinkly hair.

" Hey, Norm. Coming?"

Atlas and the others were mounting the stairway near the reception desk. Paperman followed, thinking that ten years ago the face might not have mattered. Possibly the gargoyle was Bob Cohn's " babe." She had the body for it. He wistfully recalled the raw appetite of youth that could enjoy such fare; and as he mounted the too steep and too long stairway at a slow pace—stairs bothered him a bit now—he thought that only waning energy, for which he deserved little credit, had made him harder to please.

Upstairs Mrs. Ball was unlocking doors and Atlas was glancing into the rooms.

"Where are your guests?"

"Most of them are out on a sail. November's our slow month, and the whole island is pretty dead."

"You've used up the space on this floor."

The banker said, "You could build out over the south side."

Atlas shook his head. "No, no. Nothing structural. Let's keep looking."

They went back down. Atlas was casting an appraising eye around the lobby, when a ping-pong ball rolled to his feet. Out galloped the naked pink-headed horror, quaking from neck to knees.

"So sorry," she giggled.

"My pleasure," said Atlas, handing her the ball with a leer. She marched back into the game room. Atlas watched her jellied dancing behind, then his interest faded as he took in the large room full of tables. "What's this? You must have fifteen hundred square feet here."

"I've never measured it," Mrs. Ball said. "It was the dining-room, but now everyone eats outside, so we made a game room of it. But——"

Atlas crouched and rapped the wooden floor with his knuckles. "Partitions and plumbing," he said to the banker. "Not much to it. The rooms would be small, but all anybody wants here is a place to fall down at night. Throw in a toilet of their own and you got luxury."

"On the ground floor," the banker said, glancing around the room with a sudden shrewd cast to his gentle face. "So conveni-*ent*."

Mrs. Ball said, "The room's never been used enough, that's true—possibly this idea should have occurred to me. As I say, I'm no businesswoman."

"Norman is about to fall on his face," Atlas said. Paperman did have a drained look, and he was weaving a little. "We'll grab a nap and then talk some more."

5

In the cottage named Desire, Paperman collapsed on a bed.
The bed cover irritated his sweaty, salty skin, but he felt that
he could sleep on red coals.

Not Atlas though. Atlas poured himself half a tumbler of
bourbon and walked up and down the room.

"Norm, I look on you and Henny as a couple of kid cousins
or something, you know that. How serious are you about this
thing? Has it all been a pipe dream? Is it for real? Now
that you've seen it, you'd better decide fast."

Paperman rolled on his side, with a small groan. He didn't
want to talk business; his body was crying for sleep. But Atlas
was doing this out of kindness to his wife and himself, and if
the old thug felt like talking, Norman had to oblige.

Henrietta Paperman had been Atlas's secretary long ago. A
sort of friendship had continued, based mainly on Atlas's
greedy interest in meeting Broadway people. He was a lonely
man, separated from his wife and detested by his two grown
children, and he liked to take the Papermans to dinner now and
then and tell them his troubles. What he enjoyed most was
going to an opening night with them and then sitting at a table
in Sardi's, staring at the celebrities, sometimes collaring one
who happened to greet Norman or Henny, forcing him to join
them, and pressing big dollar cigars and champagne on him.

Norman said in a small, tired voice, "Well, Lester, it's about
what I expected. It's what I want to do. I don't know about
the money part, but——"

"Oh, the money part could work, Norm. I'd see to that.
I've said many times I'd like to put you into something better
than that fly-by-night publicity racket. I mean it's a small
situation, but this dame's pulling fifteen thousand a year out of
the place. Six more rooms and you could clear twenty-five
easy. Your overhead would stay the same, maybe one more
cleaning girl. The cost of improvement is nothing, just parti-
tion walls. The only real cost is the plumbing. I'm a nut on
giving everybody their own can. You ought to get Henny
down here right away, if you're actually serious."

Paperman raised himself heavily on an elbow. "You'd go
ahead with this, Lester?"

" You're the one who'll be going ahead with it."

" I have no money to invest. That's the whole problem."

" That's no problem." Atlas sighed and sat on the bed next to Paperman's. " It's as hot as hell in this cottage. This island is hot. I don't care what anybody says."

Indeed it was choking and damp in the large white plastered room, though the porch was open to the sea. Norman said, " November is the worst. The trade winds die down. Then in December——"

" Trade winds! For Christ's sake stop with the trade winds. It's hot. Hot! In the winter people want to be hot, so you're in business. You got merchandise." Atlas drank off his bourbon and poured more. " Now about the deal. You don't really think you can buy a piece of real estate like Gull Reef, with the hotel and these beaches and all, for fifty-five grand, do you? This thing has got to be worth two hundred fifty thousand dollars right now and at that it would be a steal."

" Lester, the ad said fifty-five thousand."

Atlas shook his head with tolerant patience. " It belongs to some native family. It's been handed down for generations. You'd have to round up about seventy-five people to even talk about a deal, and some of them can't hardly read and write, and some are in England, and some are God knows where. This banker says that back in 1928 some Englishman did round them up and he got a fifty-year lease and built this place for the American trade. Then 1929 came along and he went bust. The place went back to the goats and the rats and the lizards for twenty years and more. That's why it's got this crappy look. About eight years ago two fags came down from California and bought the lease, and fixed the joint up like it is now. That gondola and all the rest. Well, then, one of them fell in love with this Turk who opened a gift shop here, and the other California fruit got mad and stabbed the Turk—that banker told me all this—and the Turk survived and the two fags got reconciled, only they had to blow the island because this one was up for attempted murder, and that's when Mrs. Ball bought it. The upshot of it is, you're not buying anything but the last nineteen years of the lease. You got to get your dough out in that time."

Despite his fatigue, Paperman was laughing. " What happened to the Turk?"

" That's what I asked. He's still here, he's one of their leading citizens. He runs the Community Chest drive."

Paperman laughed harder.

" Norm, this thing has angles. Suppose you're sitting here on this reef with a nineteen-year lease, and a Sheraton or a Hilton comes along and wants in? This is the best site for a new tropical hotel I've ever seen. *Those* guys don't give a good god damn. They'll sink a hundred thousand in legal fees just to clear the title. They're apt to pay you anything you name for the lease. I mean a quarter of a million, three hundred thousand, who knows? Those bastards, they don't fool around.

" The other thing is, Norm, the Caribbean is a growth area. The smart money, I mean the Rockefellers and some of the big Europeans, they're buying thousands and thousands of acres on some of these islands you never even heard of. They're looking fifty years ahead. That's how they operate, they think of the family two generations from now. In Puerto Rico and the Virgin Islands, the boom's hit already, prices are sky high. Amerigo's on the edge. You can still pick up the choice stuff reasonably, and when you get into the big wild patches over on the north side, from what old Llewellyn said there's some real bargains. But you got to be here. You got to be on hand when some old poop dies up in the hills and the stuff comes on the market. I like the idea of you and Henny being down here, keeping an eye out for things I might buy. Anything like that, I'd cut you both in, of course. A finder's fee."

Paperman was wide awake now, sitting up and hugging his naked knees. " Les, I don't know anything about real estate."

" Nothing to it. All you have to do is keep your ears open, and holler for me if something good turned up. No, this can be a good thing all around." Lester Atlas yawned and threw his cigar out over the porch. " You've got to face up to it now. Do you really want to give up New York and come to the Caribbean? It won't be easy, you know." He pulled the cover off the bed and settled down on the sheets, yawning and moaning with pleasure. " Jesus, I'm tired. Say, how about that green bikini?"

" She has a face," Paperman said.

" Isn't it hell?" said Atlas. " Those goddamn bikinis always cover the wrong part. Norm, this is fun. Maybe we'll both end up beachcombers."

He was snoring in a minute, his naked grey-furred chest perspiring in running streams. Paperman sat hugging his knees, staring straight ahead.

6

The bar was jammed. The talk and laughter were loud; it was almost eight; a low brilliant evening star cast a narrow silver path on the still sea. Negroes and whites were roosting on the terrace rail or sitting on the steps. Paperman's immediate concern was whether he was properly dressed. He had longed to wear his new custom-tailored white dinner jacket, but over-dresing was abhorrent to him. He had settled on black Bermuda shorts and knee socks, a madras jacket, and a maroon bow tie. He saw at once that it hardly mattered. There were men dressed like himself; and men in light shirts and slacks; girls in cocktail dresses, in toreador pants, and in shorts. A party in evening dress sat around the big low circular table in the centre: Negroes, whites, a naval officer in a beribboned white uniform, and two ebony Africans in red-and-gold robes and crimson skullcaps. Mrs. Ball sat with them.

Lester was not in sight. He had disappeared while Norman slept.

"Hey, Norman!"

Bob Cohn, dressed in an olive gaberdine suit, was waving at him from the bar. Muffled in a shirt and tie, the frogman looked insignificant, an ugly little young man with an outsize nose. Sitting beside him, her back to Paperman, was a tall blonde woman in white.

"Hi, Bob. I'm paying for those drinks," Paperman said, approaching them. The woman turned her head. Before he saw her face, Paperman knew that it would not be disappointing. Ugly women did not carry their heads or turn them in this way.

"Sure thing. Mrs. Tramm, meet my new swim buddy, Norm Paperman from New York."

"Hello there," said the woman, with a slow blink of large alert hazel eyes.

Cohn started to slip off his stool. "Come on, join us. Sit here."

Paperman put a hand on his shoulder. "What's this?
Respect for grey hairs? Get back on your chair. Martini,
please," he said to the bartender. "Bombay gin. Boissière vermouth, two to one. Lemon peel. Chill the glass, please."

"Bless my soul," said the woman in white. "That's pre-
cisely how I like a martini. Cold, and tasting like a martini.
This idiocy of waving the vermouth bottle at a glass of plain
vodka!" She tinkled her glass at him. "But I gave up on the
chilling long ago. I drink them with ice."

"Wrong, wrong," said Paperman. "Lumps in the oatmeal.
The coward's compromise. You have to fight for the things
you believe in. The martini before dinner is a sacrament. A
chilled glass. To those who believe, no explanation is necessary.
To those who do not believe, no explanation is possible."

Mrs. Tramm bust out laughing. "*The Song of Bernadette!*
Ye gods. Somebody else remembers." She pushed her glass at
the bartender. "Thor, please make me one exactly like Mr.
Paperman's."

"Yes, ma'am."

"My name's Norman."

"Mine's Iris."

Paperman held out his hand, and Mrs. Tramm shook it, still
laughing. She had a cool bony hand. There were no rings on
her unusually long fingers. Earrings swayed and sparkled with
each motion of her head; to Paperman's practised eye, platinum
and diamonds. It was obvious to Paperman that he had had a
very wrong idea about "this babe." For some reason it had
amused her to accept a dinner invitation from the young swimmer, but she was not the kind to bother with Cohn. She was a
powerful woman on the loose.

Iris Tramm was—on a quick inventory of what was visible
—a divorcee in her thirties; a woman with a lovely face of
English or Scandinavian cast, with strong sloping bones, a
small tilted nose, and fine teeth. There was a curl to one side
of her lips, a flattening, a touch of unbalance to the mouth,
and her eyes were strikingly brilliant. She was the kind of
woman Norman found most appetising, though he still admired, with wry regret, the pretty Broadway girls whom he had
played with for so many years. Now he knew they preferred
the dark-headed boys, and in truth he was embarrassed by their
callow ways, which more and more reminded him of his own

growing daughter. Norman was an almost habitual philanderer; but since his heart attack he had behaved himself, mainly for medical reasons.

Cohn said, " Listen, Norm, I took another look at that fish. It's a hefty beast. Have dinner with us."

Paperman shook his head. " Three's a crowd. Thanks."

The slight curl in Mrs. Tramm's mouth deepened. She said in a theatrically sexy voice, " Bob, don't you want to be alone with me?"

Cohn grinned. " It's a good fish. Why should the waitresses get most of it?"

" He's afraid of me," Mrs. Tramm said to Paperman. " Imagine. An undersea warrior like that."

The bartender put two frosty glasses before them, and poured. Paperman picked up his glass. " Let's toast the undersea warrior. I might be under the sea right now if he hadn't come along and pulled me out this morning."

" Oh hell, Norm, you were just having a little trouble with your mask."

Mrs. Tramm lifted her glass. " Fortunate encounters."

" Fortunate encounters," said Cohn and Paperman. The glance Mrs. Tramm gave Paperman over the rim of her glass shook him, though it only showed appraising curiosity.

She said, " So help me, a real martini. Lovely. Look, why don't you help us eat that fish? Since Bob seems to fear I might eat him."

Paperman looked at the frogman, and said, " Well, Mrs. Tramm, I don't know—the inducement, you both understand, would be the fish."

Mrs. Tramm did a startling thing. She popped her eyes, sucked in her cheeks, and gave a couple of goggling gasps, in a very fair imitation of a fish. It went by in a moment, her face resumed its peculiar curling smile, and both men were laughing hard.

" I believe this is one evening," said Mrs. Tramm, " when I will step off what passes with me for a wagon, and have two martinis. We don't count that lumpy oatmeal I was drinking when Norman arrived."

" We're having wine, too, Iris," Cohn said.

" Sweetie, we're having something wet, nasty, and furry in a bottle. There isn't a wine in the world that can travel to this island." She turned to Paperman. "It's a scientific mystery. Guadeloupe's just over the horizon. You can see it from Government House. The wine there's excellent. The Caribbean's not to blame. What is it?"

"I know about that. It's like thunderstorms and milk," Paperman said. "It happens in all latitudes and climates, and there's no accounting for it. The American flag turns wine sour."

Mrs. Tramm choked over her martini, and laughed with sudden gusto. "My God, that's marvellous. I've even drunk wine in American consulates, Norman. It's absolutely true. Outside the gates glorious wines, inside vinegar. Before you buy the Reef talk to the governor, won't you? Make it a neutral enclave for wine drinkers."

"Who says I'm buying the Reef?"

"My friend, in Kinja everybody knows everything about everybody at once. You're a front for a billionaire who was on the cover of *Time*, and he's going to put up a thirty-five-storey hotel. The Sheraton Kinja, or something." Paperman laughed and shrugged at these absurdities. Mrs. Tramm continued, "What's going on in the New York theatre right about now? I haven't been up there since April."

To this cue Norman rose like a trout taking a fly, and he held forth with inside Broadway gossip and the new Sardi's jokes until they went to dinner. Norman was a fine raconteur. It was a delight for him to talk smartly over martinis to a shining-eyed pretty woman who laughed in cascades at his jokes. The young frogman sat and listened with a good-natured smile, looking rather out of it.

The great red fish, which arrived baked whole on a board, had an exquisite flavour, and despite the jesting the white wine was pleasant enough. This dining terrace of the Gull Reef Club at night, Paperman thought, must be one of the most charming places on earth. On the table were white linen, an overflowing centrepiece of yellow and scarlet flowers in a white glazed bowl, and an oil lamp of mottled clay, burning with a salmon-coloured flame that flickered in the cool salt breeze. This terrace faced the town. Underwater lights illumined the green shallows, and made sparkling showers of the swells breaking on the rocks. Beyond these lights the water was black between the reef and the floodlit red fort, the white-and-gilt clock tower, and the dark lamp-dotted hills. Street lights curving along the waterfront silhouetted the moored schooners, and lit up the houses of Queen's Row, and the old grey church.

"What I want to know is," Paperman said at one point, "why would anybody want to sell this place? Where's there to go from here?"

Mrs. Tramm's mouth wrinkled. "Ah well, I suppose Amy Ball has her sad little secret, like everybody on Amerigo, and it's compelling her to leave."

"I have a hell of a sad little secret," said Cohn. "I blew two months' pay this afternoon in a crap game."

At the long table next to theirs, where the governor's party sat, loud bursts of laughter were rising, amid excited conversation. Paperman said, "Which one is the governor? The white-headed fellow?"

"Why, no. That's Tom Tilson," said Iris. "It's the man at the head of the table. Governor Sanders."

"Is he coloured? It's hard to tell."

"Yes, he's coloured."

Paperman peered at the man at the far end of the table: sallow, scrawny, with a long hollowed face and a straight thin nose.

"That woman at this end of the table—his wife?" Paperman was talking about a black woman in a short red evening dress, whose black hair was pulled flat, and piled and banded high at the back.

"Yes. Don't you think she's pretty?" said Iris.

"Well, different. Looks like Nefertiti, a bit."

"She's a Washington bureaucrat. He used to be one, too. She works in housing and only flits down here now and then to visit friend husband."

"You know all the gossip, Iris."

"When I first came here I took a job at Government House for a while."

At this moment the governor's wife turned and beckoned to Paperman. He glanced about, puzzled. She nodded, and beckoned again. "Does she mean me?" he said to Mrs. Tramm.

"It appears so. Go talk to the first lady. Mind your manners."

As he walked to the other table the woman held out a

jewelled dark hand. She had very large green eyes. "Hello, I'm Reena Sanders. You're Mr. Paperman, aren't you?" Mrs. Sanders had the speech of a Western college graduate, clear and easy. "I just wanted to ask you not to run away, and to join us after dinner in the bar. The governor wants to meet you."

"That's awfully kind of him. And of you."

"You speak French, I hope. Our guests are from Chad."

"In a Hartford high school fashion."

"Where's your friend? The man who was on the cover of *Time*?"

"I'm afraid I don't know. I'm with these other people——"

"Of course. Iris, and one of Lieutenant Woods's swimmers. Please ask them to join us too."

Iris Tramm said when he returned to the table with his invitation, "The governor wants to cross-examine you about that thirty-five-storey hotel, no doubt."

"I can't hang around long," said Cohn. "We're supposed to swim from Shark Bay out to Little Dog to-morrow, starting at dawn."

"Isn't that six miles?" said Iris.

"Yes. That's the beginning of the exercise. Then we do warlike things for two days and nights among the thornbushes. Eventually the survivors swim back."

"Why, you're a hero. You make me feel all shivery," said Iris.

"It beats working," Cohn said.

Paperman was silenced. There was a trace of menace about the frogman, for all his light tone. Smart comment on the New York theatre did not seem, for the moment, quite the most brilliant form of male display.

Soon afterward the steel-band music began, and they went to the terrace that faced the beach. Part of this terrace was the bar, the rest an open red-tiled space where many couples were dancing. Barefoot lean black boys, in ruffled red-and-yellow shirts and old slacks, stood in one corner shuffling and hopping as they beat out strange music with sticks on old fuel-oil drums hacked short, brightly painted, and hung around their necks on straps. The shallowest drums, cut to pans, produced treble notes; the larger ones rang in lower octaves, and on three whole drums one boy was pounding bass rhythm. Paperman couldn't understand how these chopped-off oil containers produced

melody, but the music was real enough: mournful, mono-
tonous, a few minor-key phrases pounded over and over and
over. This insistent syncopated monotony was disturbing and
sweet: *Boum-di-boum, boum tim tim tim, boum-di-boum
boum*—The dancing couples rocked their hips in a step that
wasn't the rumba, or the samba, or any dance he knew.
Negroes were dancing together, so were whites, and there were
black men with white girls, and white men with black girls.
Paperman had seen this kind of mixing in gloomy dives in
Paris and New York, but the striking thing about this scene
was the respectable look of the dancers, black and white alike.
The Negro men all wore suits and ties, and the girls bright
dance frocks. Only some whites were dressed in shorts and
sandals. There were older couples too; one enormous black
woman in brown satin was twirling and swaying with elephan-
tine grace, and her partner was a grey-headed white man who
might have been a minister on vacation.

Iris Tramm at his elbow said, " Something different, isn't
it?"

" God, yes."

" Well, you go and join His Excellency. Bob and I will
have one dance and then we'll be along."

" Can you do that dance?" Paperman said to Cohn. " It
looks so complicated."

" It's in the knee action. Watch."

Cohn took Iris easily in his arms and the two of them rocked
away, Mrs. Tramm's hips tracing a sinuous curve across the
floor.

Reena Sanders welcomed Norman with a warm smile as he
approached the round table in the bar, where the governor's
party had returned. " Hello, there. Sit next to me. Alton, this
is Mr. Paperman."

The governor stood, and gave him the strong quick handshake of an American. Sanders had a white man's face, long-
jawed and lean, with a small moustache, and two deep vertical
creases on either side of his thin mouth. But his skin was
lemon yellow, and his grizzled hair was woolly. " I hope
you're enjoying our little island," he said with a dour grin.

" I'm falling in love with it."

" That's what we like to hear. I'm sorry your partner isn't

with you to-night." The governor lit a cigarette with skinny stained fingers.

"Well, I daresay Lester'll show up."

Mrs. Ball, sitting straight in a chair next to the governor's, said through a toothy smile—she was heavily painted, but it was not unbecoming—"Mr. Atlas has boundless energy. I called a cab for him about five. He was going to explore the island."

Paperman said, "I understand there's a rumour that Lester's going to put up a huge hotel here. There's really nothing to it, Governor. I'm interested in buying this club. Lester's a friend of mine, and he came along to advise me on the money end. That's all."

Paperman was soon drawn into the conversation with the Africans. He knew French better than he had admitted; he had whiled away a year in Paris, in his early twenties. He found it piquant that the black men in barbaric robes spoke this cultured tongue so well. One was a doctor, the other an engineer, and they were both United Nations delegates. At the moment they were talking about housing, but when Mrs. Ball said of Paperman " *monsieur s'occupe à Brodvay*," they showed magisterial interest, offering him studious opinions of the serious American playwrights. Norman let them talk, and then sailed forth with an airy lecture to the effect that the real American theatre was now the musical stage, and that all playwriting after O'Neill was trivial. They listened with a sober air of making mental notes. Iris Tramm, joining the party with Cohn, was clearly amused by this persiflage tossed off in more than passable French.

The white-headed man, Tilson, who had struck Norman at first glance as a surly narrow-minded old Gentile, spoke up in surprisingly good French, with a salty comment on the obscenity and sex aberration in the theatre. Mrs. Sanders defended the playwrights. The talk grew lively. The steel band thumped and jangled, the brandy and coffee went around, the swaying hips and whirling skirts of the dancing women spiced the scene, and Paperman thought he had never chanced into a more exotic or pleasant evening.

He deftly switched the topic to African sculpture. It was the fad in his Broadway set, and he had bought a couple of

pieces and read some books. The diplomats were amazed at his
offhand evaluations of the statuary of the West Sudan and the
Gold Coast; at his connoisseur's preference for the Kifwebe
masks of the Congo, and the Tellem style in Dogon sculpture.
They spoke up, smiling and eager. The governor, his wife, and
Mrs. Ball regarded him with growing respect. Even Tilson
and his red-faced wife unbent to ask questions. As always in
such company, Paperman was sharply aware of being a New
York Jew. But he had long ago mastered this self-conscious-
ness. The thing to do was simply to be himself. It always
worked. It was working now. He was in command of this
little party, even talking in a foreign language. The play was
between himself and the Africans; the others were a charmed
audience. He was a witty, cultured, amusing man, and people
couldn't help liking him. Cohn, sitting next to his straight-
backed commanding officer, had taken on a thoughtful look.
Paperman was on top of the world, and he hardly noticed
when the music stopped, and the dancers began chattering.
But then he heard a roar over the chatter, and he faltered.

" *Con permisso!* Haw haw haw! *Con permisso!*"

There was a discordant banging on metal, and Lester Atlas
came in sight, a steel drum around his neck, whacking away
with two sticks and waggling his enormous behind. He wore a
crimson jacket, sagging white shorts, a yellow shirt, and a black
string tie, and he was barefoot. Tilted on his head was a straw
carnival hat ornamented with dangling red monkeys. Behind
him, holding a drink in either hand, shuffled the pink-haired
girl, also barefoot, dressed now in strapless green silk, chanting
a Calypso song:

> "*Carnival is very sweet*
> *Please*
> *Don't stop de carnival——*"

"Haw haw! *There* he is! There's the old trade-winds boy!
Hey, Norm! I'm staying right here in Kinja, you know? I'm
getting me a job in a steel band. How about this? *Con permisso!*"

He headed straight for the governor's table, followed closely
by the girl, whose face was not improved by what appeared to
be several layers of paint put on one over the other at odd
times. Norman Paperman thought he might now welcome another heart attack, if it would bring instant final blackness.

"Look, Norm, I can play this thing! I swear, it's easy. I just borrowed it off the kid five minutes ago—and listen! *My country 'tis of thee, sweet land of liberty*"—he bawled the words and clinked out the tune "*of thee I* . . where the hell is 'sing'—*sing*." (The note he struck was very sour.) "No, no —*sing*. Sing! Oh, SHIT! *Sing*. Hey, that's it, *sing, sing, sing, of thee I sing*."

Paperman was on his feet, tugging at Atlas's sleeve. "Lester —Lester! Lester, this is Governor Sanders. This is the governor of Amerigo. Lester, meet the governor. The governor——"

"The governor? Heh? What? The governor? You're kidding. The governor?"

Sanders stood and held out his hand. "Welcome to Amerigo, Mr. Atlas."

"Holy Jesus! I wasn't exactly expecting to meet the governor."

"Glad to see you're enjoying our little island. Come join us."

Lester divested himself of the drum and the hat. "Flossie, give this thing back to the kid. Bring me my sandals. Governor, this is Flossie. Flossie Something. She loves your island."

Atlas's embassassment lasted no longer than it took him to jam a chair next to the governor's. He lit a giant cigar, and took charge. First he informed the delegates from Chad that he had once almost gone into a large cotton-raising enterprise in their country, similar to the one that he owned in Mexico. The scheme had broken down because of tax difficulties. Next Atlas explained to the governor how to improve the economy of Amerigo. He spoke of citrus possibilities; the chronic water shortage could be solved by a ring of earth dams around the mountains. There was no need for the people to live in huts. Five hundred prefabricated units could be put up at a crack, using nothing but federal loans, and he could guarantee to do it himself and make a profit. Mrs. Sanders showed interest in this, throwing questions at him which he answered with blurry ease. The music started. Paperman instantly asked Mrs. Tramm to dance. She came along, half-dragged by him, smiling in her lopsided way. "What's your hurry, Norman?"

"Lester doesn't fascinate me."

"He's sort of cute, in a subhuman way."

Off in a shadowy corner of the terrace, she slid her tight skirt prettily up to mid-thigh to show him the dance step.

Paperman was an adept dancer; soon he was rocking like every-body else, if a bit uncertainly. "Very good, very good, you've got it," said Mrs. Tramm, tapping his shoulder. Her body moved in powerful undulations which he felt through his arms. "How long are you staying?"

"Right now I never want to leave. I guess I'll go home to-morrow or the next day. As soon as our business is done."

"Why don't I drive you around a bit to-morrow? You should see the island."

"I'd stay just for that."

The steel-drum music hammered on his nerves, a strong, harsh, blood-warming noise. It stopped. A moment's pause, and the musicians began a slow, out-of-key, ragged *Stardust*. The magic lapsed. They were boys banging on oil drums. "Oh, hell, wouldn't you know?" Iris said. "The only music they can play, they despise. All they want is to out-do Guy Lombardo, whacking tin cans with sticks. And that's the Caribbean for you."

"I don't want to go back to the table," Paperman said.

The dancers were shuffling primly to the makeshift music. Iris Tramm was heavy and slow in his arms. "Nuts to this." She pulled away, leading him by a hand back to the table. "Reena, I have a brute of a headache. I'm turning in," she said in a low tone, not breaking into the argument that Lester was having with Tom Tilson about African copper mining, which the men from Chad were intently trying to follow. Bob Cohn and the naval lieutenant were gone. The saturnine governor, slumped in his chair, glanced at Mrs. Tramm with one raised eyebrow. He said to Paperman, "Are you leaving us, too?"

Mrs. Tramm swung Norman's hand. "He's just seeing me home."

"Well, be sure to come back," said Sanders. "We'll be going up to Government House for a nightcap."

"Melancholy dog, your governor," Paperman observed, as Iris led him through the lobby.

"He's not my governor. I'm a California girl, and that's where I'm returning. Maybe sooner than anybody thinks. The Caribbean's fine, but after a while it's like a steady diet of cream puffs."

"You'd be against my buying this place, then."

"Not at all. It's entirely different if you've got something to do. And I assume you'll be bringing your wife."

"Don't you have anything to do, Iris?"

"Oh, some sculpting, and I really came here to work on a book—or so I tell myself. I've actually written some of it. But there's no urgency in that sort of thing, you know. Nobody cares whether you do a day's work or not. And it's awfully pleasant to do nothing here."

They were descending a short stone staircase to the jasmine-scented moonlit lawn. Paperman was silent. Iris glanced at him sidewise. "Your wife might adore the island. What's she like? We go this way. I live in the Pink Cottage." She cut across the lawn, walking fast. Paperman strode beside her, thinking that the conversation was taking an unfortunate turn. It was no time, and no place, to be discussing Henny. They were almost at the door of the cottage when Iris said with a mocking edge in her voice, "I said, what's your wife like, Norman?"

Under a yellow insect-repelling lamp, a wooden scroll-sign hung over the entrance: *Surrender*. Insects swarmed around the light. "Honest, if that dumb sign hasn't embarrassed me more than once," exclaimed Iris. She turned to him, arms folded, and leaned against the door, her twisted smile blackly marked by the light from above. "Well, this has been fun. I hope you liked the fish."

Paperman was wondering, as almost any man under seventy would in these circumstances, whether he would be invited into Iris Tramm's cottage, and if so, what would happen inside. He said unsteadily, "My wife's wonderful, Iris."

"Is she pretty?"

"I think she is."

"Tall?"

"No. Not like you. You see, I like them short. Henny informed me of this fact when we got married. Once or twice she has reminded me."

"She sounds all right."

"Henny's a terrific woman."

"Would you like to come in for a drink?"

"Yes indeed."

"Come along. It's a hell of a time to end an evening, quarter to eleven." She opened the unlocked door, and he followed her in. As she flipped on a wall switch, Paperman heard a growl.

" All right, it's just me and a friend, so shut up," she called, whereupon somewhere out of sight a dog began to snarl and bark, clanking a chain and scrabbling strong claws on wood. " My protector. Just stand your ground. You're not afraid of dogs, are you?—Okay, okay, I'm coming, shut your yap, darling." She went out to the porch. There were leaps, thumps, clanks, barks, and into the room bounded a large black German shepherd dog. It charged straight for him, eyes as red as its tongue, teeth gleaming in rows like a shark's. Paperman stood still; to retreat one step before this animal, he was certain, meant the loss of all his throat that mattered. The dog halted an inch or two from him, glowering and slavering. Iric came in and cuffed the beast on the nose. " I said he's a friend, stupid. Don't you want out on the beach? Beach? Beach?"

The big animal looked at her, then at Paperman, and with a bound it catapulted out the back door.

" He's very clever," said Iris, " and he's lots of company. His name is Meadows. When he comes back he'll be all right. Sit down. What'll it be, more brandy?"

" Scotch with—ugh, with ice, if you've got it." Paperman was annoyed at his involuntary swallow.

" Unnerving, isn't he?" she said, from the kitchenette. " That's the idea. I bought him two years ago, after my divorce from Mr. Tramm, when I was alone in a big house in the Santa Barbara hills."

Paperman now became aware of how different this cottage was from the one he and Lester occupied; no hotel furnishings, no room divider. There was a large peach-coloured divan with black throw cushions; an enormous round rug of lacy yellow straw; chairs, couches, and a dinette in modern Swedish; gaudy oil abstractions on the walls. One far wall in shadow was all books and phonograph records, floor to ceiling, except for the space taken by a formidable hi-fi. On that dim side of the room stood a plank table on sawhorses with clay figures, stained cloths, and sculpturing tools; and beside it an open portable typewriter and a stack of yellow paper on a wheeled stand. The place seemed split into a working, studio side, and a living side; and the smell on this living side was a strange mixture of delicate boudoir and coarse dog.

" Here's your booze," Iris said.

" What's this? I'm drinking alone?"

" I don't drink much, Norman. Coffee for me."

Meadows trotted into the room, favoured Paperman with an absent-minded snarl, and flopped at the feet of his mistress. " Hello, fool. Were you a good dog out on the beach?" He looked up into her face with bright adoration.

Iris was curious about Atlas, or said she was, so Paperman described Lester's business; a flat topic, but with Meadows at her feet, any latent romance in the evening seemed to have died. Iris got more coffee after a while, refilled Paperman's drink, and brought out of the kitchenette a meaty beef bone, saying, " Bedtime for little doggies." The beast capered after her out to the porch, and Paperman heard the clank of a chain and some cooed silly endearments.

He wandered around the dark side of the room, inspecting her books and records; also the sculptures—a clenched hand, the head of a Negro boy, a sleeping dog. He said as she came in, " Is this what you do?"

" I play at it."

" You go in for heavyweight books."

" I read."

He had noticed grouped on a high shelf, above dozens of austere highbrow paperbacks and a shelf of mysteries, some worn books from a buried time in his own life: Marxist treatises of the thirties, thick tomes which he had once ploughed through with dogged energy and—he now realised—unwitting religiosity. How long ago *that* was! He had got rid of those books during the McCarthy panic. Now he was ashamed of having done so. Henny had given him hell, but at the time it had seemed simple prudence. He said, " I'm surprised you bother your pretty head with economics."

" A heritage from my first marriage. I have four times this many in storage back home. An old book brings back memories. When I read John Strachey, I'm seventeen and in love again, and the smell of jonquils in a window box on Perry Street rises from the pages." She took up a guitar leaning in a dark corner. " Do you play?"

" No."

" I think I'm going to have to give it up. I liked cowboy music and folk songs long before they got to be the thing."

Paperman said, " That happens to everything in the States these days, Iris. The avant-garde can't keep ahead of the squares."

" Isn't it the truth?" Iris swept her hand over the guitar in a rich chord. " Well, let's pretend every second college boy isn't doing this, okay? It used to be fun."

She played and sang a lively Caribbean song he had never heard, *The Zombie Jamboree*:

> " *Back to back, belly to belly,*
> *I don't give a damn 'cause I done dead a'ready———*"

All she did was strum chords, she was an inexpert player, but her singing was surprisingly good. Paperman was stung with a sudden notion that he knew this woman; whether she was really a performer, or the wife of an old friend, or—hardly conceivable—someone he had had a fling with in the dead past; but could you forget somebody like Iris Tramm? Perched on the edge of the divan, her charming legs tucked to one side, she struck strong low chords, and began to sing *TB Blues*; then *Streets of Laredo;* then *It Makes No Difference Now.* He sat in a low chair opposite her, sipping his drink, awash in nostalgia. She shot him a mischievous glance, and plucked out the first bars of a melody, very slowly, single note by single note:

> tonk . . . tonk . . . atonk
> tonk . . . tonk . . . atonk—

He sat up, shocked.

" Recognise it?"

" *Recognise* it!"

She sang:

> " *I dreamed I saw Joe Hill last night*
> *Alive as you or me;*
> *Says I, 'Why Joe, you're ten years dead—'*
> ' *I never died,' says he.*
> ' *I never died,' says he.*"

" Iris, where do I know you from?" said Paperman.

> " ' *The copper bosses killed you, Joe,*
> *They shot you, Joe,' says I;*
> ' *Takes more than guns to kill a man,'*
> *Says Joe, 'I didn't die.'*
> *Says Joe, 'I didn't die.'* "

Paperman had not heard *Joe Hill* for perhaps a dozen years.

The prosperous ex-communists he knew didn't sing it, even if they got very drunk. But this song, especially in the throaty, sad way Iris was singing, brought back to Paperman the feeling of being young, strong, and throbbing with sexual drive; the wonderful comradeship of the left-wingers at the smoky boozy parties for Loyalist Spain, the exaltation of being on the inside of a movement that was going to save the world from Hitler and bring on the golden age; the excitement of conspiring against the evil bosses for the cause of the common people, the naïve workers, who were hoodwinked followers of the capitalist press; above it was a song of youth. Of youth! Of spaghetti dinners and red wine, of the kisses and embraces of many girls and at last the different kisses of little Henrietta Leon, and their love affair that burned through Marxist discussion meetings and picket-line marches and all-night arguments in cafeterias; yes, and through protest rallies on Union Square and in Manhattan Centre, and in left-wing night clubs and at the " social significance " cabarets and shows—those gay biting shows that he had helped to stage, and Henny had danced in, when he had still dreamed of being a producer—and after the shows, the late Chinese meals, and then the walk up spangled Broadway to his tiny shabby room in a fleabag hotel on West Forty-eighth Street, just Henny and himself, holding hands and singing with the once-in-a-lifetime joy of young lovers on their way to make familiar and perfect love:

> " Says I, ' Why, Joe, you're ten years dead,'
> ' I never died,' says he.
> ' I never died,' says he."

—singing so happily that even morose Broadway strollers smiled through the rain at them—

Paperman stood, scanning the woman's face. " I'll be damned," he said in a quiet wondering tone. " That's who you are. Iris, you're Janet West. Aren't you?"

2—JANET WEST

The new white convertible was only a Chevrolet, but it seemed enormous on the narrow highway to the airport, whizzing past little European cars, and rust-rotted old American machines.

Meadows sat erect and pompous on the front seat. Atlas, in his black silk suit, slouched in the back beside Paperman, who wore new water-buffalo sandals, a pink-and-white striped sport shirt, and white shorts.

" Sixty miles an hour, and it's boiling hot," said Atlas. " And it isn't even eleven in the morning. Tell me again about the trade winds, Norm."

Iris said without turning around, " It's the sun, Lester. Shall I put up the top?"

" No, I want the burn, prove at least I've been down here." Atlas mopped his naked head. " What do I tell Henny, Norm? When will you be back?"

Paperman's eyes met Iris's for a moment in the driver's mirror. " To-morrow, Lester, or Friday. I'll phone her to-night."

The airport, ten minutes from town, was a flat field full of waving guinea grass and assorted brambles. One tarred strip ran east and west through the greenery. The terminal was a spacious brown wooden shed, open to the field. Inside was the ticket counter of an obscure airline, and a tin refreshment booth offering dusty candy, last week's New York papers, and scuffed copies of *Time* going back to September. About a dozen brightly clad tourists sat on wooden benches, looking hot and hung-over. Several hundred yards away there was a sound like a riot. In the concrete shell of a half-finished building labourers swarmed, abusing each other with great good cheer.

" Governor said last night Pan Am's going to route its Venezuela run through here once that terminal's up," Atlas said. " Figure what that'll do to your land values. Three hours non-stop from New York."

They were standing at a window where there was a little breeze, and Paperman was watching Iris approach from the parking lot. He said absently, " Oh, the boom's got to come. One day this'll just be a hot Larchmont."

" You made out better than I did last night," said Atlas.

Paperman took his eyes off Iris and faced into Atlas's wise grimace. " I didn't make out. Look, Lester, if I decide to go ahead with the hotel, what do I do? What kind of deal will it be?"

" Norm, just make up your mind first."

" But there's a plain big question of money."

"I know. If you want to do it, tell Amy I'm the money man and she'll hear from me. We'll work something out that won't be too hard on anybody. Let me worry about the money end."

"Your plane's landing," Iris called to Atlas. "Get up to the gate so you can grab a front seat. The tail on these planes sort of whips around."

Atlas groaned. "Who ever heard of an airport without a bar? I want a drink. I hate flying. Anybody who ever said he didn't is a liar. That goes for the Wright brothers and Lindbergh."

At the gate he held out his hand to Iris and put on his courtly manner. The small blue plane was swooping in with a roar. "Well, so long, Iris. Thanks for driving me to the airport, that was very thoughtful. Take good care of Norm, now. So long, Norman. Have fun."

A sudden gust of wind whirled dust and papers all over the airport. Thick grey rain began hammering the tin roof, making starry splashes on the concrete apron. The sun continued to shine, and a low rainbow arched over the mountains. A loudspeaker squawked at the passengers to board the plane at once. Atlas exploded with foul talk, apologised to Iris, and then lumbered out of the terminal and into the downpour. He heaved himself up the plane steps, and once inside he turned, waved his fist at Paperman, and shouted something clearly uncomplimentary about the trade winds. The rain continued until the plane started to taxi down the ramp; then Paperman could see the shower drifting along the airstrip and out to sea, a blowing curtain of grey under a single billowing cloud in a serene blue sky.

"Odd weather you have here," he said.

"We have half a dozen different weathers, all at the same time."

"How's the weather going to be for our picnic?"

"Well, Pitt Bay is the place where it doesn't rain even in the rainy season. We should be okay."

With the departure of the plane, desolation shrouded the terminal. The porters, the mechanics, the girls at the counters and the booth all vanished. Nobody was in sight; not one living thing except the flies and a single dust-coloured dog lying in the middle of the building, fighting off flies with sad, loud thumps of his tail. The distant noise of the labourers on the new terminal suggested that blood was being spilled in rivers, but walking out into the blaze of the sun Paperman could see about half of them moving slowly and peaceably, and the other half standing quite still, watching them.

The airport lay in the flattest part of Amerigo, amid unbroken square miles of sugar cane. An old stone mill humped its brown cone out of the green carpet, the one structure between the airport and the mountains. The only sounds close by were the cries of birds, and the footfalls of himself and Iris on the cinder path to the parking lot.

"I hope Meadows isn't roasted alive. I have to put up the top and keep the windows half shut or he gets out and terrorises people."

Meadows was all right, as he demonstrated by howling and lunging in the closed car at Paperman.

"Shut your big face," she shouted, opening the door, and the dog quieted. "Well, now, Norman, where to? I'll take you up through town and around the long way to Pitt Bay, so you'll get a pretty good look at the island. Anything special you want to see?"

"How about that sugar mill? Can we visit it?"

"Not that one." She started the car, and drove out of the lot. Iris drove fast, nervously, but well. "It belongs to one of our rich homos. He has it fixed up as a guest cottage. Quite delightful—Victorian furniture, Corots, and what have you. Marvellous place for parties."

"Are there many of the gay boys here?"

"Whole prides of them, sweetie. They live on the income of uncounted shares of U.S. Steel, Allied Chemical, A. T. & T., and so forth, most of them, and their taxes go to meet a good part of the island's budget. Of course we have poor ones, too."

"Balanced economy," said Paperman.

They were driving down the highway between high straight walls of cane. They passed a withered black woman riding a donkey loaded with pineapples. Meadows growled. "There's more to Amerigo than meets the eye," Norman said.

"More than you'll find out if you spend the rest of your life here. Just this little island of twelve thousand people. Layers under layers under layers."

He said after a silence, "Do you think you'll act again?"

" I expect not."

" Why not? You were marvellous. Such a gift doesn't disappear."

" Well, you're very kind, Norman, but the sort of reputation I got myself seldom rubs off. And besides——" Iris glowered at the road, driving very fast. " Oh, hell, if I ever do act again, just make sure you're not around, that's all. The fallout poisons reservoirs five hundred miles away. Anyway, what am I talking about? The next time would be the death of me. It's absolutely out of the question."

Talking about her career, she now seemed more like the Janet West he remembered. Motions of her head, a trick of pushing out her lips, the powerful rise and fall of her voice brought back to his mind moments of her performances in movies. He could recall how awed he had been, seeing the sky-rocketing young film star backstage at the rehearsals of the second Follies for Free Spain. Her hair had been light brown then, rippling to her shoulders. Hardly more than nineteen, she had moved like a squaw in the wake of her husband, Melvin Swann, a suspected communist, but such a success at playing brutal likeable villains that Hollywood was then tolerating him. He was either dead now, or drifting around Europe. Paperman was reluctant to ask Iris about him. He knew that some time during her public crack-up, so pitifully early in her career, they had been divorced.

My God, what a beauty she had been! How touching her inexpert willing efforts to sing and dance in the radical skits! Iris Tramm, as a thirtyish blonde encountered on a tropical island, was attractive enough. As the red embers of the briefly incandescent Janet West she was pathetic, startling, and even more appealing.

They drove into the town. (Georgetown was its name; in native parlance it was " dung tung.") The Chevrolet began a tortuous climb along ill-paved streets, steeper, narrower, and more winding as they went up, lined with perilous open sewer trenches, unpainted little wooden houses, and shacks of tin cans hammered flat. None of these places had glass in their windows. The people lived in mazes of plasterboard partitions not reaching to the ceiling, but the interiors were neat, and some walls had bright-tinted religious pictures. All along the way flowering shrubs grew from patches of earth or big lard cans. Children below school age scampered about in little shirts, or less. The progress of the gigantic Chevrolet through the tiny streets was greeted with many a bashful grin and unconcealed penis.

" These people don't live well," he said.

" This is the Caribbean."

" Is there unrest here?"

With a crooked smile she manœuvred the car past a sharp and narrow corner. " Remember, Norman, these people haven't just arrived from Idlewild. They've never seen Park Avenue or Westport."

As they zigzagged uphill, head-on meetings with other vehicles stopped them twice. Once Iris backed around a corner to make way for a taxi. The next time it was she who halted, while the driver of a rickety truck full of live goats waved merrily, gave her a white-toothed grin, and backed out of sight up a steep curving hill, to the loud protest of the terrified goats. " There's a gentleman," said Paperman.

" Oh, mostly they love driving backwards. It's the direction of choice in the Caribbean."

The shacks became fewer as they reached a cooler altitude far above the main town. Soon they were in green countryside, driving along a high ridge on a new two-lane road, with splendid views of the town and the harbour. The houses up here were of a different class: some of white-plastered cement block, with red tile roofs, some of fieldstone, and some eccentric constructions of redwood and glass. These homes ranged from medium size, by American standards, to sprawling mansions, all with large gardens of bougainvillea, scarlet poinsettia, high thickly flowered hibiscus hedges, and lavish plantings of tall-fronded banana trees.

" Beverly Hills," said Paperman.

" Signal Mountain. Same thing. The people here are known as the hill crowd."

" Who are they?"

" Some shop owners. The old plantation families. Retired rich folks. Retired military. Homo couples. Assorted drunks living on trust funds. Mostly white, but there are some old leading coloured families."

" Sounds interesting."

" I wouldn't know. The minimum time for acceptance by the hill crowd, so they say, is ten years."

" How about that governor? Is he accepted?"

" Sort of tolerated."

It was a spectacular ride. Paperman delighted in the ever-changing panoramas of the town, the azure sea, and the green hills. The road grew more winding and the scenery became wilder: forested hills and valleys plunging down to red-brown crags and the breaking sea. They rounded a sharp curve, and the town went quite out of sight. This was the other side of Amerigo, more precipitous and even greener, a jungle green. Norman said after a long silence, " Iris, what's eating the governor?"

She briefly turned her head full at him, her large eyes wide. " A number of things, I believe. He did a lot of work to bring out the coloured vote on the West Coast for Eisenhower, they say. Expected the Virgin Islands as his lump of sugar, but got Kinja instead. Then I guess there's that wife of his, up in Washington with his two boys, and evidently not about to come down and make him a home, or to divorce him either." She paused. " I also expect His Excellency's never been too happy about finding himself inside a coloured skin." Iris swerved the car into a dirt road. " Hang on now."

They went bumping down through tangled woods: some wild palms, papayas, and mangoes, but mostly tall trees like birches with swollen lumps on their trunks, big wooden tumors. She said these were termite nests. The road became steeper and stonier. They were going down and around a hill, entering another climate of dry hot wind, and the car was raising a cloud of red dust with an acrid smell. One cactus plant after another appeared: clumps of straight spiky tubes, barrel cactus, prickly pear. The ground became flinty rubble. More and more the trees gave way to cactus, thornbush, and the great spikes of century plants. The car stopped, for the dirt road ended. Beyond lay a narrow stone trail into the thorns. " I don't know," Iris said. " I've only done this in a jeep before. It's a hell of a walk down from here and we have all that picnic stuff—shoot, let's see what kind of *cojones* they put in a Chevy nowadays."

They jolted forward. He rolled up his window in a hurry, after a long thorn branch raked blood from his cheek. The car groaned, bounded, shuddered, clanked; it struck its axles and underside with jarring, screechy blows. Meadows whimpered.

Iris fought the wheel coolly. " All right, you Detroit son of a bitch, what did you expect, turnpikes all your goddamn life?" This plunge probably lasted two minutes, then they were on level hard sand, purring through a grove of high coconut trees, where the only hazard was a scattering of rotted fallen nuts. Ahead was the sea.

" Whew! How do we get back up?" he said.

" Worry about that later."

The beach was a deserted wide sweep of snowy sand. Palm trees lined it all the way to its end, about half a mile away, in high rock. At the near end it trailed off in thickets of cactus. There were no waves in Pitt Bay. Clear water sloshed up and back on the sand, not breaking. Coral reefs made jagged patterns in the green shallows; farther out, the bay was blue. One large island, three or four miles off, hid much of the horizon. Beyond it to the right was the green knob of another island.

" Big Dog," Iris said, pointing, " Little Dog. Bob's out there by now, doing his warlike deeds. Like broiling fresh lobsters on a driftwood fire and so forth."

The silence was extraordinary. The swooping and diving pelicans uttered no cries. So still was it that when one of the birds hit the blue water, far out, Paperman heard the splash. Meadows alone broke the peace, racing down the beach and barking at the pelicans.

" Housekeeping chores first, then swimming and stuff," Iris said, unzipping her flared orange frock, and stepping out in a snug black jersey swimsuit that sent a tingle of pleasure through Norman. He peeled down to red trunks, glad that at forty-nine he had no paunch. Iris, unpacking a hamper, gave him a lively look. " Well! Where'd you get that tan?"

" Fake. Sun lamp. Athletic club."

Soon she had the picnic set out on the sand in the shade of a low slanting palm tree. Food, far too much of it, was arrayed on a card table. Beer was piled in a cooler, and charcoal smouldered in a portable grill. " Okay." She brushed hair off her damp forehead. " Hot as hell even in the shade. Forty-five minutes for a swim and a drink."

The underwater scenery here was stunning. The coral arched and twisted in baroque pillars and caverns, dusty green and pink, and dotted with bright plants. The fish were larger than at Gull Reef; the first parrot fish that went by must have been

three feet long. Iris swam ahead, her scissoring pink thighs a
fair sight; now and then she swished around to point out a
fantastic growth of elkhorn, an octopus writhing along a coral
ledge, a big grouper lurking under a rock. She led him to a
sunken wreck where yellow and purple fish were gliding through
the ribs in schools. Paperman was hovering over the wreck,
watching the play of living colour with delight, when he felt
Iris's finger poke his shoulder. He turned, and saw, not ten
feet away in the water, a grey diamond-shaped flat thing as
wide as a tent, with white spots, and a barbed black tail. It
flapped by him, swirling water against his chest, and slowly
passed from sight. This incident clouded his pleasure, and he
was glad when Iris headed for the shore. On the beach she
told him that he had seen a leopard ray. "They can't hurt you.
Bob shoots rays all the time. Says there's nothing to it. How
about a martini to quiet your nerves? Two to one, Bombay
gin, Boissière vermouth, lemon twist, chilled glass?"

"Don't torment me. Beer's fine."

"But it's right here." She drew glasses from the cooler,
which frosted on striking warm air; produced a rattling
shaker, and poured pale martinis.

"You're an amazing woman."

It was a spicy, beery picnic: frankfurters and hamburgers
sizzling off the coals; beans and sauerkraut; Norman even
broke down and wolfed potato salad, thinking, oh hell! They
sat on straw back-rests on a broad Indian blanket, all zigzags
of red, yellow, and blue. This bay was the loveliest, most
peaceful place he had ever seen. They were utterly alone.

Iris tossed aside a beer can and yawned. "Take the blanket
over in the sun, Norm. I'll clean up and we'll have a snooze,
yes? And another swim."

A little while later she came, stretched on her back on the
blanket in the sunlight, cradled her head on her arms, bent a
knee so that one thigh curved over the other, and smiled
sleepily up at him. Paperman recognised, or thought he did,
open invitation. He lay beside her, propped on an elbow.
Meadows, having gorged on the scraps, was dozing in the
shade, about twenty feet away, his head on his front paws.

"You not only spread a great picnic, Iris," Norman said
softly, "and you're not only exceptionally kind to the lonely
wayfarer—you're beautiful."

She murmured, "What? Full, fat, and drowsy, at the moment."

"Beautiful, I say. Beautiful and sweet." He leaned over and took her lightly by the shoulders.

Meadows leapt in the air as though stung by a bee. He closed the distance in four bounds, snarling and yelping. Paperman snatched his hands off the woman. The dog stopped short on the other side of Iris, bristling, red-mouthed, making homicidal sounds.

Iris said with a lazy half-turn of her head. "Oh, Meadows, shut up. What a bore. Yes, Norman? Pay no attention to that boob. You were saying——"

"Iris, I understand devotion, I admire it," Norman said, annoyed and quite intimidated, "but isn't this kind of unhealthy? I mean this joker is your dog, he isn't your husband."

"Isn't it ridiculous? I can't even dance with a man when he's around. He thinks it's a kind of attack."

The dog was glaring at Norman across Iris's midriff, rumbling evilly in his throat.

"Well, I mean, is all this a lot of noise, or does he bite?"

"Norm darling, I actually don't know. Nobody's ever pushed him that far. He once tore up a burglar frightfully in California, but that was different, of course——"

"Don't you think he'd be happier in the car?"

"Probably, dear. I'm sure he would be. Put him in."

"Me? Me put him in? Are you kidding? This dog looks on me as a sort of sex-mad hamburger. I wouldn't make it half-way to the car. He'd arrive there spitting out my sandals."

Iris sat up, laughing, and put her hand to his face. "Have I told you I think you're funny? I do. Come on, little bow-wow."

The dog ran with her to the car and bounded in, evidently thinking that he and Iris were going to drive off and leave Paperman behind. He whined long and dismally when she shut the door and went back to the blanket.

"Well, now, where were we?" she said, settling herself on a back rest and igniting a cigarette.

"You were about to have a nap."

"Yes, and you were about to get fresh. Meadows knows your kind. All you are is a gay deceiver." She giggled. "That was a good joke; the sex-mad hamburger. Did you ever write jokes? I guess all press agents do, those quips in the columns." Paperman, gloomily sifting sand through his fingers, didn't answer. "Oh, come on, Norman. You don't really want to smooch, do you? *I* don't. When you bring your Henny here, I want to be friends with her."

Paperman lay down, his head on his arms. She ran her fingers through his thick grey hair. "Norman's mad, and I am glad, and I know what'll please him. A bottle of wine to make him shine, a bottle of ink to make him stink, and Iris Tramm to squeeze him."

He couldn't help turning his head and grinning at her. "I haven't heard that since I was ten."

"Sh!" She put her finger on his lips, and cocked her head. "Car coming. Now who on earth? On a plain old Thursday? There's nobody here even on Sunday, half the time."

A white-painted jeep came weaving through the coconut grove. It drew up near the beach, and out jumped the governor and the two diplomats from Chad, in swimming trunks. A driver wearing shirt, tie, and a black chauffeur's cap remained at the wheel. Sanders waved. "Hello there. Pardon the intrusion. You have the right idea, Iris, showing visitors the nicest beach we've got."

"No intrusion, Governor; it's your island," called Iris.

Both Africans were magnificent men; broad-shouldered, narrow-waisted, with muscles heavy and marked under their gleaming black skins. The governor by contrast was a meagre whey-coloured object. The Africans shyly waved and called greetings in French; followed the governor splashing into the water and swam and laughed.

Paperman said, "Shall we offer them beer, when they come out? There's plenty left."

"Nothing doing. This is our party. God, a black man should be black, shouldn't he? Look at those two, and look at him. A yellow stork. What's more, they're smarter than he is. Here he sits on a silly rock in the sea. They're in the United Nations. Which at this point is practically the number-one black social club."

Though Paperman was hardly a radical any more, he was a good New York liberal. This remark offended him. He said, "You know, I'm surprised that you stay on an island like this, with your prejudice against Negroes."

She turned her head slowly and stared at him. "Me? Are you insane? *Prejudiced*? I don't like anybody much, but I like blacks a lot more than I do white people."

"Maybe I'm mistaken. Just from things you've said——"

"You're mistaken."

"Okay."

It was a snappish, tense little exchange. Paperman thought it best to let it drop. He put his head down on his arms. The sun, the beer, the silence soon lulled him into a sweet doze. He jerked when he heard her say, "Oh damn."

"Huh—— Wha——?"

"Out of cigarettes."

"Are there more in the car?"

"Packs. Glove compartment. Stay put. I'll get them."

"Nonsense." He stood yawning. The three Negroes were just coming out of the water, fairly close by. At the car Paperman peered through the closed door at Meadows. The dog was fast asleep on the back seat. Cautiously Paperman turned the front door handle, making a noise. Meadows did not flick an ear. He slowly opened the door, and pressed the catch on the glove compartment. It fell open with a thud. Meadows sat up. The next instant Paperman was knocked sprawling, and the dog was racing toward the three Negroes, ears back, uttering fearsome snarls.

"Iris, Iris!" Paperman's yell was useless, the dog was upon the men. He leaped like a cougar, straight at the governor's throat, and bore him to the ground, where the man and the animal rolled in sprays of sand.

Iris was sitting up, impassivly watching the struggle. Paperman ran toward Meadows and the governor, shouting, "Iris! For Christ's sake, call the dog——" He broke off, and stopped in his tracks.

"Hey, Meadows! Hey, you're not going to eat me, are you? Hey, pup, how goes it? Long time no see." Sanders, flat on his back, was holding off the dog by the jaws, and Meadows was snarling and shaking his head, but his tail was wagging. The Africans laughed and chattered in baritone French.

After a moment of stupefaction Paperman came to Iris. She said with a wry smile, "Something, isn't it? He made friends with Meadows the first day they met. His Excellency could burgle my place with ease. Meadows would just tiptoe around and open drawers for him."

Sanders was sitting up, brushing off sand, and Meadows was frolicking in circles around him. Paperman said, "It's incredible. Has he seen the dog often?"

"Meadows came to Government House with me every day when I worked there. It got so he would go and flake out in His Excellency's office. All right, Meadows." Iris raised her voice. "All *right*. Enough."

The dog was frisking and lunging at the lean yellow governor, who was getting to his feet. "I don't mind, Iris," he called.

"I do. Meadows!" The dog hesitated, then came trotting to his mistress, tail wagging, ful of good humour. He even made a friendly little lunge at Paperman. "Lie down, you. Norm, let me have another beer." There wasn't much difference in the command tones, and Iris caught herself and laughed. "See what comes of living alone with this monster. I'm getting the manners of a lion tamer."

The governor plunged in the water to wash off the sand, and then approached them. "Did you enjoy your picnic?"

"We're still enjoying it, thank you." Iris sipped her beer, leaning with her back against Paperman's shoulder.

"I'm afraid you'll be rained out." He pointed to thunderheads that had boiled upon the horizon near Big Dog, and that now appeared to be drifting toward Amerigo. Norman had already felt a few cold drops.

"Not a chance. Those things always pass over Pitt Bay and hit Signal Mountain."

"How did you manage to get down here with that Chevrolet?" The governor was obviously trying to be pleasant, and Iris—for all her talk of liking Negroes—was obviously not making it easy for him. Paperman thought it very awkward that she refrained from offering him beer. He saw Sanders glance at the cooler.

She said, "Just did it."

"I wonder if you'll be able to get out?"

"We'll manage."

He gestured toward his chauffeur. "Would you like Ronald to take it up to the road for you? I'll be glad to drive you two up in the jeep."

Iris gave him an extremely twisted smile. "No, thank you."

The governor raised thick grizzled brows, and reached down to pull the dog's ears. "Don't mention it. Enjoy the rest of your picnic." He walked away.

When the jeep started to drive off through the palm trees, Iris flung her beer can after it.

"What's the matter with you?" Paperman said.

"All I ask," Iris said, "is that they don't act *superior* to us. Is that asking such a lot?"

With a cat's quick turn she knocked Paperman backward, and pinned his shoulders to the blanket. Her blonde hair was in a tumble, her eyes shining. Paperman was delighted, flustered, and a bit embarrassed. He could still hear the squeaking and bumping of the jeep. Moreover many big drops were splattering him. It was certainly starting to rain.

"What's all this?"

"Just shut up." She kissed him long and hard, seemingly unaware of the rain, but it was falling hard, all at once, falling like a thick bath shower. She looked up at the clouds and laughed, rain running from her hair, her face, her shoulders. Nearby the charcoal embers were hissing and pouring white smoke. "No, no, this is Pitt Bay," she yelled at the sky. "Pitt Bay, stupid! It *never* rains in Pitt Bay!" She twisted her arms and legs around Paperman and rolled over and over with him on the hot sand in the beating rain like a tomboy, almost the way Sanders had been rolling with the dog. Half a rainbow appeared, arching low in the east. "Come on, Norm, let's get on home. Picnic's over, and a damn' good thing. Go back to New York, and don't return without your wife!"

3 — THE SENDING

Henny leaned her head against the icy window glass, wondering whether Norman's plane could land in this weather. Clouds of big snowflakes were tumbling by outside. A cold draught rattled through the paint-crusted window, a pleasant little puff of relief from the blasting steam heat. Nothing in this building fitted any more or was decently kept up. The heating system was shot. From October to May you froze or you roasted.

But at rent-controlled prices, in mid-town Manhattan, the apartment was a luxury, the envy of their friends. On their income, with Norman's habits of casual spending—he lived, as he liked to say, " the cashmere existence "—they couldn't move without going to the low-ceilinged cubicles of the new apartment houses, where you could hear every toilet flush, every wife nag her husband, four floors above and below you; or else out to the suburbs, and that was less thinkable for Norman than the Caribbean.

Here was Norman's room, almost twenty feet square, ten feet high, facing south, bright enough when the sun shone, a little gloomy maybe in its old brown paint, but with all the space in the world for his big steel desk, his electric typewriter, his large library, the new red leather couch for his prescribed naps; all the wall area he needed for signed pictures of celebrity clients and framed bright posters of plays he had publicised; all the office furniture he had accumulated through two decades, including the old brown chair and ottoman set which came from his one-room bachelor apartment, and which she had re-upholstered three times. He wouldn't part with it, because she herself had bought it for him during that long depression time when they had been lovers instead of husband and wife; lovers, the rationale had been, because Henny could live more cheaply with her parents; lovers also, to be truthful, because Norman had liked it that way and she had had some slight difficulty getting him to propose.

(" You're going to marry me, you son of a bitch, do you hear!" with hot tears all over her face. " I'm tired of this, five years of screwing around is *plenty*. We're going to get married in two weeks or you're never going to see me again, I swear to God!") Twenty years! With all the agony, those had been the days! Henny settled into the old armchair, and put her feet up on the ottoman to sentimentalise; whereupon the telephone rang and she jumped for it.

" Henny? Lester. We just landed blind. I've never been so scared in my goddamn life."

" Hello, Lester. Where's Norman?"

" He stayed over. Henny, my mouth's full of blood. Why the hell do those broads give out gum when you come down? I damn near chewed off my own tongue. I think I swallowed a piece of it, Henny. This wasn't gum. It was meat."

"Why didn't Norman come home? I was expecting him. I have a big dinner——"

"He's phoning you to-night. A proposition like this takes a little looking into."

"Jesus, I was hoping this trip would cure him, Lester."

"Baby, look out of your window. Who needs this? I think Norman may be smarter than all of us. That island is paradise, and that hotel's a find. With what I told him to do with it, you're good for twenty-five, thirty thousand a year there, living easy in a goddamn garden of Eden. Hey, there come my bags. So long. I got a closing at four o'clock in the Chrysler building, and I'm boiled as an owl."

"You sound it."

"They give away booze in first class, Henny. You got to drink up that difference in the fare, or Pan Am's buggered you. Bye——"

"Lester, Lester! Didn't he say *anything* about coming home?"

"He said to-morrow, maybe. Bye, small fry."

Henny sat dismayed, her hand still on the telephone, staring out at the whirling snow. This was Norman, all over. Yesterday, their twentieth anniversary day, he had spent on this dizzy excursion to the Caribbean. She had a turkey ready for the oven, champagne in the icebox; a belated celebration was better than none. Evidently, it was going to be even more belated.

2

The blast of sleety air shocked Paperman when he arrived next evening. The plane was three hours late. It was dark in the vast flat plain of Idlewild crisscrossed with miles of runway lights; dark, freezing, and windy. He encountered thick slush underfoot until he entered the terminal; then a long long trudge amid hurrying crowds, through lamplit corridors leprous with advertising, to the baggage claim counter; then a long wait in stifling steam heat through which frigid draughts lanced, chilling his neck and ankles, in a continuous clamour of loudspeakers; then a long shoving contest over the bags as they arrived, then a long search for a porter, as he wasn't supposed to carry luggage; then a long stand in the wind and needling

sleet amid a horde of angry combative people all jousting for
the rare taxicabs that appeared; then a scary ride on an icy
parkway, in a crawling river of skidding, headlight-blazing cars,
with a cab driver who smelled unclean, smoked a foul cigar,
and roared obscenities randomly all the way to Manhattan.

Norman Paperman was home.

She murmured, " The tropics agree with you, obviously."

" Fountain of youth," he said. " Get those elbows out of the
way."

" Oh, break it up, Norm." Henny pulled free, laughing.
" I've got to get back to that turkey. What a marvellous colour
you've got! How come you're not exhausted?"

" I slept on the plane, and—I don't know, Henny, I feel as
though I've just been born, that's all. Where's Hazel?"

" I guess with the Sending. She's bringing him to dinner."

" Oh no. No." He went back to his bags, bent and tottering.
" Not the Sending. Not to-night. I feel old again."

" It was her idea. No Sheldon, no Hazel. What could I do?"

" Nothing, I guess," Norman groaned. " That's bad, though,
isn't it? She never brought him to dinner before."

" It's not good," Henny said.

" Well, to hell with it," said Norman, opening his Mark
Cross calfskin suitcase. " To hell with it. Let us be gay, at all
costs. Here's a trivial souvenir of the tropics for you. Happy
anniversary."

She unwrapped the gold paper in a flutter. " What is it? I
should have bought you something, I guess, but—*Norman*."
Henny was looking at an antique bracelet of Florentine silver
and small diamonds nestled on purple velvet. Her voice became shaky and low. " You take this right back to the man
who sold it to you."

" It's all right, isn't it?" He was removing his tie at a mirror.
" It'll go with some of your things."

" It'll go with *anything*." She was screwing up her face
in a characteristic way. Henny had a round pretty face with a
small nose and a fairly full chin, and when she did this to her
face she rather resembled a pug dog. " Norman, where ever did
you find this? We can't afford it."

" Sure we can. There it is."

On the whole Norman thought it as well not to mention

that Iris Tramm had guided him to the shop of the homosexual
Turk on Prince of Wales Street; and vetoed several gewgaws
which the mincing dealer had brought out; had compelled him
at last to produce this bracelet, and had then proceeded to cut
down the Turk's price to half. The bracelet had cost Paperman
nine hundred and fifty dollars. He did not have much more
free cash in the world. The plunge had come partly out of
guilt over his flirtation with Iris, and there was the tropical
sense of release and what-the-hell in it, too, but mostly it
expressed the real way he felt about the wife of his youth.
Norman Paperman loved his wife. Henny put up with him,
despite his philandering, mainly because she knew he did; also
because he amused her. Still, there had been times when she
had been close to throwing him out.

Henny came close to him, holding the box. "Thanks," she
said with some difficulty.

"Why? That's just for services rendered. And may I say
I'm looking forward to twenty more years of the same? Don't
change a thing."

"But what next, you nut? The Caribbean, honestly? A
hotel?"

"Only if you want to, Henny. You see what's doing on
Fitfy-seventh Street? The sun was shining in Amerigo when I
left. The hills were green. The sea was blue. The temperature
was eighty degrees. And the breeze smelled like Arpège."

This was a mis-statement. It was Iris Tramm, kissing him
good-bye at a plane gate, who had smelled like Arpège.

"Keep talking," Henny said, "I'll probably weaken." She
glanced at her watch. "Where in the lousy hell is our daughter?
My dinner will be ruined. I'm going to telephone the Sending's apartment. I'll bet she's there."

3

It was a good thing Henny called. The girl with a giggle said
that she and Shel had been painting his kitchen and had forgotten all about the anniversary dinner, but that they would
come over in fifteen minutes. Henny wisely took the turkey out
of the oven, and they arrived an hour later.

Sheldon Klug was the sorrow in the parents' lives. They

both covered their pain by trying to laugh at it. He was Hazel's present love, the latest in a rather long string—Hazel was nineteen—an English instructor at her college, broad-shouldered and handsome, if a bit too fat and a bit too bearded. The Papermans had very little doubt left that this young man had deflowered Hazel some months ago, and had been sleeping with her ever since at random opportunities. Hazel wasn't pregnant, and she wasn't talking. That was all they knew. Henny, still a crusading freethinker, swore often to Norman that she didn't care if Hazel had found sexual fulfilment; she was all *for* sexual fulfilment, before marriage or during marriage; but how could the girl find sexual fulfilment with such a horse's behind?

Since the boiling up of the Sheldon affair, Hazel was seldom in a hurry to get home. When she did get home, she often gave her mother the strong impression of being fresh out of a warm bed. But on this occasion she did appear to have been painting a kitchen. Her tangled hair, tied up with a red ribbon, had a frost of white paint over one ear. Paint stained her grey sweat-shirt and also her patched, faded blue jeans, washed threadbare so as to strain explosively over her ripening hips.

The Sending, on the other hand, looked quite presentable: dark suit, white shirt with French cuffs and heavy silver cuff links, polished grainy black shoes. The pointy reddish beard outlining his somewhat pudgy oval face was well trimmed; his heavy dark red hair was carefully groomed. He did not always look like this. A few times, especially during the summer, he had showed up at the Paperman apartment in tight Western pants, dirty sneakers, and torn T-shirt. He then tended to have a fuzzy growth of beard, and to smell like a subway at rush hour.

Sheldon Klug had been dubbed The Sending by Norman's mother, who had met him only once for a few minutes. She had actually used a Yiddish word, *onshikkeness*, to describe him. The closest English version of this term, instantly adopted by Norman and Henny, was " The Sending," with its over-tones of a curse, a haunt, a burden, a blight. Klug had not charmed the grandmother. To her immediate question as to whether he was a Jew, he had responded with some talk about ethnic origins, heretical faith, alienation, live options and dead options; both his parents were Jews, in short, but he considered himself an existential pagan whose religion was art. That part, the grandmother had shrugged off; he was Jewish, at least. Her objection to the young man arose from his beard, and from his failure to discuss marriage after almost a year of hanging around Hazel. Old Mrs. Paperman thought that young American men with beards tended to be either phonies or immoral adventurers, and she feared for Hazel.

Hazel was a tempting girl. Her great blue eyes, set far apart and very slanted, were her best feature. They gave her without effort the startled-doe look that other girls needed paint to simulate. Hazel was aware of this advantage, and she tended to keep switching her head here and there, her eyes wide and startled, even when nothing startling was going on. Hazel had an unusually long upper lip, and a full lower one, so that when she smiled her mouth assumed a V-shape. Nothing was more characteristic of Hazel than a startled look and a coy V-smile. She had a lithe figure, and a marshmallowy bosom, concealed at the moment under the paint-smeared sweatshirt. This girl had mowed down many sophomores and juniors at New York University. Perhaps this very glut of triumph had bored her, and sent her questing among the instructors.

To Hazel's view, Klug was not only good-looking, mature, and clever, but a source of prestige. This was not just her own notion: the girls and boys at the college concurred. Hazel's status had soared in the past year. For Klug not only taught, he wrote; and what he wrote was printed; usually in bickering small journals, but a few of his pieces had appeared in literary supplements, and in the new popular magazines that featured dense prose and bare girls.

In crowded New York nothing confers more gleam than any public recognition, any thrust however tiny, above the grey human sea. At New York University, where Hazel went, it was not forgotten that Thomas Wolfe had once taught English, an unrecognised genius, walking those very halls. Who could say that Sheldon Klug, at twenty-five, wasn't another Wolfe on his way up? Klug was not from the South, he came from Newark; but he bore himself, and he lectured, with persuasive ironic superiority. He was surely one of the more glamorous faculty members. When he drove up outside a cafeteria near the school late in the afternoon, in T-shirt and blue jeans, and Hazel Paperman got into the bucket seat of his decrepit red Jaguar and roared off under the eyes of her girl friends, she knew a brilliant exaltation far beyond her parents' middle-aged imaginings. And they called him the Sending! Hazel thought she treated them with remarkable forbearance. They were blind.

She treated them kindly this evening, too, ignoring their dour irritation at her sloppy appearance, her lateness, her bringing of Klug. She blew in with a bubbling air, and much kissing, laughing, jokes about the Caribbean, and excitement over Henny's new bracelet. Her parents' glumness soon evaporated. They doted on her. Norman halfheartedly tried, over the champagne cocktails, to make her clean up before dinner, but she overruled him; it would take her hours, everybody was starved, it was pointless. They all gulped two cocktails—except the Sending, who managed three—and Hazel sat down to the twentieth anniversary dinner of her parents looking like a hod carrier; with exquisite eyes, however, and a V-shaped sweet smile.

The dinner got off to a bad start. Klug revealed a surprising appetite and a cheery willingness to ask for more and yet more. He ate most of the butter rolls in the basket that went around; he filled his salad bowl twice; he drank a lot of wine fast, and he requested a second portion of Henny's barley soup. If this was an attempt to win Henny's heart, it was not a success. She cooked well, she did nearly everything well, but she did not fancy herself as a cook. Henny and Norman kept glancing at each other as Klug attacked the food. Hazel noticed these glances, of course. There is no *a priori* reason why a great lover and a man of genius should not also be a very big eater; it is a fact, though a little-known one, that Byron had a bad weight problem. Nevertheless Hazel was embarrassed, and she began to chatter.

First she said that she had never been so starved in her life. Painting a room was hard work; my, it certainly gave you a colossal appetite! Maybe it was something in the turpentine fumes. Then she declared that she had great news. This was really a double celebration, because Shel's book had just been accepted by a publisher! Klug stopped eating soup long enough to caution her genially that nothing was certain until the contract was signed, and many wrinkles still had to be ironed out.

"What book is this?" Norman said to him. "I didn't know that you were writing a book. What's the title?"

" I'm afraid that's classified information," Klug said with a smile.

" Oh, I know," Henny said. " It's *The Homosexuality of Balzac*."

Norman, pouring wine, was so startled that he splashed some on the table. " Balzac?" he said, peering at Klug in disbelief. " Surely not Balzac?"

Klug turned an annoyed look at Hazel, who was blushing. " That wasn't for broadcast, dear. It's a half-finished thesis."

" Oh, mother," said Hazel angrily.

Norman said, " I mean, my dear fellow, Balzac did absolutely nothing but boff women all his life. Surely you know that. I think that was what he died of. That, and eating like a hog."

" It was the women who killed him," Henny said. " Too much shtoop. However, that's Sheldon's theory."

Klug shrugged and smiled, his good humour restored. " The satyriasis was a familiar pattern. Overcompensation, plus a flight from self-knowledge."

" It's an interesting idea, anyhow," Norman said. " Balzac must be about the only one left."

Klug's smile faded into a tolerant, pitying look. He said to Norman, smoothing his hair, " There's always resistance to these discoveries. Read *A Passion in the Desert* again. And *Louis Lambert*."

" Thanks. I'll wait for your book. I did Balzac in my twenties. You say this is going to be published?"

" I'm hoping to finish it on a Guggenheim fellowship next year. And I have a publisher interested, yes."

Norman briefly cast his eyes at the ceiling.

Henny carried in the turkey, browned and fragrant. Norman carved it and Henny, dishing out the meat, the stuffing, and the vegetables, piled Klug's plate with an enormous, insulting mass of food. It was not a dinner for a person at all; it was garbage heaped up for a Great Dane. Klug took no offence, and serenely proceeded to eat.

But if the Sending wasn't offended, Hazel was. She kept switching her head this way and that, glaring at her parents with huge hurt eyes. Paperman found himself feeling sorry for her. With her shiny shell of self-confidence, created by her power over boys and by the egotism of an only child, she had been patronising her parents for years. All at once she was vulnerable, because she really cared about a man. She could not help seeing him this evening, Norman thought, through her parents' eyes; and from that viewpoint, Sheldon did have the clear imperfection of being an eager free-loader.

Hazel's defiant-doe look melted his resentment. She was lovely. She was his daughter. She was all they had. It caused him sharp pain to think that this pudgy, supercilious young man was almost certainly violating her crystalline young body at will and that—manners to-day being what they were—there wasn't a thing in the world he could do about it. Not a thing. Shotguns were too obsolete even to be funny. No, he had to accept this ravisher at his own table, at his own anniversary dinner—and even smile at him!

"Hazel, turn on the radio." He wanted to shut out these stabbing thoughts.

Henny said, "Oh, please, no, Norman. It's too depressing." Hazel leaped for the portable radio on the buffet, glad of the distraction. It was just past the hour. The announcer was speaking with resonant relish, the voice of oncoming doom:

". . . offshore islands, the United States Seventh Fleet off Formosa will be ready for all eventualities, the President gravely declared. Meantime Soviet Premier Nikita S. Khrushchev warned that the Soviet Union now has rockets with thermonuclear warheads capable of reaching any target on the planet, including slow-moving fleets at sea, and he added quote any unprovoked aggression against the brave Chinese people will bring down on the aggressors swift reprisals of INCALCULABLE ... MAGNITUDE ... Unquote."

There was a short silence. The announcer chirruped gaily:

"In other developments, the nationwide teamster's strike, now scheduled for Thursday, will totally paralyse the economy of the nation, according to . . ."

"Oh, that's nothing, turn it off," said Henny.

Norman said, "Hell. What I wanted to know was whether the Chinese bombed the Seventh Fleet. They said they would."

"He didn't sound that excited," Hazel said. "I guess they didn't."

"How could they? What bombs have they got?" Henny said. "Chow-mein bombs?"

"Russsian bombs," said Hazel.

"Do you know the best thing about Amerigo?" Norman said to Henny. "Down there they don't know there's a Chinese crisis. They have no television. You can't buy a paper that isn't five days old. The radio just plays records and commercials. In the three days I was there I heard one news broadcast. The announcer did start to say something once about the Chinese islands, but he couldn't pronounce their names. Do you know what he did? He giggled. I swear, he just giggled and dropped the whole thing, and went on to something else, something about a PTA picnic! And the strange part was, I didn't care. I laughed like hell myself."

"Jesus, let's all move there," said Henny.

Klug had finished his gigantic plateful. He said, "The calculations are that the fallout from the first thermonuclear exchange will poison everybody in the Northern Hemisphere down to latitude nineteen. What's the latitude of Amerigo?"

"Who knows?" said Norman. "It's near the equator somewhere. It's an improvement over Fifty-seventh Street and Seventh Avenue."

"Indubitably. We're probably sitting on Ground Zero, right here at this table, for H-bomb number one," said the Sending. "Cocked and ready at this moment, somewhere on a Siberian tundra, to shoot over the North Pole and land here in about twenty-six minutes. A full hundred megatons."

"Coffee, anybody?" Henny said, her face extremely pugdog-like.

Norman said uneasily, "I'm not really worried. There's not going to be any atom war. Who would be so crazy as to start it?"

Klug smiled at him, as at a student giving a bright answer. "You put the exact question. Who would be so crazy? But, alas, all of history is the case report of a deepening mass neurosis, and at this stage—if one cares to face the truth—the record points straight to an imminent and cataclysmic nervous breakdown of the entire human race."

Norman shrugged. "I suppose the Russians are goofy enough, with their bizarre Dostoevsky make-up, to do almost anything, but even they——"

"Oh, there isn't the slightest danger from the Soviet Union, clearly," Klug said with calm assurance. "It's a naïve optimistic society, full of the simple cheery myths of Marx, and quite pacific. It's only the United States that's threatening to destroy the world." Klug smiled blandly at everybody, and drank off a glass of wine. " The United States, you see, has reached the psychoneurotic dead end of the industrial culture. We've actually created the abundant society. We've found that it's a mirage, a dead end, a paralysis of tense frustration. No country in history has ever become so totally polarised to the thanatos instinct, or——"

" The what?" said Henny.

" The thanatos instinct, dear. The death urge," Norman said wearily. " Eros instinct, life urge. Thanatos instinct, death urge. Late Freud."

Klug arched a surprised eyebrow at Norman. " Exactly. Late Freud. And sheer prophecy. Look at us. We build giant highways and murderously fast cars for killing each other and committing suicide. Instead of bomb shelters we construct gigantic frail glass buildings all over Manhattan at Ground Zero, a thousand feet high, open to the sky, like a woman undressing before an intruder and provoking him to rape her. We ring Russia's borders with missile-launching pads, and then scream that she's threatening us. In all history there's never been a more lurid mass example of the sadist-masochist expression of the thanatos instinct than the present conduct of the United States. The Nazis by comparison were Eagle Scouts." The Sending arched an eyebrow again at Norman. " If I were you I'd buy that hotel in the West Indies to-morrow."

" Tell me this," Henny said. " With those ideas, how do you feel about getting married and bringing more vicious, dangerous Americans into the world?"

With a roguish lift of his brow, Klug replied, " Well, there's always some hope in a new generation, and anyway, the life process is its own categorical imperative. I've never been sorry about Russell, for example, and I'm sure he isn't."

" Russell?"

" My son."

" You have a son?" Henny peered at Hazel, wrinkling her brows.

" Of course." Klug also glanced at Hazel, whose eyes had gone oddly blank. " He's three. Russell lives with his mother in Chicago. I seldom see him, but I'm very fond of him."

This statement brought a pause.

" You're divorced," Norman said.

" No."

" You're still married?"

" My wife teaches. So do I. A divorce is complicated and expensive. I can't just pick up and go to Reno for six weeks. Besides, there are many unresolved things—Anne is still in analysis, and we're both hoping that maybe——"

Hazel said loudly, " It's nobody's business but yours, Shel. Why discuss it?"

" There's a mince pie," Henny said to Klug in brutal tones, " if you have any room left, that is."

Klug hesitated, and grinned. " Well, I can certainly try to do it justice——"

Hazel switched her head wildly at her mother. " I can't eat another bite. Neither can he, so don't go forcing pie on him. We want to see this French movie at the Fifty-fifth. It's late. Let's go, Shel." She started to rise.

Klug laid a hand on her arm. " Your folks seem surprised, Hazel. Surely you've told them about Anne."

" Who cares? What's it got to do with them? Come on."

" Now, now. Calm down." He turned benignly to the glowering parents. " I trust you're not actually upset. I don't have to justify my way of life to you, any more than you have to explain yours to me, but I do have a code. I live by it. It's an honourable code, though it may not be yours. I live by my autonomous choices. I married a bit too young. Well, that's part of my identity now, which I accept and affirm. This doesn't mean I have to forgo other feminine company such as Hazel, not in the least. My chief task is to discover and affirm myself, to say *yes!* to myself. It's a process in which I'm still engaged."

" Will you say yes to the pie?" growled Henny, standing. " I'll just trot out and get it——"

Hazel shrilled, " You bring that pie, and I'll throw it at you. Sheldon, let's GO."

" Perhaps we had better run along," Klug said to the parents, with an affable smile.

The outside door closed hard, with a metallic *chonk!*—a familiar Hazel farewell.

4

They were in a taxicab on the way to Sardi's, and they were caught in the after-theatre jam on Forty-fourth Street. Henny was still trying to calm Norman. "But I *ask* you—America's thanatos urge!" he shouted, flinging out both hands and sawing the air. "The homosexuality of Pershing's horse! The mythos and the thos of Athos and Porthos! Jesus Christ, Henny! My daughter taken in by one of *those*! And the son of a bitch has a wife and child, and she knew it all along! The girl is a schizoid!"

"She is not. She's in love, the poor jerk. Stop working yourself up. We're almost there now. Anyway, there's not a thing we can do about it."

"Why? Why can't we try? She was going out with some nice kids, wasn't she? Wet behind the ears, but——"

"Listen, Norm, the one thing that made me stick to you through five lousy years was the way Mama kept fighting against you. All my self-respect got tied up in it, and——" Norman was making an extremely sour face. She said hastily, "Not that I'm comparing the two of you, but—all I'm trying to tell you——"

"I was lean," said Norman. "I was wiry. I was gay. I made jokes. I never took myself seriously, like this fat pontificating slob. I was no angel, but I never slept with another man's wife, and I never deflowered a virgin, even though——"

Henny said tartly, "Okay, dear."

"Look, I mean no offence. I was *glad* you'd had some experience, and I——"

"Shut *up*." The pugdog jaw jutted at him, and Norman subsided. Henny stared through the steamy window at the fluttering snow. When she turned to him, after a minute or so, he was surprised and sobered to see tears running down her face. "We brought her into the world, didn't we? She's our daughter. If she's screwing around, who's to blame? He's a drip and let's pray she gets over him, that's all."

"Look, suppose we did go to the Caribbean? Maybe she'd come along. She's learning nothing at N.Y.U., and as for the ballet lessons, she's never been serious——"

"Forget it, Norman. She wouldn't come. She's trying to

marry the bastard, that's why she brought him to dinner, and so far he's not having any. He's got the oldest and best out." Henny struck a little fist on the armrest of the cab. "Letting her be is our best chance. He's pretty rich. I think she's going to get fed up and puke. I just hope he doesn't hurt her too much."

The cab stopped. Henny put a hand on the back of Norman's neck and rubbed, an old intimate gesture. "Here we are. Listen, kid, I want some fun to-night, do you hear? Not another word about the Sending. Not to-night. Henceforth, joy and wassail."

"It's a deal," Norman moaned, passing a dollar bill to the cab driver. "Joy and wassail."

There was an opening-night mob in the restaurants, all buzz, jewels, white bosoms, black ties, and alert clever faces, but the head waiter bowed the Papermans to one of the better tables in the middle of the room. Norman expected this. He entertained clients and columnists here; here too he exchanged jokes and gossip with Broadway friends; his monthly bill came to a couple of hundred dollars. The purpose of all this activity was to get the names of his clients printed in the papers.

"I wonder how the Olivier opening went?" Henny said as they walked to the table.

Norman's cronies at various tables were making small cabalistic signs to him: a faint hitch of a shoulder, a roll of the eyes, a flat hand rocked back and forth on the table. "I think they're in trouble," he said. "But you know something? I don't care. I don't care, Henny, if this show is a hit or a flop. I really don't. I don't give one good god damn. Any more than I do about some show that opened last night in Copenhagen."

"Something's happening to you," she said.

After ordering drinks he took up to-morrow's *News*, which he had bought from a street vendor, opened it to the theatre columns, and with glum pleasure saw the names of four of his clients in print. He had always been a good workman, even if his work was contemptible. He turned to the front page. The headline was about a brunette beaten to death in her apartment. In the story on page three, the "brunette" as usual was fifty-four, just another aging lady done in by bungling thieves. He sat erect, startled. " Hey, Henny! Did you know about this?"

He showed her the story. She exclaimed, " Gosh, yes, I remember! There was a crowd across the street this afternoon. Ambulance, and cops, and all that. I thought somebody had had an accident. Ye gods, *murder*!"

" Across the street from us, Henny. A hundred yards away."

" I know. I wonder what part of New York is safe any more."

" The cemeteries are safe," said Norman, " for the customers."

At the front of the restaurant there was a commotion, for Sir Laurence Olivier was entering with a large party. Sometimes on a first night the diners applauded the star of the new show but to-night, perhaps because Olivier awed them, there was no handclapping. Olivier's party filed to the large vacant table at the front.

" Wait a minute!" said Paperman hoarsely. " Henny! Henny, do you see what I see?"

Henny was staring, her face all wrinkled up tight. " Ye gods. I think I do."

" But—how come? Is it possible? What's happening to this town? To this world?"

The unlikely sight that the Papermans were beholding was a huge apelike figure in a bulging dinner jacket and a frilled dress shirt, with a bald cone-shaped head, taking a chair beside Sir Laurence Olivier, throwing an arm over his shoulder, saying something in his ear, and guffawing loud enough to be heard all over the restaurant. " Haw haw haw!"

Lester Atlas was in the Olivier party, without a doubt in the world.

" I'll be goddamned," murmured Norman. " I really will be goddamned! I think my life is over."

Her face still wrinkled, Henny said, "Who produced the Olivier thing? Dan Freed? That's Freed at the table."

" Sure, Freed."

" Well, that's it, then. You introduced Lester to Freed, Norm, back in March. Don't you remember? The night of the Boyer opening. Lester cross-examined him about play financing for an hour. Lester's got money in this show. That's all."

" But why has he never mentioned it? Never even hinted it? How could he resist? Olivier! Lester always runs off at the mouth about himself like a five-year-old."

" That's how much you know about Lester," said Henny. " When he wants to, he talks. When he doesn't want to, he can keep mighty quiet. If it's a flop, he won't mention it. Lester Atlas never loses."

Paperman watched Atlas and Olivier laughing together, with stricken gloom. He had spent his days in the service of glamour. Nothing had ever been more real or more important to him than the radiance of a stage star. All his work, all his life long, had been an effort to generate tiny sparks of that radiance for his clients. Here was Olivier, the most effulgent of living actors, in the embrace of the squarest of squares, Lester Atlas. It was a total collapse of values. Brightness had fallen from the air.

He knew the reason for it. This was a foul triumph of the dollar. Broadway, with its strangling costs and shrinking audience, needed so much money to survive that it had no recourse left but to fall on its knees to the Lester Atlases. And Atlas would give money. The price was his public embrace, and his vulgar hee-hawing in your ear, at the number-one table in Sardi's.

In a flash like a waking vision, Paperman found himself picturing what the Gull Reef Club must be like this instant: the glittering moon path across black water, the dancers, Negro and white, on the terrace, the hibiscus flowers scarlet in the flare of kerosene flames, the lights jewelling Queen's Row and the dark hills, the pure ocean breeze scented with frangipani . . .

Henny had not lived twenty years in wedlock with Paperman, and five years out of it, without becoming expert at reading his face. She said, " Norm, tell me, how serious are you about that hotel?"

He said with a sharp, almost guilty turn of his head, " I think I'm just waiting to die here in New York, Henny. There has to be something better to do with the time I've got left."

She played with her bracelet. " It's Eden, and all that jazz? It really is?"

" Look, the natives live in shacks. It gets too hot. It's a pleasant place. Sweetheart, the point is I know sixty people in here to-night, and every one of them goes south in winter.

Every one. Dan Freed would come to Gull Reef. Half of them
would. It's something different. It's making money now, and
we'd make more. But that isn't the main thing. What I
picture, for both of us, is a chance to——"

"HAW! HAW! HAW!" The violent bellow made them
both jump. "NORMAN HILTON, I PRESUME? Haw
haw! How's the old trade-winds king?"

They had been too absorbed in their conversation to see him
bearing down on them. He loomed over them in evening dress,
his pince-nez glasses perched on his sunburned nose, his bald
head peeling in odd patches. He carried a fat cigar as usual and
a dark brown highball. His frilled shirt was a light blue. This
was the colour for people going on television, and Paperman
thought that Lester Atlas was likely to appear on television, if
ever, only in a brief interview at the gates of Sing Sing. But it
was like him to affect the blue shirt.

" Hi, Lester."

" How about our wandering boy, Henny? Two days in the
tropics and he sheds ten years. Gone with the trade winds.
Haw haw! Listen, I've been telling Larry about the hotel. You
know, Sir Laurence Olivier. He's dying to meet you. He says
you sound like the smartest man in New York."

Henny felt Norman's hand in a restraining grip on her knee.
She said, " Thanks, Les, but we have to get home."

Atlas, however, was already hauling Norman out of his chair
and telling the waiter to bring him the check at Olivier's table.
Paperman's skin crawled at the thought of being introduced to
the star by Lester Atlas, but the alternative was a physical
scuffle, which he would lose anyway. He came along.

The star was gracious; he did appear curious about Gull
Reef, and mildly amused at Atlas. There were three columnists
at the table, besides Dan Freed and his wife. All these people
were old friends of the Papermans, and they made room
quickly, while Mrs. Freed exclaimed over Henny's bracelet. The
columnists at once asked Paperman probing questions about the
Gull Reef Club. Norman began to perk up. He was an old
columnist-charmer, and for once now he had something fresh
to talk about. He warmed to a word picture of the island, well
aware that he was giving everyone a welcome diversion from the
grim wait for the notices. Little details came back to him—the
plash of the pelicans in Pitt Bay, the " hill crowd," the Turkish

homosexual, the free mingling of blacks and whites on the dance floor, the underwater lights on the rocks, the Chad diplomats, the eight-fingered bartender with a gold ring in his ear. All these he used with his old raconteur's flair. Even Henny was drawn in. She knew his tricks and half imitated them: the ingratiating hoarse little chuckles, the play of the eyebrows, the eyes humorously crinkled almost shut, the outward flinging of both curved palms, the spice of an occasional Yiddish word: but she was still his best audience. Her face was alight, her laugh quick and loud.

Part of Paperman's charm was his care never to weary his listeners. He knew that the notices would soon arrive. With the questions still lively, the laughter still high, he stood, taking his wife's hand, and said he had to go home. Olivier drew a laugh by saying that he wanted to reserve the cottage named Desire right now. One of the columnists said, "Norman, how does the thing actually stand? Have you and Mr. Atlas bought the hotel yet? Or are you going to buy it, or what?"

Norman was not at all ready for the final wrench; nor was his wife, judging by the amused uncertainty on her face. He said, "Well, Henny and I are going down there, anyway, probably next week."

"To look at it again? Or buy it?"

"To buy it," Atlas interposed, "to buy it, of course. It's all set."

Paperman took a deep breath, and pressed his wife's hand. "To buy it."

4 — THE DEAL

Henny loved Amerigo, from the moment she first saw its green hills in the morning sun through the windows of the bouncing inter-islands airplane. And Paperman's fear that, on second look, the enchanted island would prove a tawdry, hot, stupid little backwoods; that his infatuation with it had been a dream of a night and a day, woven of rainbows, moonbeams, wine, frangipani, and the bright glances of Iris Tramm—this, too, proved groundless.

They drove with Mrs. Ball in her Land-Rover on a narrow

broken back road along the sea, with magnificent vistas of hills and water, and glimpses of the grey ruins of old plantation houses set back in wild valleys. The ruins were what conquered Henny, and beat her quite to the ground. She had a passion for ruins. In European countries she could wander for hours amid crumbling walls open to the sky, even in heavy rain. She inquired hopefully whether the Gull Reef Club was a ruin, and showed her first sign of disappointment when Mrs. Ball told her that the building was twenty-nine years old.

Norman said, " Look, Henny, dynamite doesn't cost much. We can blow the place up and you can restore it."

Mrs. Ball laughed through her teeth and said that was a lovely thought; then, her long face sobering, she added that she had some rather glum news for Norman. Another buyer for the Gull Reef Club had appeared; three partners, actually, from Chicago. The men had visited the place a week ago and had decided straight off to buy it. She had not notified Paperman because the deal hadn't yet been concluded. " I don't know why not, exactly," she said, her voice shaken by the bumping of the car. " I'm a complete nitwit about these things, but there seems to be some involved haggling over the financing. For all I know you can still buy the Reef. I rather hope it'll be you, because these were rather coarse fellows, but you'd better talk to my solicitor to-day."

Norman's glance at his wife showed his shock. If the deal fell through now, after the story had appeared in half a dozen columns in New York and Hollywood, what a fool he would seem!

" Will you drop me at your lawyer's office, then?" he said. " Henny can go on to the Reef with you."

" Nothing easier." Mrs. Ball drove into Georgetown and parked on Prince of Wales Street by an arcade of shops. " His office is on the second floor," she said. " Let me just dash up and see if he's free."

Prince of Wales Street lay parallel to the ocean front. No breeze penetrated its rows of two-storey buildings. The morning sun beat down white and fierce. Paperman felt the sweat rolling under his worsted suit, and he expected Henny to start complaining. But she was taking in the pink plaster arcades, the quiet street almost empty of automobiles, the black natives strolling by, with lively pleasure. " My God, the *peace*," she said. " I'd either be the happiest woman on earth, or I'd go absolutely nuts. Say, there's Little Constantinople!" Henny climbed out of the car. " Got to see Little Constantinople. Got to tell the Turk how I love my bracelet."

The proprietor, whose name was Hassim, greeted them with great ogles, bounces, and smiles. He was a rotund bald man in a striped sport shirt and orange slacks, with a scraggy moustache, a complexion of shiny khaki, and a bottom swaying like a woman's. He produced strange baritone twitters about Paperman's fine taste and ruthless bargaining, making no mention of Mrs. Tramm, but rolling his large humid brown eyes slyly at Norman, and licking his lips. Henny said when he flounced away into the back of the shop, " Gawd, I do believe he has designs on you." Hassim returned and pressed a little grey-and-white porcelain cat on her. She was ashamed of herself, and reluctant to take it—it was a fine Danish piece—but Hassim was importunate and charming.

" It is pure selfishness. We want people like you and Norman on the island. I will cheat you of ten times the value of it in due course."

Henny said as they left the shop, " He's nice, after all. Like so many of them." Behind her back, Hassim bestowed on her husband an obscene grimace, wallow, and wink.

Mrs. Ball was at the wheel of the Land-Rover. " Hi. He's waiting for you," she called. " Through the alley, straight up the stairs. The firm is Collins and Turnbull. You want Collins."

Paperman entered a sunny courtyard brilliant with flowers, and climbed old steps of cracking red cement. In a roasting-hot anteroom lined with brown lawbooks, a man stood holding out a meaty hand. " Hello. I'm Collins." He had a big cheerful face, remarkable for a baby nose and a heroically large chin. He wore a short-sleeved white shirt, a ribbon tie, and dark trousers. " Come on inside. Sorry I don't have an air-conditioner. Never saw a November this hot. My inside office is cooler, we get the sea breeze."

Norman did not notice any sea breeze in the small whitewashed stone room, but a clanking fan disturbed the air a bit. Feet on desk, head cradled on interlocked fingers, the lawyer disclosed that he was from Philadelphia, that he had played left tackle for Penn State, that a back injury developing into arthritis had compelled him to seek a warm climate, and that this had been the luckiest thing in his life. He had been living in Amerigo for twelve years now, and loved it more every year.

"About the Reef, now. Here's the story." He tossed Paperman a four-page letter from the attorney of the Chicago men. Glancing at the pages, Norman couldn't understand all the verbiage, but it was obvious that the negotiation was real, and far along. An arrangement of bank loans was the only remaining problem.

"Suppose, for argument's sake, I offered you a cheque this minute?" Paperman said, handing the letter back, and concealing his dismay with, he hoped, a nonchalant air.

Collins, sucking on a cold pipe, narrowed his eyes at Paperman. "My dear sir, these people have done a lot of talking, cabling, and writing, but we haven't seen their money yet. My client can't let a sure sale go for a possible one."

"How large would the cheque have to be?"

"About ten per cent is the usual binder. If you give me a cheque for five thousand dollars before they do, Gull Reef will be yours."

"May I call New York? I'll reverse the charge." Paperman gestured at the old heavy telephone on the desk.

"Please."

Placing an overseas call in Amerigo was not simple. The local operator did not answer for several minutes, and the overseas operator didn't answer at all. Collins sent his secretary, a pretty Negro girl in a yellow cotton frock, to hunt for her. The girl flushed the operator out of a nearby ice-cream parlour, and she came on the line rather out of breath and surly. She took the call and reported back in a little while that the New York office of Mr. "Ot-loss" said he had gone to Butte, Montana. He would be at the Capitol Hotel about five in the afternoon, Amerigo time.

Collins said cheerfully, "Well, that's probably time enough. I don't see these Chicago fellows coming through with a binder by then. Why don't you just go along to the Reef, and have a swim and enjoy yourself?"

Norman placed the call to Montana, and told the operator he would be at the Gull Reef Club. Collins walked with him through the anteroom, and shook hands with Paperman in the sunshine at the top of the staircase, in a doorway festooned with a vine of yellow flowers. "You know, this island isn't for everybody. I don't know about those Chicago fellows, but you strike me as a real Kinjan."

"Oh? Why?"

"It's a question of human quality." Collins squinted at him through the blue smoke of the pipe clenched in his oversize jaw. "Of course, if those Chicago fellows do come through to-day, there are other properties here. Hogan's Fancy just came on the market. Tell you what. Why don't you and your bride have a drink to-night with me at Hogan's Fancy? Say sixish? The sunset is out of this world up at Hogan's Fancy."

2

Henny waved a tall red drink at him; not her first, to judge by her furtively gay grin. She sat at a table in the bar with Mrs. Ball and a lean, tanned man who badly needed a shave. Architects' sketches lay scattered on the table. Everything about Gull Reef and the bar was the same—the peace, the dusty sea fans, the dazzling beach, the azure water, the frangipani—and more charming, with Lester Atlas out of the picture. "Hi, dear," Henny said. "We're having our elevenses. Old tropical custom. I think I'm going to like the tropics. Meet Tex Akers. He's a builder. Tex, this is Norman."

The man arose, with ramshackle unfolding motions, until he stood six and a half feet high. He had unkempt fringes of greying hair, an engaging smile, and hollow tapering jaws like a nutcracker. He held out a long brown arm streaked with yellow paint; there was also a dab of the paint on his cheek. Akers looked even taller than he was, because of his costume: a khaki shirt, paint-stained khaki shorts stopping well above the knee, and bare brown legs all the way down to little white sweat socks and mud-caked work shoes. "Hi there, Mr. Paperman. Your little lady here sure does know construction."

Henny laughed. "Amateur stuff."

They plunged back into their talk, and Norman saw that she was showing off. Henny helped all her friends in decorating or remodelling their apartments. During a couple of Norman's leanest years—a period now seldom referred to—she had brought into the house what money there was by working for a decorator, while Norman lay around the house sunk in gloom, or tried to write short stories for the *New Yorker*, or went out and made a quick conquest of some Village slut to keep up his self-esteem.

"Do have a beer, Norman." Mrs. Ball waved at the bartender, who sat at the bar with the fat little Negro accountant, working over ledgers. The ragged Viking gave Norman a friendly smile, and brought the beer at once. "Velcome back, Mr. Paperman."

Mrs. Ball had told Tex Akers about Lester's ideas for adding rooms to the Club, it turned out, and Tex had worked up the sketches. Henny was volubly delighted with the Club, with Akers, with the sketches, with the island. Norman was not sure this rum-flavoured approval would survive a solid lunch, but meantime she was rapping out ideas for colours, materials, and space-saving tricks, and revelling in the admiration of Mrs. Ball and the builder.

"By the way, how did you get on with Collins?" said Mrs. Ball.

"Very well. I've got a call in to Atlas."

"Oh, have you? Fine. Decent chap, Chunky. Best lawyer on the island. He didn't try to unload Hogan's Fancy on you, did he?"

"Well—he did invite us up there for a drink this evening."

Mrs. Ball laughed. "Poor Chunky. He bought Hogan's Fancy when he came here. He's never been able to get rid of it. But do go for the drink, the sunset is divine. Don't wear wooden clogs or anything, the termites will chew them right off your feet."

Paperman said to the builder, "How much would this job cost?"

"Hard to say. Your missus here is knocking off dollars by the minute."

"Well—ten thousand dollars?"

"Why, Mr. Paperman, I had it roughed out for five. I think your girl friend's got it down to three and a half easy."

Henny beamed.

"See here," said Mrs. Ball, "if you're going to dig into these grubby details, why don't you join Thor and Neville over there? They're totting up last month's accounts. You can get a fair idea of how we run this silly place."

" Good idea."

The accountant and the bartender cordially took him into their conversation. Between the Scandinavian and Calypso accents, Paperman couldn't follow the arithmetic, but he soon perceived that Thor was the real manager of the Club. All money was collected right here at the bar, where Thor had his small business desk set up beside the cash register. Departing guests came here to pay their bills; outsiders who wanted to dine at the club bought dinner chits from the bartender. It was a simple system, and obviously easy to control. Thor knew to a dollar the receipts week by week from the hotel guests, the bar, and the outside diners. He kept account books, bought the liquor, and supervised the cook's food purchases. Mrs. Ball's work, Norman gathered, was answering the letters and wires for reservations, keeping track of the reservation board, and spreading charm and sympathy. Norman was sure he could fill that role well, if in a different style.

" Tell me, Thor," he said, " how long have you been working here?"

" Year and a half, joost about."

" Supposing the Club changed hands? Would you stay on?"

With a savage smile, the bartender said, " If I stay in Kinja, I guess I stay on. Vy not?"

" Well, will you stay in Kinja?"

" I dunno. I come here in a boad. I don't leave till I sail avay in a boad."

" Sailing boats leave here all the time, don't they?"

" I don't sail in a boad unless I'm captain. Dad's vy I sailed across the ocean alone. No competition for captain." Thor uttered a grim laugh.

" Would you do this same job for me? I mean, accounts and all?"

The bartender hesitated, a crafty look clouding the intense blue eyes. " Amy don't pay good money. I come here dead broke off a wreck. I make a bum deal."

" We could talk about a better salary."

" I be tam glad talk about dad, dad's for sure," said Thor, and he and the accountant laughed.

Norman went back to the table, where Henny was holding a nearly empty glass high in one hand, and running the other across a sketch. " Why break down the whole wall, Tex?" she was saying. " Suppose you just cut a doorway here for access?"

" Say, that could work real good, Mrs. Paperman." Akers made a pencil scrawl on the sketch.

" Henny, how's for a swim?" Norman said. He still wore his dark New York suit, and he was damply uncomfortable.

Amy Ball stood at once. " Now you're talking. Business before lunch gives me a headache. And after the swim, how about drinks and hamburgers for everybody, on the beach?"

Akers laughed. " That's for the leisure class. I've got to tool out to Crab Cove." He rolled up his sketches and handed them to Norman, saying that there would be no charge. He was glad to accommodate Amy Ball, but he couldn't do the actual construction himself. He was too busy with his development at Crab Cove, where he was finishing up twenty-five large houses. This remodelling of the game room was a routine little job; any of a dozen island contractors could handle it. He wished the Papermans luck and ambled off, covering ground like a giraffe.

Mrs. Ball said, " If you go ahead with this, you keep after Tex. He'll do it. He's a sweetie pie, and he's the best on the island. Go look at his Crab Cove homes, they're magnificent. Your bags are in the White Cottage. See you on the beach in a few minutes, okay?"

Henny said as they walked across the lawn, " Well, Norm, I'm beginning to see your point. That gondola ride! That incredible beach! The smell of the air! That cute bartender! And baby, those planter's punches!"

" You really like the place, Henny?"

"What's not to like? Wow! Elevenses. I must remember that. Where do all these handsome men come from? That fellow Tex! Yum yum. Are they all like that on this island? Me for the Caribbean, kid."

Paperman said a little stiffly, " You call that long drink of water handsome?"

Henny looked at him aslant. " Why dear, I thought you liked them tall. How about these cottages? Right on the water! Terrific. Who's in this pink cottage?" They were walking past it, and Meadows was barking.

In his many descriptions of Amerigo, Paperman had as yet never mentioned Iris Tramm, following his old rule, in all matters regarding women, of golden silence. He said, " I don't know, but I think it's on a long lease. Here's our place, honey."

" The cottage named Desire!" Henny squinted up at the sign, linking her fingers in his, and swinging their hands. " It really exists! Rass ma tazz! Shtoo-oop! Hit me on the head and call me Shorty!"

3

Hogan's Fancy was a ramshackle wooden colonial house on the western slope of Government Hill. The mossy flagstone terrace jutted out on a knoll, and the lower town, the waterfront, the fort, and the Gull Reef Club were all part of the view. The terrace itself was an overgrown choke of flowering shrubs, palms, great-leaved green plants, and glass-and-iron tables, bathed in the rose light of a waning sun.

Chunky Collins rose from a table when he saw Paperman. " Hurry, hurry! Just in time for the green flash!"

At that moment Norman noticed Iris sitting at a gloomy table set back among the palms, with Governor Sanders. They did not see him. Iris, a mean twisted smile on her face, was tapping her foot as she talked, while the slouched governor regarded her with frigid remote amusement. So much Paperman observed before the lawyer collared him and hustled him and Henny to the railing.

" I'm just a city girl," Henny said. " What's the green flash?"

Greatly excited, Collins said it was a marvellous astronomic freak. Just before the sun sank into the sea, on certain clear days, the bit of red rim above the horizon would turn bright green. Hogan's Fancy, he said, was the best place in the Caribbean to see the green flash. It was famous for that. A row of tourists, drinks in hand, were making lively chatter at the rail, watching the sun. Paperman was less interested in the green flash, whatever it was, than in the pair he had seen among the shadowed palms. But of course he could not turn and stare, so he watched the sun too. It sank and sank, and was gone.

" The green flash!" bellowed Collins. " See it? See it? A perfect green flash!"

Paperman had observed nothing. Henny said yes, she thought she had noticed something green. The people at the rail were in a clamour; some had seen the flash, some hadn't. Collins shepherded the Papermans to "the best table on the terrace," and insisted that Norman sit in the chair with the best view; which put him squarely with his back to Iris.

The evening darkened fast, and by the time their drinks came lights were blinking on everywhere. The Gull Reef Club, with its strings of lamps and flares reflected in long wavering streaks on the indigo harbour waters, was the jewel of the panorama. Henny said it looked like Shangri-la.

"It does indeed, and that's just what it is," Collins said. "Gull Reef is the prize property of Amerigo, no dispute on that. What's the good word from Montana, by the way, Mr. Paperman?"

Norman told him that the call had not yet come through. He had left word with the operator that he would be at Hogan's Fancy, and he expected to hear soon—perhaps at any moment —from Atlas.

Collins looked sombre. "I hope so. The Chicago people wired me this afternoon. They're flying down to-morrow to close the deal. It's a real hairbreadth finish, isn't it?" His gravity dissolved into genial merriment, and he waved an arm in a broad sweep around. "But if they do win out, the island's full of opportunities. How about Hogan's Fancy, for instance? Small operation, very easy terms, and you just can't beat the view."

"Don't touch it." Old Tom Tilson came up scowling at this moment, in black shorts and a Hawaiian shirt, leaning on a knotty stick. He sat at the table without being asked. "You back already, Paperman? You've got the island fever bad. Let me warn you, the island joke is that if the termites stop holding hands, Hogan's Fancy will fall down."

"There isn't a termite here, Tom. Just some aphids," said Collins, quite unruffled. "Aphids from the gardenias."

Norman said, "This is my wife, Henrietta—Mr. Tilson."

The old man stood, made a creaky bow, and dropped in his chair. "Have you ever done business in the tropics before, Paperman? Ever managed a hotel?"

"No."

"This isn't New York, you know."

"I realise that. But that fellow Thor really runs the Reef. I found that out. I've talked to him and he's willing to stay."

" Then you've got it made," said Collins. " There's nobody like Thor on the island."

" He's a boat man," said Tilson, shaking his stick at Norman. " Those boat people are a race apart, I warn you. Every one of them's crazy." He leaned toward Henny, dropping his voice, and his withered, freckled old face lit in a lecherous gleam. " Mrs. Paperman, ever heard of a film star named Janet West?"

" Why, sure. Ages ago. She ended up in the d.t.'s ward."

" Well, she's at that table under the palm tree, right behind you."

Paperman could not resist any longer. He turned and looked, and so did Henny. Iris sat alone now in the shadows. She made no sign of recognition, though she was looking straight at them.

Henny said, turning away, " Why, she's blonde. Wasn't Janet West a brunette?"

" There's been some changes made," said Tilson, showing his tongue at the corner of his mouth and eyeing Paperman.

Norman said, " Is *that* who that woman is? Why, I danced with her."

" I know you did," sang Tilson with a schoolboy's teasing note.

" She said her name was Traum, or something."

" Tramm. Iris Tramm. Well, mister, you were dancing with nobody but Janet West. She doesn't talk about it, but that's who she is."

" I'll be damned," said Paperman.

· " I can't see at this distance," said Henny, " but she doesn't look too bad, for an old drunk."

" She looks pretty good," said Tilson. " Doesn't she, Paperman?"

" Very good, considering."

" She's a pleasant woman," Collins said. " She rents the Pink Cottage at the Reef."

" That's it, Henny," said Paperman. " I told you that place was leased."

Though Norman had done nothing but kiss Iris Tramm a few times, he was getting more and more uneasy, and he wished himself and Henny well off this terrace. Tilson seemed to be having some senile fun at his expense.

" Let's invite Iris over," said Tilson.

" Oh, leave her be," said Collins, with an odd look at Paperman.

Tilson turned and waved his stick. " Iris! Come join us."

" May I?" called the rough sweet voice.

She wore her hair this evening in a tousled style falling around her ears. The light of the sky was fading; a kerosene lamp in the centre of the table illuminated her, and she looked young and lovely. She wore a sleeveless dress of Indian material shot through with random blues and browns.

" Hi there," Iris said to Norman with cool distant good humour, as Collins made introductions. She sat beside Henny, and smiled at her. " Well? Has the island magic got you, too? Or do you have good sense?"

" I'm not sure. I'm not feeling very sensible right now."

" Good. Amy Ball says you intend to redecorate the Reef when you husband buys it. Will you do the cottage over, too?"

Henny shrugged, peering curiously at Iris. " So far it's all just talk."

" What do you plan for the lobby?"

" Well—I just have some vague notions."

" Tell me."

With a couple of planter's punches under her belt, Henny was quite ready to display her decorating knowledge again— especially to a movie star, however faded. The two women began to talk colour schemes and furnishings, and in a few minutes they were chattering away amiably. Iris seemed as knowledgeable as Henny.

" Mistuh Papuh? Day somebody here name Papuh?" A tall black boy in a waiter's white-piped red shirt was passing among the tables.

" Here, boy. I'm Paperman."

" Ovahseas, mistuh."

" Oh my gosh," Henny said. " Lester."

" That's right, Henny. What do you say?"

She wavered, looking around at Tilson, Collins, and Mrs. Tramm. " Good lord, Norman. All of a sudden this is *it*, isn't it?"

Iris was watching them with a melancholy little smile.

" Just about." Norman put his hand on hers. " Well? Think you can stand the Caribbean?"

Henny made a mock-gallant gesture with her glass. "Oh, you know me, Norm. Anything for a few laughs."

"All right, then. Here goes."

The telephone rested on the top of a small upright piano near the bar. Atlas was bellowing at the other end of the line, his voice fading in and out, recognisably coarse and recognisably drunk, "Hello, hello—Walter? Is that you, Walter?"

"Lester? Hi! This is Norman."

"Norman? Norman who? I don't know any Norman. Get off the line, mister. God damn it, operator, I'm expecting a call from Walter Sandelson in St. Louis. Let's get on the ball here."

"Lester, it's me. Norman Paperman! I'm calling from Amerigo." The line went dead, then came on with a burst of Lester's unintelligible roars and three shrill operators talking at once. Next he heard Atlas, calmer and clearer, "What? Isn't this St. Louis?"

Paperman shouted, "Lester, for God's sake it's me! Norman! Norman Paperman! What's the matter with you?"

"Oh. *Norman*. Why the hell didn't you say so?"

"Lester, I'm calling from Amerigo. Henny likes it here. She's willing to string along. But we have to move fast. There are these other people from Chicago——"

"Say, Norm, this is one hell of a lousy connection. You keep fading."

"We've got to act FAST, in fact to-night, if we want to buy that hotel." Paperman was talking very loud. The idlers at the bar, the coloured bartender, the tourists at the nearest tables, made up an interested grinning audience.

"Listen, Norman, I'm expecting a call from St. Louis— Phil, there's another bottle of bourbon in that black suitcase— Norman, let me call you back."

"No, no! It's hell getting a connection, Lester. This is a very simple thing. If I can give them a five-thousand-dollar binder to-night, we can still buy the place." In mentioning the money Paperman dropped his voice far down.

Atlas yelled in his ear, "I can't hear a goddamn thing you're saying. I've got the lieutenant-governor of Montana in the next room and—Phil, why are you messing with my pyjamas and shirts? That bourbon is right there under the hot-water bag— Norman, please get off the line, I've got to talk to St. Louis."

Paperman shouted, " All I want to know is, ean I give them a five-thousand-dollar cheque?"

" Five thousand! Five thousand for what? Phil, give me some of that bourbon first—Norman, I've got to hang up now."

Paperman bawled, " Atlas, I want to know one thing. Can I give them a binder, a B I N D E R, for five thousand?"

" Oh, a binder.—Hey, Phil! Are you blind? You opened a bottle of Southern Comfort! That's for the dames! The lieutenant-governor will vomit. Get that drink back from him. —Go ahead, Norm, you give her that binder, I'm with you. Is that all?"

Paperman hesitated, under the double embarrassment of Atlas's impatience, and the public noise he was making. He didn't have five thousand dollars or anything near it, in his bank account. What he wanted from Atlas—what he had telephoned him to get—was an assurance that Atlas would cover a cheque for that amount. But he could not bawl all over Hogan's Fancy his own lack of funds.

" Well, if you're completely with me, Lester, I'm giving them the binder."

" Sure, you do that. Good luck, Norm, we'll have a ball on that island one of these days. Give Henny a goose for me. Bye."

A small parrot, walking upside down in a cage on the amber-lit bar, said clearly, " Good-bye now," and the tourists laughed.

Paperman drew out his chequebook as he walked back to the table. " Cable those Chicago people and call them off," he said to Collins. " We've got a deal."

The lawyer jumped up and shook his hand. " Bully!"

" So everybody gathered," Henny said. " Everybody clear to Puerto Rico, I think." She looked gay, vexed, excited all at once.

" So I've got myself a new landlord and landlady," said Iris, with a waggish little tilt of her head that Norman remembered from her films. " I couldn't be more pleased."

" And Paperman's got himself a new life," Tilson said. " Let's all have another round and wish him luck. Waiter!"

Norman wrote out a cheque for five thousand dollars and handed it to Collins. " How long does it take for a cheque to clear to New York?" he said. " I'll have to make a deposit, of course."

"Oh, ten days to two weeks," Collins said. "No strain whatever."

4

All the way home on the plane next day, they discussed the surge of new problems. What was to be done with Hazel? How about the apartment they had lived in for seventeen years? What would become of Norman's publicity business? It was only a client list, but it gave a steady income, and it was the fruit of twenty years' work. The jet fled the tropics at ten miles a minute, and with each mile Henny grew more sober and dubious. "That goddamn island," she said. "I'd like to have one more look at it, plain. I kept seeing it through a fog of planter's punches."

"It looks even better the second time, Henny. I found that out. Anyway, we're in it."

"We sure are. Writing a bum cheque is fraud, tootsie."

"Lester will cover the cheque."

"Did he *say* he would? Did he say so in those very words— *I'll cover the cheque?*"

"Henny, don't worry about the money. That part's all right."

They rode from Idlewild to Manhattan in an unheated cab with their arms around each other. It was an evening of solid iron-grey low sky, bitter cold. "My God, how cold New York is," Henny said at one point through teeth that kept clicking like loose dentures. "How cold, how huge, how dirty, how crowded, how gloomy, how *cold* this town is!"

"You lack poetry," Norman said. "This is the city of gold, and here all around you are the faery lights of the billion-footed manswarm."

Henny said a dirty word.

They found Hazel humming about the apartment; Sheldon was taking her to dinner and then to an off-Broadway show. "Who's Bob Cohn?" she said. "He called twice and wants you to phone him. I wrote his number down."

Norman had to think for a moment. "Oh. That frogman. Is he up here?" He went to the telephone.

"The frogman? The man who pulled you out of the water,

that Israeli?" said Hazel. "He sounds like Brooklyn, and real fresh."

First, Paperman telephoned Atlas's office, but Lester was still in Montana. Then he called Cohn. Cohn said he had come to New York on his citizenship problem. He was returning to Amerigo in the morning, and he had just called to say hello.

Henny said, "Ask him to dinner. I'd like to meet him."

Norman nodded. "God, he jumped at it," he said, hanging up. "I think that's why he called. I'll bet he's broke and hungry. He gambles."

"How old is he?" the daughter said.

"Well, he was in the Israeli war in 1948. He must be at least thirty."

"Oh." Hazel went into her room. Half an hour later she emerged panoplied for a midweek date, and poignantly pretty, despite a ridiculous explosion of hair straight up from her head. Her neckline exposed more unsteady white bosom than Norman thought seemly, but he was tired of losing that fight. She was putting on her fur-collared coat when the doorbell rang, and she answered it. Cohn stood in the doorway, hatless, in an old tan raincoat, tightly belted. He was not much taller than Hazel in her high heels. He had got a close navy haircut which did not fit with his big nose and sharp brown face.

"Hello. You must be the girl with the funny voice. Hi, Norm."

Norman introduced the frogman to his wife and daughter. Hazel said, buttoning her coat, "I don't mean to be rude, but I have an appointment. I'm glad to meet the man who saved my father."

Cohn shrugged, flicked off his raincoat, and dropped it on a bench. He wore an out-of-date grey city suit, the jacket too long and the lapels too wide and flaring. "Your dad wasn't in any trouble. Not like I was, the next day." He turned a white-toothed grin at Norman. "I almost drowned, out at Little Dog. They had to work me over."

"What do you mean, I have a funny voice? What's wrong with my voice?" Hazel's eyes were getting wider.

"You sounded like you'd just run up eight flights of stairs, and also had a sore throat. You sound better now."

Norman and Henny both laughed out loud. Hazel's breathless, hoarse, presumably torrid telephone voice was a household joke.

Norman said, " What happened to you at Little Dog?"

" What's Little Dog?" said Hazel pettishly. She leaned in the doorway of the living-room.

" It's this small island about six miles off Amerigo," Cohn said to her. " It has a coral shelf all around it about sixty-five, seventy feet down. That's good for submarine exercises, see, because periscope depth is sixty feet, more or less, and that's the depth at which we do all lock ins and lock outs." Hazel was listening with the eyes of a gazelle about to have its throat cut, staring at the knife. Cohn went on, talking now to Norman, " Locking out and in when the sub rests on the bottom is routine. But in combat the sub will have way on, of course—it can't keep stability otherwise, subs don't hover—and that's what our exercise was this time, escaping from a moving sub at sixty feet, and then later climbing down a line and locking back in while under way. That's where I fouled up. What happened——"

" You came here for a drink," said Henny. " What'll it be?"

" Scotch and water is great."

" Can I have the same?" said Hazel, glancing at her watch. " What do you mean by locking in and locking out?" She perched on the arm of the chair nearest the door of the living-room, unbuttoning her coat, and crossing her beautiful legs.

Cohn described the air lock, the small chamber that opened into the submarine and also to the sea, and the valving and pumping scheme by which men went into the lock, stood and waited while water filled the tiny room, and then swam out. He could hardly make them believe that in the new escape method they left the submarine without air apparatus, and just blew their breaths out continually till they got to the surface.

" But don't you run out of breath?" Hazel said. " You *can't* exhale for more than a few seconds." She puffed her cheeks and blew.

Cohn laughed. " The only problem is exhaling fast and hard enough. That air in your lungs is under pressure, Hazel. It keeps expanding as you rise. You'd explode if you didn't get rid of it on the way up. Your mouth is your safety valve. You open wide and blow and blow for your life. It's hairy, the first few times you do it in the practice tower, but you get used to it."

"It sounds frightful," Hazel said.

"The really bad part is getting back into a submarine that's making three or four knots, sixty feet down," Cohn said. "That's work. I don't care what anybody says. A man doesn't swim that fast, you see. The buoy drifts by going like a train. You have to grab or you've missed it. Then down you go hand over hand on this moving line. All this is at night. You can't see anything, it's all by feel. So you grope your way back into that lock, still on the last breath you took at the surface, and——"

Norman said, "Henny, to hell with the Gull Reef Club. I've just discovered my line of work."

Henny and Cohn laughed, but Hazel remained solemn-faced, staring at the frogman. Cohn said, "Well, that was the point at which I goofed, the first time. I don't know what went wrong, but I had to be pulled inside the lock by the safety man and sort of emptied out. It was okay the second time, and now I can do it like the others. It was one of those things."

Hazel said to her father, "Where are you going to dinner?"

"I don't know. I guess Sardi's."

"Would you mind if Sheldon and I joined you?" She added to Cohn, "My friend is a writer. I'm sure he'd like to meet a frogman. It's so interesting."

Cohn looked to Paperman, shrugging. "If he's a writer, he'll feel short-changed. He'll expect a pale-eyed killer with no lips."

Henny said, "By all means, call Shel. Have him meet us, dear."

Hazel went to the telephone. Norman followed his wife into the kitchen, where she replenished the ice bucket. "For Christ's sake," he said, closing the door, "why do we need that depressing creep at dinner? He'll ruin my appetite and he'll eat twenty dollars' worth of food."

"This frogman is a contrast to the Sending. I thought maybe we ought to lean on it."

"Henny, he's nothing but a different kind of cuckoo." His wife shot him a look of contemptuous irony. He added, "I mean it's all very admirable, very admirable indeed, what he does, but normal guys, you know, don't go in for swimming in and out of submarines a hundred feet down, or whatever."

"No, you're quite right. Normal guys spend their lives sucking up to columnists to get little jokes printed." She thrust the ice bucket in his hands. "Give the cuckoo another drink while I dress."

Hazel had her coat off and was sitting on the couch beside Cohn, hands clasped on crossed knees, head atilt, and eyes huge. Cohn was talking about Israel. This was a subject which bored Paperman acutely. His parents had always been Zionists; his mother was still president of her Hadassah chapter. In escaping from home at fifteen, Norman had left all that behind, as well as his father's strict religious observances, with great relief. He had felt some pride in the unexpected victories of the Israelis, and had even made contributions to Zionist drives when the battles were at red glow. The wars had also served for wonderful joking at his Broadway tables about jet pilot communications in Yiddish, and the like. Beyond that, Israel meant not much more to him than Afghanistan.

It surprised him that Hazel seemed interested, but this he ascribed to the glamour of the frogman. Hazel had not met a man of action before. There were not many of them in middle-class New York circles. Some of the lads who pursued her were getting reserve officer training, and they were pretty fellows in their new uniforms, but they did not lock in and lock out of moving submarines. Hazel wanted to know what Jerusalem was like, and how the Israeli girls dressed. She was astonished when Cohn told her that most Israelis weren't religious; her idea had been that they were all as fussy as old Mr. Paperman. What surprised Norman more was Cohn's praise of the scenery, for he had pictured Israel as more or less like Miami, flat and sandy and hot, and too cluttered with old Jews. Cohn, calmly sipping at his scotch and water, spoke of the stony mountains of the north, the red gorges around Sodom, and the dusty plains of the Negev, turned to dark green wherever the water came. In his dry way, he became rather eloquent.

"You should have worked in their tourist bureau," Paperman said.

"Well, you could do worse than go there sometime, Norm."

Paperman made a deprecating face. "We thought of squeezing it in between France and Italy two years ago. Time got short."

5

The Sending was waiting at Sardi's, and Paperman wondered at his wife's folly in allowing. Hazel to invite him. He was almost a head taller than Cohn, and broader in the shoulder. The frogman's wiry muscles were hidden by his floppy old suit. Klug's attire was straight out of *Esquire*, all skimpy and narrow, and errorless to the arrow-thin dark blue tie. Cohn's heavy broad red tie, badly knotted, had a frayed edge. Klug was handsome, and had rich long chestnut hair; Cohn was ugly and had almost a prison clip. The confrontation was pointless anyway for Hazel greeted Klug with blatantly un-dimmed love light in her eyes.

Quite as Norman had feared, the Sending ordered oysters and a filet mignon, and several side dishes, none of them of the cheapest, such as fresh asparagus hollandaise and eggplant parmigiana. Dropping the menu with a contented sigh, he said to Cohn, " Hazel tells me you're a navy frogman. I think that's fascinating." Cohn nodded, and said nothing. " Can you tell me, I wonder, what the motivation of the men in your outfit is? That's what's truly interesting. The motivation. Why do they do it?"

" Motivation? It depends on the guy, I guess."

" Of course. But speaking generally."

" Speaking generally, there are two motives. Poverty and fright."

" Fright?" Klug arched one brow in sceptical amusement.

" And poverty. It's double hazardous-pay duty, you see, and that extra dough looks big. Most of the fellows are married."

" But fright, you say?"

" Why, sure. I guess most of us are cowards who have to keep proving to ourselves how brave we are."

Klug laughed. " You're being ironic. But there may be something in that."

Henny said, " I think you're heroes."

Cohn said earnestly, " No, ma'am. Heroes don't go for this duty. They like the parachuting, locking in and out of subs, and the rest. But there's too much drilling. It never stops, even after you qualify. You go on running three miles every morn-ing and swimming ten miles a week, and that's most of what you do, and heroes get disgusted and quit. No, the ideal frogman is an unimaginative coward with a lot of unpaid bills."

Hazel said, " Parachute jumping? You do that too?"

" We have to qualify. Demolition is our job but it shades over into reconnaissance. You can't always swim to an objective."

" Gosh, they do *every*thing," Hazel said to Klug. She turned back to Cohn, bright-eyed. " And do you learn karate, and all that? Can you kill a man by hitting him once on the neck?" Cohn chuckled. " Well, can you? What's so funny?"

" See, I can't tell you whether I can do it, Hazel, because they don't give us live men to practise on."

Norman said, " It's that stupid old Congress again, and their peacetime economising. Damned shortsighted."

Cohn's eyes gleamed at him. " Right. It's Congress's fault for sure."

" But you're thirty years old," Hazel said. " Isn't that too old for such strenuous stuff?"

Cohn coughed over his drink. " It sure is, Hazel. I've told my C.O. that, many times, and offered to quit. He just orders me to run three extra miles, to prove I'm wrong."

The arrival of the food put an instant stop to the talk, at least for Klug; he fell madly to the oysters. Hazel, picking at a melon, began to press Cohn for stories of his war experiences in Israel. He tried to dodge her questions, saying that the Israel armed forces were the most fouled-up on earth, and nothing ever happened but a lot of low comedy. To prove this he told a story of a frogman group swimming from a fishing boat into the port of Alexandria to attach limpet mines to Egyptian warships. As he narrated it, the expedition was a series of silly mishaps, culminating in the fact that of the six old Italian limpet mines which they did manage to affix to the Egyptian ships—in one case with the aid of an Egyptian sailor, who readily obeyed orders barked at him in Arabic—five had failed to go off. However, the one that did go off had sunk the largest destroyer in the Egyptian navy.

" Was that one you set?" Henny asked.

" God, no. The man who set that one is the commodore of the Israeli navy now. I couldn't get mine to stick to the ship. The magnets had rusted out or something. I thought of staying there and holding it against the side till it went off. But as I told you, this duty attracts cowards. So I missed my chance to have a street in Tel Aviv named after me. Rehov Robert Cohn."

"Let's got to Israel one day, dear," Hazel said to Klug. "I'd love to see it."

"Sociologically it's an interesting place," Klug said. He had polished off his steak and the side dishes, while Cohn talked and merely nibbled at a slice of cold salmon. Klug lit a cigarette and leaned back in his chair. "Of course, there's a lot of nonsense written about it. There's been development capital of about a thousand dollars per head put into Israel by the Jews. You put that much money into any other country and you'd see results just as remarkable. In India development capital figures out at about twenty-one cents a head."

"Well, you'd be right except for one thing," Cohn said. "The way Israelis do things, a thousand dollars goes about as far there as twenty-one cents does in India."

Klug smiled tolerantly. "Then how do you explain the amazing progress?"

Cohn shrugged. "I hate to say this, but I think it's a Jewish plot."

Hazel stared at him, then broke into peals of laughter. "You know, he's just plain crazy," she said to Klug. "This man is crazy."

Klug looked at his watch. "Much to my regret I think we're going to have to skip dessert, dear. It won't be easy to get down to Sheridan Square."

When Hazel and Klug had gone, Cohn exchanged a quizzical glance with each of the girl's parents. "I like him," he said.

Henny said, "He's a horror."

"A mess," said Norman.

"A nothing," said Henny.

Cohn said, "What does he do? Is he really a writer?"

"He teaches English," said Henny. "He's writing a thesis about how Balzac was a fairy."

"Balzac, eh?" said Cohn. "I have a brother who teaches comparative lit at Brandeis. He wrote a dissertation about how Homer was a fairy. Is Hazel going to marry this fellow?"

Henny said, "Well, the only thing is, he has a wife."

"And a kid," Norman added.

"I see. You're in great shape with your daughter."

"Peachy," Henny said. She went off to the ladies' room.

Norman said, "How about coming home and having a brandy with us?"

"No, thanks. Say, Norm, if this isn't an imposition, can you lend me a hundred dollars?"

The abrupt demand startled Paperman into making an unpleasant face. Cohn laughed. "All right, forget it. You don't know me from Joe Zilch. It's nice of you to give me a feed."

"Why, no, I'll lend you the hundred. It's just that—well, I don't have a hundred on me. I guess the restaurant will cash my cheque——"

"You'd be a real pal. I'll send you the dough from Kinja to-morrow. One of the guys owes me two hundred."

Norman's opinion of Cohn was taking a sharp drop, but he signalled for a waiter and wrote out a cheque. Cohn rattled on cheerily, "I ran into these officers off the *Jerusalem*, you see. I knew them in the Israeli navy. Working an ocean liner sure puts an edge on your card game."

Henny returned as Norman was taking the hundred dollars from the waiter and handing it to Cohn.

"What on earth?"

Cohn said, thrusting the loose bills into a pocket, "Norm's staking me to the fare back to Amerigo. The fact is, I have to sort of step on it to make the plane." He grinned. "Do you mind if I barrel off?"

"Why, of course not. But——"

"Well, then, see you in Kinja." Cohn stood. "Bring Hazel along. The youngsters in the team will give her a big rush. Thanks for everything, Norm. You too, Henny."

He made off, and they watched him get the old raincoat from the checkroom girl and go out.

"I'll be goddamned," said Henny.

"That's the only reason he called me," Norman said incredulously. "He needed the hundred."

"How is it I still have my bracelet?" said Henny.

The next night, about half-past eight, a special delivery letter came from Cohn, swarming with stamps. It contained a hundred-dollar bill and a note scribbled in pencil:

Henny and Norm—Iris sends her love, and says tell Henny Hassim has those six Hong Kong chairs. This sounds like a spy code and we may all end up in the brig. I've thought

*it over. I'll bet Balzac really was a fairy. Sheldon's going
to be famous, and you're very lucky people. Back to Little
Dog in the morning.*

Glub glub—
BOB

6

A week passed. Each day Lester's secretary told Paperman that
Mr. Atlas was due back in New York the following day.
Norman kept trying to telephone him at the Capitol Hotel in
Butte, but he was never in, and Paperman's urgent requests
that he return the calls went unanswered. In desperation, at the
end of the week, Norman talked to the hotel operator. " Oh,
Mr. Paperman. Oh dear. Yes, Mr. Atlas is still here. He
most *certainly* is," said the girl in a flirting Western lilt. " But
he *is* the hardest man to reach, isn't he?" She uttered a deep,
lewd giggle, which made Norman visualise naked orgies that
Lester was probably having with her in odd hours. He pleaded
with her to have Atlas call him back, and she promised to do
her " bay-est." Lester didn't call.

A pleasant distraction that same night was a party for Sir
Laurence Olivier at Dan Freed's penthouse. Freed, the most
successful producer on Broadway, a little sharp dark man with
a creased face, a crew haircut, and doggedly collegiate clothes,
had been a rival of Norman's in the publicity business long ago.
They were still friendly, but Freed now tended to invite the
Papermans only to his second-class parties. This bid was a
clear sign of Norman's new status as a temporary celebrity. In
dressing for the occasion he forgot his worry over the oncoming
cheque from Amerigo. He owned an elegant Italian dinner
jacket, and wearing good clothes always cheered Norman up.

He and Henny usually went late to such affairs, for a star
like Olivier wouldn't arrive until an hour after the last curtain.
When the Papermans walked into the long cavernous living-
room looking out on the park, the noise, the eye-stinging smoke,
the crush showed that they were right on time. The smoke
was worse than usual because a sleety gale was blowing outside.
Here on the twentieth floor, the wind shrieked at the easements,
and the opening of a single window would have torn dresses

off women. Dan Freed darted at Norman out of the fog and the din, and Mrs. Freed flung herself at Henny, kissing the air as she came.

" Here they are! " Freed bawled over the talk, the piano-playing, and the wind. Everybody in the room turned, looked, and began to applaud. The Freeds led them to the buffet table near the rattling windows, laden with meats and salads. A big white cake, iced with a picture of a man under a palm tree cuddling a brown girl, was the centrepiece; and arched in pink sugar over the picture was

NORM THE BEACHCOMBER

The " Olivier party " was a hoax; it was a surprise farewell party for the Papermans. The guests were mainly his Broadway friends, but the stars of Freed's three current shows were also there. Norman instantly grasped that Dan Freed was exploiting his passing notoriety for a fresh little promotion of the plays. He fell in with this graciously, making a brief speech with suit-able jokes, to great laughter. Champagne foamed all around; Olivier did come by for a few moments; the whole stunt was a merry success. Three different publicity men came to Norman as the party bubbled along, and offered to buy his client list and his good will whenever he was ready to sell it.

Besides the Papermans, the one person who attracted un-usual attention at the party was—of all people—Freed's produc-tion manager, a man named Lionel. Lionel had a long green-grey face, forgettable little features, pale hair, an unknown last name, and a patient beast-of-burden demeanour. Usually people acted as though Lionel were not present (whether he was or not) until something needed doing, from fetching a sandwich to retyping a contract; whereupon the cry was " Lionel! " and then " Oh, there you are," if he happened to be standing there. He had a gift for choosing clothes that made him almost in-visible, but these were not necessarily drab. To-night, for instance, Lionel wore a bright green suit; but it was almost the exact colour of Mrs. Freed's wallpaper, so he more or less blended into the background. Nevertheless he was a centre of attraction. Lionel had once visited Amerigo. Everybody was pumping him, but they could not draw out of him an unkind word about the island. It was, according to Lionel, nothing but

Paradise on earth, the happy isle, the place where he himself would retire one day. The climate was fabulous, the natives were fantastic, the scenery was smashing, the beaches were the end, Gull Reef was cloud nine, and so forth. Because he was so very nondescript, no one could suspect him of trying to upstage the Papermans; it wasn't in his blood, if he had blood. They believed Lionel, and by the time the party ended Norman had received assurances from uncounted people—surely thirty or forty—that they were going to take their winter vacations at the Gull Reef Club.

Next morning, Norman once again telegraphed Atlas, with a note of panicky urgency. A reply came from Western Union, an unexpected one. Atlas had left the hotel. Norman called Atlas's New York secretary. She said it was absurd, Lester was in Butte, she had talked to him at the Capitol Hotel that very morning. So once more he telephoned the switchboard girl at the hotel in Butte. "Oh, Mr. *Paperman. Oh* dear, oh yes," she said. "Mr. Atlas said if you called again to give you a message. He had to dash to St. Louis. He'll call you from there."

"St. Louis? *Where* in St. Louis?"

"He didn't say. Honestly, isn't he a sketch?" and she laughed throatily and reminiscently. Paperman slammed down the telephone in a rage.

There was another farewell gathering that night: old friends, mostly with radical pasts, all now sober, respectable, and middle-aged. One had written some farce hits, another directed films, a third composed popular songs. The rest were businessmen, doctors, and lawyers, or they filled interstices of the amusement world as Norman did. Assembled with their wives in the composer's Fifth Avenue apartment, they passed an evening of joking and alcohol, of wallowing in old music sung around the piano; and—as the hour grew late—there were even some tears, assuaged by the serving of a large Virginia ham and a massive Dutch cheese, with rolls, coffee, and cakes. Afterward, when they clustered at the piano again, and the couples with smaller children had left, the composer at the keyboard looked up slyly; and then with whispering touches on the keys, he played *Joe Hill*. Probably nobody else felt quite the warm thrill that coursed through Norman Paperman.

During this evening, nearly every person there told Norman

or Henny, usually in a private moment, that they were doing a marvellous, enviable thing. The Russians at the time were firing off new awesome bombs in Siberia, and the mood in New York was jittery, but there was more than that behind the wistfulness of their friends. All these people were at an age when their lives were defined, their hopes circumscribed. Nothing was in prospect but plodding the old tracks until heart disease, cancer, or one of the less predictable trap-doors opened under their feet. To them, the Papermans had broken out of Death Row into green April fields, and in one way or another they all said so.

It was a very late and very boozy party, and the telephone jangled him awake much too early next morning. The manager of his bank was calling. Norman had told him to telephone the moment the cheque came in from Amerigo. The cheque had arrived; five thousand dollars payable to Mrs. Amelia Ball. The balance in the Paperman account was four hundred and seven dollars. What, the manager inquired, was Mr. Paperman's pleasure? Norman promised to talk to him again before noon. He spent two hours in bleary frantic attempts to locate Atlas, but Lester had vanished into St. Louis as other men get swallowed by the Arctic.

Then he tried to argue with Henny about selling the apartment. The building had become a co-operative several years earlier, and Norman had paid in seven thousand dollars to buy his flat. He had friends who, he knew, would pay ten thousand for it now, if he picked up the telephone and offered it to them. But on this point Henny was obstinate. Their original plan had been to sublease it for at least a year, until they were sure that the Caribbean move was a success; and she would not budge from this. When he pressed her, she turned ugly, and snarled that they were not selling the apartment now, that was all—" and if you don't like it, mine host," she concluded, " screw you." Norman might have won this argument; Henny's worst noises were often made just before she yielded; but deep down, he realised that she was being prudent. Supposing something went wrong? Supposing, for instance, Atlas backed out? At this point it was beginning to seem all too likely.

But the cheque had to be covered. Norman was in a vice. Bitter and beaten, he at last began telephoning the competitors who, at Freed's party, had offered to buy his client list.

At half-past five that evening, as Norman sat alone in his office behind a closed door, downing his third martini to ease the raw ache at his heart, Atlas called. He had meant to phone from St. Louis, he said, but then he had decided to rush back to New York. Here he was, at Norman's disposal. What was on his mind? Why all the calls and wires? He had been tied up on the largest deal of his life, the Montana thing, so Norman would have to forgive him if he had been a little remiss. "Tell you what," he rasped, "why don't I take you and Henny to dinner at Sardi's and we'll talk? I want to look in on Larry anyway."

Norman declined frostily, and told Atlas of his embarrassment with the cheque, and the way he had solved it. He had disposed of his list and his good will, the product of a life's toil, at a distress price of seventy-five hundred dollars, to an odious little newcomer in publicity named Spencer Warwick.

"Say, you did all right," Atlas said. "Good will isn't worth a fart in your racket. That Warwick must be a cluck."

"I think my client list was worth something."

"What's the matter, Norm? You sound peeved. Listen, I can still give you the five thousand. I can give you it in bills to-night; what's five thousand? Hell, you could have asked my secretary and she'd have written you a cheque for five thousand. I guess this means we go ahead."

"Does it? It'll take another fifty thousand dollars to close this deal, Lester."

"I know the figures, Norm. When do we go down there and close? How about Tuesday? No, Tuesday I've got a meeting in St. Louis. Wednesday. Let's go Wednesday."

Norman said, catching his breath, and with much more cordiality, "You mean next week? Six days from now?"

"What's to wait for? There's no title search or anything, it's just a lease. Give me the name of that lawyer down there."

"Lester, I have to know this—are you prepared to put up the entire fifty thousand? I have nothing to invest. The little money I've got left, Henny will need until——"

"I *said* I'd handle the money end, didn't I? I'm going to take care of the fifty, and you're also going to get back the five you paid. I operate on my word, Norm. What's the lawyer's name?" Norman told him. "Fine. My office will set up the whole thing, and get the plane tickets for you, me, and Henny.

We're going down to Amerigo on Wednesday, and Thursday you start in the hotel business. Norm, I've got to make four million if this Montana thing works out. It's fabulous. That's why I've been a little tied up. All capital gain. This is doing it the girl's way, with no risks or anything. I'll tell you all about it Tuesday. No, Wednesday. Wednesday. Tuesday I've got to be in St. Louis. Bye."

It was surprising how many and how tenacious Norman's Manhattan roots were. Parting from his barber—to take an absurdly small thing—was quite hard. The little Italian, in a dingy Lexington Avenue shop patronised by famous actors, had been cutting his hair for seventeen years. Every ten days he went at it with anxious artistry. Whenever Norman returned from abroad with his hair mangled by strange hands, Frank would shed real tears of anger. The news that Norman was moving to the Caribbean shocked him. He turned pale, and his eyes filled. He was inconsolable until Norman swore that business trips would bring him back at least once every month or so. Then Frank with red eyes and unsteady hands pulled himself together and gave Norman his last haircut.

This kind of scene recurred with Norman's haberdasher, with his family doctor, with his heart specialist, with his dentist, with his allergy specialist (he had a tendency to asthma and hay fever), with his bookseller, with the blind man at the news-stand, with his shoemaker (Norman wore custom-made shoes), with his tailor, and with the head waiters of restaurants. Each thread twanged sadly as he broke it. There were more farewell parties too; evenings of adieus, drinking, old songs, tears, jokes, and congratulations. The Papermans were as thoroughly and spectacularly said good-bye to, in these last whirling days, as though they were being shot off to the moon.

On Sunday night, coming home from a party, Henny complained of a stomach pain. They blamed it on a midnight snack of shrimp curry. Next morning she was better; by afternoon the pain came back, worse. She went to the family doctor, who examined her sceptically and said that in her circumstances he, too, would be having a bellyache. She had told him of their plan; which was that she would fly to Amerigo with Norman, see to the construction and decorating of the new rooms, return to New York to dispose of the apartment and settle Hazel somehow, and then go back to the Caribbean for good. He gave her pills for her nerves. These put her in an amiable grinning stupor, and banished the pain. But on Wednesday evening, a few hours before they had to leave, Henny's pain came back. She quite agreed that it must be psychosomatic. She took an extra dosage of pills, and fell into a fit of sleepy giggles. It was a night of rain and lashing winds, and Norman called the airline, half-hoping for a postponement until the morning. Oh, no, came the report, the flight was going; and the plane in which Lester was returning from St. Louis was also on time. So to Idlewild they went.

They heard Atlas roaring somewhere around a far turn of a corridor in the terminal, quite a while before they saw him. He came steamrolling through the wet ill-humoured crowd in a tweedy cape and a plaid hat, evidently modelled on the costume of Henry Higgins in the opening scene of *My Fair Lady*, ridiculous beyond words on his whale shape. He was drunk, merry, and unwearied, though his eyes were completely bloodshot and the flesh under his eyes hung in frightening blue bags. " Got to make five, Norm," he said, in a voice scraping like an overplayed record. " Five and a half, if I don't break two legs and an arm. What a fantastic deal." He herded the Papermans straight to a bar. But Henny wouldn't drink. She sat withdrawn and pale while Atlas, downing a double bourbon, grated on about his wonderful deal, the taking over of a copper-mining company with gigantic assets in land. His battle for stock control, he said, was already about won.

All at once, when Lester paused for breath, Henny said, " Norm, you go down to that island. I'm going home."

" What!" both men said at once.

Arguments glanced off her. She was going home, she said, gathering up her things, and she was going home right now. She would come to Amerigo in a few days, probably. Right now she was going home. Her opaque look of pain changed only once. Paperman said, after trying jokes, logic, and cajolery on her, " Well, okay, let's all turn in our tickets, then. I'm not going without you."

Henny said, smiling most peculiarly, " Norm, you have to go. Don't you understand? You've got to make a living, mine host."

7

It was fiercely hot in Collins' small inner office. Sunlight beat through slits of the green blinds in blazing white bars. The noisy fan rustled documents on the desk as it swept back and forth, its puffs briefly cooling Norman's perspiring brow. They had arrived late, and still wore their New York clothing. Norman had had nothing for breakfast but a very old doughnut bolted at the Amerigo airport without coffee. He felt awful, and he could not understand Lester's cool, chipper bearing. Lester sat erect in the leather chair in a double-breasted blue serge suit, glancing at documents, his eyes bright and fairly clear behind his glasses, no sweat visible on his face.

Soon he turned on the little grey-headed Negro banker. " That service charge is ridiculous."

" It is our standard charge, Mistair Ot-loss."

" Well, we'll change the standard for this transaction." Lester flipped a page of the document, reading intently, his pince-nez glasses glittering, his mouth contracted. One fat hand slowly, evenly tapped the desk as he read. " Let me see the promissory notes." Collins at once passed a sheaf of slim blue papers to him.

The lawyer was in a hard little chair on his right hand, the banker on his left. Lester sat in Collins' own leather chair, at the desk. Norman and Mrs. Ball were in armchairs in front of the desk, side by side. The Englishwoman wore a sleeveless blue silk dress, a rather high paint job, and a continuous, helpless little smile.

Norman didn't know what a service charge was. He was still reading the contract, trying to puzzle out the terms of this deal. At last it was in his hands, a smudged, blurry carbon copy of solid legal jargon on six long onion-skin legal sheets. He was going to get a cheque for five thousand dollars, as Atlas had said; a sentence on the fourth page specified this. Mrs. Ball was going to get fifteen thousand dollars, and there were long paragraphs about some promissory notes. But he could not penetrate the lawyers' prose to the facts. He had to count on Lester to spell these out for him—now, or later.

Atlas threw all the papers on the desk. " Except for that service charge, this thing looks all right."

The banker spread his hands. " Mr. Ot-loss, we would like to accommo-*date* you."

Collins said, " I can assure you, sir, that on this island that's the charge for prime credit risks."

Atlas scowled at the banker, and said in a sudden coarse hard tone, " You pulled a bank credit report on me last week. By cable."

Llewellyn looked at him askance. " Why, I—we have our rules, it is standard practice in large transac-*tions* involving newcomers——"

" Well? Didn't New York tell you that I can borrow a million and a half dollars on my unsecured name?"

" Ah——" Mr. Llewellyn looked around in embarrassment, and nodded.

" Then where do you get off hanging a service charge of four per cent on a twenty-thousand-dollar loan that I'm endorsing?"

Collins interjected, " The loan is actually to Mr. Paperman."

" Fine. Then we'll take my name off the loan."

" Mr. Ot-loss, if it were possible—the bank does not make special rates—of course we require your endorse-*ment*——"

Atlas looked at his watch, and stood. " Norm, this is too absurd. You can fly back with me if you want to, on the charter plane. There's no deal. Let's go."

The lawyer and the banker stood, each laying a hand on Atlas's arm. Norman was too amazed to move, and Mrs. Ball looked at Atlas with comic bafflement. A suspicion shot through Norman that Atlas was picking on a small point to back out. How like the old bastard that would be!

" Mr. Atlas, you're talking about a total service charge of eight hundred dollars," Collins pleaded. " It's an insignificant sum, when you——"

" Is it? You pay it, then, Come on, Norm." Atlas again moved to leave. Collins blocked him with all his football-player weight. " I mean," the lawyer said, " in a deal of fifty-five thousand, what does that amount to?"

Mrs. Ball spoke up with swift clarity. " Collins, this all seems terribly confused, but if eight hundred dollars from our side will take care of it, let's not muck everything up for that."

Collins said at once, " Well, Mr. Atlas, will that satisfy you, if we assume the service charge?"

Atlas dropped into the chair, with a total change to genial good humour. " So long as Norm doesn't pay it, I don't care who does. Okay, Norm, let's get on with the signing. I'm kind of late. I just don't like exorbitant charges."

The ceremony began. Norman signed whatever was handed him, glancing each time at Atlas, and writing his name if he nodded. There were many copies of many documents. Mrs. Ball signed some papers and not others, and so did Atlas and the banker. Paperman semed to be signing everything. At one point the banker handed him a cheque for five thousand dollars, with warm chuckles, and shook his hand. " Well, now, I can truly say, wel-*come* to Amerigo, Mr. Paper-*mon*."

" There's one small thing that we didn't make quite clear in our telephone talk," Collins said with a smile to Atlas. " The matter of the notes. I assume you and Mr. Paperman are both signing them."

" Notes? *I'm* not signing any notes," said Atlas.

Collins' huge jaw sagged in astonishment. " But—surely you two gentlemen are acting together?"

" Paperman's the buyer. I'm on the bank loan as an act of friendship. There's nothing in this deal for me."

Atlas's tone was getting brutal again. Norman, afraid of a new last-minute difficulty that could wreck everything, struck in. " What are the notes, exactly, Lester?"

Atlas looked at him in real surprise, and took off his glasses. " Norm, didn't you read the contract?"

Paperman laughed nervously. " I'm not a lawyer or a tycoon. I didn't exactly follow it."

" It couldn't be simpler," Atlas said, rubbing his eyes. " There's a balance due here of fifty thousand, right? Amy's getting fifteen thousand from the bank, and she's accepting promissory notes for the other thirty-five thousand. That's all."

" But I also got five thousand," Norman said, waving his cheque. He felt foolish, exposing his confusion, but at this point he had to know the facts. It was getting to be life or death.

" Why sure, Norm. That's why the bank loan is for twenty," Atlas said with gentle patience. " That's the binder you paid, see? You're getting it back like I promised. You'll need that five for your new construction. You've got two years to pay off the bank. Amy's notes don't begin to come due until after that, and they stretch out over four more years. With interest and all, you've got about six years to pay off."

Paperman was becoming more and more alarmed; alarmed, and a little sick, as this deal of Atlas's began finally to come into focus. "Lester, I'm not the world's smartest businessman, I know that——"

"Neither am I, Norm. Just an old truth teller, trying to get along."

"Let me see if I understand this," Paperman pressed on, finding himself oddly hoarse. "I'm going to have to pay the bank twenty thousand dollars. Then after that, I've got to pay Mrs. Ball thirty-five thousand dollars. Is that it?"

"Sure. Plus interest. You agreed to that price, Norm."

"But this means I'm committing myself to pay out—what? Almost a thousand dollars a month, isn't it? Every month *for the next six years*."

"Right. The Club's throwing off a good fourteen, fifteen hundred a month, so there's no strain."

Norman was doing some frantic pencil work on the back of one of the documents. "Lester, that's what I thought I'd be living on. Maybe my arithmetic's cockeyed, but that leaves me maybe five thousand a year for me and my family, at best. I've been living on twenty thousand a year, and more."

"Well, baby, that's why you're going to install new rooms, see? They're going to put you over the top."

Paperman subsided, picking up the contract and peering at it; not to read it, but merely to avoid the eyes of the banker, the lawyer, and Mrs. Ball, who were all looking at him with unbelieving amusement, as his ignorance of the transaction became naked.

Collins said, "Actually, it's a fine deal. With those new rooms you'll have a comfortable fifteen thousand a year, and after the debt retires, you'll be rolling in money. Mr. Atlas, we conducted our telephone negotiation on a gentlemanly basis." He put the sheaf of blue promissory notes in front of the fat man, who was regarding him coldly. "I assured my client that you were a gentleman, and would endorse the whole deal. I know you will."

Atlas glanced at his watch. Then he put a thick hairy finger within an inch of Collins' nose. "Listen, you, I'm getting a little tired." He spoke in a tone of growling power that made Norman quake, a sound like an earth-moving machine working in low gear. " Amy paid those two fags six thousand dollars for the Club. Don't you think I know that? I found it out before I'd been on this island four hours. She's walking out of here to-day with fourteen thousand dollars' cash profit. The notes are just gravy on top of that. You expected *me* to endorse the notes? Me? You think I got to where I can borrow a million and a half on my name by getting into such deals? How much can you borrow on your name?"

The lawyer ran his tongue over his lips and swallowed, staring at the finger. " My dear sir, all property in the Caribbean has increased in value——"

" I know that. Ootherwise I wouldn't have let Norman make this deal. I'm going on the bank loan so he can get into the business he wants. If he drops dead I'm stuck for twenty thousand dollars. That's my lookout. I'm not taking any more of this sucker deal. You knew I wasn't, so let's cut out the nonsense! Sign the notes, Norm, and I'll go back north. I'm busy."

Collins made a defeated gesture at Mrs. Ball with both hands.

The woman sat up straight and turned her smile at Norman. " I have perfect confidence in your signature, Mr. Paperman. I'm sure it'll be quite enough. So——" She gestured invitingly at the blue notes lying on the desk.

Collins took a pen out of a desk holder, and extended it toward Paperman.

Paperman looked at the pile of blue slips, and then at Atlas. He cleared his throat, and made no move. " Do I sign these, Lester?"

" If you want the Gull Reef Club, Norm, sure."

Norman Paperman was in a panic. The deal was not in the least what he had pictured. He knew now that he had been pitiably vague about it. Vaguely he had thought that Atlas would advance him fifty-five thousand dollars, and vaguely that he would pay it back some day. But Lester Atlas was different, Lester was not a vague man. He acted, it was obvious, on a clear hard rule : never part unnecessarily with a dollar. In arranging this deal he had put Norman into the hotel business. He had done it without parting with a dollar. He had even managed to make Norman pay for the new rooms by selling his

client list. The five thousand Norman was getting back now
was only his own desperately obtained money that had covered
the cheque; he was just borrowing it again from the bank. All
this was true, yet who could say that Atlas had not kept his
word?

The four people in the hideously hot room were staring at
Paperman. The fan hummed and clanked in the silence. He
had the strongest possible impulse to bolt out, while he still had
the chance. His heart was hammering, sweat trickled from his
armpits, his mouth was dry, he could still taste the abominable
grease of the airport doughnut. But what could he do if he did
back out? Return to New York, try to find other clients, face
the friends who had cheered his departure to a glorious new
life? Face Henny with this grotesque fiasco?

"Lester," he said after a long time, in a strained voice.
"This isn't what I expected."

Atlas was looking straight at him. "What did you expect,
Norman? Charity?"

Paperman stood, taking a pen from his sweat-soaked inner
pocket. He walked to the desk, and there, on all the blue slips,
he signed his name.

PART TWO

MINE HOST

5—THE FIRST DAY

Atlas went off in great spirits. The last thing he said to Paperman, out of the window of the taxicab, was, "Keep an eye peeled for any good land that comes on the market, here? That's how we'll make our real dough on this island." He displayed not the slightest sense of having misled or injured Norman. From his point of view he had been Santa Claus throughout, complete to jingling bells and ho-ho-ho. He was nothing but a human rhinoceros, Norman decided, and there was no sense in wasting another ounce of nervous energy being angry at him.

He took his luggage to the Reef, and moved into the White Cottage, since Mrs. Ball was not quitting her suite in the main house until the morning. After a long, delicious shower, he dressed as befitted the host of a tropical hotel: a pink shirt, black shorts, black knee socks, black loafers, all casual, immaculate, smart. Crossing the lawn, Norman found his shattered spirit pulling itself together. Come what might, this was his lawn now. For the first time in his life, his feet were on ground of which he was the master. Authority and dignity flowed up out of this grassy coral island into his veins. He was in a tough spot, of course, the toughest of his life, and Atlas had behaved with slippery villainy. But why should he have expected anything else? And after all, what difference did it make whether he owed fifty-five thousand dollars to a bank and an Englishwoman, or to Atlas? Perhaps he was better off this way. In action, Lester had been a horror.

The dining terrace was crowded. It was getting on to December first, and the northern weather was already driving the fish down into his newly purchased net. It was a valuable net! He sat alone at a little table by the rail, and ordered a martini and an Iceland brook trout. Thor came out of the bar in his picturesque rags to serve the martini, with small European airs of welcoming his new lord.

" *Lycka till*, sor. Dat's Svedish for good luck."

" *Lycka till* to you, Thor. We seem to be doing well to-day."

" Not too bad. Maybe dis afternoon you vant to look at de books? I explain everything, is not much to it."

" Very good. Let's say four o'clock in the office."

" I be dere four o'clock."

" This is a splendid martini, Thor. One of the things we'll talk about this afternoon is your raise in salary."

The bartender's blue eyes flashed brilliantly. " Sure ting."

" By the by, ah, you haven't seen Mrs. Tramm to-day, have you?"

" No sor, I tink she not here."

The trout was excellent, the coffee was hot, there was a crisp salad with Roquefort dressing, and the service was very fast. Two pretty black waitresses in beige uniforms hovered over him, all coy smiles and quick attentions. Paperman began to perceive the advantages of being a boss; he had never been served with such deference in his life. Two o'clock. Just time, he thought, yawning, to get an hour's sun on the beach below the White Cottage, and a swim, and a nap; then would come the glance through the books. So far, so good! A few hours ago he had felt that the world was coming to an end. Perhaps, for him, it was beginning.

2

Thor had ledgers open on both desks when Norman arrived at the office, and he was taking rubber bands off thick bundles of receipts and cheques. The office, behind the registration desk and the switchboard, was actually the space under the staircase to the second floor. The ceiling sloped sharply, with indentations of the underside of stairs. There was no window. A squeaky rattling wall fan did little to relieve the stagnant heat. Ceilings, walls, and floor were painted a smeary morbid green. The dusty furnishings were two old desks, two old chairs, a small safe, a large rusty adding machine worked with a handle, and an antique typewriter. There was also an inky-smelling mimeograph on a little stand beside a pile of blank menus.

Fighting the boredom that filmed his brain at the sight of this room, these devices, and these records, still sleepy after his nap, Paperman sat down to his first lesson in hotel-keeping.

He asked the bartender, first of all, why the office wasn't air-conditioned. Thor said that Amy had priced the job; it would cost over three hundred dollars. This gave Paperman pause. But he foresaw many hours for himself and Henny in this slanting, choking green hole. "Well, it'll be a good investment. Let's do it."

Thor nodded and grinned. "Fine. Be more comfortable."

The bartender went over the payroll, and sketched the workings of the hotel. Sheila, the cook, managed the scullery maids and the six waitresses, he said. There were also six chambermaids; their leader was "de vun dat's so tam pregnant," the unmarried girl named Esmé. Paperman expressed wonder at the size of the staff. The hotel with all its cottages held only forty-four people; and seventy on the dining terrace was more than capacity. Thor agreed that it was ridiculous. After Mr. Paperman had been on the island for a while, he said, he would understand. Kinjan help wasn't paid much, and didn't do much, and that was how things were. He showed Norman a large cork bulletin board hung on the wall, marked out for the months and the days, with coloured cardboard strips tacked up for the room reservations. Each strip had the name of a future guest, and the length of the strip showed the duration of the stay. Norman noticed that January and February were already stripped in solidly.

"That's good," he said. "Your whole season at a glance."

"Oh, yes, I figure dat out," said Thor. "Dat work good. December and March, dey fill up last, but dey good monts too."

Next he launched his tale of the bookkeeping, handing ledgers and sheaves of vouchers to the new proprietor, indicating this column and that, and talking at great speed. After a quarter of an hour Norman gave up any effort to understand him. Occasionally a recognisable term would swim up out of the Scandinavian murk—*inventory* or *current balance* or *cash journal*—and at such times he would nod brightly and perhaps say, "I see, yes, inventory." It was a mystifying but reassuring session. Obviously Thor had the books under tight control. The Negro accountant, Thor said, came in every Monday to double-check and balance the books. Norman could see that so far as financial records went, he had nothing to worry about. But he sat and smiled and nodded patiently for another hour in the slanting sweatbox. He wanted Thor to feel appreciated.

"Well, you've got a first-rate system there," he said when, to his relief, the bartender closed the ledgers and began banding up the vouchers. "Let's keep it just as it is. I'm extremely pleased, Thor. Now then, is there anything else?"

"Vell, vun more ting. Ve pretty near out of vater."

"Water? Here?"

Thor laughed. "Sea vater don't do us no good." He explained—slowing down and talking more clearly—that rainfall in Amerigo, as in most of the small Caribbean islands, was spotty, varying at odd times from flood to drought. Georgetown had a public water system fed by wells, and boosted once a week in the dry seasons by a water barge from the French island of Guadeloupe. Homes outside the town caught rain on their roofs and stored it in cisterns, and that was what the Gull Reef Club did, too. It had a vast roof area, the cistern held more than 150,000 gallons, and each cottage had its own cistern and pump, all interconnected with the main house. The total capacity was very large—nobody really knew the exact figure— and usually there was no trouble, but due to a bad dry spell, the whole system was down to a two-day supply. Grinning at the consternation that crossed Norman's face, Thor assured him that it was no real problem. The French barge was due to-morrow, and it always supplied the Club when water was low. Somebody just had to stand on the pier at eleven o'clock and wave as it entered the channel. The captain was often too drunk to notice any other signal.

"Do we pay him for this water?" Paperman said.

"Oh, no. Dis government water."

"Then we pay the government?"

"No. Nothing to pay." Thor ran fingers through his thick blond hair. "I tink maybe I go out to de bar. It get busy now——"

"One moment, Thor. How is it we get free barged water from Guadeloupe? That's damned strange."

"Vell you see, Mr. Paperman——" Thor dropped his voice. "Lorna, she Senator Pullman's gorl friend."

"What? Who's Senator Pullman? What's he senator of? Who's Lorna?"

Senator Evan Pullman, Thor said, was one of the seven members of the legislature; a party leader, and chairman of the public utilities sub-committee. When not serving as a law-maker, he kept a bar. Lorna was the girl who tended the registration desk and the switchboard of the Gull Reef Club. (Norman had noticed this ravishing black girl at the desk, of course, and had wondered about her.) Thor explained, with a faint leer, that the hotel paid her a lot more than the going rate for female help, but very much less than some half a million gallons of barged water per year would cost. This was an arrangement dating back several years. Everybody was happy about it, and there was no chance of any trouble.

"Dey joost vun ting you got to be sure, Mr. Paperman," said Thor. "You got to catch dat barge coming in. Going out she's empty, and you stuck till next time."

"Well, then you'll see to that to-morrow, won't you, Thor?" Norman was both dizzied and amused by these revelations.

"Oh sure, sure. I joost vant you to know about it."

The door of the office opened, and Senator Pullman's loved one looked in with a lascivious little smile, evidently the cast of her face in repose. Lorna always dressed in crisp lacy white. She had perfect features, a skin like black velvet, and large wide grey eyes. "Mister Paper-mon, you want your New York call? It's ready now."

"Good. Thor, don't go. I still want to talk to you about your raise."

"Ho! Plenty time for dat." The bartender went out.

After some ear-splitting clicks, Henny came on the line, sounding dispirited. The pain was gone at the moment, she said, but the doctors now suspected that she might have—of all things—a gallstone. They wanted to keep her under observation for two or three weeks.

"Why three weeks? What's to observe?" said Paperman. "If you've got one, an X-ray will show it."

"Well, the X-ray is clear, but they say there's a kind of stone that's transparent to X-rays. Doesn't that sound ridi-culous? It seems I may be secreting square-cut diamonds."

"That would solve our problems," Norman said. "You're a woman of great resource."

"Don't let's talk about it. I'm fit to be tied, and if I'm all right for a couple of days I'll come down and to hell with them and their transparent stones. Tell me about the hotel. Is everything set?"

Norman recounted the deal, not without indignation. She objected when he called Lester a lying old son of a bitch. "How did he lie? He said he'd take care of the money end. He did, didn't he? You've got the hotel, and you didn't put up five cents in cash."

"What? I put up five thousand dollars."

"But you got that back."

"Sure, to spend on the new rooms."

"Well, don't you need the new rooms?"

"Look, my point is that *Lester* didn't put up five cents in cash."

"Naturally. He's the world's master at that. What's the difference, so long as he got you the place?"

"He also got me a fifty-five-thousand-dollar debt to pay off in six years. That's the difference."

"Honey, that was the price. Did you expect Lester to give you the Gull Reef Club for Hanukka?"

"I thought we'd be partners or something. I thought he'd put up the money at first and I'd put up—well, I'd put up——" Norman paused.

"Your hotel experience," Henny suggested.

"All right, all right," Norman said.

"Have you seen that Cohn fellow? Hazel keeps mentioning the crazy frogman," Henny said. "And she's starting to talk about spending Christmas in Amerigo."

"Really? Maybe I'd better find out if *he's* got a wife."

"Well, I don't know. She's going to Asbury Park for the weekend with the Sending. Folk musical festival, she says."

"Asbury Park? Ye gods, why are you allowing *that*?"

"Well, they went and made the reservations. At the Pine Grove Hotel, funnily enough. You remember, the one we used to sneak off to. Imagine, it still exists."

"Tell Hazel I forbid her to go," Norman stormed.

"I will," Henny said. "She's sort of blue, like me, and it'll give her a laugh. I'll call you if there's anything urgent, otherwise let's just write. This is no way to start paying off fifty-five thousand dollars."

As he came out of the office Lorna gave him a feline glance. "Seventeen minutes," she said. "Fifty-nine dollars plus tax."

The flower-scented cool air in the lobby was a relief after the stifling, stale, dusty atmosphere of the office under the stairs. Paperman wondered whether to include a large modern office in the reconstruction, and at once decided against it. New money-making space would be the one aim of that job.

Strolling into the bar in the hope of encountering Iris, whom he hadn't yet seen, he noticed Collins and Tex Akers at a small table with the banker Llewellyn. All three men wore ties and dark business suits. Akers looked entirely different out of his work clothes, washed and shaved. He had a distinguished air. No time like the present, Paperman thought, and he took his martini to their table. They were in a solemn discussion over untasted beers.

" May I intrude for just a little while? "

" Please! " The banker motioned to a chair.

" Mr. Akers, how about changing your mind and building those new rooms for me? " Paperman said. " It may be some time before my wife can come down here. I'd like to have these rooms ready by Christmas. She approved of your sketches, so why not get going right away? It's not a big job, and I'm sure you can work it in."

Akers glanced at the banker and the lawyer, and scratched his scanty hair, smiling. " It's funny you should come along like this. I've got a short holdup on the Crab Cove job," he said in his warm, relaxed voice. " That's what we've just been talking about. Actually I guess I could bring my Cove crew around to-morrow and just get rolling. In a way, it would fit in real good."

Collins said to Paperman, " That would be a break. His crew would do your rooms in a week, probably."

" Easy," Akers said.

" You estimated about thirty-five hundred dollars," Paperman said.

" Well, to protect myself I'd call it four thousand on paper. I'd just charge you for labour and materials. If it comes to less, that suits me. Just so the crew keeps going." He laughed and shrugged. " This is too small a job to figure profit. If it works out under thirty-five hundred, maybe you can give me a case of scotch."

" Well, that's cordial of you, but I think you ought to have a profit. And I'd want a written estimate for the record."

"No problem."

"Will you want a construction loan?" the banker said to Paperman. "We'll be glad to extend one to you—and to Mr. Ot-loss, of course."

"It's a minor job," said Paperman with a touch of grandeur. "I'll handle it with cash."

Akers held out his hand. "I'll be here at noon with my crew."

Norman went to bed early, exhausted but encouraged. The night's dinner business had been capacity. The bar cash register was jingling as couples filled the moonlit dance terrace; and Thor had already given him one small canvas bag of money to be locked away in the old office safe, for deposit in the bank in the morning. This most eventful day in his life, which had begun so badly, was ending well enough. He didn't like sleeping alone in the White Cottage, and his last drowsy thoughts were of poor Henny and her transparent stone. He also wondered where Iris could be. Just as he was dozing off he heard the door of the Pink Cottage open and close, and Meadows yipping joyously. He was too tired to move.

3

Pounding at the door: bang, bang *crash*. "Inside! Mistuh Paper-mon! Inside! You in dah?" BANG!!

Paperman forced his eyes open, sat up, and blinked at the sun glare off the water. Seconds passed before he understood where he was, and what he was doing there. He had been in a deep sleep, dreaming of New York. "Yes? Who is it?"

"Sheila. I sorry to hoross you, suh."

"Oh. One minute, Sheila."

Sheila was the cook of the Club. Norman had met her in his first tour of the premises, weeks ago: a mountainous irascible black woman with dark eyes and thick satanic eyebrows, rolling sweat in a tiny malodorous kitchen, and snapping peevish orders at two sulky, terrorised, darting girls. Paperman did not understand how such excellent meals issued in quantity from that fiery, squalid hole of a kitchen, but he knew they did, and he proposed never to venture near Sheila's domain. Now here she was.

" Sheila, what time is it?" he called, as he tumbled out of bed and reached for a dressing-gown.

" Quarter past."

" Quarter past what?"

" Ten."

As he opened the door she held out a scrawled, bloodstained paper. Sheila wore a large apron and a chef's hat, and she was perspiring heavily.

" What's that?"

" Mario's Market. Mario don' give no credit. He up de main house wid de meat but we got to pay."

" Well, tell Thor to pay."

" Thor ain't dah. Got to have meat fo' lunch, suh."

" How much is it?"

" Hunna fifteen dolla'."

Paperman wearily took the bills, and wrote a cheque. Sheila departed fanning the cheque, and shouting angrily at herself.

He dressed and plodded across the lawn toward the main house; but halfway a startling sight arrested him. A large red sailing yacht, aswarm with white people having a party, was tied to the pier. A merry roar, and snatches of bawled song, rose from the deck. Norman approached this boat, puzzled. It was a beautiful new vessel; the scarlet of its hull looked like Japanese lacquer, its towering masts were yellow-varnished, its brasswork glistened in the sun.

" Norman Paperman! Dah-ling! Here he comes! My hero, my love! Come aboard, sweetheart, and have a glass of champagne! Hurry!" He heard Mrs. Ball's voice, and saw a muscular brown arm waving above the clustered heads.

He crossed the little rubber-matted gangway, and the Englishwoman thrust out of the mob, stately in a white pleated dress, painted like a doll, and holding a champagne glass. She threw a brawny arm around him. "Welcome aboard *Moonglow*, you dah-ling! You're just in time, love, we cast off in fifteen minutes. Come along and have a drink. Isn't this boat a *love*? It was Tom Tilson's and now it's mine. There isn't a schooner to touch it in all the West Indies, and I've been aboard them all."

Paperman observed that she was towing him through the " hill crowd." There was no mistaking it: self-assured, sunburned people, middle-aged or older, dressed with informal

clean elegance, Gentile to the last man and woman, serenely
superior in their bearing, in their smiles, in their intimate
laughing ease with each other; most of them with the glittery
eyes of steady drinkers, some with the poached eyes of excess;
here and there a chic pair of homosexuals, brilliantly dressed
and with close-cropped grey heads. " Champagne, love?—Oh,
dear, are we out of champagne? Well, more's coming. Do
have some caviar." Open cans of grey caviar labelled in Russian
stood on the small wheeled bar, with trays of crackers and a
hacked-up blue cheese.

" I don't know, Amy, it's kind of early in the morning——"

" Ah, here we are! Quick, Captain, champagne for my dear
friend."

Out of a hatchway climbed a very big red-faced man in a
yachting cap, a tailored white long-sleeved shirt, white duck
trousers, and canvas shoes. " Hey, Mr. Paperman!" The man
threw his arms wide and brandished two frosty bottles of
champagne like Indian clubs. " I got it! Vat you tink? I got
my boad!"

His costume was such a change that Norman did not recognise Thor until he spoke.

" *My* boat, lambie, *my* boat," cried Mrs. Ball, snuggling up
to the bartender, putting an arm around him, and looking
dewily into his face.

" I'm de captain, py God!" roared Thor, pulling the cork
out of a bottle with a gunshot sound and a spill of foam.
" Captain of *Moonglow*, finest tam boad in de islands! And
to-day ve sail for Panama! Panama, py God! Dat vas my
port before I got wrecked, and dat's my port now! Mr.
Paperman, I owe it to you! Here, champagne!"

Stunned, Paperman took the glass, raised it, and managed a
smile. " *Lycka till*, Thor," he said. " Is that right?"

" Hey, Amy, you hear dat! *Lycka till*, you betcha, dat's
right, Mr. Paperman. Py God, I drink vit you, you're a man."

The three of them drank. Mrs. Ball then glued a kiss on
Thor's lips, cleaving to him like a bride, an impatient amorous
bride, unsteady after a long wet wedding breakfast. Thor sub-
mitted to the kiss, glancing slantwise at Paperman. " Amy, I
tink I see de governor come aboard," he said, as soon as he
could disengage his mouth.

" The governor! Come, bring a bottle and a glass, lamb."

Mrs. Ball made off through the crowd like a quarterback. Thor followed in her wake, giving Norman a sardonic man-to-man grin.

"Paperman, you look kind of put out." Tom Tilson was at his elbow, scooping up caviar with a cracker. His red freckled face, all cords and bones, was wrinkled at Norman in crafty appraisal.

"I'm surprised."

"You had no warning?"

"Not a word."

Tilson gulped the caviar, and shook his knobby stick at Paperman. "I tried to tip you off, you know, about Thor. At Hogan's Fancy. I couldn't say much more than I did, with Collins sitting right there. I knew about it. *Moonglow*'s my boat. Amy's been blowing hot and cold about buying it for a year. I thought it was just talk to keep Thor happy, but by Jesus yesterday afternoon she did it. Damn fool, if you ask me. As long as she didn't buy it, she *had* him. Now he's got *her*."

"I gather they're very good friends—as one might say."

Tilson uttered a lecherous hoarse giggle. "Them? Mister, since the day he piled up on Cockroach Rock a year and a half ago. If you ask me, all he's been doing since then is working up to this moment. Amy doesn't know boat people. I do. She'll find out."

"Well," said Norman with a heavy sigh, "it seems that I don't have a manager."

"You sure do," said Tilson. "Name of Paperman."

The deck rocked and vibrated. "What the devil!" Norman exclaimed. "We're moving." The boat was, in fact, powering away from the pier. "How crazy is he? Are we all off to Panama?"

Tilson laughed. "Just to the waterfront. That gondola is a hell of a bore. As you'll soon discover." The old man squinted at him. "I'm afraid you're in for a rough time."

He swallowed another immense gob of caviar and stumped away.

Thor came shouldering along the deck, bawling orders at a black boy in the cockpit. Seeing Paperman he stopped, looked abashed, threw his head back in a savage laugh, and wrapped an arm around his shoulders. "I tell you, Mr. Paperman, I feel kind of bad, you know?"

"Why? You said you'd stay till you got a boat. You've got a boat."

"De books are hunnert per cent, right up to last night, joost like I showed you. It's a easy system, you catch on fast. Don't hoross yourself, like dey sey. Gilbert can run de bar. I been breaking him in. He mixes good drinks. I showed Gilbert de main water valves, and de fuse boxes, and all dose tings. You be okay."

"Who's Gilbert?"

"De boat boy. He honest and he not so tam stupid, only you better watch him till he get used to de job, you know? All you got to do is keep de books and handle de reservations. Dere be no problem. Sheila run de kitchen fine, she de best tam cook in Kinja."

"Thor, I don't know much about keeping books."

"Ha! I know less dan you ven I come. You pick it up fast. You call Neville Wills, tell him come in every day for a week or so, check tings over. He de only good accountant on dis island.—Hey, Artur! Slow down, you vant to run dis tam boad up on de beach?" Thor held out his hand. "No hard feelings? I like you, Mr. Paperman, honest. De only ting is, I'm a sailing man."

Paperman accepted the powerful handshake. Thor hustled forward. "Stand by! Clear de starboard rail!"

The hill crowd disembarked on the waterfront, Norman among them, and stood in a huddle, shouting farewells, many still holding highballs in paper cups. A strong breeze was blowing across the harbour, and Thor at once hoisted sail, disdaining to clear the channel under power. *Moonglow* looked brave and lovely, falling away from the bulkhead, slowly gathering way and dipping her scarlet hull as one and then another white sail ran up flapping and caught the wind. The hill crowd began to sing *Auld Lang Syne*. Amy Ball stood in the stern with her arm round a shroud, swaying and waving, and laughing through streams of tears. *Moonglow* had to manœuvre to avoid an ugly vessel that was bearing down on her, an enormous flat chugging thing, solid rust from its square bow to the small iron deckhouse at the stern. Thor cleared this ungainly scow by a foot or two, and the onlookers cheered.

Paperman observed that the big rustpot was flying a French tricolor. It occurred to him that this could only be the water barge from Guadeloupe. It was already passing the Gull Reef pier, and nobody was there to wave! He started running up and down the waterfront, sawing both arms in the air and screaming at the oncoming barge, "No, no. *Non, non.* Stop! stop; *Arrêtez-vous!*" He made a megaphone of his hands and howled, capering here and there, " *Arrêtez-vous!!* A - R R R R E - T E Z - V O U S !" The barge moved steadily on. There was nobody on deck. The enormous old contraption was coming in with snorts and clanks; the Frenchman in the wheelhouse, directly over the engines, could not possibly hear him.

Paperman suddenly ceased his dancing and screeching, aware that the entire hill crowd was staring at him in silent amazement. The waterfront strolling and bargaining had also stopped dead, and perhaps forty Kinjans were goggling at the berserk white man, not very surprised, but willing to be entertained.

Paperman put his hands in his pockets and sauntered along the waterfront, whistling, trying to look sane. The barge came alongside, and stopped. A fat moustached old man in white trousers, a peaked cap, and an incredibly shabby brass-buttoned blue jacket limped out of the deckhouse, threw two thick manila lines on the waterfront pavement, and went back inside. Two burly Negroes, stripped to the waist, tied the lines to bollards and climbed aboard the barge, dragging a thick black hose.

Norman jumped up on the low deck, the iron plating of which felt fiery through his rubber soles. At the open door of the deckhouse, he knocked. The barge captain sat inside at a little table, pouring himself pink wine from a half-gallon jug. He had a drooping big belly, and his thick moustache was streaked pink from the wine, and yellow from an old pipe lying on the table in a spill of ash. Ignoring the knock, he drank half the glass of wine and stared straight ahead out of far-off, filmy eyes.

Paperman thought that the man might be deafened by his own engines. " *Monsieur le capitaine!*" he bellowed.

The Frenchman pulled open a drawer, took out a greasy green record book, laid it open before Paperman, and lapsed back into his melancholy trance. The open pages showed columns and columns of numbers entered in brown ink. Paperman explained at the top of his voice, in a tumble of agitated French, that he did not want to see the book, that he was not an official, that he was *le nouveau propriétaire* of the Gull Reef Club, and that he needed water. The captain only stared straight ahead, once or twice groaning in a heartbroken way, as though seeing phantom German columns marching down the Champs-Elysées. When Paperman paused he looked up and spoke several hoarse hostile sentences in strange French, waving his arms stiffly with palms upward. Then he poured more wine and sighed, and stared, and drank. Nothing Paperman said after that had the slightest effect on him.

Norman went forward to the two Negroes, who squatted beside the thumping, pulsing hose. " Can you tell me where Senator Pullman's bar is?" he said.

The men shifted their eyes at each other.

" You know who Senator Pullman is, don't you?"

There was a full minute of silence. " Senat-uh Pull-mon?" said one, with an air of repeating a phrase in Chinese.

Beside himself, Paperman jumped off the barge. In all his life he had never been confronted with a shortage of water. To his New York mind, water was something that flowed from taps. The supply was instant, limitless, and as certain as air to breathe. There were thirty-eight people registered at the hotel and in the cottages, only six under capacity. All those taps running dry at once; all those toilets ceasing to flush——!

In the arcade of shops opposite the fort, leading off Queen's Row, he saw a small hanging sign in red, white, and blue, *Peace and Prosperity Bar.* Surely on this little island, he thought, the barkeepers knew each other. He ran across the cobbled square. There were several Negro and white drinkers in the Peace and Prosperity Bar, but he saw no bartender. Leaning in the doorway was a moon-faced, short young Negro in a light blue drip-dry suit and a black knitted tie, smoking a cigar with a sensuous rounding of his mouth. Paperman said to him, " I beg your pardon. Do you happen to know where I can find Senator Pullman's bar?"

" I'm Senator Pullman. This is my establishment. Can I be of any assistance to you?" said the Negro, in clear mainland accents.

Paperman threw his arms around him. "Senator Pullman!
Thank God!"

The senator, surprised and amused, endured the hug and
asked what the trouble was. Paperman poured out his tale.

"Well, well, so you're Mr. Paperman. Lorna was telling me
about you. You're just as handsome as she said, too. Welcome
to Kinja."

"Thank you. Do you know French? Can you talk to the
barge man?"

"About what?"

"About the water! Tell him to save some for the Club."

Senator Pullman wrinkled his nose and his brows, and
looked much older and shrewder. "Well, you see, he's com-
menced pumping into the municipal system now, and he's got
to discharge his entire capacity." When the senator used long
words, a slight beat on the last syllables disclosed his island
origins.

"But we're down to one day's supply. One day! All those
people, Senator."

"Yes, it would be a definite health hazard." Pullman looked
up at the cloudless sky, screwing one eye shut. "I do think
we're going to get some rain. The Club has a very expansive
roof, and you can catch a week's supply from one generous
precipitation."

"Suposing it doesn't rain?"

"That's a prudent question, but you needn't worry. In that
case talk to Lorna. She'll tell you how to get emergency water.
Incidentally, if you encounter any electrical problems, I have
a degree in electrical engineering. In our community, a liquor
licence is more remunerative, so——" He winked at Paperman
and went behind the bar.

Paperman hurried off down the square to the landing. The
gondola was tied to a cleat, the boat boy was gone, and a knot
of white people stood there muttering and arguing. Several of
them were tourists in heavy dark clothes, with luggage heaped
around them. A guest who recognised Norman told him that
there had been no boat service for an hour. The gondola had
been tied empty at the pier across the water until a few minutes
ago, when some guests had rowed over and left it.

Paperman had no choice. "New arrivals first, please, get in,
and I'll take you across," he said. This occasioned a jostling

rush into the craft, very nearly overturning it. Then he had to swing a number of heavy suitcases on to a rack at the bow. This exertion in the vertical noon sun, followed by the effort of rowing the laden, unsteady boat three hundred yards, plus the job of tying up the boat and helping out the passengers, put Paperman in a drenching sweat. He ran up the lawn to the main house, and through the lobby to the bar.

There, sure enough, was the boat boy, in ragged blue shorts and shirt, new and obviously slashed up by a knife. Still wearing his gondolier's hat, he was rattling a shaker with a look of exalted pride all different from his usual veiled sullen glare. Paperman paused. There were about thirty people drinking in the bar, and on the beach. This was revenue.

" Gilbert, please give me that hat."

" Dis my hat, suh," said Gilbert, looking hurt. " Mistress Ball she did give me dis hat."

" A bartender doesn't wear a hat. Only a boat boy wears a hat."

" Oh! Dat right?" Gilbert at once removed the hat, grimaced at it, and passed it Norman.

" I see you're doing a fine job. Keep it up."

" I doin' .everything just like Thor," said Gilbert. " I can work de cash register."

" Splendid." Paperman raced out on the lawn again, straight to a man whom he had observed clipping a hedge near the pier. When the people across the water saw Paperman they began shouting.

" Hello," Paperman said to the gardener, a stout Negro in khaki work clothes, all buttoned up against the sun. " I'm the new owner of this club, you know."

" Yes please." The man touched his hand to his headgear, a brown paper bag folded like an overseas cap; smiled in a mournful, kindly way, and went on clipping.

" What's your name?"

" Millard."

" Millard, I'd like you to row that boat for a while. Just take the people back and forth, you know?"

" Mistress Ball she said clip de hedges Torsdays."

" Yes, well, this is just for now. It's an emergency. You can let the hedge go."

Millard looked at him in perplexity. " I de gardener, please."

"Of course. But I'm making you the gondolier. Just for now. Here's your gondolier's hat."

He offered Millard the shallow yellow- and red-ribboned straw. The gardener hesitantly took it, removed his paper hat, and set the straw on his head. A look of bashful delight crept over his face.

"I row de boat good, suh."

Millard went to the boat and cast off, smiling proudly all the while at Paperman. He rowed with clumsy strength, and closed the other shore fast. Paperman was watching him help passengers into the gondola, when the arrival of another vessel at the pier cut off his view. This was a battered old power boat gasping up from the waterfront, with Tex Akers in the bow, at the head of a phalanx of perhaps twenty-five tool-carrying workmen.

"Hi, there," Akers called. "Ready or not, here we come."

He jumped from the moving boat across eight feet of water, his long bare legs taking him easily to Paperman's side.

"Quite a work force you've got there," Paperman said. The boat bumped to a stop and the men streamed off.

"Sure do, but that's my lookout," said Akers, grinning down at Norman in the friendliest way. He was about a head and a half the taller of the two. "I've got a payroll to keep going. This is the whole Cove outfit. You'll just get your job done three times as fast. Actually with this all-out kind of operation I'm hoping to wrap it up in less than a week. I figure to work Sunday, but the overtime will cost me, not you. All right, fellows, this way." He led the battalion of workers— there were about two Negroes to each white man—across the lawn toward the main house.

The old power boat snorted away, and Millard came towing alongside, with the gondola so crowded that its gunwales were level with the water. He helped everyone out without mishap, still wreathed in dignified smiles under the ribboned hat. Paperman told him to carry up to the main house the bags accumulating on the pier, and to take fewer people in the boat next time.

Millard said, "I can row de boat at full."

"Yes, but we don't want you drowning them."

"No please," said Millard, roaring with laughter. He loaded

himself with an astonishing number of bags and strode up the lawn.

For the first time since Sheila had awakened him with her pounding, Paperman now drew a couple of quiet long breaths, standing in the sunshine on the pier. The upsetting withdrawal of Thor seemed to be contained. Norman had to get the accountant in to keep the books, until he could take them over; he had to start to work on the reservations, answer the letters and telegrams, and so forth. Perhaps he would even have to double as a bartender for a while. But he would survive. Tom Tilson had put the matter fairly; the new manager's name was Paperman.

He had sweated right through all his clothes. His new yellow shirt hung in black wet blotches, and he could feel trickles running down his nose and his neck, and under his arms. He returned to the White Cottage, and put on trunks. As he walked down the path to the water, he saw a blonde masked head break the surface, far out. Iris came streaking in toward him, swimming with loose neat arm strokes. " Hi! Welcome, Norm! Or should I say, mine host? What's the good word?"

" The good word is, I'm doubling your rent."

" Oh, you Americans. What know-how!" She took off her mask, shaking back her heavy streaming hair. " Gad, things must be well in hand, if you're swimming at noon. I hear Henny didn't come with you."

" She'll be along in a few days." He dived into the sweetly cool water and floated beside her. " I've had a hell of a morning."

Iris was astonished by the news of Thor's defection. She said she had slept till noon, and hadn't seen the yacht arrive or leave. " Of course I heard Amy talk off and on about buying *Moonglow*, but I never thought she would. Amy's a close girl with a shilling, but she was mad for Thor, all right. She's bought herself a package, believe me."

They came out of the water. Lying beside Iris on her Indian blanket, in the shade of high oleanders heavy with pink blossoms, Norman told her about Henny's ailment.

" Oh, Lord, what a time for that to happen. Everything's hit you at once." Iris shook her head. " This place needs a man and a woman, Norm. Or two faggots, like before, same difference. The man looks after the upkeep, the driving, the money, and all that. The woman's in the office, and watches the service, and makes pretty noises at the people. Amy and Thor were very good."

Norman said, "There's nothing really wrong with Henny. She often shows up with odd aches and pains when she's tense. She'll be down in a week or two. I just have to get through until then."

Iris sat up. "Look here, let me help."

"Nonsense. I'll manage."

She said, getting to her feet, "I'll just get the salt out of my hair and spiff up. Honestly, it'll be fun. I'm bored to death anyway."

"Iris, the worst is over. I'm all right."

"You don't know that. Somebody should check the books and receipts, for instance. Gilbert's just a boy. I'll see you up in the office in an hour." She bounded up the embankment, waving off his protests.

As she did so, Norman heard a distant crash, and then continuing loud noises of demolition—hammerings, smashings, the fall of stones, the yelling of men, the shattering of glass. He was planning a short nap, but this sound could only be the Akers crew getting to work. He wanted to see that. He dressed quickly and hurried toward the main house, where at the rear, clouds of plaster dust were rising above the roof into the sunshine.

In the lobby, a gigantic greasy brown tarpaulin billowed in the breeze, masking the doorway of the old game room. The sounds of breakage and collapse were coming from behind this tarpaulin, and wisps of plaster dust floated through holes in the heavy cloth, like smoke from a fire. Fortunately it was the lunch hour. The lobby was deserted. Paperman lifted an end of the tarpaulin and slipped behind it, into a scene of sad ruin. Half of the back wall of the room lay in rubble on the floor. A ragged egg-shaped hole was open to the sea and to the sun, which blazed into the room through tumbling eddies of dust. Even as Paperman arrived, a ringing smash of many sledge hammers at once sent another great chunk of the thick cement wall crumbling inward, unveiling more blue sky, grass, and sea.

"*Hold everything!*" bawled Paperman, half blinded by the dust boiling up at him.

"Easy, fellows," he heard Akers say. "Here's the boss."

His arms below his eyes, Paperman groped and stumbled to the hole in the wall, and climbed through into the sunshine.

"What's all this?" he said. "The job's just inside construction. Why are you knocking down the wall?"

The contractor said he had two reasons. There was the problem of getting men and materials in and out of the room. This way, the entire job would be done behind the tarpaulin. The heavy noise would be over to-day, and then the guests would have undisturbed use of the lobby. Otherwise workmen would be passing through the hotel with construction materials and rubbish for a week. Moreover the wide dining-room window, which they had already demolished, would have been unusable for the new small rooms. It was cheaper to knock the wall down and put up a new one than to break it partially and then rebuild it.

"This thing's looking real good," he said. "We came on a couple of one-inch pipes under the floor, from the days when they had a kitchen back here. We just hook in our hot and cold water, flush out the rust, and I reckon that'll cut the plumbing cost maybe in half."

He drew Paperman a little away from the men. The six who had been smashing the wall were leaning on their sledge hammers. The rest of the workers, a very large group, were lying around on the grass, drinking fruit nectar out of cans, listening to Calypso songs on portable radios, and making loud incomprehensible jokes, with bursts of jolly laughter.

"If it's convenient," Akers said, "can you let me have an advance on the job now?"

"I suppose so. How much?"

"Well, the usual thing is a week's cost, but that's the whole price in this case. How's about half?"

"Two thousand dollars?" Norman said dubiously.

Akers' lantern-jawed face, with dust caked on the reddish bristles of his chin, broke into a gentle, engaging smile.

"I'd much rather bill you at the end, but these local suppliers don't give credit, you see, they've had too much trouble with a few fly-by-night characters who've come and gone since

I've been here. The responsible contractors are left holding the bag. I've ordered all the materials for the job from Amerigo Supply, and the stuff'll be here in the morning, provided I get a cheque over there before bank closing time to-day. That's how things work here. Call Chunky Collins, and ask him."

Paperman was embarrassed at the suggestion. " It's quite all right," he said. " You're entitled to an advance, of course. Would you like the cheque now?"

" I'd sure appreciate it."

" Well, fine. Let's go to the office."

Lorna said as Paperman went by the desk with Akers, " De afternoon plane just came in with five guests. Ain't nobody to meet dem."

" Well? Those people this morning got in all right."

" Dey come very mad. It says in our brochure we meet dem. Thor he always met dem." She held out some keys on a chain. " Dese are for the Rover. Thor said for me give dem to you."

Norman took the keys with a shrug, went into the office, and wrote the cheque for Akers. The contractor said, blowing on the cheque, " Thanks. If you're going to the beach now, I'll come along."

" Don't you have to stay with the men?"

" All they have to do is finish off that wall. I told them to stop there and quit, so I don't reckon they'll knock down the rest of your hotel." Akers giggled, tucking the cheque in a dusty khaki pocket.

The new gondolier, exerting himself to put on a show for his employer, drove the boat to the shore with a dozen strokes, his ribbons a-flutter in the wind. " Millard, I think maybe you've got yourself a new job," Paperman said. The man's ebony face glistened with elation.

Akers showed Paperman how to start the Land-Rover, an oversized British machine like an enclosed jeep. " They're great machines. I've got one," he said. " The only thing is, if you need a spare part it comes by slow boat from England. See you in the morning. Those rooms are going to start sprouting up to-morrow like mushrooms after a rain."

4

Seven angry tourists with a high heap of luggage awaited
Norman at the airport. Their anger was directed equally at the
Gull Reef Club and at a cab driver asleep at the wheel of a taxi
parked closed by: a Buick of about 1938 vintage, newly
painted bright yellow, with patches of rust eating through the
paint, and half of one door rotted away. When they had asked
the driver to take them to the Gull Reef Club, he had said that
he was busy, though there was no other visible business for him
at the dead terminal. He had then slumped in a doze.

Paperman saw that without this taxi he would have to
make two trips. The Land-Rover couldn't hold seven people
and the great pile of luggage. He went and rapped at the cab
window. The driver opened one eye, then both, and sat up
with a spry grin. " Yes, suh, whah to?" He reached for the
rear door handle.

" Gull Reef Club."

" Sorry," said the driver. " I busy." He slouched back and
closed his eyes.

There was no time to probe this puzzling outrage. Drawing
on his vast experience with New York cab drivers, he rapped
again, this time with a hand holding a ten-dollar bill. " Are
you very busy?" he said.

The driver contemplated the ten and swallowed. " I got to
leave dem off by de post office. Den dey got to walk."

" All right. Take the people, and I'll take the luggage."

Nobody offered to help him load the Rover, and of course
there was no porter. So Paperman, who was not supposed to
carry heavy weights or otherwise over-exert himself, piled
seventeen large suitcases into the car, with the western sun
frying his back. He was not expert at this kind of thing, and
when he started to drive off, the first stiff lurch of the Land
Rover sent nine of the bags slithering out on the sticky tar road.
He got out, repacked the bags, and tied them with a rope he
found on the floor, mopping his streaming face with a sleeve,
and easing his spirit by roaring at the waving sugar cane all
the obscenities he could think of. He climbed into the Rover,
jammed the accelerator to the board, and held it there. He was
distinctly light-headed by now. Rocking and swooping like a

roller coaster, the machine tore along the highway, whistling past the decayed Buick about halfway to town.

The wharf once again was crowded with irritated whites. The gondola was moored alongside, and at the oars Millard slumped, his face tragic. His hat was gone. Nearby on a bollard sat Senator Pullman, and the senator was holding the hat.

" Hello, Mr. Paperman! I'm glad you're here. I think I've saved you some very serious inconvenience, not to mention legal difficulties of humiliating proportions."

" Why? What's the matter now?"

The senator waved the hat. " Did you knowingly allow that person now sitting in your boat to operate it?"

Paperman explained why he had drafted Millard as a gondolier. The senator looked increasingly serious, lighting a cigar and puffing at it with nursing lips. " Mr. Paperman, that person is not a citizen. He is an alien, a bonded worker from the British island of Nevis. His bond only allows him to work as a gardener, since there is a shortage of Kinjan gardeners. There is no local shortage of unskilled labour, such as rowing a boat and wearing this hat would entail. You have to employ a Kinjan citizen for this position."

" I'll be glad to. It's an emergency, Senator." He reached for the hat.

The senator pulled it away. " I'm endeavouring for the friendliest motives to spare you considerable hardship. If an Immigration inspector were to find this person performing unauthorised employment—and they snoop around constantly— you might have all your alien workers' bonds cancelled forthwith. All your chambermaids and kitchen maids are bonded from Nevis. You'd have to close your hotel."

" Senator, tell me what to do and I'll do it," Paperman said. " Where can I get a Kinjan to row this boat?"

" There's only one place. The Amerigo Employment Division keeps a current list of Kinjans seeking job opportunities."

" Fine. Where is their office?"

" Across the street from the church. Unfortunately on Thursdays they close at one o'clock. I doubt that you can get a man anyway, to be frank. The season is on, and the list is usually empty by Thanksgiving."

Paperman stared at the senator's placid, sober round face.

" But Senator—if I can't use bonded help, and I can't get a Kinjan, who is going to row this boat?"

The senator nodded with approval. " Well, you understand the situation, then. I feel you have a knotty problem."

" Jesus H. Christ," said Paperman.

" Perhaps you should put back the former boat boy. You can see that we cannot allow aliens to fill temporary shortages," said the senator. " Otherwise there would never be any shortages, and this island would have an unemployment problem. As it is, there is no unemployment in Kinja."

" I can well believe it. I'll take the hat." The senator passed it to him, and Paperman added, " Can you tell me while we're at it, why a cab driver wouldn't pick up my guests at the airport, and then wouldn't deliver them to this landing?"

Senator Pullman rolled his cigar inside a tolerant smile. " That is the fault of your policy."

" *My* policy? I got here yesterday."

" The Gull Reef Club sends a car to meet its guests. The taxi drivers' association feels this takes the bread out of the mouths of Kinjan citizens." He wrinkled his face, and seemed to age twenty years. " Now that the Gull Reef Club has a new proprietor, it's a golden opportunity to revitalise your policy on meeting guests."

Paperman walked to the gondola. " Millard!" The gardener looked up dolefully. " Give me a hand with the bags."

" Yes please." Millard scrambled eagerly out of the boat.

Paperman felt a tap on his shoulder. Senator Pullman said, " Handling luggage also is not a job certified by the Amerigo Employment Division for alien labour." But something in the suffering, cornered-rat look on Paperman's face caused him to add, " I don't see any Immigration inspectors on the waterfront right at this moment. I'm speaking of policy."

" This is completely against the policy of the Gull Reef Club," said Paperman. " Pile as many as you can on the rack, Millard."

" I feel that you will soon adjust to Kinja," said Senator Pullman.

Once again Norman Paperman rowed a boat full of luggage and people, including the big sad gardener, across the harbour, leaving behind a squalling, complaining huddle. Having no place else to set the hat, he put it on his head. It was nearly three o'clock now, and he was glad of the shade. The western sun on his head was making him very giddy.

Putting at defiance any Immigration inspectors lurking in the shrubbery, he ordered Millard to bring the bags to the main house. He hastened to the bar and told Gilbert to man the boat. Gilbert was shocked and balky. " Suh, I make good drinks. I got a order now for six planter's punches."

" Gilbert, I'll make the punches. Or they can wait. Those people have to get over here."

" I work de cash register, just like Thor. I handlin' de money good."

" I'm sure of that. This is just until we figure something out. Please go to the boat. *Now*, Gilbert." A cloud descended on Gilbert's face; his African lips pouted; his eyes became slitted and opaque. " Yazuh."

Paperman followed him through the lobby, not at all sure that he meant to obey. But he saw Gilbert saunter to the gondola and cast off.

Lorna at the desk was staring at Paperman, and giggling behind her palm most peculiarly. " Suh, Mistress Tramm she in de office."

" Oh, yes, of course." In the rush of events—this was easily getting to be the longest day of his life—he had forgotten Iris's offer to help.

She had several ledgers open on the two desks, and she was sorting out dining and bar checks of different sizes and colours. Big black glasses gave her a cool executive look. She was not alone. A bearded white youth, perhaps twenty-one or so, with a heavy shock of straight brown hair, stood slouching against the wall, his elbows clasped shyly behind him. He wore red bathing trunks and a faded blue sweatshirt with a flung-back cowl.

" Hi, we're doing big business to-day," Iris said. " I've got Thor's system figured out. It's good." She took off her glasses, looked somewhat startled at him, and then burst into silvery giggles. " My, my, well—anyway, this is Church Wagner. Church is an artist. There are some of his pictures. He wants to know if he can display them in the lobby. They're rather nice."

With a sheepish smile, Church showed oils and water

colours: palms and the sea, tumble-down houses, dancing natives: mere bright vapid posters. Church himself, however, was a wonderfully handsome lad, with a lean rugged face softened by sensitive, almost girlish brown eyes.

"Is that what you do for a living?"

"Well, sir, I've been teaching painting at the high school. It sort of didn't work out, and so—I apologise for the way I look, sir, I just sailed over in my cat."

"Your what?"

"Catamaran, sir. That blue one, the two-hulled boat by your pier, with the blue-and-gold sails."

"Oh, *Lovebird*." Paperman had had to manoeuvre the gondola to avoid the odd craft.

"Yes, sir," said Church.

Paperman, reduced to clutching at straws, said, "Can you by any chance mix drinks?"

Church's poetic face broke into a beguiling grin. "Well, I worked my last year through college tending bar at parties."

"Want a job?"

"Gosh, yes."

"Right now?"

"Sir, I'll jump at it."

"Come with me."

He installed Church Wagner in the bar, showed him the bar and dining checks and the cash register, and stayed long enough to watch the lad start the planter's punches. "This is a well-equipped bar," Church said, happily pouring and stirring and rattling. "I'm not dressed very appropriately——"

"You look fine. Picturesque."

"Well, this is sure my lucky day. I was a little short of eating money, sir, to tell you the truth."

"I'll talk to you about salary later. Meantime you can eat here."

"Sir, thank you. That's a real help."

"He's a boat fellow like Thor," Paperman said to Iris, returning to the office. "So he has a screw loose. We'll just have to wait and find out which screw. I can keep a close watch on how he handles money. Meantime he's a lifesaver—what in the hell are you laughing at? What's Lorna been giggling at?"

"Look in the mirror," said Iris, compressing her mouth.

Paperman turned and regarded himself in the dirty little round mirror on the wall. He saw his face dust-streaked, sweat-beaded, sunburned, haggard, his grey hair hanging down, dishevelled and dark with sweat, and crowning all the gondolier's hat with the red and gold ribbons.

He turned to Iris and flung his arms wide.

"*O sole mio*," he bawled. "*O sole mio*——"

Collapsing with laughter, Iris came and put her arms around him, and they harmonised.

Lorna looked into the open doorway, startled. With an understanding and salacious giggle, she backed away and closed the door.

5

Norman staggered off to the White Cottage for a bath and a nap, too "horossed" for lunch, or a swim, or even a beer. He had done far more running around and more heavy labour in one morning, all under high nervous tension, that he had believed he could do and survive. Yet his heart was behaving; or, if he had had palpitations and pains, he had been too busy to notice them. He thought he would pass out for hours, but a soak in a tub restored him. He drew the bath hot and full, with a defiant snort at the sign on the wall: *Please don't waste water. Take brief showers.* Afterwards he felt so good that he couldn't sleep. He was anxious but buoyant, and very wide awake. He tossed, and tossed, and finally got up and dressed. It was useless. Something terrible might be going wrong up at the main house. That was where he belonged.

But everything was fine at the main house. Nothing had changed in forty minutes. Guests were frolicking or sunning on the beach. The bar was full of idle gossiping drinkers, and in the lobby elderly people were reading magazines or making talk. The tarpaulin swayed and bellied; behind it, silence. He slipped into the old dining-room. The wall was gone, the rubbish swept away. A rectangular space like a huge picture window opened on the calm sea, the bright sky, and some promising thunderclouds.

If only it would rain! It was the terror of running out of

water, he decided, that was eating his nerves. The thing was to learn the hard facts about the water system right now. He fetched Gilbert out of the gondola.

" Gilbert, Thor showed you all about the water, didn't he?" Gilbert regarded him with heavy, unhappy eyes. " I mean the valves, the cistern, the pumps—you know. The water."

From below his diaphragm Gilbert brought up a growling " Yazuh."

" Well, show me."

" Yazuh."

Gilbert trotted ahead of him to the main house, and through the lobby to the kitchen passageway. Norman heard Sheila trumpet, " *What*? Gilbert, you git on out of my kitchen. You just trouble, mon. Go on, git out."

Gilbert mumbled, " Mistuh Papuh he say show him."

" Yes I did, Sheila," Norman said, as bravely as he could. " We won't be long."

Driving the girls before her, talking disconnectedly at the top of her voice, the cook left.

The heat in the tiny kitchen was unbelievable; Paperman thought it must be a hundred and twenty degrees. A heavy fish odour jetted from a grumbling vat on the stove. Gilbert slipped an iron hook into a ring sunk in the wooden floor, and heaved; most of the floor came up; he took a flashlight from a shelf and shone it into the square black hole. " Dah," he said.

Paperman edged up to the hole, bent over, and peered in.

" Why, I can see water, quite a bit of it," he said in tones magnified by the resonance of the cistern. " How much is there? Do you have a gauge?"

Gilbert dropped a plumb line, and brought it up dripping. The line was dry except for the last foot and a half, which was soaked black.

" Well, with all that area," Norman said, " even that much must be thousands of gallons."

Gilbert pointed near the top of the wet part. " De pipe suck dah."

" You mean all the water below that goes to waste?" Gilbert nodded. " That's an idiotic way to build a cistern. I'll get Akers to move the pipe down."

Gilbert ran his finger down the cord. " Below is wha' de stuff settle."

" Stuff? What stuff?"

" Stuff offen de roof. Like leaves an' bird droppin's, an' mud, an dead caterpillars, an' dead centipedes, an' dead tree toads an' spiders, an' a few field mice, an' like dat."

Since his arrival at Gull Reef, what with all his perspiring, Norman had already drunk a large amount of this interesting water. He felt a strong wave of nausea, and backed hastily from the hole. It would hardly do to add vomit to the strange contents of the hotel's drinking water. He walked unsteadily out of the kitchen and leaned against a wall. Gilbert put the floor back over the cistern, and came out.

" Are you serious, Gilbert? How is it everybody who comes here doesn't die of typhoid or cholera?"

" De water does filter troo charcoal."

" Isn't the cistern ever cleaned of that—that stuff?"

" Yazuh."

" When was the last time?"

" When de earthquake done crack it and all de water gone out."

" When was that?"

" Dunno. Hippolyte clean it."

" Who is Hippolyte?"

" He de fella don' work here no mo'."

Gilbert led his queasy employer through a back door into sweet fresh air, down a sandy slope, and through a vine-covered trellis masking the iron support beams beneath the bar. Underfoot was beach sand, and one could look out through the trellis at the sparkling sea and the guests at play. Gilbert crouched and vanished through a crawl hole in the foundation, and Norman followed him.

" Don' stan' up straight," said Gilbert, as Norman did so, fetching his head a crack against metal in the gloom. The flashlight beam showed that he had struck the handle of a valve, painted red, projecting downward from a maze of interlocking and crisscrossing pipes. Close to it was a valve painted green. This low airless crawl space smelled of decay, mildew, drains, and machine grease. It was full of the detritus of hotel-keeping: broken chairs, odd lumber, cans of dry paint, rusty screens, stacks of basins, bales of roped paper. Dominating all was a platform. Pipes radiated from it like the tentacles of an octopus, and it was lumpy with odd knobs, gauges, and chambers. Paperman had a slight fear of all machinery. This thing looked very diseased, and evil.

" De pump," said Gilbert.

" How does it work? Gasoline?"

" 'Lectric." He pointed to the two painted valve handles, and a dozen others, grey or rusty, projecting everywhere. " Don' mind dem other valves. Dey goes to de cottages. De red one de main. De green one de 'mergency. Well, I guess I go back to de boat." Gilbert started out.

" One minute." Uncomfortable though he was, Norman felt that it was now or never for learning the mysteries of the water system. Hunched like a miner, there in that foul-smelling damp dark place, he asked question after question, hammered away at the boy's taciturnity, turned the pump on and off himself, and worked the two coloured valves. The emergency tank, he found out, held about a day's supply, so that if the main cistern water did run out, he had an extra day for procuring more. Paperman thought this nugget of fact was enough reward for all the dreary and uncomfortable investigation. The nightmare of forty unflushed toilets dissolved. There was a margin for error.

" All right, Gilbert. You can go back to the boat. Thank you."

" Yazuh."

Paperman now returned to the lobby. Lorna was busy at the switchboard, deftly plugging and ringing and answering. He waited for a lull.

" Lorna, Senator Pullman tells me that you know how we can get emergency water, if we happen to run dry."

"Senator Pull-mon?" Lorna's eyes rounded in blank innocence; her mouth curved and her tongue flickered in a smile that might have shocked a Parisian whore. " Senator Pull-mon say dat?"

With some coaxing, he got the story out of her. Lorna had a brother named Anatone, who owned a tank truck, and he made his living hauling water up to the homes of the wasteful hill crowd. Anatone procured his water from the municipal reservoir. He could bring water to the Club, but it would be expensive. No hose in Amerigo was long enough to stretch from the waterfront to the Reef. There was an old World War II landing craft in the harbour, used for hauling municipal garbage out to sea and dumping it. Anatone could hire this craft; he could drive his truck aboard, and so get the water to the Club. Paperman would have to pay for the water, the landing-craft hire, and Anatone's extra time. " I tell you what, Mr. Paperman," she said. " You better hope it rains."

" You brother's name is what—Anatole? "

" Anatone," she giggled. " Everybody make dat mistake. Anatone."

Anatone sounded like a desperate remedy to Norman, but decidely better than none at all. This had been an hour well spent, he thought. On the water problem, he now knew what there was to know.

Iris was still in the office, putting away ledgers and checks. " Hi," she said, " did you get any rest? You still look rocky."

" Do I? "

Paperman, feeling pleased with himself, embraced her and gave her a kiss, which she apparently enjoyed. " Ye gods, does a nap do that for you? Lucky Henny. These books are simple, Norm. Posting once a day is all that's necessary. We'll do it together to-morrow."

Norman said, " Splendid. I now propose a long swim, and a few martinis, say six or seven, served to us by Church Wagner in the privacy of the White Cottage veranda, and then dinner."

Iris's eyes sparkled at him. " It's all lovely, except dinner, Norm. I can't have dinner with you. Let's go."

6

The thunderclouds were drawing near from the east, dumping grey streams of rain in the sea, when she joined him on the veranda after their swim.

" Look," he said jovially, pointing. " Bye-bye water shortage."

" Isn't it wonderful? " Iris said. " You bear a charm. Sheila said it wouldn't break until Christmas. Where are the martinis? " She sat on the wicker couch, swinging up her bare legs, and perched them on the black cushions, tucking her pink linen skirt close under her thighs.

" Church is on his way down with them."

She was smoking and looking thoughtfully out at the rain, now less than a mile off shore. "About Church," she said.

"Yes?"

"Norm, your bartender's your key person here. All your money comes in through that register at the bar. Even checkouts. It makes the record-keeping a cinch, and it worked fine with Thor. But——"

"I think this lad's as bright as Thor. Anyway, I'll be watching him," Paperman said airily. He wanted a less business-like tone to this cocktail hour, with gold rays of the low sun shafting around the rain clouds, and Iris looking so provokingly pretty, curled up pink and white on the black cushions.

She said, "Well, dear. I thought I'd better check. I called the high school——"

There came a knock and Church, still in bathing suit and sweat shirt, brought in a jug of martinis in an ice bucket with two glasses thrust among the ice shavings. He gave Iris a shy little smile. "Evening, Mrs. Tramm. Sir, we're real busy at the bar. They're all over the beach too, and it's starting to sprinkle. The girls are pulling the rain awnings on the terraces. They asked me and I said sure."

"Church, is it throwing you? The handling of the money?"

"Oh, no, sir. There's a cash journal at the bar, you know. I'm sort of keeping track as I go. We sold sixteen outsiders' chits for dinner. We'll be crowded." Church left with quick light barefoot step.

"Why, he's the salt of the earth," Paperman said, pouring the drinks, and tasting one. "He's a find and a jewel, and how's that for a martini?"

"He left the employ of the Amerigo Central High School," said Iris, "because he got the principal pregnant."

Paperman's eyes lit with amused surprise. "The principal! That lad?"

"Miss Lydia Pullman, a cousin of the senator, a spinster of forty-three, with nineteen years of seniority."

"Ye gods," Norman said.

"I talked to some teachers up there, Norm. There was hell to pay. Any unmarried teacher who shows up pregnant loses her job and her seniority. It happens all the time, but it's never happened to a principal before. They kicked Church out like *that*."

"What's become of her?"

"She's already left for the States. She was awarded a year's in-service fellowship in school administration. A rather hastily voted fellowship."

"I see it all," said Norman, "the Board of Education meeting in the dead of night, behind locked doors. The academic merits of the applicant presented by the local gynaecologist. I'm falling in love with Kinja all over again. How's about a refill?"

She shook her head, laughing. "The question is, do we want this ravisher of respectable educators handling the Club's money?"

"Why not? If older women are his vice, he won't need money to stay happy. That stuff is plentiful and free."

"I wonder. Tastes differ and all that. But I could no more mess around with a fuzzy, peaches-and-cream tidbit like Church——"

A wisp of wind-driven rain struck Norman's face. The waving rain-curtain pouring into the sea from the oncoming thunderhead sounded like a distant waterfall. The sting of the cold drops elated him. He said, "How would you feel about messing around with a dehydrated tidbit like me?"

"Ah, Norm. Norm Paperman. What a name. Paperman." She regarded him with a sadly comic shake of her head. "You know, you did something damned stupid or damned smart, I'm not sure which. But anyway, you did it. You brought Henny down here. And she'll be down again."

Norman ran a thumb nervously along his lower lip. "She's far away now."

"I'm not what I was," said Iris, "but I'm not reduced to owing my pleasure to another woman's gallstones."

"It's got nothing to do with Henny's gallstones," Norman said irritably, "and she doesn't have any, anyhow. It's just that you're beautiful and I like you."

"Really, Henny is so nice," Iris said. "Why, she's got me looking for chairs and fabrics for the lobby. We hit it off like long-lost cousins. And anyway——" Iris breathed a heavy sigh and drank off her martini with a single motion of a crooked elbow. "You know all about me. I'm nobody to mess with, obviously. You're just talking. Mustn't drink another drop, and I must leave." She stood, shaking her skirt straight.

" Why, what's the matter, Norm? What in God's name are you staring at? Aren't you well?"

" It isn't happening," Norman said. " Such a thing can't happen. Can it?"

He made an uncertain gesture at the sea. The squall was moving past Gull Reef. The White Cottage stood on the point that thrust farthest out into the sea, and it had scarcely been wetted. Behind the retreating black cloud and its grey fall of rain, a red-and-gold sunset was opening across a clear blue sky.

" Ah, too bad. That one seems to have missed us," said Iris. " Well, another one will come along."

" But Iris, look at all that *water*, falling into the sea. Thousands of gallons a minute into the sea! Why? The sea doesn't need water. *I* need it."

" Go ahead, Norman. Finish the martinis."

" If I had longer arms," said Paperman, " I could have held out a bucket and caught God knows how many gallons. It was that close. Now it's going away. To Cuba or somewhere."

" For all we know it's raining at the main house," Iris said. " That's what the weather's like in this silly place."

" Let's look!" Norman exclaimed. They went through the cottage and out on the lawn. The main house was glowing rosily and dryly in the sunset. Beyond it, the island of Amerigo was almost invisible in a heavy downpour.

" Iris," said Norman, " it's raining to the west of us, and it's raining to the east of us. I don't think there's more than a mile between these two cloudbursts. We're sitting here beneath a blue sky, as dry as though we were under a tent. This is just not possible. I'm having a nightmare."

" Look, Norman, darling, come inside and sit down."

She took his arm, firmly walked him inside, pushed him down in a chair, and handed him another martini. " I may as well tell you that this happens here all the time."

" It does?" Paperman cocked his head at her like a sad inquisitive dog. " It really does?"

" It's a freak of the wind patterns. The mountains cause it. Amy Ball used to go out of her mind. The thunderheads either get sucked up against the ridge, or they bounce loose and drift out to sea. I've sat here and watched them go by on either side of the hotel like soldiers marching around a dead body."

" I'll be damned," said Paperman. " That's very interesting, and it might even be amusing, except I think it's going to give me a fatal heart attack."

"Oh, don't go on like that. The thing is, sweetie, sooner or later one of these three-day rainstorms comes along and the whole island gets blanketed and drenched. You've got such a huge roof area here that the cistern can overflow before the end of such a storm. I've seen it happen."

"Meantime," Paperman said, "I'll have to hunt up Anatone to-morrow and buy water. That's obvious."

"Anatone? Who on earth is that?"

Paperman repeated to her the story that Lorna had given him.

"Gosh, the names on this island," said Iris. "Anatone. Sounds like a headache remedy."

"I thought of an off-brand Japanese radio," said Paperman.

She said, chuckling, "I must go. If you write Henny, tell her Hassim's bringing in the black-and-gold grass cloth from Hong Kong that she wanted for the lobby. It ought to be here next week." Iris leaned over and gave him a brief kiss. "If you ever talk sweet to me again I'll set Meadows on you. All that is *out*, do you understand? I'm going to be a sister to you."

He groaned and cringed. "Iris, you embarrass me."

He followed her out to the lawn and watched her walk off, a swaying lovely pink figure, toward the dock. All the rain clouds had passed on, north, south, east, and west. A sapphire sky, with two planets shining in the west, bent its dry dome over the Gull Reef Club.

Z

He came awake with a bodily jerk. The knocking went on, and still the voice cried, "Inside! Mistuh Papuh! You dah?" It was a woman's voice, and not Sheila's: thin, high. The seaward window was black dark; no moonlight, no stars. His phosphorescent watch dial showed quarter past eleven.

"Inside! Inside!—Well, I guess he ain' dah."

Another girlish voice: "He dah."

Hammering of several fists, and yells of two women: "Inside! Mistuh Papuh!"

" All right, all right, one moment."

The girls—they were the waitresses in the bar—told him that he hotel water had just run out. Church had noticed it, while washing glasses, and had immediately sent them to him.

" Okay," said Paperman, with some elation. For once he was on top of a Gull Reef crisis. " Tell Church he'll have water in two minutes."

The two girls ran back to the main house and he followed in robe and flapping straw slippers. In the lobby half a dozen guests in night clothes clamoured at him. He raised both hands. " Folks, it's a question of shifting from one cistern to another. I regret the inconvenience, but by the time you get back to your rooms you'll have water."

Many people were drinking and laughing in the bar, all oblivous to the water crisis, and more were on the terrace, dancing to the steel band.

" Church, get the big flashlight in the kitchen and come with me. You might as well learn how to do this."

" Yes, sir."

He led Church to the malodorous hole under the hotel. The pump was running with a queer dry rattle. Paperman flashed the light beam along an electric cable, coiling in the darkness to a wall socket. He pulled out the plug. A fat blue spark leaped after the prongs; the pump choked, rattled, shuddered all over, gave a screech and one loud clank, and fell silent.

Paperman did not remember, at this point, whether the red valve or the green valve led to the emergency tank. It didn't matter, he thought. All he had to do was close the open one and open the closed one.

He did this.

" Now," he said, and he plunged the plug back into the socket.

The pump reacted like a living thing, like a bull stabbed with a sword, like a woman grasped in the dark by a strange hand. It screamed, and writhed, and seemed to rise bodily off its concrete block, and shook at every point, its gauge needles dancing. Then it settled down to running noisily again.

" There we are," said Paperman, trying to appear unconcerned, though dry mouthed at the pump's convulsion. " Run up and make sure we've got water. Just yell down to me, I'll be out on the beach."

"Yes, sir."

"No water," Church called down from the rail of the bar, about half a minute later. "No water, Mr. Paperman. And the lobby's full of people complaining."

"Get back down here," roared Paperman.

"Coming, sir."

"Now what the hell, Church?" Paperman said, playing the flashlight on the thumping machine. "It's running, it's drawing on a full emergency tank. I checked that tank to-day."

Church put his hand on the pipes. "There's no water going through, sir. There'd be a vibration and the pipes would feel cool. Do you suppose the pump has to be primed? Most pumps do, once they've run dry."

"You seem very knowledgeable. Go ahead and prime it, Church."

Church scratched his beard, and looked at his employer with a weak one-sided smile. "Sir, that's one thing I'm no good for. Machinery gives me the creeps. I have a long bad history of wrecking boat engines, sir. I really would rather not touch this pump."

Both men stared at the gasping machine.

"Well," said Paperman, "I sure as hell don't know how to prime it. That was one little detail I neglected to ask about It wasn't volunteered. I guess I'll have to find Gilbert."

The somnolent night boatman, Virgil, was sprawled in the stern of the gondola, with the hat over his eyes. He was a small very scrawny man; Paperman had been unable to guess his age because he had no front teeth and he was cross-eyed. He was constantly munching, though he never seemed to put anything in his mouth. Thor had told Norman that Virgil was nicer than Gilbert, but he had made him the night man because "he look so tam fonny."

Norman, who had thrown on shirt, shorts, and sandals, came trotting to the dark pier and stirred him up. "Virgil, you don't happen to know anything about the pump, do you?"

"Pump? No fah. I fink Gilbert, he know." Virgil sat up, looking several feet to Paperman's left.

"Can you tell me where Gilbert lives?"

"Oh, yeff. Dat fery fimple, fah." He munched out some

incomprehensible directions, in which the words "Mofquito Hill" kept repeating.

"Mosquito Hill, eh? All right. I'll find him. Let's go."

Paperman leaped out of the gondola as it drew near to the shore. A couple who looked like honeymooners were waiting hand in hand, peering towards the lights of the Club with shiny eyes. The girl said to Paperman in a babyish voice, "Is that place as heavenly as it looks?"

"It's utterly fantastic," said Paperman, "and unbelievably reasonable."

"Oooh," said the girl, stepping into the gondola with a giggle.

Paperman ran up Prince of Wales Street and found a cab, "I want to go to Mosquito Hill," he said, jumping in. "And fast."

"Yassuh. Wha' on Mosquito Hill?"

"Well, I don't know. Where Gilbert lives. The boatman from the Gull Reef Club."

The taxi driver nodded. A scary ride ensued, around corners, through alleys, up and down hills, with at one point a screeching grind backwards in blackness between narrow stone walls. The driver explained that this short cut saved ten minutes; it was all right to back along the one-way alley but not to drive through it.

At last the taxi stopped. "We dah," said the driver. "Mosquito Hill. Dat be two dolla'."

Paperman got out of the car and found himself looking at the longest, steepest flight of stairs he had ever seen outside of pictures of Inca ruins in the Andes. The staircase went straight up and up into the night, gloomily lit by street lamps clouded with moths.

"What's this? Where's Gilbert's house?"

"He live up dah. De Tousand Steps."

"The *Thousand* Steps?"

The driver laughed. "It's just a name. Dey ain't but two hunnert seven. Gilbert he live up near de top. Goat Row. You ask anybody up dah."

"Can't you take me up to the top so I can walk down?"

"Yes suh. Dat does take twenty minutes longer, you does have to go way round Gov'ment Hill and den de old Jewish cemetery in between."

" I'm glad to know about the Jewish cemetery," Paperman said. " It may come in handy. Wait here for me, please."

" Sho."

Norman contemplated the steps. On the list of over-exertions which his doctor had ordered him to avoid, climbing stairs had stood first, underlined in red ink, ahead of "excessive sexual activity." It crossed his mind that if death had to come, he was not committing the misdeed of choice. Nevertheless the pump of the Gull Reef Club had to be primed. He began to mount the Thousand Steps.

The steps were lined with shacks of tin or wood; here and there were stucco structures that might be called houses; all presented black walls or narrow high windows to the stairs. Where the street lamps stood, alleys ran off into the darkness. The signs on corner dwellings gave the names: Jensen Alley, Old Church Mews, Spanish Row, Simon Row. Garbage filled deep cement gutters bounding the stairway. Garbage removal on this hill, Norman saw, was done by the rain and by scavengers. The short storm at sunset had washed much of the refuse down to the large heaps where the taxi stood, and the rest lay tumbled along the cement trenches. Cats and dogs and a few small black goats were busy at the smorgasbord, all the way up the hill. The gutters were choked with broken bottles and punctured beer cans, stuck in a permanent black mulch, which diffused a smell of fetid decay on the hot night. Paperman tried to subdue his gasping as he mounted. He was less likely to die from the climb, he felt, than from inhaling this miasma. He paused to catch his breath at a broader alley than the rest, discouragingly named Lower Street. Here on one corner was a tiny tavern with glassless windows and unpainted little tables, where yelling, laughing, muscular black men in undershirts were drinking beer out of cans. A bit scared, Norman searched their faces. The men became quieter, and gave him truculent looks.

" I'm looking for Gilbert," he panted. " He works for me, and he lives in Goat Row."

After a pause of vacant staring, a man in the doorway shouted inside, " Hey, wha' Gilbert?" There were many noisy answers. He pointed up the stairs. " He up dah. He gone to sleep."

Paperman climbed; climbed till his head swam and his ears

sang; climbed until the sign *Goat Row* loomed at last before his misting eyes. He halted, clutching at the stitch in his side, and gulping the air, which here, near the top, was sweet. Glancing behind him, he grabbed at the lamppost to keep from plunging dizzily head first down the gulf of steps to the shrunken taxi. There was a charming vista from this spot—the close lamplit town hills, the far curving waterfront, and the tiny gem of the Gull Reef Club—but Paperman was incapable of admiring it.

Goat Row was dark. His watch showed a few minutes before midnight. Far down the alley to the left he saw one light. He made for that, gasping like a stranded fish, stepping in squashy muck, kicking unseen tin cans, and once treading on a thing that writhed and made no sound. A stout woman sat in the lighted window, reading a worn little Bible. " Gil-*bert*?" she said. " Gilbert de next side de stairs, de red house."

Nothing looked red in the dim lamplight on the other side of the stairs. Paperman went striking matches from house to house, examining the paint on the walls. It occurred to him during this peculiar activity that he was quite a long way from his home, his wife, his daughter, and Sardi's Restaurant. The muck was especially thick here, and he felt it oozing warmly over his sandals.

" Wah you want, mon?" A flashlight from the window dazzled him. Before he could reply the voice altered its tone. " Mistuh Papuh?"

" Is that you, Gilbert?"

" Yazuh. Mistuh Papuh, I kin work dat cash register just like Thor said."

" I'm sure of that," Norman panted, " but it isn't what I came to see you about." His hand pressed to his galloping heart, he described the trouble with the cisterns. The light beam shone full on him as though he were doing a vaudeville act.

" You does have to prime de pump," said the boatman's voice through a yawn.

" So I gathered, and how do I do that?"

" You does pull de plug, den open de petcock, den take de spanner by de sump, den you does unscrew the vent nut, den you does pour in some water from de bottle by de sump, den——"

"Gilbert, listen, you'd better come and do it."

"It don't take but two seconds, Mistuh Papuh, dey ain' nothin' to it."

"May be, but my guests are rioting by now. I can't take a chance. I'm not climbing these steps again to-night."

"Yazuh." The flashlight snapped off, leaving Paperman half-blinded, still gasping, and up to his ankles in warm slime. The shadowy form of Gilbert came out of the house, and headed toward the staircase. Norman observed that the boatman hugged the wall, walking on a narrow stone curb, to avoid the mud.

There were great advantages he thought, as he staggered back to the Thousand Steps—advantages he had never before quite appreciated—in knowing one's surroundings.

About a quarter of an hour later he stood with Gilbert in the crawl space, flashing lights on the dead pump. Church was above, checking out two irate guests and trying to calm a mob in the lobby.

"Okay, Gilbert. Let's see how you do it."

Gilbert took perhaps a minute to bring a happy far-off shout from Church, "Water! There's water, sir!" All he did was unscrew a nut, pour a little water from a dirty bottle into the opening, tighten the nut, and plug in the pump. The machine came to life with its usual hysteria, but when it calmed down its thump was full and throaty.

He rehearsed the pump-priming motions with Gilbert half a dozen times.

"Gilbert, you're entitled to overtime for this," he said as they came out on the starlit beach. "You'll get it. Thank you very much."

"Mistuh Papuh, dat be all right. Thor he done show me de books and how to work de register. I does mix good drinks. I make brandy Alexander, de folks from up de hill does like dem, and sloe gin fizz and like dat."

The boatman's usually glum face was alert and smiling. He had enjoyed bringing deliverance. Here was a young man who really wanted to work, Paperman thought, and who did know something about the unforeseeable pitfalls of operating the Club.

But there were things against Gilbert. He was an inscrutable, morose, black lad. He parted with spoken words as though each were a ten-dollar bill. He lived at the top of the Thousand Steps, on Mosquito Hill, behind Government Hill and the Jewish cemetery. The bartender was the key man in this hotel. Church was white, understandable, and tractable. Moreover, replacing a boatman, under the strange labour laws of Amerigo, was apparently impossible.

" We'll see, Gilbert, we'll see. Let's leave things as they are, just for now."

The Negro's thick lips tightened until they disappeared. A murky spark came and went in his eyes, leaving his expression veiled and dull. He walked off down the beach.

Paperman left a note for Lorna at the desk: *Please call Anatone first thing. Tell him to fill the emergency tank and put three days' supply in the main cistern.*

He tottered off to bed. So ended his first full day as the owner of the Gull Reef Club.

6 — THE SECOND DAY

None of the new proprietor's awakenings so far had been pleasant. The following morning was a change, in that hammering fists on his door were not what roused him. He awoke gagging and choking. The cottage was filled with a smell so strong and so foul that his mind sprang to a wild surmise: a dead rotten whale had stranded on the beach. He groped to the seaward window, but there was no dead whale. He went and looked out at the lawn, noticing that he was still wearing last night's shirt and shorts and mud-caked sandals. He had no recollection of what he had done after leaving the message for Lorna; he had been so played out that it would not have surprised him to awaken on the lobby floor.

Beyond the rise of the lawn which hid the dock from sight, he could see the round bridge of a landing craft painted in fading camouflage patterns. This had to be the garbage carrier, he realised, bearing Anatone's water truck. But could it possibly stink with this strength at this range? He went out to investigate. A black hose from the tank truck on the vessel twisted across the lawn to the main house. Guests, gathered on the terrace with handkerchiefs to their noses, were watching two Negroes working at the truck. Norman clamped his nose between thumb and forefinger and ran to the pier. "Which of you is Anatone?" he said in something like a New England twang.

"Dat me, suh." The thinner and younger of the two, wearing a battered brown hard hat, flashed gold teeth in an easy grin. "De wind sure de wrong way to-day. Sorry."

"How many more loads do you have to bring?"

"Ten."

"Ye gods, you'll be at it till sundown. There won't be a guest registered in this hotel by then."

Anatone said the wind was bound to change; it never blew from this direction for long, except in the summer. He had already topped off the emergency tank, and there was almost one day's supply in the main cistern. "Goin' for de next load now," he said. The boat captain roared up the engine, and Anatone cast off.

"How much is this costing me?" Paperman yelled.

"Fifty dolla' a load, suh. Fifteen load."

"*Seven hundred and fifty dollars? For water?*"

"De boat does cost de money," Anatone shouted back amiably from the stern, as the landing craft pulled away. The breeze brought instant relief. Just an ordinary light sea wind, it smelled like a zephyr from a lilac garden after the fumes of the garbage boat.

Millard, in his paper-bag hat, now tramped on to the pier carrying half a dozen suitcases covered with travel labels. Behind him came a big man in a seersucker suit, with a fat red face, sunken eyes, and curly grey hair. A slight, elderly woman in a yellow sun dress leaned on his arm.

"Good morning, please," Millard said to Norman with a sweet smile.

"There he is, Harriet," rasped the man. "Say, you, aren't you this new owner, this Piper, or whatever?"

"Paperman. I'm the new owner of the hotel, yes."

"Well, mister, my wife and I have been coming here for seven years, but by God this club is seeing the last of us. My wife's just thrown up her breakfast. Jesus Christ! Where's that gondola?"

"Sir, we've been having a little water problem, but after to-day——"

"You're telling me? The things that went on with our toilet last night! You've stunk us out of your hotel, Paperman, that's all I know, and you'll stink out everybody else before nightfall, you mark my word. How do you feel, honey?"

"Better now," murmured the woman. "Now that that horrible boat's gone."

The man blinked and stared at Norman. "Wait, you say your name's Paperman? That's an odd name. Where are you from? Not Hartford, Connecticut, by any chance?"

"Hartford, exactly."

"Jesus, you're not poor old Ike Paperman's son, are you?"

"That's right. I'm Norman."

"Well!" The man looked up and down at Norman's unshaven face, tousled hair, creased clothes, and mud-caked feet. "What a small world. I thought you were a Broadway producer or something. I did a lot of business with your father. He was a fine man. I'm George Harmer. Hartford Electric Supply."

Paperman held out his hand. The man shook it awkwardly. "Look, I mean, Norman, can't you do something about that boat? It's going to kill Harriet. She's a high-strung woman and she's just getting over an operation——"

"I'll call off the boat, Mr. Harmer," Norman said. "Immediately, I promise. You're dead right. I just woke up, or I'd have stopped them sooner. They can come another day when the wind's normal."

"How about that, Harriet? Ike Paperman's boy," Harmer said. "Isn't it a small world?"

Lorna looked amazed at seeing the Harmers come to the desk again, and somewhat scared. The man said jocosely, "Okay, girl friend, I'll take the key to twenty-seven again. I call Lorna my girl friend," he explained to Paperman.

Lorna smiled uncertainly at the man. "Mr. Akers in de ole dining-room," she said to Paperman. "He does be waiting to talk to you."

"All right. You take good care of the Harmers now. Is Church here?"

"Yes, suh. He come in nine o'clock."

Slipping behind the bellying tarpaulin, Norman saw great stacks of building materials—window frames, door frames, lumber, panelling, pipes, kegs, boxes, toilets, washbasins, and the like—and beyond these, on the lawn, Akers' battalion of labourers sitting or lying in the bright sun. Akers was lounging full length on one elbow on the grass, pouring himself coffee from a vacuum jug. "Ah, the boss!" He rose in a clumsy way to his unbelievable height. "How about this? Everything the job needs, down to the last nail and tile, right here before your eyes." He picked up and flourished a manila folder. "Got the whole inventory here, too, if you want to look at it, with that estimate you wanted. This job's going to be mighty cheap for the A-1 materials you've got here."

"That's fine. Why aren't the men working?"

"Couple of things I have to check out with you. You see, it's this way, Mr. Paperman——"

A woman's scream stopped him; a high, frightening scream, from somewhere on the second floor. "Good Lord," Akers said. There was another weaker scream, and then the deep noises of an angry man, and trampling sounds. Paperman went diving under the tarpaulin into the lobby. George Harmer was coming heavily down the stairs, supporting his wife, whose eyes glanced wildly here and there. "Easy, Harriet, easy. It's perfectly all right now."

"Oh my God," said the woman. "Oh my God."

"PAPERMAN!" bellowed Harmer, assisting his wife to a couch. "You get me a doctor, and fast. If anything's happened to Harriet you're going to have a lawsuit on your hands, brother, for half a million dollars."

"It was so awful, so awful," quavered Mrs. Harmer, lying down on the couch, and putting the back of her hand over her eyes.

"What happened, for God's sake?" said Paperman.

"Never mind what happened. I can't tell you what happened. Get a doctor!"

The commotion was attracting guests into the lobby. A baldish young man in black swim trunks stepped forward. "I'm a doctor. Can I help? What's her trouble?"

"She's been shocked within an inch of her life, that's all."

Harmer stepped away from his wife's side. The young man, his face grave, sat on the couch beside her and gently took her wrist. "What frightened her?"

"I just can't tell you. Not now." Harmer glared at the ring of guests and especially at Paperman.

" It was so awful," moaned the woman.

The doctor lifted her hand away from her eyes, and pushed back her lids.

Paperman said in anguish to the husband, " What was it? Did she see a scorpion?"

" A *scorpion*? Listen, mister——"

The doctor said, " Your wife's all right. Give her a little brandy and let her catch her breath. And everybody should go away and leave her be," he added to the clustering guests.

" I never drink brandy," said Mrs. Harmer, with her hand over her eyes. " A drop of Cherry Heering, maybe. Just a tiny taste."

Paperman darted to the bar. To his annoyance, Church was not in sight. He rattled the bottles around until he found the Cherry Heering, and brought a small glassful back to the lobby. Harmer sat beside his wife, patting her hand. The doctor was dispersing the guests with good-humoured waves. " Come ma'am, sit up. Just take a sip or two," the doctor said.

" How soon can I take her away from this place, Doctor?" growled Harmer.

Mrs. Harmer was drinking like a baby from the glass in the doctor's hand. He smiled. " Any time, really. She's all right."

The husband grabbed Paperman's elbow. " Look after her for just a second, Doctor, will you? Just one second." He dragged Norman across the lobby, behind the desk, and into the tiny office, banging the door shut. " All right, brother, now here it is. My wife and I went back up to our room, see? I opened the door for her. She went in first. She let out a scream and all but fell dead on my hands. You know that bartender of yours? That skinny kid with a beard?"

" Yes?" said Norman, with an awful presentiment.

" Well, brother, right there on the bed, this bartender of yours was *slipping it* to our chambermaid! Right there in broad daylight, on our bed. And my Harriet had to see a thing like that! The chambermaid!"

Too upset to think clearly, Paperman babbled, " Really? Are you sure?"

" Am I s u r e ?" The man exploded, his face going purple. " What the hell? Do you think I'm too goddamned old to even remember what it looks like? I'm telling you what we both saw! Harriet damn near died. I had to carry her back down the stairs. Am I sure!"

Paperman groaned, and buried his face in his hands.

This mollified Harmer and he said in more normal tones, "I tell you, that isn't the worst of it. He *never even stopped*. He looked at us over his shoulder and sort of smiled in a sickly way, and said, 'Oh, hi. I thought you checked out,' and went right on with it. That's when Harriet screamed again. Paperman, you've got a sex maniac there."

Paperman moaned through his hands. "I hired him only yesterday. It was an emergency——"

"Yes? Well, this is a bigger emergency. That boy's crazy. For one thing, the girl's pregnant as a hippo."

"Oh no, no. Not the pregnant one," Paperman mumbled, rocking his head from side to side. "Not Esmé."

"That's her name. Esmé."

Paperman's hands uncovered a bristling, haggard, drawn, deeply sad face. "Mr. Harmer, I can't blame you for leaving. I won't argue with you. I'll get rid of him."

Harmer said uncomfortably, "I mean, I feel sorry for you. But I've just got to take Harriet somewhere else."

"I completely understand," Paperman said with a gasping sob.

"Holy Christ, man, are you crying? Don't cry. That's no way."

"I'm not crying," said Paperman. "I'm allergic. When I'm under pressure these attacks hit me. I'll be all right."

It was true enough. The swelling in his nasal ducts, the stinging in his eyes, the involuntary tears, were coming on severe and fast. It was his first allergic attack since the coronary; he had thought that pattern was broken up for good, and here it was appearing again.

"Well, okay. Good luck. You've really got yourself into something here, Paperman, that's all I can say." Harmer left, closing the door gently behind him.

Paperman began feeling in his pockets for Kleenex. What a misery this was, now! He had not even brought the medicines for his allergy; he would have to cable Henny to airmail them—Rap, rap, rap at the door; bony knuckles striking hard. "Yes, come in," he wheezed.

Akers came stooping through the doorway. "I hate like hell

to disturb you, but we ought to get those men started working."

"What? Are they still lying around? That regiment? It's past eleven o'clock." Paperman went into sneezing fit. "Wha-wha-what's the holdup?" Searching in the desk he found a dusty box of yellowed tissue, and blew his nose and wiped his eyes.

"Well, you see," said the contractor, "that's what I was explaining when all this trouble started. Mind if I sit down?" He put the manila folder of the estimate on the desk. "Gosh, the types that get attracted to this island. Isn't that bartender of yours something?"

"What? How do you know about it?"

Akers gave him a lean grin. "It's all over the hotel, naturally. The whole island will know about it in an hour. Jungle drums. The way I heard it, he had these two chambermaids of yours stark naked on the bed, and——" He described a bizarre sexual arrangement, a flight of fancy out of Hindu erotic literature.

"Why, that's ridiculous," Paperman said. "I don't even think it's possible. There was only one girl, anyhow. I wish I know how I could stop that story."

"Why? It's free advertising. They'll be coming out of the hills to see this bartender of yours. They'll be coming over from Guadeloupe."

Paperman said, "In special excursion steamers, no doubt. Well, they'll be disappointed. As soon as you and I finish our business, I'm going to kick that pervert the hell off my grounds, beard first."

Akers shook his head. "I hope you've got another bartender lined up. One thing that's hard to find on this island is a white bartender. One that isn't a booze hound, I mean. They're like rubies. Look, about the job, now."

"Yes. What's the trouble?"

"Oh, no trouble. We're in fine shape." Akers told him some construction ideas, savers of time and money, which Paperman couldn't understand. The contractor then chatted about his big Crab Cove development. His partner was in Fort Lauderdale, arranging a bank loan of a hundred thousand dollars to complete the job, because they had run a bit over the budget. Despite the monetary snag, they expected to clear two hundred thousand dollars' profit apiece, in the end. During this meandering talk, Paperman discerned, or thought he did, that Akers was somehow asking him for another thousand dollars to-day. Since the contractor kept talking for a long while after that about Crab Cove and its huge profits, Paperman thought he might not have heard him right. Akers paused at an inconclusive point, and his long-jawed face creased in a carefree jocund smile. " Okay? Will that be all right with you?"

" Will what be all right?"

" Why, the thousand dollars," said Akers.

" What thousand? What about it? I'm afraid I got lost a little bit, there."

" Well, I thought I just explained to you, Mr. Paperman, that before the boys will go to work to-day, I need another thousand dollars."

Akers told most of his story again, calmly and pleasantly, but fitting in some new important facts. Due to running over the budget at Crab Cove, he had not met his payroll in three weeks. The leader of the workmen—" Emile, one hell of a nice guy and the best foreman on the island "—had told him that they had to be paid some money on account, before they would work again. " It's a reasonable request, and we certainly should grant it," Akers said.

Paperman was not a very acute businessman, and he knew it. But even he could sense that this was getting to be a peculiar conversation; that the contractor's cheerful plausible statements were a trifle off-key; that, in short, the situation contained either a dead rat, or one in rapidly failing health. But he lacked the instinct to handle this new mess. He used his snuffling, wheezing, and nose-blowing as a handy excuse to say nothing. There was a prolonged pause.

Akers spoke up with tolerant, kindly patience. " Well, look, why don't you give Chunky Collins a ring and ask him about this? He'll confirm all of it. Chunky's the best lawyer on this island. I'll leave you alone. You can ask him the most embarrassing questions, anything you want. I'll put those rooms up for you in three days if you'll let me have the thousand, and what's more I'll make that my total price. How's that? I'll give it to you in writing. Three thousand, no matter what it costs me, for the whole job. What could be fairer?"

" All right," Paperman said. " Let me call Collins."

" Want me to leave?"

" That was your suggestion."

Akers laughed, rubbed his bony chin, and after a moment got up and walked out.

Norman quickly leafed through the Amerigo phone book—a dusty green-brown pamphlet, seventeen small pages in all, a most ridiculous contrast to the vast Manhattan tome—and telephoned Tom Tilson. A maid answered. " I tink dey does be down by the pool. Wait, please."

Tilson's rheumy voice came on after a while. " Yes? Who is it? Talk fast, I'm dripping all over my rug."

Paperman hemmed, hawed, apologised, and then blurted out his problem. A considerable silence followed. He could hear the old man's laboured breath. " Paperman, why the devil are you bothering me with this?" Tilson shouted at last. " Who told you to call me? I'm not in business here."

" I know that. I'm alone and new on this island. I thought you might talk straight to me. I don't know who else will."

" You're a fool to try to run a tropical hotel."

" That may be, but I'm in it now."

" You sure are. Don't give Tex Akers the thousand. Goodbye."

" Wait. Wait! Just a moment. I've got to get those rooms built, Mr. Tilson."

" Paperman, you asked me a question and I answered you."

" Yes, and I'm grateful. Can't you tell me why?"

" Sure I can. It's better to be out two thousand than three thousand. We never had this conversation, Paperman. If you say you talked to me I'll call you a liar."

Tilson hung up. Paperman opened the office door and saw Akers draped angularly over the desk, holding Lorna's palm. " And then you're going to have six children by this rich husband——"

" Dah de boss." She snatched her hand away, flashing her sexy ogle at Norman.

" Oh, hi." Akers straightened up smiling. " All set? Time's sure awasting."

Paperman beckoned him into the office, closed the door, and told Akers that he couldn't give him the money. The contractor looked utterly dumbstruck. " What did Chunky say that threw you off? Let's call him back."

" I didn't call Collins. I've been looking at my books. I don't have more money to give. Not till the job's done."

A relieved grin spread over Akers' face. "Oh, come on, why, your partner can get millions just by signing his name. He's been on the cover of *Time*."

"He's not my partner. He went on a note so that I could buy this place. I'm on my own here, and I'm a poor man. *You* call Collins and ask him."

The contractor's beaming look gave way to a cloudy, unfocused stare, and he went peculiarly red around the eyes. "You don't mean you want to call this job off? You can't mean that."

"Call it off? What are you talking about? I've already paid you half the price. Two thousand dollars! These were your terms. You say it'll take you three days to finish it. Put your men to work. Three days from now I'll pay you the rest."

The cloud passed from the contractor's face. "Well, okay," he said gaily. "Let me try to talk the boys into it." He went out, humming *Valencia* and snapping his fingers.

Norman shook his head, wheezed, and blew his nose, trying to collect his thoughts. Urgently, he had to drive that depraved Wagner youth off the grounds before he committed some new hotel-emptying outrage. A lad whose appetite spanned Kinjan spinsters in their forties and pregnant chambermaids was hardly to be trusted alone with anything that moved. He went out to the bar, rehearsing in his mind hard short sentences of dismissal.

Church sat on the high stool at the bar, Thor's favourite spot for napping, posting figures from dining-room and bar checks into a large black ledger. Still barefoot, he now wore a red-and-white barred sailor's shirt and white clam diggers. His dark beard was neatly trimmed, his full hair well brushed. Bronzed, lean, tall, his face at once sensitive and strong, he was a picture of the young virile American seafarer, the charmer out of Melville and London, the idol of the yachting magazines. He was Billy Budd unchanged. Island people and guests were having their "elevenses" all through the bar and on the beach. Here was a scene of tranquil, efficient prosperity, and presiding over it a lewd monster. But who would make drinks, Norman thought, if he fired the monster?

"Church," he said.

The bartender looked up with a bashful grin. "Oh, hello, sir. Mrs. Tramm showed me how this system works. I really think I can get the posting done every morning, sir, before the big lunch business starts."

"Church," Paperman said again, and paused. Guests in the bar were watching him, and leaning their heads together to whisper.

"Yes, sir?" Church said.

"Ah—Church, you and I must have a serious talk to-day. Not a pleasant talk."

Church blushed like a girl, hung his head, and gave Paperman a faint wistful smile. "I know, sir." His voice was soft and melancholy. "I couldn't be more sorry."

"I'll be back. I'll be back very soon," Paperman said as fiercely as possible, and he hurried out of the hotel and down to the pier, to talk to Gilbert about taking over the bar.

The wind had already shifted sharply, for the garbage boat was alongside again, Anatone was coupling up the hose, and there was no smell at all. Nevertheless Paperman yearned to call off Anatone, who seemed to be delivering tankloads of water at the approximate price of a medium Chablis. But the sky was a cloudless hard blue; the sun burned high and roasting; faucets and showers and toilets were draining the cistern fast. It was a trap. He had to endure. If it cost him three thousand dollars for water before the Guadeloupe barge returned, he had to pay, and pay, and smile.

The gondola approached with several passengers. The man at the oars had his back to Paperman. When he jumped on the pier with the rope, Norman was astounded to see, under the ribbons and the straw, a toothless smile and crossed eyes. "Good morning, fuh. Dat fun real hot to-day—Thiff way, folkf."

"Virgil!"

"Yeffuh?"

"What are you doing? Where's Gilbert?"

"Gilbert he tell me to fay he quit, fuh. Forry, fuh."

"Quit? Why?"

Virgil munched, smiling in Paperman's direction but looking out to sea. "Fuh, I can work day and night."

"No, no. I can't let you work two shifts. I have to talk to Gilbert. Take me ashore. Where is he?"

"Fuh, I favin' money to buy teef. I'll work both fiffs. I be glad to."

Virgil's talk—like Old English printing, all *f*'s for *s*'s—made Paperman's head ache. The news about Gilbert was a reeling blow. He now heard the thudding of many feet, and turned to see Akers and his gang of workers marching toward the pier.

Akers looked less cheerful than usual, but he spoke buoyantly enough. " Hi, Mr. Paperman. The fellows won't play. I kind of thought they wouldn't."

" What? I don't understand. What about the job?"

" I sure wish you could give me that thousand. We can still get a good long afternoon out of them."

Virgil rowed away toward the landing, where more passengers waited; and at the same moment, the old boat for Akers' workmen came wallowing around the stern of the garbage hauler.

This apparition, which proved that the construction gang was actually leaving, sent Paperman into a sudden nervous frenzy.

" What the HELL !" he bawled at Akers. " What's going on here? What kind of contractor are you? You took my money. You knocked out my wall! My hotel is open to the winds, and it's piled to the roof with building materials. You *can't* walk off now. People don't do such things."

" Look, I want to get to work, sir. I told you that. Just give me that thousand, and those rooms will spring up like mushrooms after a rain."

The men were clambering aboard the boat in a drove, exchanging gay jokes. " Mushrooms! Ha! Sure! I've heard about those mushrooms before. You're just the old mushroom man, aren't you, Akers?" Paperman capered in a full circle, chanting, " Oh, do you know the mushroom man, the mushroom man, the mushroom man!"

Akers watched this performance with mild surprise. " Well, I realise you've had a rough morning. Be seeing you." He followed his men aboard, still smiling.

" Wait, for God's sake! When are you coming back? What about the job? *What about that wall*?"

" Gosh, I just hope you'll think it over. It's up to you. I can still bring 'em back after lunch." The motor roared up, and he shouted as the boat pulled away. " You can reach me any time. Just call Chunky Collins."

A dreadful suspicion struck Paperman. He scurried back to the office, telephoned the Amerigo Supply Company, and asked

them whether Akers had paid for the materials delivered to the
Gull Reef Club. The answer was, he had not. Akers had been
five thousand dollars in arrears at the supply yard, and now his
balance due was three thousand. " But we are not worried, Mr.
Paper-mon," said the owner, Moses Llewellyn, a brother of the
banker. "We know de gentleman what was on de cover of
Time good for de money. We bill you de end of de mont'."

Paperman dropped his head on his arms, in the hot inky-
smelling office, and allowed himself one minute of teeth-
grinding, enraged despair. Then he called up the lawyer
Collins, but the secretary advised him that Collins was at
Hogan's Fancy. Norman next tried to telephone him there;
but now something had happened to the operator. He jiggled
and jiggled the hook, to no avail. Iris had warned him about
this. The vanishing operator was a continuing hazard of
communications in Amerigo. There was no telling what was
wrong, or how long it might be before the operator came on
the line. She might be chatting with her boy friend; she might
have blown a fuse in her switchboard; she might be handling
many calls; she might be dozing; she might be out having a
beer. Many a time, Iris had gone across in the gondola and
driven her car to see the person she wanted to talk to, sometimes far back in the mountains, instead of waiting for the
operator to answer. This was standard practice, Iris said, and
on the whole it saved time and nerve tissue.

So Norman, after a few more angry jiggles, trudged to the
pier and went over in the gondola. Let Virgil work the day
shift for the time being, he thought. He had more urgent
things to straighten out before he could even attend to such
matters as brushing his teeth, shaving, changing out of last
night's clothes, and eating something.

2

Collins was on the terrace of his guest house, with a young
couple sufficiently characterised by cameras, cloth airline bags,
brightly horrible shirts and shorts, scorching new sunburn
streaks on pallid faces and thighs, and expressions of fatigued
dogged gaiety. "Well, speak of the devil!" exclaimed the
lawyer. "Norman Paperman, meet the Jensens from Milwau-

kee. I've been telling them about the Broadway producer who just bought the Gull Reef Club, and here you come strolling along."

The girl said in an eager contralto rush of words, " You see, we're thinking of buying Hogan's Fancy. Barry paints, and I'm a dancer. We're wild to come here and live. Why, it's Paradise. We thought we could run this sweet little guest house, and I could organise dance classes, and Barry could have a chance to devote himself to his painting. We adore the island. We're both very fond of Negroes."

Jensen said, " In Milwaukee I manage the used-car lot of my father's Dodge agency. It's not too inspiring."

" Yes, well, I'd love to talk to you about it," Paperman said. " I happen to have this very urgent business with Mr. Collins. Maybe you could drop over for a cocktail later."

The Jensens soon left, juggling their impedimenta and ex-claiming at the beauty of the Hogan's Fancy foliage. Paperman assailed Collins with a bitter account of Akers' misdeeds. Collins heard him out, his big jaw putting in a faint, rather silly smile.

" You know, none of this is new to me," he said. " Tex phoned me six times this morning. He was very concerned. Tex is a real sweetheart, he's one of these fellows you can't help liking and he always seems cheerful, but things eat at him *in here*." Collins tapped his chest. " You'd think he hadn't a care in the world, but Tex has an ulcer, and very high blood pressure."

" You mean it isn't news to you," Paperman said, " that he used my two thousand dollars to pay off some of his old debts? Don't you know he can go to jail for that?"

Collins chuckled. " Oh, that's just Moses Llewellyn for you. He's a pill. Tex *said* the two thousand was for your materials. Moses claimed he was applying it on Tex's balance. Once Tex's partner gets the bank loan, it'll all straighten out."

" Why is he getting a loan in Fort Lauderdale, anyway? Why doesn't he borrow money here, the way I did?"

Collins blinked, and after a moment said, " Well, the bank here does hold the mortgage on Crab Cove. This is second-mortgage money. You see if you gave Tex that thousand, Norman—if I may call you that—he could keep his crew together for a week. It would tide him over this little cash bind he's in. Honestly, it would be so nice if you would. He likes you so much, he says you're a true gentleman. He told me that himself. What's the matter?"

Paperman had sunk his head in his hands again, overwhelmed by hopelessness. Now it appeared that unless he gave Akers the thousand dollars he was no gentleman. Business conversations on this island, he thought, were straight out of *Alice in Wonderland;* and his bank balance was shrinking with Wonderland speed; but that was really happening, that was no story.

"Collins," he said hoarsely, "can I have a beer? I'm a bit shaky."

"Right." Collins snapped his fingers and called, "How about two more beers, here, chop chop?"

"Yazzuh," called a voice that Paperman recognised. He straightened up and peered through the tangle of plants at the bar, where a white-coated figure moved. "Sebastian H. Christ," he said in a low, shaky voice, "this is the end. Collins, you've stolen my boatman."

"Gilbert? Why, how you talk," Collins laughed. "I've known Gilbert for years. He came to me to-day and said he'd quit the Club and wanted to try bartending. He's a real godsend. My bartender just left me, he was appointed assistant commissioner of public works. His uncle's the new commissioner."

"You stole him from me," said Paperman, "and I'm taking him back. I'm going to promote him to bartender myself."

"Why, I understand you have a real rip-snorter of a bartender." The lawyer's face assumed a roguish cast—droopy eyes and rosebud mouth—which was most unbecoming. "As a matter of fact I heard all about him and the three chambermaids. Heh heh. What a sketch! Somebody should have taken movies."

"Yazzuh." Gilbert set down the beers before them. He wore an ill-fitting white mess jacket, and black trousers. He gave Paperman a brief smile, his heavy lids almost closing. "Yazzuh, Mistuh Papuh. De pump okay?"

"Gilbert, I looked for you this morning to tell you I'm giving you the bartender job."

"I did tell Virgil I quit, Mistuh Papuh. Sorry, suh."

"That's how they are," Collins said in a low tone as Gilbert walked off. "A Kinjan is loyal. He hates to make a change. But once he makes it, that's it. You can't get him back with money or bayonets. Somehow you offended Gilbert. He loved the Club. Too bad." Collins heaved a deep sigh. "Well!" he went on, in a jolly change-of-subject tone. "How about it? Shall I ring Tex and tell him you're giving him the thousand? It would be an awfully decent gesture. It would solve a lot of problems for everybody."

Paperman set down his beer with an alarming clank on the glass-top table. "You can tell Tex Akers——" He arrested himself, took a long breath, paused, and said, "I'm new on this island. I'm sure there are other lawyers."

"Oh, yes, several."

"Well, you can tell Tex Akers that if he isn't on my grounds by eight to-morrow, with his whole crew, and hard at work, I'm starting a lawsuit against him. At nine!"

"As a matter of fact," Collins said, "Turnbull might be your man. He's handling several of the lawsuits against Tex now. He's sort of got the whole picture."

"Turnbull? Isn't Turnbull your partner?"

"That's him. He's the best lawyer on the island. At least that's what I always say," Collins simpered.

Paperman passed a hand over his moist brow. "You mean —Collins, you mean the same firm will take *both* sides of a lawsuit on this goddamned preposterous insane son-of-a-bitching island?"

"Well, it may seem odd," Collins said with an unoffended little laugh, "but you see the custom here is for a continental lawyer—that's what we call whites from the States, continentals—to have a local lawyer share his office. That's what we call the natives, locals. We use the same girl, and that's about all. I do think Turnbull's your man for suing Tex."

"Look, what I *want* is to get the rooms built."

"Tex appreciates that. But the boys have already worked three whole weeks without pay. How's that for loyalty? These Kinjans are marvellous people."

"Well, why did their loyalty break down now? This morning?"

" Ah, you see, they know that your partner is a rich man who was on the cover of *Time*. Jungle drums."

" But you know better than that! You know what my deal is with Atlas. Why don't you tell them?"

Collins' eyes popped, and he smiled and winked with profound cunning. " Oh, everybody understands that a man like Mr. Atlas has his little ways of doing things."

Paperman stared at the lawyer, on whose oversized face the grin of cunning was fixed as though a movie projector had stopped. A new gulf of dismay was opening here. If the Kinjans believed that he was just a front for Atlas, then as long as he operated Gull Reef he would be charged for everything like a New York millionaire. Contemplating the wise petrified grin on the lawyer's face, Paperman realised that he could only dispel this false idea—at least in the mind of Collins—by going bankrupt. Even this would probably be dismissed as a shrewd New York manoeuvre. He could shoot himself; Collins would figure that his suicide was a deep Atlas tax gimmick.

Paperman got to his feet wearily. " Just as a matter of curiosity, how many lawsuits are there against Akers right now?"

" Only four plaintiffs have already filed. Tex will clean all those up in one afternoon, once he gets his loan. Tex is the best builder on the island. He just got a little overextended. Shall I tell him you're giving him the thousand?"

" No. No, I'm not. No, tell him no. And tell him that if I do sue, I'll bring down a New York lawyer who'll mangle him."

" Okay, I'll tell him. How about another beer?"

Paperman shook his head, and walked to the bar, where Gilbert was dropping cherries in three planter's punches. " Gilbert, come back to Gull Reef. I need you."

The Negro kept his eyes down. " Nozzuh."

" Why not? You know the Club is your place. You belong there, not here."

The brief, smoky spark that Paperman had seen once or twice before appeared in Gilbert's eyes. " Mistuh Papuh, you did want de white boy wit de beard."

3

Paperman returned to his hotel office and sent for Church. The air in the office was like escaped steam from a boiler. Dimly he recalled his talk with Thor, aeons ago—two days, in calendar time—about air-conditioning this space.

"Sir?" Church stood in the doorway—tanned, handsome, smiling, modest, young.

"Church, close the door. Turn on the fan."

Church obeyed and leaned against the wall, hands clasped behind him, eyes downcast.

Unluckily for the harsh tone that Paperman wanted to use, the bartender's humble stance before him brought to his mind another scene. In much this way he had stood before the desk of Jay Frankel, a press agent now long dead, his first Broadway employer. Jay had given him hell for seducing an office girl. She had been a notorious roundheels, and Jay himself had had a turn with her. It wasn't at all the same thing as a pregnant Negro chambermaid. Still, Norman felt that half his moral indignation at Church Wagner might in fact be envy of his young energy. He could remember well how, nearly three decades ago, he had listened to the fat old press agent's reproaches with the mock repentance and inner amusement of a hot lad of twenty. The sins of youth looked marvellously different, he thought, depending on whether you were before or behind the desk. "Church," he barked, or tried to bark, "if I had talked to you half an hour ago I'd have fired you. I'm still considering it. I hope you realise that at the moment you'd find it hard to get another job anywhere in Amerigo, except maybe cleaning cesspools."

"Sir, please don't fire me. I really need this job. There won't be any more incidents." Church looked at him with wide pleading eyes.

"Won't there? How can I be sure?"

"Sir, I wish you'd let me explain. You see, Mr. Harmer only turned in one key. I went up to the room to look for the other one. Then, as it happened, Esmé was there, so—I mean, all I'm trying to stress is that I didn't plan anything, sir. It was actually an accident."

"An accident! What the hell do you mean? Did you trip

over Esmé, knock her down, and land on her, copulating, by sheer bad luck? Don't you know yet what you did was W R O N G ? Don't you know that much, Church?"

" Well, sir, I said it wouldn't happen again."

" It had better not. I'm not going to preach to you, your morals are no concern of mine, but by God when you're on my grounds your conduct is. When you step off that boat in the morning from now on, you're a gelding, do you understand, Church? A eunuch! A capon! A steer! A castrato!"

" Yes, sir," said Church, his white teeth flashing most charmingly in his black beard.

" I'm not fooling. One more incident and you're *out*!"

" Sir, I promise."

" All right. Now I'm going to my cottage." Paperman sneezed and blew his nose, and picked up a letter from Henny lying on the desk. " Tell Sheila to send over some bacon, scrambled eggs, toast, and coffee."

" Right away, sir."

" And two boxes of Kleenex."

" Kleenex. Yes, sir."

A shave and a bath, as always, improved Paperman's spirits. When dirty or unsightly, he was miserable as a tarred cat. He ate his breakfast propped on cushions on his bed, in a gold-crusted red kimono bought in Hassim's shop. He could hear the snorting of the garbage craft as it came and went. Each trip was costing him fifty dollars, but he was past caring, so long as the odour did not reach his hotel or his nose; though in truth he might not have been able to smell it by now. His respiratory system was totally clogged. Before he finished his breakfast a sizeable pile of waste wet Kleenex lay on the floor beside the bed, and he was adding a used tissue every minute or two.

He read Henny's letter over the coffee. It sounded exactly like her: quick, acid, affectionate to him and also derisory, and above all angry at doctors and disgusted with New York and with her bad luck. She still had the pain off and on. She had now consulted three specialists. Shingles, allergy, " transparent gallstones," and pure nervous imagination were the chief current guesses, and she was undergoing a series of uncomfortable tests.

Honestly [*she wrote*], *if you did some of the things to me that these perfectly strange men have been doing, I'd punch you right in the nose. Just because they wear white coats and rubber gloves and smell like pickled frogs, these nasty gropers think they can do anything to a woman. I'm getting damned tired of it. Beyond a certain point I'd rather be dead than undignified. They've got until December 17th. That's when Hazel's vacation begins. I've made plane reservations and Hazel and I are coming down, no matter what I've got.*

Hazel is all hot for coming. Do you know that that Cohn character came up here again? He took Hazel out a couple of nights ago. We haven't heard from him since. I hope you realise that this is the first time in God knows how long that she's made a date with anybody except the Sending.

Our little girl was at great pains, before the date and after it, to explain to me that she's merely curious about Cohn, that he seems to her as old as you do, and that she likes his sense of humour because it's like yours. In fact if I recall her words she said at one point, " He's really a sort of father substitute to me, except that what he does is important and interesting." I thought you might like that. Anway it's strange the way he keeps zipping in and out of the Caribbean and in your leisure time you might try to find out something about him. With our luck he's got to be at least a card-sharp, a smuggler, or a Soviet saboteur.

How about writing me a letter, mine host, describing what you do with your leisure time? I have vivid visions, and they make me furious. I see you lounging at your ease on that white sand beach in the sun, charming the lady guests, especially any young and pretty ones, with that sparkling line of yours. I see you dancing with them on the terrace in the moonlight, and so forth—lots of and so forth—just doing your duty as mine host, of course. Well, mine host is going to get his hospitable ass broken when I come down there, if there's been the slightest hint of an offside play. You may as well know that I've got a spy in Janet West—Mrs. Tramm, as she calls herself. She wrote me a nice letter about the lobby materials, and one thing and another, and I'm answering her when I finish this. If

*that cutie pie Tex Akers has got started, perhaps you can
have him do a few things before I get down there.*

Henny listed some decorating details, the irony of which made
Norman wince. She ended with a rather sweet paragraph about
how she missed him, and added,

—*So, mine host, have fun in Paradise. But not too much
fun, damn your eyes, until I get there. I'm feeling lonesome, abused, and mean. In fact very much my old self.*

Love,
Henny

P.S. *How far are you into* Ulysses?

Norman wrinkled his face at the sly postscript. Like many of
his Broadway friends he was a resolute reader of prestigious
literature. His boast to his friends had been that in the Caribbean, with all his leisure as " mine host," he would at last be
able to read Joyce's difficult masterwork. But not only did the
book lie untouched in a suitcase; since his arrival, Norman had
not yet looked at a magazine or a newspaper.

He called the office with his bedside telephone. " Lorna,
I'm going to have a nap. Don't disturb me now unless it's
absolutely urgent."

" No, suh. I do believe you does be too horossed. You needs
a good rest."

He set aside the breakfast tray, snuggled down among the
pillows, put all his worries out of his mind—Akers, money,
wall, water, bartender, and the rest—and fell asleep. For once
nobody and nothing woke him. He slept deeply, peacefully,
and long. He opened his eyes, calmed and refreshed, and saw
the sun slanting low through the bougainvillea. With a loose,
lazy motion he glanced at his watch. Quarter to five. Time to
be " mine host " at the bar, and he felt very much in the mood
for that. He rolled over, yawning and stretching luxuriously,
and saw on the floor by the bed what appeared to be a black
sweater. He didn't remember dropping a black sweater there,
but all his recollections were confused these days. He absently
reached down to pick it up, but it wasn't a sweater. Something
black came up in his hands, leaving most of the pile on the
floor.

In his sleepy, stupid state it took him a second or two to
understand that he was holding several sheets of wet Kleenex

swarming with ants. By the time he realised this, and threw the tissues away with a strangled shriek, it was too late. His right hand and arm were acrawl with ants to his shoulder.

This would have disgusted anybody. But fastidiousness was Norman's chief trait. To find himself covered with creeping stinging black things like this gave him perhaps the single most horrible moment of his forty-nine years. He rushed to the bathroom, tearing off the kimono, making animal screams of revulsion; plunged into the shower and turned on both faucets full force. Water gushed on him, washing ants in streams down his twitching frame. He got them all off. Naked, dripping, he snatched up the aerosol insect spray bomb in the bathroom and forced himself to go back to the pullulating black pile.

There it was, loathsomely alive, loathsomely moving; and feeding it, he now perceived, was a black trail that crossed the floor, mounted a wall, and disappeared behind a water colour of a laughing, dancing West Indian in carnival costume, beating a drum. He held his breath, tightened his lips in disgust, and blasted the insect spray at the heart of the vile heap.

What occurred next was not to be believed, but he saw it happen. It was as though he had dropped a stone in a pool, except that the stone was the spray, and the pool was the ants. Instead of wilting and dying, the ants came boiling away from the heap in black concentric widening rings. The sight was so blood-freezing, and it happened so fast, that the two outermost rings washed over Norman's bare feet before he knew what was happening. The crawling and stinging mounted speedily toward his knees.

Norman Paperman went sincerely insane. Shrieking, howling, buck-naked, he galloped out of the cottage and scrambled down the path to the sea, unaware of anything except the ants climbing and biting now up his thighs to his very crotch. He fell headlong into the water, bellowing "Aagh! Aagh!" not in the least conscious that he was making the sounds of a man being butchered. Hysterically he rubbed and washed himself, splashing and howling, keeping on the move to leave the drowned ants behind.

What brought him to himself was Meadows, standing at the water's edge and barking almost as wildly as he was yelling. Iris came running down the path from her cottage, in a green silk bathrobe that fluttered open on naked legs and pink underclothes. "My God, Norman," she called. "What is it? Are you all right? Do you want me to pull you out?"

"What? No, no, don't be silly, I'm fine," Paperman sobbed. "Just great. Just having a nice little dip. Go away, Iris."

"Norman, there's something wrong. I'm coming in after you." She began to undo the robe.

"No, Iris, *no*. For Christ's sake, will you go away? I don't have a stitch on. I'm bare as a baboon."

Iris paused, her hands on her belt, staring out at him. He was in shallow water. He sank down in embarrassment to his chin. "Really? Why, Norman, what on earth? Birthday suit in broad daylight? Have you dropped your marbles, dear? And what was all that hideous screaming?"

Norman felt his heart beating much too hard and fast. "Iris, honey," he said faintly, "will you bring me a towel and a big slug of Scotch, or any other booze you've got?"

"Baby, why don't I just bring you some trunks from your cottage?"

"No, no, whatever you do, don't go in my cottage. And don't ask questions, Iris. Just do as I say."

"Come on, Meadows."

She returned without the dog, carrying a hotel towel, a pink terry-cloth robe, and a square crystal glass of whisky. "We're almost the same size," she said. "Here." She dropped the robe and towel on the pebbles and turned her back.

"Okay," he said in a few moments, having hastily dried himself and put on her scented robe. "Ye gods, I smell like Hassim, or something."

She faced him, holding out the glass. "You smell like me, and no cracks. It costs plenty to smell that way. You look real darling, I must say. Pink becomes you."

"Oh, shut up." He drank half the whisky and sank to the beach. "Iris, Iris, I've had one bitch of an experience."

She sat beside him. "So I gather. Tell me."

He cradled his head on her soft lap, and recounted the misadventure of the ants. Then, he told her about Akers, Church, Gilbert, Collins, and the liquid gold that Anatone was delivering, tankload by tankload.

"I'd heard about Church," Iris said, absently stroking his hair. "But what I heard sounded very unlikely, I must say. The way I heard it——"

He leaped to his feet, dancing, and slapping at his legs. "Ants! Ants! Iris, get up! The beach is crawling with them! They're all over me! I feel them biting!"

He splashed into the water, holding the robe up almost to his middle, shouting, "Ugh! Ugh!"

Iris looked at her legs, and at the pebbles. She remained seated, slapping at her ankles. "Sweetie, your nerves are really shot. It's just the sand flies. They come out this time of day, when the wind's from the south."

"Sand flies? What are sand flies?"

"You poor innocent," Iris laughed, "don't you really know? They're the great guilty secret of the Caribbean. Sand flies, mi-mis, don't-see-ems, they've got many names. Tiny biting horrors. It's no problem, you just spray your legs with repellent. Gosh, I do it the way I wash my face. Morning, noon, and night."

"Ye gods. Are they that bad? I haven't noticed them before."

"Norman, sand-fly bites can build up an allergic collapse. Some people are immune to them, and maybe you're one, but I've seen tourists carried aboard a plane in a stretcher from sand-fly bites."

"Sand flies, eh?" said Norman in a dolorous, hollow, defeated tone. "Sand flies."

"Oh, so what? In New York they have rats and roaches, dear, don't they? Not but what we have our own roaches. There's a Caribbean roach that can fight a cat to an easy draw."

"Iris," said Paperman, standing ankle deep in water, his shoulders sagging in the pink robe, "I believe I've made the bigegst mistake in my life in buying this hotel. I may have made the biggest mistake any human being has ever made. I mean, on the scale on which I function. I'm not talking about, say, Hitler invading Russia. I haven't got that scope for my bad judgment. But within my modest limits I believe I can claim to have been perhaps the goddamnedest jerk in recorded history."

"Nonsense. One day soon you'll laugh at all these petty things. Go dress yourself real handsome, the way you do. You're taking me to a cocktail party at Government House."

"I'm what?"

" See?" she said, holding out a pretty leg in the rosy waning light. " That's a sand fly. There on my ankle."

" That tiny speck? Is it alive?"

" Ha!" She smeared a thumb on it. " Not any more. His Excellency is having a reception for some congressman or other, Norm. Congress always gets very concerned about American interests in the Caribbean, right after the first bad snowfall in Washington. I need an escort, and you're elected."

Paperman interposed objections, the chief of them being that he had to watch over the Club; but Iris said that on the contrary, he badly needed to get away from Gull Reef for an evening of fun. They might have dinner together and perhaps go on to the movie. She started to climb the path to her cottage.

" Iris."

" Yes?"

" Come with me while I—while I look at these ants."

She smiled, approached him, and put a cool hand to his cheek. " Gad, you're squeamish. A month in the Caribbean will soon cure that."

They mounted his path together, a colourful pair, the woman in smooth green, the man in fuzzy pink. The sodden pile of Kleenex was no longer alive, no longer black, but rather speckled grey with uncountable dead ants. The rest were gone. The black trail up the wall was gone. Paperman pushed aside the picture which covered their point of entry, a crack in the plaster two inches long. " God, is this where those billions and billions of horrors came and went? Is it possible?"

" Certainly. They won't be back for a while," Iris said. " That's the main thing." She contemplated the pile with a wrinkled nose. " They like wet Kleenex. I'll have to remember that. Hey! Where are you?"

From behind the bathroom door Paperman's bare arm appeared, extending the pink bathrobe. " Here. Thanks for the help. Brother will pick you up in half an hour."

Iris's face twisted in a smile. " Well, well," she said, taking the robe. " That's good. Apparently the experience didn't have the usual effect on you."

" What experience?"

" Ants in your pants."

"I'm coming out," said Paperman.

"The hell you are," said Iris, slamming the bathroom door shut on him. "Half an hour."

4

When Norman came up with Iris in the long reception line on the Government House lawn, Governor Sanders blinked in glum surprise, then offered his lank yellow hand. "Hello, there. Glad you could get away. I understand you're having your troubles."

"That's why I dragged him off the Reef, Governor," said Iris.

"Mrs. Tramm, Mr. Paperman—Senator Finchley of Nebraska. Mr. Paperman owns the Gull Reef Club, Senator." Sanders pointed at the Club, visible over the low stone retaining wall. Norman and Iris had come late, and the Club lights were already on, reflecting white and yellow serpentines across the violet harbour.

"Ah, yes," said the senator, a dapper little ruddy man, with a full head of white hair. "I've been wondering what that was. It looks like fairyland. Mrs. Tramm, I'm delighted." He sized up Iris with appetite. She wore black and a pearl choker, and her eyes had a wide sparkle. "Do you live in Amerigo?"

"Right now, yes."

"I have a feeling I've met you. You're not from Nebraska, are you?"

"As it happens, Senator, I was born in Omaha. My folks took me to San Diego when I was three."

"Now I know what's been missing in the state of Nebraska," said the senator, waggling his heavy eyebrows.

"Gosh, a whole live senator," Iris said as Paperman led her to the bar. "I had it wrong. We don't usually get senators till February. It must be damned cold in Washington. I'll have bourbon and water, please, Norm."

A chilly damp breeze was blowing up the white cloth of the long table arranged as a bar, showing the sawhorses underneath. The crowd at the table was two deep; it took Norman a while to get the drinks.

"Ah, thank you," Iris said. "The main job of my escort,

dear, besides giving me some face as an honest woman, is to knock all drinks out of my hand after the second one. Cheers." She took a deep swallow.

"Are you kidding?"

"No, I'm not. I'm apt to get very ugly about it, too. Just slap me down, and if necessary, walk out on me. I'll come trotting along, using some dirty words you may not have heard." Paperman looked her in the eyes, still not certain she was serious. She said, "I mean it, Norm. Usually I'm all right. I know my limits. It's just that Government House sort of gives me the hoo-ha's."

"Well, it's an odd crowd," said Paperman, glancing around. There must have been two hundred people on the lawn, making a deafening volume of talk in the dim light of swaying paper lanterns. Most of them were Negroes, dressed in good current fashion, and the taste of the women for colour enlivened the scene with many bright splashes. The clothes of some older Negroes were dated and dowdy. One bent greyhead wore a yellow pith helmet and a double-breasted blue suit. Iris told Norman that this man's family owned three thousand acres of the best land in Amerigo, including four white sand beaches, and that he lived in an unpainted two-room cinder-block house with a privy out in back. There were strange-looking whites, too, remnants of British colonial families; and here and there hill-crowd people, men in loud jackets and women in last year's New York styles.

A handsome, tall young Negro, in a silk Italian suit not much different from Norman's, went by holding drinks. "Hello dah, Mistuh Papuh."

"Hello," Norman said vaguely.

"You don' rekonize me?" The young man disclosed many gold teeth in a grin. "I'm Anatone. De fifteen loads all delivered. I did give Lorna de bill. She say you asleep."

"I'll take care of it."

Anatone glanced at the sky, and laughed. "Funny ting, de customers dey does get mad at me when dis happen. One fellow up on de hill las' year he ask me pump de water back out of his cistern." Anatone laughed very happily. "I do believe we fixin' to get a big rain to-night. De party finish inside."

Paperman looked upward in exasperation as Anatone walked

off. Iris said, " I didn't want to spoil your evening dear, but feel that wind? And there isn't a star in sight."

Paperman said, " You know what? I'll sue God."

Iris burst out laughing, and took his arm. " Let's get me another drink. Why aren't you drinking yours?"

" I am," said Paperman, a little nervous at the speed with which Iris had downed a large rich bourbon and water.

" I'll tell you," Iris said when Paperman brought her the drink, " let's go inside. Or does the sociology of a Government House lawn party interest you? If it does rain, the panic will be a nuisance. I react badly to being shoved and jostled by Kinjans."

" Okay."

" They mean no harm, they do it to each other and think nothing of it, but——" Iris led him through the crowd to the wide stairway into Government House. " I know a nook where we can drink in peace."

The first floor of the old stone building was thoroughly Americanised—white fluorescent lighting, soundproof partitions, rows of shiny steel cabinets, and even at this hour ringing telephones and one banging mimeograph—in strong contrast to the state rooms on the floor above. Here were grand salons full of gleaming old English furniture, their walls a-clutter with obsolete weapons, and faded prints of sea battles or West Indies scenery. The museum elegance of these antique rooms was crowned by a sweeping view, through tall French windows, of the Georgetown hills and the lamplit harbour. Iris showed Paperman the semicircular council chamber built in 1740, all dark mahogany and green leather, where the legislature still met. They passed down a long high mirrored hall.

" Here we are," Iris said, opening a tall door covered by a mirror.

" Speak of the devil!" said Chunky Collins, when Paperman came in. " Norman, do you always show up on cue like this?"

He and Tom Tilson sat with their drinks in a startling replica of the drawing-room of an old London house. The arched creamy wood moulding, the green damask on the walls, the spindly furniture, the Adam fireplace with a red light glowing behind glass coals, the china and silver pieces, the leather-bound books in rows, all blended in an illusion as instant and convincing as that of a fine Broadway stage set.

Tilson said, "Sit down. Hello, Iris. This is the only bearable spot in Government House, Paperman. The last British governor loathed the tropics, and he fixed up this room so he'd feel at home. He sat in here day and night, they say, drinking gin and bitters and nursing his gout, until the Yanks came."

"It's charming," Norman said.

The large smile on the large face of Collins faded to a mask of sorrow. "Oh, say, Norman, I want you to know how awful I feel about Tex Akers. It was inevitable, I know, but still it's a shock. What a tragedy! If you want me to line up some bids from other contractors——"

"What about Akers?" said Paperman, alarmed. "Did he kill himself."

"Him? Oh, no! He blew the island. Said he was going to Fort Lauderdale for a week, but he'll never be back. When he sent off his family last Saturday I knew it was coming. That's always the sign."

Tilson said, "Let's see, that makes five contractors who have blown Kinja this year, doesn't it?"

"Four or five. They come and they go. I lose count," said Collins. "Tex was something special, though. He's gone bankrupt to the tune of about a hundred forty thousand."

Tilson said, "It had to happen, Crab Cove did him in."

"Strange," said Iris. "I thought those houses were lovely. I never know anything."

"They're fine houses," Tilson said. "Not at all the usual Kinja thing of crossed-up plumbing, and electric wires that buzz and spark and catch fire, and tiles that pop loose in a month. Still, they don't have jade walls and platinum plumbing. At seventy-five dollars a square foot, they should."

Collins sighed. "I'm afraid Tex was sort of a child about money. He'd already gone bankrupt twice, in Acapulco and Hawaii. He had long stories about dishonest partners."

"Oh, sure," Tilson said. "Who goes out to these Godforsaken fringe places to try and scratch a living? With the biggest boom of the century going on in the States? Freaks, frauds, fools and failures." He gave Paperman a snarling grin. "Present company excluded, to be sure. I've lived on tropical islands most of my life. Ninety per cent of the mainlanders who come in are loonies of one kind or another, and they nearly all blow sooner or later—if they don't die of the booze."

"How about yourself?" Iris said.

Tilson held up a corded, freckled red hand. "International Nickel saw fit to post me in New Caledonia for twenty-one years. I got used to the tropics. At my age I'm not going back to snow and crowds. That's different."

Paperman was thinking, with a sick heart, of the demolished wall, of the great load of building materials, of his debts, of the ugly tarpaulin bellying across his lobby. "And there you were, only this morning," he said angrily to Collins, "urging me to give Akers another thousand dollars!"

"Well, you know, he was my client," said Collins, "I had to do what I could for him. He probably would have blown with your thousand. But then again, Tex was such a screwball that he might actually have gone ahead and put up your rooms. Of course, you did the only sensible thing, paying no attention to me."

"You were well-advised," said Tilson, with a straight face, "singularly well-advised."

"I figured you had your instructions from New York," said Collins. "That's why I didn't mind urging you. There are no flies on Mr. Atlas."

"I never talked to Atlas about it."

"Of course you didn't," said Collins, with the glassy grin that came on his face at these moments. "Of course not. Still, if I can size up people, and that's my business, you're much too softhearted to have turned Tex down yourself." There was a heavy rattling on the windows facing the lawn, and dismayed shouting and running outside. "Here we go. I said it would rain, Tom."

"We sure need it," said Tilson.

"I don't need it," said Paperman. "I've just bought seven hundred fifty dollars' worth of water."

The old man's jaw dropped and he stared at Paperman. "Are you serious? Seven-fifty? You could *float* your hotel for that."

"It does seem high," said Collins. "Was that Anatone?"

"Anatone and the garbage boat."

Collins nodded wisely, "Well, in a way it's an investment. You'll find Senator Pullman very cordial to you."

"Paperman, I have a suggestion for you," Tilson said. "Go

home. Whatever you have invested here, forget it. Leave. Blow, like Akers. Pretend you had a nightmare and woke up. No matter how much you've already lost, you'll be money ahead, I promise you."

The tall door opened, and Governor Sanders came in with the senator from Nebraska. "Well," he said, waving his drink, "we do have a little company in here, Senator. But it's choice." He carefully shut the door.

"Let's leave, Norman." Iris stood. "Official business about to be transacted."

The senator trotted to her elbow, and eased her down on a couch beside him. "Not on your life, Iris. You and I are the only two Nebraskans in Amerigo. Don't you desert me."

Sanders slouched in an armchair and lit a cigarette. "What's this about that Crab Cove fellow, Chunky? Is it true?"

"Bye-bye," said Collins.

The governor shook his head. "That's the place we drove by after lunch, Senator. Those houses with the yellow pagoda roofs."

"Why, they looked excellent. I've never seen a better site than that cove."

"Well, I'm afraid the builders here suffer from a peculiar ailment," Sanders said, "the disappearing sickness."

"The defaulting trots," Tom Tilson said.

Senator Finchley smiled. "Big ideas and small bankrolls. It's the second wave in a growth area that gets rich. Somebody will pick up those unfinished houses cheap and make a bundle."

Sanders said to Collins, "True enough. I suppose the bank will auction the Cove right away for the mortgage money."

"As soon as we can get a judgment," Collins said. "I'll probably go to court on it to-morrow." He added to Paperman, "I represent the bank."

"I see," Paperman said. "Tell me, are you the undertaker here, too?"

Collins peered at him. "Pardon me? No, that's Hollis. Hollis, not Collins. My law practice is really all I can handle. But Ralph Hollis is one hell of a good undertaker."

Iris uttered a short gasping laugh, but when the men all looked at her, her face was solemn. "Norman, I think I'd like maybe one more small drink. Sort of half."

As Paperman hesitated, Governor Sanders said to him, " By the way, Crab Cove might interest your friend Atlas. He told me he intended to acquire substantial properties here."

" That's true," Paperman said, trying to talk past Iris's request for more liquor. " I'll write him about the auction."

" It's a golden opportunity," Collins said.

Tilson said, " Crab Cove has to soak up another hundred fifty thousand dollars before people can move in. If your friend's got that kind of money, and if he can send down a good builder to finish off, he can make a killing. Once those houses are finished they'll sell like hot cakes, and for twice what they'd cost in the States. That's what's so tempting about——" Tilson stopped talking, and glanced at the ceiling and at his watch. A low roar, like a far-off flight of many jet planes, was vibrating the air in the room.

Governor Sanders said in a flat calm voice to Norman, " Just sit where you are."

" What is it?"

" Earthquake," Iris said, her hands tightly clasped in her lap.

" First one in almost a year," said Sanders.

Now Paperman could see and feel the room trembling. A metal thing fell to the floor somewhere with a clang, and the glass chandelier tinkled wildly.

" How bad do they get?" said the senator, raising his voice above the swelling sound and holding the arm of the couch, but looking unruffled.

Tom Tilson replied, " Not bad here, usually. Nothing like the South Pacific."

Collins said, " I don't know, this one's going on a long time."

A harder tremor came, and a loud vibrating rumble. Paperman saw a pink-and-gold china vase topple, roll off a table, and break in pieces. The jerking of his chair was nauseating, and it took will power not to get up and run outside. All at once Collins dived under a table near his chair, shouting over the harsh scary noise, " Better take cover, Iris! A doorway is good!"

The sound lessened and stopped; so did the unpleasant motion.

" It's over," Iris said, in the moment of total quiet that followed.

" I timed that one," Tilson said. " Fourteen seconds."

A hubbub arose beyond the closed doors. The lawyer came out from under the table, dusting his knees. " Safety first," he said.

" That stirred up the party, Senator," Sanders said. " I'm afraid we'll have to join them."

" Fun, wasn't it?" the senator said to Iris. "I once was in a real bad one in Hawaii. Some houses fell down. See you later." He went out with the governor and Collins, who said that quakes frightened his wife, and he'd better find her.

Tom Tilson leaned on his stick to get himself out of his chair. " That's the other thing about the tropics, Paperman. The Temperate Zone is a fake, you know. Go to the arctic or the tropics if you want to find out what kind of planet the Lord has put you on. It can be damned inhospitable."

Paperman said in a shakier voice than he intended, " This island is still the most beautiful place I've ever seen."

" Nobody says it isn't pretty," said Tilson. " I said it was inhospitable. It's also unpredictable. You think you're braced for the very worst that can happen, but sooner or later the island throws a total surprise at you. I've seen it happen too often, Paperman, and I'm just telling you."

" Well, I'm not blowing," said Paperman, " come earthquakes, hurricanes, or anything else that Kinja can produce."

Tilson looked at him through almost closed eyes, his red withered face tilted far back, his stringy chin thrust out. " Well, all right. I'm a hermit. I give one party every year, at Christmas time. Two hundred guests, champagne, caviar, chateaubriands at midnight for everybody. My house is too small for that. I've been giving it at the Francis Drake for years. Can you handle it at Gull Reef? I pay twenty-five bucks a head, that's five thousand dollars. I expect the very best of everything, and I'm a fearful bastard to deal with."

" I'm willing to try it," said Paperman, with a startled glance at Iris.

" You've got it," said Tilson. He hobbled to the door, and turned. " These tremors seldom come one at a time. You might get shaken up once or twice more this week. A real big one can produce a tidal wave. That might wash out all your problems. Check your flood insurance."

Iris said as soon as he left, " Norman, if you do the Tilson party right, you're *in*. It's the event of the island. I want another drink fast, and no arguments. Earthquakes are special. One more for the earthquake."

Paperman said uneasily, following her down the mirrored hall, " The bar's probably closed by now."

" In that case," Iris said, " there's always His Excellency's private stock."

The guests thronging through the state rooms were still laughing and exclaiming over the downpour and the quake. Many of them milled around a buffet table in the largest room, where Governor Sanders stood in an arch of the french windows, arms folded, gloomily looking out at the rain. Iris made straight for him. " Where's the bar to-night, Governor? Why not in the usual corner?"

" They closed it outside when the rain came, Iris. It was sort of late. Have something to eat."

" No, thank you. I guess my credit with Terence is still good for a drink." She pushed away through the crowd.

" How many has she had?" said Sanders to Paperman.

" Two."

The governor made a wry face. " Iris shouldn't have more."

" So she told me."

Norman caught up with her in a dark narrow hallway between walls hung with photographs, swords, and guns. " Where to now?"

" The pantry. Terence is my pal."

" Iris, I'm hungry. Let's get another drink when we have dinner. Where shall we go?"

She glowered at him. " Lay off. I'm perfectly fine, and I mean to have another drink free of charge on this f—— government before I leave." Paperman blinked at the foul word. She laughed at him and turned away. He caught her arm. " Let go of me, Norman!"

" Iris, I'm leaving now. You can stay or you can come with me, but I'm going."

She smiled, her eyes widening in a bright vicious look. " Run along, Normy, and good riddance."

Paperman had nothing to go on except Iris's own instructions to him. " Okay, so long." He walked down the hallway without looking back, into the centre hall and out through the back entrance to the parking space. Rain was falling, but not heavily. He dashed to the Land-Rover, started it up, and as he backed and turned around he saw her at the head of the stairway, waving. He stopped.

"You really were going to do it, weren't you?" she said, clambering into the machine. "You really were going to leave me at that disgusting brawl."

"Order from the boss," he said.

She switched her skirt angrily around her thighs. "Well, it's no more than I should have expected from a Jew. I've never known a Jew who had any manners."

"Where would you like to have dinner?"

"I'm not hungry. The food stinks everywhere on this f—— island. It's best at the Reef but I've had my bellyful of your stupid problems there, do you mind? If we eat in the patio of the Francis Drake, you can see your f—— place go up in flames, or whatever's going to happen next. There's bound to be something."

"Francis Drake." He started the Rover down the road in its snorting jerky way.

"Why in the name of your God of Moses don't you get a car," she said, "instead of this epileptic fit on wheels?"

Paperman looked straight ahead and said nothing. During the next ten minutes, as they drove through the slanting rain, Iris kept up an incoherent tirade against Jews, in a strident voice, her arms crossed, her dilated eyes fixed on him, unpleasant smiles writhing her mouth. At last, hoping to turn her off, Paperman said, "What makes you think I'm a Jew? I'm on your side. I think the Jews are taking over America, and it's a damn shame, because they're so feeble and incompetent."

"Very funny, but I happen to be serious. I can't stand Jews, I never was involved with one that I wasn't sorry afterward, and I speak with authority because Herb Tramm was one. You know, all this liberal talk is the bunk. Nobody can stand Jews. Even coloured people can't stand them. You watch, people are going to stop coming to Gull Reef just because a Jew's got it."

"Okay, Iris, please shut up," said Paperman with a yawn.

"Don't tell me to shut up, you weak effeminate Jew. Scared to death by a few ants. I can probably fight you and beat you."

She said nothing more until they were seated in the patio of the Francis Drake under a striped canvas awning, having their first glass of wine with the shrimps. She drained the glass in a gulp, and then looked at him with an abashed grin, her eyes sad and friendly. " Sorry."

" Okay."

" Why didn't you throw me out of the car?"

" Well, as you pointed out, you can probably fight me. And anyway, a peeved woman is nothing new to me. I've logged about a hundred thousand hours, and I hold an instructor's licence."

Iris laughed. " Henny can't be that bad. She *can't* be."

" Henny doesn't go on about Jews, of course. And I must say she usually gets more provocation."

" Well, if it's any comfort to you, you ain't seen nuthin'. I hope you never do see me when I'm bad."

They ate in silence for a while.

" It's not my business, Iris," he said, " but since the stuff is rough on you, how about A.A.?"

Iris gnawed her lip, looking across the water at the lights of the Reef, misty in the rain. " No good. A.A. backs up to a religious idea, Norm. That lets me out. If I actually became convinced there was an intelligent God watching my antics, I'd probably cut my throat. Just to get back my privacy. It's an unbearable thought." She drank more wine. " My abiding comfort, honey, is that I know I mean no more to the universe than one of those dead ants in your wet Kleenex."

The food at the Francis Drake was not good—the meat tough and dry, the vegetables overcooked, the layer cake greasy. Paperman remarked on this, and Iris told him that he was fortunate in his cook, Sheila; the Reef offered the only tolerable food on the island. When they were having coffee, Iris patted a napkin to her mouth, and tossed it on the table. " Look, I've got to say this, and then let's forget it. I don't like anybody much, myself included, but I have a partiality for Jews, if anything. Maybe you've noticed that. When I get ugly I say or do the worst possible things. But I skirt an edge. If I really know I can't get away with it, I usually don't say it. I thought you'd put up with me, and you did. Why didn't you get angry?"

" Good question," said Norman, and he thought for a

moment. "I'll tell you a story. Way back when I was working for Loyalist Spain, before I met Henny, there was this Vermont girl in the crowd, very radical and very Gentile, which to me at that time was a tough combination to beat. She was also not bad looking, though sort of loose-boned and rangy, and with a wide mouth. Anyway this thing got hot and heavy in a week or so. She was resisting a bit to prolong the enjoyment. It was all sharply delicious, the way everything was then. Well, late one night after going to a show, we were having coffee and cake in the automat on Fifty-seventh Street. I was just talking at random, and I said, 'This afternoon I was to a meeting at Joe's house,' something like that. She suddenly turned on me. 'Norman, please don't E V E R say *was to* again. You always do. It's a New York expression, and a Jewish one at that.' I went on talking and kidding and finally took her home. I never saw her again. What she said didn't amount to much. But you see, she meant it." Iris nodded, looking down at her clasped hands. "How long has it been pouring now?" Norman said, glancing up at the awning, which sagged under the beating rain. "Two straight hours?"

"At least," said Iris. "You're not going to have to buy any more water or chase the Guadeloupe barge for a while. Not if this keeps up."

He said, "I'm trying to decide whether to cross over in this mess and see if the quake did anything to Paperman's Fancy, or just let it go hang."

Iris laughed. "Paperman's Fancy is good. Let it go hang. The quake did nothing, I assure you. Take me to the movie."

§

The narrow, dingy little marquee on upper Prince of Wales Street read *Teen-Age Corpse Eaters*, but Iris assured Norman that that was the big weekend attraction, the only title the manager ever bothered to put up on the marquee. "The weekend is always a horror thing, or some ancient Western," she said, "or one of those Italian jobs, with thousands of Romans hacking up thousands of Christians, and raping squadrons of naked slave girls. The Kinjans like that. To-night's an old Cary Grant."

"How did we rate the passes?" Norman said as they walked into the chilled, grimy green hall full of rows of splintery wooden seats. The little Puerto Rican manager in the lobby had waved them past the ticket taker with a bow and a sad smile.

"Oh, they know me. In my decline I did a few horror movies. The *Daughter of Dracula* is still a great favourite in Kinja. They keep reviving it."

"Really? I missed that."

"Oh, it's a honey. I'm a playful lovely girl in an old castle in the Dolomites, see?" Iris said. "Just the prettiest, sweetest young thing. Well, in due time I turn into a big bat before your eyes, and I proceed to drink the blood of a horse—what are you giggling at? It's God's truth. That's the big scene. A cheer always goes up here when the horse collapses, all pumped dry."

"You're making up every word of this," Norman said, laughing hard despite the way the slats of the wooden seat were pinching him.

"I wish I were. I'd give anything to buy up that negative. A stag movie is nothing in comparison. It's a favourite on TV back home, too. My silly face, the way I looked nearly twenty years ago, all fixed up with fangs and bat ears, and dripping horse blood. That's how a new generation of Americans knows me. I may have some trouble making a comeback as Candida."

The movie began after about a half hour or so of short films extolling beers, deodorants, cigarettes, whiskies, and hair dyes. The film kept going out of focus at odd times, and turning into a sliding grey smear for a minute or two; the air-conditioning blew on Norm like a strong winter wind; the wooden seat hurt his rear abominably; but even apart from these distractions, he found the film hard to follow. It was a suspense movie, with some humour, a dramatic death, and two or three fairly passionate love scenes. During the death, the Kinjans roared with laughter. They sat respectfully silent through the comedy, and helped out the sound track of the love scenes with whistles, shrieks, hoots, giggles, and the loud sucking noises of a mule's hoofs in thick mud. "How can you stand this?" he murmured to Iris.

"Stand what? Oh, the audience. I don't even notice it any more."

In time Norman stopped noticing it too. The picture ended with a chase through Times Square at night—Broadway theatres, restaurants, night clubs, all his old haunts. Coming outside afterward was a shock. The rain had stopped. Damp, very hot air rolled through the opened steel doors of the chill theatre. The low shops and plaster arcades of Prince of Wales Street, in the dim yellow light and the steamy heat, seemed grotesquely foreign.

"Iris," he said, "you know something? We're a long way from home."

"Yes, darling. A long, long way."

The few whites in the audience—one or two hill-crowd couples, and some bearded vagabonds like Church Wagner in shorts and water-buffalo sandals, with their young slatternly wives or wenches—looked cross and sleepy, but the crowd of young Negroes was full of laughter, gaiety, and loud chaffing. The girls wore demure cotton frocks and their hair was carefully groomed; the boys, in short-sleeved shirts and tapering slacks, seemed bursting with good spirits. Norman could not understand their Calypso chatter at all, though it was presumably English; but he was struck by the good cheer of these Kinjans, nearly all of whom were not brown or yellow, but black, and strikingly handsome.

He said in the car, "What's the difference between the Kinjans and the mainland Negroes? Why are they so much more attractive?"

She looked at him with head aslant, eyes half-closed, her hand restlessly fingering her pearl choker. "Oh, you've decided that? Well, they're exactly the same people. Here it's their island, that's all, there's no place they can't get in, and the white man lives in peace on their sufferance. It makes a difference. Back to Paperman's Fancy, dear—my doggie wants his bone. I hope you've enjoyed your outing."

"It's saved me," Norman said. "The news about Akers was worse than the earthquake. I'm all right now. I'll manage."

The quake had caused no damage, and the rain had raised the water level in the cistern by three feet, Church reported. Some guests had not even noticed the tremor, and the rest had taken it as a lark. The bar was full of people, so was the dance floor. Passing through the lobby, Paperman slipped behind the tarpaulin for a moment, and contemplated the moonlight glint-

ing on toilet stools, window glass, and the brass knobs of
stacked doors. Through the tarpaulin he could hear the carefree thumping of the steel band. He walked out through the
enormous moonlit hole in his hotel and went to bed.

7 — THE QUAKE

The second earthquake came a week later. It was not much
more severe than the first. It occurred about half-past ten in
the morning, when most of the guests were sailing, swimming,
or playing on the beach, so no alarm ensued. Norman and Iris
were going over accounts in the office, and Norman was quite
pleased with his own manful calm during the trembling and the
rumbling. The guest who reported the gush of water from the
cistern did so casually, about half an hour later. He was a bald,
dignified doctor from Indianapolis, in an orange beach robe,
and he poked his head into the office just long enough to
remark, " Oh, Mr. Paperman, I think you have a broken pipe
or something. There's water coming out of your foundation
wall pretty fast." Then this messenger of disaster went his way.

Norman put his head down on his arms on the open ledger,
and moaned.

The news in the ledger was in itself bad enough. On his
first week of Caribbean hotel-keeping, Norman Paperman had
netted *thirty-seven dollars and forty cents*. There were reasons
for this shocking figure, to be sure. The payroll was large:
cooks, maids, waitresses, steel band, bartender, gardener: none
of them were paid much, but it added up to a lot. There had
been the terrible water purchase. Money had to be set aside
for the bank; and this he would have to go on doing each week,
for some three hundred weeks, to pay off the loan and the notes.
The revenue from the new units was supposed to balance off
this drain, but they remained unbuilt. The game room full of
materials stood open to wind, moon, rain, and sun, undisturbed
by human hands. Bids to complete the job had come in. The
range of prices was imbecile. The low bid was fifteen hundred;
the high one was twenty-one thousand. Collectively, the contractors of Amerigo seemed to have as much reliability as a

flock of migrant birds, and little more knowledge of construction.

But none of this was the true trouble. Even the existing rooms were not all occupied; far from it. People were checking in at a great rate, for the blizzards had started in the north. But the hotel was a coarse sieve that retained only a fraction of the arrivals. The rest leaked away complaining and cursing over one discomfort or another: electric failures, water shortage, unreliable toilets. Ever since the departure of Thor, the days had been a hell of small breakdowns.

"The cistern has cracked," Paperman said hollowly into his elbow. "On top of everything. I know it. An earthquake cracked it once before."

"Well, then, if it was cracked, it was patched, wasn't it?" Iris said. "It can be patched again."

"I know. I'll fight on," said Paperman. "I'll never quit. I LIKE the tropics." He raised his head, wiped his red eyes, blew his red nose, and threw the Kleenex into a wastebasket. "Let's go look at the leak."

Senator Pullman was on the grounds, attempting to repair the electrical failure that had darkened one third of the hotel for two days. Some guests good-humouredly took the kerosene lamps in their rooms as romantic touches. Others had checked out in rage over the uselessness of their electric razors and hair dryers. The failure was a stubborn mystery. New fuses put into the circuit gave way with loud reports, big blue sparks, and some smoke and flame. The real calamity was that the pump was on this circuit: no electricity, no water. Attempts to rewire the pump had blown out all the remaining circuits in the hotel for a while, and Norman had ordered the senator to stop trying, until he located the trouble. At heavy expense, Anatone had located and brought over a giant old gasoline generator and hooked it to the pump. It was now chugging in back of the hotel like a trailer truck climbing a mountain, emitting noise and fumes that had caused the departure of several more guests occupying rear rooms; but at least it was feeding electricity to the pump, and the pump was feeding water to the hotel.

The senator and his young apprentice electrician joined them on the beach to contemplate the long jagged cistern crack. In volume the escaping water was not yet large, but it spurted out under high pressure, in narrow sparkling arches.

"The question is," said Norman, "what to do?"

The senator scratched his head. He wore a Palm Beach suit and a narrow neat yellow tie; for, as he had explained to Paperman, he would have to leave the electric repair job at eleven to attend a session of the legislature. Paperman did not understand exactly what the senator contributed to the electrical repair work. Mostly he stood and watched his apprentice crawl into dark cobwebbed crevices to set off terrible sparks. The two usually conversed in island English, and the legislator's ability to switch at will into smooth mainland polysyllables was remarkable.

"It's a perplexing question," said Pullman. "The Guadeloupe barge came in when?"

"Yesterday."

"Then you're full."

"To the brim. We'd had the rain, so we only needed ninety thousand gallons. At Lorna's suggestion I tipped him a fifty-dollar bill."

The senator nodded. "Very thoughtful. Very customary." He turned to his apprentice and said something like, "Wha hoo hee baba de whass kum hoo ba sistom dis time ba whoa?"

To which the apprentice replied, with twinkling eyes and a jolly laugh, "Yes, I tink so. De ting wha bee ha du kistuss mak la fa berry rag de sistom whis poss. Moss du far kum."

"That's what I thought," said the senator. "Mr. Paperman, you have to let all the water out of the cistern immediately."

"What? *Why*, for God's sake?"

"Your wall here is seriously weakened. Mass masonry is very subject to shearing stresses. All that water is a tremenjus weight, and the hazard is that it will suddenly bust out the whole wall. If that happens, most of your hotel can just collapse down into the cistern and you actually will own nothing but a big ruin. You have to get the water out and repair the cistern right away."

Utterly staggered, Norman said, "But plastering it from the outside won't work?"

"Sada bee plossa wha kum loff rappa soggle ba soff de ting you tink?" said the senator, approximately, to his apprentice.

"No, de ting barra cull to de ba whada rupp ha hee sang dabee no good."

"No, it will leak all around. You have to repair it from the inside out," the senator said to Paperman. He pointed to a valve like a giant faucet projecting from the bottom of the wall. "There's your emergency discharge, and you'd better open it now, if you want to save your foundation."

Paperman glanced at Iris, who shrugged.

After the trouble he had had filling this cistern, after the money he had squandered to get just a few thousand gallons in an emergency, it was hardly easier for him to open this valve than it would have been to open a vein in his wrist and let out the blood. But the apprentice, in his humble inarticulateness, reminded Norman of the lost Gilbert. This boy might know something.

"Okay," he said sadly to the boy. "Open the valve."

The corroded brass wheel did not turn easily. The apprentice straddled it, muscles bunching under his shiny black skin. All at once a glittering stream half a foot thick shot out of the valve, flying parallel to the sand for perhaps twenty feet before wavering and drooping into the beach. A pool formed on the instant with rivulets trickling toward the sea.

Senator Pullman grinned in admiration. "There's water pressure for you," he said.

Norman pulled his eyes away from this horrible roaring waste, and studied the cracked cistern. An idea struck him. "Look, Senator. Look how far down that crack extends." He gestured at the dripping fracture. The crack began not at the ground but at the top of the wall, and extended about two thirds of the way down. Below that, the wall was solid. At least it looked solid.

"Why do I have to empty the cistern? Why can't we just let the water down to this solid level? Then there's no risk of collapse, and my guests will have water until I can line up a mason. If I empty the cistern now, I'll empty my hotel."

Iris looked at Senator Pullman, he looked at his apprentice, and the apprentice regarded Paperman with awed surprise, as though a horse had opened his mouth and spoken.

"Dat does be a good idea," said the apprentice clearly. "Dat work okay."

"I'll be damned," Iris said. "So simple."

"It's a most ingenious adjustment to an emergency," said Senator Pullman. "That is the kind of thinking that makes a successful Kinjan. I congratulate you, Mr. Paperman. As it happens, Anatone is a fine mason. Or at least he can get you one. So essentially you have no problem any more, once we locate this little short-circuit. Unfortunately I must go to the legislative session now."

Pullman departed, taking his apprentice with him, as Paperman and Iris stood watching the cistern water shower out of the valve and carve a deepening canyon in the beach sand. "I have to remember to turn this valve off," he said. "Let's see. At ten gallons a second—and we're not losing that much, surely—it'll still take a couple of hours to empty down."

"Honestly, Norm, you're getting so resourceful and masculine," Iris said. "I could fall in love with you, if you didn't keep saying *was to* all the time."

"Shut up," Norman said. "Let's meet at your cottage for a swim in ten minutes."

"Done," Iris said.

2

Lorna greeted him at the desk with a handful of letters. Most of them were local bills; he looked for airmail stamps and pulled out one letter from Henny and another from Atlas.

"De toilet overflow in twenty-six," Lorna said.

"What? That's the third one this morning."

"De lady say dey check out if it don't work by twelve o'clock. Dere be five guests you got to meet on de noon plane."

"Yes, yes, I know that. Anything else? Anything good?"

"Miss Buckley she waitin' for you in de office."

"Who's Miss Buckley?"

"She fum Immigration," said Lorna, with a peculiarly unpleasant look.

The air in the little office was somewhat more bearable now, for Senator Pullman's apprentice had hacked a hole through the heavy masonry of the back wall and had put in a rattling, screeching air-conditioner. Miss Buckley of Immigration sat in a chair directly in the line of the noisy breeze. She was a very dark young woman in a purple dress with a red jacket, quite stout, with pretty features marred by drooping unfriendly eyes, and thick magenta-caked lips set in an outraged pout. An open briefcase on the floor leaned against her chair. She had some manila folders on her lap, and in one of these she was writing with a ball-point pen. She paid no attention to the arrival of the proprietor. Since her crossed legs blocked his way, he waited for a long time, while she wrote and wrote, often sighing loudly and shaking her head.

" Excuse me," he finally said.

Miss Buckley gave him a single nauseated glance, as though he had shouted a string of filth, and moved her feet. He slipped past her and sat behind his desk. She continued to write.

" I beg your pardon," Paperman said after another long wait. " Is there something I can do for you?"

The lady from Immigration slowly turned her revolted glance on him again. " She still here," she said.

" What? Who's still here?"

The lady official from Immigration brandished a folder. " She. Who else?"

" Would you give me the pleasure of naming the person you're talking about?"

" De pregnant girl from Nevis. Dat who I'm talking about. Esmé Caroline de Quincy. She still here."

" Yes, she is. Aren't her papers in order?"

" She papers ain't de question, she condition de question. Esmé Caroline de Quincy got to leave, or she employer take de responsibility."

" What responsibility? This is all news to me."

Miss Buckley explained, with weary contempt, the problem of Esmé de Quincy.

Esmé was a foreigner, a British subject. Pregnant alien women in the Caribbean were forever trying to get to an American island to have their babies; for the law gave these children United States citizenship, providing only that they emerged from the womb on American soil. The nationality of the mother or the father, in such a case, was of no consequence. Immigration was forever trying to stem this obstetrical skirting of the quotas. The office had been keeping an eye on Esmé, and by its calculations her time was at hand, and she had to go.

Turning even more forbidding, Miss Buckley pointed out

that Paperman, when he bought the hotel, had signed a paper taking on himself all the bonds of the alien employees. If Esmé did succeed in having her baby on Kinjan soil, the child would virtually have a legal father in Paperman. His duty to keep it and its mother from becoming public charges would never end until he or they died. He would become personally involved in every encounter Esmé or her child ever had with the government, forever after, wherever they went, from the cradle to the grave, welfare agencies, social security, schools, police, army— all, all, would hark back forever to Norman Paperman, who had made an American citizen of this individual.

This recital terrorised Norman. If any part of it were true— and surely it could not all be petty official bullying—Esmé suddenly loomed as the greatest hazard he had yet encountered in Kinja. He almost cringed to Miss Buckley, in assuring her that he would take action at once. The cringing cheered and brightened the Immigration inspector like a glass of wine. Her eyes cleared, her magenta-ringed smile shone. She put the folders into her briefcase; and with the pleasantest air, she told him that the Immigration Office was glad to welcome him to Amerigo, and was always at his service. She then took a flirtatious sexy departure.

At once he called Lorna into the office, and asked her to tell him all she could about Miss Buckley. Lorna was crisp and scornful. " She don' know nothin'. She does be a trouble-maker, she ignorant as dirt. Don' hoross yoself. You don' have to pay her no mind, Senator Pullman he fix de whole ting."

Lorna elaborated as follows: Miss Buckley was the girl friend of Senator Orrin Easter, the chief rival of Senator Evan Pullman. Both legislators were Republicans. One led the party of Eagle Republicans, the other the Elephant Republicans. Since the election of Eisenhower, in 1952, all the senators had become Republicans. Under Truman the two parties had been the Liberty Democrats and the Freedom Democrats. There was a lot more about Kinjan politics that Norman couldn't follow, but he gathered that there were no real issues at stake; the sole question was, which of two rival clubs gave out government jobs. At the moment Pullman's Elephant Republicans were in narrow control. However, there were friendly working arrangements with the Eagle Republicans, and so Christophine Buckley had obtained the Immigration job, which had special glitter because it was a federal appointment. Lorna snarled that Christophine had been thrown out of high school for bearing twins to Senator Easter at the age of fourteen. She had then had a varied government career as a social worker, holding jobs in family guidance and mental health, before leaping to her present federal post.

There was too much female venom stirred into this farrago to convince or reassure Paperman. The only comfort lay in Lorna's scornful assertion that Esmé was at least six weeks away from giving birth to his foster-child. Paperman believed this. The girl didn't *look* on the verge of childbirth. He decided to keep a very close watch on her waistline, and to deport her after Christmas. Right now, he needed her badly. She was a good girl, the cleanest and best of the staff, and in a shadowy way she seemed to be the leader of the six Nevis chambermaids.

So he dismissed Lorna and glanced at the mail from home. Henny's letter was generally cheering. Her pain had faded, and all the doctors now tended to ascribe it to nerves. New York was unspeakably cold, crowded, and filthy in the pre-Christmas panic. Her plans for coming down with Hazel a week hence were set.

But the last page was a shocker.

I don't know how to break this to you, but with your heart history the surprise might do you in, and you'd better be warned. The Sending is coming to Amerigo for Christmas! Don't ask me why. Don't ask me what to do about it. I'm beside myself. Hazel acts delighted, but I'm very much mistaken if she isn't annoyed. Our tender little darling loves to do the pursuing, you know. She was bored by all the college boys who languished after her, and that was what sent her chasing Klug.

Oh, he drivels about finishing up his thesis on Balzac the Fruit during Xmas, and says he doubts whether he'll even see Hazel except for a swim now and then. But though Hazel may be a prize donkey, she's solid woman, and she can't be fooled. Your screwball chum down there has put a small damper on the Sending's glow. She feels it and she's let Sheldon feel it. And like every dumb cluck of a man, his ego won't allow him to take it quietly. His only hope is to pretend indifference, but no, the damn fool is going to run after her. I do believe we may be ap-

*proaching the downfall of the Sending, my love, so grit
your teeth. This may all be for the best.*

Lester's letter was typed on the exceptionally heavy, creamy,
engraved stationery of the Atlas Investment Corporation:

Dear Norman:

*I thank you for your kind information about the Crab
Cove situation in Amerigo. I am interested. Kindly
inform the bank.*

*Due to exhausting negotiations on my Montana situa-
tion, including many airplane trips, I am fatigued. I will
therefore spend Christmas at the Gull Reef Club. Kindly
reserve the best accommodation in the hotel for me.*

Kindest personal regards.

As he was digesting this double-barrelled blast of disquieting
news—for Atlas and the Tilson party seemed as unpromising a
juxtaposition as gunpowder and a blowtorch—Lorna put her
head in again.

" Suh, you fix de toilet in twenty-six yet?"

"What? Oh, Christ, no." He glanced at his watch. " I've
got to meet the plane now."

" We goin' to lose dem guests, suh. Dey a party of four."

Paperman left the office and galloped up the stairs. Eternal
weeks ago, when he had first visited the hotel with Lester, this
staircase had been a menace to his health, to be mounted with
plodding care. Now he took it two steps at a time with hardly
a thought, because he seldom went upstairs when some emergency wasn't breaking loose. His heart beat fast and angry each
time he did this. But Paperman was too " horossed " to molly-
coddle his heart, and with time the palpitations seemed to be
getting less violent.

He ran to the supply closet, took out a plunger and a can
of murderous chemical, and let himself into Room 26 with a
skeleton key. The overflowed toilet and the whole bathroom
were a mess, foul and malodorous beyond language to tell.
Norman Paperman, the fastidious, tasteful man about Manhattan, Norman Paperman, of the " cashmere existence," Norman
Paperman, who until his move to the tropics had never done
anything more practical or mechanical than wielding a can
opener; this Norman Paperman now sloshed manfully through
the vile puddles, worked the plunger for two minutes in the
splashing filth, and then emptied the chemicals into the toilet.

Horrifying gurgles, steamings, bubblings, and fumings began, and these he endured, together with the stench, for the time prescribed on the can. Then he flushed the toilet and ran, halting in the other room. He heard no splash of an overflow. He returned, looked in the bowl, and saw clear murmuring water. He summoned a maid to mop up; and off to the airport he went, as pleased with himself as if he had written a sonnet.

3

It behooved him to hurry. Nothing seemed to irritate the guests more, or to get them off to a worse start, than having to wait even a few minutes at the hot airport at midday, especially if they encountered the mysterious taxicab boycott. Paperman would have gladly capitulated to the cab drivers, but there was no calling back Amy Ball's circulars with the fatal opening words: "*From the moment you arrive in Amerigo, when we personally meet you at the airport, your vacation at Gull Reef will not be a stay at a hotel, but a visit to the gracious tropical home of old friends.*" This was a commitment like the Monroe Doctrine. Norman had to struggle through this season, at least, with the old policy.

He raced through the somnolent town. It was high noon. The only traffic in sight was an old red taxicab far up Prince of Wales Street evidently making for the airport. It went out of sight around a turn; Norman came bowling after it, and saw with horror, as he rounded the turn, that the red cab had stopped short in the narrow street and the driver was happily joking with a pretty girl on the sidewalk. He jammed on his brakes, slowed with fearsome squeals, crashed into the taxi, and struck his head on the windshield.

When he came to, he was lying on the roasting hot sidewalk; he sat up, and then staggered to his feet. A dozen Kinjans ringed him, including the chief of police in his gold braid and vast pistols. "Easy, mon," said the chief, taking his arms. Paperman insisted that he was quite all right, and he seemed to be. The blackout had been a momentary stunning. Neither car was badly damaged, but it was fifteen minutes before he could quit the scene. The chief insisted on writing down all the facts. He gently chided the cab driver for stopping in the

middle of the street to hold a conversation. This was a
universal custom in Kinja, and Norman had observed the chief
doing it himself in his silvery new prowl car. However, since
the law frowned on it, and the taxi driver admitted he had
stopped for a few seconds to greet his best friend's sister, the
chief gave him a summons, and gave another to Paperman for
negligent driving. Norman drove off down the tar highway
through the green walls of cane as fast as he dared, still giddy,
and thankful for the heavy glass in the Land Rover windshield,
which had saved him from breaking through and cutting his
throat. One more small, unpublicised hazard of Eden to bear
in mind, he thought.

8 — LIONEL

" Lionel, for Christ's sake!" Paperman involuntarily yelled,
clear across the terminal.

In the distraction of the quake and its aftermath, he had
quite forgotten that one of the arriving guests was Dan Freed's
green-faced stage manager. There he was, sitting in a shady
corner with an elderly couple and two school teacherish
women. Except for this group, the torrid airport was deserted.

" Hey there, Norm! Here's the five for Gull Reef! Say, you
sure look healthy, fella!"

Lionel had been passing the time by telling theatre anecdotes,
and the other guests were in good spirits despite the long wait.
They kept asking Lionel eager questions about Broadway stars
even when they were all in the Land-Rover, jerking and
snorting along the coast road back to Georgetown.

Soon, as usual, they were exclaiming at the beauty of
Amerigo. Even Norman, weary and disillusioned as he was,
still loved the verdant hills, the blue green sea, the play of sun
and shadow in the valleys and on the ruins. Their effect on
Lionel was astonishing. It was hard to recognise in this man
the phlegmatic robot of backstage. The cheese-green cadaverous
face, the straight long pale hair, the pursed old-lady lips were
the same. But he smiled, he laughed, he spoke in high gay
tones, he pointed out wonders to the others; for he was the
only one of the five who had been to Amerigo before.

"Ah, Norman, you're the smartest guy I've ever known. This is heaven. This is for me. This is for anybody with half a brain. Look, Mrs. Stegmeyer. Look, Susy! See that ruin? That's Charlotte's Fancy, built by slaves before George Washington was born. How about that ocean? Did you ever see such a colour?"

Lionel's delight over the waterfront—the red fort, the arcades, the Vespucci statue amid its pink-and-purple bougainvillea, the native schooners—reminded Norman of his own raptures when he and Lester Atlas had first trod this cobbled plaza. The gondola, said Lionel, was marvellous; and as for Virgil, he was more picturesque than the beefeaters in the Tower of London. "Tell me, gondolier, can you sing Venetian songs?" he asked, as they were rowing across.

"Fongf? No, fuh, I can't fing no fongf," Virgil said, smiling toward a spot about seven feet to the left of Lionel. "But I work two fiffs."

"He does what?" Lionel said to Paperman. "Oh! Fantastic! 'Works two shifts.' How about that? Dan is going to go out of his mind about all this, Norman. Dan is going to get right up on the ceiling and stay there." He explained that the producer had sent him down for just one day to scout the Gull Reef Club; and, if he liked it, to make eleven reservations for the Freed entourage, stretching over Christmas and the New Year. "I'm sold right now," he said. "Imagine a hotel out in the harbour! It looks like a dream."

While the guests checked in, Norman went to inspect the water level in the emptying cistern, and saw that it had a long way to go. By lying on the greasy kitchen floor, and peering into the hole, he could see the jagged vertical crack down the inside of the wall.

"Take a peep down here every hour or so, Sheila," he said to the cook, "and send somebody to shut off the valve when it's about two-thirds empty."

"I do dat. Mistuh Papuh, suh, I does have de whole food list now fo' de party fo' Mr. Tilson. De cook at de Francis Drake she did help me a lot wid it. It came to a big lot o' money, suh."

"I'll bet it does. See me in the office after lunch, Sheila, and let's go over it. All right? Say three o'clock."

"I be dah, suh."

Lionel soon joined Norman in the bar. With his knack for self-effacement he had replaced his grey suit and red tie, which made him look like every other arriving tourist, with raucous madras shorts and an orange sport shirt, which made him look like every other guest. His legs and arms were the usual newcomer's grey-white; only his face had the strange greenish cast. This relieved Paperman. An entirely green man might have panicked the hotel's West Indian staff, with its ancestral superstitions of the walking dead.

The stage manager asked Church for a planter's punch, and stretched himself luxuriously on one of the double lounge chairs. " Ah, this is cloud nine. You know something, Norm?" he said, lighting a cigar with a sigh of pleasure. " You're still the talk of New York. I mean that. There isn't a star of a hit show who's envied the way you are. You're becoming a legend. I've been thinking about you for weeks, and I'm darn glad Dan let me scoot down here. I knew the place would be dandy, but he just wanted me to make sure. I'm actually ready to quit New York anytime myself. I've had it. I'm fed up. Twenty-nine years, fifty-three shows, is a lot of Broadway for any man. Do you know a little guest house here I could buy? Nothing this elaborate, you know, but——"

" Good lord. This isn't *Lionel*?" Iris was approaching in a frilly white shirt, blue linen shorts, and a tight chartreuse sash, carrying what looked like a Coca-Cola. Her hair was damp.

Lionel rose to his feet, staring at her, and then a delighted smile came over his face. " Why, it's Janet! Isn't it? Janet West! Jiminy Christmas, what a surprise."

She had very little make-up on, so she kissed his cheek instead of the air. " How long has it been? When was that Ibsen catastrophe? Thirty-nine? Norman, this is the greatest of all the Broadway stage managers."

" Thanks, Janet, you're prettier now than you were then, by God."

She sat on the lounge chair beside Lionel and they gossiped in the friendliest way, though Norman gathered that they hadn't seen each other in twenty years. " By the way," she said to Paperman, " what happened to our swim? I went in alone."

" I had to fetch Lionel. What do you think, Iris? He's been here an hour, and he wants to buy himself a nice little Kinjan hotel."

Iris burst out laughing.

"Why the horselaugh? I'm absolutely serious," Lionel said. "Don't you think I can afford it? I've saved my money. I'm not an actor."

"Shall we tell him," Norman said, "or shall we let him dream?"

"Tell me what?"

"Go ahead," Iris said. "Tell him."

Norman began the tale of his woes: the water shortages, the power failure, Church's sex mania, Senator Pullman, Tex Akers, Anatone, the ants, and the rest. As he got into the narrative, both Iris and Lionel started to laugh. With his raconteur's instinct, Norman was soon telling the episodes for their humour, which until now had not particularly struck him. Lionel after a while was lying back in the chair, gasping, whooping, and wiping his eyes.

"Oh, golly, Norm, stop," he wheezed, during the adventure of the Thousand Steps. "Stop, for pity's sake, or my old hernia will be opening up. Christopher! I've never heard anything like it. You're set for dinner conversation for life, Norm. That's one sure thing."

"Well, no matter how funny it sounds, I'm warning you not to be misled by some pretty scenery and the smell of frangipani. This is a rough place."

Lionel sat up, with something of his usual drawn, greenish, puckered look. "Well, I don't know, Norm. Sure, you've been having problems, but have you ever gone out of town with a show? I've done it fifty-three times. Everything is always a shambles at the beginning. You've just been having a few out-of-town troubles, fella."

"Kinja is permanently out of town," said Paperman. "Very far out."

Pulling his nose with a judicious air, Lionel glanced around at the patrons of the bar. "In what way? I admit you're kind of heavy on pansies, Norm, but aside from that——" He was looking at the fat Turk Hassim, who sat at a nearby table with two sulky-looking young men, one with long wavy bleached hair, the other with a pugnaciously masculine, but too well-groomed, grey crew cut. Hassim was being rather loud and bouncy. For a fact, Norman observed, a lot of the transient homos were here for lunch, and several resident ones had come down out of the hills to-day.

"I hadn't noticed," he said. "I'll admit it sort of looks like a convention this afternoon. Maybe it's Michelangelo's birthday."

"Listen, thirty years in show business," said Lionel dryly. "To me it's nothing."

Norman had caught Hassim's eye, and the Turk now left his table and danced over, arriving with something like an entrechat done by a sow. "Hello there, Norman, Iris love. Norman, you horrid old poop, what *have* you done with that *adorable* little wife of yours? I've got a shipment from Hong Kong, all full of marvellous things that I know she wants."

Norman explained that Henny would be arriving for Christmas. "Lovely, lovely, I'll be dying to see her again," said Hassim, puckering his lips most suggestively at Iris. "And no doubt you will be, too, Normie. Oh this dreary bachelor existence!" Off he slipped with a roll of his prominent eyes, in a fit of the giggles.

"Wow," said Lionel.

"He has a lovely shop," said Iris sternly. "And he's a sweetheart to deal with. I like Hassim."

Iris offered to drive Lionel around the island after lunch and show him some of the guest houses. The stage manager was delighted; and, he said, not in the least discouraged by Norman's sad saga.

"Just don't let him buy Hogan's Fancy," said Norman.

2

"Sheila, that valve—I hope the cistern isn't bone dry."

Sheila sat in the cool office, dressed in a fresh white uniform, and holding a clip board full of bills and papers. She had left off her chef's hat, she was not pouring sweat, and her usually wild hair was neatly tucked up. Sheila in repose was pretty, if far too fat, and her eyes were clever and a little sad.

"I did shut off the valve, suh, 'bout half-past two. De water gone down below de crack."

"Bless your heart. You're a tower of strength. Sheila, before we get into the Tilson party—you remember Gilbert?

Gilbert once told me that after the last earthquake a man named Hippolyte repaired the cistern. You were working here then, weren't you?"

" I did work here den, yes suh."

" Do you know this Hippolyte?"

She nodded.

" Well, I'm only thinking that instead of getting somebody new who might wreck everything, it would make sense to call in this Hippolyte again."

The cook's face took on a woodenly fierce look, much like an African carving. Norman could not imagine why. Such bafflements were always arising in his dealings with Kinjans, but this time he resolved to press on. The matter was urgent. " Is Hippolyte on the island?" A bare nod. " Is he a good worker?" A shrug. " Sheila, this thing has to be taken care of." No response. " What did Hippolyte do when he was here?"

" Hippolyte he do everything," grumbled the cook.

" Everything? What do you mean?"

" He fix everything. Like Mistuh Thor. He fix tings."

" Well, ye gods, then why don't we hire him again? That's exactly the kind of man I need."

The African mask faced him. " Hippolyte fonny."

" Funny? How funny? What's funny about him?"

There was a pause. " Hippolyte very fonny," the cook elaborated.

" Well, could you find him for me?"

" Don' know, suh."

" D'you suppose Gilbert could find him?"

" Don' know, suh."

" What does he do now?"

" He fish."

" Where?"

" In de ocean, suh."

" I see." Paperman held out his hand defeated. Kinjans usually won these skirmishes. " Let's look at the figures on that Christmas party."

The mask dissolved. Sheila became the harassed, good-humoured cook on the instant. " It all written dah, suh. I did talk to de cook over to de Francis Drake. She tell me 'bout de tings Mistuh Tilson like."

Running his eyes down the list, Paperman saw a large red squiggle next to some items. "What's this, Sheila?"

"You does have to fly dose tings down fum New York. De rest I can get h'ah."

"Artichokes? Fresh strawberries?"

"Yes, suh. Tings like dat. And de oysters and dem big steaks. Dey does have to be de best straight fum New York. Mr. Tilson he wery particular. He does give de cook a hundred dollars' tip," she said with a shy grin.

Sheila told him her plans for the party: the extra girls she would hire for the kitchen, the young men she would bring in for serving. Tilson liked his party to swarm with waiters. That was simple, she said; half the high school seniors on the island had white mess jackets and satin-striped black trousers, and they loved a chance to wear them. Moreover, Mr. Tilson was known for his generous tipping.

"Now Sheila, what about the hotel guests? We have to give them dinner that night too. We also have to get them out of the way, hours before the party."

"Mistuh Papuh, I been tinkin' about dat, dat gonna be de big problem."

"Well, I've been thinking too. Do you suppose we could have a cookout for them over at that overgrown little beach below the Blue Cottage? The one Mrs. Ball called Lovers' Beach, you know? Set up a bar, give them drinks free—sort of make a beach party that night for them? Could you handle such a setup, and the Tilson party, too?"

Sheila pushed out her lips, wrinkled her brow, and stroked her chin. "I tink dat work good, suh, dat be a fine idea for true. I got to get more help for dat, but dey plenty I know to get. Lovers' Beach way de odda side de Reef."

"That's what I was thinking."

"Yes, suh. I can do dat, suh. Dat be okay."

Norman was doing quick arithmetic on Sheila's food list as he talked. The Tilson party would require, he saw, an outlay of over two thousand dollars. He would get it back with a big profit, of course—if all went well. Meantime, it would almost wipe out the last of the money intended for the new rooms, leaving him with no margin for emergencies. He still had about eleven hundred dollars in his New York account, his last collections from clients for work performed. But this was a needed cushion for Henny and Hazel, during these uncertain weeks. The possibilities of a fiasco in this huge double party were many and scary. The chances for success rested on this black woman. All he really knew about her was that she was a good cook.

He respected Sheila. Norman could not even picture what his plight would now be if, amid the breakdowns and bad luck of these first two weeks, the feeding of his guests had also been a worry. Sheila had kept the dining-room going, smooth as water. She bought the food; she managed the waitresses; she planned the menus. He never questioned the bills, though they were frequent and huge. For all he knew, she was stealing him blind, yet he believed that an audit would show she had not overcharged him by a penny. Paperman did not know why he trusted Sheila, a complete West Indian, inscrutable as any other Kinjan. But he did. For one thing, he had to.

The question was, could he rely on her to carry off this ambitious heavy operation? He now knew his own incompetence all too well, and the bitter truth in the old saw about the cobbler and his last. He had become honest enough with himself, in these harsh weeks, to see his move to the Caribbean as an eccentric impulse of middle age, a daydream which would have faded harmlessly if not for the misleading encouragement of Lester Atlas. But he was in it now, and it was too late to make himself over. He would never regain the myriad hours he had spent joking over coffee in theatre restaurants, or fooling with forgotten women. He would never be an Atlas. He might never be much of anything. But he was what he was, and now he had to master the Gull Reef Club. What was the alternative to piling risk on risk?

" Suh, I does have to make my soup." Sheila was looking at him curiously, and he realised that he had been staring with unseeing eyes at her list. " All right, Sheila," he said. " We go ahead. We're going to do this thing, cookout on Lovers' Beach and all."

" Yas, suh." She handed him another sheet from the clip board. " De cook over to de Francis Drake she did give me dis address. She say de best ting you must cable dem. Dat de New York place dat send de stuff."

" Sheila—Sheila, it'll be a nice party, won't it? It'll all work out?"

Sheila exploded with laughter, rocking back and forth in her chair and stood. "I do believe it be not too bad, Mistuh Papuhman."

As he opened the door he said, "How about this Hippolyte, now? Won't you try and find him? We can't operate on a quarter of a cistern very long, Sheila."

Her jollity disappeared. "Hippolyte fonny," she said with an ugly frown, and she walked out.

3

Lionel ambled into the bar just after sundown, dressed in a dust-pink jacket and light blue linen trousers, which made him blend subtly into the sunset. His green face, especially on the nose and forehead, now had a streaky sunburn. It made a queer effect, somewhat like a half-ripe apple.

"Hi, Norm," he said, "you look mighty relaxed, for a man with all those headaches!" He dropped into a chair beside Paperman, who sat at a small table near the frangipani tree, gazing out to sea and fingering the stem of his martini glass.

"Hello, Lionel. Any luck?"

"Well, Janet did show me one pretty little place over on the north side. Lots of mango and banana trees, and an unbelievable view. It's all tumble-down, and overgrown, and full of fags at the moment——"

"Casa Encantada," Norman said.

"That's it. You could do things with that one." He signalled to Church and ordered a planter's punch. "Ah, Norman, Norman, I tell you, this island is cloud nine. Cloud nine! Look at me! Only three hours in an open convertible, and look at the colour I've got! A week in Miami wouldn't do it. And how about that sunset? Fabulous!"

"I know the place has its points," Norman said. "I did move here."

"Its points! You've got it *made*, Norm," Lionel said. "You're a goshdarned genius. What an inspiration! I don't know ten fellows in New York who wouldn't change places with you. Why you even *look* happy. You look absolutely marvellous."

Norman smiled. The fact was, he felt better than he had at
any time since his arrival. He had had a bake in the sun, a
good swim, and a long nap. The very cold martini in his hand
had been mixed to his precise taste by Church. All the crises
seemed to have simmered down; at least nobody had awakened
him with pounding and a bulletin of horrible news. It was
pleasant to be envied by Lionel. The big generator that fed
electricity to the pump was broadcasting its Mack-truck groans
behind the hotel. The pump itself was sending healthy
rhythmic thuds through the bar floor. The soles of Norman's
feet had become almost a second pair of ears or eyes for him.
He could sense a halt in the pump, or the menacing drain of
water from a faulty toilet, at once; and his soles reported all
well. The bar was doing a rushing business. So was the front
desk; seven people had checked in to-day, and nobody had
checked out.

"Say, Norm," Lionel went on, "why is Janet West, of all
people, holed up here in Amerigo at your hotel? Isn't that a
funny one?"

Norman shrugged. "Ask her."

"I did. She sort of laughed and gave me some phonus
bolonus story about getting material for a book. Ha! Iris is
no writer. Is there some rich fellow up in one of those houses
on the hill? Maybe keeping her, or waiting for his divorce
to come through?"

Norman shook his head. He had been obtuse about Iris,
perhaps, or at least too driven to think of these questions, for in
the gruelling days since his arrival, he had regarded her only as
a comforting presence. His fuzzy idea was that she had
"retired" to Kinja, like the Tilsons, but merely talked about
writing, as so many idle people did. But of course she was a
puzzling woman. There were her frequent—and never explained—absences, especially at dinner and in the evenings. He
said thoughtfully, "The only guy I've ever seen her with is a
navy frogman, Lionel. He introduced me to her, in fact. But
he's a youngster; why, he's sort of romancing my own
daughter."

"Well, maybe he's the answer. I've learned one thing in the
theatre," Lionel said, "and that is, that nothing is impossible
when it comes to the old push-push. Absolutely nothing,
Norman. I can't be surprised, where the old push-push is

involved. Especially with a wild woman like Janet—or Iris, as you call her."

Lionel had the usual backstage relish for gossip, and he began to talk about Iris's three husbands, and her bizarre escapades, including two suicide attempts. Much of it was new to Norman. In recent years, Lionel said, Iris had tried hard with Herbert Tramm, a stuffy real estate operator in San Francisco, to live a conventional life. But her failure to have children had driven her back on the bottle, and she had completely dropped from sight. Now here she was in the Caribbean. Darn strange!

Paperman put a hand on Lionel's arm as he talked. "There she comes, and he's with her."

"Who's with her?" Lionel adopted Norman's low tone, interest glinting in his pallid blue eyes.

"The frogman."

Lionel peeked over his shoulder. "Golly, he doesn't look like much, does he? But you never know, Norm. I swear you can't tell. Sometimes these scrawny little fellows are the real tigers for the old push-push."

Iris and Cohn went to a corner table and Iris began talking rather angrily, while Cohn, who wore his gaberdine suit and an overbright blue tie, leaned forward on both elbows, taking puffs at a small cigar. Since Norman kept glancing at them, he caught their attention. Iris stopped frowning, waved, and smiled. The frogman came to their table, and invited Lionel and Norman to join them for dinner. The main course turned out to be a fish Cohn had shot, a superb grouper, baked whole. Lionel was so thrilled at eating a fish with a gaping spear wound in it, that Cohn asked him if he would like to come along in the morning when he and Iris were going spearfishing. Lionel almost shouted his assent. By then three bottles of wine had gone around, and they were all quite gay; and Norman was pressed into the spearfishing party. "You're *coming*, that's all," Iris said firmly, "and for one morning, to hell with this hotel."

Norman had all but forgotten the charm of underwater scenery, one of the things that had lured him to Amerigo. Cohn paddled them next morning far out to the middle of Pitt Bay, in a rubber raft full of masks and fins. Cockroach Rock, where he tied up the raft, was actually a reef that just broke the surface. By standing on the coral, they gave the comic impression of walking on water, far out in a deep wide bay. Beyond the reef the green water turned dark blue, and the ocean floor fell off in a cliff—so Cohn said—to a chasm a mile deep.

It was a magnificent reef, with grand twisting pillars and caverns of pink coral. Groupers, parrot fish, and oldwives cruised goggling through the arches, amid moving clouds of small bright-coloured fish. Lionel wasn't satisfied with this spectacle. He insisted on swimming farther out, so that he could tell his Broadway friends he had been in water a mile deep. Norman didn't like venturing out into the blue choppy gulf, but he was unwilling to turn back, with Iris gliding gracefully beside him and Lionel floundering far ahead. The deep made Norman queasy; it was like looking down from the top of a skyscraper, except that there were no cars below, no people; no fish, either, no bottom, no rocks; nothing at all but darkening blue space shafted with greenish sun rays.

They had not been out five minutes when a silver-grey shape rose from the azure shadows, making for Lionel. Cohn's brown body thrust forward and down ahead of Lionel, his fins moving fast, and he made sharp signals at the others to retreat. Norman saw a pointed wrinkled snout on the fish as it drew near, and staring ugly eyes, and slanting vents on the side of the wide head. It made a lazy rolling pass within a few feet of Lionel, and Norman saw the unmistakable crescent mouth crammed with teeth and turned down in perpetual disappointment. He and Iris fled for Cockroach Rock, and clambered out together gasping.

Cohn shepherded the wallowing Lionel back to the reef, patrolling behind him.

"Hey! What do you know?" Lionel ripped off his mask while still in the water, exulting. "A shark! That was a real shark. Did you see? Golly, was I scared! That was marvellous. Did you see how close to me he came?" Cohn was scrambling out on the reef beside him. "Hey, why did you keep circling behind me like that?" Lionel said. "I heard you're supposed to punch a shark in the nose. Then it goes away."

"You're absolutely right," panted Cohn. "I forgot that. I have a lousy memory."

Norman said, trying to control the shakiness of his voice,

"What's it doing so close to land? I thought sharks stay way out at sea."

"It's the legislature," Cohn said. "They used to bury the garbage on the island, the way I heard it. But when the Elephant Republicans last beat the Eagle Republicans, they voted along strict party lines to start dumping it at sea, and they bought that old landing craft. It's supposed to go out ten miles, but the fellow who runs it gets seasick, so he just turns in beyond Big Dog, out of sight of land, and shovels it off. We've seen him do it any number of times, and in fact I've done a lot of swimming through garbage. There's an easterly current at Big Dog that sweeps that stuff right down here past Pitt Bay."

"What they need," Lionel said, "is another captain for that landing craft."

"Our UDT commander once suggested that," said the frog-man. "They told him Captain Pullman is irreplaceable."

After this Lionel was content to swim inside the reef. Cohn gave him a spear gun, and everybody stayed well clear while he made futile shots at the unperturbed groupers. Each time, Cohn retrieved the spear, stretched the rubber sling for Lionel, and got out of his way. A lot of joking went with this; but the stage manager turned the laugh at last by shooting at a parrot fish, and skewering an unfortunate grouper that collided with the spear. All the way back to the hotel, Lionel cuddled the bloody dead fish on his lap in the Land-Rover, swearing he was going to pack it in dry ice and eat it that night at Sardi's, if the transportation cost him a hundred dollars.

4

"*. . . and so I say to you, fellow citizens, that at long last we have now unmasked Governor Alton Aloysius Sanders . . .*"

Norman could hear Senator Pullman's voice booming over the airport loudspeakers, as he drove up with Lionel in the Rover. This was not the only indication of something unusual afoot. There were perhaps fifty cars in the terminal parking space. Norman had noticed that the town streets seemed unusually quiet, but he had assumed it must be one of Kinja's many obscure legal holidays—Candlemas, Transfer Day, Guy Fawkes Day, or something.

"... *under Alton Sanders' guise of a disinterested representative of our great President, we now know beyond a doubt there lurks a dictatorial, repressive, reactionary hypocrite who is in cahoots, lock stock and barrel, with the hill crowd!*"

Applause pattered in the loudspeakers.

The lone porter of the airport, who worked on random days when the spirit moved him, wheeled his little truck to the Land-Rover, and with a groan and a flourish unloaded Lionel's one small suitcase. Lionel insisted on hugging to himself the perspiring cardboard box containing his iced fish.

"What's up?" Norman said to the porter.

"Senatuh Pullman he goin' Florida."

"Florida? With the legislature in session?"

"Dey say de senator be extrydite."

Incredulous, Norman hurried into the terminal, and saw the senator standing on a bench, holding a round microphone. Clustered in front of him were sixty or seventy laughing, gossiping Kinjans, not paying much heed to his oratory. Most of them were eating ice cream or drinking soda pop. "I pledge to you," the senator shouted, his voice reverberating in the big wooden shed lined with bright advertisements, "that despite my temporary absence, the Elephant Republicans will go on fighting the people's fight, my friends—for honest and frugal government, for lower taxes, for higher wages for underpaid government workers, for jobs for everybody, for elimination of deadwood from government payrolls, for bigger hospitals and schools, for new highways and housing projects, for free medical care and mental therapy. The unholy alliance of Governor Alton Aloysius Sanders and the Eagle Republicans are fighting to keep the hill crowd in luxury up there on Signal Mountain, friends, while the people of Kinja are crowded below in unsanitary huts. But the Elephant Republicans will never falter or procrastinate in their grandiose struggle until the people are living up in the mansions, and the hill crowd are down in the huts!"

A few listeners—those whose hands were unencumbered by food and drink—interrupted their laughing gossip to give a laggard handclap or two. Senator Pullman took the moment

to puff his cigar in his usual nursing fashion, and then waved
and smiled. He wore his Palm Beach suit and a mainland straw
hat with a tiny brim, and his round shrewd face was serene,
even gay.

Norman saw Governor Sanders leaning against the tin news-
stand booth, arms folded, listening to the speaker. He appeared
so unperturbed by the denunciation, that Norman ventured to
walk up and greet him.

" Oh, hello there," Sanders said, a smile lighting his narrow
lemon-coloured face for a moment. " Come to see the fun?"

" Has Pullman really been extradited?"

" I'm afraid so."

" What for?"

" Bigamy. We put it off as long as we could, but Florida
wouldn't play, and Interior finally got after me. It's just a
nuisance action. The woman in Florida is greedy. She wants
more money than Evan's been sending her."

" He's awfully severe on you."

Sanders grinned. " Yes, that's the style here. Lots of pepper
and salt. I'm truly sorry to see Evan go. I came down just
to say good-bye. He's very intelligent and reasonable." The
governor lit a cigarette with an automatic motion of one hand.
" I've always been able to work with him. Orrin Easter and his
boys, now, are plain silly about voting pay increases and new
jobs as soon as they get in. They never bother to check on
what's in the treasury. Evan's very careful about that, and he's
wise. Interior does get grouchy about deficits. There'll be a lot
of vetoes for a while, and I just hope Evan cleans this mess up
and hurries back."

" This diabolical plot of Alton Aloysius Sanders and the
Democratic governor of Florida," thundered Pullman, " is a
transparent manœuvre to set back the cause of self-government
in Amerigo——"

" Is he a bigamist?" said Norman.

" Oh, sure. It was a youthful indiscretion, one of those casual
things. Evan says the woman's got another husband, too.
That's how he expects to lick it. She'll probably fold up once
he gets there."

Norman saw Lionel having some difficulty at the ticket
counter, and he went over to help. There was a little line of
passengers behind the stage manager; and among them Norman

was much taken aback to recognise Lorna. She wore a tailored white linen suit and a triangular little white straw hat, with shoes and purse matched in mauve, and a little mauve nose veil. She looked like a model or a singer. When Lorna saw Paperman, embarrassment clouded her face, yielding to a radiant dimpled smile. " Hello dere," she said, with a wave of one small jewelled hand.

" Hello," Norman said. " Going somewhere, Lorna?"

" Well, I does have dis cousin in Miami, and she does be so sick, Mr. Paperman. She send me a cable to come right away. Esmé de smartest girl at de Reef. I did show her how to work de switchboard and make out de reservations and all."

" Esmé won't be with us very long."

" Well, I hope I be back by den."

Lionel's trouble appeared to involve his fish. The young man at the counter, a Kinjan in a neat pink open shirt, was objecting to the package in garbled island talk, and Lionel was loudly insisting that he had shot the fish, and nobody and nothing would stop him from carrying it on board the plane in his arms. The altercation went on as the arriving plane roared into the field. Senator Pullman came to the counter and said crossly to Lorna, " What's the holdup?—Hello, Mister Paperman."

" It ain't me. Dis man does have a fish or something," Lorna said, flipping a wrist at Lionel.

Lionel said, " Norman, go get the manager of the airport, will you, and the customs inspector? I'll fight this thing to Washington. By golly, I've been fighting stupid regulations for forty years, that's half my job, and I usually don't lose."

The senator smiled at Norman, and rolled his cigar in the smile. " This gentleman a friend of yours?"

" A good friend, yes."

The ticket-counter man said, " I don't see no regulation does allow him to take a dead fish in no passenger cabin, Senator. It does be unsanitary."

" Didn't he tell you it's a glass fish?" said Pullman. " It's a Chinese glass fish from Hong Kong. That's why he wants to carry it, Aubrey. They're tremenjusly breakable. He got it in Little Constantinople."

The counterman blinked at Senator Pullman. " I see. A glass fish. Well, dey ain't nothin' wrong wid no glass fish." He stamped Lionel's ticket, and the stage manager swept the package off the counter and hugged it. It was covered with a white deposit like hoar frost, and smoking. Lorna stepped up to the counter.

"Thanks," Norman said to Pullman, "and good luck."

"Always glad to oblige," smiled the senator.

Norman shook Lionel's free hand. The stage manager's red-streaked green face was agleam as he patted his package. "Golly, can you picture the boys in Sardi's to-night? See you Christmas, Norm. Keep an eye on Casa Encantada for me."

Governor Sanders, standing in the sunshine in front of the terminal, gestured toward a long black limousine with two American flags on its fenders, as Norman came out. "Can I give you a lift?"

"I have a car, Governor, thank you."

"Not at all. I wanted to ask you, is it true that Mr. Atlas is coming down to bid on Crab Cove?"

"So he wrote me."

"Fine. I'm delighted."

Norman was emboldened by the governor's mellow manner to say, "Why? What difference does it make to you?"

The governor raised his grizzled eyebrows. "I'm interested in the island's development. Crab Cove will give things a big lift here."

"So what? You're not a Kinjan. Chances are you'll be gone before it gets finished."

Governor Sanders' thin lips twitched. "You think we'll have a Democratic President next?"

"I don't know about that. You strike me as a man on the way up. You're just touching base in Kinja."

Sanders chain-lit a cigarette. "Thank you. Right now this is my job, and everything goes on the record, you know." The chauffeur opened the rear door, and the governor gave Paperman a little mock salute and climbed in, saying, "How's Iris? Staying off the booze?"

"Pretty much. We were swimming out at Cockroach Rock this morning and a shark made a pass at us."

The governor's face darkened. "I'd close Pitt Bay if I thought anybody would pay attention.—Well, here I go for a jolly session with Senator Easter. If you get tired of hotel-keeping, Mr. Paperman, try Caribbean politics."

Virgil came skimming across the water like a scull-racer, ribbons streaming in the breeze. "Forry fuh," he panted, helping Paperman aboard. Norman had waited twenty minutes, and then telephoned the Reef; others on the dock claimed to have been waiting almost an hour. "Feel did fay I fould clean de bayfinth, fuh."

"What? Hay? Bafins? What on earth are you talking about?"

"Bayfinth, fuh. Bayfinth for water."

"Oh. *Basins*?"

"Yeffuh. Bayfinth. Fikty of dem. I did have to crawl in de fellar and pull out all de pailth and bayfinth. De bayfinth awful rufty. Feela fay fine 'em up."

Paperman by now could transpose by ear the Old English typography of Virgil's talk. "Bayfins" was a trick one that had thrown him off. For some reason Sheila had Virgil polishing up sixty basins. Paperman had seen in the crawl space, where the pump stood, enormous cobwebbed stacks of pails, basins, and jugs. Why had Sheila got them out at this juncture? He stood up in the bow of the gondola, leaped as it drew near the deck, and ran up to the hotel.

The soles of his feet told him, as he entered the lobby, that something was amiss. The floor was dead. There was no vibration from the pump. Nor could he hear, from behind the hotel, the groaning and thumping of the generator that drove it. The pregnant Esmé, perched in her green chambermaid's smock on a stool behind the desk, with headphones awkwardly framing her bashful, pretty, coal-black face, somehow seemed an omen of fresh troubles. Three chambermaids emerged from the passageway to the kitchen, each carrying two full pails, slopping water as they came.

"Amaranthe! Faith! Where are you going with that water?"

As usual, the girls averted their eyes. The Nevis chambermaids were all silent, impassive, and shy as wild animals in his presence, though he often heard them giggling and shrieking happily to each other in their West Indian babel-language. Amaranthe, the ugly one with pink patches on her face,

muttered, " Sheila she say take dem upstairs," and hurried
sloshing past him. Two more chambermaids appeared with four
more pails, and the procession marched up the stairs.

Paperman hastened to the kitchen. The floor over the cistern
had been lifted. Millard, dripping sweat under his paper-bag
hat, was hauling out of the cistern a brimming five-gallon paint
can on a rope. Church caught the can as Millard swung it
away from the opening, and began filling a row of pails. Pails
stood outside the kitchen door in dusty stacks. Sheila, posted
in the doorway in her chef's hat, was making supervisory
remarks.

" Sheila, what's happened? What are you doing?"

" Dese de only way, suh, till de pump get fix. We puttin' a
basin an' full pail in every room."

" What happened to the pump? Have you called Georgetown Plumbing?"

" It ain't de pump, suh. It de generator. Dey done take it
away."

" What? *Who* did? How dare they? I rented it from
Anatone for two weeks. I paid him a fortune to get it over
here!"

Church was moving the full pails into the hall, and lining up
another row of empty ones along the cistern hole. " Sir, it
turns out that the machine was the emergency generator of the
East End hospital. I don't know how Anatone got hold of it,
but the hospital sent over a gang of workmen and a barge an
hour ago and just hauled it away. I tried to argue, but . . ."

" Senatuh Eastuh he did send dose men for de generatuh,"
said Sheila, her eyes heavy and sad with old island experience.
" Dey ain' nothin' to do suh, but use de pails and de jugs and
basins, like we done when de whole island didn' have no powuh.
Like after de hurricanes, and de time de powuh plant blow up.
De people does wash in de basins and flush wid de pails. Dey
get use to it."

The gravity of his new predicament now hit Norman
Paperman with full force. To an extent that he could not even
guess, the Gull Reef Club had been leaning on the prop of
Evan Pullman's influence. It had been a powerful prop,
enabling Anatone to perform even this amazing outrage of
borrowing and renting to him the emergency generator of a
hospital. But Anatone was no more the magician about to

solve all problems for a large fee. The prop had been yanked out, and he was just another Kinjan. These thoughts were running through Norman's brain, leaving a red-glowing trail of alarm, when Amaranthe, carrying an empty pail, put her pink-patched face into the kitchen. "Dah does be a telephone call for you, Mr. Papuh."

The empty headphones were abandoned on the front desk. There was no sign of Esmé. In the office, the telephone lay off its hook.

"Hello?"

"Mistuh Papuh-mon?" The severe official female voice was unmistakable.

"Yes? Miss Buckley?"

"Dat right. You better come down here to Immigration right away."

"I'll be glad to. As it happens I've got some serious problems in the hotel, Miss Buckley. If it can wait till morning, I'll be grateful."

"You got a serious problem in dis office, Mistuh Papuhmon. You let it go till to-morrow, dass all right wid me, but you be regretful when it too late, I do believe."

"I'll be right over."

Paperman rolled a sheet into the old typewriter and rattled away for a minute or so. He dashed to the kitchen and thrust the paper on Church, whose red-white-and-blue shirt was soaked black with sweat. The chambermaids were lined up receiving full pails from Sheila and Millard. Church glanced at the paper and gave Norman a winsome exhausted smile, his perfect teeth gleaming in the oval of neat beard. "Wonderful! That's an inspiration, sir."

"Can you find a few minutes to letter this on a poster?"

"I guess so. Certainly, sir."

"Post it in the lobby as soon as you can. Who's tending bar?"

Church's eyes rolled in his head, and he grinned wearily again. "Well, I sort of dash back and forth, sir."

"Good boy. I think it's time we got in a boy to assist you. The busy season's upon us. I'll do it to-morrow. Esmé seems to be gone, I don't know where. Put her on the switchboard again, and try to convince her never to leave it untended, will you? I ought to be back in an hour."

2

The Immigration Office was on the second floor of an ancient building behind the church, at the top of a very steep, very decaying brick staircase slippery with moss. In the anteroom dejected Negroes, ill-clad but neat, sat around on hard chairs, all with the puzzled, sad, wistful eyes of " garrots "—off-islanders. A Kinjan girl, in a starched blue smock with a saucy bouffant hairdo, took Norman's name and wrote it at the bottom of a long list on her desk. " Miss Buckley said she wanted to see me right away," Norman remarked.

The girl nodded. " Dat be okay. Just take a seat."

Norman sat. He sat for a long time. Every now and then a buzzer sounded, the girl called out a name, and the garrots marched turn by turn through the door crusted with old green paint, emerging after a while with sadder faces than when they went in. To vary the monotony, Norman got up and wandered about, reading flyspecked government bulletins on the cracked grey wall about immigration rules, social security, and control of aliens. When this palled, he sat again and leafed through the book he had snatched at random from the mildewy lot on the shelves of the hotel lobby. He had dealt in his time with many minor officials. This wait did not surprise him.

" Mr. Papuh-mon?"

The girl pointed to the door. A mournful, muscular Negro in ragged shirt and trousers came out looking at a paper and scratching his head, and Norman went in.

The large room had thick-walled brick windows opening on Prince of Wales Street, and a rickety floor of wide, splintered old boards. Steel files lined the four walls. Near the windows, at a small steel desk, a girl was typing, and Miss Buckley sat writing at a large desk of mahogany, dressed in a dark grey suit that magnified her capacious bosom. It was some time before she showed awareness, with a heavy-lidded glance, that Paperman was standing at the door. She pointed the end of her pen at a chair beside the desk, and resumed writing. Paperman walked to the chair, the boards yielding and squeaking under his feet, and sat. The Deputy Chief of Immigration—so her desk sign identified her—wrote. Paperman opened the book in his lap and began to read.

THE BAYFINS 223

"Mistum Papuhmon, dis office does not be de public liberry." The Deputy Chief was glaring at him, her magenta mouth pursed in an offended pout. "You here on official business."

"Of course," said Paperman, "but if you're occupied I don't want you to feel pressed. I'm quite happy with my book."

"What dat book?"

"*Moby Dick.*"

"Let's see dat book!"

She inspected it, riffling the pages as though looking for packets of heroin. "Dat be a long book. You like long books?"

"Well, I like that one. I've read it before."

"Oh yes? Den what for you read it now?" said Miss Buckley, pouncing on this obvious self-betrayal.

"Just to be doing something. Did you want to see me about Esmé, Miss Buckley?"

With an exasperated sigh, and an irritated thrust of her pen into its holder, Miss Buckley rose, marched to one steel file and another, opening and shutting drawers, and returned to the desk with several folders. Stacking these before her she informed Paperman that the bonds for his alien help would come up for renewal within a week. They had to be renewed each December and June. These renewals were granted only when the employer was law-abiding and responsible. It wasn't a law-abiding or responsible act, she said, to help alien women get their children born on United States soil.

Norman offered to get a doctor to certify that Esmé was many weeks away from delivery. Miss Buckley sneered at this notion. Doctors couldn't understand the tricks of Nevis girls. They used belly bands and other queer things, and were built funny anyway. Esmé was about to pop. Immigration knew that, and if she didn't go within forty-eight hours the Gull Reef Club's application for renewing its bonds—here she rattled the sheaf of folders—might well be forwarded to Washington for review. This process took six months, and meantime no aliens could work at the hotel. Did Mr. Paperman know, she inquired, about the shortage of Kinjan labour?

"Look, may I speak freely and off the record?" Norman said.

"It don't make no difference. Go ahead," sighed Miss Buckley.

"When I bought the Reef, you know, a couple of weeks ago, Lorna was already there. From everything I hear, Senator Easter is a great statesman who will do a magnificent job of leadership, and——"

Miss Buckley's eyes opened wide and snapped fire. "Evan Pullman goin' be put behind bars in Florida fo' ten years. Dat Lorna never come back. If she do come back, she soon see who de boss now on dis island."

"No doubt. What I'm saying is, I feel that the Gull Reef Club has inadvertently been caught up in some sort of cross-fire of politics, and if there's anything I can do——"

"Politics? What politics?" Miss Buckley hit the buzzer with a thick thumb. "We all federal appointees in dis office. Politics! Come in, come in," she said to a melancholy young girl who sidled through the door with hanging head. "Sit down, sit down. Politics!" She pointed in the direction of Paperman's lap, and resumed her scrawling and groaning.

Norman took all this as a hint that he had permission to withdraw, and he got out of there.

3

Church Wagner's poster dominated the lobby on the centre wall: red cardboard five feet high and a yard wide, lettered in elegant black brushwork:

> *Gull Reef Club Regrets*
> *Water Difficulties. Bear With Us.*
> *Everything Will be Fixed To-morrow.*
> *(We Think!)*
> *Meantime There's To-night. Let's Live.*
> *Champagne Party On the House. All You Can Drink, Free!*
> *If the Water Can't Flow, the Wine Can.*
> *Music! Laughter! Hubbub! Wassail!*
> *How's That? We're Trying!*
> *See You after Dinner at the Party!*
> *Gull Reef Club.*
> *Norman Paperman, your host*

Ornamenting the words was a fantasy in gold ink of bubbles,

bottles, flying corks; also pails, basins, toilets, and a large faucet yielding one meagre drop. Norman was amazed at Church's facility. Obviously, whatever this young man did, he did fast. It was his idiosyncrasy.

Guests crowding around the poster greeted Paperman with great good humour. In the bar he found that the champagne party was the talk of the hotel. The guests were a motley lot, old and young, from the East and from the Chicago area, mostly Gentile, with a sprinkling of young adventurous New York Jews bored with Miami. The grumpy, easily dissatisfied ones had already departed. The party announcement had welded the rest into one gay and stimulated company. Church Wagner avowed that the party was the best idea he had ever seen created on the spur of the moment; that Mr. Paperman had a genius for running a tropic hotel. " Why, you've turned a disaster into a fun thing, sir. It's just wonderful."

" Fine. Now Church, where's Esmé? I still don't see her at the switchboard."

The bartender's glowing face turned sober and a little sneaky. " Sir, I couldn't find her. The girls say she went home. She wasn't feeling good. But I've got the board fixed so the calls are coming in here, sir. It's no problem."

" The hell it isn't. I must find Esmé, Church, and right away. It's imperative. You know where she lives, I daresay?"

" Why, a place called the Thousand Steps, I believe, sir."

" Oh, lord, her too? Okay. I'll tend bar for an hour. Go and fetch her."

" Mr. Paperman, that really wouldn't be advisable." Church looked appalled. " She lives there with the fellow who—with the father, as you might say. He's six foot two and he's very jealous."

" Is he from Nevis?"

" No, no. He's a Kinjan. He has a job in public works."

" He does?" Paperman laughed out loud with relief. " Well, for Christ's sake, let her marry him then! God, what a simple solution. How marvellous! I'll pay for the licence. I'll give her a dowry."

Church shook his head. " Sir, he's been trying to marry her for months. She won't do it. She can't stand him. He's a religious fanatic, she says, he reads the Bible all the time out loud, and mostly he eats mangoes and carrots."

" Why the devil is she living with him, then?"

" Sir, rents are high in Georgetown. Esmé has to economise."

Paperman clutched his head, feeling the old Kinjan vertigo coming on him again. " All right. All *right*. I'll get Esmé. I'll go there right after dinner. I'll go up and around the Jewish cemetery."

" Sir?"

" Sorry. I'm talking to myself. What about the water arrangements? What if people use up their pails?"

" Millard is staying on till midnight. He'll keep drawing water and delivering it to the rooms. Sheila arranged that."

A ragged fork of lightning, at this moment, plunged down the eastern horizon, which was a solid bank of low dirty clouds. Norman had noticed weather building up in the east ever since Lionel's departure. This was no straggle of thunder-heads; it was a wide storm. But it was far away. The thunder did not come for perhaps fifteen seconds, and it was a mere rumble.

" Look at that, sir," Church said.

" I know. Just when we have a third of a cistern and can't use it."

" Millard says we can use some. His bucket is starting to hit bottom."

" In that case, there's no problem. It'll pass by. Give me a Scotch on the rocks, Church. I'm going to take my rest before dinner."

The rain began just as Norman was getting into bed. Seldom in his life had he heard a sweeter sound than the sudden thick drumming on the galvanised-iron roof of the main house. He now lived in Amy Ball's apartment on the second floor. The White Cottage was far too good an income producer to house him; at the moment a family of six occupied it, at fifteen dollars a day per head. Amy's apartment was small and dingy, and he expected Henny to complain, but he thought a look at the ledgers would end her protests. She could redecorate and brighten it.

He lay back on the bed in his silk Chinese robe, smoking a cigarette, sipping at his Scotch, and listening to the heavy rattle overhead. This was no teasing sprinkle, good only to wash spiders and bird droppings into the cistern. This was rain, real rain. It was deeply reassuring; it seemed an augury of better things. He put out the cigarette and allowed himself to be lulled into a delicious drowse. He lay in a sagging wrought-iron bed caked with cracking white paint, under a slanted wall-papered ceiling, a riot of sun-faded roses big as basketballs.

10—CHAMPAGNE, SI—AGUA, NO

Governor Sanders was in the bar when Norman came down, and with him was his wife. Norman had not heard that the governor's lady was back in Amerigo. He lingered near the doorway, watching them talk over their drinks. Reena Sanders, though black as she could be, was unmistakably not a Kinjan. Her pseudo-Egyptian coiffure, her elegantly tailored black suit with large white buttons, were only part of her difference. The rest lay in the way she held herself, the assurance in the tilt of her head, the straight glance of her eyes, the controlled, sharp moves of her hands. She was all Washington-New York sheen. Norman approached them with a word of welcome, and they invited him to join them.

" No, no. I'm sure you two have a million things to talk about."

The governor's long hollow face creased in a bitter little grin. " Reena's just telling me the same old thing—that she can't stand Kinja. At this point you're probably on her side."

" Not yet."

Mrs. Sanders was on her way to Caracas for a United Nations conference on housing. She had routed her trip to include an overnight stay in Amerigo, she said; one or two days on the island was about all she could stand. The place gave her the creeps. She wanted to know what Norman's troubles had been. Having already broken in this monologue on Lionel and Iris, Norman rather eagerly began to perform. He loved nothing more than making people laugh at a table, over drinks or coffee. It had been his life's work, pretty much. Reena Sanders was soon uproariously amused, because he was tickling her own prejudices against Kinja. After a while even the governor began to laugh in a strange high neighing way, as though laughter came hard to him. People in the bar turned to look and to whisper.

During the tale of the Akers wall, Mrs. Sanders held up both hands. " Oh, dear, Norman, stop. I'm hungry as a wolf, I want to eat right now, but I absolutely must hear the rest of this. Join us for dinner. Please ! "

The rain was thrumming on the awnings of the crowded dining terrace; but the kerosene flares, and the orange-flaming oil lamps of the tables, hardly flickered. The wind blew from the other side of the hotel, and the terrace was in the lee. Slanting rain hissed into the floodlit green shallows. " If there's anything I like on this island," said the governor's wife, looking out at the hazy waterfront lights and the dim sparks of homes on the hills, " it's this terrace and this view. I've never seen anything more beguiling."

Norman went to the kitchen for a moment and talked to Sheila about the governor's dinner. The menu at the hotel was strictly table d'hôte, and Sheila rotated her menu day by day in a pattern she had not varied in seven years. Still, for a special guest, or for the proprietor, the cook was reasonable about making exceptions. Millard, the gardener, sat sweltering in a corner on an inverted pail, in his ragged dungarees and brown paper hat, gnawing on a pork chop.

" You're putting in long hours, Millard. I'm sorry. You'll get paid overtime."

" I does praise de Lord, please," said Millard, with a sweet and happy smile, " dat I does be helpful to you, and to all dese nice people."

Returning through the lobby, Paperman saw the tarpaulin bellying taut in the wind, making a singing noise and flapping at an upper corner. He had not realised how much slack there was; the dirty brown canvas swelled halfway across the lobby. Evidently the wind to-night was blowing straight into the hole made by Akers. He called Church out of the bar to show him this unsightly thing, and they heard tumbling sounds behind the ballooning tarpaulin.

" I don't want to look," Norman said. He had had three drinks and was feeling good, and was determined to go on feeling good. " There's nothing we can do back there anyway, right now."

" The wind can't hurt any of that stuff, sir," Church said. " Just shuffle it around a bit, maybe."

" But our party's going to be ruined," Norman said, " with

this gruesome thing bulging half across the room like an elephant's backside."

Church pulled at this and that rope of the tarpaulin. "It just needs to be secured, sir. Please don't worry about it. One thing I can do is handle canvas." He hauled on a rope, and the flapping stopped. "I'll fix this up right now."

"Good lad."

Sheila sent out excellent steaks to the governor's table. Paperman ordered one bottle and then another of Beaune, the best wine he had, and resumed his tale. He was in good form; the governor and his wife were entranced. Sanders even remarked once, between high-pitched guffaws, that Paperman ought to keep notes, and one day write a book.

At what seemed to be the right moment—just after signing the check for the dinners with a flourish, over Sanders' protest, and ordering brandy and coffee—Norman told them about Miss Buckley and Esmé. He was hoping, of course, that the governor would offer to intervene. This had been the point of his whole effort to charm. His picture of Miss Buckley's habit of ignoring him, while writing and groaning for minutes on end, convulsed the governor's wife. "Oh, mercy, a puffed-up little bureaucrat and a *Kinjan*, rolled into one," she said. "What a combination! Sheer Frankenstein."

"You'd be amazed," said Sanders, "how nice Christophine Buckley can be. Just laughing, pleasant, and obliging all the time. A real sweetheart, whenever I've had anything to do with her."

Reena Sanders put a cigarette in a long ivory holder and Paperman swooped a flaming lighter to it. "Thank you, dear. —Of course she's nice to *you*, Alton."

Norman said that once dinner was over and the champagne party had started, he was going to borrow a raincoat and spend the night hunting down the pregnant fugitive of the Thousand Steps.

"In *this*?" Mrs. Sanders made an abrupt gesture at the lashing rain. "On the Thousand Steps? With your heart condition? You'll drop dead and nobody will ever take notice. The dogs and the rats will eat you."

"I don't know what my alternative is. If I lose my chambermaids and gardeners, I fold and go back to New York. It's the end."

"Alton, surely you can do something. I mean, to me this is ridiculous, I mean, even for the Caribbean! Mercy! Make Buckley take a literacy test, and get rid of her. Just threaten it and she'll cave in."

"She's federal," the governor said with a shrug. "Nothing to do with the local government."

"Oh *please*. I mean. Who're you kidding?" Mrs. Sanders blinked at her husband with a dangerous, exasperated look in her wine-brightened eyes, "This is what I hate about Kinja, Norman. It's all low-grade vaudeville and burlesque, it sickens me, and in other words I'm afraid Alton is going to become just like them if he stays here much longer, and to me I'm being a good wife by staying in Washington and keeping the children out of *this*." She flung a hand at the island of Amerigo, and Norman noticed that the charm dangling from her gold bracelet was a Phi Beta Kappa key.

The governor was slouching more and more, glancing about and dragging continually and deeply at a cigarette, drumming fingers of one thin hand on the table. "Ordinarily I'd be glad to put in a word to Buckley," he said in a low voice. "This is a sticky time, that's all. I'm trying to get along with Orrin Easter, and Buckley is his pet. That's why my predecessor got her a federal appointment, out of the way, out of the local civil service. Reena, maybe we'd better go back to Government House."

Mrs. Sanders gave a short barking laugh. "Hah! Civil service! Alton, it doesn't takes the guts of a rabbit to slap down such types, and I think you should do something."

Paperman quickly stood. "I have to see to my water-shortage party. Please stay and have a glass of champagne or two with us."

"I will if he won't," said Reena Sanders. "To me that should be fun. Thank you for a splendid dinner."

The governor said, "Yes, thank you very much," smiled mechanically and lapsed into slouching silence. As Norman walked away, the governor's wife started to talk again in cutting tones.

2

CHAMPAGNE, SI—AGUA, NO

Church had somehow found the time to cut out this motto in red cardboard letters a foot high, and to string it across the straining tarpaulin. The canvas hardly bulged any more. It hummed powerfully, like a close-hauled mainsail, but Paperman could see that it was secure. The party was already under way; the lobby furniture had been pushed to the walls and the straw rugs rolled back, leaving a broad bare red-tiled floor for the dancing couples. The steel-drum music, which outdoors had a mournful thin quality, thundered and reverberated in the lobby like musical tom-toms, with doubled excitement. Church and two waitresses, standing between a pair of tables lined with wineglasses in the centre of the lobby, were dispensing pink champagne punch from huge bowls, and the dancers swirled around these tables, many of them drinking as they danced. Because of the rain, not many outsiders had come to the Reef to-night. There was the usual sprinkling of young Kinjans who liked to dance to the Gull Reef music, and a small, self-conscious knot of sailors in whites from a submarine staying overnight in Amerigo. Norman had ordered Church to give the free champagne to everybody present, hotel guests or not. If noise, movement, and laughter all through the lobby, and crowds around the champagne tables, were an indication, the party was off to a good start. Norman took a glass of punch from each of the two bowls, in the line of duty, and found the drink sweet but passable. It was being drunk in large quantities, and that was what mattered. Again in the line of duty, he picked out the least attractive guest he could see, a fat, young school teacher from Yonkers with a terrible double chin, and asked her to dance. He was determined to make this party a success.

The governor and his wife soon came strolling in. Paperman hurried to them, dragging along the Yonkers girl, and took a glass of punch with them. The governor agreeably toasted the success of the Gull Reef Club, and an end to water shortages. Most of the guests knew who the skinny grizzled Negro in the black suit was, but few had met him. Paperman began intro-

ducing the governor, a handshaking line formed, and Sanders
responded with the affable grace of·any politician. This novelty
put the party into high gear. Stragglers came crowding in
from the bar and the dining terrace to shake hands with the
governor of Amerigo. He sealed his little triumph by asking
the Yonkers girl to dance, and wobbling off in a stiff rickety
merengue to loud applause. This put Mrs. Sanders into
Paperman's arms. She danced clumsily, her eyes darting about
in amused curiosity at the guests, the poster, and the tarpaulin.
" This place has a real nutty charm, you know? I gave friend
husband holy hell about your pregnant chambermaid," she
said. " I mean I pointed out in other words that if the best
hotel on the island gets closed down by an idiotic female
bureaucrat who just feels like making trouble, that won't look
too good either when the Interior finds out. I guess maybe that
penetrated."

She saw the sailors standing in a corner by themselves. She
said it awakened her old USO hostess blood, and she went over
and asked one of them, a tall, powerful Negro boy, to dance
with her. He hung back, grinning in embarrassment, but his
friends, thrilled by this gesture of the governor's lady, pushed
him into her arms. Later Paperman saw Mrs. Sanders dancing
one by one with the other sailors, to all appearances having a
fine time. Sanders himself made a shadowy withdrawal. After
a while he just wasn't there.

Norman asked various lady guests to dance, and in time the
one truly good-looking girl at the Reef, a tall skinny blonde,
with slanting brown eyes ringed in black paint, was in his arms.
She had been posing on the Club grounds and in scenic spots
of the island in breath-stopping bikinis and sun clothes, for a
bald gnome of a fashion photographer. The man was clearly
indifferent to her, except as an object to put on film; he
emerged from under the black drape of his camera to push her
naked limbs here and there like a dummy's, while men gathered
to gape and envy. This girl at work, striking her angular poses,
was as solemn as though she were doing algebra. Norman had
noticed her, of course, but in his driven state he had never even
bothered to find out her name. He now learned that it was
Delphine. She had drunk a lot of punch, and she treated
Norman with instant marked warmth. She knew of his friend-

ship with Dan Freed. Obviously she thought him a man of glamour, and Norman perceived almost at once that something was doing here. In the Broadway argot of the moment, Delphine was a "swinging chick"; that is, an unfettered sort, reasonably available for fornication.

This discovery delighted him less than it might have some years earlier. Nowadays he found swinging chicks a bit oppressive. There was little excitement in conquering an easy girl; at his age it was a stale small chore. With the onset of middle-aged health problems, moreover, the question as to who his dirty or diseased predecessors might have been loomed large. Most of all—though this was not the point he dwelled on—Norman no longer had quite the energy to service a swinging chick.

The effect Delphine had on him was to make him think of Iris. Why wasn't she at the party? Norman thought he would just go and have a look in the Pink Cottage. He turned Delphine over to a hot-handed bachelor with a peeling red nose, who had been following her around the dance floor like a bloodhound. He borrowed Church's raincoat, swallowed another glass of punch, and ran out into the heavy rain.

The Pink Cottage was dark. As Paperman came to the door he heard growling and snarling; and the hurled thuds of the dog's body against the door indicated that he was unchained. It was a stout door, but Paperman reversed his steps and was leaving hastily when Iris's sleepy voice called, " Anybody out there?—Meadows, for Christ's sake, shut your big face—Who's there?—See stupid, it's nobody. You were dreaming. Shut *up*! I'm trying to sleep."

Paperman shouted, " Iris, it's me, it's Norman."

" Norm? Are you out of your mind, wandering around in this weather?"

" I want you to come to the party. I miss you."

" You sound drunk. Go away, will you? I look unspeakable."

" Have you got on your bat ears?"

He heard her laugh. " Just about. Wait a second, Norman. I can't go yelling through a door in a storm."

Paperman huddled under the streaming overhang, listening to the rich pleasing gurgle of water down the spouts. The entrance light snapped on and the door opened a crack.

"Still here? Come in for just a second and be cured of me for good. Shock treatment."

She wore her green silk robe, her hair was close-tied in a net, her face was pink and oily, and her eyes seemed smaller and less brilliant without cosmetics, but she looked desirable enough, Norman thought. Only one red-shaded floor lamp was lit. Meadows crouched in the cone of light, ears cocked, tongue flickering over his nose, curses rumbling in his throat.

"My God," she said. "You're half-drowned."

Norman dashed the rain from his face. "Listen, come on up to the party."

Iris yawned. "Are you crazy? It would take me two hours of hard labour to make myself fit to be seen. And for what?"

"Don't be difficult. Put on lipstick and some powder and a dress. We're having fun up there."

She shook her head, yawning and yawning. "I just took two sleeping pills. You trot yourself back up there and dance some more with Reena Sanders." She grinned at him and wagged a finger in front of her nose. "Spies. I've got spies. Surprised you, didn't I? Heh heh."

"Were you having dinner on the terrace? I didn't see you."

"Oh, no, you were too busy convulsing His Excellency and the first lady. Cute, isn't she?" Iris yawned again. "I'm about to pile up on this floor in a heap of old bones. Anything I can do for you first? Wanna drink?"

Norman buttoned up the raincoat. "Well, if you're full of happy pills, it's no use arguing. I'm off to the Thousand Steps."

"You're off *where*?" Iris's heavy dimming eyes opened wide and glistened at him.

He told her about Miss Buckley and Esmé. She shook her head groggily. "You're cuckoo, I swear. How much champagne have you had? Don't you *dare* go sloshing around on those steps to-night, do you hear! Don't you dare! Go back up to the hotel and get stoned. It'll do you good."

"Iris, if Immigration doesn't renew those bonds——"

She shook her fist at him. "You're *not* going up to the Thousand Steps, Norman Paperberg! I mean Paperman. Jesus, what a name. Listen, Amaranthe does sewing for me. We talk. We're real old pals. I'll track down your Esmé myself, first thing in the morning. Leave it to me." Her voice was becoming thick and trailing off. She put her arms around his neck. " Promise? No Thousand Steps?"

He embraced her soft body in the smooth silk robe. Iris was no photographer's object like Delphine; she had the blurred used figure of thirty-nine; but she was an attractive woman, not a swinging chick. She yielded against him, inert, sagging, heavy. " Don't you go raping me now, you unprincipled cad," she murmured. " I'm dead to the world. It'll be—it'll be— necrophilia."

The cover was off the divan, the pillow was crumpled, and the thin blanket was thrown back. He had to lead her only a few steps. The crouched dog did not interfere, but the bright brown eyes never left him. She let Norman take off the robe, moving her arms with drowsy limpness, like Hazel in her baby years. Iris's gauzy, peach-coloured short nightgown made him regret her remark about necrophilia. It had put him on his honour. He tucked her into bed, turned out the light, and when she reached a hand toward him with a meaningless mutter, he leaned over and kissed her once. Then he went out into the whipping rain.

3

The party was in a jolly roar. A surpassingly noisy business was going on at the far end of the lobby. Two sailors held a long stick parallel to the ground, and a line of guests, sailors, and Kinjans were dancing under it face upward, or trying to. This " limbo " had been in progress for some time, for the stick was low, and most of the white people who attempted to wriggle under, with knees bent and spines arched backward, were sprawling one by one on their backsides, each time raising fresh bawls of mirth. The Kinjans were undulating beneath the pole without trouble, and two of the sailors also edged under, less fluidly than the natives but with practised speed. The star of the antic, however, was certainly Delphine. Her dress, a tight beige linen sheath, allowed little room for the necessary knee work. The swinging chick solved this difficulty, when her turn came, by sliding her skirt up on her hips; and as she went inching under the stick, head and body thrown back, legs bent double at the knee and spread apart, she displayed to one and all her naked thighs clear up to their natural junction, imperfectly veiled by a wisp of pink nylon. She passed the barrier to a cheer, and shook down her skirt, only to raise it again in a minute or so to repeat the performance under the lowered stick. The sailors and guests, of course, were goggling and applauding, the women hardly less than the men. But the Kinjans glanced uneasily at each other, and mostly averted their eyes from Delphine's free show.

It was a new sensation for Norman Paperman to be ashamed of the white race. Whatever one might say of the Kinjans— and he had already endured much from their taciturn primitiveness and odd ways—their modesty was austere. The one Negro girl left in the limbo line, a Reef waitress, was thrusting her full orange cotton skirt far down between her thighs as she took her turn; moreover, as Delphine made another pass, Norman saw this girl wrinkle her nose, whisper something to a Negro boy, who was the best dancer of the lot, and walk off with him.

Norman went to the punch bowl and drank three glasses, one after the other. All at once, returning from Iris's cottage to the rollicking party, he had been hit hard by loneliness, by homesickness, by certainty that his ownership of this grotesque hotel in the Caribbean, where a crowd of strangers were jigging, writhing, haw-hawing, and guzzling to crude music, was an insanity. Norman Paperman had in his time taken part in many a steamy brawl, and had seen much lewder displays than Delphine's. Unmistakably, he knew now that that part of his life was over. He was as disgusted by the chick, almost, as if he were his own synagogue-going father; and this knowledge threw a chill of evening on his once jocund Broadway spirit.

But the champagne worked. His mood hovered in blue gloom for a few minutes, while he looked at the cavorting, sweaty dancers and thought of the vanity of all things, the frailness and brevity of human existence, and such liverish profundities. Then, slowly but definitely, the world—or at least the lobby of the Gull Reef Club—began to assume a brighter hue. Paperman drank some more, and—why, there was the good old world again, looking quite all right. In fact, this was a hell of a party, and Paperman regretted that the limbo was finished, and that Delphine was now doing only a mild twist with the red-nosed bachelor, to a most inexpert whumping of the steel drums. He was restored to a normal, even hearty, interest in a display of her underwear, but alas, the moment was gone. He gulped another glass for good measure, and asked one of his waitresses to dance.

His memories of what happened after that were unclear. He did a lot of dancing, and drank a lot of champagne, and said a great many enormously funny things, because everybody he talked to kept laughing and laughing, and he was continuously laughing too. This was the first time since his purchase of the Club, he realised, that he was having any fun at all. The party was a marvellous idea, he decided, and he'd have a champagne party in the lobby once a week, water shortage or no. He danced with Reena Sanders, and while he couldn't remember anything he said, the governor's exotic lady laughed so hard she could scarcely keep time to the music. At one point, he was dancing the merengue with Hassim, in the centre of a ring of clapping and cheering merrymakers, and the effete Turk in his orange slacks, far from being offensive, struck him as a killingly amusing parody of a fat lady. There was even another limbo after a while, and he got into line and fell flat on his back the first time he tried to go under the pole, which caused a new climax of hilarity. Delphine generously showed her underpants time and again, with the roguish zest of a little girl playing Doctor, and some of the less appetising women guests were emboldened to imitate her; and so all was laughter, champagne, jokes, shouting, and voyeur delights, when the tarpaulin tore loose.

It was a total surprise. One moment there was the limbo, and a gay joking crowd; the next moment a writhing brown wall sailed across the lobby, battering down in its path musicians, steel drums, guests, chairs, and both punch tables in a bedlam of shrieks, clatters, yells, and the crashings of overthrown glass. The huge canvas fetched up against the opposite wall and collapsed, still flapping and tumbling about, and the wind and warm rain of a tropical thunderstorm came boiling into the lobby, through the hole that had once been a wall, and through the chaos and ruin of the old dining-room. All of Akers' building materials—the windows, the door frames, the plywood panels, the washstands, the crates of tiles, the venetian blinds—lay in toppled, tangled, sodden heaps. Some crates had burst open. There appeared to be forty toilet seats scattered about, and a thousand brass doorknobs, and

crisscrossing in all directions were unrolled fluttering yards and
yards of streaked, soggy red-and-silver wallpaper. The wind,
coming in gusts of perhaps thirty miles an hour, clattered the
aluminium blinds, careened the plywood panels, and pelted the
victims of the tarpaulin in the lobby—who were picking themselves up and dazedly staring around—with flying rain, green
leaves, paper scraps, and wet excelsior.

The destruction and the mess went almost unnoticed at first,
because the tarpaulin, piled up against the far wall and trailing
halfway across the lobby, was continuing to writhe in a peculiar
way not ascribable to the wind. There were several lumps
working under it, and the lumps were making muffled, discontented sounds.

Church, the sailors, and Paperman went to the rescue, and
after much hauling and heaving of the incredibly heavy, soaking brown canvas, they liberated three guests, including the red-
nosed bachelor and the Yonkers schoolteacher, who was laughing and crying at once. Then the tarpaulin began to work
again and out crawled a very small sailor in filthy wet whites.
On his hands and knees, peering around with a glassy smile, he
said in a young Southern voice, " Jesus, Ah never did *see* such
a wing-ding. Is the bar still open?"

This brought a shout of laughter from most of the guests.
They had drunk enough to regard mishaps and destruction as
funny. Norman, who had been laughing almost without cease
since the tarpaulin's brief mad flight, was inspired to yell,
" You bet it's open! Everybody into the bar! All drinks on
the house, from now till dawn!"

With a cheer and a rush, the entire party went funnelling
into the bar, musicians, guests, waitresses, sailors; Mrs. Sanders
too, arm-in-arm with Paperman and Hassim, the three of them
bawling in raucous song.

> " *Carnival is very sweet*
> *Please*
> *Don't stop de carnival*——"

Church tactfully closed the doors on the lobby and the old
dining-room: on the crumpled tarpaulin, the overturned furniture, the broken glass glinting from every tile of the wet
slippery floor, the pile-up tangled wreckage of unused building
materials; on the wind, still coming in gusts to knock and slide
things around; and on his red-lettered sign—C H A M P A G N E

SI, AGUA, NO—swimming in mid-lobby in a puddle of blown-in rain.

> "*Carnival is very sweet*
> *Please*
> *Don't stop de carnival,*"

sang Paperman, and the Turkish homosexual, and the black governor's lady, as the door closed on them.

It rained all night, and the water level in the cistern kept rising. Norman was not thinking about such matters. Mine host was having a good time at last.

4

He did not in the least recall going to bed, but obviously he had, since he woke up in bed; his own bed, on the second floor, under the slanting ceiling of hyperthyroid roses. He woke with what presented itself at once as the worst headache of his life, a headache like a big object with many razor-sharp edges inside his skull; with a filthy taste in his mouth; with a terrible pounding of his heart; with a scary numbness running all down his left arm to cold trembling fingers; and with a general sinking sense of ill-being, compared to which death seemed no great threat. He had a champagne hangover. He knew, he had known for thirty years, that this was the worst of all hangovers; what on earth had possessed him to drink all that mediocre champagne doctored and made deadlier with grenadine and sugar? The very memory of that taste drove a wave of nausea through him.

He sat up with an awful moan, his head in a whirl, his eyes throbbing in pain from the white sunshine at the window. The knocking on the door came again, louder and more urgent. He now realised that he had been awakened not by his own physical misery, but by the usual reveille of the Gull Reef Club, knuckles on the door rapping out the alarm.

"Who—ah, who is it? Wha' is it?"

"Sheila, suh. I does have to talk to you, suh. I wery sorry to hoross you, suh."

"Give me two minutes."

A hair of the dog was the only thing at such a time, medical theory and warnings notwithstanding. Norman staggered to the bathroom and choked down a tumbler of tap water and scotch with one of the mighty oval yellow pills which Henny took to fend off migraine, and which, he had accidentally discovered long ago, acted for him as a sure head-clearer for about four hours, at a cost of perhaps twenty-four hours of the shakes. He knew, from the very sound of Sheila's knuckles on the door, that this morning would require an alert mind and a strong heart. Ye gods, that pink slop he had drunk by the gallon! He brushed his hair and his teeth, flushed his mouth violently with full-strength mouthwash, and dizzily opened the door.

The leading bulletin in the cook's evil tidings was that all six chambermaids had quit. Amaranthe had sent this word by Virgil; no explanations. Insatiable demands for water had been coming from all the rooms since seven in the morning. It was ten now, Millard was half-dead with running up and down the stairs, Virgil was helping him, and still the guests were in an angry uproar and some were starting to check out. It had been impossible to do anything about the party wreckage as yet; the lobby and the old dining-room still looked, as Sheila put it, " like Noah's flood done go troo de hotel." Immigration had telephoned three times. There was a cable from New York, requesting an eight-hundred-dollar cheque for the Tilson party provisions before they would ship any-thing. That, Sheila said, was about all.

" Sheila, I badly need food," Paperman said, clutching his brow. " Make me—make me a mushroom omelet. Right away."

" Yassuh. De maids does be de serious ting, dey ain' no maids to get in Kinja. I tink dey be concern for Esmé."

" Can't the dining-room waitresses make the beds, just for to-day?"

" No suh, de union dey does be vary strick about dat."

The upheaval in the lobby was so appalling that Norman hurried through with averted eyes to the dining terrace. Many guests were still at breakfast, a glum, silent, red-eyed lot. Iris Tramm sat in the slant sunshine of a far corner table, in a blue silk shirt with large polka dots, and tailored white shorts, looking fresh and radiant; or perhaps she only appeared so to Paperman, through the kindly screen of his dark glasses, and the glow of the scotch and the yellow pill, which were commencing their work of uplift. Meadows sat beside her, tightly leashed to a table leg, and she was giving him bacon scraps.

"Don't say it," she greeted Norman as he approached. "No dogs allowed on the dining terrace. We're just leaving. I sneaked him in because it's his birthday."

"Don't go." He fell in the chair opposite her, with a groan. "I need company."

"I can imagine. What on earth hit the lobby last night?"

"Just let me eat something. Then I'll talk." Paperman rested his face in his hands.

"You didn't go to the Thousand Steps, did you? I woke up worrying about you."

"The Thousand Steps? No. God knows I should have."

His mushroom omelet came. The sun was warm and comforting on his back, and the whisky and the pill took firm hold as soon as he had eaten a few bites. He began to feel much better. It wouldn't last, he knew, but the relief was wonderful. While he was recounting the misadventures of the night and the morning, Church appeared, rather grey in the face, and told him that a fourth couple had just checked out. "I tried carrying water up for a while, sir, but so many of them are in the bar, trying to get over last night——"

"Stay in the bar, Church. Sweat it out till I find Esmé. I'm going from here to the Thousand Steps. Once she comes back the others will."

Church gnawed his lower lip, and pulled at his beard. "Sir, I'm afraid you'll be wasting your time. I think she's disappeared into the brush. She always said she would. I'll get at the lobby as soon as I can, I know it's a mess." The bartender shook his head, and walked off scratching his beard.

Iris untied the dog from the table. "Just let me put Meadows away. I'll do the rooms."

"*You?* Don't be fantastic."

"I was a hospital volunteer in the war. I can make up ten rooms in the time these Nevis girls do one."

He said, "Look, if it comes to that I can make the rooms."

"Well, maybe you'd better work with me, Norm. Two people go fast, making beds. And when they see the poor hung-over proprietor cleaning the rooms, it may stop the check-outs. Sympathy."

"Iris, you're a paying guest, not a chambermaid."

" It's just for this morning. Once we've done the rooms, I'll hunt down Amaranthe and she'll herd the girls back. Get yourself a mop and pail, and never say die."

As often happens, this unthinkable business of cleaning rooms with Iris became a sort of lark, once Paperman fell into the swing of it. They joked about the luggage, the photographs, the clothing they saw. Paperman had never before pictured the breach of privacy that went with a chambermaid's access to one's room; nor how guests characterised themselves with the state of a bathroom, the way clothes were hung, the books, magazines, and more intimate objects littered about; nor, most of all, what pigs people were. He soon recovered the knack of making beds, something he had not done since his boy scout days, and he and Iris made swift progress down the hall. They had been at this for half an hour or so; they were shaking out a bedsheet, laughing over the lady's flimsy pyjama bottoms that went floating to the floor, when the building trembled under them, and they heard a distant noise like the dumping of large stones down a chute. They froze, looking at each other, still holding the extended sheet.

" Not a quake," Iris said in a low nervous voice. " That's not a quake."

" Sh!" Paperman said.

A heavy vibration was coming up through the floor, unlike any usual operating noises of the hotel. Paperman flung his end of the sheet on the bed, ran out of the room, trampled down the stairs and rushed through the chaotic lobby to the dance terrace. There was a jagged break in the red tiles at the edge, and a section of the rail was gone. Leaning over the broken rail, Paperman saw green water spouting out of the foundation like blood from a cut throat. The cistern had broken wide open, and was losing water in a torrent four or five feet wide. Guests lined the beach, watching the novel sight, shouting at each other and laughing.

As Paperman stared down at this visible death of his Caribbean enterprise, motionless, his hands gripping the rail, tears starting to his eyes, he felt Iris's warm hand clasp his. He was ashamed to look at her, or to try to talk.

" I'm sorry, Norm," she said, in a sweet husky tone, full of undisguised affection. " I'm awfully sorry."

This note of feminine despair gave Paperman strength. He

cleared his throat. "Well, let's go and see just how bad it is, shall we? The hotel hasn't fallen down yet, you know. Neither has the sky."

It took the water about five minutes to pour out of the broken cistern, gouging a deep canyon in the beach. Paperman stood on the sand, to one side of the rushing water, with Iris, Church, and Sheila. He had plenty of time to review the totality of his defeat—the wreckage in the game room, the vanished wall, the unsolved electric failure, the stopped pump, the departed chambermaids, the empty bank account, the unpaid debts, the certain departure of most of the guests after this new disaster. Nor could he accept any more incoming guests. To run a hotel, he needed water.

The escaping water slowed to a murky trickle. The hole, now visible from top to bottom, was a ragged, lop-sided V in the wall. One side was almost vertical, the other slanted and zig-zagged up to the break in the terrace. Chunks of masonry lay tumbled on the beach, and big blue and brown stones protruded all along the broken edges.

The guests, clustered behind Paperman, were not laughing any more. They stood silent or whispered, with the embarrassed long faces of people at a funeral. Sheila was at Paperman's side, weeping and dabbing at her eyes with her apron. "I didn't tink dey be so much rain," she said. "So much rain, so much rain, so much rain——"

Paperman patted her shoulder. "Sheila, it wasn't your fault. I should have thought of it, if anybody should have, and opened the valve. I didn't, and it happened, that's all."

He stepped up to the broken wall, unmindful of the wet sand and muck squirting over his shoes, and peered into the cistern. A shaft of sunshine illuminated the big space, and the wet rocks glittered on the far wall. The bottom was inches thick in brown slime.

"Hello," he shouted, and the silly word resounded and boomed. He walked back to Iris, Church, and Sheila, who stood together, a little apart from the rest. "Just as I thought," he said. "Empty." He turned to the guests, and threw his arms wide. "Champagne, anyone?"

Nobody laughed. Nobody said anything.

Sheila had stopped crying, and her fat face had hardened. "Mistuh Papuh, I be back one o'clock. De lunch on de stove, you just tell de girl start dishing it up." She started to waddle off, putting the back of her hand to her eyes.

"Where are you going, Sheila?" called Paperman. "I need you here."

The heavy black mask turned and looked at him with blank eyes. "I comin' back. Tings does be too confuse in de hotel, Mistuh Papuh. Dey ain't no oder way no more. I going to get Hippolyte."

PART THREE

CARNIVAL IS VERY SWEET

11—*HIPPOLYTE LAMARTINE*

Within ten days, a striking change had come over the Gull Reef Club.

The cistern was repaired. The dance terrace was tiled over and the rail was repaired. The pump was working. There was plenty of water, and electricity was restored in all the rooms. The chambermaids, including Esmé, were back on the job. There were no further telephone calls from Christophine Buckley. The lobby was straightened up, shining and clean. Most surprising of all—so very strange that Paperman blinked every morning when he saw it—the old dining-room was being transformed into bedroom units. In the place of Akers' destroyed wall stood a raw cinder-block wall with four louvered windows. Most of the partitions for the rooms were up. The plumbing was going into place, and the estimate was that the rooms might be ready by Christmas Eve. All this was the doing of the man named Hippolyte Lamartine and his strange crew.

Hippolyte Lamartine was a broad-shouldered fattish fellow, perhaps five feet nine, with a round, pale red-patched and somewhat scaly face, and thick straight black hair growing low on his forehead. He always wore a heavy khaki shirt buttoned to the throat and wrists, khaki pants, and a high-crowned straw hat with an enormous ragged brim turned down in front. He went barefoot. His feet and toenails looked horny as a beast's. He had small brown eyes close together, and his face was set in a puzzled squint, with deep worry lines on the forehead converging to the bridge of his thick short nose. His mouth was a line, pulled down at the corners, the lips out of sight. When he spoke—which was not often—he disclosed irregular dirty teeth. He always carried a long curved machete with a red wooden handle, which he called a " cutlash." If he was doing nothing else, he was usually whetting his cutlash on a smooth square stone, with little shrieks of sharpening iron. At the end of his day's work, he retired to the gardener's shack behind the kitchen; crawled onto a wooden bunk which he had hammered up over Millard's bed the day he came; and fell into slumber with the cutlash at his side. He was at work again before dawn.

He repaired the cistern in a couple of days, aided by two white men who were dressed like him, who looked enough like him to be his brothers, and who talked to him in barbaric guttural grunts. When Paperman, in an early effort to be sociable, asked Hippolyte whether they were in fact his brothers, the man just shook his head, and went on grunting to the others in a language that was not Calypso. Nor was it French to Paperman's ears, though that was what Sheila told him it was.

Sheila hated to discuss Hippolyte. When Norman pressed her, she said that he was a Frenchman from Guadeloupe; that there was a settlement of these white Guadeloupe natives at the west end of Kinja off beyond the sugar fields on the rocky coastal slope; that they mostly were fishermen and construction workers. Norman tried addressing Hippolyte in French; the man just squinted peculiarly at him, as though he were gibbering. He understood English, but often he gave Norman much the same kind of uncomprehending, surly squint when Norman asked a question or gave an order. Hippolyte paid very little attention, in fact, to anything Paperman said. He returned to the Gull Reef Club like an owner who had been away for years, and was setting to work with a will to fix the long decay due to incompetent caretakers.

He never explained what the electrical failure had been. In his first hour on the premises he disappeared beneath the hotel, and when he emerged some time later, all sandy and greasy, the circuit was fixed, the lights were on all through the hotel, and the pump thumped healthily, drawing on the emergency tank. Paperman was working on the ledgers in the office when he felt through the floor the life-giving pulse of the pump. He rushed down to the beach to salute his rescuer, who came out of the crawl space brushing off sand and wiping grease from his hands on a rag. Hippolyte listened to Paperman's joyous congratulations with an impassive, worried squint, then picked up a shovel and walked off. Norman followed him but halted when Hippolyte marched through the gap in the cistern, splashing ankle-deep with his bare feet, and began shovelling out the vile brown muck.

"Look here, Hippolyte," he called into the echoing cave of the cistern. "I want to talk about your wages. What were you getting paid in the old days?"

"Hunnerd a mond."

"I'll start you at a hundred twenty-five."

"Okay," the Frenchman grunted in a dissatisfied tone.

"If things go all right I'll do better than that."

"We see."

Later—that same first day—Norman saw the two other men arrive at the beach on a barge carrying a cement mixer, a wheelbarrow, piles of rock, and stacked cinder blocks and bags of plaster. He became concerned about money, and tried to discuss with Hippolyte the costs of the materials and the barge, and the wages for his helpers. But he found it very hard to get a word in. The three men fell to unloading the barge, exchanging their coarse grunts, and shoving him out of the way. At last he planted himself directly in Hippolyte's path, as the Frenchman was tottering up the beach under two bags of plaster.

"Look, Hippolyte, I'd like to have an idea of what all this is costing."

"Dunno yet." Hippolyte tried to shoulder past, but Paperman held his ground.

"Don't you want money for the barge? For the materials?"

"No."

"What do these men get by the day?"

"We see."

Coming downstairs next morning, Paperman found seven other men cleaning the old dining-room, stacking up the scattered panels and toilet seats, and laying out paint-stained cloths and power tools. There were several whites like Hippolyte, and the rest were burly Negroes. Norman thought he recognised them as members of Akers' crew, but he wasn't sure. Again he went after Hippolyte, who was well along with his new cistern wall. This time when Hippolyte merely squinted at him, Paperman lost patience and shouted, "Look here, how do those men up there know what to do? They haven't got the sketches, the blue prints, the specifications, nothing! Have they? Who's supervising? Who's the contractor? What's the price? I mean I appreciate the fine work you're doing, Hippolyte, but I want to know what the hell's going on here."

"I come de offus."

About two hours later Hippolyte came to the office, covered with plaster dust and sharpening his machete. "Where de plans?"

Paperman dug into his desk and brought out Akers' roll of sketches and folder of specifications. The Frenchman put his machete on the unrolled plans to hold them flat, and inspected them sheet by sheet, running his thick filthy fingers along the wiring schemes and the plumbing diagrams, looking very worried and working his nose like a rabbit. He rolled the plans up, and tucked them under his arm with the folder.

"You got two hunnerd dolla?"

"Yes, I've got two hundred dollars."

"I need two hunnerd dolla. Later more."

"Are you going to try to do this job yourself?"

"Last year I foreman Mr. Akers."

"Well—what's your estimate for the whole job?"

"Not too bad."

"How long do you think it will take?"

"Not too long."

Then and there Paperman had to make a key decision; either to trust this sullen, squinting, impenetrable, unhealthy-looking djinn, or throw him off the grounds. It was clear that Hippolyte did things on his own terms. He gave him the two hundred dollars. The Frenchman grunted and went out, putting on the hat with a flourish. Next day the construction job was under way; and, so far as Paperman could see, going well. Meantime the cistern was finished; another good rain fell, and the water problem was, to all appearances, over.

As for the chambermaids, they appeared, the day after Hippolyte did, at work at eight as always. Esmé took up her post at the switchboard, avoided Paperman's eyes, and said nothing about her disappearance. Norman tried to find out how Hippolyte had achieved this wonder, but Sheila would talk even less about it than about the other deeds of the Frenchman. "Hippolyte he does find people," was her surly explanation.

The cessation of Christophine Buckley's persecutions was a

mystery. Paperman did not know whether Mrs. Sanders had finally persuaded the governor to intervene, or whether Hippolyte's occult efficiency extended even into the Immigration Office. Norman made the firm decision to ask no questions, to let well enough alone.

2

About a week after Hippolyte's coming, when Norman was still wavering between delight at his change of luck, and incredulous uneasiness over it, he at last learned some hard facts about the Frenchman. Church telephoned the office to say that Tom Tilson was looking for him in the bar. He found the old man and his wife sitting in deep armchairs by the frangipani tree, drinking their unvarying morning refreshment of double white rum and tonic water.

" Hello there! Come join us for elevenses!" Tilson rasped.

" Certainly.—Beer, Church."

He sat in an armchair facing Tilson, who leaned forward, gnarled freckled hands clutching his protruding kneecaps, and studied Norman's face. " Paperman, you look a bit the worse for wear."

" I'm fine. All I need is a couple of carefree weeks on a tropical island."

Tilson winked at his wife, a little woman with grey, beautifully groomed, upswept hair, a very red face, and several petrified dimples. " What about my party? Is it still on?"

" On? Of course it's on. I've ordered everything from New York."

" I just wondered." Tilson spoke in his usual abrupt loud way. " I didn't hear from you. Where are you getting the steaks? How about the oysters?"

He nodded and nodded at Paperman's description of the party plans. " Well, it all sounds pretty good, if it comes off that way. Have you laid out a lot of money? Do you want an advance?"

" Money? Ah, I don't know. I guess I can manage." Norman didn't want to disclose how nearly broke he was, but he regretted the answer as soon as he said the words.

" Well, all right. I'm not going to force money on you. I

was just figuring that you're probably in for a couple of thousand or more at this point, and——"

Mrs. Tilson jumped half out of her chair, exactly as though a gun had gone off behind her, and clutched her husband's arm. "Lovey—lovey, look there. By the bar." She spoke in a low, shaky voice. "It's him, isn't it? It can't be anyone else."

Paperman and Tilson both looked in the direction of her glance. "My God!" Tilson wrinkled up his face so that he looked like a mummy. "Now when in the Christ did *this* happen?"

"When did what happen?" said Paperman.

"When did you hire Crazy Hippolyte?"

Mrs. Tilson said, "I didn't even know he was out of the madhouse."

"Neither did I." Tilson turned and shook his stick at Norman. "What the hell, Paperman? Do you have to recruit your staff out of lunatic asylums? Don't you even know better than that?—Hippolyte! Hey, there, Hippolyte!" The Frenchman, with his back to them, was working at the fuse box on the wall behind the bar. He squinted over his shoulder, then came, removing the straw hat, and running his fingers through his thick hair. "Well, Hippolyte, how goes it?"

The man put a finger to his forehead, and fumbled with his hat. "How do, Mist' Tilson. How do, Mistress."

Mrs. Tilson said, looking straight at him, "So, Hippolyte. Back on the old job."

"Old job. Yah." Hippolyte shuffled his feet.

"How are you these days?" Tilson said.

"Not too bad."

"We heard you weren't well there, for a while."

"Not too good."

"You're all better now?"

"Yah."

"Well, do a good job for Mr. Paperman, you hear! He's a friend of mine," Tilson shouted in a severe tone, as though addressing a deaf child.

Hippolyte smiled. It was the first time that Norman had seen the Frenchman's face perform this particular evolution. All the features seemed to fall away, into the crinkly, sweet vacuous grin of a baby six months old, with a mouthful of large bad teeth. "Good job. Yah."

Tilson uttered some disjointed noise, to which Hippolyte responded with a silly heaving laugh and similar noise. This time Paperman discerned fragments of French in the sounds. Hippolyte put on his big hat and went back to the fuse box.

"How did you get hold of him?" Tilson said. "Did he come around looking for work?"

"No, Sheila fetched him."

Mrs. Tilson giggled and a number of transient dimples appeared around her permanent ones. "Sheila! Didn't she tell you about him?"

"Not much. Just that he was 'fonny'."

This tickled the Tilsons exceedingly; the laughed and laughed, looking at each other and throwing back their heads. The old man began to cough, and his eyes watered.

"Fonny heh? Well, so long as you get him off the Reef on the night of my party, I don't care. But be sure you do."

Paperman told him how Hippolyte was mending the Club's troubles. Tilson pounded the floor with his stick to attract Church's attention and pointed to the empty glass. "Oh, sure. Hippolyte's a great worker when he's right in the head, and he knows more about the Reef than anybody. He dates back to Tony and Larry, in fact he brought Sheila here. He was living with her then. Two of her kids are his.—Or is it three?" he said to his wife.

"I don't think Sheila really knows, lovey."

"Is that usual?" Paperman said. "I mean Frenchmen mixing with coloured?"

"Nothing is too unusual in the Caribbean," Tilson said. "Mostly the island French interbreed, that's how come they all look like each other. But you get one like Hippolyte, and he'll do any old thing that occurs to him. That's why I had to get rid of him. It was too bad, he's a good gardener and handy man. But he tried to rape our maid, and he chased her up a tree."

"He did *what*?"

"It was awful," Mrs. Tilson said, smoothing her back hair, "that poor girl shrieking up in this lovely mango tree, and Hippolyte chopping away at the trunk with his cutlash. Luckily I was right there in the kitchen. I got out there in time to save the tree."

Not knowing whether to believe any of this, Paperman said,

half jocularly, "Weren't you afraid of him? That machete's like a razor."

"My dear, scared stiff. But that was my best mango tree. Anyway, these island French aren't too different from the ones that worked for us in Nouméa. We had our house way back in the hills near the mines. You learn how to talk to them. You've got no choice, you know. There you are, and there they are."

"Is that why he got committed? For molesting your maid?"

Tilson grunted. "In Kinja? If that were grounds, you couldn't build enough asylums. I couldn't have even got a policeman to caution him for that. No, Letty telephoned me, and I came home fast. I paid him off, told him he'd been a bad boy and not to come back. He didn't. I've got a shotgun and he knows I'd use it." Tilson turned to his wife. "Why did they put him away?"

She frowned thoughtfully. "Not on account of the policeman?"

"The one whose throat he cut? No, he came to us after that, didn't he? I seem to remember——"

Paperman, more and more appalled, burst out, "What is this? Are you pulling my leg? He cut a policeman's throat, and nobody arrested him? And then you *hired* him? You expect me to believe that?"

"Well, nobody ever proved he cut the cop's throat," Tilson said, rather patiently for him. "This cop was out around Frenchman's Point a lot, either after some fellow's wife, or trying to catch the fishermen smuggling. The story was never clear. He got into a fist fight with Hippolyte in a bar, and arrested him. Hippolyte spent a week in the jug. Then two weeks later this cop didn't report for duty. After a few days, the other cops went poking around in the brush in Hastings Estate and they found him, sort of minus an Adam's apple. In fact, his head generally was kind of loose. They pulled in Hippolyte, but they never could hang it on him, and they let him go. I needed a gardener, and one's as crazy as the next on this island, so I took a chance."

Mrs. Tilson swallowed a deep drink. "I had a fit when Tom hired him. But he was just a lamb for months and months, until the tree thing happened. Best gardener we ever had. The only one who ever did grow decent lettuce for me in that miserable soil up on the hill."

"And now you've got him, Paperman," chuckled Tilson. "Crazy Hippolyte! Well, good luck. Just pick out your tree now, in case he ever blows a fuse. Haw haw."

Norman said bitterly, "I might have known. Anything good that happens on this island has to have a big fat catch to it."

"Oh, he's probably okay now," said Tilson. "That's a pretty good madhouse they have in Guadeloupe. I don't think they'd have let him go if he weren't all right. Of course," the old man added with a one-sided leer that showed a gap in his worn-down teeth, "he might have escaped."

"Why did he go to a Guadeloupe asylum? Isn't he a Kinja citizen?"

"Oh, sure. The thing is they've never built an insane asylum here." Tilson poured the rest of his rum and tonic down his throat in one gesture. "I guess they didn't want to get into a ticklish question of who goes into the nut house. That would be a hell of a hot potato on this island."

"Why? Nothing to it," said Mrs. Tilson sweetly, with a grand display of dimples. "When the Eagles are in power the Elephants go behind the fence. When the Elephants get voted in, everybody changes places. That way everybody's always either on government salary or on government support."

"Jesus Christ," Tom Tilson said, "why haven't they thought of it? It's the solution to Caribbean politics."

They heard snarling, yapping, the jangling of a chain, and a woman's shrill angry voice. Iris Tramm came into the bar, dragging Meadows on his chain leash. Rearing and plunging every inch of the way, the dog was straining toward the lobby. "*Stop* it, you son of a bitch!" Iris shouted, slapping the dog so hard that dust rose from its black coat. "Stop it this minute, I say! Oh, god damn you!"

"My goodness, how the dust accumulates in the tropics," Mrs. Tilson said. "Iris, you want to vacuum that creature."

"I'll vacuum the son of a bitch," said Iris, flailing away. "I'll kill him! Down, I say! Down!" The dog was beginning to subside, but it still growled and pulled toward the lobby door.

Tom Tilson said, "My dear, it's no insult to call Meadows a son of a bitch. That's what he is."

"What's the matter, Iris?" Norman said.

"Oh, he's got this silly hate for Hippolyte. He was that way about poor Millard, too, for months. He hates new men. He's going to get himself hacked in half, and it'll serve him right. Lie down, damn you. That's right. Lie down and stay down. Whew." Iris dropped into a chair. "He's so strong! He's got me sweating like a mule-skinner."

"Hippolyte won't hurt him," Mrs. Tilson said. "One thing about Kinjans, they're all scared to death of dogs. We keep four Great Danes, and to hell with the police force."

Tilson said, "Blazes, yes, I wouldn't have a Kinja cop on my land. They've got these damned six-shooters, and there isn't one of them can hit a cow standing sideways in front of him. You're not safe within a mile of a Kinja cop."

"Have a drink, Iris," Paperman said.

"I don't want a drink, thanks. Look at you, though! Elevenses for mine host! Things have by God changed around here."

Paperman gave her a halfhearted smile. He was still digesting the news that the wonderful Hippolyte had been a mental case, probably a homicidal one; and that there was no assurance he was cured, except for the dubious fact that he was at large.

Iris looked out at the beach, yawning. "What a sublime day! All blue and gold again. If only there were something amusing to do—I'm supposed to get my hair done, and it seems such a crime on a day like this. However——"

Tilson deliberately put on his sunglasses, pushed himself erect with both hands on his stick, and looked out to sea. "I don't know, Iris. Is it too late to crank up the old stinkpot, Letty, and have lunch out at Big Dog? All four of us? Is there anything in the galley?"

"There's always sardines and crackers and things. Nobody'd starve." Mrs. Tilson looked at her watch. "Can you come, Mr. Paperman? Just a short boat ride, for a change?"

"I'll go if you will, Norm," Iris said. "Come on, it'll do you good."

There was a little pause.

"Well, I'll tell you what," Paperman said. "I can't think of a single reason why I shouldn't go. I've been to the bank. I've talked to the accountant. I'm even caught up on my reservation letters. How about that? You're on."

3

An hour later, Tilson's boat was rounding the eastern end of
Amerigo. It was a sixty-foot white cabin cruiser named
Rainbow II, built in Hong Kong; Tilson had hired it for the
season upon selling *Moonglow*. It had two baths, a bedroom
with full-sized beds and an electric fireplace, two other cabins,
a large bar, and appointments of leather, brass, and teak. At
twenty knots, it murmured along on high swells with scarcely
a vibration or a roll. Norman, in swim trunks, lolled in a red
leather fighting chair at the stern, taking in the scenery like a
tourist. He had not seen this wild, craggy, roadless part of
Kinja except in glimpses from a wheeling airplane. It was
surpassingly beautiful: red broken cliffs rising out of clear
turquoise water, green valleys tufted with palms; and here and
there the white smooth scallop of a deserted beach shaded by
palms and sea grapes. A strong scent of flowers mingled with
the salt wind. He gave a tremendous, luxurious yawn. Iris,
sitting in the other leather chair in her fetching black jersey
swimsuit, yawned at the same instant, stretching out her legs.
They looked deep in each other's eyes and laughed. A black-
skinned hand took away Paperman's empty glass, and placed
in his grasp a full cold one. He drank. This was his third or
fourth. He didn't know which, and didn't care.

"I have an announcement to make," said Norman. "It's
not earth-shaking. Maybe you'll all think it's of no consequence. But I mean to make it."

Iris put both fists to her mouth and did a fair imitation of a
sounding trumpet.

"Thank you," said Paperman. "Ladies and gentlemen, I
am the happiest man in the world."

"Jesus, you're easily pleased," said Tilson. "Just a little ride
on a stinkpot. I wish it did that for me." The Tilsons lounged
between Norman and Iris on a couch of bamboo and red
leather.

"This thing you call a stinkpot, which as you know is a
snazzy yacht, is all very well," Norman said. "But it's the
least part of my happiness. For the first time since I came to
the accursed rock called Kinja, I see the Caribbean really
looking like the Caribbean, and its beauty moves me to tears.

Opposite me is a lovely, famous, witty, and sweet woman. We sit in warm sunshine on the gently rolling deck of a private yacht, with a perfumed sea breeze cooling us. Our hosts are clever, unusual, interesting people, who've been everywhere and done everything, and that, too, is what I always expected of the tropics, and never found until to-day. A Frenchman who is a genius or a maniac or both is solving all the problems of the Gull Reef Club, so that I can go for a spin in the Tilsons' palatial stinkpot if asked. Last, this is the best rum punch I have ever drunk. I'm the happiest man in the world."

" He's very nice," Mrs. Tilson said to her husband.

" He's plastered," said Tilson. " What's unusual or interesting about me? I'm just a retired mining engineer who hasn't enough sense to get his arse out of the tropics."

" You are unusual. You're distinguished. You've lived in Nouméa, wherever that is, you've been to Africa and I don't know where else——"

" A Japanese prison camp. Which is one reason I can stand Kinja," said Tilson. " I've really seen a place to which this island compares favourably. Not many people can make that statement.—Lucien! Let Francis take the wheel for a moment and come here."

The captain, a Frenchman who looked like Hippolyte, with a pleasanter and brighter face, came aft, pushing his yachting cap back on his brown forehead. He wore hacked-off tan shorts and a long-sleeved white shirt, and like all the island Frenchmen he had sideburns down almost to his mouth.

" Lucien, you know Hippolyte, don't you? Hippolyte Lamartine?"

" Hippolyte? Yah, I know Hippolyte." Lucien smiled and scratched his thick hair with a hand holding the hat.

" Why did the doctors send him over to Guadeloupe? What happened? Do you know the story?"

" Yah. I was dah when it happen. Hippolyte he sort of my cousin, like."

The story he told was that Hippolyte had been having bad headaches, and had gone to the waterfront to try to get passage on an island schooner to Guadeloupe for treatment. A boat captain haggled with him about the price and got him angry. Hippolyte took out three hundred dollars in cash, tore the bills to pieces and threw the scraps in the captain's face. Then he tore up his passport and papers and threw them at the captain, and followed this by ripping off his clothes piece by piece, in broad daylight on the busy waterfront, and pelting the captain with them. He announced he was going to swim to Guadeloupe, dived into the harbour naked, and started on his way. When the coast guard caught up with him, he was a mile and a half out and going strong, with sharks circling and darting all around him.

" Hippolyte he a very powerful fella. Good fella," Lucien concluded. " He just fonny."

Tilson said, " I don't see what's funny about taking a man's head half off with a machete. Even if it's only a Kinja policeman."

" Oh, Hippolyte never do dat," the boat captain said with a peculiar grin, his small eyes crinkling shut.

" Well, what do you say happened to that cop they found out there in the bushes in Hastings Estate? Did he cut himself shaving?"

" I tink maybe he have a fight wit anudder cop."

" What I want to know, is Hippolyte going to start chopping people's heads off at the Gull Reef Club? You know he's back there now."

The Frenchman shook his head, his expression very solemn. " Oh, no, suh. Hippolyte all better now. In Guadeloupe dey give him electricity." He put one finger to each side of his head. " B-z-z-z-z! B-z-z-z-z! It hurt like hell, Hippolyte say, but he all better. So dey let him go."

4

Rainbow II anchored in a bay on the seaward side of Big Dog, out of sight of Amerigo. The white yacht was the only work of man in a world of sea, sky, sand, and green brush, except for a crazily leaning ruin on the beach. The sun was high and blazing, and the Negro mate was rigging an awning over the deck.

" How hungry is everybody?" said Mrs. Tilson, speaking now a little more slowly than before, but without slurring. " I mean we can have just heaps of cheese and tuna and such, and so forth, or the boys can go looking for lobsters."

"Lobsters!" said Iris and Norman, to which Tilson put a postscript, "And maybe one more drink all around to stave off those hunger pangs."

"No, thanks," Iris said. "We're going exploring. Come on, Norm. Over the side."

"Right behind you." Norman was putting on his mask and fins.

"Ah youth, youth," said Mrs. Tilson, accepting another white rum on the rocks from the captain. After the noon hour the Tilsons always discontinued tonic water. Tom said that in excess it harmed the liver.

The cool water, clear as air, felt wonderful on Paperman's heated skin. Far down on the bottom, pink conch shells abounded, foolishly smiling parrot fish grazed on brain coral and sea fans, and a turtle darted by in alarm, its greenish-white flippers working hard. The captain looked very strange, diving past them toward the reef, in his white long-sleeved shirt and ragged tan shorts.

Iris made straight for the shore, swimming easily, and they soon climbed out on a powdery white strand.

This was the first wild beach on which Norman had ever set foot. Big Dog had no human inhabitant. The ruined house, half hidden by climbing vines and sea grapes, was a mere pile of rotten slanted timbers painted a faded yellow. The iron sheets of the roof lay curled and rusting nearby on the grass or out on the beach—ripped off, Iris said, by a hurricane. Nobody knew who had built the house or lived in it. Some said a French fisherman; some, a Negro religious fanatic; and another story that it that a beautiful white woman from Canada had lived there alone for three years and drunk herself to death.

"Follow me. Just watch out for thorns," Iris said, walking straight into the green tangle of brush. There was a half-obliterated footpath of sandy soil and dry leaves meandering through the trees. In the silence, the scuttling of lizards among fallen leaves was loud and scary. Iris turned here and there where the path branched, always moving down a slope. "Here we are," she said after a while. "How about this?"

The clearing they came into was carpeted ankle-deep in soft grass. It was almost circular, perhaps fifty feet across, and at one end was a tumble-down stone fireplace full of ash heaps and charred wood. The air was soaked in a penetrating sweet perfume; a dizzy humming of bees sounded everywhere; stunted trees, overgrown by vines and heavy with white flowers, ringed the clearing.

"What on earth?" said Norman sniffing the air.

"Orange blossoms. Whoever built that house planted an orange grove. They've gone on growing wild. They're sheltered from the wind, and the rain drains down in here. Like it?" Humming the wedding march, Iris went to a tree and plucked two small, scrawny oranges. "They don't look like much, but they taste all right," she said, holding out the fruit. "Try it."

Norman bit off rind and sucked the pale, seed-filled pulp. A wild bitter taste within the orange sweetness puckered his mouth. "Well, Big Dog will never be a threat to California," he said, "but this is sure as hell an orange."

"Of course it is. The UDT boys love them. Bob Cohn says the Israeli orange tastes like this." Iris sucked her fruit with gusto.

Norman broke off a sprig of orange blossoms and handed it to her.

"What for?" she said.

"Oh, a lot of things. For helping me make the beds at Gull Reef."

As she was tucking the sprig in her hair, he took her in his arms, and they kissed. Iris pushed herself a little away; he still held her waist. "Norman, when did you say Henny was coming?" she murmured, her eyes brilliant and melancholy.

"Day after to-morrow, Iris."

She broke free. "I call this place Dingley Dell. Don't ask me why. Feel this grass. The wild goats keep it eaten down. There's just this fresh soft new grass, all the time. What are you doing to-morrow, Norman, anyway?"

"Who, me? Not a thing, not a thing, to speak of. Thanks to Hippolyte."

Iris said, with her strange awkwardly curved smile, "Don't you suppose we could borrow a boat, maybe Church's catamaran, and have a picnic here to-morrow? Just the two of us? Nobody else waiting in the boat and wondering why we're so long about it, and all? Don't you think we might do that?"

5

All was serene at Gull Reef when Norman and Iris got back; serene and busy. Church said that the people who had checked out during the water crisis were coming back from the Francis Drake, Casa Encantada, Hogan's Fancy, and Apache Marina, annoyed by the primitivisms they had encountered there, and lured by the food, the location, and the beaches of Paperman's hotel. "There's no beating the Reef," said the bartender. " Sooner or later they all discover that."

Norman was uneasy at finding Church not on his feet behind the bar, but sitting at the large centre table amid seven twittering white girls in smart mainland sun clothes. Church blandly introduced them to Paperman one by one: daughters and granddaughters of hill-crowd families, home from school for the winter recess. They were a sort of informal sorority, it appeared; they had all grown up together in Amerigo, and they called themselves the Sand Witches. These pretty young Sand Witches were visibly fascinated, one and all, by the bearded, tanned bartender in his clam diggers and striped shirt; and Church, after several weeks of chastened conduct, unmistakably had the old stallion look in his eye.

" See me in the office in about five minutes, Church," Paperman growled, turning to go.

" Yes, sir." The slight mockery in the doleful tone set the seven girls into a chiming chorus of giggles, and Norman hastened off, embarrassed at being so old.

He glanced behind the lobby tarpaulin. The workers had left for the day. Hippolyte was paddling around, inspecting exposed pipes and wires, and honing his machete as he went. The job had progressed so far that Norman could see now what the new units would be like: six rooms on a new corridor off the lobby, narrow but comfortable chambers, each with a window, a bath, and a large overhead fan.

" It's moving along now, Hippolyte."

The Frenchman squinted at him from under his hat. " Not too bad."

" When do you think it'll be done?"

" Next Tuesday, Wednesday."

" So soon? Have you any idea of the cost yet?"

" Tousand. Maybe a little more."

" A *thousand dollars*? For the whole job?"

" Maybe tousand, tree four hunnerd. Labour. De materials was all here already," said Hippolyte, in an exceptionally long oration.

" That's wonderful. It's terrific. I'm going to give you a handsome bonus, Hippolyte."

" We see," said Hippolyte, whetting and whetting the cutlash, and crouching to peer at a maze of pipes. " Dis work not bad."

" I'm sure it's fine."

Norman was thinking that Henny would know tricks with wallpaper, and mirrors, and fabrics, to make the narrow cubicles seem like luxury suites. Twelve more beds a night to rent, at fifteen dollars a bed! It came to more than a thousand dollars a week, more than fifty thousand dollars a year. What a wise old thug Lester Atlas was, after all!

Iris was leaning against the front desk, still in her bathing suit, reading what looked like a lawyer's letter. " Hi. Esmé says there's an urgent message for you."

The black girl shyly handed him a blue envelope, hand addressed and unstamped. The flap opened at a touch, showing an embossed Cartier's trade-mark. On the flap was a single word engraved in blue: *Broadstairs*.

" Iris, who's Bunny Campbell?"

" Bunny Campbell? Gosh, is that from *her*?"

" Yes, some drivelling apology for the last-minute stuff, and will I come to her house this evening for cocktails and a buffet dinner."

" Good lord, Norman, you've arrived in Amerigo. You really have." Iris looked amused and surprised. " Go, by all means. Don't miss it."

" Is she hill crowd?"

" Baby, the Campbells are *so* hill crowd they don't even live on the hill. They have their own bay, their own beach, and a mansion to match, right on the water. Broadstairs. I've only seen it when I've gone by on a boat."

" Are you invited?"

" Me?" Iris laughed and shook her head. " Hurry and shower. Don't overdress. Hill crowd, week night, is sport shirt and Bermuda shorts. Water buffaloes are all right."

" Iris, I thought I'd have dinner with you."

"I have a dinner date, dear. Heavy business." She waved her letter. "Go ahead. You'll tell me all about it to-morrow in Dingley Dell. I'll talk to Church about borrowing the cat."

"Look, Iris, can you sail a catamaran? I can't any more than I can fly a B-52. If you want me to hire a motor-boat——"

"A cat sails itself, more or less, sweetie. Getting it to come around can be sticky and beating upwind is rough, but I've had some practice. We'll have a marvellous time. Motors are so smelly and noisy."

"God, I'm looking forward to to-morrow, Iris."

"So am I, Norman Paperman."

6

It was dark when he set out for Broadstairs. Hassim, who was at the bar entertaining a young man in a cerise jacket without lapels, told Norman he had furnished every stick in Broadstairs, and gave him explicit directions. But Norman got lost in the dirt roads crisscrossing downward toward the sea, about five miles west of Georgetown, and only found the place by heading for a twinkle of far lights, amber and green and yellow in the starlit wilds. An arched stone gateway between poled flares, clustered about with Volkswagens, appeared just around a turn of the rutted road. He parked the Rover amid tall pipe cactus, and descended a grand stone staircase with elaborate curving balustrades, which, in the light of amber lamps set at knee height, looked like marble. A round-faced woman with unruly blonde hair, a shapeless tub of a body and spindle legs, wearing a white shirt and yellow shorts, appeared at the bottom of the staircase. She held a large crystal tumbler in one hand and a spray can in the other. "Hello, there. You must be Mr. Paperman. I'm Bunny Campbell. Are you anointed? The sand flies are beastly to-night. Joys of waterfront property."

"They don't seem to bother me."

"Bless me, are you one of those lucky souls? I'm so sorry you can't see the gardens, it's so black dark. That's more or less the whole idea of our humble abode, the staircase and the gardens, but you'll have to come again by day, very soon." As

Mrs. Campbell rattled on hoarsely in upper-class tones—Boston, or possibly Philadelphia, to Paperman's limited discernment—he followed her through a terrazzo-tiled foyer lined with paintings, including an unmistakable Degas, across a wide oblong room furnished partly with antiques and partly with good rattan furniture, and walled with paintings and oversize leather books. The far wall was all folding doors to a terrace facing the floodlit beach, tall palms, and the dark sea.

"Norman darling, you *did* come. How enchanting of you!" Imposing in a bottle-green evening dress with a very low neck, her red hair piled high above her head, Amy Ball came forging out of the crowd of drinkers on the terrace and sailed toward him. A powerful arm went around him, thickly painted lips smacked the air, and he smelled rose perfume and scotch.

"Come get a drink, love. I hear you've been having sheer bloody hell for weeks, and now Hippolyte's back and everything's humming. How marvellous that you've got Hippolyte! He's the jewel of the island. If that utter bastard Thor hadn't fired him, I'd probably still be here, running the Gull Reef Club. I didn't know when I was well off."

She took a fresh sizable tumbler of scotch at the bar, linked an arm in Paperman's, backed him into a corner of the terrace, sat him down, and poured out her woes. Mrs. Ball was drunk, but clear in her speech, although wide jolly smiles kept coming and going on her face with no relevance to what she happened to be saying. Also as she slumped toward Paperman for confidential passages of her tale, the neck of her dress fell away, and so far as he could see, there was nothing under the dress but Amy Ball, sagging, bare, and large. It made him nervous.

Thor, according to Amy Ball, was a brute, a horror, a deceiver, a vampire who had sucked her dry and cast her off. Once aboard *Moonglow*, she said, her two-year affair with him had come to an abrupt end. He loved the boat. He loved it as he had never loved her, as it was impossible for him to love any woman. He had pushed her bodily out of his cabin one night —Mrs. Ball said with a quick smile, " Of course we were lovers, dear, you knew that, I made no bones about it "—and he had humiliated her to the core by saying, " Dat stuff's no good on a boat." In Panama he wouldn't come off *Moonglow*. He made one excuse and another, always painting, hammering, sawing, or tinkering. When finally she had dragged him to a hotel one night, he had drunk himself senseless, lain like a log all night in his clothes, and returned to the boat at dawn.

"He never loved me," said Mrs. Ball, smiling and looking tragic in the same second, "never, never, never. He pretended for two years, just to get me to buy that boat. And I fell for it." She raised her glass. "*Lycka till!* The utter bastard."

"Why don't you fire him and sell the boat?"

"Oh, darling, don't you *Suppose* I've thought of that? *Dreamed* of it? The utter bastard talked me into buying the boat in both our names. Some kind of tax gimmick it was, or he said it was. I adored the monster so, I never thought twice about it. And now every penny I have in the world is in that filthy abominable scarlet horror of a boat, and he's through the Canal and heading for Hawaii. And here I am. *Lycka till!* Let's have another drink. The utter bastard."

Tom Tilson was getting a drink at the bar. He did not appear to have changed the shirt, shorts, and sandals he had worn on the boat. Amy threw her arm around him, and kissed the air beside his ear. "Oh, Tom, how enchanting of you to come! I'm a defrauded, cast-off old bag, and Thor's turned out to be an utter bastard. Let's find a little corner and have a chat. Where's Letty?"

"We had a big day, Amy. She stayed at home."

Norman sat alone on the stone rail of the terrace, sipping his drink, and wondering why he had been invited. Amy Ball appeared to be the guest of honour. She was clad more formally than the rest, and her return to Amerigo seemed the occasion for the dinner, if there was one. Possibly Mrs. Ball had been curious about him and the Reef; but she had had him alone for half an hour, and she had talked entirely about herself. Broadstairs was beautiful, to be sure, and this awkward glimpse was worth while in any case. At the centre of the terrace a small fountain plashed. Begonias and geraniums grew around the fountain pool in a circular planter covered with blue-and-white tiles, where several guests sat with their drinks. Another wide balustraded staircase descended to the beach, and to a flagstone path leading to an enormous illuminated blue swimming pool.

Though the totally Gentile look of the party rather intimidated Norman, he nevertheless felt a peculiar relaxation here in Broadstairs, a new sense of being almost at home, or at least on familiar, non-Kinjan ground. He wondered whether it might not stem from the fact that the scene looked so much like a hundred *New Yorker* advertisements for rums and cigarettes, presumably consumed in such glamorous tropic settings. But, sitting there by himself, he puzzled out the real reason. Except for the two bartenders, and the servants setting up the buffet dinner, there was on the entire crowded terrace not one Negro face.

"What a magnificent place they have here," Norman said.

"Ya-a-as." Tilson wrinkled up his face at Norman. "No doubt this is also what you had in mind when you moved to the Caribbean. Only to have this you need to be a Campbell of the Columbus, Ohio, Campbells. You've heard of Campbell Ball Bearings?"

"Of course."

"I like your Reef better, anyway. You've got the town view and the lights at night. Freddy's got nothing out front but sand and ocean. He has to take to the hills if there's a hurricane. When the wind's wrong the seaweed drifts in thick, the beach gets disgusting, and the flies can carry you off. Then he needs a squad of gardeners to clean up. Of course, it's nothing to Freddy. Campbell Ball Bearings pays him a quarter million a year just to stay the hell away from Columbus, Ohio. He's an awfully decent boy, Freddy, but not bright."

"I had an idea Amy Ball was rich, too," Norman said, "and now she tells me she's broke."

Tilson said, "Hah!" and ate a large bite of roast beef. "Amy's going to take a while building up enough cash for her next foolishness, that's all. Her husband left her a bundle, but it's in a trust, and all she gets is the income, though she's had half the lawyers in London try to bust through to that capital. —Amy! Sit down, old girl. Tell us more about that utter bastard."

Mrs. Ball giggled and sat in a chair facing them. "You know, it's the most marvellous relief to cry on people's shoulders? I think if I tell it about four more times it's going to start seeming funny to me, and then I'll be fine." She ate some food voraciously. "I want to know what's going on at the Reef. Is Hippolyte really as clever as ever? That man knows every inch of the Club, Norman, every wire and valve and hole and conduit. Why, he *is* the Club. He's its soul.

Don't laugh. Something went out of the Club when that utter bastard fired him, just because Hippolyte took one teeny swipe at him with a cutlash."

" That wouldn't bother me in the least," Paperman said. " Hippolyte can do no wrong, and I don't care how many headless policemen I find on my lawn."

" It's all nonsense," Tilson said. " Hippolyte Lamartine is a fair maintenance and construction man. In the United States there are twenty million of them. It's just that he's on Kinja. By contrast with what's available here, he looks as though he's jetting around with flames shooting out of his behind."

" Never mind, you stick to him," Mrs. Ball said to Norman. " He's docile as a schoolboy if you just let him have his way. What I want to know is "—here she dropped her voice—" how about lovely Iris? How is she?"

" She's fine," Paperman said.

" Dear Iris. She's such a sweet thing, and she's so attractive, isn't she, Norman?" Mrs. Ball gave a loud sigh, and smiled, and stopped smiling, and smiled again. " It's such a pity about her. Isn't it, Tom?"

"Well, we're all peculiar here, Amy, and one peculiarity's as good or as bad as another. Talk doesn't help."

"Yes, but such a lovely woman, and an actual film star once, and still very pretty, actually—I mean don't you think it's sad, Norman?"

Paperman knew that this was his chance to find out whatever there was to know about Iris Tramm. The drunken woman was pushing him to ask one question; then would come the spill. He was about to ask the question (though ashamed of doing so) when a crowd of youngsters came cascading on the terrace with a great noise. Giggling, whispering, chirping, shouting, they swarmed up to the buffet. Most of them were girls, in yellow, white, and pink; some in flounced dresses, some in narrow pants that were mere stretched films over their blossoming behinds. They had three baby-faced boys with them, all over six feet tall, in dark suits with absurdly short trousers, and great growths of hair. These girls were the Sand Witches, Norman perceived, a bit the worse for their evening hairdos, but still unquenchably pretty with the prettiness of seventeen. Amy Ball leaped up when she saw them. " Great day, just *look* at those children! Aren't those the Sand Witches? Isn't that Maude Campbell? Why, she's a *woman*, and a year ago she was an *infant*. Maude! Don't you remember your Aunt Amy? And isn't that Gloria Collins?" Mrs. Ball strode to the youngsters, and they swirled around, hugging her.

"The children's hour," Tilson said, flipping his cigarette stub from his holder to the sand below. "Bedtime for me, Paperman."

"I'll go too." Paperman put his plate down hastily. He made his farewells to Mrs. Campbell. She briefly expressed her desolation at his having to leave, and turned back to her little knot of gossipers. Norman was halfway up on the wide stairway when he heard a voice from below, "Norman! Norman, love! Do wait up, there's a dear," and Amy Ball mounted the stairs on a rather weaving course. "Love, I abhor talking business at a party, but I'm so glad Bunny asked you, because there is just this one teeny thing."

"Perfectly all right."

"It's those silly old promissory notes, lover. I'm such a boob about money, but as I recall they're dated so that you don't start paying them till you've retired the bank loan, and that'll be a couple of years at least. Am I right?"

"Yes, Amy."

"Well, the point is, lover," said Amy, snuggling his arm to hers and teetering so that Paperman had to brace himself to keep from toppling down the stairs with her, "the point is, lover, two years from now I may be dead, do you know what I mean? Or you may be, or the nasty old Russkis may have blown the world to smithereens. You know? I mean ten or fifteen thousand dollars' cash would look a hell of a lot better to me right now than some silly little bits of paper that promise thirty-five thousand after I'm dead."

Paperman had drunk very little; and though he was no businessman, he realised that here was a sudden chance to cut the price of the Gull Reef Club almost in half. He also perceived why he had been invited to Broadstairs. "Well, Amy, that's something I have to think about."

"Of course, darling. I just want you to give it some thought, you and that enchanting man, Mr. Hercules, the one who was on the *Time* cover——"

"Atlas, you mean."

Mrs. Ball swayed and laughed. "Of course. Atlas. What did I say, Hercules? How silly of me. Anyway I absolutely adored him he's so clever, and if you and he are interested in that notion, well, so am I, love. Good night."

12—DINGLEY DELL

Norman and Iris set out for Big Dog in high spirits, at seven in the morning of a perfect day. Norman was almost prancing in his eagerness for the promised delights of Dingley Dell. They loaded the catamaran, hoisted sail, and skimmed out of the harbour, running before a fresh north breeze.

While they sailed down the south shore of Amerigo, the catamaran went like a train through calm green waters. But at Hog Point, the western end of the island, they saw swells from the north rolling by, throwing up thirty-foot showers of spray on the naked red spires of rock. As they passed the point, the catamaran picked up speed and began to toss in the wind and swells. Coming about was an ordeal; the two-hulled craft wallowed, the sails rattle and flapped, and waves broke over Iris, Norman, and the picnic hampers. But the water was warm, and they laughed off the soaking. They were in swimsuits, and getting drenched was part of the fun. Iris doubled the point with Norman's awkward help, and the catamaran went foaming and hissing up the north shore, over a heavying blue sea. The speed was good, but they were making little way toward Big Dog, though as close-hauled as possible.

There the island sat, green and beckoning in the morning sunlight, due northeast, and straight from there the wind blew. Iris tacked again and again, losing some of her good spirits each time she had to bring the catamaran about, and gradually disclosing a rich store of obscene imprecations, mostly heaped on the unlucky direction of the wind. At the end of several hours of this, the orange blossoms of Dingley Dell remained three good open sea miles away, straight to windward. The sun was high and blistering. The wind, grown stronger, was clipping white-caps and plumes of spray from the dark blue swells. Norman and Iris were so wet they might as well have been swimming to Big Dog.

Trying to come about once again, Iris slipped and fell on the pitching deck, and the free-swinging boom hit her head. She lay there swearing until she was breathless. Then she took another breath and bellowed over the flapping of the sail and the slosh of the waves, " This was the dumbest idea I've ever had! *Screw* Dingley Dell, Norm! I can't make it. I'm sorry."

" Whatever you say, Iris."

Norman was relieved when she quit. In theory love-making in Dingley Dell (which he had counted on as part of the picnic menu) was worth any hardship. But in fact he was soaked, burned, chilled, and a bit seasick; and also scared, out there in the wild sea, in a balky boat with an angry, exhausted woman.

One extended run to the west, and they sailed into the quiet lee of the south shore, dripping sea water, grumpy, silent. It was a straight long slow sail back. As they turned into the harbour, the noon whistle blew from the fort. They unloaded the hampers, the snorkelling gear, the sodden blankets, towels, and clothes, and they brought everything to Iris's cottage.

" Let's see what we can salvage," she said, ripping open a hamper. " We'll have our picnic down on my beach."

But though she had wrapped the lunch in a waterproof cloth, the sea had got in. The food was a gluey mess of salt water, bread, vegetables, and meat tumbled together, unfit even for Meadows. Iris dug down farther, saying, " Hell, let's drink the martinis anyway," but she stopped with a cry of pain, pulled out a bleeding thumb, and sucked it. The glass jar of martinis had broken.

She and Norman were standing in her kitchenette, in their damp swimsuits, their skins dry, burned an angry pink and crusted with salt. Norman's hair hung on his forehead in salt-stiffened grey ringlets exposing the bare place on the crown of his head. " Oh damn!" She sounded as though she would weep, though her eyes were bright and she was even smiling a little, as she watched blood well from her finger. " This does it, Norman. Doesn't it? A stinking, total, unmitigated bitch-up, complete with spilled blood. And I thought it would be one of the nicest days of my life. Wait a minute while I bind up my wound."

She went into her bathroom. Norman dropped on her

divan, his bare white-crusted shoulders slumped, his chin dropping on his chest. Soon she came out in her pink robe, securing a Band-Aid on her thumb. She glanced at a round mirror on the wall. "Look at me, will you? The daughter of Dracula, to the life." She made comic fangs of her teeth, and said to Norman's reflection in the mirror, "Poor Norman Paperman. A little whipped down too, no doubt."

"I'll be fine," he said. "All I need is a shower and something to eat."

She turned and came to him. "Take your shower here. I'll fix you something."

"Thanks, Iris. I need clothes and all. I'll drag myself up to my room."

He stood, and since she was so close to him, he put his arms around her. She embraced him willingly enough. "Honey, I'm so sorry about the disaster. It was that damned north wind. A cat just won't beat to windward. We should have taken a motor-boat, after all."

"It was fun, Iris. It was an adventure."

"Oh, sure. But this isn't exactly Dingley Dell, is it?"

"Why, no. But it would do."

"Do, dear?"

"Yes, do." He did his best to produce an eager smile, and he kissed her. There they stood, to a certain extent holding each other up, and kissing. They were both very tired.

Iris took her palm from his naked back, and licked it. "Jesus, Norman, you taste like a pretzel," she said. "Go take your shower."

"What about you?"

"Well, I'm for a long sleep. Then I'll try to put the old hulk back together again. I may actually fail this time, and they'll just find the pieces scattered around the bathroom."

"You're having dinner with me to-night," Norman said wearily but firmly. "If you have any business or other mysterious shenanigans, they're cancelled. You're dining with me. Understand?"

Her eyes lit up with affectionate mockery. "Why precious, you're so masterful. I'm not doing a thing. I'd love to have a nice date with you. They say Hogan's Fancy has a new French cook who's marvellous. I find it hard to believe, but shall we try?"

"Dinner at Hogan's Fancy it is," Norman said. "And then a long, memorable night of it. We are going to paint Kinja red."

He staggered out.

2

Despite its tiny bathless rooms and its pervading moss, mildew, and rats, even Hogan's Fancy was crowded at this time of the year. All the tables of the terrace were taken, and guests lined the ornamental iron rail, watching the sun go down. Gilbert, in a new white mess-jacket and satin-striped black trousers, came out from behind the bar to greet Norman and Iris, laughing and offering his hand. He placed them by the rail at a small wrought-iron table, brought in a hurry by two coloured waiters, with chairs. Gilbert didn't touch these objects, but he minutely supervised their placing, glancing at Norman in open pride of executive status. "No mon, not dah, dey can't see nuttin' fum dah, mon, put it hyah—dat better, mon—yazzuh, Mistuh Papuh, I does miss de Reef. Aha undune nassaba ungda." Paperman noted with pleasure that his ear for Calypso was improving. He could transpose readily: "I hear you're doing not so bad down there."

"Not so bad, Gilbert. We'd do better if you'd come back."

Gilbert laughed and laughed, slapping his hands together. "You does have Hippolyte now. He okay 'cep' when he fonny."

He took their order and went back to the bar, still laughing. The lawyer Collins now appeared in brown Bermuda shorts, brown knee stockings, and a butter-yellow jacket with a sort of green leprosy all over it. "Hello there, stranger!" he bawled, treating Paperman to a bear hug and a strange whiff of masculine perfume with a name like Brawn or Thuggee, which Paperman particularly detested. "You've really picked the evening for it. Look at that horizon! A razor edge. It's that north wind that's been blowing all day. You'll see a green flash to end all green flashes. Say, do you realise you're about to get some competition?" He pulled up a chair and sat, his huge jaw dropped, his eyes popped in a sly, glassy grin, his tongue stuck far out.

" Competition?"

" You know that your friend Williams is coming next week with the Freed party."

" Why, sure. He'll be staying at the Reef."

" For a while, yes. Then he'll be staying at Hogan's Fancy, since he'll own it."

" Lionel?" said Norman, astonished. " I thought he wanted to buy Casa Encantada."

" Well, yes. As a matter of fact, I represent Casa Encantada. I did try to put over the deal, but there were all kinds of crossed signals, and now he's buying Hogan's Fancy. So there'll be two Broadway producers running Kinja hotels. You see? You've started a trend, by George." He jumped up, pointing out to sea. " There it goes, folks! The sun's just touched the horizon!"

Several guests left their tables and joined the watching crowd. It was a remarkably clear evening. The sun, its lower edge already sliding below the purple horizon, was bright as gold. The shiny disc sank to half its size, reddening and dimming. It went lower, turning orange-red, shrinking moment by moment. Soon there was only a glistening orange fragment poked above the ocean—and at that moment Paperman saw it. In the instant of its vanishing, the last bit of sun turned green.

There was a wave of chatter along the rail. Some had seen it, some hadn't, and everyone was talking at once.

Oddly stirred, he said to Iris, " It's really true. I saw it this time."

" Yes, so did I. I've seen it three or four times. It's the strangest thing."

A waiter set their martinis before them. Norman extended his glass toward her. " Well, Iris, darling—to our green flash at sunset."

Iris's eyes misted, and her face grew taut. She looked long at Norman, then raised her glass. " Watch me on these to-night, please."

" Watch yourself. Don't you want to have fun? I do."

" Yes, I do, Norm. I very much want to have fun." Iris took a small sip, put the glass on the table, removed her hand from it, and clasped her hands in her lap. " I'm no damned good, you know. I'm sorry that Henny's coming to-morrow, and I'm sorrier yet that I ever met her." She stared at her drink, her lips sulky and tight. She wore her diamond earrings and a light low-cut grey dress. Her thick hair was pulled back behind her ears, which gave her something of her old look of Janet West. Her face and bosom had an afterglow of the morning sunburn. She looked more fetching to Norman than she had in his first glimpse of her, sitting at the Gull Reef Club with Bob Cohn. At that time it had been an insubstantial attraction, a vagrant wistful pulse such as any man can feel for a lovely strange woman glimpsed in an airport or on a train. Now he knew her.

She was shaking her head, as though trying to clear it. " Tell me something, Norman. What's it like to have kids? I mean really, all sentimental gop and double-talk aside. Is it a mess? Is it a bore? Is it nice? Is it painful? Has it been very important to you?"

" I only have one daughter, Iris."

" I know that."

Norman drank and thought for a moment. " How is it? Well, I'll really try to tell you. Of all the years of my life, and I mean childhood, and then playing the field as a guy on the town with the show girls, and then marrying a woman I still love, and having a million laughs with some of the nicest and smartest people in New York—of all that time, what I liked most, what I can hardly bear to think about because it was so sweet and now it's all gone, was the years from the time Hazel was born until she was five. It was heaven, every moment of it. It was heaven just changing her wet pants. It was heaven making her laugh and telling her stories while I fed her puréed carrots. Even the pain when she would spike a fever, was all right, because it was about her. There's been nothing else like that love for me—not ever—and I don't even know if I'm peculiar or if it's common, because you don't read much about it. Maybe that's because there's no adventure in it. It's just pure whole love permeating your body, and I'll tell you something, I'm a very big fan of sex, but to me it's minor-league fun compared to that love. And that's all I can tell you about having kids. I'm not very experienced."

Iris's eyes were glistening. " Well, that's quite a report. How do you feel about her now?"

" Hazel? I still love her, naturally, though I don't idolise her in that way. She's half the reason I came to this lunatic island.

Watching her grow up and throw herself away on a puking fat phony was unbearable. I cut and ran."

"Well! How about that green flash? Worth the price of admission, hey? Only at Hogan's Fancy!" Mr. Collins bounced himself into the vacant chair, all swollen with gay excitement. "Yes siree Bob, I'm going to miss this place. I'm going to miss all of Kinja, but this little terrace at sunset I'll miss most of all."

"Oh!" Norman said, as graciously as he could. "You're leaving?"

"Well, Norman, frankly yes. I've been waiting for this opportunity for quite some time. It's just been a question of getting my capital out of Hogan's Fancy. We're moving to La Jolla, California. I mean this is the finest little island in the Caribbean, but there comes a time when you start thinking of those mainland amenities, you know? Like decent roads, movie houses with good movies and seats that don't tear up your fanny, shops with real food in them, courteous service, mechanics that can fix things, you know, I mean a plumber, an electrician, just normal workmen who show up on time and do things fast and right. You know? You simply start hankering after the good old U.S.A. And I also mean "—he winked— " seeing a few pale faces as well as sunburned ones now and then. Do you follow me? Don't misunderstand me, the Kinjans are marvellous people, but the five-hundredth time you can't get the telephone operator to answer up, the thousandth time a taxi driver mashes your fenders and the cop gives *you* the ticket, you get a wee bit fed up, you know?"

Iris said, " Chunky, I thought you were this island's biggest booster, and the black man's friend."

"Why, I am. I mean locals and continentals come and go in my house, it doesn't mean a thing, and there isn't a white man on the island who can speak Calypso like me. Kinja is Paradise, but Iris, let's face it, here's Norman, and now Lionel's coming. New York has discovered Kinja. You know what *that* means. Oh, great for real estate prices, may be, but the charm will go fast. In five years they'll be selling bagels and lox on Prince of Wales Street. No, I think I've had the best of it, and it's time to skedaddle."

Collins went off to the bar.

"There is only one word for Chunky Collins," said Iris, "and I over-used it this morning."

"Best lawyer on the island," said Norman. "Maybe we should eat somewhere else."

"No, we're here now, and Bob raved about the new chef. Norman, you must stop Lionel from buying Hogan's Fancy."

"Lionel is smarter than me about such things."

"He has island fever. It's mentally disabling."

They ordered sole *bonne femme*, the dish Cohn had praised, and Chablis. Twilight drew on fast. The clear orange glow in the west dimmed, lights blinked on all over Georgetown, and Gull Reef twinkled on the dark harbour. They talked, in the deepening shadows, of old times, of the show for Loyalist Spain in which Iris had performed, of their radical pasts. Norman had never joined the party—out of mere cautious instinct for self-preservation, he said—and he had held Henny back, too, though she had argued that they were being soft cowards. She had almost won out. They had been on the verge of joining, when the Nazi-Soviet pact had disillusioned them.

"You were sissies," Iris said. "I joined. I hung on until after the war, too. What the hell else was there to believe in, then? In the long run it was the Russians who beat the Nazis. We sent them the stuff to do it with, and Normandy was a big help, but they lost twenty times as many lives as we did, and killed maybe twenty times as many Germans. You're still not supposed to say that out loud, but I don't give a good goddamn, it's the truth. I believed in the whole Communist thing for a very long time. Then I stopped believing in it. I realised it was just one more religion, and phonier than the rest, and that was that. Nobody scared or bullied me out of it."

"What do you believe in now, Iris?"

"Me? That I have a good dog. That I was young and enchanting, and am old and fat. That sitting opposite me is a lovable Jewish nitwit with handsome hair, and that his nice wife will be here to-morrow."

The sole *bonne femme* came: leathery yellow slabs of dry thick fish, under a dump of lumpy flour paste. "My God!" Iris said, turning up her nose. "This is nothing but their old seafood special—jerked grouper, I think Bob calls it. But what's this white filth all over it? Sole *bonne femme*! Waiter! I want to speak to Mr. Collins."

The lawyer appeared, rubbing his hands and grinning. " Hi, folks. Enjoying your din-din?"

Iris said, " Chunky, is this the French chef's night off? Do you *have* a French chef?"

Collins looked sad. " I had a wonderful one. He was from Panama. But he turned out to be a fugitive, some funny business about diamonds. The FBI in San Juan sent a man here to talk to him, and the next day François blew. He lasted five days."

" God, that's short even for Kinja," Norman said.

" Well, the felons usually don't stay long," said Collins. " The nuts do, sometimes. Some of them just settle down. But isn't the fish good? François did show my new cook just how to make sole *bonne femme* before he left."

" It's divine. Is it too late to get a couple of steaks?" said Iris.

" I guess not. You won't want Chablis with a steak." Collins cheerfully carried off the dripping bottle.

" Well, so far to-day not one thing has gone right," Iris said. " Nothing. Don't you think we'd better call this date off and go our ways? I have a feeling you'll run your car off a cliff to-night if I stay with you."

" We are going to have fun to-night," Norman said, " if we go over a cliff trying."

" Okay. You're a brave man."

" I hunt the red fox of remembered joy," Norman said.

Iris's face lit up. " ' *To tame or to destroy* '—Norman, were you a Millay man? I once knew whole volumes of Millay by heart. Let's go! ' *Mine is a body that should die at sea*——' "

" No, no. I've forgotten it all, Iris. I haven't read a poem of Edna Millay in twenty-five years. I don't know where that line came from, suddenly. Henny didn't like Millay, she said it was slush. Henny was a zealot. She read the *New Masses*, and novels about strikes in coal fields."

" She doesn't seem like that now."

" Well, until she met me, all mankind was Henny's personal problem. After that, I was."

Iris began to recite.

> " *Wine from these grapes I shall be treading*
>   *surely*
>   *Morning and noon and night until I die . . .*"

She spoke the whole poem in a harsh even voice, looking out to sea, and glancing once or twice into Norman's eyes. A fragment of a poem came to him. When he had said as much as he knew, she picked it up and finished it. They began to toss off stanzas, tag lines, isolated couplets of Edna St. Vincent Millay, vying with each other. Norman was surprised at how much came back to him. They both avoided the threadbare verses: the ferry, the candle burning at both ends, the shining palace. The sweet pipings of the dead poetess of the twenties, her elegies over brief Village amours, her young defiance of convention and time, her nostalgia for nature, her dirges fluttering always between death and sex: these old words, dormant in Norman's memory for decades, awoke. The frail music wove a spell, a ghostly simulacrum, of young love. He had utterly forgotten what it was like to be in love at twenty-three. Now he remembered. The spell was on Iris Tramm too. She was looking at him the way a girl in love looked. And to him, Iris was Janet West again, the dazzling star he had hopelessly admired backstage at the Follies for Free Spain.

Whether the steaks were good or bad, whether the wine was mediocre or passable, he could not tell. He was on a date with a beautiful actress and he was twenty-three, and everything tasted marvellous. They exhausted Millay, laughing. They talked about old shows, about the actors and actresses of the thirties, the duets of Ethel Merman and Bert Lahr in *Du Barry Was a Lady*, Ed Wynn's crazy inventions in *Hooray for What?*, Leslie Howard and Humphrey Bogart in *The Petrified Forest*. Night fell. A crooked late moon came up red.

3

The blank-faced waiter was clattering down coffee between them. Iris scooped her purse from the table. "Norm, let's have our coffee somewhere else."

"Sure. Where?"

"Come. I'll drive. It's a birthday party down in town. I said I'd look in for a minute and bring you."

" People I know?"

Iris shook her head. " Locals—as Chunky calls them. They know who you are. You're a curiosity in Kinja."

Paperman was willing, indeed interested, to visit a party in a native Georgetown house. Iris drove the Rover through the sloping maze of lamplit streets and alleys, downhill at first and then up again. A policeman stood in the middle of one cobbled lane, and here Iris stopped. " Hello, Ray. Is there any parking space left up there?"

The policeman touched his gold-crusted tan cap. " I tink so, Miss Tramm. A car just come dung."

" Lovely."

She turned the Rover into a stucco gateway and drove up a very steep cement alley, lined all the way with canted cars, to a round driveway before a big white building, square as a block-house. Norman recognised it. From the Gull Reef Club this house stood out on Sugar Hill, halfway up, dominating it as Government House did the higher hill.

" Who lives in this place, Iris, for crying out loud?"

" The Turnbulls. Old family."

Norman heard music—not a steel band, but a good jazz ensemble—and the voices of a crowd. Large doors with ornate bronze grillwork stood open, and they passed into and through gigantic rooms with marble floors, furnished in a mixture of colourful modern mail-order things, and heavy dark Victorian pieces. It was not artfully done—as the New York decorators touch contemporary with Victorian—but in a jumbled way. Still, the effect was lively and opulent. There were many people in these rooms, nearly all Negro, with a few whites here and there, whites Norman had not seen before. The band was playing in an archway leading to a vast terrace strung with coloured lights. Dozens of couples danced in the inside foyer and on the terrace.

Iris led Norman to a very fat black woman in orange satin, with a complicated high coiffure of iron-grey hair, sitting in a redwood armchair on the terrace, leaning on a cane and survey-ing the dancers. The woman smiled at them. " Hello, Iris."

" Happy birthday, Mrs. Turnbull. This is Norman Paper-man."

" Oh, yes. The gentleman from New York. Welcome."

Norman, not knowing what the manners were in this group,

awkwardly put out a hand, and Mrs. Turnbull gave him the limp brief clasp of an islander. She was happy to meet a Broadway producer, she said, and proud that he had chosen this little island as a place to live. Norman didn't contradict her. The two misconceptions—that he was a producer, and that Atlas had been on the cover of *Time*—were imbedded beyond recall in Kinja folklore.

While he and Iris were having coffee and luscious coconut layer cake at a little table in the foyer, Norman saw and waved to several Negroes he knew—the banker Llewellyn, Anatone, the accountant Wills, the doctor and the dentist who treated ailing Reef guests. Others came drifting past, obviously wanting to meet the Broadway producer; not thrusting themselves forward, but waiting until Iris caught their eye and beckoned. Norman shook hands with the Commissioner of Education, the Director of the Budget, the editor of the Amerigo *Citizen*, lawyers and bank executives, shop owners, and more "old family." He was struck by the calm good humour of these upper-class coloured people, some black, some yellow-light; a friendliness tinged with reserve, but free of subservience, or arrogance, or hostility. They made him feel, most of them, that great warmth was there, waiting and wanting to break through, but held back for age-old reasons. He had never known such Negroes. In their assurance, ease, fine dress, and old-fashioned manners they were a dark mirror image of the hill crowd at Broadstairs, but there were differences. They were not supercilious, and they were all sober—though they were drinking— and they gave him no unease at being either Jewish or white.

" I don't know anything about this island," he said to Iris. " I'm just realising that. I've been a prisoner on the Reef since the moment I came here. That hotel is a loony bin with a steel band. This is Kinja."

She smiled. " This is the best of Kinja. These are the ones who keep it going somehow despite all the low slapstick. Of course the hill crowd helps with its income taxes. I'm glad you got to see this. There's more to see. Game? This seems to be our night out."

" Lead on."

Iris took him on a round of Kinja's night spots. They were few: a shabby undecorated hall at the top of the Thousand Steps, full of gay young Negroes dancing under blazing electric lights, or drinking beer or soda pop; a dark pseudo-Greenwich Village dive on Prince of Wales Street lit by kerosene lanterns, offering the usual noisy Espresso machine and girl folk singer using foul words, sparsely peopled by bearded barefoot white boys and stringy-haired girls with huge backsides bursting out of dirty pants, also a few black youngsters, and white women with black men; next a roadhouse far out in the sugar-cane fields, with one dusty disused bowling alley, a shrouded piano, an empty dance floor, and some middle-aged whites drunkenly muttering and cackling around a red-lit bar; and out beyond the airport the Frenchmen's place, a yellow shack called Mont-martre, where blue bulbs dangled on long electric cords, a jukebox played, and a nightmare group of Hippolytes gathered: fat, thin, tall, short, young, and old Hippolytes: with some blatant white and Negro whores in cotton dresses and gaudy city hats.

"That's about it," Iris said as they left this den after merely tasting their beers. "You've seen the night life of Kinja. Gull Reef's much the best, that's why you do all the business. Some of the guest houses have bars, but the whole island closes up like a cemetery at half-past ten. Except for Casa Encantada, of course."

"What happens there?"

"Oh, that sort of hells along all night. But it's solid fags, Norm."

"We're on our way."

A piano bar, surrounded three deep by men, stood in a wide curved bay window in the shabby mountaintop guest house called Casa Encantada. The view was a thrilling one of crags and sea in moonlight, but the room was so jammed and smoky that Norman caught only a glimpse of it. Cries of friendly greetings to Iris rose from the men around the bar. A lean handsome white lad, hardly twenty years old, was at the piano, playing the score of a new musical with nervous skill. He wore a buttoned-down tieless pink shirt and tight chino trousers, and he had an intense, troubled look. A paunchy barefoot man in sagging shorts, with a gross red face, bulging bloodshot eyes, and an absurd flat-top haircut, emerged from a knot of men and embraced Iris. "Hell, love. Where's your UDT boy?"

"On duty, Felix. This is Norman Paperman."

"Oh my *gawd*. The competition! Well, a belated welcome

to paradise! How long has it been? Three weeks? Being
measured for your strait jacket yet? Ha ha ha! Isn't it a gas,
playing mine host in the glamorous Caribbean? Isn't it
heaven! Everyman's dream come true."

"When are you going to play, Felix?" Iris said. "We can't
stay long."

"Oh, soon, poopsie. I just got off. Isn't he good? That's
Arthur, from Minneapolis. Just loaded with talent, and his
folks want him to run an electric-appliance wholesale business.
Ain't it *awful*? Sit down here, Iris. Sit ye down, Norm."

He ordered drinks for them and a double brandy for himself.
Iris said, "Well! And when did you fall from grace?"

"Why, about four days ago, love, when that butch lawyer of
mine, Chunky Collins, gave me the shaft. I thought he was
selling the Casa to Norman's friend Mr. Williams from New
York, and what do you know? By some silly accident he sold
him Hogan's Fancy instead!" Felix giggled, showing large
yellow buck teeth. "Of course, it's a mistake anybody could
have made. But me, I was all set for the health kick, can you
bear it? I was going to go home to Toledo, dry out, lose eighty
pounds, get my old job back, yes sir, my poor old mother had
my room all fixed up, she's always kept the candle burning in
the window—ah me! But it's just as well, dearie. It gets
damn cold in Toledo, and let's face it, the health bit is so dull,
you know? I mean for *me*, honey, at this point, health would
be a sort of neurosis."

He soon displaced the boy in the pink shirt at the piano, sang
two ribald numbers, and changed to a solemn, husky manner
for a few folk songs. Then he played tunes from old shows.
This was his speciality. He appeared to know a hundred scores
from the thirties and forties by heart. Somebody would throw
him a title, or just a line, and he would say, "Yes, aha, *Band
Wagon*, 1931," and he would play and sing it without an error,
his eyes agleam with lewd mischief even when the song was
innocuous. Iris delighted in the performance; she knew many
of the songs herself, and sometimes she and Felix improvised
little duets to giggling applause all around the bar. Norman
found the proprietor amusing, and he was enjoying the songs
of his youth. But the Casa Encantada made him uneasy. Men
were flirting with each other all around him; some were
cuddling like teenagers in a movie balcony. The boy in the

pink shirt, biting his nails and constantly looking around in a scared way, sat at a small table with one of the rich pederasts from Signal Mountain, a pipe-smoking grey-haired man in tailored olive shirt and shorts, with young tan features carved by plastic surgery, and false teeth. Norman was glad when the proprietor finished a run of Noel Coward songs and left the piano, so that he and Iris could politely get out of the place.

"Home?" he said, starting up the Rover, and taking gulps of sweet air scented with night-blooming jasmine to get the fetid Casa Encantada atmosphere out of his nostrils.

"No place else to go, sweetie. We've done Amerigo. Paris it ain't."

After a silent downhill ride of a few minutes he said, "The cops don't bother them? I mean, that kid in the pink shirt—and then, some of those native boys there looked like high school kids. Nobody cares?"

"There was a fuss here, I understand, about five or six years ago," Iris said. "Some gay boys staying on the third floor of the Francis Drake had a brawl, and one of them fell naked off a balcony, and sort of spattered all over the cobblestones."

"Good God," Norman said.

"Yes, some senator introduced a bill in the legislature to run 'em off the island. Then when they got to analysing it, the trouble was that if just half a dozen of the queens up on Signal Mountain were included—just five or six of the richer ones—Kinja would lose about half a million a year in income taxes. Now, Norm, how do you go about writing a nice moral law that exempts local tax-paying citizens? Cooler heads prevailed, and the only thing the cops ever care about to this day is sailor boys. The navy's been in here once or twice raising hell with the government, and the word is really out on that. No sailors. I've never seen one in the Casa."

"How about Bob Cohn?"

"Oh, the UDT's never in uniform off duty. Anyway, Bob's with me when he comes."

Iris said after a glum pause filled with the Rover's rattling, "I'm getting dismal waves from you. What's up, darling?" She sat with folded arms, regarding him with wry, knowing amusement, her hair tossing in the breeze from the open window, her face lovely in the moonlight.

"I don't know, Iris. Too many songs of the thirties. Or too many queers."

"I'm having the only good time I've had in months, maybe years, so please stay happy, Norm."

"Truly?" He looked at her again, and she was not smiling.

"Really and truly."

Her tone dispelled his mood, and warm excitement ran in his veins.

4

When they came to the Pink Cottage, Iris opened the door, and with a look and a smile invited him in. One floor lamp burned by an armchair. Norman was reminded of the first time he had entered this room, more than a month ago, and had been surprised by the smart furnishings, the mass of books, and the long table with the amateur sculptures. The distinctive odour —exquisite woman tinctured by doghouse—was strong to-night, but Meadows himself was not in evidence. In the silence Norman could hear the steel band thumping away on the terrace, *Boom-da-boom-boom. . . .*

"I'll be damned," he said, pausing just inside the door and looking around.

"What, dear?"

"Dingley Dell."

Iris broke into a wonderful female laugh, deep, intense, and rich. "I've been a very good girl all evening. You will now fix me a light Bombay gin and tonic, with a slice of lime."

"With pleasure, and I'll make it two."

In the kitchenette, he heard her putting a stack of records on the phonograph. The power hum of the big machine started up, followed by the loud high surface hiss of an old recording. He was slicing a large aromatic lime.

"*By yon bonny banks
And by yon bonny braes
Where the sun shines bright on Loch Lomond——*"

The high sweet voice, slightly muffled by the obsolete recording, shocked him like the voice of a dead person once dear to him, and needling thrills rippled down his backbone. It was the Negro singer Maxine Sullivan, who more than twenty years ago had had a bright vogue, among young lovers in New York night clubs, with her jazz arrangements of Scottish songs. It startled Norman to perceive how thin and antiquated the instrumentation was; but Maxine's voice was unchanged. A flood of old sensations broke on him. He could feel the pressure of a girl's soft thigh jammed beside him at a table in a smoky crowded cellar; he was drunk, young, happy, totally alive, vibrating with appetite and with hope. Dazed, he walked out of the kitchenette, holding the knife and the cut lime. Iris was not there. He sank on the divan and listened.

> *"You take the high road, and I'll take the low road,*
> *And I'll be in Scotland afore ye.*
> *But me and my true love*
> *Will never meet again*
> *On the bonny banks*
> *On the bonny, bonny banks———"*

The song ended. It was astonishing how short the old records were; had it played more than a couple of minutes? The machine clicked, slammed, crackled, and another record began to play, an old show tune that meant nothing to him. He sat there, smelling the sharp perfume of the lime in his hand, tears trickling down his face. He was not thinking of any girl he had ever slept with. He was thinking of Hazel, standing up in her kiddie bed in a pink sleeping suit, smiling at him. The record had touched the spring in his mind, whatever it was, that released the pure absolute impulse of love. His tears were for Hazel, and for the passing of time, and— with no self-pity, quite unbidden—for young Norman Paperman, and what had become of him.

"Norman, sweetie, for heaven's sake what's the matter?" The phonograph stopped. Iris strode to him, and brushed his cheeks with light fingers. "Ye gods, you're worse than I am. Does Maxine do that to you?"

"Got caught unawares," Norman said very hoarsely.

She took the knife and the lime from him and put them in the kitchenette, then came and sat beside him, scanning his face. "Want a drink?"

"I don't think so. Not this minute."

"Neither do I."

He took her in his arms, and they lay on the divan and kissed. She was not responsive.

" What is it?" he said after a while.

" I don't know, Norm. Tears—really, a big boy like you——" She smiled up at him, compassionate, willing, pretty, and terribly melancholy.

" It just happened to hit me that way."

" Who were you reminded of?"

" Nobody."

Iris leaned up on an elbow. " I have a feeling, somehow, all of a sudden, that this is one hell of a lousy idea."

" It's a great idea," he said, pushing her shoulders down. " It's the only idea."

" You're sure now? The last thing I want is to make you miserable."

" Then stop talking."

" Norman Paperman," she murmured, and she put her arms powerfully around him. " Honestly, what a name."

It was exquisite, kind, peculiarly familiar love-making. It was Iris instead of Henny, a larger woman with some different ways. It was as shockingly, unexpectedly familiar and poignant as the old record; and like it, too brief, too soon over.

Iris left him, and after a while she came back wearing a white silk robe trimmed in green. She brought two tall gin and tonics with slices of lime.

" I want mine now. Do you?" Her voice was low and vibrant.

" Sure."

" How are you?"

" Great. Marvellous. Very happy. A little sleepy."

She laughed. " Big night out. Conscience?"

" No. I have a large callus where that used to be."

She sat beside him on the divan, leaning against the black cushions; put up her feet, tucked the robe around her thighs, and took a long pull at the drink. " The hell with it. I'm happy too. I'm truly happy, to-night, completely, deeply happy for once, and there's only the present moment. That's the simplest idea in the world, and the hardest to hold on to. I don't know why." She drank again, and looked slyly at him. " Why should Henny be bothered? How have we hurt her? One more slice off a cut loaf, they say."

" It won't hurt her if she doesn't know."

" God knows *I* have no conscience pangs about Alton," Iris

said. "I don't owe him a damned thing, and as a matter of fact I think I'm getting some of my own back, and high time— What's the matter now? Why the funny face?"

"Alton?" Paperman said.

"Of course. His Excellency himself, damn his tricky hide." She stared at Paperman and he stared at her, and she laughed. "Oh, look here, Norman. I've appreciated your delicacy, really I have, but at this point I guess you can drop it. You know I'm the governor's girl friend, and I know you know it, and I really don't mind any references to it, if they're not ill-mannered. It's a very old story to me, after all, dear."

"Alton Sanders' girl friend? Honestly, Iris?" Norman stammered, too dazed to be smooth.

"Of course, dear, and of course you know."

"Why, no, Iris. I didn't. I suppose I've been stupid or blind, but I actually didn't."

Iris's face changed. It became tense, serious, and guarded. "You're not being polite? Because truly, Norman, that's unnecessary and even a little embarrassing, and I'd be happier if you wouldn't keep it up."

"I'm not kidding you. To tell the truth I sort of thought that Bob Cohn—maybe"—Iris's eyebrows shot up, and she smiled most incredulously—"well, Iris darling, take my word for it, I didn't know *anything* about you. I met you for the first time with Bob, and——" Paperman was growing rattled and shaky, trying to maintain a light tone over his shock, and the dizzying ugly sickness at his heart—"and if I've ever seen you with a fellow it's been with Bob, so——"

"But darling, Bob is a *boy*. He's clever and wonderful, he's been a lifesaver, a shoulder to cry on, Bob Cohn couldn't be nicer, but—gee whiz, Norm, did you really think of me as one of those old bags who screw boys?"

Paperman said, "Well, let's take it that I'm some kind of world-beating fool, and let it go at that, Iris."

"No, let's not." Iris put her drink on a side table, folded her arms, and looked at him intently. "Norman, now listen. Everybody on this island, everybody without exception I think right down to your Virgil the boatman, knows about me. Why, I came here with Alton. I used to stay nights in Government House. He was going to marry me, or he said he was, he still says so in fact, and I didn't give a damn what anybody thought. I never have. Now how in God's name, Norman, has it happened that nobody told you? Didn't Tilson? Didn't Collins? Didn't *Lorna*, for Christ's sake, the fresh little tart?"

"Nobody ever did, Iris. Maybe like you they assumed I knew it. Or—I don't know. Nobody ever told me."

He was thinking how unbelievably dense he had been. Everything was falling into place; her odd conduct on the first night when Reena Sanders had beckoned to him; her bristling hostility to Sanders in Pitt Bay, her demonstrative affection to himself under the governor's eyes, and the dog's friendliness with Sanders; a glimpse now and then of Iris with Sanders, her decidedly strange way of talking about this Negro, and about all Negroes. There are none so blind, he thought, as those who will not see. Iris Tramm had been for him the embodiment of the magic of Kinja, the glimmering blonde at the core of the island dream, and he had not wanted to see that she was the Negro governor's mistress, and he hadn't seen it.

Iris's searching eyes on his face made him uneasy. "Are you sure it doesn't make a difference to you? Be honest now. It must be a sort of shattering idea, Norman, if it's actually news."

"Why? I like Iris Tramm, the woman I know. Your love life is your own."

"But I love a Negro, dear. Let's get that very straight. I've been in love with him for two years, and it's been beautiful. For a while it was the most beautiful thing that had ever happened to me. Nevertheless, a Negro he is."

"I know he is, and it doesn't make the slightest difference, I swear that to you."

Iris heaved a sigh, never taking her eyes off him. "Doesn't it, though? Honestly, now, Norman—all the Broadway and all the Marxism never got three inches below your skin, did it? You're a nice middle-class New York Jewish liberal, and you're shocked to the core. Obviously you are. I just hope you're not disgusted, too. Because really that's how things are."

Paperman, thoroughly demoralised, said the first thing that came into his head. "Look, Iris, I've slept with a coloured girl."

Her face stiffened into a smile, and she said in a hard bright tone, "Have you? Tell me about it. Was it fun? Is it true what they say about them?"

"All I mean is, to me they're just people——"

Iris got off the divan, and stood looking down at him. "Poor Norm. You're foundering, and you're reading your lines very badly. I didn't mean to stagger you like this, baby, God knows. Nevertheless this makes our score for the day perfect, doesn't it? We're over the cliff, after all."

He stood, and tried to put his arm around her. She deflected it with no ill-humour, went to the kitchenette, and took a bottle from a cabinet.

"How about dragging your bruised and broken body up to the main house?" she said. "You're having important company in the morning."

"You're building this all up, Iris. I don't want our evening to end."

"I believe you, sweetheart, but how do we get the car back up the cliff?"

"What are you making there?"

"Bourbon and tap water. That's what one drinks when one drinks. No fussing with limes and ice cubes and such."

He took the full glass from her and poured the brown contents in the sink.

"Why, thank you," she said. "With that simple gesture, you've saved me from my worst enemy."

"Iris, listen——"

"Norman, *go away*."

The pulse of sudden power in her voice stopped his protests. He managed to kiss her once. She did not object. She stood straight and endured the kiss. Then Norman left the cottage named Surrender.

13—RETURN OF ATLAS

The corrugated iron shutters were still down over the wide entrance arches of the terminal when Norman drove up at eleven. He wanted to catch the manager of the air-cargo office early. Peculiar customs regulations existed for fresh foodstuffs arriving by air, and he had a sheaf of official papers with him. But there was nothing to do but wait. No live thing stirred outside the airport except a stray donkey trailing a broken rope across the entrance walk in the beating sun, and browsing on a border of red lilies.

Bob Cohn came driving up in a small grey navy truck a few minutes later. Cohn had unofficially volunteered the truck, with his commanding officer's unofficial permission, to transport Norman's two hundred chateaubriand steaks to the Georgetown freezer. Norman had asked this favour, and Cohn had cheerfully arranged it. The fact that Hazel was coming on the same plane as the steaks had gone unmentioned.

"Hi," Cohn said, squatting beside Norman, who was sitting on the hot tarry-smelling driveway, in the shade of the Rover. The frogman's leg muscles stood out stringily under the red-brown skin. "I told you eleven was too early."

Norman looked at him for a moment and then said baldly, "So, Iris Tramm is Governor Sanders' mistress."

Cohn's eyes widened, and his smile faded away. "What? What makes you say that?"

"She told me."

"She *told* you?"

"Yes."

"When?"

"Last night."

"I see. Were you surprised?"

"I was stupefied. And that got her angry."

A little lizard stood on the roadway staring at them, pulsing out its throat in a grotesque red loop. Cohn caught it with a rake of a hand. "What else did she tell you?"

"Not much. She sort of threw me out."

Cohn opened his palm on the ground, and the lizard leaped free and ran. He grinned at Paperman, his teeth white and regular in his hawkish sunburned face. Cohn wore a T-shirt, very brief khaki shorts, and heavy dusty shoes with white socks. "She got that angry, eh? She got angry at me, too, when I once said I didn't think you knew."

"The way I had it figured, you were probably the lucky man," Paperman said.

Cohn laughed out loud. "I'm the guy Iris tells her troubles to. Back in October the governor asked my C.O. to check her out in an aqualung, because she was wild to try it. I drew the assignment and so we got friendly. The lung gave her claustrophobia, and she made only two dives. She's a good swimmer, though, and a game woman."

"You never even made a pass at her? She's smart and she's very pretty."

Cohn shrugged. "Iris has always treated me like an eighteen-year-old, Norm.—Well? Did you mind?"

"Mind what?"

"Finding that out," Cohn said, looking him in the eye, and Paperman felt that the frogman understood what had happened the night before, in all its main points.

He hesitated, then spoke stoutly for the record. "Not in the least. But she didn't believe me."

Cohn nodded slowly, and thought for a few moments, head down, juggling pebbles in one hand; and then began to talk about Sanders. He was a California Republican, a minor professional politician whose chief asset—so Cohn said—was that he was a Negro. Aside from that, Alton Sanders was a typical career bureaucrat, perhaps brighter than most, hard-working, knowledgeable, alert, and bound to end as a congressman, or an undersecretary in the Cabinet, unless he made a bad mistake; such as, for instance, marrying a white woman who was a former film star notorious for drunken collapses, and an ex-communist into the bargain. Iris's real problem wasn't loving a Negro, Cohn said, it was the more common one of loving a married man, who wouldn't break up his marriage and career for an unsuitable woman he'd fallen in love with.

"You came along about the time she was facing up to that," Cohn said. "Reena was down here, you remember. For a showdown, supposedly, but nothing was happening. When you came into the bar that night for the first time, with all your jokes and Broadway talk, you were a lifesaver. I'd never seen Iris spark the way she did to you. I thought she was working up to try and drown herself, and maybe she was, but you diverted her. She's been worrying over you and your hotel ever since. Iris likes you."

Paperman said, not too steadily, "I liked her. I mean, I still do."

Cohn nodded. "This needed no force reconnaissance to find out. But Norman, why were you so shocked? If you stopped to think about it, what could a smart, beautiful woman like her be doing all alone on a West Indian island? It would only be that her life was such a lousy mess, she'd be strictly nobody to get involved with."

The entrance shutters began to rattle and screech upward. Paperman said as he stood, " You're wise beyond your years."

He had forgotten how small and slight Henny was. She was the first white person out of the plane, after several natives descended the little ladder. She eagerly waved at him, with the smile that he loved, and came toward the gate in a fast walk just short of a scamper. She wore a small beige hat, a tailored black suit, she carried a fur on her arm, and she proclaimed New York as a tiger proclaims jungle. Atlas emerged from the plane right behind her, in a blue brass-buttoned jacket and white flannel pants, hoarsely bawling over his shoulder. He carried a small canvas bag with a bottle sticking out. So much Paperman saw, and here was Henny, running the last few steps and embracing him, with the desperate hug of a lost child that has been found. The smell of her perfume was as welcome and as novel as her kiss.

" My God, you look marvellous," she said.

" Where's Hazel?"

" Oh, still pulling herself together. She's been doing a heavy make-up job for the last half-hour on that bumpy rattletrap. Hi there, Bob! Jesus, the men look good down here. What a ride! Murder! We've been dodging through thunderstorms. It's so clear here!"

"HEY, NORM! HAVE THEY GOT A BAR YET IN THIS SHITTY AIRPORT?" roared Atlas, halfway to the gate. " I'm shaking like a leaf. I need a drink!" He grasped Norman's hand in a huge damp paw. Atlas was pale, and unshaven, and the dark bags under his red eyes were appalling, but otherwise he was the same, complete to the bourbon reek.

" Welcome back, Lester. I'm sorry there's no bar. We'll rush you back to the Reef and you can tank up."

" Doesn't the son of a bitch look healthy and happy?" Atlas said to Henny. Even when he wasn't shouting, he had the voice projection of a hog-caller, and after his first remark, everybody in the airport was staring at him. " Look at that relaxed face. Why, he's dropped ten years. This can only come from laying all the women who register at the Gull Reef Club. It tones up the system."

" Oh, shut up, Lester," said Henny.

"Why? Listen, if Norman's giving that extra service i¹
ought to be advertised. I might pitch in to help him handle th·
Christmas rush. HAW HAW HAW!"

"What the devil, where's Hazel?" Paperman said. "They'r·
starting to unload the luggage."

A motor-driven wagon was beside the plane, and men in
overalls were slinging suitcases and parcels out of a hole in the
plane's side. Cohn said, as two frosty oblong paperboard boxes
were handed out smoking, "There comes your meat, Norm."

"What meat?" Henny said.

"And there's Hazel," said Cohn. "We're all set."

The girl stood on the top step, one white-gloved hand resting
in the doorway, posing for invisible news photographers. Her
light clinging pink silk suit displayed a voluptuous figure; she
wore no hat, her dark hair fell to her shoulders in an old-
fashioned charming way, and at this distance she looked fresh
and dewy as a primrose. With a queenly little wave that might
have been for Norman, for Cohn, or for everybody in the
airport, she came down the stairs, and behind her the Sending
emerged from the doorway, carrying Hazel's fur-collared coat,
and her hatbox, and her make-up bag, and a typewriter, and a
tennis racket, and his own coat, and two cameras.

Hazel gave her father a brief hug and an offhand kiss, looking
over his shoulder at Bob Cohn with immense startled eyes.
"My goodness! It's you!"

"Sure."

"What on earth are you doing here? Why aren't you off
somewhere a couple of hundred feet underwater, strangling an
octopus?"

"The navy's discharged me for arteriosclerosis, Hazel."

"Oh yes, no doubt."

The Sending came to the gate, panting, perspiring, and
tourist-white. "Hazel, I looked under every seat," he said.
"That eyebrow pencil is gone."

"Oh, well, I'll buy another one. You remember Bob Cohn."

Klug looked Cohn up and down and said, "Oh, yes. The
frogman. Are you meeting somebody?"

Atlas was herding together the six passengers who were
guests of the Club. "Here's our gang, Norm! They had first
preference on my booze while it lasted, by God. Gull Reef

hospitality this time began right in San Juan, didn't it, folks?"

"In Idlewild Airport for me," giggled a grey-headed woman, whose feathered hat was askew over one ear. "My, there's always a first time for everything, isn't there? I think I like straight bourbon out of paper cups."

"You're a swinger, Millicent," said Atlas, throwing his arm around her waist. "Us two are going to make beautiful music together. Let's go, sexpot. We're in the tropics now." He chanted unmusically,

"*Down de way*
Where de nights are gay
And de sun shines gaily on de mountain top——"

while he waggled the woman around in a revolting parody of a Calypso dance.

"That's right. Keep everybody amused, Lester, for one minute," Paperman said. "I've got to check on the meat."

"What meat?" said Henny. "Where are you running off to?"

The air-cargo manager, a plump Kinjan in a business suit —named Elias Thacker, according to the plate on his desk— waved a wad of papers as Norman entered the office. "All fix. You got you meat. It all pile in de shade by de cargo depot. You drives you car right on de field troo de next gate and picks it up." With great relief, Norman paid the charges and signed the papers. He found Cohn waiting outside the office. Norman asked him to load the meat in the station wagon, and take it back to town.

"Sure thing," Cohn said. "Say, your Hazel looks pretty good."

Norman shrugged. "She always does. Her boy friend seems a bit haggard."

"Why, no. He's full of the old fight. He wants to go down in an aqualung right away. To-day. Says he swam for Chicago University."

"Can you find him a lung with a slow leak?" said Paperman.

Cohn laughed and went off. Norman returned to the Gull Reef party, which sat now on benches in a huddle, the only people left in the terminal. Atlas, hunched and sagging, glowered at Norman as he came. "Norm, what's the holdup?

You got a bunch of hot and tired people here, including me."

"What's this meat that's causing all the trouble?" Henny said.

"No trouble. Everything's fine."

Norman started to tell them about the Tilson party and the chateaubriands.

"Hey, Norm!" Cohn was calling to him from the field, on the other side of the locked plane gate about twenty feet away. "You did say steaks, didn't you?"

"Of course. Chateaubriand steaks. Why?"

"Come and take a look. Better hurry."

Norman ran to the gate, clambered up the hinges, and vaulted the high wire fence.

"Norman!" shouted Henny. "Who do you think you are, Tarzan? Stop that."

"What now, for Jesus' sake?" bellowed Atlas. "We're dying here!"

Norman followed Cohn at a trot to the cargo depot, where eight frosty wire-fastened paper cartons were stacked on the porch, oozing blood. Large green labels on each package read *San Juan Wholesale Meat Supply. Highest Grade Chicken Necks and Wings.*

"Look here." Cohn squatted, pointing to shipping labels pasted to the side of each carton, with typed addresses:

> *Grosvenor House*
> *Barbados, B.W.I.*
> *Rush—Perishable.*

"I would guess there's been some mistake, Norm," he said. "They probably took off the wrong shipment."

"It's a nightmare," said Paperman, clutching his head. "What gibbering lunatic in Barbados wanted eight cartons of chicken necks and wings air freight, for Christ's sake?"

A loud growl of revving motors startled him.

"That plane! Bob, my steaks *have* to be on that plane. The cargo office has the airway bill!"

The airplane was swinging around for take-off, far down the runway. Paperman ran out into the knee-deep grass of the field, thrashing his arms in the air. The plane roared past him, lifting off the ground, and dwindled away into the sky. He came back to Cohn, and said with a deathly grin, "Maybe there's another pile of cartons somewhere. My pile. Let's go to the freight office."

There were no other cartons. Mr. Thacker blamed the pilot. He had been in a hurry to take off again, and had rushed the cargo boys. This was always happening, he said. That particular pilot was a very unpleasant man. Probably the steaks had been under the pile of luggage bound for Barbados, Trinidad, and Caracas, and the pilot certainly should have given Mr. Thacker's boys a chance to have a good look. But no, hurry, hurry, hurry, and naturally the boys, seeing packages of frozen meat, had assumed that this was the Gull Reef shipment.

"Yes, yes, but what's going to happen to *my steaks*?" exclaimed Norman. "They're off to Venezuela, defrosting as they go."

"God knows," said Mr. Thacker. "It is an unfortunate confusion."

Lester Atlas barged into the office. "Norman, what the hell? They're closing the goddamn doors of this terminal."

Norman told him in great agitation what had happened. Atlas gave the cargo manager a grossly charming smile. "Where's the next stop for that plane, Mr. Thacker?"

"Barbados," said the manager.

"Barbados," Atlas purred. "Now how about telephoning Barbados, Mr. Thacker, and telling them to take off those steaks, see, and put them in a freezer, and send them back on the next plane. Don't you think that would be a nice idea?"

The cargo manager said cordially that this was irregular procedure, and out of the question. There would be the matter of the freezer charges; the Barbados people needed the airway bill before they could take the meat off the plane; he had no authority to make overseas calls; it was the fault of Windward-Leeward Airways, but unfortunately their agent was gone for the day by now; and he himself was late for lunch. As he said this he started to walk away from his desk.

Atlas charged and blocked him, his smile turning to a horrid glare. "Listen, *mister*! This airport operates on a federal subsidy and I just happen to have a few connections in Washington," he thundered. "I swear to Christ that Federal Aviation Agency men will be down here next week checking into the

competence of a certain ELIAS THACKER"—he spat out
the name like a curse—"if anything happens to those steaks.
You hear me?" He ripped the telephone off its cradle. "Now,
who do I talk to in Barbados? *I'll* handle this, and then I'm
calling my Washington attorney, right from this telephone,
mister."

Thacker rolled white-rimmed eyes at Paperman. "Dis de
person what on de cover of *Time*?"

"That's the person," Norman said.

The cargo manager sadly took the telephone. "I see what
we can do.—Overseas?"

Atlas stood over the cargo manager as he put the call
through. Norman meantime found Cohn, and asked him to
take the guests to the Reef in the Land Rover; he would drive
back the navy truck, he said, as soon as this business was
wound up. "Okay," Cohn said, "I guess we can get everybody
into the Rover, all right, except maybe Hazel's friend. There's
quite a mess of luggage, and all."

"Splendid. I'll bring him," Norman said.

The Barbados call took a half-hour to get through, and
somehow Thacker arranged the return of the steaks, or said he
did. Norman drove Atlas and Klug to Georgetown along the
back road down the coast, which usually elicited raptures from
newcomers to Amerigo; but Klug was not impressed. "The
filth of this place," he observed several times, mopping his face.
He also said things like, "Don't they have trash collection on
this island?" and, "What's the incidence of diseases like cholera
and leprosy? I should think every other native would have
something."

It struck Paperman that, in truth, Amerigo was a damned
dirty place. He had long ago stopped seeing the empty beer
cans, sodden cartons and newspapers, and broken boxes that
lined the roads, but now he saw them again. The Kinjan
drivers habitually drank beer or fruit nectar as they went, and
disposed of the cans with a cheerful toss through the window.
Every half-mile or so there was a large iron trash bin, heaped
to overflowing or wholly invisible under a garbage mound.
Rusting wrecks of cars dotted the wayside. When a Kinja
automobile expired, its corpse was dragged off the road and in
a day or two was picked clean to the chassis; there it lay
where it had fallen, oxidising fast in the sun and sea air, but

still requiring a few years to rot to earth. Cars in all stages of decomposition were part of the island scenery.

In his first days of enchantment, Norman had seen only the lovely views of hills and sea. In time he had noticed, and been repelled by, the refuse and the wrecks; then these had become a vague annoyance, just one more of the tropical irritations like the sand flies and the power failures. On balance he still thought Amerigo was a pretty place, if not exactly Eden. Klug obviously didn't, but Norman had a feeling that Klug would never like the tropics. He was a perspirer. He was perspiring in streams, his shirt was streaked black, and his handkerchief was wet and grey.

2

Norman found Henny in his apartment, freshly combed and made up, wearing a brand-new, sheer creamy lace negligee, and nothing else. She had lost a bit of weight. " Oh, hi there," she said, casually tightening a blue silk sash around her slim waist. " Is the meat crisis solved? I thought I'd go on ahead and get a shower before lunch. This is a nice little apartment. Airy, anyway."

Norman took her in his arms.

" Really, Norm, what's this bottle of champagne on ice here for? And all these gardenias and red lilies? I mean, brother, how corny can you get?" He was kissing her, and these sentences emerged between kisses. She went on, " Aren't you hungry? I'm famished. Let's have lunch. Norm, really, if I go drinking champagne before I have something to eat I'll never make it down the stairs. Norman, for pete's sake, it's been all of three weeks. Don't overdo it or I'll get suspicious."

" How's your pain?" he mumbled into her hair.

" Pain? What pain? Oh, the pain. Funny, I had it like mad all the way down on the jet, but then it went away in that bouncy ride. The doctor says—Norman. Ye gods. Mr. Hot Hands."

" I'm glad to see you, Henny."

" That's good," Henny said, and she sighed deeply. " Oh, well, go ahead. Open the champagne."

Cohn, Hazel, and Klug were finishing lunch at a large round

table when Norman and Henny came out on the dining terrac
considerably later, looking gay and somewhat silly. Hazel sa1
with her chin on her fist, yawning. The two men appeared to
be arguing volubly. "What happened to you? Sit down,"
Hazel said to her parents. "These fellows started on courage,
and got on to bullfights, and I'm about to pass out."

Klug gave an ironic little smile to the Papermans. "Grace
under pressure is the topic. It all began with aqualunging, and
branched out——"

"Let me finish and then I'll shut up on this, Hazel," Cohn
said. "Sure, I admit that I'd be too scared to try to stab a
wounded bull to death with a sword. I said that ten minutes
ago. But I just don't know if the act is courageous. Isn't it
just a cruel, dangerous form of commercial entertainment? I
guess those fellows show grace under pressure, whatever that
is, doing all the stylish dances close to the horns. But I think
the only courageous thing to do in a bull ring would be to try
to stop the bullfight."

"That's not bad, actually," Klug said, with a small reluctant
smile, and an instructor's approving nod. "You insist on a
moral content to courage, then. You're not content with an
abstract, lovely arabesque of death and risk. I think you might
develop that point of view in an article. It would have thrust,
coming from a man in a hazardous occupation."

"Me? I can barely sign my name," Cohn said.

"Oh, come, come," said Klug. "In any case, to get back to
the point, will you, or can you, take me out for a dive in an
aqualung? Or is it against regulations, and will I have to rent
a lung somewhere? Because dive I will."

"I guess you can make a dive with us if you want to," Cohn
said. "We're going lobstering to-morrow morning on Cockroach Rock, and my commanding officer is pretty non-
regulation."

"Perfect," said the Sending.

"Gosh, can I come?" said Hazel.

Cohn said to her with an affectionate light in his eyes,
"Want to make a dive, Hazel?"

"Horrors, no. I just want to see Shel go down and come
up."

Henny said, "Well, you'll certainly see him go down."

"The rest," Norman said, "is a question of grace under pressure."

Klug stood. "Do you have any idea where I can lay my head to-night? I want to get unpacked and into some cool clothes."

"The island's pretty tight," said Norman. "Why don't you telephone Casa Encantada? They might squeeze you in."

"Casa Encantada—Enchanted House," said Klug. "Sounds delightful. Bye, Hazel. I'll be back here for dinner." He leaned down and gave her a proprietary kiss, which she seemed to relish, her immense slanted eyes sparkling on the frogman.

"Casa Encantada?" Cohn wrinkled his forehead at Paperman, as Klug walked off. "I really think you're guessing wrong, Norm."

"What's the matter with that place?" Hazel said suspiciously to her father. "You're so mean. I know you. Has it got rats?"

"Birds," Norman said. He glanced at his watch. "Do you know where Atlas is? He and I have an appointment at the bank soon."

"He went swimming," Hazel said. "What a horrid man! All night long I kept pretending I didn't know him. Then he'd come and paw me and kiss me and call me his niece. His niece! 'Haw, haw, Hazel, give Unkie a kiss! Con permisso!' And him smelling like an old highball with a wet cigar in it."

"You have to understand Lester," Henny said. "Lester is very lonesome."

"I'll bet. The lonesomest man in town."

Cohn took Hazel off for a ride in a navy boat—an LCP, he called it—to see the harbour and the submarine base. Henny declared she was too excited to eat; and while Norman devoured a hot roast-beef sandwich with great appetite, she went roaming around the hotel. She returned full of enthusiasm for the new rooms. "Why, they're all but done, and they're fine! You won't know those rooms when they're decorated. But golly, Norm, who's that menacing creep with the tiny squinty red eyes? The one that keeps sharpening a big machete? He gave me one look and I got the chills. You ought to get rid of him."

"I'll get rid of you first," Norman said. "That's Hippolyte. You be nice to him. He's a little eccentric, but he's a genius.

He's our handy man. He built those rooms. He can fix anything. He can do anything. He's a saviour. He's irreplaceable."

"I'll take your word for it," said Henny. "Where's Janet
West? Is she still in that same cottage?"

"Who? Iris? Well, yes, I suppose she is. I mean of course
she is. I only mean I don't know whether she's there just now."

"I want to ask her if Hassim got all the stuff I asked for,"
Henny said, looking at Norman—so he thought—a shade
appraisingly. "How is she? Has she been on any benders?"

"Janet? No, no, she's really very sedate, at least around here
she is. She keeps very much to herself, you know."

"What do you call her? Janet or Iris?"

"Well, Henny, here on this island everyone calls her Iris.
It's just that you said Janet."

Atlas appeared, looking unusually dignified in a grey feather-
weight suit and a dark tie. "Get a move on, Norm. We're due
at the bank."

"Coming." Norman drank up his coffee.

Henny said, "Can I phone Janet at her cottage?"

"Well, I guess so," Norman said with elaborate lightness.
"You might disturb her if she's napping, that's all. She
generally shows up at the bar around five or six."

"Oh, I'll just give her a ring," Henny said.

3

In the banker's small chilled office, increasingly choked with
cigar smoke, Atlas and Llewellyn pored over large real estate
maps and blue-bound accounting statements, and talked
financial cabalisms, while Norman worried about a meeting between Iris and Henny. Iris would be discreet, if she were sober,
but he didn't think she was sober; and he feared Henny's anger.
It was not beyond her to get on an airplane and go straight
home. She had given him notice after his coronary that she
would endure no more of that nonsense. The warning had
rung like iron.

Atlas rapped fat knuckles on a large blue-inked map. "Can
I take this along for now, Llewellyn? Norman and I want to
drive out and look at the property."

"Naturally, Mr. Ot-loss."

" Are there going to be any other bidders?" Atlas said, rolling up the map.

" I know of two others."

Atlas looked down at the small banker sitting primly at his desk. " The property's going to go for three," he said jovially. " Maybe three and a quarter."

The banker smiled. ". I'm afraid it will not go then. The bank advanced three hundred and fifty thousand dollars. Of course we must recover our princi-pal, at least."

" How in the Christ could you lend so much money to a goofball with a balance sheet like that?"

Llewellyn danced his fingers together over his little potbelly. " He had syndicate financing of a quarter of a million from Florida, after all, which was all spent here."

Atlas said, " Yes, and which those misguided Florida clucks will never see again."

" I fear not. But you see, meantime Crab Cove is almost built, isn't it? And somebody is bound to finish it. Then it will be an asset to our island."

Lester grunted. " Jesus Christ, of course. What a set-up! You're sitting here like a croupier, aren't you? Bring the suckers in, clean them out, and play the game again to-morrow. The house never loses."

The banker spread his hands upward. " We exist to serve our expanding little community."

" You're all right, Llewellyn. We're going to get along." Atlas said. " Let's roll, Norm."

Crab Cove looked terrible to Paperman when they went walking on the property. Seen from the road, the rows of pagodalike homes had quaint charm. Up close, the houses were visibly incomplete, abandoned in mid-construction as though the workers had fallen in a plague. Dirt-streaked toilets and bathtubs stood in the middle of living-rooms; entrails of wire burst from walls; rubble of wood and plaster was everywhere, and the muddy paths between the houses were aswarm with mosquitoes and flies. Atlas squished from house to house, exclaiming with delight, sinking to his ankles in mud, leaving filthy tracks on the tile floors. A silent black caretaker trudged behind them, with a silly short-haired Kinjan dog, all bones, sores, and fleas; the animal never stopped leaping and barking.

" Norman, this thing is a gold mine," Lester said, inserting his usual obscenities of enthusiasm in suitable places, "Three-fifty! Why, there's twenty-five houses here. They're finished. A hundred thousand cleans this place up and makes a park of it. All right, say a hundred fifty thousand. *Can't* go higher. For half a million you've got yourself twenty-five Caribbean houses to sell, and these houses have got to go for forty each. Why, there's three big bedrooms and two baths in them, patios, barbecues, and they've got beach rights. What am I talking about, forty? You know the thing to do, Norm? *Furnish* half of them. Get some smart faggot down from New York, you know, to fill them with that stylish crap from Japan and Denmark that comes in here duty-free. Then you got class. Norm, think! We're talking about a profit of half a million dollars here, I swear. All we need is a selling job. Find families in the States who want to own a home in the Caribbean. There's *millions* of them. Florida's all finished. It's cold and rainy, and full of those goddamn jellyfish."

Paperman was unimpressed. Atlas didn't know Kinja; he couldn't picture the horrible possibilities, nobody could without having lived on the island. The unfinished plastery-smelling houses of Crab Cove seemed to Norman full of the vengeful West Indian jumbies that had nearly ruined him at Gull Reef, and that had bankrupted Akers. He started to say that he was too busy to handle real estate, but Atlas cut him off. "Norman, will you wait till I buy the thing before you start arguing? If I bid it in, you've got yourself a finder's fee of five thousand dollars. Is that bad for a start?" He looked at his watch. "Holy mackerel! Can you get me back to the Club in ten minutes? I've got a red-hot call coming in from New York."

He told Paperman as they went jouncing back to town along a broken tar road heavily lined with rotting autos, that his Montana deal was coming to a head. It was the biggest thing he had ever touched. But as usual, he was in for a fight. Other operators had got wind of the situation, and had also started buying stock and lining up proxies. He was going to win out, but it would be a close thing. His real problem had been to find out who his opponents were. They were acting through a dummy, an obscure St. Louis lawyer, and it had taken Lester several weeks to figure out that a syndicate of rivals of his from Phoenix were the competition. He knew their money resources. They would back down before he did, so the temporary run-up of stock prices didn't bother him, though he was rather extended now. "You can't lose your nerve in this business, Norm," he said jovially. "I've been in situations when I was hanging on by my teeth, and I was once damn near busted. This one isn't half bad."

Norman left him at the telephone in the office, and went to his apartment. The afternoon sun had heated it up as usual, despite the open windows. Henny was sprawled on the bed in her slip, fast asleep. A note was propped against the vase of flowers on the bed table:

> Had some drinks and am passing out. Wake
> me up. I want to talk to you!!

This was an innocuous note, except to a guilty man. Norman thought it was charged with rage and menace, and he considered sneaking off. But that was pointless; he took heart, and shook her. Henny moaned, rolled on her back, and opened her eyes; and by the look in them Paperman knew that for the moment he was safe. She held out her arms sleepily.

"What's all this?" he said, waving the note.

"Oh, yes." Henny sat up and yawned. "Listen, Norm, did you say she wasn't drinking? That woman's going to be in bad shape if we don't get her out of her cottage. She's on a real toot. Empty bottles are all over the place. She drinks bourbon and water, then switches to a beer, and then has more bourbon and water, and I mean not that much water, you know? So far she's all right, just a bit fuzzy in her talk maybe, but her mind is clear. She says this is how she loses weight, isn't that ridiculous? She just drinks and takes it easy and reads for a week or so, she says, and never eats, and ten pounds melt off. She's got dusty yellow Marxist books piled around her bed, Strachey and Mike Gold and all that, and a stack of old seventy-eight records on her phonograph. It's sort of eerie, Norm. She just talked on and on about her first husband, and Hollywood and the Party. She's completely back in the thirties. It was all kind of wild, but fascinating. I asked her to have dinner with us but she said she didn't want to intrude, and anyway she's not eating. How about you calling and urging her? She likes you, though she thinks you're sort of ridiculous, the way I do. I died laughing when she told me about the ants. Why didn't you write me about the ants?"

"Did she—why is she on the booze? Did she say?"

" No. Has she got a boy friend here? She must have. I'll bet she had a fight with him. That's how she's acting."

" I'll try and get her to come to dinner."

Atlas was smoking a cigar in a lobby arm-chair, leaning forward with one elbow on his knee. His face was sagging and grey. His eyes looked straight ahead, unseeing, as two pretty girls went laughing by in bikinis, their billowy white flesh a-quiver.

" Everything all right, Lester?" Norman ventured to ask. " Did you get your call?"

" Eh? What? Oh, sure, Norm. I got it. Everything's going to be fine. It's one of those things. Come on and I'll buy you a drink. I need a drink or four."

" Sure. I'll be with you in a few minutes."

Norman went to the Pink Cottage, and halted outside. On the phonograph Ethel Merman and Bert Lahr were blasting out *Friendship*. Meadows began to bark, and after a moment Iris opened the door.

" Well, bless my soul if it isn't Joe Hill," she said, " alive as you or me."

Paperman was relieved to see that she looked all right. He had feared to find an unkempt stumbling wreck, but Iris was well-groomed and erect in a charming flowered housecoat he hadn't seen before. Her eyes were too bright, her speech was too emphatic, and she was holding a drink that was too dark.

" Hello, Iris."

" Come in, come in. What are you drinking? You're smack in time for the cocktail hour. Where's Henny? She's looking yummy, isn't she? Thin as a rail. That's for me, boy. I'm not eating again until my scale's down ten pounds. What did you say you were drinking? Shove a couple of those books aside and sit down. I've been looking up a few things."

" Iris, all I wanted to say—do you mind if I turn that phonograph down?"

" I'll do it, honey. I'm a nut, I like it to shake the walls." She jabbed a button. The sudden silence in the cottage was more oppressive than the loud music. " Yes, Norm? What can I do for you?"

It seemed absolutely incredible to Norman Paperman that last night he had made love to this woman. She was a sad, worn stranger.

" Iris, that's nonsense about not eating for a week. You'll get sick as a dog, you know that, and you'll end up in hospital."

" So will you, Norm, whether you eat or not. As a matter of fact you're just out on a short parole, aren't you, dear? But don't worry, Meadows needs looking after, and I'm not going to the hospital on this bloody rock. I can take very good care of myself, Norm. I'm an old hand at that, and if I get to feeling at all bad my doggie and I will head right out on a plane back to San Diego, where my folks will take care of us. All right?"

" Henny is worried about you, and so am I, that's all."

" Henny's a good scout. Do you want me to get out of the cottage? Do you think I'll embarrass you? I really won't, but I don't want to add to your problems, Norm. I'll get out if you'll feel easier that way. I can find another place."

" Good God, Iris, are you trying to make me feel like a bastard? You needn't work at it." He put his hand to his brow. She was standing near him, and she caught the hand.

" Darling, no! No! Of all things! Why, you fool, what have *you* got to feel bad about?"

" Iris, come to dinner with us. Really, on all counts, it's the best thing for you to do."

She let his hand drop, and smiled, and looked drunk. " Take my word for it, Norman, I can't eat."

He got up and went to the door.

" Norman," she said in a different, bashful tone.

He turned. " Yes, Iris?"

" Well, it's just—Oh, hell, look here, I sort of thought you didn't know. I was almost sure anyway. After all, I was playing it that way right along. I was putting you on the defensive last night, dear, women do that, but it was lousy. I'm sorry."

Paperman was unable to answer, because his throat swelled shut. He went out.

Next morning the reunited Paperman family was breakfasting on the sunny terrace of the Gull Reef Club, when Sheldon Klug appeared in very short, conspicuously virile white bathing trunks, a grey sweatshirt, new water-buffalo sandals, and a perky little straw hat. He looked lumpy under his new sunburn, and he diffused a strong pungent smell yards ahead of him.

" Hi, sorry I stink. Insect repellent. Have you ever heard of creatures called sand flies?" he asked Paperman, after kissing Hazel's cheek and dropping in a chair. " You can't even see them, and they give the most ferocious sting!"

" I've heard of them," Norman said.

" Oh, you have. I hadn't. I thought I was breaking out with smallpox. It seemed quite logical on this pestilential island."

" Amerigo really isn't pestilential," Paperman said. " The sun sort of sterilises all the loose garbage. Everyone's pretty healthy."

" That's reassuring. I see you're still eating. I only had coffee. That proprietor at the Casa is charmingly frank, he said his food is lousy and yours is excellent, so here I am."

" Well, order something quick, dear," said Hazel. " Bob is expecting us in Pitt Bay at nine."

Henny said, " You'd better not eat much before diving. Some dry toast, maybe."

" I discussed that with our frogman friend last night. He said it's a superstition, and I should eat a normal meal." A waitress answered his wave, and Klug ordered cantaloupe, oatmeal, scrambled eggs, pork sausages, toasted English muffins, and Sanka coffee. " Ordinary coffee speeds up my heart," he explained.

" How do you like Casa Encantada?" Norman said.

" Splendid. Thanks for suggesting it. It's wonderfully typical. I'm going to get a *New Yorker* short story out of it, I know, at the very least."

" Typical of what?" Henny said.

" Any exotic milieu. Homosexuals invariably flock to the periphery of a society. Actually I got insights last night that

306

will feed straight into my thesis. It's a perfect place for me to finish writing it."

Klug ate his breakfast with dispatch, getting more cheerful as the food went down. He didn't like Amerigo, he said, but the scenery was full of interest, and so were the people, natives and whites alike. He was delighted at having come. He even had a kind word for Cohn. "We got into quite a discussion last night, Hazel, after you went off to bed. He's an intelligent fellow."

"You'd *been* in quite a discussion for an hour. That's why I gave up," Hazel said. "I wanted to dance."

"But it's curious," Klug said. "After you left, his manner changed. You know he likes to pass as an ignoramus, and he keeps up the façade very carefully, but last night after a few drinks he began quoting books. It's a stereotype that he affects, of course, the existential hero that Hemingway popularised, the intellectual confining himself to the vocabulary and reference frame of an inarticulate roughneck. It's all a pastiche of *Huckleberry Finn*, actually, which is central to the American anti-intellectual ethos—the suspicious dislike of culture and the glorification of pragmatic action, of plain talk, of getting your hands dirty and enjoying danger. It's very chic, but it sits peculiarly on a Jew. Anyway all poses are a little silly. A man should be himself, even if he happens to be an intellectual. Cohn knows his Dostoevsky and Joyce very well, and his range of awareness is wide, and I actually think he could almost teach literature, the way his brother does at Brandeis. This man-of-action stuff is just a pretence."

Henny said, "Well, he does swim in and out of submarines at night, a hundred feet down. Isn't that carrying affectation a bit far?"

Klug beamed. "Men die for a pose all the time. Look at Lawrence of Arabia."

"It's a terrific insight, Sheldon," Norman said, "but you ought to finish up those sausages, you're late."

The Sending said placidly, "I'm ready. I suppose I can phone for a cab."

"I thought I'd drive you out," Norman said.

"Oh? That's very cordial of you."

"I'm coming too," Henny said. "I want to see this."

Lester Atlas was in the lobby, talking to the two bikini girls.

Norman went over to him and offered to take him along to Pitt Bay.

"No thanks, Norm, you go ahead and have your fun. I'll mind the store," Atlas rasped. "The senior partner's here, and you can take it easy now. You've earned a little vacation."

One of the girls chirped at Norman, "Does he really own this place, and was he written up in *Time*?"

"You can believe anything Lester Atlas tells you," Norman said. "Look at that face."

Both girls broke into giggles, and Lester joined with loud haw-haws. "Go on, enjoy yourself, Norm. This hotel is in good hands now. Relax."

2

Whatever its drawbacks, the old Land-Rover was fine for crashing past the cactus and thorn trees down the dry stone gully to Pitt Bay. A navy truck was parked at the beach, and near it a fat grizzled man in a wet T-shirt and bathing trunks, and a younger man in green fatigues, lounged on the sand beside upright grey air tanks with dangling straps. "Hello there, Mr. Paperman, remember me? Bob's C.O., Lieutenant Woods," called the man in green. "We met the first night you came to the island."

Norman recalled a formidable person in a white dress uniform rainbowed with battle ribbons. "You're the same one?"

"Same one. Bob's gone out with the fellows. Chief Eller will take your friend out."

The Papermans sat on the sand, listening fascinated as the chief explained the workings of the regulator mask, and showed Klug the functioning of each valve and lever on the tanks. "I've read up on all this," Klug said with a slightly impatient smile, but the chief plodded right on with his memorised recital to the last word. "Any questions?" he said.

"What depth will we go to?"

The chief glanced at Klug's large, somewhat fat, pasty white body, with a coating of new pink sunburn on face, chest, and knees. "Forty feet, sir."

"What? I've been down to forty feet in Long Island Sound, Chief, with a face mask. I don't need a lung for forty feet."

"You can get an air embolism in ten feet of water," said the chief. "You'll be breathing compressed air, sir. This is our procedure for a first swim."

"Watch." The Sending ran to the water, dove in, and didn't surface for several minutes. He popped up at a great distance from the shore, waved, swam back with beautiful form at high speed, and came out not breathing very hard. "Honest, I can swim," he said.

The chief shrugged at his commanding officer, who reclined on the sand. "That's really impressive, sir," Woods said, "but you'll be using navy equipment, and we're responsible for you. If you rent a tank at the Sea Shop after this, I'm sure Bob Cohn will go down with you to a hundred, a hundred fifty, whatever you want."

"Okay, let's go," Klug said shortly to the chief.

They donned the clumsy gear, waddled into the water, submerged, and were gone.

"I'm scared stiff," Hazel said.

"They're still close by," said the lieutenant. He took from the truck a blown-up black inner tube, and coils of cord. The chief broke to the surface a few feet away, and Woods tossed him the tube. Klug rose out of the water, removing the mask. "Why, it's superb, Hazel," he cried. "You're a fish. You're down there, and you're breathing. It's indescribable. I want you to do this before you go home. It's an existential must."

"Let's see you make me," Hazel said.

The chief now buckled a six-foot length of cord between himself and Klug, who protested loudly, "Really, Chief, I'm all for the buddy system, but won't we be kicking each other in the face?"

The chief paid no attention. He checked Klug's straps and valves and fussed with cords a bit more; then both men vanished beneath the water. The tube began to glide along the surface, out toward Cockroach Rock.

"They're off," Woods said.

Hazel said heavily, "Well! That's that." She was wearing a loose cover of chartreuse linen. She now stood and lazily took it off. Norman heard a slight hiss from the lieutenant. Two wisps of yellow were stretched across Hazel's pink-and-cream breasts and round hips. She had Henny's tiny waist, her dark hair billowed to her shoulders, and altogether she was ridiculously luscious.

Norman said, " Hazel, what's that you're not wearing?"

" Oh, please, Dad. You should see what some girls wear. This is nothing but a semi-brief."

" Ah! For nuns, and such?"

" Pooh. I want to look for shells. I've got to do something until he comes back, or I'll go nutty." She went off down the beach, Henny with her.

" Are you married," Norman said to the lieutenant, " and do you have daughters?"

" Affirmative. I have three."

" This Bob Cohn, Lieutenant—do you mind talking about him? What do you think of him?"

" Bob?" The lieutenant pushed his crumpled fatigue hat back up on his head. " He's sort of an individualist, as you might say, but in this outfit we run to those. He's right in there when it comes to the work. Why?"

" Hazel's nineteen, and Cohn's playing up to her. How about that?"

The lieutenant grunted. " Twenty-twenty vision, I'd say." He ran sand through his fingers. " Bob's a funny one. Actually he's kind of a scholar, sir, he reads all the time. His main trouble is, he thinks he's a gambler. It's against regulations and I'm not supposed to know about it, but every payday, from what I understand, the petty officers take him to the cleaners."

" Not a provider," Norman said.

With a laugh, Woods said, " Well, his father has this import-export business, you know. Bob's going back to Israel, once he finishes his navy hitch, to handle it from that end. I think Bob'll provide, all right, if he doesn't blow in the whole business one night playing stud poker."

A red inner tube came skimming toward the shore, and six masked tank-laden figures broke the surface, several of them holding clawing crayfish. Hazel and Henny came hastening back, and Hazel pretended to panic when Cohn offered her an enormous mottled langouste still whipping its tail. She caused a real panic among the swimmers. When she ambled off down the beach again to search for shells, she had five muscular assistants, and she was dispensing startled looks and V-shaped smiles on all sides. Cohn dropped on the sand and talked with Henny, Norman, and the lieutenant, glancing to sea every now and then. So half an hour passed.

"How long will they be out?" Henny said edgily. Norman had told her about the sharks around Pitt Bay. She had little use for the Sending but she wished him no harm.

Woods said, "The chief can stretch his air to an hour and a half, but a beginner usually gulps it in thirty or forty minutes. They should be showing up soon."

"How do you tell when you're out of air?" Norman said. "You don't start to drown."

The lieutenant smiled. "Hardly. You get a very clear mechanical warning. As soon as the tank——"

"There's the chief, sir," Cohn said. "By himself." His tone was a shade too easy.

"Yep. All right, Bob. Suppose you get on out there? I'll come with a couple of the fellows." The lieutenant slipped out of his green shirt and trousers, displaying short khaki trunks and a knife on a belt. He took an air tank and flippers from the truck as he spoke, moving without seeming haste but getting everything done remarkably fast. He shouted "Hey!" down the beach and Hazel's five escorts left her at a trot.

"Is there anything wrong? Was the chief making a distress signal?" Norman said. Cohn was already in the water in mask and flippers, speeding out to Cockroach Rock with scarcely a splash.

"Probably nothing," the lieutenant said, strapping on the tank. "Fisher, Davis, there's two full tanks on the truck. Chief's got separated from his buddy, looks like. He surfaced, and then went down after him."

"Yes, sir."

The lieutenant waddled to the water, and submerged, followed in less than a minute by the other two men. The remaining three stood at the water's edge, hands on their hips, looking out toward the reef.

Hazel, when she came up, was unable to talk. She looked at her parents with eyes dilated, for once, in true alarm.

Nobody spoke for what seemed a very long time.

"There's the chief," said one of the men, waving.

Another, a very tall, lean boy with a shaved head, said,

" And there's Bob." A pause. " Bob's bringing the fellow in."

" What is it?" Hazel said. " Why is he bringing him in? I can't see anything. Is something wrong?"

The boy with the shaved head glanced at Hazel, and smiled. " Why, miss, your friend probably got tired, is all. That often happens the first time. You keep losing body heat and you're not aware of exerting yourself, but then all of a sudden——"

Another man said, " I think he's out." He dived into the water, heading toward Cohn, whom the Papermans could see now, bobbing shoreward.

When Cohn reached shallow water the other swimmers helped him bring Klug to the beach. Klug's tank and mask were gone, his reddish hair hung over his face, and his head rolled.

" My God," Henny muttered. Hazel clutched Paperman's arm.

The men put Klug face down on the sand, his head turned to one side. The shaven-headed boy straddled him and began pressing rhythmically on his ribs. Klug's eyes were closed; a little water ran from his mouth.

Cohn panted to Hazel, " He unbuckled himself from the chief and wandered off."

The lieutenant and the other swimmers came out of the water. Without taking off his tank or fins, Woods knelt beside Klug, and pulled up his eyelid; nodded, and glanced up at the Papermans. " I'm sure he'll come out of it."

" He slipped away," the chief said. " I turned around and there was the empty cord."

" Where'd you find him?" said Woods.

" Hung up on the reef at sixty-five feet. I guess he caught an air tube on the coral. His mask was off."

The lieutenant said to Paperman, " When he comes to, we'll want to take him to the hospital. Just for a routine check-up. I can make better time in your Rover, if you don't mind coming back with the boys in the truck."

" Of course. Anything," Paperman said.

Cohn said, " His lids moved."

" Right. See if he'll breathe," said the lieutenant.

The man on Klug's back ceased pushing. After a moment Klug took a gasping noisy breath, and another. He moved his arms and legs, and opened his eyes. "What?" he murmured. "What did you say?"

"Get off him," said the lieutenant.

The swimmer obeyed. Klug stirred restlessly, rolled over, and sat up with two men holding his elbows.

"Easy," Woods said to him.

"I'm all right," Klug said, hoarsely and thickly. "Did I pass out? I'm okay. There was this big fish I was following and——" He looked around, comprehension brightening in his eyes. "Did they have to pull me out? What a nuisance."

One of the men was holding a small flask of brandy. "Here, sir. Just take a swallow."

Klug's recovery was surprisingly quick. He stood up almost at once, wavering only a little, and objected strongly when Woods told him he was going to the hospital.

"But I'm fine. Really I am—I want to finish that swim— honestly, this is completely unnecessary."

As he spoke, the men propelled him to the Rover, supporting him on either side. He climbed in still arguing. "Hazel, why don't you——" he said, poking his head through the window, and then the Rover shot away in a spray of sand and a grinding roar.

3

After driving the rest of the UDT men to the submarine base, Cohn took the Papermans back to the Gull Reef landing. Hazel wanted to get off at the hospital, but he wouldn't stop.

"You can't see him yet, Hazel, I'm sure. My C.O.'s still with him. He's going to have to file a report. I'll go and get the dope, and then I'll come straight back to the hotel, I promise. Your friend's all right, I know that. I'll bring the Rover, Norm."

"Will your commanding officer be in trouble?" Norman said.

"Nothing he can't handle."

"It wasn't his fault in the least," said Henny. "Sheldon did his best to knock himself off."

"Everything is always the commanding officer's fault," Cohn said. "I'll be right back."

By the time they changed their clothes and came down for lunch, Cohn was waiting for them on the dining terrace, dressed in his fatigue uniform. " They've got him in an oxygen tent, but that's routine. He's fine, the C.O. says. He could walk out now. In fact he's full of fight and hollering to get out of there. But it may take a little while. How about a drink all around to quiet our shattered nerves?"

" Why can't Sheldon get out if he's all right?" Hazel said.

" Well, you see, Hazel, there's always the remote possibility of brain damage in a water accident, when the man's been out cold. Your friend revived much too fast for that. But this hospital's very fussy, that's the problem. They let a tourist go last year after an incident like this, and then he sued them for neglect. Claimed he developed headaches and what not. The chief of the hospital says he's not discharging Klug until he's absolutely satisfied there's no brain damage."

" Holy smoke," said Norman, " the boy is in for life."

Henny said, " Goodness, yes. Any time he opens his mouth he'll get in deeper."

" Oh, stop, Mom," Hazel said.

" I mean it, dear. These people are bound to take his ordinary conversation for wild ravings. Why, I do myself."

" Really, Hazel," Norman said, " can you imagine when the doctor asks him what he's doing these days, and he says he's writing a book to prove that Balzac was a fairy? They'll put him in solitary."

Henny said, " And suppose he starts giving his views on the thanatos urge? Honestly, dear, your friend's going to get sent off this island in a bag."

" Old Sendings never die," Norman said, " they just get sent away."

Hazel said to Cohn, " I have the two most heartless parents alive."

Atlas's vague hoarse bellowing sounded in the lobby, and he came in sight leading Virgil and Millard, each carrying a large frosty cardboard package.

" Hey, Norm! Here's your meat, by Jesus, eight packages, ice cold and hard as rock. All right, boys, take those on back to the kitchen and bring over the rest."

He came charging to their table, clad in something known

as a cabana set, shorts and a matching shirt, vertically striped pink and blue; sweaty, wrinkled, and indistinguishable from slept-in pyjamas. He fell in a chair with a crash, and pulled out one of his torpedo cigars. "Yes, sir, Norm, the senior partner saved the situation this time, hey? Tell Henny. Did I or didn't I? Where would those steaks be now if not for me, hey? Stinking up the whole city of Caracas. Waitress! Double Old Granddad on ice."

Norman said, "I told Henny, Lester. We're both grateful to you."

Atlas chuckled. "Well, I only hope this little incident teaches you a lesson. You're a sweetheart, I know, and I'm a son of a bitch. In this world the sweethearts have the friends, Norman, and the sons of bitches give the orders. The thing is, you're giving orders now, mister. You're trying to run a hotel, and you've got to become a little bit of a son of a bitch. You'll never be a real one, that's a matter of talent, but you've got to work at it anyway."

"I resent all this," Henny said. "My husband is too a real son of a bitch."

"She knows," Norman said. "She's called me that a number of times."

"She was just building up your ego. Haw, haw! Henny, you know I'm telling the truth. He's a sweetheart. He's nice to people. He trusts them. He puts up with all kinds of horse manure. He probably wouldn't sleep at night if he fired somebody. This won't do, Norm, I'm warning you. I've been checking around here this morning. How on earth could you tolerate for even one *day* that barefoot slob with the big straw hat on? The one with the machete? That's not the kind of personnel for a hotel, Norm. You've got to start thinking of your image. I fired the bastard. I mean, pleasant appearance is absolutely the first thing you have to—what's the matter? Bone in your throat? Want me to slap your back? Catch me eating those goddamn trout, they're a menace——"

Norman stopped gasping and choking long enough to articulate, "You did *what*? You FIRED Hippolyte? What do you mean? How could you do that?"

"How? I told him to get his ass off the grounds. I didn't intend to do that at first. I just told him to put on his shoes,

take off his hat, and put away that machete if he wanted to
keep his job. But he gave me some kind of dirty sass in a
foreign language, and do you know, he made a sort of pass at
me with the chopper? I don't think he meant it, he was trying
to scare me. Heh! Norman, I was taking knives away from
guineas on Longfellow Avenue before that character was born.
I wasn't scared. I told him to get the hell off the island and
stay off before I threw him off. He gave me some more sass,
but then he went. You've seen the last of him, and good
riddance. What did he do here, anyway? He looked pretty
useless, just mooching around the lobby."

Norman slowly got to his feet, drawing a deep breath to ease
the terrible tightness in his chest. He started talking in a tone
of exaggerated soft calm. "Now listen, Lester, maybe we
should get one thing straight. You don't own the Gull Reef
Club. You know? *I own it*. You're not a senior partner.
You're not a junior partner. You don't have a dollar in this
hotel. You have no right to do anything here but ENJOY
YOURSELF. You're a *guest*. Is that clear? Maybe I'll die here
trying to make this hotel work, but for God's sake, I'm going
to do it *my way*!" Norman was now pounding the table and
shouting.

Lester said not unkindly, "Norm, you own the place
because I put my name on a piece of bank paper. I'm only
trying to be helpful. Maybe I had no right to rescue those
steaks for you either, but I just did it. I'm that kind of guy."

"Go ahead and finish your lunch, everybody," Norman said.
"I've got things to do in a hell of a hurry. That man was my
best employee, and I've got to get him back, if it means
crawling on my hands and knees."

"Well, go ahead, go ahead, but you'll regret it. Nobody
loves a truth teller, Henny," Atlas said plaintively. "And that's
all I am, an old truth teller, and that's all I've done here, and
Norman doesn't like it. Okay, Norm, I wash my hands of this
hotel. If you drop dead, I'm out twenty thousand dollars. It's
perfectly okay. Do things your way from now on."

Atlas's maundering self-pity made Norman feel better, it was
so laughable. "We all love you just as you are, Lester," he said.
"Don't ever change."

Millard and Virgil, each with a package of frozen steaks on
his head, stood in the doorway of the kitchen. Sheila was

showering them with abuse. When she saw Paperman she came plunging out at him, and he was hard put to it to stand his ground.

"Mistuh Pape'mon! Tell me one ting. *Who de fot porson?* He make so much confusion ron' hyah, we ain' goin' be able do nuttin'. De fot porson he hoross Hippolyte. Hippolyte say he goin' away, he don' want to kill de fot porson. You know dat?"

Paperman assured her in the strongest terms that the fat person wouldn't bother anybody, ever again. She began to calm down. But when he asked her where he could find Hippolyte, she exploded.

"NO SUH, Mistuh Pape'mon. You wants Hippolyte, you does have to send away de fot porson. We goin' have a wery bad accident in de hotel if Hippolyte come back now. Hippolyte he come talk to me before he go, and he talk plenty fonny." She turned on Millard and Virgil, standing dumbly and dropping sweat, and she shouted, "You crazy, mon? I *tole* you take de meat by de freezer dung tung. What for you stand dere like jumbies?"

Virgil smiled in a pitiable effort to please. "De fot porfon, he fay bring de meat heah."

"Dis my kitchen, an' de fot porson he ain' nobody! You heard de boss!"

"Do as Sheila says," Paperman told the men. "Never mind the fat person. Never mind anything he says after this."

They trudged away with relief.

Norman begged Sheila to rush to Hippolyte with his apologies, and an urgent request to return, and a promise that Atlas would never interfere with him again. The cook would not go. Nor would she even tell him where Hippolyte could be found. "Mistuh Papuh, you gone be wery sorry if he come back before de fot porson go. You best hope he don' come back *widout* you ask him. Hippolyte plenty mad."

"Sheila, Mr. Atlas will be here for at least two weeks."

"Dey ain' nuttin' to fix now. De confusion all fix, we got 'lectric, we got water. I tell you something, suh. Leave Hippolyte be."

4

Miraculously—as it seemed to Norman—the Gull Reef Club did
survive the departure of Hippolyte, day after day. It was true,
as Sheila had said, that all the serious troubles were over, and
for the moment no fresh ones were cropping up. Hippolyte's
queer mute crew stayed on the job and finished the new rooms,
glumly accepting Henny's supervision of the last touches. The
work seemed good. The toilets flushed; taps flowed; lights
burned; doors opened and shut; the green-and-gold Japanese
wallpaper stayed on the walls. Henny furnished the rooms out
of Hassim's shop with stuff from Hong Kong and India—
wicker chairs, brass or porcelain lamps, Chinese scrolls and
water colours—none of it very costly and all blending in
exotic charm. Smaller than the old rooms, these were nevertheless the best accommodations the hotel now offered. Dan
Freed and his party grabbed them when they came. Lionel,
who arrived greener than ever in the face, but happy as a boy,
announced that he was going to hire Henny to redecorate all
of Hogan's Fancy in exactly this style.

Freed's Broadway entourage, a laughing fast-talking group
of eleven that included two well-known actresses, filled the
Club with chic clothes and New York chatter. The other
guests were thrilled and awed. Islanders crowded the bar day
and night to stare at the celebrated performers and the pasty
little producer of four current Broadway successes. The delight
of the New Yorkers with Kinja and with Paperman's hotel was
complete. They swam, they sailed, they danced, they drank,
they roared around the island in rented jeeps, they made
friends with Kinjan field workers, bartenders, and policemen;
and they all said they had never had such fun in all their lives.
Norman became tired of being told how brilliant his idea had
been, and how lucky he was. The main thing was that, with
these finicky people, the Club had scored a success. There was
little doubt that next year it would have a Broadway vogue.

And as it was, the Club glittered with sudden prosperity.
The Christmas jam was on. Norman turned away dozens of
people begging for any kind of place to sleep, even a cot in the
lobby. The reservation list for lunch and dinner was closed

each day by ten in the morning. Two extra bartenders were assisting Church, who was now spending most of his time ringing up money and keeping records. The accountant, checking the books three times a week, reported that Church was accurate and honest, and that earnings were sharply up. Atlas, scrutinising the books every day despite his pledge not to interfere, told Norman that he was over the hump at this point, and set for life, if he actually wanted to stay in the Caribbean. The extra rooms had been his salvation, Atlas said; the hotel would smoothly pay off its purchase price now, while giving him a living of ten thousand a year or so; and once the debts were cleared, Norman would be swimming in profits.

None of this reassured Norman much. He knew all too well how quickly a calm situation in Kinja could explode into chaos. Each day the absence of a mechanical breakdown seemed to him almost too good to be true. His hope was that the rickety structure would stand until Atlas left, when he could get Hippolyte back; and his prayer was that a collapse, if it did come, would at least occur after the Tilson dinner party on December 27th. Norman now had nearly three thousand dollars sunk in that venture alone. For all his temporary prosperity, he was working with a chokingly narrow margin of cash. If the Tilson affair failed to come off, or ended in disaster, he would not only be in permanent bad odour on the island, he would collapse under his debts. He pointed out these hazards to Atlas, who merely laughed. Norman was like a child afraid of the dark, he said; what could go wrong with a dinner party? The old truth teller's optimism about the hotel was now boundless.

When Norman told him about Mrs. Ball's offer to settle her promissory notes for cash, Atlas became almost as excited as he usually did at seeing a bikini girl. He wanted to find Mrs. Ball and wind up the matter at once. "She'll take five thousand, don't give her another nickel," he exulted. "She's got herself a new stud already, that's what. She wants to buy him diamond cuff links and such garbage. Five grand instead of thirty-five! Norm, that's fourteen cents on the dollar! Jesus, you should have made the deal right there."

Norman mildly pointed out that he hadn't had five thousand at the time, and still didn't. Atlas told him to find Mrs. Ball; he would arrange for Norman to get the money. But she was off the island that day, and with all he had on his mind, Norman didn't immediately follow it up.

For one thing, Iris was a continuing worry. She remained immured in her cottage. Once Norman glimpsed her swimming near her beach; she answered his wave with a wrist flick, and turned her back on him. Esmé reported that she never answered the telephone, and that the governor was calling often. Sheila told him Iris was not allowing the chambermaids into the cottage, and that no food was going down there from the kitchen, not even for the dog. Walking by the cottage, Norman could hear the phonograph and the barking dog, and he could sometimes to see Iris shadowily moving inside. On the fifth day of this siege, Iris did admit the cleaning girls. When they left, she asked them to bring table scraps for Meadows. The girls carried back to Norman such an ill report of Iris's looks that he nerved himself to telephone the governor. It was a miserably awkward little conversation.

" Governor, I'd like to talk to you—in private—about Iris, about Mrs. Tramm. She's not well."

" I see." The brisk voice became guarded. " Here, or at your hotel?"

" There, I think."

" Come on over."

Sanders was at his desk in his shirt sleeves when Norman arrived. He shut off his telephone and intercom, locked the door, and sat in his chair with arms folded, smoking, while Norman told him about Iris's collapse. Norman talked as though she were the governor's sister or ex-wife, about whom no preliminaries were necessary. Sanders accepted the tone. The governor's face showed no emotion as Norman spoke. His fingers when they weren't drumming softly on the desk, strayed to his thin moustache or his kinky grizzled hair.

" Do you think she should be hospitalised?" he said when Norman paused.

" She should be brought out of there somehow, Governor. I've tried and failed."

" I can see that it's awkward for you. After all, there she is, and you have a hotel to run."

" That's not the idea. She's been kind and helpful to me. She's not creating trouble, but I think that at this rate she's going to become dangerously sick. If you could persuade her to go back to her parents in San Diego——" The governor winced and grimaced. "Governor Sanders, I'm well aware that this is not my business, but——"

"Perfectly all right. However, telling Iris to go back to San Diego, I assure you, isn't the best idea you ever had." Sanders left his desk and paced the room, swirling the layers of smoke. The air-conditioner rattled away; it was the noisiest one on the island, Paperman thought. Sanders half-sat on the edge of his desk, very close to Paperman, and said with a bitter little smile, "She's talked to you about us?"

"Only a very little."

"Well, I guess there's no point in presenting my side. Possibly I have no side, but since you seem to be saddled with the problem—the long and the short of it, Mr. Paperman, is that I was given this post instead of something in a big city, or even in the Virgin Islands. Iris wanted to come anyway. I couldn't resist letting her come because I'm in love with her, Mr. Paperman, but in this tiny place she's been living in a glass bowl. It's no good. That's why after a while I, too, suggested San Diego, just until I could get another appointment. It caused an explosion such as I hope you'll be spared, and she went into a spin like this one. Things have been bad since." Sanders lit a cigarette and paced; and as he talked, a Negro quality, more attractive than his studied speech-class diction, came into his voice. "You see, Mr. Paperman, here's how it is. If I were a night-club entertainer, I could marry a white lady and go right on performing—even an unusual white lady like Mrs. Tramm—but unfortunately I'm not a very amusing fellow. I'm strictly government. If we got married I'm afraid she'd find herself with an inexperienced porter or bellhop fifty years old on her hands. Do you follow me? I have no answer to that, and if you could think of one I'd be truly obliged."

The two men looked at each other. Norman spread his hands, and stood. "I thought I had to tell you."

"Thank you. Iris is an unbelievably strong woman, I can assure you. She's probably healthier right now than you or me. The psychoanalysts have called her a self-destroyer, yet the fact is she has one hell of a will to live. She pulls out of these things. I've been through this. The less you interfere, usually, the better. If you keep an eye on her and inform me of anything real bad I'll appreciate that, but I think it's going to be all right. As all right as it can be.—Well! And so your Mr. Atlas is here again," he said, turning on his speech-less voice. "And he is bidding on Crab Cove. And at the Reef, I hear, everything's going as merrily as a marriage bell." He held out his slender cool hand, yellow on the back and white-palmed. "Thank you for coming."

5

Hazel had been visiting the Sending daily in the hospital sometimes twice a day, and had found him most unreasonably peevish; so she told her parents. His bitterest complaint was about an intelligence test the hospital had given him. It had been so insultingly elementary, and he had been so irritated and bored, that he filled it up with the most comically wrong answers he could think of, depicting himself as an illiterate with an IQ of perhaps thirty or forty. Unfortunately the hospital had taken the results quite seriously; it closely agreed with the kind of scores they often got in their large ward of mentally disturbed Kinjans. His frantic efforts to convince the staff psychiatrist that it had all been a hoax, and to let him take the exam again, had been to no avail. The chief of the hospital, Dr. Tracy Pullman, had ruled that this would be cheating.

It had, therefore, really begun to seem that Klug was in for a long confinement in the Amerigo Hospital, as a brain-damage case, capable of lapsing now and then into a human vegetable. He was in a foaming rage about this, and claimed to have already written to the Ford Foundation for a grant on which to live while composing a scathing play about the low state of Caribbean medical science. But an unexpected turn set Sheldon free before the week was out.

From the first day he had maintained that he must have wrenched an arm and a shoulder in his underwater struggles, because he had pains in the right shoulder, elbow, and wrist, and in the right knee joint too. A doctor from a visiting submarine, brought to the hospital by Lieutenant Woods to check on these pains, announced after thoroughly examining Klug that he actually had a mild case of the bends. Nitrogen bubbles had settled in his joints, when he had ascended too fast from a hundred and ten feet to the point where he had hung up on the coral. The bubbles were still there. He would continue to be in pain until he was decompressed; moreover, if he weren't decompressed soon, he might become a chronically gouty sort for life. The nearest decompression chamber was at the navy base in San Juan. The Sending, beside himself with frustration and ill-humour, elected to fly back to New York instead, to get himself decompressed at the Brooklyn Navy Yard. On this basis the hospital released him.

Norman, busy as he was, insisted on driving Klug to the airport himself. Hazel came along, of course, as sweet and gay as the Sending was acid and morose. Her display of affection at the plane gate was touching. She kissed him several times, and clung to him, and put a handkerchief repeatedly to her eyes. " I wish you'd change your mind," she said as the loud-speaker announced the plane's departure. " Please, Sheldon. Promise me you'll come back after you've been decompressed."

" I don't think I can afford it. A round trip down here costs a fortune, Hazel, and to tell the truth I'm just sour on the West Indies." He put an arm around her and groaned. " God, this elbow. It feels like it's full of broken glass. Good-bye, darling. See you in New York."

And so the Sending departed. It was the day after Christmas. Norman watched the plane snarl off the runway, and sighed and smiled. " Nobody will ever convince me after this," he said, " that there isn't a Santa. The thing is, Santa moves in a mysterious way. But he grinds exceedingly small."

" I never heard such nonsense. I hate you," Hazel said, putting away her handkerchief. " My vacation is ruined, and I'm heartbroken."

" Where did you say you're meeting Bob? The sub base?"

" No, he said he'd have the boat at the Old Mill landing. It's closer." Hazel glanced at her watch. " My gosh, we're late, let's step on it."

Norman turned Hazel over to Cohn and four other brown swimmers in a navy boat tied up near the airport, and returned to town. He was driving along Prince of Wales Street in an unusually happy mood, when a few feet ahead of him on the crowded narrow thoroughfare, a taxi abruptly stopped; and the driver poked out his head to discuss life with a passing girl. It was second nature to Paperman by now to watch for this general Kinjan custom; he jammed on his brakes in good time, and silently waited. Blowing the horn in such circumstances was considered rude.

" Mis-ter Paper-mon. Well, this is luck-ee." The banker Llewellyn halted on the sidewalk, putting his hand on the window of the Rover. " Here you are, and I've been trying for an hour to call you and Mr. Ot-loss at the Club."

" Why, Lester is there."

" So they told me, but he was on the long dis-tance phone for ever so long, and then I couldn't reach him. I want to congratulate both of you. You are the proud owners of Crab Cove."

" We are?" Norman was nonplussed by this news, Crab Cove being the furthest thing from his mind.

" The bids were opened this morning. Mr. Ot-loss is a clever man. He bid three hundred and sixty-five thousand. The closest bid was only twenty-five hundred less. I was sure he would bid at least four hundred thousand. The property is worth far more than that. Very shrewd, very able."

Cars were lining up behind Norman. Ahead of the cab, the traffic lane was empty all the way to the waterfront, but the driver's chat with the giggling girl seemed to be just getting started. Norman ventured a honk, and was rewarded by two glares. However, the driver shifted gears, and talked a little faster and louder.

" I'll tell Lester, of course," he said to the banker. " He'll be so pleased."

" You might tell him that it would be extremely practical to come in to-morrow to execute the papers. It is Thursday, so we'll only be open till noon."

" How about to-day? There's still time."

" Ah, but to-day is Boxing Day. Friday is Carnival Parade, Monday and Tuesday are New Year, Wednesday is Columbus Day, and it'll be a whole week to wait if he doesn't come in to-morrow morning."

" Columbus Day? Right after New Year? It's in October," Norman protested.

" We have an old Kinjan tradition," said the banker, " that Columbus stopped here for fresh water on the second of January."

Norman could still hear the banker's jolly laugh as he drove off, leading a long procession of cars.

It was lunch time when he got back to the Club. Atlas wasn't in sight on the dining terrace. He didn't answer a room call. Norman went to the bar and there Lester was slumped on a stool with his head on his arms, naked except for flowered swimming trunks.

"What's this?" Norman said in a low voice to Church.

The bartender scratched his beard. "I guess he's asleep, sir. Or—or passed out, you might say. He's just had four double bourbons in a row. He drank them sort of fast."

Norman put a hand on his shoulder. Atlas smelled rankly of whisky, cigars, and locker room. "Lester? How about having some lunch with me? There's good news, and we ought to celebrate. Maybe open a bottle of champagne?"

Lester raised his head and looked at Paperman, his bloodshot eyes half closed, his jaw hanging, his lower lip pulled in, all the heavy lines on his grey face creased and sagging. "Good news? There's no good news. What good news?"

"You bid in Crab Cove."

Atlas stared, then an understanding light flickered dully in his eyes. "We did?" His voice was hardly more than a croak. "What was the next lower bid? Do you know?"

"It was twenty-five hundred dollars under yours."

"Son of a bitch." The old truth teller haggardly smiled. "Really? And I was *this* close to bidding four hundred thousand." He pulled himself erect. "I *knew* there was nobody with enough brains around here to make a sensible bid, Norm. It's a steal. I took a chance and saved us thirty-five thousand dollars. And you'll get your finder's fee and you can buy off old Amy Ball with it. You're right. It's good news." He nodded his head heavily, and his melancholy smile faded. "Good news. Real good news. Let's have a drink.—Boy! Bring us a couple of drinks over there." He seized Norman's arm and stumbled with him to a corner table. He fell in a chair, lit a cigar with wandering gestures, then put his head on his arm on the table again.

Paperman had never seen Atlas in this state; and he had more than once seen him drink a whole bottle of bourbon in an evening. When the drinks came Lester sat up, took a small sip, and sighed piteously. "I'm getting old, Norm. I don't know. I guessed right on Crab Cove. But I sure guessed wrong on that Montana situation. Norm."—Atlas leaned forward, putting his arm around Paperman's shoulder in a feeble parody of his usual charm routine—"I told you about Montana, didn't I? How I was buying stock, competing against another outfit for control, Norm, and the price was going up and up?"

"Sure, but you said you had no problem because you were stronger than your competitors."

"That's what I *said*, and that's what I *thought*, and Norm, let this be a lesson to you, Norm. Those Montana bankers and politicians were either awfully good at playing dumb, or awfully dumb, or the biggest liars in the world, or all three. Norm, do you know who I was fighting against for control of that company?"

"No, I don't."

"Norm, I was fighting the Anaconda Copper Corporation." He gave Paperman a clumsy hug and released him. Atlas was smiling like a dazed boxer on the floor. "Ever hear of them? The snotnose from Longfellow Avenue was taking on Anaconda Copper. That's what I just found out from St. Louis. I've been had, Norm."

"How bad is it, Lester? You're not in trouble?"

Atlas laughed harshly. "Me? Listen, mister, if my whole structure collapses, if everything goes sour, every single thing I've got a hand in, I dust myself off and walk away. I've got a company in North Carolina that makes kid's clothes, and an electronics outfit in Oregon, small corporations you never heard of—these I never touch, and on these I live and can go right on living. No, Norm, I'm kind of clean right this minute. But if I die to-morrow, what does it amount to? Three or four million less to leave to a couple of daughters who are set for life anyway, and who can't stand me. So what? I haven't been hurt. I've been had."

"Will you go ahead with Crab Cove?"

"Hell, Y E S." Atlas brought his big fist down on the table, and the glasses jumped. "I took a licking like this in 'fifty-two and I came back. One of the ways I'm coming back is with Caribbean real estate, and by God, we're going to be a winning team, Norm. We're starting out lucky with Crab Cove. That's the sign. This Caribbean's one big uranium lode and we're still in ahead of the mob.—Boy! Double Old Granddad."

15—THE TILSON PARTY

Paperman opened his eyes on the morning of Thursday, December 27th, excited and anxious, without knowing why; as a man will wake on his wedding day in a boil of emotions, before the reason for his turmoil dawns on him. This was the day of the Tilson party. It was eight in the morning. Henny lay beside him in blue, lacy baby-doll pyjamas, sound asleep. Even in repose her face had the humorous, satirical, slightly bitter cast that had captivated him two decades ago. He considered romantic overtures, here and now. Henny often voiced sleepy objections in the morning, but could be persuaded to forget them. Norman didn't want to go downstairs and face the oncoming Tilson party. He had double-checked all arrangements the night before. So far as he knew, everything was in order. Supplies and personnel were converging on the hotel by now—chairs from the undertaker, tables from the Eagle Republican Club, steaks and other fragile New York delicacies from the freezer plant, extra kitchen maids, waiters, and waitresses from all over Amerigo—an operation like the invasion of Normandy, already in motion beyond recall. It was a tempting notion to blot out an hour or so of this portentous day with a little love-making. But Norman got himself out of bed, and shaved and dressed, leaving Henny in peace. Sheila might need him for some small thing. Downstairs he went.

He had only to step into the lobby to see that this was no ordinary day at the Gull Reef Club. The red-and-gilt chairs from the undertaker, two hundred of them, towered in stacks along one wall. Negroes with unfamiliar faces parade through the lobby towards the kitchen, shouldering cases of beer and champagne, or boxes of rattling soda bottles, or smoking freezer cartons, or baskets of fresh vegetables; coming back, they chattered, laughed, and wiped their perspiring faces. On the wide centre wall, a poster blared in Church's flamboyant style, red script letters on gold:

327

Now Hear This!
COOKOUT AND DANCE ON LOVERS' BEACH!!
(Northeast Side, Gull Reef Club)
Exclusive for Club Guests Only To-night
From 5:30 P.M. until ——?
Steel Band, Drinks, Charcoal-Broiled Chickens
and Steaks with All Fixings
Everything on the House!
Dress: No Shoes, No Ties, No Shirts, No Nothing
(Well, maybe trunks or bikinis. Police, you know.)
EXTRA ADDED ATTRACTION!!
Death-Defying Leap of Six Intrepid Navy
Parachutists!! From an Airplane at 10,000 Feet,
Directly into the Waters off Lovers' Beach!
Promptly at 6:30! Be There!
Talk to the Daredevils afterward. Get their
autographs! They're the Honoured Guests of the
Gull Reef Cookout!

Your host,
Norman Paperman

Below all this, in very small black print, were these words:

(Regular bar and dining terrace reserved to-night for
private party. Hotel service at cookout only.)

Tom Tilson sat in an armchair, stooped and red-faced,
reading the placard.

"Hello there!" he shouted, waving his stick at Norman and
then at the poster. "Paperman, I used to have my doubts
about you, but so help me I'm beginning to think you've got a
flair for running a hotel. This is inspired."

"We had to do something," Paperman said.

"It's great! How in the devil did you get the UDT to put
on an air show for you?"

"Well, my daughter—she hangs around with them—told me
these fellows were planning a water jump this week. I called
the commanding officer and said if they'd jump at Lovers'
Beach to-night, I'd give the team drinks and a steak dinner.
They're delighted and it sort of saved us. The main problem
of your party was getting the hotel crowd out from under foot."

" Of course. And they'll be out there to the last man. Damn keen thinking! I've been talking to Sheila, and I must say I've never seen a better-organised affair. You've thought of everything, Paperman. This is going to be the best damned party anyone ever had on this miserable island. I'm thoroughly pleased."

" Well, thank you," Paperman said. " We haven't had the party yet."

Tilson wrinkled his face at him. " By the by, who's ' the fot porson'?"

" Eh? What? Who talked to you about him?" One of Norman's worries about to-night was that Lester Atlas might erupt into the Tilson party and scatter it like a crazed elephant. Lester had been drinking without cease since the Anaconda Copper disclosure, and there was no telling what state he was in by now.

" Why, Sheila just told me that a ' fot porson' threw Hippolyte off the place. I've been hearing rumours from the Montmartre bar, too. My gardener does his boozing there. He says Hippolyte's been drinking himself blind night after night, and telling everybody he's getting ready to kill ' the fot porson' at the Gull Reef Club."

" He's Lester Atlas," Norman said, trying to put a calm face on his alarm. " You remember, the fellow I came down with originally. He's here for Christmas."

" Oh, that one. The big tycoon. The fellow they wrote up in *Time*. I sure do remember him." Tilson pushed himself out of his chair with a grunt, leaning both hands on his stick. " Ha! Quite an encounter. Diamond cut diamond. I'd like to see it, but not to-night, please. The ladies won't appreciate it."

" Has Hippolyte talked of coming here *to-night*?"

" Well, I didn't hear that he specified a time."

" Maybe I'd better ask for police protection," Norman said.

" From Hippolyte?" Tilson laughed. " A Kinja cop? He'd simply warm up by whacking off the cop's head, then he'd look for your friend. Just make damn sure your people have orders not to let Hippolyte across in the gondola, if he shows. The other idea might be to put Atlas over on the shore, and let Hippolyte chase him around Amerigo all night. That would keep Hippolyte out of our hair. Give it some thought. Hee hee!"

Tilson stumped off, uttering senile chuckles. Norman, not at all amused, went to the kitchen, where Sheila stood amid scampering scullery maids and new-hired male helpers, issuing orders right and left. She was strangely calm and cheery amid the chaos flooding the kitchen and spilling out into the hallway: bottles, bloody meats, cases, cartons, tumbled fruits and vegetables, giant gleaming new pots, all piled along temporary tables set up on sawhorses. A lunch with a savoury Italian smell was already steaming in the old saucepans and cauldrons.

" It look like one big confusion, don't it, Mistuh Papermon?" she said, laughing. " It all gon' come out not bad. We just layin' everyting out. We start the canapés when de girls clear off de lunch, and den——"

" Did the grill come for Lovers' Beach?"

" Yassuh, de Francis Drake cook, she did send it over first ting. We gettin' a Carnival boot', too, for de drinks at de cookout. Everyting okay, only I don't know where is Church. Church say he come six o'clock dis morning. He ain' come yet. Church he suppose start fixin' de bar down to de beach. I got him tree helpers, dey just waitin'."

" I'll hunt him up."

Church was nowhere in the hotel. Esmé hadn't heard from him, he said, but the hospital had telephoned three times this morning. Dr. Tracy Pullman urgently wanted to talk to Mr. Paperman. " He say something about a bartender, I tink. I din' understand good," said Esmé, fluttering her eyes away and down. The subject of Church somewhat embarrassed her.

" Call him back. I'll talk to him in the office." It occurred to Norman that the Nevis girl now looked very, very pregnant. Without fail he would send her home to-morrow. Once past the Tilson party, he could clean up all these matters.

" Yes? Dr. Tracy Pullman speaking."

" Hello, this is Norman Paperman at the Gull Reef Club."

" Ah yes. Mr. Paperman, I've been trying to reach you." Dr. Pullman had a powerful baritone voice, and sounded much like his brother, the absent senator. " Tell me, did you have in your employ a young fellow named Church Wagner? Good-looking white boy, with a beard?"

" Did I? I still do. Has something happened to him? He's missing this morning."

" He is, eh? Ah—Mr. Paperman, are there any ladies present there with you?"

" Ladies? I'm alone in my office."

" Good. Now you know about this little group of girls, seven of them, from our finest families, who are home for the holidays—the Sand Witches, I understand they call themselves?"

" Yes."

" You do? Ah. Well! Not to put too fine a point on it, Mr. Paperman, the plain fact is, that Church Wagner has given six of the seven Sand Witches the clap."

Paperman groaned as though he had been stabbed. " The clap? The *clap*?"

" The accurate term is gonorrhoea, Mr. Paperman, but that's how the young people refer to it. We are still testing the seventh girl. She is being very frivolous and unco-operative, I must say. Now we're most anxious to get hold of this Wagner fellow. First of all he needs treatment, and then the police may want to have a chat with him for his own protection. The fathers are all angry, understandably. I think the Health Department inspectors will be talking to you, too."

" I didn't know about this, Doctor!"

" He's your employee. In any case, if the young man appears at the hotel, you'd better bring him right down here."

" All right," Norman said. The old heartsickness of his first weeks in the Gull Reef Club was coming upon him again, and his nasal passages were tickling and swelling.

" Now of course," the doctor said, " you'll keep this in strict confidence. For the sake of the families."

" Sure. Naturally." Norman sneezed violently.

Dr. Pullman sighed, " God bless you. I'm afraid the worst trouble will be with the girls. They don't mind talking about it at all. They giggle, and make jokes, and say it's no worse than having a cold. I'm afraid the morals of our island young people are becoming very deca-dent. The finest families! Good-bye."

Norman hung up, stunned and shaken. Church Wagner was no great loss. Since Henny's arrival, they had been talking of rearranging things so that the bartender would merely mix drinks, while they took over the handling of the money. Such bartenders were plentiful; Norman had hired three just for the Tilson party.

/   What hit Paperman so hard was the dark reminder, on this tense morning, that life in Kinja teetered always between the dreadful and the ridiculous. This episode, far from being curious, was an abrupt return to normality. It struck Paperman as a harbinger of evil things. He had never forgotten—though he had tried to bury it out of mind—Tom Tilson's warning that sooner or later the island was going to throw a catastrophic surprise at him. This haunting fear for weeks had been that this fatal surprise was going to erupt out of the dinner party. Church Wagner's defection, coming just at this moment, seemed an ominous, absurd, utterly Kinjan prelude.

Norman began to sneeze. He sneezed until his eyes streamed, his nose swelled up aching and red, and his breath came in rough wheezy gasps.

The old dusty clock read quarter to nine. It was starting out to be a long day.

2

Lovers' Beach, little used because it was far from the main house and hemmed in by thorny bush, was almost as pretty as the main beach, and not much smaller; but its view was only the open sea, and so the first builder of the Club had wisely placed the hotel on the town side. Virgil and Millard had hacked broad paths through the brush, and a charming party site was springing up on the beach during the day. Strung Japanese lanterns, a grill, a bar, chaises of aluminium and red plastic, and gaily painted tables and chairs enlivened the newly-swept white sand. The weather continued excellent. One of Norman's many worries was that rain would drive the wet and sandy hotel guests stampeding in their bathing suits back into the hotel, at the height of the formal Tilson party. But at six o'clock in the evening, when the airplane was scheduled to begin its climb with the parachutists, there wasn't a cloud in the sky, and guests were already lining up for free drinks, full of eager chatter about the parachute jump. The cookout struck the guests as a great treat, and nobody showed the least resentment at being herded away from the hotel for the evening.

At the Club, a platoon of handsome Kinjan boys in satin-striped black trousers, white mess jackets, and white gloves waited to go to work. The bar, the dance terrace, the dining terrace were festooned with flowers; and so was the enormous hors d'œuvre table that stretched the length of the dance floor, covered with platters of cold meats and canapés, great odorous cheeses, jars of Russian caviar, and mounds of fresh fruit. The fried shrimps and the cocktail frankfurters, hundreds of them, were on trays in the kitchen, hot and ready. Tubs full of ice and champagne bottles lined the hallway. An improvised bar stood in the lobby, another on the dance terrace, and these and the regular bar were stacked with myriads of glasses. The new young bartenders in red jackets manned the three posts, cheerfully jittery as horses before a race. Sheila had caused an immense charcoal pit to be dug in the main beach and covered with iron grills, offering space to cook dozens of large steaks at once. Sheila herself, lording it over the kitchen in a new white smock and chef's cap, was less excited than Norman had ever seen her, despite all the newcomers taking her orders, and the amazing pile-up of food in every corner of the kitchen, over-flowing into the hall. "Everything does look not too bad, Mistuh Pape'mon," she said, after patiently answering a few of his nervous questions. "Dey ain' nuttin' to worry about, it be a wery good party."

"Achoo! Achoo! Thank you, Sheila. You're a godsend." Norman blew his nose, and hurried back to Lovers' Beach for the parachute jump, more than half-convinced, in his nervous state, that his disaster was at hand in the death or maiming of a parachutist.

Hotel guests crowded the strand, holding drinks and craning their necks up at the sky, amid a bedlam of laughs, shouts, jokes, snatches of song. Splendid pink sunset clouds billowed across the light blue sky. Lieutenant Woods, wearing brief khaki trunks and a T-shirt, watched the sky, calm and smiling, but his flippers lay on the sand beside him, and the tenseness of his folded arms showed he was ready to plunge in. Some of his men were circling offshore in a grey navy boat.

"Hi, there's the plane," Woods said, pointing almost over-head. "I think they've reached their altitude. This may be the run-in for the drop."

Paperman saw the tiny aircraft, a black cross against a pink cloud. It disappeared, came in sight, and disappeared again, moving through cloud streamers. " Ye gods, that's high."

Hazel and Henny emerged from the crowd. Henny said, " I've never been so scared in my life. Jumping from way up there! Imagine!"

Woods said, " They've done it often, ma'am."

"THERE HE GOES!" It was a general shout.

High, high up a red streak was sliding downward across the pink-and-blue sky, like a mark made by a giant, slow-moving crayon. "TWO!" everyone on the beach yelled. "THREE! FOUR!"

And in a moment six streaks were lengthening down the sky; thick, puffy, parallel scarlet lines.

" They free-fall with flares," Woods said, his eyes intent on the streaks.

Soon a brilliant orange-and-white parachute blossomed at the base of one red streak, about halfway to earth. Another appeared; a third, a fourth, a fifth. The last red streak kept sliding downward, far below the irregular line of five parachutes drifting in the sunset. It fell and fell.

" Who's that last one?" Henny said shrilly.

" Don't know," Woods said, with a slight note of anger, and as he uttered the words the parachute opened. A relieved cheer rose along the shore. The jumpers floated down. The one who had free-fallen so low struck the water long before the others, about fifty yards out from the beach. " Cohn," Woods said, though Norman could only see a brown, nearly naked body in the parachute harness. " Wouldn't you know." The men in the boat, speeding to the jumper, recovered the parachute as it crumpled. He swam ashore and made his way through the applauding crowd to his commanding officer. " Sorry," he said.

" What the hell?" said Woods. " I said no hairy falls."

" You won't believe this," Cohn said, dripping, and panting a little. " I got interested in the scenery, believe it or not. It's pretty, with the town lights coming on and all. I was only a couple of seconds late."

" You came near boring a hole in the ocean," Woods said.

A second and a third parachutist settled in the water. Hazel said furiously to Cohn, " They shouldn't let you do that. You're too old, and anyway, you're plain crazy."

" See? I told you I'm too old, sir," Cohn said to Woods. " I want out of this outfit."

"You damn near made it," Woods said, watching the boat speed from one parachutist to another. All were down, all bobbing and waving.

In a little while, excited guests were bunching around the UDT men at the bar, making jokes and asking questions. The eyes of the women shone as though these brown, shy, almost naked young men were film stars. Satisfied that the Lovers' Beach cookout was well launched, Norman left with Henny to dress for the Tilson party. Hazel was staying at the beach, of course, in her new role of queen bee to the swimmers, which she much relished. She paid no extra attention to Cohn, at least not when Norman and Henny were around. She made big eyes at all the frogmen in turn, and they appeared devoted to her, to a man.

"It's going to be hard to interest that girl in a nice substantial doctor or lawyer after this," Henny said as they crossed the lawn. "Or a businessman."

"Or an English professor," Norman said.

His wife laughed. "Well, that's the good part, but they're not all like the Sending. A college professor would be fine with me. Sheldon was just a sickening fraud. But I'm not too happy about this frogman business, you know. I mean, the action thing is glamorous, and I could eat those boys up myself, old bag that I am. But it's strictly a lousy living. People think you're nuts, and what's more, you can get hurt."

"What do you propose?"

"I'm not proposing anything. What good would it do me? I'm making anxious mother noises."

As they entered the lobby a bellicose shout echoed out of the bar. "Listen, mister, I *own* this place and you're telling *me* I can't have a drink? Now, get your black ass moving, and——"

Norman bolted to the bar, which was empty except for the new bartender, Atlas, and the two bikini girls—schoolteachers from Maine whom he had adopted. Atlas wore a white yachting cap, a red-and-white striped T-shirt such as Church had affected, and new vast blue jeans rolled up to the knees. The girls were in their bikinis. All three were horribly sunburned. Atlas's fat face looked swelled and boiled, and he had large white rings around his eyes in the shape of Polaroid glasses.

" Lester, take it easy. The boy is just obeying orders," Norman exclaimed. The new bartender was glaring at Atlas, his lips sucked into a scowling line. " This place is set up for the Tilson party to-night. I *told* you about that. You can get all the drinks you want over at Lovers' Beach."

" Who the hell wants to go way down there? We're just off a sailboat. The goddamn captain ran out of beer, he ran out of booze, he damn near cooked us in the sun. Poor Hatsy and Patsy are ready to pass out. We want three planter's punches, and goddamn it, we want them now and here!"

" Give them three planter's punches," Norman said to the bartender.

" Oh, thank you," said one girl faintly.

The bartender sullenly assembled the punches, sullenly served them, and turned his back.

" Well, here's lead in your pencil, Norm," Atlas said, tossing off half the drink. He embraced the two girls around their waists, and fondled a scorched breast on each. " Ah, that's better, hey girls? Put us in shape for the big party."

" You're going to the cookout, Lester, aren't you?" Norman said anxiously. " Free steaks, free drinks, free everything?"

" Free love?" giggled the girl called Patsy.

" No, no. *That*, Norman has to charge for," Atlas said. " He's in such demand we've had to put a meter on him. Haw haw! Con permisso!" He dandled the two fiery breasts. " Sure we'll be there, Norm. Hatsy, Patsy, and Atsy, the three musketeers. Grease up the old meter, boy, and maybe get one ready for me. Con permisso!"

Norman went upstairs to dress, somewhat relieved. At least the drunken monster would be as far removed from the Tilson party as he could be, on Gull Reef.

3

By ten o'clock, the Tilson party was going strong. People had been arriving since about half-past seven, and more than a hundred of them had come in a cataract a little before nine. Paperman had hired three large motorboats to ferry the guests, so Virgil wasn't overwhelmed. Norman had not yet seen such a turnout in Amerigo, not even at Government House. Tom and Letty Tilson evidently bridged the two societies of Kinja. The hill crowd was there; Norman did not miss a face of those superior whites he had seen at Broadstairs. The grave, dignified natives of the Turnbull party had also come, and the two groups were mingling in the bar and on the dance terrace in an amiable mass, from which there arose the rich pleasant noise of a good party. The orchestra—musicians in silver coats, not a steel band—were playing prim jazz, and many couples were dancing. The formal dress of these people could hardly be faulted, even to the finicky taste of Norman and Henny Paperman, who were used to New York first nights. It might be that some of the white women's dresses were a season late; that some of the Negro women had gone further with colour than Henny would; that a few of the men—the white more than the black—had permitted themselves eccentricities in their dinner jackets. For all that, this was a rare scene of West Indian society in a gala mood, on a broad terrace lined with kerosene flares, under the beaming white moon and innumerable stars, with the lamplit black hills of Amerigo as a backdrop across the shimmering water of the harbour.

Into this scene, almost on the stroke of ten, came Iris Tramm.

She wore purple; a floor-length draped silk dress of deep purple, with a heavy Mexican silver necklace. She stood in a doorway of the dance terrace, looking around, not moving. Her hair was swept up in negligent disorder, and as Norman approached her, he could see the pale puffiness of her face, the glitter of her eyes, and the slight trembling of the hand that held her silver purse. She walked to meet him, and once she put a leg to one side instead of straight ahead. But she held herself well, and she did not stagger or weave.

"I was invited," she said. "Ask Tom Tilson. He invited me weeks ago."

"Good God, of course you were, Iris. I can't tell you how glad I am to see you."

"Are you?" Iris moved her head heavily here and there. "Magnificent brawl. Where's Henny?"

"Somewhere. Look, there's still lots and lots of hors d'œuvres. The steaks won't be along for a while. Come on."

"Well, Your Excellency. How do you do?" Iris said, with a mock little curtsy that she was not quite up to making, despite her clear speech and taut self-control. She staggered sideways, and Governor Sanders caught her elbow.

"Hello, Iris," Sanders said in a warm but pained voice. "What will you have? A drink? Something to eat?"

She looked at him through half-shut eyes for a long time. "Well, get set for a big surprise, Alton. Something to eat." Iris achieved her clear speech by excessively careful and exaggerated motions of her lips.

"Good," the governor said. "I'm famished myself, I just got here. Let's go."

She was glancing around again. She turned to the governor and took his arm. "What the f—— is everybody looking at? Is my fly open? There's no fly on this dress. There's no flies on *me*. Period."

"It's a beautiful dress. That's why everybody's looking," said Sanders. "The table's over here. They have drinks, and caviar, dear."

"Bye, Norm. I want to see Henny later," Iris said, as Sanders led her off. "I want to see her dress."

This arrival of the governor's mistress in a sodden but functioning state sparked an already successful party into a blaze. The Sand Witches scandal had already been well-chewed over (so far as Norman could tell, everybody in Kinja knew about it); a new topic was needed, and here was Iris. The noise level rose. Eyes gleamed, heads leaned together, as Alton Sanders moved to the hors d'œuvres table with Iris, holding her arm, his face set as though he were at some grave ceremony.

Amy Ball, breathing a fishy smell, came and draped a big arm around Norman's neck. Her long, black, beaded dress had a very high neck, which Paperman counted a mercy.

"Isn't it a pity, Norman dear?" she said through her teeth. "I mean, really it's a tragedy, don't you agree? I mean fifty years from now nobody will think anything at all about such things. The world's all going one way, lovey. But meantime poor Iris and Alton are trapped in nasty, backward old 1959. Doesn't it upset you?"

"It's not really my business, Amy."

"Well, no, but we all love Iris so. You do adore her, too, don't you? I mean like the rest of us, when the poor girl is herself? Of course, it's awful when she gets like this. I had to put up with it a couple of times. Ghastly! How long has she been at it this time?"

Norman said abruptly, " Amy, Lester Atlas is here now, you know. I've talked to him about your promissory notes, and I'm ready to give you five thousand dollars for them."

Mrs. Ball's beaming smile contracted at once to an artificial look, a small painted smile on a big serious face. " Oh! Five thousand? I said ten, you know, dear, and at that I was just maundering, I was half-tiddly. I did say ten, didn't I? I know I did, love. On the staircase at Broadstairs. And even at ten it's a shocking steal, Norman. You know it's a shocking steal. I mean you do owe me thirty-five thousand dollars, precious."

" I'll pay you thirty-five thousand, Amy, when the time comes, if we're both still alive. I thought you wanted cash now. I don't have much cash."

" But Mr. Atlas does."

" You saw Mr. Atlas in a discussion of money once."

" So I did," Mrs. Ball said with a husky laugh. " I did indeed. Oh, Douglas, how kind of you! Thank you. Douglas, you've met Norman Paperman, haven't you?"

Douglas was a tall heavy man with bushy, sandy hair, a big sandy moustache, a red handsome face, and bulging veined eyes. He carried two full champagne glasses. Amy had introduced him before as Commander Something-Something—Scott-Gresham, or Marple-Twayde—Norman didn't recall the name. The commander had talked at length to Norman about Amerigo, in a crackling British accent, using the words *actually*, *tremendous*, and *fantastic* in much the way Lester Atlas employed obscenities. He was looking into the possibilities of starting a new airline in the West Indies, he had told Norman.

" What do you think, dear?" Mrs. Ball said, accepting a glass of champagne and draining it. " Horrid old Norman here only wants to give me five thousand dollars for all those notes. Isn't that mangy and beastly of him?"

" Very beastly. However, it's five thousand more than nothing at all, pet," said the sandy man. " Actually."

" Douglas is my new business partner." Mrs. Ball took the commander's arm and snuggled. " We may start a brand-new island airline together, Norman. I mean wouldn't it be fantastic if we had some decent planes and pilots flitting about the

Caribbean, instead of the lunatics we've got now, in those frightening old kites?"

"It would be an improvement, yes."

"The growth possibilities are tremendous, actually," said Douglas.

"Of course, if I did take Norman's miserable, insulting offer, love," said Mrs. Ball, "we could charter that Cullen yacht next week after all, couldn't we? And just muck about the Greek islands for a while. It would be a lovely change. We could take off any time."

"Actually, when you think about it promissory notes are promissory notes," said Douglas, "and money is money."

"Just so." Amy Ball put out a hand. "Do you still want to make it a deal, Norman? It's kind of funny at a party, but still——"

He shook her hand at once. She looked sly and burst out laughing. "Well, that's that. Funnily enough, you know, I've buggered you and your fearsome Mr. Atlas very royally. I paid Tony and Larry four thousand for the whole lease. Not six, as he said. I've made my money back half a dozen times over. Not bad."

"Tremendous," said Douglas, squeezing her waist. "She's got a fantastic business head on her, actually."

Henny came up and said she wanted to visit the cookout to see how Hazel was doing. Mrs. Ball complimented her on her dress, a pink-and-gold sarong from Hassim's shop. Henny looked charming, indeed. She had a rosy tan, and she glowed with the excitement of the party and the pleasure of wearing a new, beautiful dress, a size smaller than usual. The mysterious pain, which had quite disappeared since her arrival, had forced her into dieting, and she was slimmer now than her own daughter. A few drinks had softened the satiric lines in her face and put sparkle in her eyes.

Norman went with her to the Tilsons, who sat at the grand centre table of the bar, ringed by friends, Negro and white.

"Paperman, everything's wonderful. Marvellous. What do you say, folks? Doesn't this beat my Francis Drake parties?"

There was vigorous agreement around the table, and a little applause. Llewellyn, the banker, said, "Mr. Paperman, you have made the Gull Reef Club a much greater asset to our island. You and your charming wife. Everybody in Kinja admires you both, and we are grateful to you."

"Well, you're very kind." Norman turned to Tilson. "All I really wanted to ask was, don't you think we might put on the chateaubriands now?"

"I'm in your hands," Tilson said. "It couldn't be better. You just keep doing it your way."

The long charcoal pit in the sand glowed yellow-white in the moonlit gloom; little flames of blue and garnet danced on the coals. The steaks lay wrapped in thick sheets of foil on a table nearby.

"I think it's that time, Sheila," Norman called from the top of the beach stairs.

"Yassuh. Dass what I been tinkin'. Dey got to cook 'most an hour, dey so tick. Girls! You hear de boss. Put on de steaks. If you drops a single one on de sand, start runnin' an' don' never come back."

Wielding long forks, the girls plopped the heavy purple meat slabs along the grills, to instant sizzlings and delicious aromas.

"We does have to keep turning dem, dat fire plenty hot," laughed Sheila. "Dey come out real good, suh. I stay right here and watch."

"My God, how marvellous that smells," Henny said. "Honestly, you've done an unbelievable job, Norm."

"I've got Sheila," Norman said. "That was luck."

As they passed through the thronged lobby, jovial party guests, clustered here and there with plates of hors d'œuvres and drinks, called compliments at Norman and Henny.

She said when they came outside, "Listen, is that true about our cute little bartender? What everybody's been saying?"

"Too true."

"Good lord. The clap? All seven of them?" Norman nodded. "Where is he? What's happened to him? Have they arrested him?"

"He's just gone, Henny. They watched the airport, but he never showed. His catamaran isn't at our pier, and it isn't in the marina. My guess is the girls warned him, and he got into his little boat and sailed away. Just sailed off into the sunset, our handsome sailor lad, to start all over in some other island

Eden, no doubt. Guadeloupe, Barbados, St. Croix, Nassau, who can say? A good-looking young white bartender is welcome anywhere. Church was born for the Caribbean."

"He was so—so *sweet*, somehow. So shy."

"He was a fire-eating sex maniac. I knew it. I just had to make do. That's the first lesson you learn down here."

Henny glanced at him as they walked along the lawn, a gloomy place of quiet between the dins of two big parties. "These people I was talking to were awfully gabby. The Campbells. They also said Iris Tramm is that governor's mistress. Is *that* true? Is it possible?"

"Why not? He's a pleasant, clever man and not bad-looking."

"He's COLOURED, Norm."

"Spoken like a liberal, Henny."

"Well, is she, or isn't she?"

"Yes, she is."

"Did *she* tell you she was?"

"Yes, she told me she was. Watch this brush in through here. Once you get past the flare, it's catch-and-keep."

They could hear the steel band bang-de-bang-banging on Lovers' Beach, amid confused hilarious noises.

"I swear, Norm," Henny said, "once you're down here a little while, you begin to feel you've turned over a rock."

"That's the second lesson of the Caribbean. And there are always more and yet more rocks, kid, with more ugly little surprises always scuttling out from under them. Never a dull moment."

She clasped his hand. "What's the matter, honey?"

"Nothing. I'm nervous. And to tell you the truth, when I saw Iris I felt like crying."

"She's in bad shape. I don't think she'll make it through the evening."

"Neither do I. Keep an eye on her, Henny, will you, when we go back, if the governor gets sidetracked?"

"Sure I will, Norm."

4

"Wow," Henny yelled—she had to yell—when they came out of the newly hacked path through the brush into Lover's Beach. "This brawl looks better than the other one!"

A gigantic bonfire blazed in the middle of the beach, showering red sparks skyward. In the blazing firelight stood the steel-band boys, stripped down to red shorts, thumping and slamming away, eyes prominent, foreheads dripping, big white teeth gleaming, shiny dark bodies reflecting the flames. All around them were writhing, wriggling, almost naked bodies, mostly white, but with a sprinkling of Negroes, among whom Norman recognised some of his prettier chambermaids. Many of the dancers held drinks that splashed and spilled. Girls were shrieking along the beach in the moonlight, chased by baying men. People were splashing in the sea, too, jumping on each other, standing on shoulders, cavorting and wrestling, all this to an obligato of protesting happy feminine screams. Some of the older guests were sitting at tables, drinking; but many grey or bald heads were among the thronging barefoot dancers on the sand.

Lionel Williams rushed up to them, crowned with a wreath of scarlet hibiscus blossoms, which in the firelight set off his red-streaked green face most engagingly. "Norman, this is the greatest! I've never had so much fun in my life! *Nobody* has, in our whole crowd. Dan just told me to be sure to book us all in right away for three weeks next Christmas. Dan's gone right through the top of the tent, Norm. He's in orbit. You've got it taped, boy, with this hotel. It's fabulous. It's the end!" Lionel shouted all this hoarsely above the music, the singing, the laughter, and the shrieks.

"I'm glad," Norman said absently. He was looking for Atlas. Hatsy, the larger Maine schoolteacher, was close by, naked to all purposes in a bikini that looked like two white strings, joyously undulating her blistered loins at a UDT man.

Lionel seized Henny's hand. "Come on, kiddo, to-night's our night to howl. Give your little self a shake-shake-shake."

"Well, why not?" Henny kicked off her gold slippers and they danced away.

Now Atlas's other school teacher, Patsy, went wiggling past, in the arms of one of the black bartenders hired for the evening. "Patsy, where's Lester?" Norman called.

"Who knows? Who cares? I haven't seen him. Golly, I love dancing on sand." And she was gone.

At this moment Norman saw Atlas—at a far table, sitting alone, an elbow on a knee, his head cocked sideways and sunk low, watching the dancers. "Hi, Lester. Having fun?" Norman said, hurrying to him.

The heavy look on Lester's face gave way to a tired smile. "Why, sure, Norm. This is a swinging party. I just haven't got that old pep to-night, you know? Ate too many spare ribs, I guess." With a shrug of his fat shoulders, Lester fumbled for a cigar at his naked hairy chest, in the place where his shirt pocket usually was. "Every now and then I think about Anaconda Copper, too. It makes me feel kind of run-down and anaemic. Lot of blood to lose, Norm. How's the other party going?"

"Well, it's not as gay as this one."

"Maybe that's what I need. Too many happy people here. Maybe I'll come over to the hotel." He drained his tumbler of whisky, and while Norman was still seeking a tactful way to head him off, Atlas groaned. "Oh, hell, I don't want to get dressed. I'm okay here. Hatsy and Patsy are having fun."

Henny came up dishevelled and giggling, holding her slippers. "Well, I found Hazel. She's in the middle of that mess, and honestly, the girl should be arrested for the way she's dancing."

"Who's she dancing with, Cohn?"

"It's hard to say. She's sort of throwing it in all directions. Cohn is standing by, looking nonplussed. How goes it, Lester?"

"Oh, I'm swinging, Henny," said Atlas. "Swinging."

"Well, I just wanted to be sure Hazel hadn't been eaten by a shark or something," Henny said. "But if there's a shark around, I think its mother is the one to worry."

The Tilson party seemed stately and stiff after the saturnalia on Lovers' Beach, but it had grown even larger, and it was lively enough. It filled the lobby, the bar, and the dance terrace. Most of the people were standing, all had drinks in their hands, and everybody seemed to be talking at once over the dulcet jazz played by the five men in silver coats.

"Hi, Iris," Norman said, as she approached him in the lobby. "Enjoying yourself?" She went straight past him without turning her head or moving her eyes. She was walking in a stiff, straight-legged way, bent slightly forward, hands hanging down, making for the bar. Norman's first thought was that she was snubbing him. Then he realised that she hadn't seen him. She bumped into one man, and other people got out of her way, whispering to each other.

Governor Sanders, he perceived, was watching Iris as she went, leaning in a doorway with folded arms. The governor looked gaunt and forbidding in his narrow white jacket and ruffled shirt; his face was grim.

Norman came to him and said in a low voice, "Can't you help her? What she doesn't need is a drink."

"There's only so much I can do," Sanders said, with an empty little smile. "She just said to me, 'If you don't want me to take this place apart, stop following me, you son of a bitch.'" Sanders twisted his mouth. "It doesn't mean anything, the abuse. That's what you have to realise."

"What's she likely to do? I mean, what's the worst? The place is a little too well built for her to take apart, really."

"Oh, that depends, Mr. Paperman. Iris can break up a party by just getting loud. I've seen her do it. She has a voice like Charles Laughton, you know, when she wants to use it, and the vocabulary of a marine. It's very disconcerting, especially to the ladies. They tend to pick up their purses and leave."

"I've heard her."

"Or she can lift her dress to her navel and dance around. Or maybe punch a few people. Iris is very strong. I gave her a plateful of food, you know. But she just put it down and went and got a glass of bourbon." Sanders glanced at the party. "I'm awfully sorry about this. Tom Tilson's a fine fellow. Maybe she'll be all right. The fact is, she's trying to behave."

Iris was coming back, walking in the same unseeing way. She seemed scarcely aware of the drink in her hand; she held it at an angle, and it spilled as she walked, leaving a wet trail on the tile floor. A dark stain was streaking down the bosom of her dress.

This time her dulled eyes rested straight on Paperman.

"Hi, Norm, great party," she said, writhing her lips around each word. "First goddamn time in a year I've had any goddamn fun. Let's dance."

"Sure, Iris," he said, holding out his arms, but she walked straight by him and Sanders, sat in a chair, and drank.

He felt a tap on his shoulder.

16 — RETURN OF HIPPOLYTE

It was Sheila. She did not say a word. She beckoned.

"Excuse me," Norman said to the governor. He followed Sheila through the lobby, through the bar, down the beach stairs, past the charcoal pit blanketed with sizzling, snapping steaks, along the shore to where the beach ended in pebbles and an outcrop of rock.

"Look dah," she said.

Her out-thrust arm pointed to the shadowy stretch of water between the fort's floodlights and the hotel glow. Norman saw what appeared to be a straw basket floating on the water. "That?" he said, pointing.

"Yas, suh."

"It's a basket."

"No, suh."

"No, you're right. It's a hat, isn't it?"

"Yas, suh."

It was, in fact, the kind of hat that island Frenchmen wore. Norman looked at Sheila. "Well, what about it?"

"I tink dat Hippolyte."

"Hippolyte? Swimming in the harbour with his *hat* on, for crying out loud? At midnight?"

"Hippolyte fonny. He swim all de time wid de hat. He don' like de sun."

"There's no sun now."

"No, suh."

"I mean it's absurd, it's idiotic, swimming with a hat on, especially in the middle of the night."

"Yes, suh."

Norman watched the moving hat. "You really think that's Hippolyte."

" I tink so, suh."

" Sheila, can you do something for me? Can you go to Lover's Beach, find Lieutenant Woods, and bring him here kind of fast?"

" Suh, if I go away, dem girls dey gone ruin dose steaks. Dose steaks dey half done. I got to go back now."

" Can you send a girl, then? Send the smartest one, and tell her to hurry. Send Delia."

" Yas, suh. I send Delia. Lootenant what?"

" Lieutenant Woods. He's a navy lieutenant. From the UDT."

" Lootenant Woods from de UDT. Yas, suh. Mistuh Pape'mon, where de fot porson?"

" At Lovers' Beach."

" I send Delia right now, suh. Lootenant Woods."

Alone in the gloom, Norman kept his eye on the hat. He could now see a face under it. The man was swimming with a side stroke, bringing only one hand out of the water. Norman began to climb along the rocks in the gloom, toward the point where the swimmer would be landing. Out here on the rocks there was only moonlight, patched with shadows of old thorny trees. He sat on a rock in the shadow and waited. His mouth felt as it had in former days when he had smoked three packs of cigarettes in a night: parched, sandy, aching. Breathing was an effort, because of the rapid, heavy beat of his heart.

Hippolyte came stumbling out of the water, glancing about with an ugly scowl. He looked most ridiculous—and at the same time most terrifying—in the big straw hat, brief bedraggled cotton shorts, and nothing else. The machete dripped in his hand.

" Hello, Hippolyte."

The swimmer turned around and peered at the shadows. Hippolyte's face seldom showed much expression, but now it did. He was very surprised.

" De boss?" he said.

" Yes, the boss."

Norman came out into the moonlight, picking his way on the rocks. He wore a crimson linen dinner jacket, black tie, black trousers, and patent-leather pumps, an interesting contrast to Hippolyte's array.

" Well, Hippolyte, how've you been?"

The Frenchman wrinkled his brow. " Not too good. I got headaches again."

" Did you go to the hospital? They can give you stuff for that."

" Yah. I go. Dey give me injection, too."

The two men stared at each other.

" Well, Hippolyte, what can I do for you?"

The Frenchman looked vacant and sheepish, and scratched his nose with the handle of the machete. After a pause, he said, " I came for de clock."

" Clock? What clock?"

" I leave my alarm clock by de gardener shack."

" So? You came for your alarm clock."

" Yah."

" All right. Come along. Let's get you your alarm clock."

He motioned to Hippolyte to go first. Norman was showing a lot of grace under pressure, for a peaceable middle-aged New Yorker with a coronary history, but he wasn't up to walking ahead of the Frenchman and presenting his back to the machete. Hippolyte docilely obeyed, scrambling along the rocks, and then striking up a path through the brush. It was an almost black path, but Paperman followed him, and in a minute or so they were on the rear lawn near the gardener's shack, well away from any of the hotel lights; a stretch of level grass surrounded by thick dark shrubbery, and lit by the high moon.

" That's quite a short cut," he said.

" I go down by dere to fish, some time."

They came to the closed door of the gardener's shack, where they could hear Millard's loud, regular, peaceful snores.

" Millard sleep," Hippolyte said. " I come back de next time."

" No, no, as long as you're here, let's get you your alarm clock, by all means." Norman rapped at the door. The snoring went on. He knocked again.

" Ugh. Ugh. Who dah?"

" The boss. Open up, Millard. Hippolyte wants his alarm clock."

" Yes, please."

Stumbling and thumping inside; the door opened. Millard, naked to the waist, and wearing his ragged gardening pants, stood there yawning, holding a cheap tin clock, with no glass over its bent hands and yellowed face.

"Wha' Hippolyte?" Millard handed Norman the clock, showing no trace of surprise or annoyance.

"Why, he's right here. He's come for his clock."

Norman gestured and glanced at Hippolyte, and uttered a startled gasp. There was only moonlit air where the Frenchman had stood seconds before. In the nearby shrubbery there was a rustling sound.

"Hippolyte!" he shouted. "Hippolyte! *Hippolyte!*—All right, Millard. Thanks."

Norman handed back the clock and ran to Lovers' Beach.

Almost the first person he noticed in the mill of the merry-makers on the sand was the kitchen maid, Delia. She was easy to spot because of the new yellow-and-white smock that Sheila had put on all the maids for the party. "Delia!" He pushed through the dancers to her. She was cavorting with Lionel Williams, and she wore his hibiscus wreath. "What are you doing? Where's Lieutenant Woods?"

"Couldn't find no lootenant, suh," the girl said with a furtive giggle, her hips working like a flywheel.

"Go away, Norm," Lionel said. "Delia's my girl now. No cutting in. Jiminy crickets, what a bash!"

Norman worked his way along the beach, and saw Woods sitting at a table with Cohn, drinking beer.

"There you are," he panted, shouldering through to them.

"What's up?" said Woods genially. "You look 'horossed.' Sit down, and have a beer."

Norman started to explain. He had not spoken half a dozen sentences when Woods, smiling but alert, held up a hand and turned to Cohn. "How long ago did the fellows leave? Can you still catch them?"

"I can sure try." Cohn got up and loped away.

"Yes, sir," Woods said. "Go on. Skivvies, and a straw hat, and a machete, you say? I'd like to see that. And where's your fat friend? The one he's after?"

"Here on this beach somewhere."

"Well, maybe to start with you'd better collect him, you know?"

"All right."

Norman circled the beach and cut through the dancers once, twice, and a third time. When he came back to Woods's table, Cohn was there with three other UDT men. Woods was slapping a long flashlight against his palm as he talked to them.

Norman said, " I can't find him. He's not on this beach. He's not at this party. Not now. I'm certain he isn't. But he was."

Woods said, " He's probably toddled off to his room to sleep. You better check that. Most of the fellows just went back to the base, sir. It's too bad, because all of us working together could find your handy man fast. This is a tiny island. Us five can round him up, too, but it'll take longer."

" This man is dangerous," Norman said. " He's supposed to have killed a policeman. Don't you think I should notify the police?"

" Well, I don't know," Woods said. " They sort of have a losing score with him, don't they? We've had a lot of training in disarming a man. Why don't we try first?"

" If you want to, I'll be desperately grateful. But shouldn't I warn my guests now?"

Woods looked thoughtful. Cohn said to the lieutenant, " Sir, I think somebody's more likely to get hurt if they all start panicking around, and talking about a maniac on the loose, and all that."

Woods nodded. He said to Paperman, " Let's first see how we make out. All right? I'd guess he'd stay where it's dark, and not bother anyone. Except your fat friend, of course, if he finds him. Just keep *him* out of the way." He gestured to the four frogmen. " All right. You all know where to go. Shove off, and we'll join up at the hotel steps."

The men trotted away in different directions.

2

Hastening back across the lawn, Norman saw Governor Sanders and Iris leaving the main house. Sanders had his arm around her waist and was holding her elbow. As she put her foot on the top stair her legs collapsed under her, and Sanders was caught off balance. She stumbled free, pitched all the way down the stairs, and sprawled face down on the gravel path.

Norman ran to help. Her face was scratched and bleeding when they raised her to a sitting position, and her torn dirtied dress was pushed above her skinned knees. She looked from Sanders to Norman, her head lolling, her eyes hardly focusing. "Norman, y'ole Jewboy, I felt sorry for you, that why . . . take the f—— place apart . . ." She fell dead asleep in Sanders' arms.

Sanders pointed to her purse lying on the grass. "Get the key of her cottage, please."

Norman retrieved the purse, saying, "Can you carry her?"

"I've done it."

Sanders raised her to her feet, and swung her up awkwardly in his arms, staggering. "Just open the door for me. I'm glad we made it outside. She really didn't do anything very bad in there."

Norman opened the Pink Cottage door. The governor plodded in with the limp, hoarsely breathing woman. "Her dress is ruined, anyway," Sanders said, putting Iris on the divan. "Might as well leave her as she is for now." He went to a closet, took out a knitted red-and-black comforter that Norman hadn't seen before, and covered the unconscious woman. He got a damp towel from the bathroom and sponged her face.

Meadows was whimpering, scratching, and clanking his chain in the porch. Norman said, "How about turning him loose?"

"Why?"

"Well—just to take care of her. Just an extra precaution. There's a lot of drunks around to-night." Norman was in a tremendous hurry to look for Atlas, and he didn't want the governor to know about Hippolyte—not yet, anyway. He was hoping to avoid an alarm.

"I guess so." Sanders went to the porch, and a moment later Meadows bounded in and licked Iris's face.

"There's nothing more to do," Sanders said. "She'll sleep for hours. She may wake up in a very bad state. You'll let me know?"

"I'll send my wife in, early in the morning, and then I'll call you."

Sanders looked down at the swollen, paint-smeared, scratched face of Mrs. Tramm, and then at Norman, with a disturbingly penetrating glance. "What did you think when you first met Iris here? Tell the truth. The blonde goddess of the island paradise?"

"Something like that, yes."

Sanders regarded Iris for a moment, smiling without amusement. He brushed hair out of her eyes. "I suppose I should get back to the party, and keep the talk down. Meadows, take care of her."

Emerging from the cottage, they saw Woods, Cohn, and two other swimmers talking in a huddle near the steps to the main house; four muscular brown men, almost naked in the warm night.

"Hello, Lieutenant," the governor said, "leaving the party so soon?"

"Well, sir, pretty soon now."

"I hear your boys made another fine jump. Well done." The governor went into the hotel.

Woods said to Paperman, "No sign of him, but Thompson is still beating along the rocks on the north side. Find your fat friend yet?"

"I'm just going up to his room."

"Well, unless Frenchy's better at getting himself into solid thorn brush than we are—and we're not bad at it, and he's as naked as we are—he's probably in some crawl hole, or maybe he broke into one of the cottages. We didn't want to search them without your say-so."

A squat round-headed UDT man came trotting into the light, signalling lack of success with upturned hands.

"That does it. Nothing to do but keep looking," Woods said. "Better locate your friend, though."

"If he isn't already dead," said Norman nervously.

Woods smiled. "I really don't think Frenchy's got him this fast, sir. The question is——"

"Wait a second." Norman held up his hand, and listened. He was hearing hoarse guffaws and shouting in the hotel, coming from the vicinity of the bar or the dance terrace. The words were indecipherable, but the noise was as characteristic as the call of a moose. "*Waw baw graw ror wah haw haw*," came the voice. Then, somewhat more clearly over the party noise, "*Con permisso!*"

"That's him," Norman said.

" Fine," said Woods, " now we know where *he* is."

" Not so fine," exclaimed Norman, feeling greatly relieved and much more frantic, all at once. " He's in there ruining my dinner party! Don't you realise that? He's absolutely fractured. And Hippolyte's lurking around somewhere, that's for sure, and he'll hear him, too, sooner or later. Suppose he comes charging among all those women in his wet drawers, swinging the machete? What then?"

" Well, we can keep a pretty good watch out here, sir——"

" Yes, but he *knows* this place! Suppose he slips through? He'll start a riot. Tilson's guests will all be swimming for the shore in their dinner clothes. I'll probably go bankrupt. He may behead a couple of people in sheer playfulness as they run around screaming. I'm just mentioning a few small possibilities here——"

Woods put a hand on his arm. " Sir, you keep your friend in there. Frenchy won't get past us, and we'll find him."

" In fact, this will probably bring him out of hiding," Cohn said. " Make your friend holler louder."

" That's something that's never been necessary," Norman said.

" Before we check the cottages," Woods said, " can you tell us of any hole where he might be hiding? Some place he'd know about, and we wouldn't?"

Norman bethought himself, after a moment, of the crawl space beneath the hotel, where the pump was. He described it to Woods.

" That sounds real possible. Bob, why don't you volunteer to take a look in that hole?" The lieutenant handed Cohn the flashlight. " You've got sort of a stumpy neck, it's less of a target."

" I unwillingly volunteer," Cohn said. " Where's this death trap, now, Norm?"

Paperman led him around the back of the hotel and pointed down the sandy embankment. " Through the trelliswork there. You'll see the hole in the wall. Good luck, Bob. Be very careful, please."

Cohn said, " You know, I don't like this one bit. I'm too short for Hazel as it is." He went down and disappeared in the gloom.

The Atlas noises were definitely coming from the dance

terrace now, and there was handclapping too. Norman dashed
through the kitchen passageway and the lobby to the terrace,
and saw Atlas dancing the merengue with Sheila, in a ring of
laughing, applauding guests. Atlas now wore a brown silk
dinner jacket, with his blue television evening shirt, and black
trousers. A big cigar was in his teeth, and Sheila's chef's cap
was on his head. The cook seemed both amused and annoyed;
at any rate she was dancing, and they made a monumental pair.

Norman found Henny and Mrs. Tilson in the ring, giggling
together. " Ye gods, Henny, why didn't you stop him? This is
so awful."

Letty Tilson, all dimples and diamonds, in a knee-length
bouffant black dress, said, " Oh, pshaw, Norman, he's funny.
Let him be."

Henny said, " Have you ever *tried* stopping Lester?"

Lester and the cook danced by them, and Sheila rolled her
eyes at Paperman. " Suh, de fot person *make* me come and
dance," she cried. " De steaks dey all ready."

" Steaks, shmakes," roared Lester. " Hey, Norm! What
does your meter read now? Haw haw!" And he spun away.

Mercifully the music soon stopped. Sheila snatched her cap
off Atlas's head and retreated in grinning embarrassment,
shaking her head at all the jokes the guests shouted at her.
Atlas rolled up to the Papermans, sweating. " I'm telling you,
Norm, your fancy party was dying," he panted hoarsely. " I
was just doing my duty as senior partner, here, stirring things
up a bit."

" Well stirred," Mrs. Tilson said. " It's my party, Mr. Atlas,
mine and my husband's, and I'm much obliged to you. You're
a real live-wire."

Atlas at once put on his company manners: the straight
back, the softened voice, the ingratiating smile. " Well, hello!
I'm not aware that I was invited, and I'm off to Lover's Beach
now, but I just thought I'd look in."

" Of course you're invited. Don't you dare go away, now."

Norman said hastily, " No, don't go, Lester. Don't think of
it. There's an extra place at our table. Come along, they're
going to serve any minute."

" Well, how nice of you all," Lester said.

Norman's table was one of the outer ones, at the edge of the
dining terrace; and Lester dropped himself in a chair with his

back squarely against the low terrace wall, before Norman or anyone else asked him to. After this, all Norman could think of was that it was now possible for Hippolyte to climb the rough fieldstone wall and kill Atlas with a blow. It was not only possible, it seemed to Norman the next event of interest that was going to occur. Atlas's shiny red skull was a terribly recognisable and visible target. He sat right under a flare. Norman had a vision, almost a hallucination, of Hippolyte rising up and shearing off Atlas's head so neatly, with that razor-sharp machete, that it would remain sitting on Lester's shoulders, not even bleeding; and there would be no immediate way of knowing what had happened, except that Atlas would at last shut up.

With this gruesome fantasy strong in his mind, Norman made a poor show of accepting compliments on all sides for the massed flowers decorating the terrace, the individual place cards that the depraved Church had done in water colours before sailing away, the gardenias at each lady's plate, the orchid centrepieces, and all the other touches on which he had laboured. So restless was he that he excused himself as waiters began bringing in bowls of salad and steaks on wooden boards, while others passed around the tables pouring Burgundy; and he went out to talk to Woods.

The lieutenant stood as before at the entrance to the main house, with one other frogman. " Hi," he said. " No luck yet. The boys are making another sweep all around. Then if you give us the okay, we'll try the cottages. He's got to be hiding, if he didn't swim off."

" I take it Cohn came back alive."

" Greasy, but alive, yes."

" Do you know where Atlas is sitting?"

" Yes," Woods laughed. " He doesn't have a worry in the world, does he?"

" Nobody does," Norman said, in a flare of irritation. " They're all having the time of their lives, they think everything's peachy. And I'm hovering between a heart attack and a nervous collapse."

" Well, now, Mr. Paperman, why don't you go on back and have a good time yourself? If he shows, we'll get him for you."

Norman went back, endured Henny's growl at him for letting the wonderful steak get cold, and did his best to eat. But he

could hardly choke down a few mouthfuls. He could not drink
wine. He had drunk nothing since Hippolyte had appeared.
Atlas, of course, ate enough steak for three, and drank wine to
correspond, all the time joking in his foghorn voice. Norman
thought that Hippolyte, even if he were blind, could home in
on that voice to strike and kill.

A round of pink champagne came with the dessert. Chunky
Collins stood, glass in one hand, silver spoon in the other, and
began to lead the guests in serenading Tom Tilson with *For
He's a Jolly Good Fellow*. Midway through this song, bawled
gaily by two hundred people, Norman saw—far down the
terrace, at the end in shadow—Cohn's head, and his brown
waving arm, poking through the doorway. At once he left the
table, ignoring Henny's peevish challenge, " Norman, *will* you
stop jumping up every two minutes? Come *back* here! What
now?"

Cohn was streaked with black grease and plastered with
sand. He seemed in an excellent humour. " I guess we've got
him," he said. " He was hiding under the pier all the time.
That telephone operator of yours came down to get the
gondola, and he popped out at her. Almost scared her to death.
She screamed, and he took off into the brush, and the fellows
are after him now."

" How about Esmé? Is she all right?" Norman said, with a
pang of worry and guilt. He had prevailed on the girl, with a
promise of overtime pay, to stay at the switchboard until
midnight, though she had said she was very tired.

" Well, she's sort of hysterical. She's still on the pier. The
C.O. says for you to go have a look. Frenchy is boxed in now,
in the brush between the Blue Cottage and Lovers' Beach, and
I've got to get back there. We'll be fetching him out."

" Watch yourself!"

" Oh, sure."

Esmé sat in the gondola moaning. Virgil was trying to comfort her. Her eyes were starting from her head, and she
clutched both hands over her stomach. " He has nuttin' on,"
she said. " Jus' a hat, de crazy mon. He jump out wid a big
cutlash, he all naked like a don-key. He crazy."

" Esmé, how do you feel?" Norman said.

" Mistuh Papuh, I got bad pain," said Esmé, rocking back
and forth. " Bad pain start."

"You stay right here with her, Virgil," Norman said. "Dr. Tracy Pullman is at the party and I'm going to bring him down here, right away."

"Yeffuh, I ftay heah."

"Esmé, I'm going to bring you the doctor who's the head of the hospital. You can just be calm, now."

"Tank you, suh," the girl moaned.

Norman rushed back to the hotel and made his way across the dining terrace, dodging among the waiters with their baked Alaskas, looking for the doctor. Henny called at him as he passed, "Norman, what the hell is the matter with you?"

"Nothing, nothing."

"Then why do you keep popping in and out like a lunatic? It's a perfect party. Just sit down and *enjoy* yourself, for Christ's sake."

"I'll be right back."

Atlas said, "Norm, a boss has to look relaxed. He has to look on top of the situation, Norm. You're creating the wrong image."

"Okay, okay."

Espying Dr. Pullman at Mrs. Turnbull's table, Paperman hurried to him, and whispered in his ear. Dr. Pullman pushed back his half-eaten portion of baked Alaska, threw down a napkin, and rose with a discontented sigh. He wore a splendidly cut tuxedo; he was taller and heavier than the senator, with the same round dark face and shrewd eyes.

"Busman's holiday," he said. "Excuse me, folks," and he went along with Paperman to the pier. On the way Norman told him about Esmé's alien status, and forlornly asked the doctor whether he could " give Esmé something " to arrest the course of nature until he could bundle her on a plane to Nevis in the morning.

Pullman laughed. "Man, that's a pill nobody invented yet."

"Well, then, what shall we do? Move her to the hospital? I mean, we have no facilities here—I'll pay——"

The doctor patted his shoulder. "Suppose I just take a look first."

The round-headed frogman, Thompson, came jogging up to Paperman as they approached the pier. "Sir, the C.O. thinks we've got him, and says for you to come along. You might be able to talk to him."

Norman followed the young man as he trotted tranquilly down the lawn toward the Blue Cottage, the last cottage in the row. Woods and Cohn were pacing, and peering into the brush. "Hello, Frenchy's right in here," Woods said. "He was quiet for a while, but then he started to move, and we heard him. We surrounded him and he stopped again." Woods directed his flashlight at the thick brush; the leaves looked a bright artificial green in the cone of light. "That's about where he is—somewhere between there and the water. Try talking to him."

Norman thought for a moment, and raised his voice. "Hippolyte? Hippolyte, you come out and go home."

No response.

"Nobody's going to bother you. I haven't called the police, Hippolyte, you can just go home and forget all about this. Come back to-morrow and I'll give you the clock." He paused. The only sounds were the loud party noise from Lovers' Beach, and the faint orchestra at the main house. He glanced at Woods and shouted, "I'll give you the clock, and the money I owe you, Hippolyte. You know you have about seventy-five dollars coming."

From the brush, not a sound.

Woods said to Cohn, "I guess maybe we'll have to go in."

"Are you sure he's there? Maybe he's down on the rocks," Norman said, "working back to the main house behind the cottages. Hippolyte knows his way around this place."

"Davis is down at the water," Cohn said. "He won't get past Davis."

"No," Woods said. "How about passing the word, Bob? Tell the fellows we'll go in now. I'll give them a yell to start them."

"Wait a minute! I'm going to call the police," Norman said. "There's absolutely no reason for your men to take these chances any more."

"It's kind of late at night to telephone the police, isn't it? You'll only wake the man on duty," the lieutenant said. "This is not a bad night exercise. Go ahead, Bob."

Cohn went into the brush, making little noise; Norman could barely hear him moving. The moon glittered almost overhead in a clear black sky, paling out all but the brightest stars. By contrast with the muffled jollity at Lovers' Beach, the lawn seemed quiet as a graveyard. After a minute or so, Woods, softly tapping the flashlight on his palm, said, " Okay, here goes. You just stay here, will you, sir? We'll bring him out this way, and you can—ye gods, what's *that* now?"

Far up the lawn, in the Pink Cottage, the dog was bursting forth in crazed, furious, hate-filled barking and snarling.

" *That's* where he is, Lieutenant," Norman shouted. " He did slip past your men. I told you he could. He's at the Pink Cottage. He's there right now!"

Norman ran up the lawn. Woods called quick orders at his men in the brush, then sprinted after Norman, overtook him, and plunged out of sight on the far side of the Pink Cottage, heading down through the shrubbery toward the water. Cohn came up behind Norman. The dog yapped, howled, barked, and as they neared the cottage they could hear the beast hurling himself against a door.

" I guess this is it," Cohn said. " The C.O. says for you and me to stay out here on the lawn."

They heard confused shouts from down below the cottage. " There he is! I see him. Hey, Fred, he's heading your way! No, no, he turned—this way, *this* way, Tommy—up the bank——"

There was a loud crash on the seaward side of the cottage—a splintering, tearing sound, a breaking of wood, and a skittering of wood and metal on stone. Hippolyte at the same moment came out of the shrubbery into the moonlight, moving clumsily but fast. He stopped when he saw Norman and the swimmer, showed his teeth, and made a disgusted, wordless noise—" Aaagh!" As he did this, Meadows came snarling and bounding from behind the cottage, straight for Hippolyte's back. The Frenchman heard the animal, turned, and raised the machete. Meadows leaped for him, Hippolyte swung hard, and the dog fell to the ground with a piercing yelp. In this moment when Hippolyte was distracted, Cohn ran at the Frenchman, shouting for the others; and Norman Paperman, entirely without forethought, charged Hippolyte, too.

Cohn caught the man's arm as it swung up again, Norman clasped him around the middle, and the three went thrashing down on the dewy, sweet-smelling grass. Hippolyte's knee caught Norman painfully in the stomach, and he tore at one of Norman's ears. The Frenchman smelled rank as a zoo animal.

This frightening tangle on the wet grass lasted a very short time. The other frogmen came trampling up, there was a grunting scrimmage, and Norman was pulled free and helped to his feet. Woods captured the blood-streaked machete, and three of the men raised Hippolyte, keeping a tight hold on him. But the Frenchman, his head bowed, didn't resist. For the first time, Norman noticed that Hippolyte had a large bald spot.

Meadows was limping in circles, uttering cries of agony; then he sank to the grass, whimpering, licking his fur. Woods approached the dog carefully. "That's a bad gash," he said with a cautious pat on the dog's head. Blood was welling from a slanting cut on Meadows' left haunch, extending all down the leg. "It has to be sewed up right away. Red, where does that vet live? Red's got a dog," he said to Norman.

The tall shaven-headed youngster, who was standing guard on Hippolyte with the others, said, "He lives out near the dairy farm, sir. The heck of it is, he doesn't have a telephone."

"Isn't this Mrs. Tramm's dog?" Woods said, kneeling and patting the dog's drooping head. "I guess somebody should notify her. We can get him up to the vet in our truck, but——"

"I'll tell her," Norman hastily put in. "Please go ahead right now, and just take him to the vet. She's somewhere at the party, and I may be a while finding her. Go ahead, and I know she'll be grateful."

"Well, all right. And I guess we'll turn our friend here in at the fort," the lieutenant added, with his hands on his hips, regarding Hippolyte with a wry smile. "And then cease present exercises."

"Boss, you get me my clock?" Hippolyte spoke up without rancour, even with a simple smile, his face a-squint as usual. He had never given the dog a second look.

"You really want that clock?"

"It my clock."

"All right."

Norman went around the back of the Pink Cottage first, and entered through the screen door that Meadows had smashed open. He found Iris lying on the divan in the same position as before. The puffed, scratched face was wet with perspiration, and she was breathing hard. The dog's wild commotion had evidently not roused her at all. He dried her face with the towel Sanders had used, left her undisturbed, and hastened to the gardener's shack. Millard, hammered awake, handed over the clock again, displaying not the slightest annoyance.

Hippolyte sat in the stern of the gondola between Lieutenant Woods and another frogman. The boy with the shaved head held Meadows on his lap in the bow, stroking him and murmuring to him. Meadows, his fur matted with blood, lay with hanging tongue, looking beaten and doleful. Cohn and the bullet-headed swimmer Thompson stood on the pier. Norman said to Virgil, "Where's Esmé? What happened to her? Where's the doctor?"

Virgil reported, in a great cascade of *f*'s, that Pullman had ordered him to send Esmé immediately to the hospital in a taxi-cab, and had returned to the party. Esmé was surely at the hospital now. "Fee in bad fape," Virgil commented. "Fee fcared."

Norman handed the clock to the impassive handy man. "Hippolyte, you've been very bad to-night."

"I got headaches," Hippolyte said, with a puzzled squint.

"I suppose that does it," Lieutenant Woods said. "Bob and Tommy are staying on for a free beer or two, if that's all right, sir. We'll shove off."

"All right?" Norman said. "Lieutenant, your team has permanent total free bar privileges in this club. I mean that."

Woods laughed. "You don't know what you're saying. I didn't hear that. We enjoyed the drinks and the steak dinner, we're more than even, and thanks."

"Well, how in God's name can I thank you?"

"What for? It was a good drill. The boys did all right, I thought—and say, so did you, sir. Let's go, Virgil."

The gondola pulled away. Meadows, on the lap of the frogman, raised his head, panting, and watched Norman's face. The frogman stroked him as they went.

"Poor pooch. Did you tell Iris?" Cohn said.

"I couldn't find her. I will."

"I'll get back to the brawl, I guess. Hazel must think I ducked out on her. Coming, Tommy? Thanks a lot, Norman."

"What the devil are you thanking *me* for?"

"Well, there was only one bad moment in the whole business

there, really," Cohn said, " when he came out on the lawn. You were a help. If the truth be known, Norman, you're an ugly customer."

The two swimmers went off, in the elastic lope which seemed their normal gait.

Norman encountered Dr. Pullman in the hotel lobby, hanging up the desk telephone. " Well, right on time. Congratulations," Pullman said. " I've just been checking. It was quite close. She had the baby on the floor of the admissions room. A fine boy. Come down to the hospital to-morrow morning, Mr. Paperman, and I'll make out the birth certificate for you. Any time after nine o'clock——"

" Dr. Pullman, what do you mean, for me? I'm not the father."

" I'll take your word for that, but he's an American citizen now. She's in your employ, and there are the customary formalities." Dr. Pullman gave him a knowing smile and a wink. " In a way, I suppose you should pass out cigars. It's a real addition to your family. By the by, this is the best party I've ever been to on this island. You really have the touch."

Numbed, bemused, Paperman returned to the party. He still could scarcely believe that the crisis was past, that the catastrophe had not occurred, and that to-night it would not occur; that for once, in this grim test of the Tilson party, he had beaten the island of Kinja at its sullen eerie game. The dining terrace was emptying, but some guests still lingered over their coffee and liqueurs. Henny sat alone at Norman's table, her face clouded and mean.

" Well, hello there, beautiful," she said to him. " I decided I was just going to sit here until you remembered to come for me, or until the sun rose. Where in the lousy hell have you been? Making time with some floozie at the other party?"

Norman sank into a chair. " I'm sorry, darling. There were a couple of small things I had to look after. Where's Lester?"

" Off boozing, naturally. Small things! What small things? Everything was going smoothly as oil, only *you* kept flapping around like a demented albatross. I've never been more aggravated."

" Did it really go all right? Really? Nobody was disturbed by anything?"

" What was there to disturb them? Iris's dog barking once?"

And how did your jacket get so rumpled and damp? What on earth *have* you been doing?"

A hand fell on Norman's shoulder. Letty and Tom Tilson were standing there. Tilson offered his hand, and Norman wearily rose and shook it.

" Thanks, Paperman," said Tilson, looking him in the eye. " Thanks for an incredible success. It's been marvellous. Not a hitch, not a slip-up. In Kinja! I'm impressed, I swear to you."

" Everyone is. If you're interested," Letty said, " you and your Gull Reef Club are *in*. There's nobody worth mentioning on this island who doesn't think you're great."

" I'm glad. Very glad. Of course the party isn't over. There's more music. The bars will go till three—and then there'll be late snacks——"

" I know." Tilson was still holding his hand, and looking keenly at him. " Tell me something, Norman. Has it been all that hard? You seem a little tired."

Norman did not miss this switch to his given name, the first time Tom Tilson had used it.

Norman took a moment to reply. " Well—yes, Tom. It's been a bit hard. But that's this business, you know."

" Listen, man," Tilson said, " the important thing is, you've licked the Caribbean once. It'll stay licked now. You're all right, Norman."

He squeezed Paperman's hand, smiled, and walked off.

" Come on, Henny," Paperman said. " I'm sorry I neglected you. I'll never neglect you again. Let's have some fun now. Let's dance."

17—CARNIVAL IS VERY SWEET

A few surly breakfasters were on the dining terrace when Norman came down, and half a dozen guests were already in the bar, starting the day with the most popular if not the wisest hangover remedy. He had been awakened by a call from Cohn. Meadows was all right, and the veterinarian had said the animal's leg would heal, though with a bad scar. The frogman had first tried to talk to Iris, but she had not answered her phone.

In the lobby, the undertaker's assistants were stacking and carting away chairs. The chambermaids were sweeping the floor and rearranging the furniture, and the waitresses were taking down chains and wreaths of wilted flowers. It was a beautiful morning, even for Amerigo. The sky was pure clear blue. A fragrant breeze hardly ruffled the quiet sea, as it lapped at the beach in small crisp ripples. The sunlight was white and very hot. When Norman walked where the sun shone, the warmth on his tired body was a tonic. He had hardly slept, elated as he was with his unlooked-for triumph. A good bake in the sun, he decided, a beer or two, and a swim would fit him for the day. He returned to his room and put on trunks, tip-toeing about so as not to wake Henny. Coming back to the bar, he was surprised to see Hassim there with a blond, curly-haired, broad-shouldered sailor in whites, not more than nine-teen, with an innocent tough pink face.

" Norman, you wonder man, you," Hassim squealed. " That was the *best* party I've ever been at! What a do! They'll talk about it for years! Meet Hennessy, sweetie. Hennessy's just off that sub that came in this morning. They'll only be in port till noon. He bought an *adorable* watch for his mother from me, and I'm standing him to a beer. Let Mr. Paperman see it, Hennessy."

The sailor with bashful pride took out a Little Constantinople box, and showed Norman a tiny French gold watch set with small diamonds.

" Isn't it *heaven*?" said Hassim.

" Ye gods, can you afford that, boy?" Paperman said.

The sailor put away the box, blushing. " Well, sir, it's like this, the other fellows play cards and Ah don't. And well, you know, Ah don't spend mah money on some other things like they do. Mah mom's about all Ah've got, and well, this is mah pleasure, sir."

" Isn't he nice?" Hassim purred. " Only Southerners are like that. Real gentlemen."

Norman could see that Hassim wasn't making a play for this sailor. Such a boy would be dumbfounded if Hassim made one of his odd proposals, and would just laugh at him, if he didn't knock him senseless with a blow. Hassim was wistfully enjoying

Hennessy's sunny presence for an hour or so, as a lonesome ugly old man will take a beauty to dinner with no hope of sleeping with her; as, indeed, Lester Atlas entertained actresses, who put up with his crudity for the sake of dinner at the Colony or the Four Seasons. Norman wasn't happy about having Hassim at the Club this early in the morning. The Turk was such a blatant old queen; colourful and exotic, no doubt, with his quacking voice and bouncy manners, and adding much Caribbean authenticity to the scene, but a bit oppressive. There was nothing to do about it, however. He left Hassim to entertain the sailor boy, and went down on the beach to enjoy the sunshine and his beer.

He had been lounging on a chair for perhaps half an hour, oozing sweat and beginning to feel drowsy and good, when a call from the new bartender roused him. " Mistuh Papuhman, suh! De police heah. Wants to axe you about last night."

A rookie cop by the name of Parris stood at the top of the beach stairs beside the bartender, his khaki uniform ablaze with gold braid, pistols and bullet belt prominent around his slim middle.

" Hello, there, Parris. Shall I come up?"

" If you please, suh. It kind of hot out dah."

" Coming."

Parris said as he approached, " Dat Frenchman still in de fort. De chief send me to get a full statement."

" Good. Something to drink?"

" I just have a Seven-Up, tank you very much."

" Right. Another beer, please, Cecil."

Norman knew Parris and liked him: a tall, bony, slightly jittery Kinjan, not too many years out of high school, with a toothbrush moustache that made him look younger, perhaps, than he was. Parris took himself and his uniform most seriously. He was one of the pleasanter Kinja cops, punctilious and obliging, and quicker than most to answer a call, or to untangle a traffic jam without excessive shouting and bullying.

Parris pulled out a large leather notebook and began writing down Norman's narrative, often asking him to stop while he painstakingly scrawled. He hardly touched his soft drink. He seemed distracted, and more nervous than usual; he kept glancing at Hassim and the sailor, who were now on their third or fourth round. The sailor was flushed and boisterous, and

Hassim was putting on a rather strong performance. "Excuse me a minute, suh," he said, and he went over to the other table.

Norman was well aware of the unwritten rule in Kinja protecting sailors from the gay crowd. But Hassim's intentions toward Hennessy being so obviously innocent, Norman hadn't thought of it before, and he imagined it might not even have occurred to the fluttery Turk. After all, a mere drink in the morning!

Parris spoke to them in low tones, and Norman saw the disconcerted look on both their faces. Hassim said something placating and jolly. The sailor also answered the policeman with a joke. Parris spoke louder. The sailor retorted sharply, and the policeman grasped his shoulder. The sailor knocked the dark slender hand off his white uniform with such force that Parris staggered back.

"Now, mister policeman, hands off me. Ah'll drink a bottle of beer with anybody Ah please. This gentleman's mah friend, and whah don't you get lost? We ain't bothering nobody."

Parris fell back a few more steps and drew a large pistol. "You resistin' an officer!" he exclaimed. "You realise dat?"

The sailor opened very round blue eyes, and stood, swaying a step or two toward the policeman. "Now listen, mister policeman, take it easy, heah? That there's a *gun*. Whah, Ah bet it has real live bullets in it. People can get hurt by them things, honest."

"You keep away from me. You coming wid me to de fort," Parris said shrilly, brandishing the pistol.

Norman was too startled by all this to interfere, but Hassim got up and seized Hennessy's arm just as the boy started to move toward the policeman, smiling genially. Parris walked backwards three or four steps, and fired his gun twice. The two explosions sounded thin and fake in the open air of the bar. Norman smelled gunsmoke. Nothing happened to the sailor, but Hassim put his hand to his chest, with a shocked, pained look. "Oh, Parris, you *fool*! Now why did you do that? This is so ridiculous—this is absolutely *ridiculous*." So saying, he toppled forward on his face. Norman jumped to his side. Hassim rolled over and turned his head toward Norman. "I don't believe this, Norman dear, you know?" he said with a grimace and a cough. "I simply *don't* believe it. It's too silly, and besides——" He said nothing more because he died. The light went out of his eyes, he gave a gasp, he stopped breathing, and his mouth fell open. Norman had a corpse on his hands, and Hassim looked every inch a corpse. His chest was still, and so was he; quite still, and limp, his open eyes fixed. A stain discoloured his mauve shirt.

Parris dropped his gun on the floor, fell into a chair with his hands over his face, and started to sob.

The sailor stood, legs spread as though he were on a heaving deck, looking at the dead man and then at the weeping cop, his square face as puzzled as an animal's.

Norman telephoned the police at once. The agitated desk sergeant promised to come over, and to bring the chief of police if he could find him. The trouble was, he said, that the Carnival Parade down Prince of Wales Street had already started, and the chief was out in a patrol car to help keep things moving.

There was nothing to do but wait. Parris pulled himself together and told everybody not to touch Hassim—who was looking deader by the minute—because the police had to record the details of the incident exactly as it had occurred. He took the names of the half-dozen other people in the bar who were sitting around in sombre stupefaction, told them to remain, and closed off the door to the lobby.

Hassim's death seemed to Norman not tragic, not serious, hardly real. There the storekeeper lay on the red tiles, his last whisky sour still unconsumed on the table, a sea breeze fanning him, a beautiful tropic scene as his background, with eight Christmas vacationers as unwilling stunned watchers over his cadaver. Norman's thoughts were fragmentary and stupid— what would this do to the lunch business? Could a pretence be carried off that Hassim had had a stroke? How loud had the shots sounded? To Norman they had seemed no noisier than two big firecrackers going off.

Fifteen minutes after Norman telephoned, the chief of police appeared in his sunburst of gold braid, accompanied by three other cops in the usual bullet belts and pistols. Norman knew the chief as a jovial sort given to flirting on the street, but now he was all business. He marshalled the witnesses one by one, got a coherent story in short order out of them, and hurried along the photographing of the scene, and the taking of measurements. Two men from the undertaking parlour arrived with a long brown basket—the same ones who had been removing chairs an hour earlier—and stood waiting for permission to carry off Hassim to his last home. The usual procedure in Amerigo, except for people who had family plots in one of the old cemeteries, was to bury them in weighted sacks at sea.

It was now wearing on toward noon, and people were beginning to knock at the closed door of the bar. A few also tried to come around by the open terrace, but the chief posted a man there to send them back. At one point the hammering at the door became insistent, and a policeman came in to whisper to his chief, who nodded, and beckoned to Paperman. "Ah, suh, de lady who stay here, Mrs. Tramm—ah, de governor's, ah, friend, you know—she want to know what become of her dog. She can't find him and she very upset."

"May I go out and talk to her? I won't be long."

The chief nodded.

The lobby was about half full of murmuring guests, who glanced at Paperman with alarmed curiosity. Lionel, standing right at the door, buttonholed him. "What is this, Norm? Some people say there was a shooting, others say a fellow dropped dead. A lot of folks want a hair of the dog, you know, and they're all wondering what the hell about the cops and everything."

"Tell them the bar'll be open in about ten minutes, Lionel. We're having a bit of trouble. It's one of those things." Norman broke away, seeing Iris at the door of the lobby, staring out at the lawn.

"Iris, I know where Meadows is. Don't worry," he said, coming up to her.

"Do you? Thank God. He broke the screen door and got out. I could swear I had him chained. But I was so damned drunk!" When she turned to talk to him, she shocked Norman with her battered unpainted face, her bloodshot eyes in sunken brown sockets, and her wild look of fear. She wore a shapeless house dress of grey. "Where is he? Is he all right?"

"Yes. He will be."

Norman gave her a rapid account of what had happened, starting his story with Cohn's reassuring report. Iris's face contorted when he described the wounding of the dog. She pressed him for details about the injury to Meadows. Norman did his best to minimise it.

" Well, there's only one thing to do, and that's go and get him," she said. " Dr. Keller is fine, Meadows likes him, but the poor beast must be horribly sad and lonesome." She started down the stairs, then halted halfway.

Iris was sober, her walk was steady, but she was suffering a storm of nerves, Norman judged. The broken door, the vanished dog, had been a shock for which she was ill-prepared. She seemed oblivious to the trouble in the bar, to the gathering crowd in the lobby.

" Norm, what day is this? Thursday or Friday?"

" It's Friday, Iris."

" Hell and damnation, then the Carnival Parade's on. I'll never get my car out of the garage. It's right there on Prince of Wales Street. You'll have to lend me the Rover." She ran up the stairs, holding out a shaky hand. " Please give me the key."

" If you wait a while, Iris, I'll drive you."

" But when will you be free? Don't you have a tourist with a heart attack in the bar, or some damned thing?"

A policeman came to Norman at this moment and said, " The chief axe to talk to you now, suh. He got papers you must sign."

" I'll be there."

Iris followed Norman to the desk in the lobby. " How can you drive out past the parade?" he said. " Isn't the whole waterfront shut off by the judges' stand? You're better off walking to Back Street and getting a taxi."

" No, no. There's a way around the back of the judges' stand. I've done this before. All the damned taxi drivers will be watching the parade. Not a one of them will want to drive me way out in the country, not for love or money. Give me the key, Norman. Please. I'm perfectly all right and I want my dog."

Norman gave her the key.

She sighed. " Darling, did I do anything very terrible last night? I remember nothing except getting dressed and coming over here with every intention of wrecking the joint. Don't ask me why. I woke up and found my evening dress still on me, and all messed up. What went on? Did I rape somebody? Or get raped?"

" You were fine, Iris. You fell asleep and missed the dinner.

The governor and I put you to bed. You sort of slipped and fell on the gravel at one point. You didn't do anything."

" Thank heaven. How was the party?"

" Everyone says, the biggest success ever on this island."

Her look brightened. She leaned over and kissed his cheek. " I'm glad. Norman, don't ever tell Henny, and let's not do a thing about it, for heaven's sake, but I do believe I fell in love with you, a little bit. But now I'm going to get my dog and go back to San Diego, on the first plane I can catch. I've had the Caribbean. I've decided that."

" That's wise, Iris. We'll miss you, but it's the thing to do."

" We'll stay in touch, though, Norm, won't we? I'd like to know how you and Henny make out here. And listen, no matter what, let's go on exchanging postcards, just a couple of times a year—say on Yom Kippur and Easter, how's that? Till we're both old and grey. And whenever you hear a Maxine Sullivan record, why, you can think of me, your young love that you had when you were fifty."

" Forty-nine, for God's sake, Iris," Norman managed to say. " That's bad enough."

" 'Bye, Norman Paperman." She glanced around the busy lobby, then touched his face with her hand. " Let's have another incarnation some time soon, why don't we? And next time let's do it right, okay darling? Let's make it to Dingley Dell. God, I've felt better. And looked better, I daresay." She gave him a crooked smile, and hurried out of the lobby.

The door to the bar was open and guests were streaming in. Where Hassim's body had lain there was only the red tile floor. Norman saw the two undertaker's men moving clumsily off down the dance terrace with the shut brown basket. The police-men were following the basket, and Hennessy was going with them; only the chief remained at a table, writing. Norman had to sign a green form and a white form, and the chief told him that later a policeman would return and the witnesses would be asked to sign typed transcripts of their stories.

" What's going to happen to Parris?" Norman said. " Was this murder, or manslaughter, Chief, or what?"

The chief shrugged, putting his papers into a briefcase. " Dat be for de judge, and maybe for a jury, to say. Parris a good officer, and Mr. Hassim a fine gentleman, but "—the chief rolled knowing eyes at Norman—" his unfortunate peculiarity cause de trouble, you know! Mrs. Tramm find her dog all right?"

"Yes, that's taken care of."

The chief closed his briefcase and stood. "Well, I'm sorry dis disagreeable incident mar your holiday sea-son."

"Excuse me, Chief." The new bartender was hovering nearby. He pointed to the table where Hennessy and Hassim had sat. "Is it all right—can I move dose now? Parris say not to touch dem."

On the table stood Hennessy's empty beer glass, and the whisky sour that Hassim had not managed to drink.

"Oh yes. Dat be all finish."

The bartender took up the glasses and swept a rag over the table. Four guests immediately fell into the chairs, clamouring for drinks.

The chief shook hands with Norman, in an embarrassed way. "Could you stop by de fort some time to-day and give us a statement on Hippolyte Lamartine?"

"Yes, of course. How's Hippolyte?"

"Oh, not too bad. He got plenty friends in de jail."

Norman's fear that the death would cast a pall over the hotel was groundless, he soon saw. The bar became as crowded as ever, and unusually animated. The shooting was a topic for talk and since almost nobody knew just what had happened, there was much room for jovial improvising. Hassim had in fact, with his absurd demise, provided the needed antidote for the general hangover after the Lovers' Beach party. The questions thrown at Norman grew tiresome, and he went down to the beach, where he found Henny and Hazel in bikinis in the sun, both looking tense and worried. He started to tell them what had happened, but he had not got far when the bartender called to him again from the head of the stairs. "Mistuh Papuhman, telephone for you in de office."

"Oh, no!" he groaned. "Not now, Cecil. Get the name and I'll call them back."

"It be the chief of police callin', suh."

Norman gave his wife and daughter a weary look. "I suppose this thing will haunt me for days. Be right back."

He dragged himself to the office, closed the door, switched on the wheezing air-conditioner, and picked up the telephone, seating himself on the disorderly desk.

" Yes, Chief?"

" Sorry to boddah you again, Mr. Papuhmon. We givin' you a kind of a bad time to-day, I guess."

" Quite all right. What is it?"

" Mr. Papermon, dat green Land-Rover, licence 1674, dat belong de Gull Reef Club, don't it?"

" Yes," Norman said. " Yes, it does."

The chief's heavy sigh rattled in the telephone. " Well, it bust up pretty bad on Back Street, near Pomegranate Alley. Just around de turn by de Big Bamboss Bar.—You still dere, suh?"

" I'm still here. Was Mrs. Tramm hurt? She was driving it."

" She a little hurt."

" How bad?"

" She went troo de win'shield. She hit a cab dat stop in de middle of de street. Dat same old ting."

2

The Amerigo Carnival was a torrent of merry Kinjans, parading down Prince of Wales Street to a steady blare of clashing music from many bands. Thick ranks of applauding tourists and natives lined the sidewalks, drinking pop and beer out of cans, and cheap wine out of bottles strung around their necks. Floats jutted up along the line of march, and banners of schools, clubs, and churches swayed over the marchers' heads.

The ideas in the parade were the usual thing; but the troupes were remarkable for energy, elaborateness, and sheer size. Norman saw a Wild West show with cowboys and live horses on the float and dozens of Indians in war paint and feathers prancing in the street; a company of perhaps fifty red satin devils, and another of as many gaudily clad harem girls; an enormous Chinese display, including a gold-and-red pagoda with a real waterfall, and a horde of black Chinese marchers pounding gongs; tumbling white-masked clowns doing a springing dance with sharp-cracking whips; space men in bubble helmets and silver suits pulling a papier-mâché rocket topped by a five-year-old Negro space child waving an American flag; Gay Nineties and Roaring Twenties dancers;

also, at intervals, men on high stilts in women's dresses gyrating in burlesque obscenity fifteen feet in the air, while people in the upper stories of the houses shouted encouraging jokes at them.

Norman Paperman was in no mood to enjoy this bright, huge, noisy pageant; he was trying to get to the hospital. But perforce he had to elbow his way upstream under the arcades, against the drift of spectators toward the waterfront grandstand; and so, whether he wanted to or not, he saw a lot of the parade, because the hospital was three blocks up from the harbour. He was impressed, despite himself, by the outpouring of decorative labour and skill, and by the tide of jubilant high spirits. At noon the temperature in Prince of Wales Street, where a breeze seldom penetrated, was perhaps a hundred and ten degrees. On an ordinary day this avenue, at this hour, was deserted. But to-day, here were the Kinjans cavorting and tramping in force under the high fierce sun, perspiring in streams in their gaudy costumes; the musicians dripping sweat as they marched along blowing on glinting tubas and trumpets or hammering and clanking at their steel drums; the onlookers cheering and fanning themselves; the dancers pausing every hundred feet or so along the line of the march to repeat the entire antic they had learned. It seemed to Norman that the Kinjans, marchers and onlookers alike, were exulting in the terrible heat, in the colour, in the sweat, in the bray of many discordant melodies, in the crush of costumed, leaping, dancing, hot bodies; they were tireless, they loved it, they were capable of going on forever, their indolence had vanished, they had come wholly to life.

The parade had no meaning. That was another peculiarity. Lent, the actual occasion of Carnival, was months away. Ten years ago the legislators had instituted this parade for the last Friday of the year (so Tilson had told Norman), to please the tourists and incidentally to make the Christmas week an almost continuously workless one. For want of a better name they had called it Carnival. The custom had caught on, and now Carnival was as hallowed as Christmas itself; perhaps slightly more so. But Norman Paperman, seeing the Carnival Parade at close range, thought that there was a meaning to it which the islanders did not put into words, yet which made it the authentic supreme day in the Kinjan calendar. Africa was marching down the main street of this little harbour town to-day; Africa in undimmed black vitality, surging up out of centuries of island displacement, island slavery, island isolation, island ignorance; Africa, unquenchable in its burning love of life. Carnival was Africa Day in Amerigo.

> "*Carnival is very sweet*
> *Please*
> *Don't stop de carnival—*
> *Carnival is very sweet*
> *Please*
> *Don't stop de car-nee-val,*"

Band after band after band played this refrain, a lively Calypso melody endlessly repeating the one couplet, the traditional song of the parade; and whenever musicians went by performing it, the spectators and marchers took up the words:

> "*Car-nee-val is very sweet*
> *Please*
> *Don't stop de carnival———*"

Paperman reached a point on the sidewalk opposite the hospital, but he had to wait for the passing of a troupe in Shakespearian costumes with Macbeth's witches on the float, stirring a steaming cauldron over a real fire, then a brass band led by a gigantically fat black tuba player in a battered straw hat, smiling and sweating and shuffling, and blasting out earth-shaking *oomph-oomph-oomphs*. Norman scuttled across the street ahead of oncoming Roman slave girls and into the hospital.

The branching corridors were gloomy, cool, and almost empty; the smell was the universal hospital smell. He saw a door labelled *Emergency Ward*, and at a venture he went in. A very young oriental-looking doctor—Philippine or Korean, Norman judged—was tying a splint to the finger of an unhappy-looking Kinjan in an orange sport shirt and black slacks, whose face was patched with bandages stained bright red.

"Yes, I took care of Mrs. Tramm a little while ago," said the doctor with a marked accent blurring the *l*'s and *r*'s. "She's resting in Room A-42, and I'm going to get some X-rays as soon as the technician comes back from the parade. This is the cab driver she ran into."

"How is she?"

"Well, she's had a shock, no doubt of that, and she's had a

head injury and some bad cuts. I'd like Dr. Pullman to look at her. I think she'll do fine."

Paperman said to the cab driver, " It's really a bad idea to stop your cab in the street to talk, you know? I hope you believe that now, and you'll pass the word around."

" I only stop for a minute," said the driver. " She's goin' too fast, she breakin' de speed limit. Dey give *me* a ticket and it all *her* fault. But she de governor's friend. Dey ain' no justice arong heah, it all depen' who you knows."

Room A-42 was on the ground floor. Norman had to find it himself, and it took a while, because there was nobody at the main admittance desk. When he came on the room he thought at first that the doctor had mistaken the number. A stout Frenchwoman lay in a bed near the door, and two men and three children, all with faces that were minor variations of Hippolyte's sat on the bed, talking loudly in their occult jargon. Then Norman saw the two other beds. The one in the middle was occupied by a shrunken white crone, sleeping on her back with her toothless mouth open. In the bed near the window Iris lay. The room was clean, large, and airy; only crowded. Sunlight blazed on Iris's heavily bandaged face and head. Her eyes were closed. One bandaged arm lay outside the blanket, badly swollen.

" Iris?" Norman said gently, approaching her bedside.

She opened her eyes and smiled, a weary vague smile. The skin around her eyes was puffed and discoloured. " Oh, Norm, hi. Sorry about the Rover."

" How are you, Iris?"

" Pretty fair, considering. Those silly cabs again . . . be out of here soon enough. Doctor even said none of the scars would be permanent—maybe a little mark on the bridge of my nose." Iris's speech was thick and drowsy.

" Can I do something for you, Iris?"

" Well—I don't want to bother Alton, he's judging the parade—maybe afterward——"

" I think I should tell him right away, if nobody else has. For one thing you should have your own room, until you feel a little better."

Iris glanced at the other occupants of the room, nodded, and yawned. The lively chatter of the French people was going on as before.

"Norm, I'm awfully full of dope, I may pass out on you. Thanks for coming."

> "*Car-nee-val is very sweet*
> *Please*
> *Don't stop de car-nee-val,*"

came a crowd chant through the open window, to the tuneful rattling of a steel band, *boum-di-boum-boum*.

"Listen," Iris said. "Sounds like fun, at that."

He took her hand and kissed it. It was all wet. "I'll be back very soon, Iris."

She blinked at him. "You're a sweetheart. You always have been."

Norman hurried to the emergency ward, and told the doctor he would pay any charge to have Iris moved at once to a room by herself. "I think she's in bad shape. She needs quiet."

"It would be preferable, but I don't have that authorisation. Dr. Pullman has to approve it."

"Where's Dr. Pullman?"

"He's one of the judges of the Carnival."

"Mrs. Tramm is a very close friend of the governor, Doctor."

"Oh, is that so? Well, that will expedite the authorisation, I'm sure. I'm sorry I can't take the action myself."

Norman found he could walk much faster in the direction the parade was moving. He went out into the street with the small boys, hastening alongside the marchers, and in this way he reached the waterfront in a few minutes. Getting to the grandstand was harder, because the troupes were piled up at the plaza, waiting to perform in the cleared space before the flag-bedecked grandstand. At the moment the Chinese troupe was doing a song, and a mincing dance with fans. Norman began working his way through hilarious devils, angels, Indians, and clowns, who were mostly drinking beer, Coke, or whisky, or eating ice cream. Though he wore only a cotton shirt, shorts, and open sandals, he was as wet from the heat as if he had fallen in the harbour. The policeman guarding the narrow wooden steps into the grandstand was flirting with a harem girl, and Norman slipped past him and ran up through the full benches to the top row where the three judges sat alone: Sanders, Dr. Pullman, and Senator Easter. He slipped along the back of this top bench and in a minute, baldly, he told the governor and the doctor about Iris.

"How bad is it? You say she was talking to you," Sanders said in a low voice. "I mean I'll go now if I should, but if it can wait another hour—it would be very awkward for me to leave just now, you can see that."

Pullman said, "Did Dr. Salas ask for the governor to come? Or me?"

"No, he didn't."

"Well, he's a very competent young fellow." Pullman turned to the governor. "I'm sure you can wait until after the parade, sir."

Sanders stood. "Well, I don't like this, Tracy, but I'd better go. I'll see about the separate room, anyway, and I'll probably be back in ten or fifteen minutes." He had been holding the coat of his Palm Beach suit on his lap; now he put it on and headed for the stairs.

The troupe of harem girls in blue sequined bodices and pink gauze trousers were moving into the performing space, bells jingling on their ankles, dark arms undulating, hips gyrating.

> "Car-nee-val is very sweet
> Please
> Don't stop de car-nee-val!"

they sang as they came, flashing white charming smiles.

"Too bad we have to miss this," said Sanders, and he went plunging ahead of Norman through the throng of performers, and up Prince of Wales Street. People made way for the governor, when they recognised him, and the two men reached the hospital in a short time.

Far down the hospital corridor, Norman saw three nurses clustered at the door of A-42. He was finding it hard to keep up with Sanders' long strides, and he was gasping from the heat and the fast pace. "Well, how is she?" Sanders called as he drew near the nurses. He was walking so fast that he was entering the door when one nurse, a stout Negress with a kindly face and grey hair, put her hand out and stopped him. "Governor, I sorry, de lady she die."

"Died?" Sanders stopped short and swayed, staring at the nurses. "Died, you said?"

"She go into a coma and die fast."

Sanders shook his head and pushed into the room, and Norman followed him. Dr. Salas bent over Iris's bed. " Oh, hello," he said, desultorily pulling a sheet over Iris's bared pink nipple. " I've been trying heart massage, governor, and I gave her adrenalin, but she's dead, sir. I'm sure an autopsy will show a massive brain hæmorrhage. There's a probable skull fracture, and——"

The French people were still in the room, talking, and the occupant of the middle bed was still asleep with her mouth open.

" Isn't there anything to do?" Sanders interrupted in a rasp. " Shall I get Dr. Pullman? He can be here in no time with a motorcycle escort."

" Sir, she's been dead several minutes. She's gone, sir."

Iris's sweat-beaded, bandaged face did not look alive: greenish-blue, sad, sunk on her chest. She looked as dead as Hassim had; indeed it crossed Norman's mind that she resembled the shot storekeeper now, in the family look of the dead.

Governor Sanders fell on his knees beside the bed, clutching Iris's hand and kissing it. Norman put his hand on the governor's shoulder. Sanders glanced up at him, with an expression in his large brown eyes of a boy badly hurt. " She the only woman I loved," he said in a choked voice. " And she dead." There was no trace of the speech class in his words.

Another brass band was going by outside, and the crowd was taking up the chant:

> " Carnival is very sweet
> Please
> Don't stop de car-nee-val."

3

Henny was worried about Norman. More than an hour had passed. She sat at a beach table with Cohn, Hazel, and Lionel, having a lunch of hamburgers and beer. Lester Atlas was in the water not far from them, disporting with Hatsy and Patsy in great showers of spray and bursts of guffaws, giggles, and shrieks. The beach was unusually crowded. All the guests seemed to be wanting a waterside snack to-day, instead of a full lunch. Lionel was volubly reassuring Henny that the

Hassim death would do the Gull Reef Club no harm. By now the handful of guests who had seen the killing had told the story over and over, and everybody had it fairly straight except for the point of Hassim's innocence. The impression was that the Turk had been carrying on lewdly in broad daylight with the sailor, that the policeman had tried to stop it, and that in the ensuing fracas Hassim had accidentally been shot dead. People thought that this was a bit hard on Hassim, but that the cop after all had only been doing his duty, and that one queer the less in the world was no grievous loss.

"As a matter of fact, Henny, I feel sorry for the poor bugger," Lionel said, munching on his thick-piled hamburger. "I've known thousands of those guys, and there's no harm in ninety-nine out of a hundred of them. It's just a sickness and it's their own business. Though gosh knows, when I was a kid working backstage, I sure got some surprises. Yes ma'am, it was darn near worth my life to bend over and tie my shoelace, I tell you." He laughed salaciously. His once green face was burning to an odd bronze colour like an American Indian's, and he looked very relaxed and happy. "Actually, Henny, I almost hate to say this, but I think this thing's going to prove a break for the Club. I bet the nances stop coming to Gull Reef after this."

"There's Norm," Henny said. She had never stopped watching the beach stairs. He stood at the top now, looking around at the merry beach scene, his hair disordered, his face drawn. "Norman!" she called. "Here we are!"

He turned his gaze to her, waved tiredly, and came down the stairs. "Hi, Bob," he said, dropping in a chair. "Hello, Lionel. I'm glad you're here, I wanted to talk to you."

Hazel said, "Shall I get you a hamburger?"

"I'm not hungry. Maybe a beer, Hazel, thanks."

He sat slouched, looking around at the others with haggard, shocked eyes.

"Norman, what is it?" Henny said.

"I've been running around a lot, Henny, and it's hot in town, you know."

"What did the chief of police want?"

Norman stared at her, and then his gaze wandered to the wallowing, frolicking Atlas. "Lionel, you're still bogged down on your deal with Chunky Collins, aren't you?"

" Yes. He's getting a little too cute on small things, furnishings and such. Our deal was for twenty-five thousand, and he's inched it up to almost twenty-seven. I can't say I appreciate that."

" How would you like to buy the Gull Reef Club?"

Lionel laughed. " If I could afford it, and if you were crazy enough to sell it, why——"

" Can you afford thirty thousand dollars? I'd rather not lose money, and I'll let you have it for that. That's what it cost me." Norman said this in such a colourless offhand way that neither Henny nor the others knew what to make of it. Hazel now brought him a bottle of beer and a glass. " Thanks, Hazel. What do you say, Lionel, is it a deal? I'm ready to shake on it, right now." And he stretched forth a hand.

Lionel scratched his long chin and looked at the others. " Well, golly, Norman, this is certainly from left field. Are you serious? What's the matter, are you upset because that poor fag got shot? I was just telling Henny that's not going to hurt you. I mean this is something you better think about. You've got it made here."

Norman put down his hand, and turned to Cohn. " Iris Tramm is dead, Bob." Amazement and horror showed on all their faces. " She was going to get the dog in my Land-Rover, you know? And she ran into one of those stopped cabs on Back Street, and she fractured her skull. She's lying in the hospital, dead. I've just come from there."

" Good God," Cohn said slowly. " She's *dead*? Iris? Dead, Norman?"

Norman nodded. " I guess Sanders will take care of sending her body home. I left him there with her. He's very broken up."

Henny said, holding her hand to her chest, " Jesus Christ, Norm! The poor woman. Was she drunk?"

" No, she was sober, Henny. These Kinja drivers just have a way of stopping short and chatting any time, any place. They mean no harm, they're like heedless kids, and you learn to watch out for them. I once got knocked cold myself. But poor Iris was anxious to go to her dog, you see, and I guess she forgot." He turned to the frogman. " What'll become of the dog? I've been worrying a lot about that. I guess because Iris would worry about him, more than almost anything."

Cohn said hoarsely, " Why, I'll be glad to take Meadows, Norm. Or any one of the fellows will. That's a good dog. My God, Norman! Iris is *dead*."

Lionel shook his head. " That's a darn ridiculous and pointless way to die."

" I know, like Hassim," Norman said in the same matter-of-fact, weary tone. " It's kind of funny, two deaths like that in one day."

" Funny? It's awful," Hazel said, her face almost ugly with horror. " It isn't funny in the least."

Norman looked at her and smiled. " Is that what you think? Then we agree, Hazel. I've been surviving here on my sense of humour, and I know these deaths are ludicrous, but I can't laugh at them. I tried here, I tried hard, and it's been a real experience, but now I want to go back to New York." He turned to Henny. " Will you mind very much? If you'd rather stay on—the thing is, I don't. That isn't going to change."

She scanned his face anxiously. " Norman, are you absolutely sure? This place is a success now, and it's fun, and all that. It's everything you wanted when you came down here."

" She's right, Norm," Lionel said. " Give yourself at least a week to calm down. It's awful about Iris, sure it is, but you forget these things, I swear you do. My Lord, life is so full of them! I mean I'll hold off on Hogan's Fancy, for a week, or even longer, as far as that goes."

" There's a four o'clock plane all through the Christmas season, Henny," Norman said. " I want to get on that plane to-day." He held out his hand to Lionel again. " Thirty thousand dollars, Lionel? Twenty for the bank, five still owing to the last owner, and five I put into it. Is it a deal?"

" It isn't a deal, Norm, it's a steal." Lionel was staring at the outstretched hand, eagerness and reluctance comically mingling on his bronzed face.

" I'll call it a favour if you'll take it," Norman said.

Lionel suddenly reached forward and clasped his hand. " Well, what the heck! If you honestly want it this way, Norm. This is a dream place, and I'll jump at it. I'd be crazy not to."

" Wonderful," Norman said. " Thank you. Now, Lester Atlas is the businessman in this set-up. I'll explain it all to him. He'll handle the details better than I can. He'll be staying on for a while, he's got a real estate deal going."

Hazel said abruptly, " Dad, can I stay?" They all looked at her, and she blushed and stammered, adjusting the almost non-existent bodice of her bikini. " I mean, that is, do you mind if I don't go with you to-day, and just come back for school next Thursday? I mean as long as I'm down here already. I mean for me this is still my vacation, Dad, and I love it here."

Cohn, his face sallow and drawn as though he were ill, said, " If it means anything, I'll look after Hazel."

Norman glanced at Henny, and something like his usual grin broke through his expression of wan shock. " No doubt. Any objections, Henny?"

" Objections? Me? Have fun, Hazel.—If we're getting out of here in two hours, Norm, I better start scrambling around and packing."

" I'll help," Norman said. " I've got a little handier, down here."

They talked about Hazel and Cohn while they hauled luggage from closets and started putting in clothes helter-skelter. They dwelled on the topic, as though avoiding other matters. Norman said that Cohn was bound to go into his father's import-export business, once his navy hitch was up, so that it would work out well enough, if he and Hazel were really getting serious.

Henny said, " Gosh, we may end up going to Israel to visit our grandchildren. Won't that be something?"

" As a matter of fact," Norman said ruefully, " this fellow comes along in the nick of time. I fully expect him to support you and me. Somebody's got to."

" You'll support us, never fear."

" How? My clients can't come back to me for five years, no matter what. That was the deal I made, and I have to honour it."

" Well, it's a lousy trade, I've always said so and I always will," Henny said, " but you're the best man in it, and you'll get other clients."

She was putting her jewellery away in a velvet-lined box. " Norm, I'm not trying to argue about this, but I hope you realise that New York stinks, right now. You're going to be shocked. You've forgotten. It's Christmas time, you know. You've never seen such crowds. The traffic's at a standstill,

choked solid from the Hudson to the East River, and from
Fifty-ninth Street to Thirty-fourth. You can get overcome by
carbon monoxide just walking down Fifth. Or if the fumes
don't get you, a mugger will. They're holding people up in
broad daylight. The weather is foul. Oh, the department-store
lights are nice, and the tall buildings in the snow—I love the
damned place, I can't help it—but nothing's changed up there.
Let's understand that."

"I know," Norman said. "I know all about New York.
And that's where we're going."

Henny was holding her bracelet in her hand, looking at it
wryly. "Norm," she said.

"Yes?"

"Did Iris pick out this bracelet?" She smiled a little at his
astonished look, and went on, "I've often wondered. It isn't
your style, you know, kid. It's a thing a woman would pick
out. Come on. Was it Iris?"

He stared at her and didn't answer. They were standing
close to each other, and Henny was looking up at him, straight
into his eyes.

"It doesn't matter," she said. "Not any more. It never
really did. I love it. But was it Iris? Iris picked it out, didn't
she, Norman?"

"Yes, she did," Norman said, "and she knocked Hassim's
price down to half. So that's a historic bracelet. Iris and
Hassim. A perfect memento of Kinja."

"You liked Iris, didn't you?"

"Yes, Henny. I liked Iris."

"A lot?"

"A lot."

The rest of the information, all there was to know, passed
between them in the looks of their eyes, unspoken.

Henny tightened her lips in anger, and her eyes became
misty. "Well, you know something? This time I was fooled.
Completely fooled. And now she's dead."

He said with difficulty, "I love you, Henny."

"Yes, sure, you miserable bastard. Let go of me! We have
to pack."

They sat on the bed all littered with clothing. He kissed her,
and buried his head on her bosom; she caressed his grey thick
hair. "Poor Norm." She felt his tears on the skin of her

throat, and she hugged him close. " Hey! Don't do that, sweetheart. I'm sorry about this. Honest, I am. I'm even sorry for Iris." Tears were starting from her eyes, but she spoke lightly, almost gaily. " You made the place into one hell of a good hotel, Norman. You really did that, you know, honey. And nothing's lost, nothing. Isn't it good that we didn't give up the apartment, baby, after all? We can just go home."